Qui se souviendra de Phily-Jo ?

DU MÊME AUTEUR

CHEZ LE MÊME ÉDITEUR

Et tous les autres crèveront, 2001.

Mon frère est parti ce matin…, 2003 ; Folio, 2012.

La Part des chiens, 2003 ; 2021 ; Folio, 2008 ;

Intérieur nord, 2005 ; 2020.

Garden of love, 2007 ; Folio, 2010.
Grand Prix des lectrices de *Elle* (catégorie policier)

Toute la nuit devant nous, 2008.

Fannie et Freddie, 2014.

Le Garçon, 2016 ; Folio, 2018,
Prix Femina.

Aires, 2020.

CHEZ D'AUTRES ÉDITEURS

Le Doigt d'Horace, Fleuve Noir, 1996 ; Folio, 2009.

Le Lac des singes, Fleuve Noir, 1997 ; Folio, 2009.

Carnage, constellation, Fleuve Noir, 1998 ; Folio, 2008.

Le Vrai Con maltais, Baleine/Le Poulpe, 1999.

Les Harmoniques, Gallimard Série Noire, 2011 ; Folio, 2013.

Mortes saisons, Le Bec en l'air, 2012.

Cannisses, In8, 2012.

Far West, In8, 2016.

MARCUS MALTE

QUI SE SOUVIENDRA DE PHILY-JO ?

Roman traduit de l'anglais (États-Unis)
par Édouard Dayms

ÉDITIONS ZULMA
Paris • Veules-les-Roses

Ce projet a bénéficié d'un soutien de la DRAC de Normandie
et de la Région Normandie au titre du FADEL Normandie.

PRÉFET
DE LA RÉGION
NORMANDIE
Liberté
Égalité
Fraternité

RÉGION
NORMANDIE

La couverture de *Qui se souviendra de Phily-Jo ?*
a été créée par David Pearson.

Si vous désirez en savoir davantage sur Zulma
ou sur *Qui se souviendra de Phily-Jo ?*
n'hésitez pas à nous écrire
ou à consulter notre site.
www.zulma.fr

Z

La poésie c'est chercher la réponse
La joie c'est savoir qu'une réponse existe
La mort c'est connaître la réponse

GREGORY CORSO

Je crois pouvoir affirmer que personne ne comprend vraiment la physique quantique.

RICHARD FEYNMAN

I

Qui se souviendra de Phily-Jo ?

À l'image de son existence tout entière, la mort de Philip-Joseph Deloncle n'a pas été une simple affaire. [« À l'image de cet incipit, la rime de Gary Sanz est souvent pauvre et fortuite. » – Note extraite de l'ouvrage de Deon Zubrinsky : *La Vérité sur un faux poète.*] Le 17 décembre 1997, à dix-neuf heures et trente-cinq minutes, Philip-Joseph, dit Phily-Jo, dit Phil ou encore P. J., se trouvait sur la terrasse du Turtle Mansion & Lounge, à Dallas, où était organisé un cocktail en l'honneur des lauréats du prix Prométhée, remis comme chaque année par la fondation Owens – du nom du milliardaire Terry Boone Owens, propriétaire de la Sun Belt Oil Company. Nous ne savons pas comment il avait réussi à s'introduire dans cette soirée très privée, tout ce que nous savons c'est qu'il n'y avait pas été convié. N'apparaissant pas sur la liste officielle et n'ayant aucun papier sur lui, c'est une des raisons qui expliquent la difficulté pour la police à l'identifier et le retard à nous prévenir de son décès. L'autre raison étant, selon Philip-Joseph lui-même, que « qui vous savez » avait besoin d'un peu de temps pour fouiller sa maison et tenter de s'emparer de ses documents. Ils ne trouveront rien ! Ils pourront retourner ma piaule sens dessus dessous, ces salauds ne trouveront rien de rien ! a-t-il écrit dans la lettre, à nous adressée, qui accompagnait ces fameux documents. Si vous savez qui est « qui vous savez », ajoutait-il, cela signifie, hélas, que je ne suis plus de ce monde, mais foutredieu, j'aurais donné cher pour voir leurs têtes en découvrant que mes tiroirs étaient vides et toutes mes notes en lieu sûr !

D'après les témoignages, il était ce soir-là adossé à la balustrade de la vaste terrasse de l'hôtel, soit dos au vide et face à la grande baie vitrée, ouverte, derrière laquelle la majorité des trois cents invités bavassaient en attendant l'arrivée des heureux lauréats. L'hiver, on le sait, peut être doux dans nos contrées. [« Exemple type d'un alexandrin bancal, en l'occurrence excédentaire, caractéristique de l'œuvre de Mr Sanz. » – Zubrinsky, *op. cit.*] Une brise légère et tiède soufflait depuis le golfe du Mexique et dans l'air flottait, subtil, le parfum des fleurs de magnolia. Ils n'étaient pourtant qu'une poignée à l'extérieur, à en profiter. Dix ou douze personnes : les témoins. Même si la lune avait été moins pleine, et la nuit moins claire, les mille pampilles de cristal de l'immense lustre suspendu au plafond de la salle diffusaient assez de lumière pour qu'ils pussent voir Philip-Joseph, à l'extrémité de la terrasse, se saisir d'une coupe de champagne sur le plateau d'un serveur passant à sa portée. Ce n'était sûrement pas son premier verre, diraient certains. Il était seul. Le fil d'un sourire sur ses lèvres, las pour les uns, sardonique pour les autres. Son smoking était impeccable, mais son nœud papillon légèrement de guingois. Un smoking ? Un nœud pap' ? D'où est-ce qu'il sortait ça ? s'interrogerait Michelle. Nous ne l'avions jamais vu, en effet, accoutré de cette façon, et nous étions quasi certains que cette tenue ne lui appartenait pas. Je suppose donc qu'il l'avait louée – bien que personne ne l'ait réclamée depuis – et ceci confirmerait que son geste était prémédité. Tout à coup, il y eut un mouvement de foule dans la salle et une salve d'applaudissements éclata : les trois jeunes récipiendaires du prix et leurs bienfaiteurs venaient de faire leur entrée. Les quelques invités qui se tenaient sur la terrasse amorçaient un repli vers l'intérieur lorsqu'ils entendirent un cri derrière eux : « Prométhée aux enfers ! » Ils se retournèrent et virent cet homme, cet inconnu, Philip-Joseph, en train de porter un toast, le bras haut levé, sa coupe brandie vers les cieux, son sourire cette fois franchement dessiné, carnassier pour les uns, dément pour les autres, et les yeux brillant d'un éclat sauvage, jaune, ou rouge, ou parfois incandescent, selon les versions, après quoi, gorge renversée, il la vida d'un trait, sa coupe, puis – et c'est là que les avis divergent sur un point crucial – d'aucuns le virent dans le même mouvement *basculer* en arrière, tandis que d'autres le virent *se projeter* par-dessus la rambarde et disparaître dans l'obscurité. On comprend que ce n'est pas là qu'un menu détail lexical. Il s'agit de déterminer l'intentionnalité de la chose. Si Philip-Joseph a basculé, c'est un accident. S'il s'est projeté, c'est un suicide.

La thèse de Michelle empruntait une troisième voie, que l'on dira intermédiaire. D'après elle, il avait bien dû y avoir propulsion (discrète) de la part de P. J., c'était donc un acte intentionnel, mais – et la nuance est de taille – il n'avait pas du tout, en revanche, l'intention de se tuer. Elle basait son raisonnement sur plusieurs propositions, les prémisses étant que 1/ il n'avait jamais exprimé ni fait montre de velléités suicidaires, et 2/ il n'avait aucun « intérêt » à mettre fin à ses jours. Les autres arguments étaient d'ordre plus technique : Phily-Jo mesurait 1,78 m et la hauteur de la balustrade était précisément de 103 cm (mesure effectuée par un expert de la compagnie d'assurance dans le but de démontrer la non-conformité de l'ouvrage), ce qui induit que le point de contact entre les deux se situait vraisemblablement au niveau des reins de l'homme et qu'il eût été par conséquent difficile de rompre l'équilibre et d'engendrer la chute sans faire l'effort d'exercer une poussée, de bas en haut, afin de défier la loi de la gravitation du père Newton (qui s'exercerait à nouveau sitôt le cap franchi). Ensuite, la terrasse elle-même ne s'élève qu'à quatre mètres, et les probabilités pour qu'une chute de cette hauteur soit mortelle sont d'environ 11,7 %, ce dont ne pouvait n'avoir pas tenu compte un esprit scientifique tel que celui de P. J. Si son but était réellement de mourir, il avait peu de chances de l'atteindre de cette manière. De plus, il était en parfaite condition physique, souple, mince, c'était un gymnaste accompli qui avait brillé dans cette discipline durant toutes ses années de collège et au-delà. Il était parfaitement capable, me dit Michelle, d'exécuter un double salto arrière et de retomber sur ses pattes sans broncher (elle l'avait vu de ses yeux !). Et c'était exactement, selon elle, ce qu'il comptait faire : se laisser choir dans le vide et se réceptionner sans dommage. Si son plan avait échoué, si l'issue en avait été fatale, ce n'était dû qu'à la présence inopinée d'une Rolls-Royce Silver Shadow sous la terrasse (probabilités de 0,006 %, ô ironie du sort), devant l'entrée du Turtle Mansion & Lounge, à l'endroit précis où il devait atterrir. Nul véhicule n'était censé stationner à cet emplacement, mais l'auto appartenait à Mrs Ephraïs, richissime cacochyme de

101 ans, cliente de l'établissement depuis six décennies, à laquelle était accordée l'autorisation exceptionnelle de faire venir son chauffeur jusque devant le perron afin qu'elle eût le moins possible à user de ses très vieilles et très frêles gambettes. Phily-Jo eût-il chu sur le toit de la voiture ou sur le capot, il avait encore de bonnes chances de s'en tirer, mais le sort (0,000000000001 %) voulut qu'il heurtât la célèbre statuette en argent nommée Spirit of Ecstasy, emblème de la marque, qui ornait le bouchon du radiateur et qui lui perfora le crâne. L'esprit de l'extase eut raison de l'esprit scientifique.

Objection, chère Michelle ! Pourquoi Philip-Joseph se serait-il jeté dans le vide si ce n'était pour mourir ?

Pour l'honneur. Pour la reconnaissance. À tout le moins, pour attirer l'attention, répliqua-t-elle. Toutes choses qu'on lui a toujours refusées, dont il s'est toujours senti injustement lésé, spolié. Son geste était une pirouette (littéralement) effectuée sous les yeux de cette assemblée regroupant tout ce que la ville et l'État comptaient de décideurs, de mécènes, de magnats, de despotes, de népotes, de vrais imbéciles et de faux savants. C'était un pied de nez, c'était une mascarade personnelle dans la grande mascarade générale, un simulacre de suicide ponctuant un simulacre de cérémonie. Vous avez choisi de m'ignorer – au mieux. Au pire, de m'écraser, de me persécuter. Très bien. Vous niez mon talent. Vous le foulez aux pieds. Jamais vous n'avez daigné investir le moindre penny dans mes recherches. Très bien. Vous préférez récompenser des petits bricoleurs de seconde zone plutôt que de reconnaître la portée révolutionnaire de mes travaux. Prométhée doit se retourner dans sa tombe ! Bande de putois ignares, vous êtes incapables de distinguer la médiocrité du génie ! C'est ma mort que vous voulez ? Très bien : la voici !… Michelle s'emportait. Peine, ressentiment, colère se mêlaient dans sa diatribe. Elle était très affectée, bien sûr. Je l'étais aussi. Le geste de son frère, conclut-elle, se voulait un soufflet, une gifle assenée à toutes ces faces suffisantes et indignes, il était (aurait dû être) un acte symbolique leur signifiant avec panache son propre mépris à leur égard. Mais le symbole s'était fracassé au contact de la dure réalité. On ne prête qu'aux riches. Une fois encore, les salauds et les puissants avaient gagné.

C'était un raisonnement plausible – qu'elle élaborerait après lecture des cahiers de Phily-Jo.

Ce dernier fut transporté au Parkland Memorial Hospital, là même où il avait vu le jour, un jour d'automne inoubliable (on verra pourquoi). À vingt heures et quarante-deux minutes, il fut déclaré mort. Boucle bouclée. Cela se passait une semaine avant Noël. Il avait 34 ans.

Le croira-t-on si je dis qu'il nous fallut par la suite rembourser la réparation des dégâts ainsi occasionnés sur la carrosserie de la Rolls de Mrs Ephraïs ? Encore échappa-t-on de justesse – grâce à notre excellent avocat – au versement des 25 000 dollars de dommages et intérêts que réclamait la vieille grippe-sou eu égard à la commotion psychologique que cette histoire lui avait prétendument causée. Comme si c'était elle qui avait subi le choc ! Nul doute que si son cœur avait lâché à ce moment-là, je serais toujours en train de payer (par chance, s'il y a une seule chose que cette mégère ne possède pas, c'est un cœur).

N'eût-elle été si tragique, cette scène qui clôt la vie de Phily-Jo aurait pu prêter à rire. En ce sens elle est, comme je le suggérais au tout début de ce récit, très représentative de l'ensemble de son existence. Une tragi-comédie de bout en bout. Poignante et grotesque à la fois, affligeante et guignolesque (on pourrait m'objecter qu'il en est de même pour toute destinée humaine, je maintiens qu'il en est davantage encore pour la sienne). Reprenons les choses dans l'ordre et considérons, par exemple, sa naissance :

Elle eut donc lieu dans une chambre du Parkland Memorial Hospital de Dallas, le vendredi 22 novembre 1963. Dallas, 22 novembre 1963… ? Oui, ne cherchez plus, c'est bien ça. Sauf à avoir vécu ces cinquante dernières années sur une exoplanète ou en anachorète forcené, la combinaison de ces deux éléments – lieu et date – ne peut que provoquer une étincelle dans votre cerveau. Connexion faite. Trois lettres : JFK. L'assassinat de John Fitzgerald Kennedy, trente-cinquième président des États-Unis d'Amérique. C'est ce jour-là à cet endroit-là qu'il meurt. C'est ce jour-là à cet endroit-là que Philip-Joseph naît. JFK contre PJD. Revoyons de plus près le fil des événements : à douze heures et trente minutes, à hauteur de Dealey Plaza, la limousine du président quitte Main Street pour s'engager sur Elm Street, elle passe devant le Texas School Book Depository et c'est alors que le dénommé Lee Harvey Oswald (ou un autre, là n'est pas le propos) tire deux, trois, quatre, cinq, ou six coups de feu, selon les versions (preuve que « rien n'est plus proche du vrai que le faux », dixit Albert Einstein). [« Sur ce sujet, au moins, Mr Sanz sait de quoi il parle. » – Zubrinsky, *op. cit.*] Le président est touché. Son chauffeur fonce vers l'hôpital le plus proche : ce sera le Parkland Memorial. Il est douze heures et trente-six minutes quand la voiture se gare devant l'entrée. À cet instant, Daisy Deloncle, née Miller, est en plein travail dans une salle du premier étage. Elle doit mettre au monde son deuxième enfant. Elle est assistée pour ce faire par une sage-femme et un médecin obstétricien. Daisy pousse, souffre, crie, râle, halète comme un petit chien et se jure que cette fois est bien la dernière, jamais jamais plus on ne l'y reprendra. Son mari, Donald Deloncle (je jure, moi, que leurs prénoms n'ont pas été modifiés), est assis dans le couloir, sur un siège en plastique tout ce qu'il y a d'inconfortable, en train de se ronger les ongles et les sangs. Mais soudain la nouvelle tombe, se propage à vitesse grand V dans tous les étages… Le président… Ici… Blessé… Attentat… Urgence. Branle-bas de combat. Ça remue, ça se précipite de partout. Une infirmière passe la tête à la porte de la salle d'accouchement et chuchote quelques mots. Sourde à tout ce qui n'est pas sa douleur, Daisy n'entend pas, ne saisit pas, tout ce qu'elle voit c'est le médecin et la sage-femme, au-dessus d'elle, qui échangent un regard puis quittent brusquement la salle d'un même pas, la laissant seule, rubiconde, en sueur, écartelée, tandis que se profile à l'horizon (un horizon bien étroit) un crâne minuscule casqué d'un duvet noirâtre et de mucosités sanguinolentes. On pousse ! On pousse ! lui lance la sage-femme en refermant la porte derrière elle. Une minute plus tard on les retrouve (sage-femme et obstétricien) passant devant cet homme impatient et anxieux (Donald) qui se dresse d'un bond en les voyant, persuadé que le travail est achevé et qu'ils viennent lui annoncer la nouvelle (bonne ? mauvaise ? mâle ? femelle ?). D'une voix blanche, il s'enquiert :

Alors ? Les deux autres lui jettent à peine un regard. Ils ne le reconnaissent pas. Croyant qu'il s'inquiète, comme eux, de la santé du chef de l'État, ils lui répondent sans s'arrêter qu'ils ne savent pas encore : On va voir ! Puis ils disparaissent au bout du couloir. Donald en reste pantois. Devant les portes du service traumatologie s'agglutine bientôt tout le personnel hospitalier, auquel s'ajoutent nombre de curieux – patients ingambes, visiteurs en visite – et quelques membres des forces de l'ordre qui tentent vainement de disperser cette foule. Penchés sur le brancard du président, les praticiens s'activent, lui prodiguent des soins intensifs, mais les blessures sont graves et peu à peu l'espoir s'amenuise. Là-haut, c'est Daisy dans le désert. Abandonnée à son sort, la parturiente se débrouille comme elle peut. Elle s'est libérée des étriers et, dans un immense effort, s'est accroupie sur sa couche, ceci afin de pouvoir s'aider de ses propres mains. Seule, absolument seule face au mystère et aux affres (surtout aux affres) de la création. Femme sauvage. Femme des temps anciens, des temps immémoriaux. Femme éternelle et universelle. Femme admirable. Femme courage. Grosse vache meugleuse : c'est pourtant ainsi qu'elle se voit. Et elle meugle en effet, ou tout comme. Elle brame, elle brait, elle brogne (*Grogner tout en bavant* – Oxford Dictionary), elle se maudit et maudit les médecins, maudit son mari qui l'a engrossée, ses parents qui l'ont engendrée, et Dieu qui laisse faire tout ça, et le monde entier qui s'en cogne, et maudit en particulier ce sale petit morpion qui s'accroche non pas à ses jupes mais carrément à ses entrailles. Sors de là ! Fous l'camp ! Lâche-moi la grappe ! lui intime-t-elle dans son for plus ou moins intérieur, et joignant le geste à la pensée et à la parole, elle pousse, elle pousse, mais pour l'heure ne réussissant, hélas, qu'à expulser [« L'allitération lasse aussi, Mr Sanz. » – *Ibid.*] des charretées d'injures et de grossièretés qu'elle-même ignorait être en sa connaissance. Et le temps passe. Secondes, minutes. Ici-bas la tension du président baisse, son pouls baisse ainsi que le taux de ses chances de survie : tout baisse. On le perd, murmure une voix étouffée par un masque en polypropylène, et c'est à ce moment précis qu'à l'étage au-dessus l'horizon s'ouvre, la voie se dilate et pointe le dôme encore tendre et poisseux du crâne du morpion aussi désiré qu'honni. C'est Moïse, c’est la mer Rouge. Allez ! Allez ! l’encourage et s’encourage Daisy. Elle l’attraperait bien par les cheveux s’il en avait, le bougre, mais elle doit se contenter de plonger ses mains en coupe pour saisir la petite tête du petit monstre récalcitrant et elle tire, elle tire, et elle pousse de concert, les dents serrées, les tendons de son cou et de sa gorge prêts à se rompre, telles des cordes qui ne seraient ni d’un piano, ni d’une harpe, ni d’un violon, ni d’aucun instrument connu tant les sons qu’elles produisent sont rien moins que mélodieux. Et c’est ainsi qu’entourée des mains les plus expertes la flamme du président lentement s’éteint, tandis que celle du bébé s’anime et se renforce dans la chambre désertée. Treize heures viennent de sonner lorsque John Fitzgerald Kennedy exhale son dernier souffle. À la même heure, Philip-Joseph Deloncle pousse son premier cri.

Bordel de merde (*sic*) ! lâche Daisy dans un soupir, avant de s’écrouler sur son lit.

La mort, la vie. La vie, la mort. Pure coïncidence ? Conjonction aléatoire ? Échange de fluides (ou, plus exactement, d'énergie électrostatique, soumise à la loi de Coulomb) ? Je l'ignore. Je ne m'avancerai pas à prétendre que les destins de ces deux hommes sont liés. Tout comme je laisse la métempsychose et autres phénomènes ésotériques à l'appréciation de chacun. Philip-Joseph ricanerait certainement à l'évocation de concepts tels que la réincarnation ou la résurrection. Il croyait en la science et en la technologie. Dans le registre des opérations invisibles – transformations, transmutations, transmigrations – il croyait en l'atome. Il croyait en la plénitude du vide, et son potentiel infini. Il croyait aux trésors cachés de l'éther. À l'apogée du point zéro. Au flux radieux des électrons. Il croyait au vortex. À l'effet Casimir. Aux généreuses moissons des champs magnétiques. Quel plus beau chant que le cantique du quantique ? Il avait cessé, par contre, de croire en l'honnêteté intellectuelle de ses pairs. Quand l'histoire est belle, quand elle nous conforte dans nos attentes, dans nos espoirs et nos rêves, on est tout prêt à s'en laisser conter. Tiens, j'ai appris récemment qu'une branche minoritaire de l'Église pentecôtiste, qui se fait appeler les Frères de la Seconde Pâque, prône le rétablissement d'une vérité historique concernant l'origine de Jésus : il était du Texas. Oui. C'est une affirmation. Relisons la Bible, déplions une carte géographique et révisons nos jugements à l'aune de cette vision neuve et objective. L'erreur originelle provient du fait que l'on a confondu Nazareth et Nazareth. Le berceau du Fils de Dieu était en réalité le petit village de *Nazareth*, dans le comté de Castro, au nord-ouest de notre bel État. Tout le reste découle de là. Le prophète s'en va ensuite prêcher plus à l'est, sur les terres saintes de *Palestine*, comté d'Anderson, défiant au passage les troupeaux de bisons et les serpents à sonnette. Pas narcissique pour un sou, il délaisse *Corpus Christi*, sur la côte, et s'en retourne vers le centre de l'État (vous suivez, avec votre doigt, sur la carte ?), dans le comté de Bell, afin de chasser les marchands de *Temple*, de vils voleurs de bétail, ivrognes et mécréants. Après quoi le Fils rejoint le Père (architecte) et le Saint-Esprit (entrepreneur) pour bâtir *Trinity*, dans le comté du même nom. Des planches, des clous, de la sueur et la foi dans le travail bien fait : cela suffit. Puis le voilà de nouveau reparti sur les routes du Texas, entraînant dans son sillage toujours plus de fidèles (Comanches, Cherokees, Choctaws) et réalisant toujours plus de miracles partout où il passe. Les déserts ne manquent pas par ici, non plus que les aveugles et les lépreux. Sans parler de la fameuse Red River (rivière rouge), affluent du Mississippi, qui marque la frontière avec l'Oklahoma où, nous le savons désormais, la grande tribu se réfugie pour se mêler incognito à une population autochtone de rednecks. Mais l'exil n'est que temporaire, déclare le messie, et il fixe rendez-vous à tout ce beau monde dans la charmante bourgade de *Paradise*, comté de Wise, où, jure-t-il (oui, le Christ jure aussi), tous résideront dans la joie et la paix et tous frais payés pendant les siècles des siècles. Voilà. Le Texas : État élu de Dieu. Tout y a commencé, tout y finira. Telle est l'exacte vérité, selon l'évangile des Frères de la Seconde Pâque. Des artistes de l'herméneutique.

Pour ma part, je m'en tiendrai à relater les faits tels que je les ai vus ou découverts ou tels qu'ils m'ont été rapportés par les protagonistes eux-mêmes. En ce qui concerne la naissance de Philip-Joseph, l'anecdote m'a été contée par Daisy en personne – qui, avec le recul, en riait. Elle m'a été répétée plus tard par P. J. – qui en tirait une certaine fierté. Aucune discordance entre les deux versions. Mais on peut présumer que Philip-Joseph l'avait entendue de la bouche de sa mère et qu'il ne faisait que la régurgiter. Cette histoire me semblait tellement improbable que je me suis quand même permis d'aller fouiller dans les archives pour vérifier. Tout concordait. La date, le jour, l'heure, les circonstances : pas un hiatus dans le déroulement. Après ça, je n'ai plus jamais mis en doute leur parole.

Et j'ai dû rapidement me faire à cette idée que rien n'avait été banal dans la vie de Philip-Joseph Deloncle. Par bien des aspects elle mérite d'être connue, c'est pourquoi je me suis attelé à la tâche de la transcrire, au moins en partie. Si je ne le fais pas, qui le fera ?

Les premiers Deloncle posèrent le pied sur le sol américain au printemps 1855. Ils arrivaient de France. Ils espéraient, eux aussi, trouver la terre promise sur le territoire texan. Leur messie : Charles Fourier. Leur guide : Victor Considerant. Leur bible : *Au Texas* (Librairie phalanstérienne, Paris, 1854). C'est quoi tout ça ? Monsieur Charles Fourier était un philosophe français, fondateur de l'École sociétaire et l'une des principales figures de ce que l'on a coutume d'appeler « le socialisme utopique ». Utopique, vraiment ? Victor Considerant, son disciple, ne le pensait pas. Suite à une visite au Texas, celui-ci est subjugué et persuadé d'avoir trouvé là l'endroit idéal pour mettre en pratique les idées du maître et fonder un phalanstère. On peut le faire ! exhortait-il. Le dictionnaire nous apprend qu'un phalanstère est un *ensemble de bâtiments à usage communautaire qui se forme par la libre association et par l'accord affectueux de leurs membres.* Pour Fourier et Considerant, c'est le socle d'un nouvel État, plus juste et plus harmonieux, c'est la base d'une société parfaite. Qu'on les nomme des « doux rêveurs », des « hurluberlus », un « ramassis de cinglés » ou, dans la veine maccarthyste, des « agents de propagande et de subversion en faveur de l'Union soviétique » (des communistes, en somme), ils sont un groupe d'environ deux cents Européens à débarquer en Amérique en ce milieu du XIXe siècle. Les Deloncle en font partie. Il y a Charlotte Deloncle, la mère, veuve de 36 ans et fouriériste de longue date. Qui l'accompagnent il y a ses deux enfants, Clarisse, l'aînée, et Maxime, le cadet. Des adolescents. Au terme d'un long, pénible et périlleux périple, le groupe prend possession des quelques hectares de terrain à peu près sauvage qu'il a acquis pour y établir le phalanstère. L'endroit se situe non loin de la jonction des trois affluents du fleuve Trinity, à cinq kilomètres de ce qui est aujourd'hui le centre-ville de Dallas. Ils le baptisent La Réunion. Ces braves et exaltés (et inconscients ?) colons vont dès lors devoir faire face à moult difficultés qui s'enchaînent et s'accumulent : malversations, pénurie, disette, maladies, catastrophes climatiques, invasion de sauterelles et, surtout, des dissensions profondes et qui s'avéreront rédhibitoires au sein même de la communauté. Pas, ou plus, d'« accord affectueux entre les membres ». La Réunion se désunit. Bref, c'est triste à dire, mais ça ne marche pas. La tentative est un échec. C'est même un désastre. En moins de cinq années, le projet périclite. Dans la famille Deloncle, je voudrais la fille – pioche. Clarisse succombe la première, de la fièvre jaune, deux ans après leur arrivée. Je voudrais la mère – et ce pauvre Maxime pioche à nouveau pour creuser une seconde tombe : Charlotte est morte brûlée dans l'incendie d'une grange. En 1860, la colonie est officiellement dissoute. Se sauve qui peut. Ceux qui ne sont pas morts et qui en ont encore les moyens retournent en France. Quelques-uns décident de rester pour tenter de poursuivre le rêve américain – conquête, liberté, dollars. Maxime Deloncle n'a plus rien ni personne qui l'attend au pays. Il choisit de demeurer sur place. À cette époque, Dallas est un village de sept cents habitants. Maxime s'accroche. Il résiste. Il loue ses bras pour une soupe et une nuit dans l'étable. Il survit d'expédients – cueillette, braconnage, menus larcins. En 1861, la guerre civile éclate et le jeune homme s'engage. Il combat dans les rangs des troupes confédérées. En mars 1862, lors de la bataille de Pea Ridge, dans l'Arkansas, il est sévèrement blessé à la hanche (ce qui lui vaudra, paraît-il, une démarche raide et saccadée pour le restant de ses jours). C'en est fini pour lui de la guerre. Il regagne le Texas, du côté d'Arlington, où il va vivre durant plusieurs années en solitaire, oublié de tous, dans le plus grand dénuement, avec pour seul abri une cabane qu'il s'est construite au fond des bois, pour seule nourriture les lièvres, tatous, écureuils et cochons sauvages qu'il parvient à piéger. Et puis, coup de théâtre : un soir, au crépuscule, sur le bord d'un ruisseau, Maxime aperçoit un corps étendu par terre. Il s'en approche. C'est une jeune femme. Une négresse. À moitié nue, à moitié gelée, à moitié morte de fatigue et de faim. [« Trois moitiés pour un seul corps ! C'est sans doute avec la même règle que Mr Sanz mesure ses vers ! » – Zubrinsky, *op. cit.*] Elle est inconsciente. Maxime l'emporte dans sa bicoque.

Il la réchauffe. Il la veille. Il la nourrit. Il la sauve. Il finit par apprendre qu'elle est une esclave en fuite. Sortez vos mouchoirs : la jeune femme s'est échappée d'une exploitation en Louisiane, avec sa sœur et l'enfant de sa sœur, un garçon de 8 ans. Ils ont marché pendant des semaines, en évitant les routes et les villes. Ils ne se déplaçaient qu'à la nuit close. Ils pensaient aller vers le nord. On leur avait dit de suivre l'étoile mais ils ont dû se tromper, il y a tellement d'étoiles dans le ciel. Et puis l'enfant de sa sœur est tombé dans des sables mouvants, et sa sœur s'y est enfoncée aussi en essayant de le sauver. La terre les a engloutis tous les deux. Adieu. C'était la volonté de Notre Seigneur de les rappeler ensemble à Ses côtés. Elle a continué seule. Elle a marché encore et encore. Elle savait qu'ils n'abandonneraient pas, ils ne cesseraient jamais de la traquer, ses maîtres, ses propriétaires, et la milice, les chasseurs d'esclaves, elle savait que s'ils la rattrapaient elle serait ramenée à la ferme et elle y serait fouettée à mort, aux yeux de tous, pour l'exemple. Elle ne voulait pas mourir, pas comme ça. Elle avait continué. Elle ne regardait même plus les étoiles, elle voulait juste avancer, s'éloigner, mettre le plus de distance possible entre elle et eux. Elle avait marché aussi loin et aussi longtemps qu'elle avait pu, et puis elle n'avait plus pu. Elle s'était assise et elle avait fermé les yeux, à bout de forces. C'était la volonté de Notre Seigneur tout-puissant que leurs chemins se fussent croisés à ce moment-là.

Maxime écoute son récit. Sa blessure n'a pas dû endommager que sa hanche, elle a dû aussi chambouler son cœur, son âme, comment expliquer, sinon, que lui, vaillant soldat de l'armée confédérée, pourfendeur des abolitionnistes, que lui pleure aujourd'hui en buvant les paroles de cette négresse, de cette esclave fugitive ? Il est bouleversé. Ça remue dans ses tripes. Ça coule sur ses joues déjà profondément marquées par les rudes épreuves de son existence. Des larmes épaisses, surgies des profondeurs, et qui brillent et roulent et se perdent dans sa barbe broussailleuse. Son regard plonge dans les grands yeux bruns de la jeune femme. Les cieux nocturnes. C'est ici qu'est l'étoile à suivre. Elle s'appelle Wynonna Pearl. Il l'appellera Wyn. Sa victoire à lui. Sa perle précieuse.

Il l'aime. Il la cache. Il la protège. Il n'est, bien entendu, pas question d'officialiser leur union. Maxime se serait peut-être vu accorder le droit d'épouser une guenon, mais certainement pas une Noire – esclave de surcroît. Aucun juge, aucun prêtre n'y aurait consenti. Rappelons-nous que la loi interdisant le mariage interracial ne sera abrogée, au Texas, qu'en 1967. Même Kennedy n'aura pas pu voir ça. Cela n'empêchera pas le couple de procréer. Il aura six enfants. Des mulâtres. Six vilains petits canards.

Voilà comment cela a commencé. Voilà comment les Deloncle ont fait souche à Dallas. De toute cette belle, triste, malheureuse, merveilleuse aventure, il demeure de nos jours quelques traces. En hommage à l'éphémère entreprise que fut La Réunion, on a baptisé un quartier de la ville Reunion District, une tour, Reunion Tower, et il y a ce petit cimetière désaffecté, La Reunion Cemetery, où l'on peut encore trouver, en cherchant bien, au pied d'un if monumental, deux modestes et rudimentaires pierres tombales, rongées par les ans et le salpêtre. Il faut se pencher de très près pour y discerner les inscriptions indiquant : Clarisse Deloncle (1839 – 1857) et Charlotte Deloncle (1819 – 1859). Nul ne sait où reposent Maxime et Wynonna.

Philip-Joseph, pour sa part, revendiquait un huitième de sang noir (*African blood*) dans ses veines. Assez pour ressentir les effets d'une certaine forme de ségrégation. À plusieurs reprises, lorsqu'il s'estimait très mal payé de ses efforts et de son travail, je l'ai entendu soupirer : Esclave on est, esclave on reste…

Je me suis un peu étendu sur ces origines – les racines – mais qu'on se rassure, je n'ai pas l'intention de remonter ainsi, de branche en branche, tout l'arbre généalogique des Deloncle. Sanz, ce vieux singe grimaçant, va faire un grand saut pour s'asseoir directement sur la canopée. Un coussin dans le dos, un thé glacé dans une main, dans l'autre la télécommande, j'appuie sur le bouton et dans la lucarne apparaît (ô magie des ondes !) le monde de mes contemporains.

Dix jours après le décès de P. J., nous reçûmes un coup de téléphone. Il provenait d'un cabinet d'avocats de la ville : Zimmer & Associates. Au bout du fil, une secrétaire nous demanda de bien vouloir lui indiquer nos disponibilités afin de prendre rendez-vous avec maître Edwin Zimmer. Le plus tôt serait le mieux. Quand nous nous enquîmes de l'objet de ce rendez-vous, elle répondit qu'il s'agissait apparemment d'une affaire de succession concernant un dénommé Philip-Joseph Deloncle (prononcé « Déluncle »). Cet appel nous laissa perplexes. Une succession ? À notre connaissance, Phily-Jo ne possédait rien – rien, en tout cas, qui eût une quelconque valeur pécuniaire. Pas d'argent, pas de bijoux, pas de tableaux, pas d'actions. En guise de souvenirs, Michelle avait déjà récupéré chez lui un sifflet à ultrasons (11,95 $) et un couteau suisse. Tous ses trésors. Il n'était que locataire de sa maison, et nous doutions même qu'aucune association caritative daignât débarrasser les quelques objets disparates et branlants qui lui tenaient lieu de mobilier. Quel héritage aurait pu nous laisser notre Deloncle d'Amérique ? Mystère.

La première surprise nous cueillit à froid dès notre introduction dans le bureau de l'avocat : l'homme qui se tenait devant nous n'était autre que J. R.

J. R. Ewing. L'infâme J. R., le détestable J. R. Je gage que beaucoup se souviennent de cette célèbre série télévisée – *Dallas* – qui fit connaître notre ville à la terre entière en la présentant comme un repaire de pétro-cow-boys richissimes, avides et pervers, menteurs, tricheurs, alcooliques, adultères, cyniques, manipulateurs et quasi incestueux (reflet, il faut bien le dire, assez fidèle à la réalité), et dont John Ross Ewing était le personnage central – le plus pourri d'entre les pourris. C'était lui. Là, devant nous. La même bouille ronde, poupine, les mêmes yeux clairs, le même nez en trompette, le même menton volontaire, le même sourire racoleur, le même costume au cordeau (vogue eighties) et, cerise sur le brownie, le même indispensable et traditionnel chapeau de rancher sur le crâne. Tout y était, à l'identique. Edwin = Ewing. Seule cette différence d'une lettre marquait l'infime séparation entre le modèle et sa doublure, son sosie, son jumeau. L'avocat se tenait debout derrière son vaste bureau aux pieds d'acier et au plateau de verre. Accentuant son sourire (si c'est possible) il nous tendit une main, que nous finîmes par serrer après quelques secondes de stupéfaction et avec la curieuse impression de traverser l'écran – je ne pus m'empêcher de jeter un rapide coup d'œil sur les côtés pour chercher la caméra. Il s'attendait à notre réaction. « Ne vous y trompez pas, lança-t-il d'emblée, c'est moi qui vais vous demander un autographe ! »

Nous n'étions ni les premiers ni les seuls à nous y laisser prendre. Edwin Zimmer cultivait cette ressemblance avec le personnage, et il en jouait. Cela n'avait pas, selon ses dires, que des avantages. Autant au tribunal ses adversaires pouvaient en être déstabilisés, en perdaient parfois leurs moyens, autant dans la vie quotidienne cela lui avait valu quelques déboires. Et pour preuve, sitôt que nous fûmes tous les trois assis, il se mit à nous conter cette anecdote (sans doute mille fois contée à mille clients) selon laquelle, alors qu'il mangeait tranquillement son triple burger dans un snack, il s'était fait agresser par deux bonnes femmes qui le rouèrent de coups de sac à main en hurlant : « C'est pas le tien, espèce de salaud ! C'est pas le tien ! Elle t'a fait cocu et elle a bien fait, c'est tout c'que tu mérites ! » Ces deux furies, précisa-t-il, faisaient bien sûr référence à la liaison extraconjugale de Sue Ellen, l'épouse de J. R., avec Cliff

Barnes, son pire ennemi. C'était au lendemain de l'épisode 10 de la saison 2, vous vous souvenez ? – Euh… – On apprend que Sue Ellen est enceinte mais on ignore encore qui est le père du bébé. Le serveur avait dû intervenir pour me débarrasser de ces foldingues. Incroyable, non ? nous prenait-il à témoin en secouant sa tête coiffée du légendaire Stetson. Puis il marqua une courte pause avant de conclure : « Imaginez la bobine qu'elles ont dû faire quand on a su que l'enfant était bien de moi ! » Il ponctua d'un clin d'œil en cinémascope et son sourire s'élargit encore (jusqu'où, mon Dieu ? y a-t-il une limite physiologique à ça ?).

Mais revenons à nos affaires.

Nous n'avions toujours pas ouvert la bouche, Michelle et moi. Elles se mirent à béer (nos bouches) lorsque – deuxième surprise – maître Zimmer déposa sur son bureau un grand sac en plastique, à l'enseigne d'un magasin de jardinage, en annonçant qu'il était heureux de nous remettre, en quelque sorte, notre héritage. Comme j'avançais une main vers ce paquet, l'avocat retint mon geste. Permettez ! Aurions-nous l'obligeance de lui présenter nos pièces d'identité ? Et tandis que nous les cherchions, il entreprit d'éclairer notre lanterne : six mois auparavant, Mr Deloncle s'était présenté au cabinet Zimmer & Associates afin de confier ces documents à un homme de loi. Ses instructions étaient strictes et précises : ceci devrait être remis, en mains propres, à Mr Gary Sanz et/ou à Mrs Michelle Sanz, au cas où il lui arriverait malheur. Ce qui, hélas, était arrivé – toutes mes condoléances. Mr Deloncle était venu à deux ou trois reprises faire des ajouts au dépôt initial. Le dernier remontait à une quinzaine de jours (dernière fois qu'il s'était présenté au cabinet).

Après que nous eûmes exhibé nos cartes, l'avocat poussa le sac vers nous. Je m'en emparai et jetai un regard à l'intérieur. Des cahiers. Plusieurs cahiers. C'est tout ce que j'aperçus. Je ne sais ce qui, de la déception ou de la curiosité, l'emporta (si, en vérité, sur le coup je le sus, mais n'en montrai rien). Je remerciai et m'apprêtai à me lever, mais maître Zimmer me retint à nouveau. Permettez ! Il fit glisser deux feuilles dans notre direction. La première était un récépissé au bas duquel il nous demanda d'apposer nos signatures

– un autographe, s'il vous plaît ! La seconde feuille – et troisième surprise – était une note d'honoraires. Michelle découvrit la somme en même temps que moi. Nous échangeâmes un regard. Je déglutis, puis me raclai la gorge, puis toussai, puis demandai à l'avocat s'il était possible de lui faire plusieurs chèques afin d'étaler le règlement sur autant de mois. Disons… quatre chèques ? Maître Zimmer me toisa un moment. Je crus qu'il allait me dire quelque chose du genre : Vous me prenez pour Bobby ? en émettant un petit ricanement sarcastique et méprisant, mais j'eus la preuve, une fois de plus, que la fiction n'était pas la réalité. « Je vous en prie, murmura-t-il, je ne voudrais pas en rajouter à votre malheur. »

C'est pas Cliff Barnes qui aurait fait ça, me dis-je in petto.

Vous ne savez pas lire, il nous a dit. Direct. Ç'a été ses premiers mots, je m'en rappelle très bien. Le tout premier jour de notre premier cours avec lui. Vous ne savez pas lire. Vlan ! Il nous balance ça en pleine poire. Il a dit qu'il ne nous connaissait pas encore, et tant mieux si on le détrompait par la suite, mais pour l'heure il était prêt à parier que ce constat, cette vérité, était valable pour au moins 99 % d'entre nous. Comme pour 99 % de la population en général. Les bons lecteurs, il a dit, les « vrais » lecteurs, étaient extrêmement rares. Il a dit que nous savions déchiffrer, sans doute – le b.a.-ba, littéralement – mais que cela n'était absolument pas suffisant pour prétendre savoir lire. Il y a une énorme différence entre les deux. Il y a une montagne. Ou un gouffre. Il nous disait ça à nous, vous imaginez ? Bon sang ! On était en troisième année d'université, dans un cours de littérature comparée ! Ça nous a fait un choc. Je sais pas si les autres profs, qu'on avait eus avant, pensaient la même chose, en tout cas aucun n'avait osé nous balancer un truc pareil. Je crois pas qu'il avait l'intention de nous vexer ou de nous décourager ou quoi, non, il souriait, il était pas agressif, il était pas méprisant, ni rien, c'était juste comme s'il voulait être sincère avec nous. Honnête. Qu'on prenne conscience de certaines choses et qu'on arrête, peut-être, de se faire des illusions. Un peu comme il aurait dit à un môme : Tu veux devenir pilote de chasse ? D'accord. Mais c'est pas simplement en regardant *Les Têtes brûlées* à la télé que tu vas y arriver (vous connaissez ce vieux feuilleton ?), si tu n'as pas acquis les connaissances et compétences indispensables, alors tu ne seras jamais aux commandes d'un Corsair ! C'est tout, y a pas à tortiller.

D'après lui, la lecture c'était pas une question d'intelligence, c'était pas une question de capacités intellectuelles, on n'était pas plus bêtes que d'autres – merci, monsieur ! –, c'était pas ça. La lecture, il a dit, c'était essentiellement une question d'entraînement. Pour savoir lire, il fallait lire. Beaucoup. Beaucoup, beaucoup, beaucoup. Il a dit qu'il n'y connaissait pas grand-chose en sport, mais il pensait qu'on pouvait comparer ça à un entraînement sportif. On pratique régulièrement, tous les jours, et au fur et à mesure le corps se forme et s'endurcit, les muscles se développent en même temps que la technique, on acquiert les bons réflexes, on comprend mieux le jeu, la tactique, tout. Et ça se fait par étapes. On commence par du léger, du facile, et puis on met la barre un peu plus haut à chaque fois. Personne n'imaginerait atteindre le niveau de Michael Jordan juste en lançant quelques balles le dimanche sur son parking (c'est moi qui cite Michael Jordan, je suis pas sûr que lui le connaissait), alors pourquoi imaginerait-on pouvoir lire et comprendre *Guerre et Paix* (ça, c'est lui) si on n'a jamais lu qu'un ou deux Stephen King ?

Bon. C'était sa théorie. Pour être capable d'appréhender certains textes, pour pouvoir en apprécier toute la valeur, ça nécessitait un entraînement intensif. Il nous fallait des armes, un bagage. Qu'on n'avait pas, selon lui. En guise d'exemple, il a ouvert un bouquin et il nous en a lu tout un chapitre. Après ça, il a demandé qui voulait bien lui expliquer ce qu'il venait de lire, ou au moins lui donner ses impressions. Personne ne s'est risqué à lever la main. Le bouquin, c'était *Ulysse*, de Joyce. M'en souviendrai toujours (je sais pas si vous l'avez lu, mais c'est un sacré morceau). Ensuite, il nous a fait une sorte de commentaire du chapitre en question, et tout à coup c'était comme si on passait de l'hébreu à l'anglais. C'était une autre langue. Une traduction. Tout est devenu clair, et beau. C'était assez génial, j'avoue. Il a dit que son rôle n'était pas de nous apprendre à lire, ça c'était à nous de le faire, par nous-mêmes, lui il serait juste là pour nous soutenir et nous aiguiller, nous inciter à aller vers des textes qui, à ses yeux, le méritaient. En quelque sorte, il ne nous apprendrait pas à chercher de l'or, mais il tâcherait de nous aider à reconnaître une pépite et à la débarrasser de ses scories quand on en aurait une entre les mains. C'est ce qu'il a dit. À l'époque, je connaissais même pas le mot « scorie »…

Bien sûr, ça nous a un peu refroidis, sur le coup. Disons que ça nous a mis le nez en plein dedans et que ça sentait pas très bon. Mais faut reconnaître qu'il avait pas forcément tort. C'était un bon prof. Réglo. Juste. Pas une peau de vache.

Des fois je regrette, quand j'y repense. J'ai pas dû être assez persévérant. Un peu fainéant aussi, c'est vrai. Plus tard, j'ai essayé de lire *Ulysse*, tout seul. Je suis jamais arrivé au bout. J'ai laissé tomber. La littérature, tout ça. Je sais pas ce que ça m'aurait rapporté. Si ç'aurait été mieux ou pas. J'avais pas l'intention de devenir pilote de chasse, de toute façon. Ni champion de basket. Maintenant, je bosse dans les assurances. Commercial. (Vous avez quoi, comme assurance, vous ? Si vous voulez, je peux… Non ?) Je gagne pas mal. Enfin, disons que j'ai pas à me plaindre. Mais de l'or, j'en ai jamais trouvé.

Il y avait dix cahiers grand format et une lettre, une seule, dans une enveloppe à nos noms. Moi calé au fond de mon fauteuil, Michelle en amazone sur l'accoudoir, nous prîmes d'abord connaissance, ensemble, de cette lettre.

Chers vous deux,

Ne vous faites pas de mouron pour moi. Je pense que le plus dur est passé. La mort, comme tout, n'est qu'un changement d'état. C'est d'ailleurs le même principe qui préside à la création, à la vie. L'invisible existe, pas le vide. Le vide est plein. Le vide est saturé. Reste à savoir que faire de ces innombrables éléments qui remplissent le vide. Comment les dompter ? Comment s'en servir ? À partir de l'inertie produire du mouvement. Du noir faire jaillir la lumière. Du chaos générer l'ordre. C'était mon credo. N'en déplaise aux antiques momies de la physique, je sais que c'est possible et, contrairement à l'existence de Dieu, je peux le démontrer. J'ai les preuves. Et vous pouvez être sûrs que sitôt que j'aurai disparu, « qui vous savez » va se précipiter chez moi pour tenter de les récupérer, ces preuves. Mais ils ne trouveront rien ! Ils pourront retourner ma piaule sens dessus dessous, ces salauds ne trouveront rien de rien ! J'ai pris mes dispositions. Si vous savez qui est « qui vous savez », cela signifie, hélas, que je ne suis plus de ce monde, mais foutredieu, j'aurais donné cher pour voir leurs têtes en découvrant que mes tiroirs étaient vides et toutes mes notes en lieu sûr ! C'est à vous que j'ai choisi de les transmettre. Vous m'êtes les êtres les plus chers au monde, les seuls en qui j'ai confiance. Ce que je vous laisse, ce sont mes biens les plus précieux. À vous de décider de ce que vous tenterez d'en faire. Vous connaissez le dicton : Il n'y a pas de pire aveugle que celui qui ne veut pas voir. Ceux à qui, pendant des années, j'ai voulu exposer mes preuves, ont les paupières cousues. Ils sont assis sur leurs certitudes et leurs tas de billets. Ils ont les poches pleines. Ils ont l'esprit étroit – et le bras long. Comble de l'ironie, ce sont ceux-là mêmes qui ont toujours refusé de les voir, qui aujourd'hui vont essayer de se les accaparer. Non pour les porter enfin à la lumière, mais pour les enterrer. Mes preuves les gênent. Pour les uns, elles font vaciller leurs croyances, leur système tout entier et, de là, remettent en cause leur autorité. Pour les autres, elles ébranlent tout simplement la montagne de fric au sommet de laquelle ils trônent. Les uns et les autres ont fait alliance pour éradiquer le danger. Mais combien de temps la révolution copernicienne a-t-elle mis pour s'imposer ? Combien de morts (et pas seulement et purement symboliques) avant qu'elle soit admise ? C'est une autre révolution que je propose, je n'ai pas peur de l'affirmer. D'une puissance égale. D'une aussi grande portée. Son onde de choc, c'est vrai, pourrait être dévastatrice pour une poignée d'oligarques et de ploutocrates, mais elle pourrait être salvatrice, libératrice, je dirais même vitale, pour le reste de l'humanité. Le plan de cette révolution est désormais entre vos mains. C'est mon cœur, mon âme, mon esprit, mon travail, c'est le fruit de toute ma vie. Vous avez le droit d'en faire ce que bon vous semble. Lisez ces notes et vous pourrez ensuite, en toute conscience, reprendre le flambeau ou bien vous pourrez le laisser s'éteindre dans un coin et l'oublier. Je ne vous en voudrai pas. Prenez garde, toutefois, car ces gens – qui vous savez – sont à l'affût. Ils sont patients. Ils sont puissants. Ils n'ont aucun scrupule. Je serais très étonné qu'ils lâchent l'affaire aussi facilement. Toi, mon très cher Gary, tu as déjà eu un petit aperçu de leur pouvoir de nuisance. Michelle, ma sœur chérie, si tu n'en as pas eu vent, c'est parce que je ne voulais pas t'inquiéter. Je ne le veux toujours pas. Moi, je n'ai plus rien à craindre. En ce qui vous concerne, continuez à veiller l'un sur l'autre.

Il me reste à vous souhaiter bonne chance. Si, comme je l'espère, je flotte dans l'éther, croyez bien que je trouverai le moyen de diriger le flux des atomes vers vous, afin qu'ils vous apportent chaleur et réconfort.

Avec toute mon affection,
Phil

Ce ton grave ne lui ressemblait pas. Il y avait dans ces pages quelque chose de lourd. Il y avait des tournures solennelles, il y avait des termes que je ne l'avais jamais entendu employer. Peut-être, me dis-je, que la proximité, que l'imminence de la mort pèse d'un poids énorme sur les épaules d'un homme. Sans doute, oui. Qui prendrait ça à la légère ? Qui rigolerait en rédigeant son testament ?

Michelle se redressa en s'essuyant discrètement les yeux. Je repliai les deux feuillets de la lettre et les replaçai dans l'enveloppe tandis qu'elle arpentait le salon à petits pas. Silence. Puis : « C'est quoi, cette histoire dont je n'ai pas eu vent ? demanda-t-elle. De quoi ne voulait-il pas que je m'inquiète ? »

Elle s'était immobilisée. Elle me scrutait.

— Aucune idée, répondis-je.

Michelle pencha légèrement la tête, fronça légèrement les sourcils – ses beaux et fins sourcils, que j'adorais effleurer de mes lèvres. Bien que je l'eusse mérité, son regard suspicieux me blessa. Je n'avais pas l'habitude de lui mentir. J'avais plusieurs excuses à mon arc : ce n'était pas le bon moment, c'eût été trop long et fastidieux, c'était dingue, je n'étais sûr de rien et, enfin, Philip-Joseph m'avait arraché la promesse de me taire.

— Tout ça ne me paraît pas très clair, repris-je. Tout ce que je comprends pour le moment, c'est que ton frère a l'air de nous avoir refilé une sorte de patate chaude… Il a bien fait, attention ! m'empressai-je d'ajouter. Je prends ça comme une marque d'estime. Et de confiance. C'est apparemment une chose à laquelle il tenait beaucoup. Mais quelle chose ? Je l'ignore.

Michelle ne me quittait pas des yeux – ses beaux yeux couleur de rivière, dans lesquels j'adorais me noyer.

— Une patate chaude… répéta-t-elle dans un murmure.

L'expression était mal choisie. « Cadeau empoisonné » eût été mieux approprié.

— Je suppose, dis-je en tâchant d'assurer ma voix, que nous en saurons plus après avoir lu ces cahiers.

Elle détourna son regard vers le sac, puis hocha doucement la tête. Oh ! Mon amour, si j'avais pu prévoir !

Autant m'en débarrasser tout de suite. Voici l'épisode qui explique le mensonge que je venais de proférer :

Cela se passait trois ans auparavant. Un jour de juin ensoleillé. C'est la période que je préfère, on sent dans l'air universitaire comme un frémissement à l'approche des ultimes examens et à la perspective des vacances. J'apprécie cette atmosphère. C'était la pause déjeuner. Le campus paraissait assoupi. Tout le monde était soit en train de manger, soit en train d'attaquer une sieste digestive sur les pelouses. Seul dans mon bureau, je venais d'avaler un sandwich. Je n'avais pas de cours prévus l'après-midi mais une pile (modeste) de copies à corriger était posée devant moi. J'aimais mieux le faire ici, sur place. J'évitais autant que possible d'emporter du travail à la maison, où les prétextes étaient trop nombreux, trop impérieux, d'échapper à mon devoir. J'avais demandé à mes étudiants un commentaire de texte sur *La Lettre écarlate* de Nathaniel Hawthorne. Explorez en particulier les thèmes de l'hypocrisie et de l'intolérance, leur avais-je conseillé. Je m'attendais au pire. Je devrais m'estimer déjà satisfait si la moitié d'entre eux avait lu le roman dans son intégralité (on repère vite ceux qui se sont contentés de la quatrième de couverture ou de vagues résumés glanés çà et là). Après dix ans d'enseignement de la littérature, on a au moins appris une chose : les étudiants ne lisent pas. Les exceptions sont rares, les perles encore plus. Bref, il me fallait justifier mon salaire mais je ne me faisais guère d'illusions sur ce qui m'attendait, et je n'étais pas pressé de m'y mettre. Je commençai donc par étendre les jambes sur le bureau et fermer les paupières. Un petit quart d'heure, me dis-je, pas plus.

Au bout de trois minutes, le téléphone sonna (c'est le diable, un diable fourchu, j'en suis convaincu, qui a inventé cet appareil). Je sursautai, puis décrochai. La standardiste s'excusa de me déranger et m'annonça que mon beau-frère cherchait à me joindre – c'était urgent, semblait-il. Ma première pensée fut pour Michelle et un frisson me lécha l'échine. Un accident ? Ou pire ? Passez-le-moi, répondis-je aussitôt. L'opération prit quelques secondes qui me parurent interminables (le diable, le diable…).

— Gary ? Gary, c'est toi ? Il faut que tu viennes ! attaqua Philip-Joseph sans autre préambule.

Sa voix était sourde, oppressée, tendue, j'eus du mal à la reconnaître.

— Qu'est-ce qui se passe ? C'est Michelle ? Il lui est arrivé quelque chose ?

— Non ! Non, c'est pas Michelle, c'est moi. J'ai besoin de te voir. Il faut que je te parle. Tout de suite !

D'un côté, il me soulageait d'un poids, de l'autre il m'en recollait un sur le sternum. Jamais Philip-Joseph ne m'avait appelé sur mon lieu de travail, jamais je ne l'avais entendu s'exprimer d'un ton si pressant (il avait l'air paniqué, au bord des larmes).

— Calme-toi, lui dis-je. Dis-moi ce qu'il y a. Tu…

— Non ! Pas au téléphone ! Il faut absolument que tu viennes ! Tu peux faire ça, Gary ? Je t'en prie, c'est vraiment important !

— Écoute, je…

Il m'interrompit à nouveau, cette fois en émettant un étrange bruit de gorge, à mi-chemin entre le râle et le geignement.

— Eh ! Phil, ça va ? m'inquiétai-je.

Je l'entendis reprendre sa respiration.

— Si ça allait, je ne serais pas là à te supplier, gémit-il. Viens, mon frère, s'il te plaît. Je n'ai personne d'autre à qui m'adresser.

« Mon frère » ? Jamais il n'avait usé de ce terme familial (ou familier ?) avec moi.

— OK, OK, j'arrive.

— Attends ! Je te donne l'adresse.

— Tu n'es pas chez toi ?

— Non. T'as de quoi noter ?… Ou plutôt, non, ne note pas ! Retiens-la par cœur. T'es prêt ?

Je décidai de ne plus poser de questions.

— Oui, vas-y.

— 1026 North Beckley Avenue. Tu t'en souviendras ?

Je lui répétai l'adresse et lui assurai que je me mettais en route sur-le-champ.

— Merci, souffla-t-il. Merci. Je t'attends.

Puis, juste avant que je raccroche, il lança :

— Eh, Gary ! N'en parle à personne. Tu m'entends ? Tu ne dis à personne où tu vas, compris ?

— D'accord. Je ne dirai rien, c'est promis.

Ce fut lui qui raccrocha.

Je demeurai une bonne demi-minute à fixer bêtement le combiné en me repassant ce dialogue digne d'un mauvais film d'agents secrets. [« On ne vous le fait pas dire, Mr Sanz. » – Zubrinsky, *op. cit.*] Je ne savais que penser de tout ça. Philip-Joseph était capable de certaines excentricités, mais sa voix, son ton, ses propos même avaient réussi à m'alarmer. Je déteste les mystères. J'ai horreur de l'imprévu et des réactions irréfléchies qu'il entraîne. Je me levai en soupirant, pris mes clés de voiture et quittai mon bureau en me disant que, tout compte fait, j'aurais mieux aimé passer deux heures à rire ou à pleurer ou à rougir devant les élucubrations que mes élèves avaient dû écrire sur *La Lettre écarlate*.

L'adresse que m'avait donnée P. J. m'était inconnue. Je mis trente-cinq minutes à m'y rendre. Oak Cliff, quartier résidentiel, paisible. Des maisons individuelles, bien ordonnées de chaque côté de la rue. Le 1026 était l'une d'elles. Une bâtisse en briques rouges, probablement des années 1930, récemment refaite, pimpante. Je me garai dans l'allée. Je cherchai Phily-Jo des yeux mais ne le vis nulle part. Je me dirigeai vers l'entrée de la maison en me demandant si je ne m'étais pas trompé, ou si je n'étais pas le jouet d'un canular de la part de mon beau-frère. Une galerie en bois courait tout le long de la façade. Un porche, deux marches. Une porte vitrée aux carreaux masqués par un rideau de coton blanc ajouré. Je me plantai devant et regardai encore une fois à droite, à gauche. Je n'aurais pas été étonné de voir quelqu'un surgir en balançant des cotillons et en criant : Surprise ! J'avais ouï dire que la dernière mode était de se souhaiter un non-anniversaire. L'avantage, c'est que ça pouvait se fêter tous les jours de l'année, sauf un. Le genre d'idées qui aurait pu plaire à Philip-Joseph. Mais personne ne surgit.

Je frappai deux coups à la porte. Par les interstices du rideau j'aperçus une silhouette qui s'approchait. Le battant s'ouvrit et une petite bonne femme apparut. La soixantaine, replète – re-re-replète, je dirais –, les cheveux coupés court et des lunettes à monture d'écaille sur le nez. Elle leva son jovial faciès vers moi.

— Bonjour.

— Bonjour. Je me suis peut-être trompé mais je cherche…

— Vous êtes le cousin, me coupa-t-elle.

Ce n'était pas une question.

— Le cousin ? Euh…

— Venez, entrez. On vous attendait.

Elle se serra contre le mur et fit un geste assez gracieux de sa main boudinée pour m'inviter à entrer.

— Mr Aunt est déjà dans la chambre. C'est par ici, suivez-moi.

— Mr Aunt ?

D'un bon pas elle me fit traverser un salon dont la moitié était occupée par un sofa aux dimensions d'une baleine morte et couvert d'un tissu aux motifs de rhododendrons.

— Mais c'est plutôt vous qui seriez intéressé, si j'ai bien compris ? dit-elle tout en me guidant.

Moi, en tout cas, je comprenais de moins en moins, et j'étais de plus en plus persuadé qu'il y avait méprise. J'étais sur le point de le lui dire quand j'aperçus la silhouette d'un homme. Il se tenait debout dans une pièce adjacente, dont la porte était grande ouverte, et nous tournait le dos. La dame me conduisit jusque-là.

— Voilà le cousin, Mr Aunt ! annonça-t-elle en faisant halte sur le seuil.

L'homme se retourna. Il avait l'air un peu hagard. C'était bien Phily-Jo.

— Merci, miss Anderson, dit-il.

Celle-ci me fit signe de m'avancer, et je pénétrai alors dans ce qui était apparemment une chambre à coucher.

— Je vous laisse faire le tour du propriétaire, dit miss Anderson. Si vous avez des questions, n'hésitez pas.

Puis elle se retira.

Le tour du propriétaire eut été vite fait : la chambre mesurait environ quatre mètres sur deux. Il y avait un lit à une place avec des montants arrondis en métal laqué blanc, une table de chevet où trônait une lampe à abat-jour, un étroit placard mural dans le fond, une chaise en paille. Point. Confort monacal.

Je tournai les yeux vers mon beau-frère.

— Mr Aunt ?...

Il leva promptement une main, paume en avant, pour m'arrêter. Posa un doigt sur ses lèvres. Puis il me dépassa pour aller fermer la porte, sans bruit. Après cela, il retourna à la fenêtre, écarta légèrement un pan du rideau et jeta un œil de chaque côté de la rue.

— T'es sûr que tu n'as pas été suivi ? chuchota-t-il.

— Suivi ? J'en sais rien, je n'ai pas fait attention. Pourquoi aurais-je été suivi ?

Malgré moi, j'avais adopté le même ton que lui, un ton bas, de confidence ou de comploteur.

— C'est de ma faute, reprit-il, j'aurais dû te dire de surveiller tes arrières.

— Bon sang ! Est-ce que tu peux m'expliquer...

— C'est un faux nom.

— Quoi ?

— Aunt. C'est un faux nom.

— Ça, j'avais compris. Mais pourquoi ? Pourquoi donner un faux nom ?

— Par précaution. On n'est jamais trop prudent, crois-moi.

— Tu... Tu penses que tu es en danger ?

Phily-Jo me dévisagea un instant, puis il poussa un profond soupir – de ceux qu'on laisse échapper lorsqu'une tâche immense nous attend et que son ampleur d'avance nous décourage.

— Cette chambre est à louer, dit-il. Tu n'as pas vu la pancarte devant la maison ?

— Non.

— J'ai dit à miss Anderson que mon cousin venait d'arriver en ville et qu'il serait peut-être intéressé par la location. Mon cousin, c'est toi.

— Sauf que je ne suis pas ton cousin et que je n'ai aucune intention de louer une chambre, ici ou ailleurs !

— Je sais. C'est histoire de brouiller les pistes au maximum.

— Pour l'instant, c'est moi que tu es en train d'embrouiller. Totalement. Je ne comprends rien à ce que tu racontes !

— Ils savent où se trouve mon domicile. Je voulais éviter qu'on t'y voie. J'ai préféré te donner rendez-vous ici. Si cette femme est interrogée, tout ce qu'elle pourra dire c'est qu'elle a reçu un certain Mr Aunt et son cousin qui voulaient visiter la chambre. Faux nom, faux prétexte. Ce sont les seuls renseignements qu'elle pourra donner.

— Tu sais quoi ? À chaque phrase que tu prononces, j'ai l'impression de m'enfoncer un peu plus dans d'obscurs marécages. Je me noie, là. C'est le noir complet !

— C'était la chambre d'Oswald.

— Oswald ?

— Lee Harvey Oswald. Le type qui...

— Je sais qui était Lee Harvey Oswald ! Et alors ?

— Il a habité ici même, fit P. J. avec, dans la voix, quelque chose qui ressemblait à un accent de nostalgie. Il a dormi dans ce lit. Il y a emménagé en octobre 1963, quelques semaines avant le... le... (le ?). C'est ici qu'il a passé sa dernière nuit de liberté, la veille du jour où le président est mort. Celui où je suis né.

— Je connais l'histoire, Phily-Jo. Ta mère et toi me l'avez déjà racontée. Et je répète : et alors ? C'est quoi ? C'est une espèce de... de fétichisme ? Tu veux dormir dans la même chambre que l'assassin ? Dans le même lit ? Ou bien tu t'imagines qu'il s'est créé une sorte de lien entre toi et lui ? Une connexion à distance ? C'est ça ? Bon Dieu, je n'aurais pas cru que tu puisses donner dans ce genre de délire !

Philip-Joseph poussa de nouveau un soupir. Puis il s'assit pesamment sur la chaise. De la poche de sa veste il sortit un paquet de cigarettes et s'en alluma une. Je n'en revenais pas.

— Tu fumes, maintenant ?

— Je commence, dit-il.

Allais-je me voir infliger les prémices d'une crise d'adolescence attardée ? Son crapotage était ridicule. La première bouffée lui arracha une grimace. Il manqua s'étrangler en la recrachant.

— C'est quoi, tout ça ? m'emportai-je. À quoi ça rime ? Tu m'as fait venir ici en urgence, comme si ta vie en dépendait. Pour quelle raison ? Juste pour me montrer tes talents de fumeur ?

Il se pencha, les avant-bras posés sur les cuisses, son front, comme un fardeau trop lourd à porter, incliné vers le sol. Si je devais d'un mot qualifier son attitude, je dirais : accablée.

— On n'a jamais su, au fond, ce qui s'était vraiment passé... dit-il.

— Ce qui s'était passé ?

— Pour l'assassinat de Kennedy.

Ça y est, pensai-je, nouvelle lubie. Trouble obsessionnel, diraient les explorateurs de l'inconscient – chasseurs d'épaves.

— Bien sûr que si, on l'a su ! Il y a eu une enquête. Plusieurs enquêtes. Et les résultats sont connus.

— N'empêche qu'il reste de nombreuses zones d'ombre.

Le complot, maintenant. De mal en pis.

— Écoute-moi, Phil, je ne sais pas ce que tu t'es mis en tête, je ne sais même pas pourquoi on parle de ça, mais sache qu'il y a des preuves, elles existent, et elles ont permis d'attribuer officiellement le meurtre à Oswald.

— « Officiellement ». C'est le mot. Mais en dessous ?

— En dessous ?

— Le dessous des cartes, Gary. Ce type était peut-être une victime, lui aussi. On l'a tué avant qu'il puisse s'expliquer. Je ne voudrais pas finir comme lui.

Ces derniers mots étaient sortis de sa bouche dans un murmure, un souffle ténu. Son crâne ballottait doucement sur la tige de son cou. La cigarette se consumait entre ses doigts et un mince filet de fumée montait en ligne droite jusqu'au plafond. D'une chiquenaude il fit tomber un petit pâté de cendre froide dans le creux de sa main. Je le considérai un moment en silence. Il me fit de la peine. Il me fit peur.

Soudain, on toqua à la porte derrière moi et je sursautai. La voix de la logeuse traversa le panneau :

— Désolée, messieurs, mais la chambre est non fumeur !

Philip-Joseph parut s'éveiller. Il cligna des cils.

— Pas de problème, miss Anderson. C'est nous qui sommes désolés. Ça ne se reproduira plus !

Il regarda autour de lui, en quête d'un cendrier. Il n'y en avait pas. Il se leva, entrouvrit la fenêtre et jeta le mégot dehors. Puis il s'épousseta la main par-dessus le rebord et referma la fenêtre.

— Qu'est-ce que ça veut dire ? lui demandai-je alors.

— Quoi ?

— Que tu ne veux pas « finir comme lui ».

Il pinça les lèvres et s'approcha de moi.

— Mon labo a été saccagé, dit-il.

— Ton labo ?

— Oui, dans mon garage. Tu sais bien, c'est là que j'avais installé toutes mes machines. Des appareils que j'ai mis des années à mettre au point. Fracassés, laminés. Ils ont tout détruit.

Je revis mentalement le garage de sa maison. Un antre encombré d'un invraisemblable bric-à-brac. Des tubes, des fils, des bobines, des moteurs, des compteurs, des… des trucs, des tas de trucs parmi lesquels lui seul pouvait s'y retrouver. Ce que Michelle et moi appelions entre nous : son foufoutoir.

— On t'a volé quelque chose ?

— Non, je ne crois pas. Je pense qu'ils ont dû être dérangés, ils n'ont pas eu le temps de finir le boulot. Ils ont commencé par le garage et ils avaient certainement dans l'idée de continuer par la maison. Fouiller. Emporter ce qu'ils cherchaient. C'est peut-être moi qui les ai dérangés. Ils m'ont entendu arriver et ils ont foutu le camp en douce. Mais ils avaient déjà tout bousillé, ces ordures !

— Pourquoi des cambrioleurs s'introduiraient chez toi et perdraient du temps à tout casser plutôt que de chercher des objets de valeur ?

— Est-ce que j'ai dit que c'étaient des cambrioleurs ?

— Que… Qui, alors ? Tu sais qui c'est ? Tu les connais ?

Il se détourna et se mit à arpenter lentement la pièce, les mains dans le dos, voûté.

— Je ne suis pas encore sûr, dit-il. Il y a plusieurs possibilités.

— Tu as prévenu la police, au moins ?

— Je l'ai prévenue il y a huit mois de ça, quand j'ai reçu les premières menaces.

— Parce qu'on t'a menacé ?

— Au téléphone, oui. Des coups de fil anonymes.

— Bon Dieu… Pourquoi tu ne nous en as pas parlé plus tôt ? Et qu'a fait la police ?

— Au début, rien. Et puis, comme j'insistais, ils ont fini par mettre mon téléphone sur écoute.

— Et ?

— Ils ont relevé vingt-huit appels suspects en deux mois. Vingt-huit. En provenance de tous les coins du pays. Mais comme ils étaient tous passés depuis des cabines publiques, impossible d'identifier les correspondants. Du moins, c'est ce qu'ils m'ont dit… Je n'ai qu'une confiance très limitée en la police.

— Je ne comprends pas… soufflai-je.

C'était peu de le dire. Je me sentais complètement dépassé. Et puis, je ne parvenais pas à croire à la réalité de tout ça. Cette maison, cette chambre, ce dialogue extravagant. La scène présentait tous les attributs d'un mauvais rêve. J'allais me réveiller, d'un coup, parce que Laura Liebnitz ou ce grand dadais de Zack Farrell tapait à la porte de mon bureau pour me remettre leur devoir en retard. Arraché brutalement à mon somme, je dégringolerais de ma chaise, ce serait douloureux mais ce serait un moindre mal.

— J'en suis venu à me demander dans quelle mesure ils n'étaient pas eux-mêmes impliqués, dit Philip-Joseph.

— Quoi ? Qui ça ?

— Les flics.

— Mais… Mais enfin, pourquoi les flics feraient ça ? Qu'est-ce qu'on te reproche ? Qu'est-ce qu'on exige de toi ? Ces menaces, en quoi elles consistent exactement ?

— La plupart du temps, il n'y a rien au bout du fil. Juste un souffle. La respiration du type. Tu sais, façon tueur psychopathe dans les films d'horreur. Les rares fois où j'ai entendu une voix, c'était pour me conseiller de laisser tomber.

— Laisser tomber quoi ?

— Mes travaux. Abandonner mes recherches.

— Tu crois que la police surveille tes travaux ? Qu'elle voudrait te nuire ?

Phily-Jo se rassit sur la chaise, leva les yeux vers moi.

— *Comme par hasard* *, ça a commencé peu de temps après que j'ai déposé une demande de brevet pour une de mes inventions... Ce n'est peut-être pas la police directement, mais... (Soupir.) Le dessous des cartes, Gary.

Je soupirai à mon tour – impuissance, exaspération.

— Est-ce que tu pourrais essayer d'être plus précis ?

— Il y a des forces qui agissent dans l'ombre, dit-il. Des courants très puissants, et profonds. Ce sont eux qui nous dirigent, en réalité. Ce sont eux qui influent sur le sens de nos vies. Les décisions. Les ordres. Le contrôle... Le véritable pouvoir, il est là. Caché. Et sans limites. La police n'est qu'un de leurs nombreux instruments. Ils ont des antennes et des tentacules partout. Partout.

Je fermai les paupières. Inspirai à fond. Expirai (à fond aussi).

— Excuse-moi, dis-je, mais j'ai beaucoup de mal à adhérer à ce genre de thèse conspirationniste. Les maîtres de l'univers qui nous gouvernent dans l'ombre. Les francs-maçons. Les Juifs. Les Templiers. La Kabbale. Quoi d'autre ? Les extraterrestres, peut-être ?

— Non, tu n'y es pas du tout. Ceux dont je te parle sont des hommes de chair et d'os. Et d'argent. D'argent, surtout. L'argent et le pouvoir. L'alpha et l'oméga. Il n'y a qu'une seule chose qu'ils ne possèdent pas encore tout à fait : le savoir.

— Je...

— Tu connais Tesla ?

— Tesla ?

— Nikola Tesla, ça te dit quelque chose ?

Vaguement, très vaguement. Si vaguement que je fis signe que non.

— Tu n'es pas le seul, hélas. Très peu de gens le connaissent.

* Les mots et expressions suivis d'un astérisque sont en français dans le texte [N.d.T.].

Depuis quelques années, son nom apparaît de temps en temps dans certaines revues très spécialisées. Mais on est encore à des années-lumière de la reconnaissance qu'il devrait avoir.

— Qui est-ce ?

— Certainement le plus grand génie que la terre ait porté. Léonard de Vinci puissance dix. Si, aujourd'hui, tu peux faire la lumière chez toi en appuyant sur un interrupteur, c'est grâce à lui. Si tu peux faire marcher ton frigidaire ou ta chaîne hi-fi, c'est grâce à lui. L'électricité, entre autres, c'est lui !

— On m'a toujours dit que c'était Edison, le père de l'électricité.

— Edison ? ricana P. J. (un pli dur et amer au coin de la bouche). Thomas Edison était un aimable bricoleur. Tesla a été son collaborateur, Edison l'a mis au défi de réussir à améliorer son système qui ne marchait qu'une fois sur deux. Et Tesla l'a fait ! Il a réparé et perfectionné le foutu système d'Edison, à courant continu. Mais le vrai problème, c'est que ce procédé ne pouvait pas fonctionner à grande échelle, c'était impossible. Et Tesla l'avait très bien compris. Et Tesla a imaginé et créé son propre système, à courant alternatif. Ça oui, ça marchait, et on pouvait le diffuser sur toute la planète. Et c'est ce qui s'est passé : cent ans plus tard, on utilise toujours la technique de Tesla, et on continue à attribuer l'invention de l'électricité à Edison. Alors même que ce vieux sagouin lui a mis tous les bâtons possibles dans les roues, qu'il s'est battu comme un lion pour faire adopter son propre système inefficace ! Et maintenant, si je te demande qui a inventé la radio, qu'est-ce que tu réponds ?

— La radio ?

— Le processus d'utilisation des ondes électromagnétiques, si tu préfères. Qui en est l'inventeur ?

— Vu comme c'est parti, j'imagine que ma réponse ne sera pas la bonne…

— Qui ?

— Marconi, je crois ? lâchai-je du bout des lèvres.

Philip-Joseph me jeta un regard noir, presque hostile, puis cracha :

— Marconi, mon cul !

Il se releva d'un bond, tel un boxeur quittant son coin pour retourner au centre du ring, prêt à en découdre. Il s'arrêta à un mètre de moi (avec une bonne allonge, le KO était encore possible).

— En 1897, dit-il, sur la trentaine de brevets déposés par Marconi, dix-sept appartenaient à Nikola Tesla ! Ce n'est qu'en 1943 que la Cour suprême des États-Unis a reconnu que Tesla l'avait devancé pour les circuits de réception radio. Mieux vaut tard que jamais, n'est-ce pas ?... Mais qu'est-ce que ça a changé ? Rien. Les manuels scolaires ne font toujours pas mention de Tesla pour cette découverte. Pas plus que pour l'électricité. Marconi, toujours. Edison, toujours. Tesla, jamais. Silence total. Amnésie. Secret.

— Où veux-tu en venir, Phil ?

Il serra fortement un poing et le leva, et je crus que cette fois, pour de bon, j'allais y avoir droit.

— Il a été délibérément écarté, dit-il. Étouffé. Dissimulé. À la fin du XIXe siècle, Tesla était un homme célèbre et adulé. Mais petit à petit, tout le monde l'a lâché. Ses admirateurs, ses financiers – les J. P. Morgan, les Westinghouse et toute cette clique ! Ils lui ont coupé les vivres. Plus moyen de poursuivre ses recherches. On lui a collé l'image d'un illuminé, un savant fou, et on l'a laissé crever seul, ruiné, dans une chambre pas plus grande que celle-ci. Et puis, avec le temps, alors qu'on encensait les Edison et compagnie, alors qu'on les portait aux nues, on a versé des tonnes et des tonnes de terre, bien tassée, sur la tombe de ce pauvre Tesla !

Je fixais le poing de Philip-Joseph. Il tremblait. Ses jointures étaient blanches. Ne fût-ce que par réflexe, le coup pouvait partir à tout instant. Mon attention était monopolisée par les diverses façons d'esquiver que j'envisageais. Cependant, une petite partie de mon cerveau devait rester branchée sur la discussion. Ce fut elle, je présume, qui me poussa à demander :

— Pourquoi aurait-on fait ça ?

Même si la question qui importait vraiment eût été plutôt : Quel rapport entre ce Tesla et nous ?

— Pour être sûr qu'il ne s'en relèverait pas, dit Philip-Joseph. On efface toute trace de notre mémoire en espérant qu'il sera définitivement oublié. Lui, son esprit, ses idées, ses projets : qu'ils aillent au diable et qu'ils y restent !

Son poing retomba. Je poussai un ouf de soulagement, purement psychique, néanmoins puissant, et Phily-Jo enchaîna :

— Plus qu'un scientifique, plus qu'un inventeur, Nikola Tesla était un véritable visionnaire. Il voyait grand et loin. Et certaines personnes ont tout intérêt à ce que ses visions ne soient pas exhumées.

— Quelles personnes ? Quelles visions ? demandai-je en rafale (à mon tour de passer à l'offensive).

P. J. retourna s'asseoir sur la chaise en paille. Debout, assis, debout, assis : mise en scène minimaliste. Ajouté à cela un décor conventionnel et restreint, des comédiens novices et un texte manifestement improvisé : quelle sorte de pièce jouait-on ?

— Tesla, poursuivit mon imperturbable partenaire, Tesla savait que le vide était plein.

— Le vide plein, ça s'appelle un oxymore.

— Non, en l'occurrence, ça s'appelle « l'énergie libre ». On l'appelle aussi « l'énergie de l'espace » ou encore « l'énergie du point zéro », parce que même à la température la plus basse – le point zéro, quand les molécules cessent de bouger – les atomes qui constituent ces molécules, eux, poursuivent leur mouvement. Ça grouille, ça foisonne, ça bouillonne sans arrêt. Tu comprends ?

— Je ne suis pas sûr, non.

— Assieds-toi !

— Pardon ?

— Assieds-toi ! répéta-t-il en m'indiquant le lit de son bras tendu.

Une injonction. Un ordre. Il n'y avait pas à discuter. (Était-ce un nouvel effet prévu dans la scénographie ?) Je m'exécutai. M'avançai pour ainsi dire à reculons jusqu'à poser mes fesses sur le rebord du matelas où jadis l'assassin de Kennedy s'était couché – miss Anderson avait-elle changé les draps ? L'en avait-on empêchée pour les garder comme pièces à conviction ?

Didascalie : nouveaux coups frappés à la porte. Sur le lit, le nigaud sursaute encore une fois.

— Tout va bien, messieurs ? s'enquit la logeuse.

Dans son rôle secondaire, elle était parfaite.

— Tout va bien, merci, répliqua Philip-Joseph. On a bientôt fini, ne vous inquiétez pas !

Une demi-heure pour visiter une piaule de huit mètres carrés : je n'osais imaginer ce que pouvait imaginer la miss.

— Tu le sens ? me lança à ce moment-là Phily-Jo.

— Je… Quoi ?

— Le mouvement. Tu sens que ça bouge ?

Je posai les mains à plat de chaque côté de mon séant, à l'affût d'une secousse, d'une vibration ou de je ne savais quoi d'autre. Mais force me fut de constater que :

— Non. Rien du tout.

— *E pur si muove* !

(Un peu de culture, tout de même, c'est du théâtre subventionné.)

— Qu'est-ce que…

— Galilée, lors de son procès au tribunal de l'Inquisition. On l'a forcé à renier sa théorie. Il affirmait que la Terre n'était pas immobile, au centre de l'univers, mais qu'elle tournait autour du soleil. Sous peine d'être décapité, on l'a obligé à se démentir, mais dans un sursaut d'orgueil il murmure : « Et pourtant elle bouge ! » Il avait raison, bien sûr. La Terre bouge, Gary, et nous avec. Toi, moi, tout ce qui nous entoure. Tu sais ça. Nous nous déplaçons avec la Terre autour du soleil. Et notre système solaire tout entier se déplace vers la constellation du lion à la vitesse de quatre cents kilomètres par seconde, soit environ un million cinq cent mille kilomètres à l'heure. C'est vertigineux ! Tout bouge, tout est en mouvement, tout le temps ! On ne peut pas le sentir parce qu'on fait partie de ce mouvement, on baigne dedans. C'est comme si tu voulais mesurer une quantité d'eau dans un verre plongé dans une baignoire. C'est impossible. Mais ça existe. C'est bien réel. Et c'est le même principe au niveau atomique. Des éléments qui se déplacent sans arrêt, à une échelle et à une vitesse qu'on ne peut pas mesurer. Or, le déplacement, c'est de l'énergie en puissance. Et c'est là la géniale inspiration de Tesla : si on parvenait à capter et à canaliser les mouvements de ces atomes, cela pourrait devenir une source d'énergie potentiellement infinie. Une énergie libre, propre, gratuite, offerte à tous et à chacun ! Est-ce que tu réalises ce que ça signifie ? Convertir l'énergie du cosmos en électricité utilisable. C'est là-dessus, c'est sur cet immense défi qu'il a travaillé toute sa vie.

En évoquant ces sujets-là, ses yeux s'étaient mis à briller, ses pupilles à pétiller.

— Et… il a réussi ?

Philip-Joseph baissa la tête.

— Pas tout à fait, non. D'abord il ne disposait pas de certains instruments et de certains matériaux, indispensables mais inconnus à son époque. Et puis, comme je te l'ai dit, on n'a pas voulu lui donner les moyens de continuer ses travaux. Les banquiers, les financiers se sont retirés, ils ont même usé de leur influence pour l'empêcher d'avancer. Ses propres prétendus confrères l'ont tourné en dérision.

— Si ce projet était si génial, si grandiose, pourquoi ne l'auraient-ils pas encouragé, au contraire ?

(À suivre : longue tirade de l'acte I, scène 6. Morceau de bravoure. Attention, c'est parti !)

— Je crois que tu ne saisis pas bien ce que cela implique, Gary. Si chacun pouvait disposer de sa propre source d'électricité, gratuite et infinie, si chacun pouvait se brancher directement au grand courant de l'espace, ça voudrait dire qu'on pourrait se passer de ceux qui détiennent les cordons de la bourse. Ceux qui ont fait main basse sur les sources d'énergie actuelles. Ceux qui la produisent et la distribuent. Ceux qui ouvrent ou qui ferment le robinet à leur guise. Avec l'énergie de l'espace, fini les combustibles fossiles. Fini les champs de pétrole et de gaz. Fini les mines de charbon. Fini également les centrales nucléaires. Et fini toutes les infrastructures qui vont avec : les kilomètres de pipelines et d'oléoducs, les millions de fils de la vaste toile d'araignée électrique qui couvre la planète, et fini ceux qui la tissent, la toile, ceux qui fabriquent le matériel et qui l'installent, qui le maintiennent, ceux qui en tirent profit. Plus besoin d'eux. C'est tout l'édifice qui devient obsolète et qui s'effondre. La base, le fondement même de notre économie. Fini les compagnies et les entreprises et les propriétaires et les actionnaires de ces entreprises et le fric et le pouvoir que ça génère. Tu imagines ? Fini le monopole. À l'échelle individuelle, fini les taxes, fini le racket. À l'échelle d'un pays, c'en serait terminé de la pression exercée sur celui qui ne dispose pas de ressources énergétiques sur son territoire. Fini la dépendance, Gary. Fini la puissance centralisée, le pouvoir concentré. Fini le contrôle et la manipulation. Table rase. On redistribue les cartes et toutes les mains se valent. Plus de chantage. Plus d'oppression. C'est un bouleversement complet de notre système. Un changement radical de notre société. C'est une révolution planétaire, tout simplement. Comme son nom l'indique, l'énergie libre, c'est la liberté. Mais qui en veut, crois-tu, de cette liberté ?

(Je relance – ma modeste contribution dramaturgique :)

— Tout le monde, il me semble.

Un sourire fleurit sur les lèvres de Philip-Joseph. Un semblant, une esquisse de sourire, tout en nuances, un brin tristounet, un brin condescendant.

— Moi aussi j'étais naïf, dit-il. Comme toi. Moi aussi je croyais que tout le monde trouverait de l'intérêt à un tel projet. J'ai œuvré pour le bien de l'humanité entière, persuadé qu'il n'y avait pas de plus grand objectif, de plus noble cause. Innocent, stupide que j'étais. Ce n'est pas comme ça que ça marche. J'ai compris une chose, Gary : seuls les esclaves désirent la liberté, pas leurs maîtres.

— Les fameux maîtres de l'ombre… soufflai-je, en tâchant de n'y point trop mettre d'ironie afin que ce ne fût pas comme un souffle sur les braises.

Mais Phily-Jo n'eut même pas l'air de remarquer mon intervention et poursuivit :

— J'ai commis les mêmes erreurs de jugement que Tesla. Je me suis adressé aux mauvaises personnes. Les élites politiques, financières, industrielles : c'est à ces gens-là que j'ai soumis mes idées. C'est à eux que j'ai quémandé des fonds pour m'aider à développer mes recherches. Mais ces bons chrétiens ne font l'aumône que si ça peut leur rapporter. Ils ne donnent pas : ils investissent. L'intérêt de l'humanité ? Pas leur problème. Seul leur intérêt personnel compte. Est-ce que tu sais où nous sommes ?

— Comment ça, où nous sommes ?

— Ici. Cette ville. Cet État. Le Texas. Le royaume des rois du pétrole ! Tous ceux qui en tiennent les rênes barbotent dans l'or noir, tous se remplissent les poches de gaz. Ce sont les combustibles fossiles qui font bouillir leur gigantesque marmite ! Tu n'as qu'à voir le dernier gouverneur qu'on vient d'élire, ce type, ce George W. Bush, d'où est-ce qu'il sort ? Tout droit du conseil d'administration d'Arbusto Energy et de Spectrum 7. Pétrole ! Pétrole et gaz ! (J. R. ! J. R. ! Sors de ce corps ! – exclamation jaillie de mon propre chef et a posteriori.) Et c'est à des types comme lui que je suis allé demander du soutien pour pouvoir créer de l'énergie gratuite et illimitée ! Pauvre idiot ! C'est aux maîtres que je suis allé parler de liberté : voilà mon erreur, grossière et fatale. Autant aller vanter la démocratie à des dictateurs !

— Des « dictateurs ». Tu n'y vas pas un peu fort, là ?

— Dictateur : personne autoritaire qui impose son point de vue et sa manière de vivre aux autres… Telle en est la définition. C'est exactement ce qu'ils sont et ce qu'ils font ! Ne te leurre pas, Gary. Ne te laisse pas prendre à leurs déguisements et à leurs beaux discours. Ils avancent masqués. Ils mentent. L'énergie libre profiterait à tout le monde, sauf à eux. C'est pourquoi ils ne voulaient pas entendre parler de Tesla. Et que personne n'en entende parler. C'est pourquoi ils ont tout fait pour l'ensevelir profondément, corps et âme. Tesla et ses idées représentaient une menace pour eux. *Je* suis une menace pour eux !

— Toi ?

— Moi et quelques autres. Une petite poignée de types qui, dans leur coin, ont repris les idées de Tesla et ont tenté de les concrétiser. Thomas Henry Moray, par exemple. Un remarquable chercheur de l'Utah qui a inventé un appareil à énergie radiante. Des témoins ont vu cette machine fonctionner pendant des jours et des jours sans s'arrêter. Mais on lui en a refusé le brevet. Son appareil a été démoli à coups de marteau, et Moray a été harcelé. Sa maison et son laboratoire ont été cambriolés plusieurs fois, il a reçu des coups de fil anonymes et des menaces de mort – tiens, tiens, ça ne te rappelle rien ? Il s'est même fait tirer dessus ! On a tiré sur sa femme, on a tiré sur lui et il a reçu une balle dans la jambe ! Et je peux te parler aussi de Lester Hendershot, un autre inventeur, qui avait créé un générateur fonctionnant par friction avec le champ magnétique. Hendershot, à qui une grosse société a proposé une somme énorme pour qu'il cesse de travailler à son invention. Hendershot, que l'on a finalement retrouvé mort dans son garage, asphyxié par les gaz d'échappement de sa voiture, et ceci une heure à peine après avoir reçu un appel d'un mystérieux correspondant qui lui promettait des fonds pour développer ses recherches ! Et veux-tu que je te raconte encore ce qui est arrivé à Viktor Schauberger ? Un Autrichien qui travaillait sur la spirale d'énergie et qui avait mis au point un générateur biotechnologique. Un consortium américain l'a fait venir aux États-Unis sous prétexte de vouloir fabriquer son appareil en série. Mais ce n'était qu'un piège ! Et ça se passait ici même, au Texas. On l'a contraint à dévoiler la composition et le fonctionnement de son appareil, et puis on l'a obligé à signer un engagement lui interdisant d'écrire ou de parler de son invention s'il voulait avoir l'autorisation de rentrer chez lui. On lui a tout pris ! Et on ne s'en est même pas servi. Si tu veux avoir connaissance des notes qui ont été rédigées sur la machine de Schauberger, la CIA t'en empêche en invoquant la loi sur la sécurité nationale. Secret et dissimulation, encore et toujours !

— La CIA, carrément !

— Oui. La CIA, le FBI, le DoE, l'office des brevets, les grosses compagnies pétrolières, les fournisseurs du nucléaire… À ce stade, on peut imaginer qu'ils sont tous de mèche. C'est du sérieux, Gary. C'est du lourd, du très lourd !

La pièce était-elle ou non drôle
Moi si j'y tenais mal mon rôle
*C'était de n'y comprendre rien**

Les vers de Louis Aragon, un poète français, me revinrent en mémoire. Mon carburant, mon énergie à moi. La littérature. La poésie. Seul domaine dans lequel j'ai la prétention de m'y entendre un peu. [« *Prétention* est le terme adéquat, pour une fois. » – Zubrinsky, *op. cit.*]

— Ça ne me dit toujours pas ce que tu viens faire là-dedans, fis-je remarquer à Philip-Joseph.

D'un mouvement vif, il se remit debout (sobriété de la mise en scène, diront les critiques les plus indulgents) et s'avança vers le lit. Des deux mains il en crocheta le montant et le serra avec force, comme – j'imagine – le ferait un prisonnier avec les barreaux de sa geôle.

— J'ai réussi ! dit-il.

— Réussi ? Réussi quoi ?

— À dompter l'énergie de l'espace ! Moi aussi j'ai repris les travaux de Tesla. Et je les ai menés à bien. J'y suis enfin arrivé, Gary ! J'ai créé un appareil qui produit de l'électricité à partir de rien ! J'ai réussi ! J'en ai fabriqué le prototype et j'ai voulu le faire breveter. Ça marche ! J'ai fait les essais et je suis sûr de ce que j'avance : ça marche ! Du moins... (voile sombre sur sa face) ça marchait. Jusqu'à ce que ces salauds le démolissent !

— Quoi ? Ta machine magique ?

(Nuage sombre dans son regard.)

— Ça n'a rien de magique. C'est de la science.

— D'accord. Excuse-moi. Tu sais que je suis profane en...

— Il va me falloir des mois, peut-être des années pour le reconstruire.

— Es-tu sûr que ce soit la meilleure chose à faire ?

(Serre les barreaux, serre les mâchoires.)

— Tu ne crois quand même pas que je vais laisser tomber, si près du but ? Les laisser encore gagner ? C'est l'avenir de l'humanité qui est en jeu, Gary. C'est eux ou nous – le reste du monde. Si tu avais trouvé le vaccin contre le cancer, tu serais prêt à le mettre à la poubelle s'ils te l'ordonnaient ?

— Eh bien... Si vraiment on me faisait comprendre que je risque ma peau...

— Non ! Ce n'est pas vrai. Toi aussi, tu poursuivrais, coûte que coûte. Ces salauds ne réussiront pas à m'intimider. Pas question que je lâche, Gary. J'irai au bout, quoi qu'il arrive !

Ce n'était pour moi, ce jour-là, que des paroles relativement vagues, dont je ne parvenais pas à mesurer, encore une fois, ni la portée ni les réelles conséquences qu'elles pouvaient avoir. J'aurais tout le temps, plus tard, de le regretter.

Est-ce ainsi que les hommes vivent
Et leurs baisers au loin les suivent
*Comme des soleils révolus**

— Qu'attends-tu de moi ? finis-je par lui demander.

— Rien. J'avais juste besoin d'en parler à quelqu'un. Quelqu'un de proche. Quelqu'un de confiance. Je voulais que tu saches, au cas où il m'arriverait quelque chose…

J'aurais pu répliquer que j'étais désormais « au courant », qu'il y avait même un peu « d'électricité dans l'air » (dernier bon mot, bref sourire des spectateurs aussi indulgents que les critiques) mais je lançai :

— Arrête ! Tu me fais flipper quand tu dis ça !

Piètre imitation du langage de mes étudiants. (« Le trip d'Alice, avec son lapin, quelque part ça fait flipper, m'sieur ! »)

Phily-Jo m'assura qu'il ne fallait pas m'inquiéter, qu'il ferait attention. Puis il me demanda de lui jurer de n'en parler à personne et surtout pas à sa sœur. Ce que je fis. Là-dessus nous quittâmes la scène. Rideau.

Miss Anderson nous guettait dans les coulisses. Je n'osai balayer ses espérances et lui avouer que la chambre d'Oswald ne m'intéressait d'aucune façon. Je lui promis de l'appeler incessamment pour lui donner ma réponse. Ce que je ne fis pas. (Pardon, miss. J'espère que vous avez vite trouvé un nouveau locataire – peut-être l'un des cousins de Ben Laden ?)

Nous nous séparâmes, Philip-Joseph et moi, devant le porche de la maison. Une fois dans ma voiture, j'abandonnai l'idée de retourner à l'université retrouver mon bureau et mes copies – Hawthorne et ses exégètes en herbe. Trop tard. Sans le savoir j'étais déjà marqué du sceau de l'infamie. En filigrane sur ma poitrine commençait à éclore une fleur, rouge sang, désignant ma faute : le *M* de *Menteur*. Ma lettre écarlate.

Pour dire les choses sans ambages : mon père est un con.

Non pas qu'il soit un méchant homme, qu'il ait un mauvais fond. Non, en ce sens, c'est une crème. Il n'a jamais maltraité personne. S'il nous a fait du mal, à ma mère, à moi, à lui-même aussi d'une certaine façon, c'est par manque de jugement. Un manque abyssal, un manque intersidéral. Mon père est un idiot. C'est un imbécile, pas même heureux, juste présent, posé là, en attendant – en attendant quoi ? C'est un être totalement dénué d'esprit d'initiative, de vision, d'ambition, d'inspiration, de flair, de courage, de rêve. Son apathie n'a pas de bornes. Si mes mots dépassaient ma pensée, je dirais que c'est une larve – oups ! Trop tard, c'est lâché.

Mes sentiments pour lui ont toujours été divisés. Tantôt il m'inspire une espèce de pitié, tendre, miséricordieuse (ce que l'on nomme peut-être la « piété filiale ») qui me pousserait à le serrer contre moi en murmurant : Je t'aime, papa. Tantôt je suis pris d'une furieuse envie de le saisir au col et de le secouer comme un pacanier en lui hurlant à la figure : Bouge-toi ! Remue-toi ! Réfléchis ! Agis ! Ce que pourtant je m'abstiens de faire. À quoi bon ? Ce n'est pas aujourd'hui qu'il changera. Les occasions sont passées, et jamais il ne fut le larron. Qu'on en juge :

En 1958, ce cher papa était étudiant à l'université de Wichita, Kansas. Ses meilleurs amis étaient deux frères, Frank et Dan Carney. Ces derniers eurent un jour l'idée d'ouvrir un kiosque à pizzas. C'était un concept assez original à l'époque, et les deux frères pensaient que ça pouvait marcher. Ils proposèrent à mon père de s'associer à leur projet. Il leur fallait avancer deux cents dollars chacun pour démarrer. Investissement et bénéfices à parts égales. 200 $. Pas rien, mais pas grand-chose non plus. Mon père trouva l'idée stupide, se contenta de leur dire gentiment que ça ne l'intéressait pas (qu'est-ce qui l'intéressait ?). Il déclina l'offre. Les frères firent sans lui. Ils louèrent un petit emplacement libre à un carrefour et ouvrirent leur restaurant. Comme ils vendaient des pizzas et que l'établissement ressemblait à une hutte, ils le baptisèrent : Pizza Hut.

Well, well, well…

En 1959, l'enseigne se développa avec l'ouverture d'une franchise à Topeka, capitale de l'État. En 1965, elle gagna la reconnaissance nationale grâce à une publicité télévisée qui fit fureur. En 1968, la marque franchit les frontières avec ses premiers restaurants au Canada et en Australie. En 1971, Pizza Hut devint la chaîne de pizzas n° 1 dans le monde. En 1972, elle fut cotée en bourse et mille établissements furent ouverts. En 1977, elle fut rachetée par le groupe Pepsico Inc. pour 1,2 milliards de dollars. En 1997, elle fut à nouveau cédée au groupe Yum ! Brands Inc., qui, depuis, est devenu le leader mondial de la restauration rapide, avec plus de 43 000 établissements dans plus de cent pays. Ses ventes globales sont estimées à 25 milliards de dollars.

Et pendant ce temps…

À la fin (prématurée) de ses études, mon cher petit papa au nez creux eut la chance immense d'être embauché en tant que secrétaire au bureau de la fourrière animale de Dallas. Ouaf ! Ouaf ! Il y resta les trente-huit années suivantes. Au même poste. Soit bien plus longtemps qu'aucun des pensionnaires (chiens, chats, tortues, hamsters, perroquets…) qu'il y côtoya. On peut dire que mon père a passé sa vie à la fourrière. Ma mère l'a adopté mais n'a pas tenu plus de deux ans, le temps de lui fournir un héritier en état de marche, avant de l'abandonner pour un thanatopracteur – auprès duquel elle devait se sentir plus vivante.

À présent, papa est retraité. Chaque dimanche, je me rappelle à son bon souvenir en lui faisant livrer une pizza à domicile. Cruel ? Si au moins j'étais certain qu'il comprenne le message.

Cet aparté pour dire : à quoi ça tient ? Pas à rien, mais à pas grand-chose non plus. Sans la bêtise et l'inertie paternelles, j'aurais pu être l'héritier d'une fortune incommensurable. J'aurais pu financer les recherches de Philip-Joseph, j'aurais pu développer ses travaux, mettre en pratique ses inventions, les industrialiser, les commercialiser, devenir plus riche encore et lui célèbre, reconnu, satisfait, comblé. Il serait vraisemblablement toujours vivant et ma chère épouse le serait aussi. Tandis que le professeur P. J. Deloncle sillonnerait les continents pour donner des conférences et distiller goutte à goutte son génie dans les cathéters de vieux confrères jaloux et aigris et dans les oreilles attentives d'étudiants ébaubis, nous, Michelle et Gary Sanz, fondateurs et actionnaires majoritaires de la Sanz General Cie, sillonnerions les océans à bord de notre yacht en suivant la course du soleil afin que jamais la nuit sur nous ne se couche et que jamais notre hâle ne pâtisse de l'absence des rayons ultraviolets – je suis sûr que le teint cuivré des loups de mer et des milliardaires siérait à merveille à ma douce moitié. Seigneur, comme elle me manque ! Je donnerais toutes les parts de pizza du monde pour l'avoir à mes côtés.

(Je précise quand même que mes regrets ne sont pas d'une nature uniquement vénale : toutes ces heures libres que j'aurais pu passer étendu dans un transat, bercé par les flots, je les aurais mises à profit pour relire Keats et Shelley et m'essayer à rivaliser dans leur art. [« Grands dieux ! Je crains que des siècles de cabotage n'y eussent pas suffi ! » – Zubrinsky, *op. cit.*])

Mais il n'en a donc pas été ainsi. Papa mange sa Margherita chaque semaine sur la table de sa cuisine, devant sa télé. Aucun animal ne lui tient compagnie. Maman est partie se faire embaumer ailleurs. Philip-Joseph, savant maudit, est mort pauvre et ignoré en tombant sur un os d'argent qui lui a fendu le crâne. Et dans la spirale infernale de son trépas, Michelle, ma belle, a été précipitée. Paix à son âme pure. Quant à moi, j'attends (c'est dans mes gènes). Je ne sais pas quand, je ne sais pas d'où viendra le coup de grâce, mais je sais qu'il viendra. Je n'ai plus ni l'envie ni les moyens de le parer.

Comment présenter les cahiers de P. J. ? Ils constituaient d'une part une manière de journal intime où étaient consignés des faits quotidiens, anecdotiques, ainsi que des réflexions et des pensées, et d'autre part tenaient lieu d'archives qui, sur des pages entières, faisaient état de ses recherches, de l'évolution de ses travaux, sous forme de longues dissertations techniques et scientifiques, de formules, de schémas, de notices, de descriptions qui pour moi équivalaient à du chinois sous-titré en hiéroglyphes. Les curieuses machines dont il avait dessiné les plans, en détail, portaient des noms tels que : Space Generator, Sky Power, P. J. Dream, Full Basket, Neutro Circus... Un feu d'artifice. Les mille fusées d'un cerveau en perpétuelle ébullition (ou surchauffe). Il y relatait aussi ses nombreuses tentatives pour intéresser le gouvernement ou diverses sociétés à ses inventions, et les non moins nombreux refus qu'il avait essuyés – quand encore il obtenait une réponse.

Chronique, catalogue, exposé, inventaire (parfois, au milieu, une banale liste de commissions) : tout cela se mélangeait, s'enchevêtrait dans des lignes et des lignes d'une écriture serrée mais étonnamment enfantine.

Nous les lûmes en parallèle, Michelle et moi, nous échangeant les volumes au fur et à mesure que nous les terminions. Dans les parties qui s'apparentaient à un journal, certaines dates étaient quelquefois précisées, grâce auxquelles nous réussîmes à classer ces écrits dans un ordre chronologique. Nous prîmes la peine de les relire dans cet ordre. La date la plus ancienne remontait au 6 mai 1980. Philip-Joseph avait alors 16 ans et il était sur le point de terminer son lycée avec une année d'avance. En substance il s'interrogeait ce jour-là sur la suite à donner à ses études. Ratiocinait sur les différents choix qui s'offraient à lui. Ses goûts et ses compétences le portaient naturellement vers la science, la physique en particulier, aussi bien dans ses aspects théoriques que pratiques. Il voulait se servir de son cerveau autant que de ses mains. Il voulait apprendre et réfléchir mais il voulait également construire et créer. Une formation d'ingénieur semblait être ce qui lui conviendrait le mieux. Ses résultats scolaires, brillants, étaient susceptibles de lui ouvrir toutes les portes, y compris celles des plus prestigieux établissements. Alors le jeune Phily-Jo comparait, hésitait. Le MIT, à Cambridge ? Harvard ou Yale – et leurs crédits de recherche qui se chiffraient en dizaines, voire centaines de millions ? Des pouponnières à Nobel. Tentant, certes, mais (d'après les commentaires lapidaires de P. J.) tout ça « puait la dynastie héréditaire ». Fils de, frères de, ligues et clubs sélects, l'aristocaste, l'élite consanguine, les élus entre eux, bien accrochés au lierre ancestral. Malheur à celui qui n'était pas du sérail. Un petit bouseux du Texas ? Retourne à tes bœufs, cow-boy ! Telle était l'idée, caricaturale, que Philip-Joseph se faisait de ces grandes universités du Nord-Est. M'est avis (pour emprunter à notre dialecte local) que l'esprit grégaire qu'il prêtait à leurs membres était avant tout le sien et qu'il redoutait de franchir les frontières sudistes pour se jeter dans la gueule du Grand Méchant Loup Yankee. Phily-Jo opterait finalement pour l'université A&M du Texas, à College Station. Au cœur du triangle Houston-Dallas-Austin : soit les limites de son territoire d'origine. [« La rime, la rime… est-elle une fin en soi ? » – Zubrinsky, *op. cit.*] Un établissement qui n'a pas à rougir de la comparaison, ma foi, et d'où, par ailleurs, P. J. serait renvoyé au bout de seulement deux années, après avoir traité un premier enseignant de, je cite : « Vieil excrément recyclé de Démocrite ! », et un second, par écrit qui plus est, de : « Sous-merde diarrhéique issue du cul du chat de Schrödinger ! » Science et scatologie : principales options de son cursus ? Des insultes qui démontrent en tout cas une réelle constance dans leurs connotations. Mais ce qu'elles démontrent en premier lieu, c'est la forte personnalité de Philip-Joseph et ses difficultés à se soumettre aveuglément à n'importe quelle forme d'autorité, fût-elle intellectuelle ou scientifique. Son côté rebelle. S'il la jugeait fausse ou désuète, il était prêt à taper du poing sur la table de la loi de la physique pour la pulvériser et y substituer la sienne. Les profs et leurs prophéties, les pontes et leurs poncifs : tout et tous étaient susceptibles d'être soumis à son examen personnel et remis en cause. Combien de fois, a-t-il écrit quelque part dans l'un de ses cahiers, combien de fois au cours de l'histoire, les sages s'étaient-ils trompés ? Combien de fois l'erreur de l'architecte avait-elle dû être corrigée par le maçon ? Ne jamais rien croire sur parole, surtout lorsque c'est présenté comme une vérité incontournable (phrase soulignée deux fois). Phily-Jo avait complété sa formation à domicile, dans sa chambre, dans son garage, avec des livres et une boîte à outils.

La dernière date mentionnée était celle du 25 novembre 1997. Moins d'un mois avant sa mort. Il se demandait alors s'il n'allait pas adopter un chat (comme le dénommé Schrödinger ?). Sur quelques lignes il se laissait aller à imaginer ce que pourrait lui apporter la compagnie d'un animal. Enfants, sa sœur et lui avaient possédé un chien – Sunny, un golden retriever, Michelle s'en souvenait très bien. Un jour, en rentrant de l'école, ils ne l'avaient plus trouvé. Le chien avait disparu. Leur père leur avait dit qu'il s'était enfui. Mais, avec le recul, Philip-Joseph pensait qu'il était mort, qu'il avait dû se faire écraser par une voiture et que Donald n'avait pas eu le courage de le leur annoncer (ne jamais rien croire sur parole…). Un chien, à présent, impliquerait trop de contraintes. Trop de temps à lui consacrer. Il n'en disposait guère. Un chat serait plus simple à entretenir au quotidien. Phily-Jo se voyait déjà avec un gros matou ronronnant sur les genoux pendant les longues heures qu'il passait à sa table de travail. Une présence. Une chaleur. Un autre être vivant dans la maison. Je pris conscience, à la lecture de ce passage, de la grande solitude de mon beau-frère. Il ne s'en était jamais plaint, pourtant je m'en voulus de n'avoir pas senti, deviné à quel point cette situation pouvait le faire souffrir. Sans vouloir me flageller plus que de raison, cela illustre bien ma tendance naturelle à faire l'autruche. Tendance très répandue, c'est vrai, mais ça n'excuse rien. Je refuse de voir tout ce qui me dérange, tout ce qui peut jeter une ombre sur mon petit univers confortable et douillet. Se boucher les yeux, les oreilles, le nez, le cœur en définitive, je connais.

Je pratique. Que ce soit sciemment ou non. Que ce soit par lâcheté, par égoïsme, par peur. Pas besoin d'une épaisse muraille, il suffit de s'envelopper dans un fin cocon protecteur, imperméable. Se mentir par omission. Tout ce que je veux, c'est lire et écrire et qu'on me foute la paix. Du moment que la misère, la violence, le malheur ne me frappent pas, ni même ne m'effleurent, il m'est aisé de les ignorer. Je sais, bien sûr, que ces choses-là existent, comme je sais qu'il existe d'autres planètes dans les succursales de la galaxie, mais en quoi me concernent-elles ? Si je rencontre ces horreurs au détour d'un livre, c'est différent, cela reste du domaine de l'abstraction, de l'imagination – mon domaine. On a beau dire, un coup de poing sur le papier est toujours moins douloureux qu'un coup de poing en pleine figure. Après sa mort, P. J. se rattraperait bien et ne manquerait pas une occasion de me faire ressentir le rude contact avec la réalité, mais tout le temps qu'il vécut, il me l'épargna. Sa solitude – pour y revenir – ne me pesait pas. Je ne sais s'il a eu des petites amies, des amourettes, des aventures, ses cahiers, comme lui, étaient muets à ce propos, je peux juste dire que je ne lui ai jamais connu de compagne officielle. Ni de compagnon. Pas non plus d'amis tout court, de camarades étudiants, de collègues de travail. Ce constat me frappa en lisant ses écrits : je n'avais jamais vu Philip-Joseph autrement que seul. Il était pourtant un être tout à fait sociable. Original, sans doute, mais pas renfermé, pas misanthrope. Ouvert. Il aimait rire et plaisanter, il aimait concocter des farces (je ne donnerai pas d'exemples mais elles étaient assez alambiquées et l'on peut se demander s'il n'en appréciait pas plus la complexité d'élaboration que la finalité), il aimait discuter aussi. Nous l'invitions régulièrement à dîner à la maison, et il acceptait quelquefois nos invitations. Pour ne pas débarquer les mains vides, il nous apportait alors la première chose qu'il avait trouvée à acheter en chemin. Ça pouvait être un gâteau ou une bouteille de vin – les bons soirs – comme ça pouvait être un râteau ou une boîte de fusibles – c'est toujours utile, non ? Nous nous amusions parfois, avec Michelle, à prendre les paris en l'attendant : une tarte, cette fois ? Une perceuse ? Une balayette ? Un kilo d'oignons ? Mais P. J. arrivait toujours à nous surprendre. C'était un homme entier, passionné et, on l'aura compris, érudit. Si l'on abordait, au cours du repas, certains de ses sujets de prédilection, il était très difficile ensuite de l'en faire dévier ou de l'interrompre. Nous assistions dès lors à un quasi-monologue dans lequel entraient des analyses et des notions que seule, je pense, une petite centaine de personnes dans le monde était capable de comprendre véritablement. Michelle était beaucoup plus versée que moi dans les choses de la science, mais même elle n'était pas de taille à le suivre à de telles hauteurs. Elle l'accompagnait un moment, quand moi j'avais décroché dès les premiers lacets. Je posais mon sac sur le bord de la route et je le regardais monter, monter. Ce n'était pas pontifiant. Ce n'était ni rébarbatif ni ennuyeux. Même si je n'y comprenais rien, je prenais plaisir à l'écouter. On aurait dit que Philip-Joseph réfléchissait en direct, à voix haute, et c'était fascinant de voir se dessiner, au fur et à mesure, le cours de sa réflexion. Ça se bousculait dans son crâne. Ça jaillissait. Il était dans une sorte de transe. Et j'étais heureux lorsque j'avais l'impression qu'il avait atteint le sommet. Il ne nous parlait pas de ses propres travaux, des recherches qu'il menait (jusqu'à ce fameux jour, chez miss Anderson, où il m'en a rapidement fait part, tout cela est demeuré très flou pour moi), mais peut-être que ces « conversations » chez nous, autour de la table, lui permettaient de lancer certaines idées qu'il développait, plus tard, une fois retourné à la solitude de son antre. Michelle et moi évoquions parfois, entre nous, le sujet du célibat de son frère. Célibat subi ? Célibat choisi et assumé ? Nous en arrivions en général à la même conclusion : entre le métier de Philip-Joseph (purement alimentaire mais chronophage) et les heures qu'il consacrait à sa passion, à ses inventions, quel temps, quelle place restait-il pour une fiancée ? Pour une épouse ? Il eût fallu qu'elle fût bien mince pour s'y glisser. Qu'elle fût bien peu exigeante. Il eût fallu qu'elle fût un modèle de patience pour supporter des discussions de jeunes mariés sur la résonance à haute tension plutôt que sur les prochaines vacances, sur les générateurs thermodynamiques plutôt que sur la couleur des rideaux. Ou alors il eût fallu une dévote de la science, adoratrice du dieu Bohr, qui eût les mêmes centres d'intérêt et les mêmes aspirations que lui. Mais Marie Curie était morte, et quelles étaient les chances de dénicher une nobélisable dans les environs ? Aurions-nous dû l'inscrire à son insu dans une agence matrimoniale ? Passer une petite annonce pour lui ? « Cherche jeune femme gaie, sportive, coquette et férue de physique des particules, aimant les randonnées dans la nature ainsi que le calcul de la densité des électrons dans la bande de conduction, afin de construire ensemble une famille, un foyer, et quelques prototypes d'accumulateurs d'ondes. » Mais peut-être faisions-nous erreur. Peut-être prenions-nous le problème à l'envers. Peut-être qu'en passant tout ce temps à explorer le vide plein de l'espace, Philip-Joseph ne cherchait en réalité qu'à combler le vide sidéral dans son cœur. Ma vision romantique des choses – Byron, quand tu nous tiens !

Quoi qu'il en soit, Phily-Jo vécut seul et mourut seul.

L'ensemble des cahiers couvrait donc les dix-huit dernières années, soit plus de la moitié de son existence. Ses travaux, ses inventions et leurs descriptions occupaient une place de plus en plus importante au fil du temps. L'ultime cahier leur était presque exclusivement réservé. Notre double lecture, aléatoire puis dans l'ordre, nous prit près d'un mois. Curieusement, nous n'en parlions pas tant qu'elle était en cours. Pas une seule fois nous n'échangeâmes nos impressions avant d'en avoir tous deux terminé. Comme je l'ai déjà signalé, Michelle était nettement plus calée que moi dans le domaine scientifique (elle enseignait la physique-chimie à l'École internationale de Dallas). Elle n'était pas sûre d'avoir tout saisi, mais s'efforça cependant de résumer et vulgariser les données de P. J. à mon intention.

— Qu'est-ce que tu en penses ? lui demandai-je pour finir.

— Il faudrait faire vérifier par quelqu'un de plus compétent, dit-elle.

(Qui ? Einstein ?)

Elle resta pensive un court moment, puis ajouta :

— Soit c'est du pur délire, soit c'est véritablement une bombe.

— Une « révolution », comme il le dit dans sa lettre ?

— Une révolution, oui… murmura Michelle.

La façon dont elle prononça ces mots me renvoya soudain l'image d'une rangée de piques hérissées de têtes coupées. Glaçant.

« J'ignore ce qu'on a bien pu vous raconter, mais je n'ai rien à voir avec toutes ces histoires. Rien du tout. Je n'ai jamais causé de tort à personne, moi. Vous n'avez qu'à jeter un œil à mon casier : vierge. Blanc comme neige. Je dis ça parce qu'on m'a déjà fait le coup. Vous n'êtes pas le premier à venir me trouver, vous savez. Les gars dans votre genre, ils posent des questions mais ils ne tiennent pas compte des réponses. Ils n'écrivent que ce qu'ils veulent. Je n'ai pas envie de voir mon nom sali encore une fois, il l'a déjà été bien assez comme ça. Des fables, voilà ce que c'est. Des racontars. Des ragots qui ne servent qu'à nuire aux gens. Je pourrais vous coller un procès si vous écrivez ce genre de choses. Il me l'a dit, l'avocat. Le prochain qui dépasse les bornes, on attaque ! Recta. Diffamation. Alors, si j'ai un conseil : surveillez votre plume.

De toute manière, je n'ai rien de plus à dire que ce que j'ai déjà dit. Je ne sais rien du pourquoi et du comment, et je ne tiens pas à savoir. Il n'y a rien à comprendre, si vous voulez vraiment mon avis. Et il n'y a pas non plus d'excuses à chercher. Moi, tout ce que j'ai fait dans ma vie, je l'assume. Je ne prétendrai pas avoir été le plus parfait des pères, mais je n'étais pas le pire non plus. Loin de là. J'estime que j'ai fait mon devoir. Je l'ai nourri et je lui ai donné un toit et il a toujours eu de quoi se tenir propre. J'ai travaillé pour ça. Toute ma vie j'ai travaillé pour qu'il ne manque de rien. Je peux même dire que je me suis saigné à blanc pour payer ses études. Vous savez ce que ça coûte, l'université ? Je vous garantis qu'il ne restait pas grand-chose à la fin du mois. Moi, j'aurais préféré qu'il apprenne un métier, un vrai métier, dans la plomberie ou l'électricité ou la mécanique, ça paye bien et il y a toujours du boulot dans ces branches-là, ou même la comptabilité, pourquoi pas ? Ça n'a rien de déshonorant.

Mais bon, c'était son choix et je l'ai respecté, je ne l'ai pas forcé. Tout mon salaire y passait. Je n'ai rien gardé pour mon plaisir. Je ne bois pas, je ne fume pas, je ne joue pas et je ne suis pas un coureur de jupons, tout ce que j'avais c'était pour lui. Je ne demande pas à ce qu'on m'élève une statue, mais qu'on ne vienne pas me dire que c'est ma faute. C'est trop facile de dire que c'est la faute des parents. Quels parents, d'abord ? Parce qu'il ne faut pas oublier que j'étais seul à l'élever, cet enfant. Sa mère, elle est partie quand il était encore tout petit. Ça non plus, ce n'est pas ma faute. C'est elle qui a choisi, je ne l'ai pas chassée. Mais moi, je suis resté, heureusement pour le gamin. Qu'est-ce qu'il serait devenu ? Je l'ai pris entièrement à ma charge. On dit toujours les mères célibataires, les mères célibataires, les pauvres, on les plaint, mais vous croyez que c'est plus facile pour un père ? Je l'ai élevé et je l'ai éduqué tout seul, j'ai pris mes responsabilités, mais attention ! il faut savoir faire la part des choses. Responsable, ça ne veut pas dire coupable. C'est mon fils, et alors ? Ça ne fait pas de moi son complice. Lui c'est lui, et moi c'est moi. Et la loi c'est la loi.

On n'a jamais été vraiment très proches, tous les deux. Pas le genre à se faire des câlins et des papouilles à longueur de temps. On s'entendait plutôt bien, mais on ne se parlait pas beaucoup. Il avait toujours le nez dans ses livres. Rien à faire, il n'en sortait pas. C'est tout ce qui l'intéressait. Je lui en ai acheté un paquet, des bouquins. Des bandes dessinées. Il en était dingue. Il ne tient pas ça de moi, la lecture, mais qu'est-ce que vous voulez que j'y fasse ? Ce n'est pas vraiment un vice, que je sache. Je n'allais pas lui donner une raclée pour qu'il arrête de lire. Je n'ai jamais porté la main sur lui. Jamais. Pas la plus petite fessée. Il y en a qui disent que j'aurais dû, que je n'ai pas été assez sévère. Que ç'aurait peut-être permis d'éviter… Sornettes ! Je n'y crois pas une seule seconde. Qu'on n'aille pas encore me mettre ça sur le dos. La vérité, c'est que personne n'aurait pu prévoir. Il n'y avait pas à être plus sévère que ce qu'il faut. C'était un garçon tranquille. Il était poli. Correct. Demandez à ceux qui l'ont connu quand il était jeune. Ce n'était pas un gamin à problèmes, on ne peut pas lui retirer ça. Jamais d'histoires. Tout le monde ne peut pas en dire autant. Un bon petit gars, je ne crains pas de l'affirmer. Les choses n'auraient jamais dû se passer de cette façon, ça c'est sûr. Mais si des erreurs ont été commises, ce n'est pas de mon côté qu'il faut venir les chercher. Chacun sa croix. Je le répète : lui c'est lui, et moi c'est moi. Qui sont-ils, tous ceux-là, pour juger ? Moi, je n'en connais qu'un seul, de juge. Le juge suprême. Et je n'ai pas peur du verdict. Ça, vous pouvez l'écrire. »

Décrivez la rencontre et son contexte : époque, lieux, circonstances. Puis tâchez de faire ressortir les particularités des différents protagonistes, leurs caractères, leurs sentiments, leurs aspirations. Quelle est la place du narrateur dans cette exposition ?

Tel pourrait être l'énoncé d'un devoir, indigne, en principe, d'étudiants de troisième cycle. Mais l'expérience m'a appris à réviser mes prétentions à la baisse.

So, let's go.

C'était exactement le mitan des années 1970. Nos braves petits gars allaient enfin quitter l'enfer du Viêt Nam – des vétérans de vingt ans d'âge, morts dans l'âme, ivres de napalm et de sang, et dont la gueule de bois n'en finirait pas de durer – et l'on prenait plaisir à suivre les déboires scénarisés de leurs doublures hollywoodiennes sur nos petits écrans – jeu, set et *MASH* – avec des blagues à blanc et des rires enregistrés. Pour ceux qui voulaient prolonger le plaisir, la VHS débarquait dans nos salons. Souvenirs, souvenirs. Et nous ? La peur, l'adrénaline, le frisson : pour compenser on les faisait surgir du fond des océans, après *Les Dents de la mer* on n'irait plus jamais nager comme avant. On avait perdu la guerre, la chaude, la brûlante, quant à la froide, les paris étaient toujours ouverts, sur terre l'Amérique et l'Union soviétique se haïssaient, Ford et Brejnev jouaient au bras de fer, là-haut dans les airs, à des milliers de kilomètres, Apollo et Soyouz se rencontraient, s'amarraient, s'unissaient, Stafford et Leonov se serraient la pince, astronautes et cosmonautes, Ricains et Soviets au septième ciel commun. Et nous ? L'homme nouveau était né, il se nommait Steve Austin et nous montrait le futur de son doigt bionique, mais nos parents s'accrochaient à la vieille garde du Carol Burnett Show. Et hop ! Les magiciens de la mafia faisaient disparaître Jimmy Hoffa et Kojak lui-même ne pigeait pas le truck, se grattait la boule de billard face à cette énigme. Sur les plages de la côte Ouest on fumait et planait sur les ailes des Eagles, tandis que dans les bars et les ranchs du Texas on buvait de la Corona au goulot et rotait sur les riffs bien gras des ZZ Top. Voilà pour le décor. Et nous ? Et nous ? Et nous dans tout ça ?

De la douceur, de la douceur, de la douceur ! *

Nous avions 15 ans. Nous étions dans la même classe. J'avais repéré cette fille dès la rentrée, mais nos relations (longtemps à sens unique) étaient vouées à suivre le rythme du calendrier scolaire. Je passai le premier trimestre à l'épier, à distance, à la dérobée, tout en élaborant dans le secret de mon âme de multiples stratagèmes pour l'aborder. Des heures d'observation et d'innocentes manigances. J'anticipais, par exemple, son itinéraire dans les couloirs du lycée, et me ruais dès la sonnerie pour prendre de l'avance et arriver en sens inverse, dans le seul but de la croiser. Qui sait, avec un peu de chance peut-être lèverait-elle la tête à cet instant ? Peut-être me verrait-elle, me remarquerait-elle, me sourirait-elle, m'adresserait-elle un petit signe, discret, de connivence ? Ou mieux (mais là nous passions du stade de simple espoir à celui de fantasme débridé), peut-être foncerait-elle tête baissée, perdue dans ses pensées, et me bousculerait-elle au détour d'une allée ? Je sentirais le choc de son corps contre mon corps. Surprise, elle perdrait l'équilibre, mais de mon bras d'airain je la rattraperais, darderais ses grands yeux de biche d'un regard pénétrant, et d'une voix profonde, et douce, et suave, et mâle, lui dirais : « Hola ! gente damoiselle. Quel est donc l'heureux élu qui illumine ainsi vos songes au point de vous en obscurcir la vue ? » (En cours de français, où nous étions tous deux inscrits, nous venions d'entamer un cycle sur la poésie médiévale et l'amour courtois – ceci explique sans doute cela.) Troublée, la jouvencelle ne pourrait empêcher une once de rose de rehausser son teint de lait. D'entre ses lèvres purpurines s'échapperait quelque confuse excuse. Lors, avec un sourire magnanime je la libérerais, confiant, sachant qu'elle était désormais tout entière sous mon emprise, envoûtée et captive de mes rets amoureux.

Mais cette scène n'eut jamais lieu que dans l'intimité de mes nuits. J'étais un chevalier servant ignoré, transi, confit dans une armure de timidité, un Don Juan de rêve, de rêve seulement.

Passa le Moyen Âge. Passa la Renaissance. Apprenti troubadour, je composais pour ma dulcinée nombre de rondeaux et ballades, dont elle n'aurait jamais connaissance. [« Voilà une partie de l'œuvre de Mr Sanz qui va considérablement nous manquer ! » – Zubrinsky, *op. cit.*] Les semaines défilaient et je m'étais juré de lui adresser la parole, au moins une fois, avant la fin de l'automne. À la sortie du dernier cours du dernier jour de novembre, je saisis ce que je considérais comme une opportunité. J'avais beaucoup réfléchi à une phrase d'amorce. Je l'avais trouvée. Je l'avais répétée et peaufinée toute la journée. Le moment venu, je pris mon courage à deux mains, inspirai un grand coup et lui décochai ma flèche : « Joyeux Thanksgiving ! » Des mots qui me paraissaient de bon aloi pour une première approche, ni trop hardis ni déplacés. « Quoi ? » fit-elle en retour, se penchant vers moi (oh, vertige !) avec une exquise grimace sur son exquis minois. Le brouhaha qui régnait tout autour ne lui avait pas permis de comprendre mes paroles. Je n'eus pas la force de les répéter. Je lui fis juste un petit signe de la main, avant d'effectuer une volte-face et de m'éloigner d'un bon pas (vois, ma charmante, cette allure de roi, souple et conquérante à la fois).

Il serait intéressant de comparer la façon dont nous perçûmes, chacun, cet échange initial et fondateur [« Rien d'autre qu'un bref dialogue de sourds, Mr Sanz ! » – *Ibid.*], et l'impact qu'il put avoir sur nos esprits respectifs. Bien des années plus tard, je tenterais de le faire, en posant directement la question à Michelle, mais elle prétendrait n'en avoir gardé aucun souvenir – ce que, bien entendu, je refuserais de croire, mettant sa réponse sur le compte de la mauvaise foi.

Elle était ferrée, si l'on peut me pardonner cette expression triviale. Je lui laissai près d'un mois pour se remettre de ses émotions. Un laps de temps au cours duquel mon silence et un feint détachement durent la mettre au supplice. Je ne puis m'absoudre tout à fait lorsque je songe aux efforts qu'il dut lui en coûter pour continuer à faire bonne figure malgré le doute, l'attente, l'angoisse et autres tourments dans lesquels ma fallacieuse indifférence la maintenait. Mais c'était pour mieux t'enjôler, mon enfant ! (Stratégie, stratégie.) À la veille des vacances, enfin, je la délivrai d'un mot encore une fois bien senti : « Joyeux Noël ! » Seconde flèche. Cible atteinte. Elle l'entendit. Elle réagit. Après m'avoir jeté un regard étonné, du style « T'es qui, toi ? » (petite vengeance pour mon silence prolongé, je l'avais méritée), elle se fendit d'une réponse délectable et parfaitement appropriée : « Joyeux Noël à toi aussi ! »

Et voilà. Nous étions, déjà, sur la même longueur d'onde. Nos violons s'accordaient, naturellement, merveilleusement. Qui, après ça, aurait osé dire que nous n'étions pas faits l'un pour l'autre ? Ma patience (et ma stratégie) se voyait au centuple récompensée. C'était le plus beau cadeau qu'on pouvait m'offrir. Tout au long de ces congés scolaires, je ne me lassai pas de ressasser ses sublimes paroles. « Joyeux Noël à toi aussi ! » Je refaisais, en pensée, le chemin qu'elles avaient parcouru d'elle à moi : son cœur les avait enfantées, son cerveau les avait structurées, ses poumons avaient produit l'air pour les expulser, ses cordes vocales les avaient modulées, son palais les avait fait résonner, sa langue les avait pétries, ses dents, ses gencives, ses lèvres les avaient effleurées et son souffle les avait portées, avec une précision inouïe, jusqu'à mon conduit auditif tout palpitant. Oh ! Mon Dieu ! C'était comme si sa bouche avait butiné mon oreille ! J'en frémissais. Ces images explicites me jetaient dans un océan d'érotisme et je devais lutter dur, très dur, pour résister aux sirènes de la luxure qui m'appelaient depuis les abysses.

Quelle suite pouvais-je envisager ? Ce succès m'avait enhardi. Dans ma chambre d'adolescent je bandais mon arc, polissais, en prévision, d'autres pointes de flèche. Aurais-je le cran de l'achever d'un imparable « Joyeuses Pâques ! » ? D'un côté la distance me semblait trop longue avant de pouvoir le décocher, de l'autre je ne voulais pas la brusquer par mon audace, l'effrayer par excès de précipitation. Devais-je alors, à nouveau, souffler le froid après le chaud ? La plonger derechef dans les affres du manque en jouant l'indifférence ? Pari risqué. Je craignais que la fragile enfant ne pût endurer deux fois pareille torture. Je n'avais pas tort : afin, sans doute, de parer à cette insupportable éventualité, ce fut elle qui prit l'initiative, dès le mois de janvier, et mit ainsi un terme à mon dilemme. C'est avec un tendre amusement que j'observai son propre stratagème pour se rapprocher davantage de moi. Voyons quels charmants détours elle emprunta à cette fin :

Comme je l'ai dit, nous étions tous deux inscrits dans un cours optionnel de littérature et civilisation françaises. Pour elle, c'était une espèce de tradition familiale. Par ses lointains ancêtres, elle était liée à ce pays, et depuis plus de cent ans chaque génération s'efforçait de conserver ce lien. Chez les Deloncle, on baragouinait au moins quelques mots de français, on citait volontiers (et parfois très laborieusement) quelques maximes de Voltaire, quelques vers de Racine, de Victor Hugo, on chantonnait quelques refrains de Piaf, quelques couplets pamphlétaires de Jacques Brel ou de Léo Ferré. On avait ça, disait-on, dans le sang. Un grand-oncle de Michelle s'était même porté volontaire pour aller verser le sien, de sang, afin de défendre les valeurs de leurs ancêtres contre la barbarie teutonne – il disposait dorénavant, à perpétuité, d'une petite croix blanche près d'un village de Normandie. Dans mon cas, l'attirance que j'éprouvais pour la France était toute personnelle, littéraire d'abord et, à vrai dire, assez irrationnelle. Elle me venait d'un court poème de Guillaume Apollinaire, intitulé *L'Adieu**, sur lequel j'étais tombé par hasard lorsque j'avais une douzaine d'années. Bien que n'en comprenant pas le sens, sur le coup, ce poème m'avait profondément touché et m'avait fait venir les larmes aux yeux. Mon goût pour la poésie en général, et pour la langue française en particulier, était né. Il ne fit que s'accroître avec le temps. D'où le fait que j'étais bien plus doué que Michelle dans cette matière. Cela ne lui avait pas échappé, et c'est donc par ce biais qu'elle s'évertua, la maligne, à resserrer nos liens naissants. Elle commença par me demander timidement si je serais prêt à lui donner un *coup de main** pour les devoirs que madame Hérouet – notre professeure, d'origine belge, bienveillante mais exigeante – nous imposait en nombre. Pas dupe, j'acceptai de bonne grâce. Et le pli fut vite pris : thèmes, versions, le soir j'en rédigeais les brouillons en double exemplaire, et ma partenaire n'avait plus qu'à retranscrire le sien au propre le lendemain matin. Sous prétexte d'approfondir ce travail d'équipe, elle m'invita bientôt à prendre place à ses côtés, en classe, où je pus dès lors m'enivrer de son parfum, et où elle put profiter d'une vue libre et dégagée sur ma copie. J'étais désormais son modèle, son mentor. Rapidement ses lacunes en vocabulaire et conjugaison furent comblées. Ses résultats s'en ressentirent. Madame Hérouet était enchantée, Michelle l'était tout autant. Ses progrès en français allaient de pair avec les progrès de notre relation. Je sentais qu'elle m'était de plus en plus attachée. Notre entente était parfaite. Le point d'orgue fut certainement un exposé sur Molière que nous devions préparer pour la fin du deuxième trimestre. C'était un exercice collectif. Je m'y attendais un peu, mais n'en fus pas moins aux anges lorsqu'elle déclara au grand jour son désir de faire partie de mon groupe. On imagine avec quel empressement j'accédai à sa requête. En fait, je parvins même à me débrouiller pour que le groupe ne fût constitué que de nous deux. Le rêve. Comment voulait-elle procéder ? Comment souhaitait-elle que l'on se répartît les tâches ? Je fus abasourdi par sa réponse : elle m'en laissait la seule et entière responsabilité ! Le mieux, me dit-elle, c'est que tu le fasses comme tu le sens, je suis sûre que ce sera parfait. Seigneur ! Quelle confiance elle me témoignait ! Avec quel total abandon elle se donnait à moi ! Inutile de dire combien je tins à m'en montrer digne. Je redoublai d'efforts et d'ardeur. Galvanisé par sa généreuse abnégation, j'y consacrai trois week-ends complets, trois week-ends durant lesquels, enfermé dans ma chambre, je m'échinai à produire un devoir au plus proche de la perfection. Lorsque ce fut fait – pensé, structuré, développé, rédigé, corrigé, recopié –, je le lui soumis, non sans une certaine fierté mêlée d'appréhension. Mon cœur battait la chamade. Instant solennel. Voici Molière, ma belle, me disais-je. Voici le fruit de notre union… Elle sut fort bien, je dois dire, maîtriser l'émotion qui devait la submerger. Pour preuve réitérée de sa confiance, elle ne jeta qu'un bref regard sur les six feuillets que je lui présentais. D'un seul mot (« Super ! »), elle les approuva et les valida. Puis, sur le premier de ces feuillets, elle apposa son nom à côté du mien. Comme le sceau qui liait officiellement nos deux destins.

J'exultais.

*Mignonne, allons voir si la rose**… Oui, allons voir ! Allons voir plus loin ! L'automne s'était enfui. Puis l'hiver. Des pages et des siècles étaient tournés. Les cours suivaient leur cours. Le printemps s'ouvrait à nous. Sève, bourgeons, fièvre et frénésie. L'amour n'était plus courtois, il était romantique. Il était exalté. La lyre jouait sur tous les sentiments. Ode à la joie, ode à la beauté, ode à la splendeur de ces deux petites pommes qui mûrissaient sous le tissu léger de tes robes à fleurs ! Je veux les cueillir, les humer, les presser, les croquer. Sois mon Ève, je serai ton Adam ! Sois mon Elvire, je serai ton Lamartine !

Certes, je n'osais le lui déclarer si abruptement. J'avais réussi à apprivoiser son cœur, ce n'était pas le moment d'effaroucher la biche par des métaphores trop suggestives. Motus. Les salves brûlantes et impétueuses ne jaillissaient que de ma plume. Sois mon cratère, je serai ta lave ! Soyons un volcan ! Soyons le Vésuve, soyons le Pinatubo ! Oh, comme il m'était difficile de maîtriser ces éruptions intempestives. Le matin, le midi, le soir : elles pouvaient se déclencher à tout moment. J'empoignais alors mon stylo et le laissais courir entre mes doigts fébriles. Je n'avais parfois même pas le temps de sortir mon carnet, et mon suc se répandait en lettres de feu sur n'importe quelle surface, n'importe quel support. J'en ai retrouvé sur un cahier de maths, entre deux exercices, j'en ai retrouvé au dos d'un poster de David Bowie, j'en ai retrouvé sur le carton d'un colis Tex Press, sur l'aile d'un cerf-volant, sur une boîte de céréales, sur une brique de lait. Inspiration. Expiration. Jamais plus je n'ai ressenti une telle urgence ni fait preuve d'une telle fécondité que durant ce printemps de ma quinzième année. Je ne dis pas qu'il n'en est ressorti que des chefs-d'œuvre impérissables, mais sans cesse les muses me harcelaient. Ma muse. Elle.

J'ai chanté ses louanges. J'ai offert son corps en sacrifice aux dieux de la poésie. J'ai écrit son nom sur tous les tons. Mais elle l'ignorait. Je n'étais pas prêt encore à lui montrer les vers que je composais pour elle. Sur elle. Les seuls textes que je m'autorisais à lui donner étaient les devoirs que madame Hérouet nous demandait de fournir. Quelques-uns parmi ces textes étudiés étaient d'ailleurs en phase avec le fond de mes pensées. À travers eux on aurait juré entendre la voix de mes propres démons intérieurs. Ma belle vit-elle comme ma main tremblait quand je lui remis la traduction de ce poème de Théophile Gautier ?

Que tu me plais dans cette robe
Qui te déshabille si bien,
Faisant jaillir ta gorge en globe,
Montrant tout nu ton bras païen !*

Le lut-elle ? Le comprit-elle ? En saisit-elle toute la hardiesse et la sensualité ? Se retint-elle à la barrière de la langue pour ne point défaillir ?

Ou bien l'étoffe est-elle teinte
Dans les roses de ta pudeur ?
Non ; vingt fois modelée et peinte,
Ta forme connaît sa splendeur.*

Je remarquai, durant cette période, qu'elle passait de plus en plus de temps au gymnase de l'école, et plus particulièrement dans les gradins entourant le terrain de basket. Je m'en étonnais, ne lui connaissant pas ce penchant pour le sport. Je m'avisai bientôt que ce n'était peut-être pas sans rapport avec un certain Bill, dont je la surpris à prononcer plusieurs fois le nom lors d'une conversation avec l'une de ses amies. Renseignement pris, il s'agissait probablement du dénommé William Lewitt, « pivot » me dit-on (quoi que ce terme pût signifier) et vedette de l'équipe du lycée. J'en eus confirmation lorsque, discrètement installé dans les tribunes, j'assistai à un match et vis ma muse et sa complice bondir et pousser des cris enthousiastes chaque fois que ledit Bill s'emparait du ballon. Lorsqu'il marquait un panier, leurs hurlements devenaient quasi hystériques. Déchaînées, les deux spectatrices sautillaient sur place en agitant des pompons colorés au bout de leurs bras. Je ne saurais décrire le bonheur qui m'envahit à la vue de ce comportement. Ce fut proche de l'extase. C'était comme un accomplissement, un véritable triomphe. Je réalisais soudain la profondeur de ses sentiments à mon égard : pour piquer ma jalousie, la belle était prête à se livrer à tous les excès, à toutes les comédies ! Habile et naïve manœuvre. Je voyais clair dans son jeu, et je riais sous cape de son ingénuité. Comment pouvait-elle imaginer que je pusse être jaloux de ce garçon au corps d'athlète, aux muscles saillants, au sourire étincelant, certes, mais bien incapable, on s'en doute, de faire la différence entre une pastourelle et un madrigal ? Jouer à la baballe, c'est une chose, traduire Ronsard, c'en est une autre. Il fallait décidément que ma bien-aimée manquât d'assurance, elle aussi, pour user de ce grossier subterfuge. L'intention était délicieuse, mais elle n'avait vraiment pas besoin de ça pour aiguiser ma passion. Ne lui en avais-je pas assez donné de preuves ? Que dire de plus après ceci ?

Et ces plis roses sont les lèvres
De mes désirs inapaisés,
Mettant au corps dont tu les sèvres
*Une tunique de baisers**.

Vivement Baudelaire et ses fleurs vénéneuses ! Vivement Rimbaud, Verlaine, Apollinaire et leurs vers sulfureux, qui n'allaient pas tarder à *enfoncer le clou** – madame Hérouet nous avait avertis. En attendant, je décidai malgré tout de décupler mes attentions.

Mai le joli mois de mai fut singulièrement chaud cette année-là. Un avant-goût d'été. Et ma flamme, comme le mercure, ne cessait de monter. À plusieurs reprises je proposai à ma belle de nous retrouver, un dimanche, chez moi ou chez elle, afin de réviser nos cours ensemble. Elle m'aiderait en mathématiques, qui n'étaient pas mon fort, je l'aiderais en littérature et en langues étrangères. Cela nous serait profitable à tous deux. Mais ses réponses demeuraient évasives. Elle repoussait, elle tergiversait. Maîtresse dans l'art consommé de la séduction – un pas en avant, deux pas en arrière : jeu piquant, et charmant. Quelle différence avec les mœurs barbares de ce Bill Lewitt et de sa dernière conquête que nous aperçûmes un jour dans la cour du lycée et dans une attitude sans équivoque ! On eût dit deux gastéropodes accolés échangeant goulûment leur bave. Face à cet ignoble spectacle, ma douce ne put réprimer un mouvement de recul. Le choc la fit pâlir. Comme je la comprenais ! Pour elle, si délicate, c'était on ne peut plus répugnant à voir. Et si je n'ai pas oublié cet incident somme toute insignifiant, c'est parce qu'il coïncide avec un événement d'une bien plus grande importance : c'est ce jour-là précisément que Michelle accepta pour la première fois ma proposition de nous retrouver en dehors du lycée pour réviser ensemble.

Victoire. Euphorie.

Nous avions pris date pour le dimanche suivant, chez elle. Je ne pensais plus qu'à ça. C'était mon unique horizon. Mon Everest. Mon Graal. Je n'eus pas trop du reste de la semaine pour écrire et polir le plus magnifique des sonnets. Cette fois, j'étais bien décidé à le lui offrir. Je voulais frapper un grand coup, marquer d'une pierre blanche cette étape décisive.

Cent fois recommencée, j'achevai mon œuvre le dimanche même à midi. Le temps de la recopier sur une feuille immaculée, le temps d'avaler (avec difficulté) un demi-sandwich au rosbeef, et je me dirigeai vers le palais où ma princesse devait se consumer d'impatience. Le soleil brillait. L'unique nuage était celui sur lequel je marchais. J'étais paré de mes plus beaux atours : pantalon moutarde en velours côtelé, veste à franges et chemise mauve acidulé. À mes pieds, des bottines en daim fauve parachevaient cette tenue éblouissante. Le poème dans ma poche, le sourire aux lèvres, je n'étais pas peu fier.

Au bout de vingt minutes de marche, j'arrivai dans sa rue. Tu verras, m'avait-elle dit, c'est la maison avec le moulin devant. Cette indication m'avait intrigué, mais je n'avais pas demandé davantage de précisions. À présent, je comprenais : les habitations s'alignaient le long de la voie et il y avait effectivement, devant l'une d'elles, une espèce de petit moulin que l'on repérait de loin. Je m'arrêtai devant le portail et observai un instant cette curieuse construction. Elle faisait environ 2,50 m de haut et se dressait au milieu du jardin. Son corps était un cylindre en métal, et elle ne possédait pas qu'une seule « hélice » comme en ont d'ordinaire les moulins à vent, mais plusieurs, de différentes tailles et disposées dans toutes les directions. Quelques-unes de ces pales tournaient lentement.

— Une lubie de mon frère ! lança soudain une voix que j'aurais reconnue entre toutes.

Michelle se tenait dans l'encadrement de la porte, une main en visière sur le front pour se protéger du soleil. Elle me fit signe d'entrer. Je la rejoignis sur le seuil. Dieu qu'elle était jolie ! (Je m'aperçois que je ne l'ai pas encore décrite.) Brune, les cheveux mi-longs, ondulés, les traits fins et racés. La pudeur m'empêche de m'étendre sur sa silhouette, qu'on sache simplement qu'elle était parfaite. Elle avait ce jour-là un petit air de Patty Hearst, et j'aurais volontiers joué le rôle de son ravisseur. Elle me détailla de pied en cap, un brin surprise et certainement impressionnée par mon allure, mais n'en fit point commentaire.

— Viens, on va monter dans ma chambre, dit-elle.

Ces mots, pourtant candidement prononcés, me coupèrent le souffle. Je dus produire un immense effort pour me mouvoir et la suivre à l'intérieur. Mais tout n'alla pas si vite. Dans le salon, au rez-de-chaussée, je fis connaissance avec ses parents. Donald, le père, était assis dans un fauteuil. Il ne baissa qu'un bref instant son journal pour m'adresser un signe amical de la main. Daisy, la mère, s'extirpa en revanche du canapé pour venir à ma rencontre.

— *Bonjour**, dit-elle avec un large sourire. Alors c'est vous le grand *amoureux de la France** !

— *Bonjour, madame**, m'appliquai-je à lui répondre avec mon meilleur accent. J'apprécie ce pays, en effet. Et sa langue.

De justesse je me retins de lui dire que si j'étais amoureux, c'était surtout de sa fille.

— *C'est très bien* !* approuva-t-elle, avant de m'entraîner dans la cuisine où elle me proposa un assortiment de cookies, que je refusai poliment, et un verre de Coca-Cola que j'acceptai.

Michelle patientait, debout sur la première marche de l'escalier. Je terminai mon verre, puis gratifiai Mrs Deloncle d'un *Merci beaucoup* !* qui parut l'enchanter. Elle me chassa en papillonnant des mains et des doigts :

— Allez, allez ! *Au travail, maintenant* !*

Je ne demandais pas mieux. Ma belle commença à gravir les degrés et je la suivis, les jambes flageolantes, en fixant hypnotiquement ses gracieux mollets, dont la chair pâle et veloutée me donnait une furieuse envie d'y planter les dents. C'est alors qu'une voix inconnue jaillit au-dessus de nous :

— C'est lui ?

Michelle s'arrêta si subitement sur la marche que je faillis donner du front contre son adorable postérieur (oh, Seigneur ! oh, Seigneur !).

— Tu veux quoi, Phil ? dit-elle. Mêle-toi de tes affaires !

Je m'arrachai à ma divine contemplation et levai la tête. À l'aplomb de l'escalier, je découvris une étrange créature. Troublé comme je l'étais, je crus sur le moment qu'il s'agissait d'une sorte d'extraterrestre, martien, vénusien, jupitérien, bref, un être venu d'une autre planète et que les Deloncle, famille tolérante et hospitalière, auraient recueilli. Il me fallut quelques secondes pour comprendre que ce n'était qu'un effet d'optique : la créature se révéla être un préadolescent vu à l'envers. Il se tenait sur le palier, à l'étage, le buste et le crâne penchés par-dessus la rampe. Sous mon angle de vision, c'était saisissant. Et l'impression d'étrangeté était accrue par la coiffure du garçon. Qu'on se rappelle la coupe afro des Jackson Five ou de Diana Ross à leurs débuts : c'était à peu près la même chose. Une énorme boule de barbe à papa, non pas noir de jais dans son cas, mais châtain, non pas crépue, mais bouclée. Une tignasse phénoménale. J'ai toujours connu Philip-Joseph avec ce casque sur le crâne, seul son volume variait un tantinet selon les périodes. Sur le coup, j'en fus médusé.

Malgré l'injonction de sa sœur, le garçon ne broncha pas. Michelle reprit sa montée, et moi dans son sillage. Parvenue à l'étage, elle bifurqua sur la droite, en direction de sa chambre. J'allais la suivre mais le frère m'intercepta au passage.

— Salut, dit-il.

— Salut.

— T'es son petit ami ? me demanda-t-il à brûle-pourpoint.

Estomaqué, j'ouvris la bouche (plus pour chercher de l'air que pour lui répondre).

— Phil, bon Dieu ! explosa Michelle. C'est pas mon petit ami, c'est un ami ! Et d'abord, ça ne te regarde pas ! Fiche-nous la paix !

Le garçon affichait un air goguenard. Sans aucunement se démonter, il reprit :

— Mon prénom c'est Philip-Joseph, en vrai. Mais ma frangine est trop feignasse pour le dire en entier. Je lui en veux pas. Tu peux m'appeler Phil, toi aussi. Ou même P. J., si tu préfères.

J'avais du mal à me concentrer sur ses paroles (je retins tout de même « feignasse » qui m'écorcha l'oreille), pour l'heure je restais bloqué sur celles de Michelle : pas mon petit ami, avait-elle dit, un ami. Bien. Très bien. Je me félicitais qu'elle fût si à cheval sur la précision du langage. J'y vis la preuve de mon influence sur elle, et je supposai que c'était là le message qu'avec tact elle avait voulu me faire passer – comme un remerciement détourné, un hommage. Toujours attentionnée, ma princesse.

— Et toi ?

— Moi ?

— Tu t'appelles comment ?

— Gary. Gary Sanz.

— Gary… (Il fit une drôle de moue.) Cool. Ça me fait penser à Gagarine. Tes parents sont des rouges ?

— Des rouges ?

— Des Russes. Des communistes. C'est comme ça que mon père les appelle : « Ces salauds de rouges ! »

— Euh… Non, je ne pense pas qu'ils soient… communistes.

— Dommage. Moi, je les aime bien, les Russes. Stoletov, Lebedev, Popov… Rouges ou pas rouges, c'était loin d'être des ânes, ceux-là !

— Et Tolstoï, et Dostoïevski, ajoutai-je. Pas des ânes, non plus !

(Il refit une drôle de moue.)

— Connais pas. Des élèves de Tcherenkov, peut-être ?

Je commençais à me demander sérieusement si ce garçon n'était pas d'origine extraterrestre. Mais, pour ce premier jour, je tenais à faire bonne impression à tous les membres de la famille.

— Au fait, lui dis-je, bravo pour le moulin. Je l'ai vu, devant la maison. C'est chouette !

— Merci, répondit-il. Mais c'est pas un moulin, c'est un aérogénérateur.

— Ah.

— Viens, je vais t'expliquer comment ça marche !

— Euh…

Je jetai un regard éperdu vers ma belle.

— On n'a pas le temps, Phil, intervint-elle. On a du travail, Gary et moi.

Gary et moi : quelle merveilleuse association… que son frère fit brutalement voler en éclats.

— Y en a pour deux minutes ! rétorqua-t-il. Après, vous aurez tout l'après-midi pour vous bécoter !

Rouge, rouge cramoisi, pour le coup c'est moi qui l'étais ! Je n'osai même plus me tourner vers Michelle quand Phil m'agrippa par le bras et m'entraîna d'autorité dans sa chambre, dont il referma la porte d'un coup de talon.

Piégé.

Seul un petit lit en bois, que je finis par apercevoir sous un amas d'objets hétéroclites, justifiait que l'on donnât le nom de chambre à cette pièce. À mes yeux, elle méritait plutôt d'être baptisée, au choix : bazar, débarras, atelier (trop aimable), chantier, dépotoir, souk, bordel (trop grossier), ou mieux : capharnaüm. Un putain de monstrueux capharnaüm ! (Désolé.) Il y avait de tout, partout. Sur le sol, sur le bureau, sur le lit, je l'ai dit, sur la commode et jusque sur le radiateur. Impossible de marcher, même sur la pointe des pieds, sans écraser un câble, un outil, un ustensile. Impossible de s'asseoir quelque part. Les murs croulaient sous les étagères et les étagères croulaient sous un fatras d'instruments et accessoires dont pour la plupart je ne connaissais ni le nom ni la fonction. C'était le cabinet du docteur Folamour (et dire qu'à quelques mètres de là s'ouvrait l'écrin voluptueux de mon fol amour !). C'était, en modèle réduit, le labo que P. J. reproduirait dans son garage quinze ans plus tard : son foufoutoir.

Les deux minutes annoncées s'étalèrent sur deux heures. Ce sacré gamin m'expliqua par le menu le fonctionnement de son moulin qui n'était pas un moulin. Il me parla de rotor, de turbine, d'énergie cinétique, d'alternateur, de transformateur, d'accumulateur. Il me montra les deux batteries alignées sous son bureau qui servaient à stocker et redistribuer le courant. La puissance obtenue était assez faible, l'éolienne étant trop petite. Il regrettait de n'avoir pas le droit de construire un engin plus grand. Celui dans le jardin n'était pas déclaré et passait pour un simple élément de décoration aux yeux des voisins et des autorités. Personne ne devait se douter qu'il servait à produire effectivement de l'électricité – juste assez pour alimenter sa chambre quelques heures par jour, mais c'est toujours ça qui n'ira pas dans les poches d'AEP[1] ! lança-t-il avec un clin d'œil malicieux.

Comme on le voit, son obsession pour les problèmes énergétiques avait commencé tôt. Mais l'électricité n'était pas le seul domaine auquel s'intéressait Philip-Joseph en ce temps-là. Sa curiosité et sa vitalité créatrice partaient dans tous les sens. Dans la foulée il me dévoila plusieurs des inventions qu'il avait fabriquées. Quelques-unes m'ont marqué. Je me souviens par exemple de cette montre-bracelet qui paraissait en tous points ordinaire, sauf que ses aiguilles tournaient à l'envers. Il me la présenta comme une machine à remonter le temps. Ce n'était pas faux et cela dénotait une certaine poésie dans sa façon de voir les choses (il s'en serait défendu si je le lui avais dit). Compte à rebours. Les heures rebroussaient chemin. Demain devenait hier. Je donnerais cher aujourd'hui pour avoir ce modèle au poignet et pouvoir retourner en arrière. Je n'ai aucune idée de ce que cette montre a pu devenir. Je me souviens aussi d'une drôle de petite machine qui avait l'aspect d'une guillotine en miniature, la différence essentielle étant que le couperet ne tombait pas, mais se relevait au contraire, d'un mouvement vif, grâce à un ressort. C'était une machine à jouer à pile ou face. Il m'en fit la démonstration avec un quarter : la pièce décolla et il la rattrapa adroitement dans la paume de sa main. Bon. Et alors ? J'eus le malheur de mettre en doute l'utilité de cet objet, ce qui me valut une bonne leçon sur la vitesse d'éjection, la force de propulsion et la résistance de l'air, qu'il illustra par une série d'équations griffonnée sur l'envers d'un ticket de caisse qui traînait là. Grâce à sa machine, le lancer de la pièce ne dépendait plus du lanceur. On

1. American Electric Power : l'un des principaux producteurs et distributeurs d'électricité aux USA [N.d.T.].

abolissait tout ce qui n'était pas du pur hasard, revenant de fait au principe même du jeu. Plus de triche possible, conclut-il. Plus d'intervention humaine. C'est Dieu, s'Il existe, qui décide.

Mais l'invention qui me stupéfia véritablement était un appareil qu'il avait baptisé Stéréo-Kit et qu'il dénicha après avoir farfouillé un moment au milieu de toute cette pagaille. Cela se présentait comme une sorte de boîte en métal, de la taille d'un livre, munie d'un couvercle et de quelques boutons. Philip-Joseph fixa cet objet à ma ceinture, grâce à un système de clapet. Puis il souleva le couvercle et introduisit une cassette audio dans un emplacement destiné à cet effet. Après quoi il referma le couvercle, brancha un casque stéréo sur le côté de l'appareil et installa les écouteurs sur mes oreilles. Je n'étais pas très rassuré, mais lorsqu'il enfonça l'un des boutons, ce fut carrément une commotion. La musique jaillit dans mes tympans. Je me rappelle le morceau : *Superstition*, de Stevie Wonder. Pour moi, ce titre restera à jamais associé à cette expérience.

— Marche ! Marche ! Vas-y, bouge ! me hurla Phily-Jo en faisant de grands gestes.

Je me déplaçai donc à travers la pièce, en écrasant quantité d'objets sous mes semelles. Mais ça n'avait pas d'importance. La musique jouait, Stevie m'accompagnait et Philip-Joseph me suivait du regard, dansant, gigotant, se déhanchant sur place, avec un sourire radieux qui illuminait sa frimousse. Si je ne devais garder qu'un moment avec P. J., ce serait celui-ci.

Au bout d'une minute, il appuya sur un autre bouton et la chanson s'arrêta.

— Ça fonctionne avec des piles, dit-il. Avec ça, tu peux emmener ta musique partout, tout le temps !

J'ôtai les écouteurs de mes oreilles.

— C'est dingue… fut tout ce que je trouvai à dire.

J'ai vérifié depuis : quatre ans avant que Sony lance le premier Walkman sur le marché, ce garçon de 12 ans l'avait déjà inventé.

Ce ne serait pas la seule invention de Philip-Joseph que l'on retrouverait un jour dans le commerce sous une forme plus ou moins proche de celle qu'il avait créée. Hormis pour sa toute dernière machine, qu'il considérait comme l'œuvre de sa vie, il n'a jamais tenté de déposer un brevet. Trop de paperasse, disait-il. Trop cher pour sa bourse.

Il ne me restait qu'une vingtaine de minutes quand je le quittai pour aller toquer à la porte de sa sœur. Nous les passâmes, Michelle et moi, à réviser les temps de l'indicatif en français. Prenons le verbe « chanter ». Prenons le verbe « choisir ». Ma belle ne mit pas beaucoup d'ardeur à les réciter. Elle était, je crois, un peu vexée. J'étais, pour ma part, assez piteux. Prenons le verbe « aimer »… Zut, trop tard, c'est l'heure. La prochaine fois.

Je repartis avec mon sonnet dans la poche.

Je ne tiens pas à parler de moi, cependant je me rends compte, au fil de la rédaction, qu'il m'est difficile de relater la vie de Phily-Jo sans évoquer la mienne, et celle de Michelle. Elles sont intimement liées. Le narrateur, ici, est intradiégétique, voire métadiégétique (notez, s'il vous plaît). Notre histoire est commune. Il me paraît important d'en raconter les débuts : qui nous étions, ce que nous étions – pour mieux comprendre, peut-être, ce que nous sommes devenus. Je m'astreins à conserver un ton léger, plaisant, dans le souci de ne pas faire supporter au lecteur le poids de mon propre désespoir. Cela tient de la simple politesse, mais c'est au prix, souvent, d'efforts considérables. D'avance je demande pardon si quelquefois mon chagrin déborde, si un trop-plein de mélancolie s'écoule entre les lignes et me trahit. Cette histoire est triste. Philip-Joseph n'est plus. Michelle n'est plus. Ma jeunesse n'est plus. Que reste-t-il ? Comme la plupart des personnes ayant atteint un certain âge, c'est vers le passé que je me tourne, c'est à lui que je me raccroche. Non pas que je sois si vieux que ça, d'un point de vue strictement arithmétique je totalise à peine une quarantaine d'années, mais j'ai bien conscience que celles qui comptent vraiment sont révolues. Le meilleur de mon existence est derrière. C'est là que ça se passe pour moi. La suite, si suite il doit y avoir, ne m'intéresse guère. Elle m'effraie. J'ai remarqué une chose : avant (mot imprécis qui en dit pourtant si long), avant je n'aimais pas dormir. C'était, à mon sens, du temps perdu. Du gâchis. Si j'avais pu ne jamais fermer l'œil, je l'aurais fait sans hésiter. J'avais tant à voir, à faire, à lire, à écrire, à découvrir, à ressentir. Or, maintenant j'aspire plus que tout au sommeil. Je voudrais qu'il me prenne tôt le soir et se prolonge tard le matin. Ces heures, que j'avais naguère l'impression de gaspiller, je souhaite aujourd'hui qu'elles s'éternisent. Dormir, dormir, dormir. Mon opium. Mon refuge. Depuis que je n'ai plus les bras de Michelle, je ne me sens bien que dans ceux de Morphée. Viens, toi. Embrasse-moi. Berce-moi, serre-moi, garde-moi. Quand elle ne m'indiffère pas, la vie me fait peur. Je ne désire plus y être mêlé. Qu'elle s'écoule donc pendant que je me repose, les paupières closes, le souffle paisible et régulier. Tel est le vœu que je forme. Est-ce un appel du pied à la grande faucheuse ? Je ne sais pas. Je suis las et lâche. Peut-être, lorsque j'aurai terminé ce récit…

Mais nous n'en sommes pas là. Reprends-toi, Gary. Redresse-toi – un peu de tenue ! Avant de songer aux lendemains qui ne chantent pas, achève déjà cette merveilleuse année 1975 où tout alors commençait, tout s'ouvrait (les fleurs, les cœurs, les perspectives), tout était encore possible. Il te faut repasser ta chemise mauve (laisse tomber la veste, il fait trop chaud). Il te faut rechausser ces bottines en daim, que tu appréciais, avoue, parce que les talonnettes te grandissaient de quelques centimètres (pas au point cependant de te mettre au basket, comme un certain B. que tu appréciais moins). Il te faut encore laisser repousser cette blonde frange avec laquelle tu espérais secrètement être associé à Robert Redford (le Condor en personne, mesdames) mais qui servait essentiellement à dissimuler les éruptions disgracieuses sur ton front. Gary Sanz, 15 ans, lycéen francophile, poète en herbe, acnéique et amoureux. Tu y es ? Retourne-toi, Gary, et décris-nous ce que tu vois. Fais-nous battre le cœur. Fais-nous rire.

Un matin, en arrivant dans la salle où devait avoir lieu le cours de maths, nous découvrîmes une formule qu'une main anonyme avait tracée en grand sur le tableau : $\mathbf{Se^x = Fu^n}$

La classe entière se figea, y compris notre enseignant, Mr Weissman, dont les paupières, dans un tic nerveux, se mirent à battre convulsivement derrière le verre de ses lunettes. Nous fixions tous le tableau, dans un silence qui bourdonnait aux oreilles. Puis les premiers rires fusèrent. De timides gloussements qui se muèrent bientôt en éclats sonores. Jim Beaver, Sheyla Prescott, Scott Landis, Janice Amberfield : les plus délurés. Les autres suivirent. Du coin de l'œil je guettais la réaction de Michelle. Sa jolie bouche demeura un moment entrouverte, mais soudain elle la couvrit de sa main, et sous ce bâillon elle pouffa, elle s'esclaffa, enfin elle écarta la main pour laisser libre cours à son rire et se joindre au concert d'hilarité général. Alors, je l'imitai. J'étais soulagé. J'étais émoustillé. Sex = Fun. La formule me mettait en joie et je me réjouissais qu'il en fût de même pour elle. C'était de bon augure.

La rigolade dura une minute ou deux. Après quoi Mr Weissman se reprit. Il posa sa sacoche au pied de son bureau, effaça le tableau d'un coup d'éponge, puis tourna vers nous sa barbiche de brebis désabusée.

— C'est une équation beaucoup plus complexe qu'elle n'en a l'air, dit-il. Mais nous n'en ferons pas la démonstration ici. Désolé, jeunes gens, j'en ai de moins drôles à vous soumettre.

Troisième trimestre. L'été approchait. Les grandes vacances. Cela me plongeait dans une anxieuse expectative. Ces jours à venir seraient paradisiaques si je pouvais continuer à fréquenter Michelle, la voir, lui parler, me dorer aux rayons de son aura, ils seraient un enfer s'ils la séparaient de moi. Je n'avais pas de projets. Avec mon père, nous ne voyagions pas, nous ne partions nulle part. Je pense que ça ne lui serait même pas venu à l'idée. La seule fois où il m'avait emmené en vacances, c'était chez ses parents, dans un endroit qui se nommait Prairie Village, au Kansas. J'avais 9 ans. Il n'y avait ni prairie ni village, mes grands-parents habitaient un appartement au cinquième étage d'un immeuble au centre de cette petite commune. Ce n'était que la troisième fois que je les rencontrais. J'avais séjourné chez eux une semaine, au mois d'août, cloîtré dans ce trois pièces à regarder Grand-Ma faire des réussites et Grand-Pa chasser les mouches avec une tapette (il jubilait chaque fois qu'il en tuait une et conservait précieusement son cadavre dans une boîte à biscuits en fer-blanc). Il faisait une chaleur étouffante et il y avait une quantité incroyable de mouches (quand je suis reparti, la boîte était pleine). Alors ? Tu t'es bien amusé ? m'avait demandé mon père dans la voiture, sur le chemin du retour. Je ne dirai pas que c'est une chance, mais mes grands-parents étaient passés sous un camion deux mois plus tard, ce qui avait mis un terme à nos folles odyssées. Je passais habituellement les vacances à lire dans ma chambre ou à la bibliothèque du quartier. Une activité pas facile à partager. Je n'avais pas de copains et ça ne me manquait pas. Pas vraiment. De temps en temps j'allais faire des tours à vélo dans un parc à côté de la maison. Le zoo était trop loin. C'était un lieu (le seul peut-être) où j'aurais aimé que mon père m'accompagnât, mais pour lui c'était comme visiter une annexe de la fourrière – des heures sup de boulot. Je le lui avais demandé une fois, il avait dit non, je n'avais pas redemandé. Du moment que j'avais des livres, je lui fichais la paix. C'était un arrangement, tacite, qui finalement nous convenait à tous deux. Il me pourvoyait parfois en lectures, de son côté. Je n'aimais que les romans mais il s'obstinait à m'acheter des bandes dessinées. Dans son esprit, c'était ce que lisaient les gamins de mon âge – c'était aussi ce qu'il lisait, lui, quand il lui arrivait de lire. Je n'ai jamais aimé les BD ni les magazines (les images se créaient dans ma tête, pas envie qu'on me les impose). Dans le dos de papa je retournais à la librairie les échanger contre des romans. Il ne s'en est jamais aperçu.

Hors cette brève et unique parenthèse grand-parentale, ça s'est déroulé comme ça jusqu'à mes 15 ans. Jusqu'à Michelle. Plus question, à partir de là, de passer mes vacances en solitaire. J'avais trouvé quelque chose, quelqu'un, qui m'intéressait encore plus que les livres. Je ne pouvais imaginer vivre deux longs mois sans elle. Un calvaire. Un châtiment que je ne méritais pas. Je ne savais pas si les Deloncle avaient des projets pour les congés scolaires. Par crainte de la réponse, je n'avais pas encore osé demander. Avaient-ils pour habitude d'aller s'étendre en famille sur les plages surpeuplées de Santa Monica ? (Sainte Monique, priez pour moi !) Campaient-ils au bord d'un lac perdu du Wyoming ? Donald pêchait-il la truite ? Courait-il le grizzli ? Partaient-ils tous, parents et ados, randonner à la queue leu leu sur la terre ocre du Grand Canyon ou préféraient-ils dilapider leurs économies sur les tapis verts de Vegas ? Nature ou strass ? Étoiles ou néons ? Palmiers ou torrents de montagne ? Peu m'importait au fond la destination, je ne voulais tout bonnement pas que Michelle s'en aille. Hors de ma vue, point de salut. Chaque ville, chaque État, chaque lieu de villégiature était un possible lieu de perdition. Je faisais des cauchemars éveillés dans lesquels la belle touriste assommée de soleil se mouvait, languide et indolente, dans un bikini beaucoup trop exigu, exhibant insoucieusement ses formes à mille paires d'yeux rapaces. Il y avait toujours, quelque part, un jeune autochtone qui l'avait repérée et cherchait à l'attirer entre ses serres. Il était taciturne, ombrageux et fourbe. Tous ces garçons, en vérité, étaient moi sans être moi. Ici un surfeur californien au torse ruisselant, exhalant des effluves salins tandis qu'il lui récitait du Emily Dickinson sur la grève, sa planche sous le bras (oui, tous les surfeurs sournois font ça !). Là un pâtre du Montana qui écorchait un puma qu'il avait tué de ses mains tout en psalmodiant l'air de rien des hexamètres dactyliques de Longfellow. Le misérable ! Tous ces roués chasseurs connaissaient les faiblesses de leur proie et en profitaient sans vergogne. La pauvre petite ne pouvait que succomber. C'était affreux.

Dieu merci, au moins pour quelque temps encore, elle était sous ma garde vigilante. Les visites à la maison au moulin étaient en passe de devenir un rituel hebdomadaire. Dimanche, jour de fête. De quatorze heures à seize heures trente. Après le déjeuner, quand mon père commençait à somnoler devant le petit écran, c'était pour moi le signal de m'éclipser. Je lui avais dit que j'allais réviser chez une camarade de classe, il ne m'avait pas questionné davantage. Qu'aurait-il pensé s'il avait su que cette camarade était ma Vénus, mon Aphrodite, ma Delphine, mon Hippolyte ? Rien, probablement. C'est qui, celles-là ? aurait-il peut-être demandé. Vous êtes combien, au juste, dans ce groupe ?... Cher papa, il n'y en avait qu'une. Elle était la seule et elle était toutes et tout pour moi. Mais j'avais connu Baudelaire entre-temps (Qui ça ? Un nouveau copain à toi ?). Madame Hérouet, en effet, avait semé en nous, en moi, les graines des fleurs diaboliques. Et ces graines avaient germé. Et les fleurs poussaient. Et quand je me rendais chez Michelle, j'avais toujours peur que leur parfum sulfureux me montât à la tête, j'avais toujours espoir qu'elle me laisserait les cueillir. Aussi sage que fût l'innocente enfant, elle était voluptueuse à son insu, elle était lascive, elle était l'infernale tentatrice, et moi j'étais damné. Comment aurais-je pu ignorer que ses robes, ses jupes, ses chemisiers se faisaient de plus en plus légers, de plus en plus vaporeux, qu'ils dévoilaient de plus en plus de sa chair ? Où aurais-je pu porter les yeux pour ne pas qu'ils me brûlassent ? C'était un ravissement et c'était une souffrance. La salive me manquait lorsque je devais, pour son édification, lui traduire certaines strophes en direct :

Pour engloutir mes sanglots apaisés
Rien ne me vaut l'abîme de ta couche ;
L'oubli puissant habite sur ta bouche,
*Et le Léthé coule dans tes baisers**.

Assise au bord du lit, jambes croisées (oh, Dieu tout-puissant ! oh, diable machiavélique !), ses lèvres s'avançaient en une moue circonspecte : « Le lait-thé, le lait-thé... C'est comme ça qu'ils appellent le thé au lait, là-bas en France ? »

Mon enfant, ma sœur, mon adorée. La bouche sèche, je bafouillais quelque vaine explication. Mais le pire (pour mon cœur) survenait lorsque c'était elle qui me récitait, avec son accent pittoresque et si ensorcelant, des vers incandescents, tels que :

Moi, j'ai la lèvre humide, et je sais la science
De perdre au fond d'un lit l'antique conscience.*

(Et pourquoi pas celui-ci, de lit ? Le tien, tiens ! Puisque nous l'avons sous la main !)

Je sèche tous les pleurs sur mes seins triomphants,
Et fais rire les vieux du rire des enfants.*

(Ah ! Ah ! Ah ! Ah !)

Je remplace, pour qui me voit nue et sans voiles,
La lune, le soleil, le ciel et les étoiles !*

(Nue, ma belle, pas « new » ! Nue ! Nue ! Nue ! Je veux bien te le faire répéter mille fois !)

Je suis, mon cher savant, si docte aux voluptés,
Lorsque j'étouffe un homme en mes bras redoutés,*

(J'étouffe, c'est vrai ! Je suffoque ! De l'air ! De l'air !)

— Alors, c'était bien ? me demandait-elle ensuite. En élève appliquée, soucieuse de bien faire, elle attendait ma sentence. Tu veux que je recommence ?

Bien sûr que j'aurais voulu. Qu'elle recommence pendant des heures, des jours, des années. Qu'elle ne s'arrête jamais. Personne mieux qu'elle ne pouvait dire ces vers. Mais j'avais peur de ne pouvoir le supporter. Mes genoux tremblaient, mon pouls battait à rompre. J'avais peur de fondre, de me liquéfier, de faire tache sur son carré de tapis en peluche jaune citron, de mourir sur place – ce n'était pas à prendre au figuré. Mon cœur criait Encore ! Mon corps hurlait Pitié ! Ma bouche était incapable de produire un son. Je me détournais pour essuyer la sueur qui perlait à mon front, puis, déglutissant péniblement, je hochais la tête en signe d'approbation. Oui, c'était bien. C'était plus que bien, c'était somptueux. C'était sublime.

Et quand je retrouvais un filet de voix, je m'entendais lui dire que je préférais consacrer la demi-heure qui nous restait à certain théorème de mathématiques qui m'échappait. Pouvait-elle m'aider ?… Lamentable et désolante façon de fuir.

$Se^x = Ru^n$

Je repoussais l'échéance. Chaque semaine, j'emportais mon poème, chaque semaine, je le remportais. En manière, peut-être, de compensation, je lui offrais parfois d'autres petits présents. Un livre. Un disque. Dilapidais pour elle le peu d'argent de poche que mon père m'octroyait. Je me souviens en particulier d'un album des Beatles : *Rubber Soul.* Le disque n'était pas très récent et il ne contenait, en réalité, qu'un seul titre qui avait attiré toute mon attention. Ce titre, on l'aura deviné, était : *Michelle.* Cela faisait un bout de temps que je songeais à le lui offrir. Un dimanche de juin, brumeux et lourd, je l'apportai dans ma hotte. Elle connaissait le morceau. Nous l'écoutâmes ensemble. La première d'une longue série d'écoutes, car cette chanson allait devenir, au fil des années, notre chanson fétiche, l'hymne de notre amour. Sous couvert, cette première fois, d'une plaisante leçon de français, je me pris même à doubler ce pauvre Paul McCartney qui n'en demandait pas tant. *Michelle, ma belle, sont des mots qui vont très bien ensemble, très bien ensemble*[*]. Je chevrotais de toute mon âme. Couplet, refrain, j'aurais pu rayer ce foutu disque avec les dents rien que pour faire vibrer mon organe indéfiniment devant elle. *I love you, I love you, I love you. That's all I want to say.* Chante avec moi, avec Paul, avec John, mêlons nos voix, nos chœurs, elles sont pour toi ces paroles. *Until I find a way, I will say the only words I know that you'll understand.* Ça, quand même, tu le comprends ? Aucune erreur d'interprétation possible. C'est madame Hérouet qui va être contente !

Nous le jouâmes et le rejouâmes sept fois d'affilée. Au milieu de la huitième il se mit à pleuvoir et des coups se firent entendre, qui n'étaient ni le tonnerre ni la batterie de Ringo Starr. On cognait contre la cloison.

— OK, Michelle elle est belle, on a pigé ! Et Gary il est ravi, on a compris ! On peut passer à autre chose ?

Intervention fraternelle. Michelle grimaça. J'ôtai l'aiguille du vinyle en soupirant, et dans le silence revenu on perçut le bruit des gouttes s'écrasant sur le rebord de la fenêtre.

J'avais appris à éviter P. J. Plus ou moins. J'avais appris à me défaire de lui dans des délais raisonnables, sans le vexer ni le blesser. Cela m'était d'autant plus difficile que j'aimais bien ce garçon. Ce qu'il me faisait découvrir n'était pas dénué d'intérêt, loin s'en fallait. Son imagination, son inventivité étaient vraiment hors du commun. Il faut tout de même que je raconte cet épisode où, par sa faute, je me fourrai dans une situation que je ne suis pas près d'oublier :

Une fois de plus, Philip-Joseph m'avait mis le grappin dessus. Je m'étais promis de ne lui accorder qu'une poignée de minutes. Nous étions dans son capharnaüm, auquel je commençais à m'habituer aussi, lorsqu'il me fit part à nouveau de son envie d'acquérir un Altair 8800. C'était son rêve, son obsession du moment. Un quoi ? La première fois qu'il m'en avait parlé, je lui avais avoué mon ignorance : je ne savais pas du tout ce que c'était. Il me l'avait expliqué. L'Altair 8800 était un appareil qui venait juste de sortir, un des tout premiers micro-ordinateurs destinés au « grand » public (tout est relatif) et le plus performant d'après lui. Comme j'ignorais également ce qu'était un micro-ordinateur, il m'avait montré le modèle en question sur les pages de *Popular Electronics*, un de ces magazines spécialisés auxquels il était abonné, et m'avait décrit avec ferveur toutes les possibilités qu'il offrait. (Pour la petite histoire : c'est pour cet ordinateur que deux jeunes gars de 20 ans, Bill Gates et Paul Allen, développèrent à l'époque le premier langage informatique BASIC et fondèrent leur société qu'ils nommèrent Micro-Soft. Je ne doute pas que mon père leur aurait ri au nez s'ils lui avaient proposé de s'associer à eux.) La démonstration orale de P. J. m'avait laissé dubitatif. À vrai dire, je ne voyais guère l'intérêt de cette machine (merci pour tes gènes, papa), mais Philip-Joseph n'en démordait pas : c'était génial. Son problème était d'ordre financier : l'ordinateur était beaucoup trop cher pour son budget. Il réfléchissait donc à un moyen de gagner de l'argent pour pouvoir se le payer. Et ce jour-là, il m'annonça qu'il avait trouvé : « Viens voir ! » me souffla-t-il. Avec une mine de conspirateur il traversa la pièce et se saisit d'une boîte de céréales qui trônait sur une étagère.

— Voilà la solution !

— Tu vas vendre des corn flakes ? m'étonnai-je.

— Mais non ! Regarde.

Il pencha la boîte vers moi pour m'en montrer l'intérieur. Elle était à moitié remplie de ce qui me parut être des capsules de médicaments. Phily-Jo en piocha une et la tint devant mes yeux comme s'il s'agissait d'une pépite d'or pur. C'était effectivement une capsule, semblable à celles que l'on prenait pour calmer la fièvre ou la migraine : un remède. Je ne dis rien. Phily-Jo reposa la boîte. Puis il sépara délicatement les deux parties de la capsule et en versa le contenu dans le creux de sa main. Il en résulta un petit tas de poudre légèrement bleuâtre. Ce fut à cet instant que la révélation me vint.

— De la drogue ! Bon sang, Phil, tu vas te mettre à fourguer de la drogue ?

Je n'y avais jamais goûté, mais j'en avais entendu parler. LSD, amphétamines, hallucinogènes et autres stupéfiants. Quelques élèves du lycée se vantaient des « trips » qu'ils faisaient grâce à ces petites pilules qui circulaient au cours de certaines soirées. J'étais effaré que ce gamin pût participer à ces jeux interdits et dangereux.

— Mais non, répéta-t-il. C'est pas ce que tu crois. Aucun rapport avec la drogue. C'est un produit de ma propre composition.

Autre élément de sa panoplie d'inventeur : la chimie. Par la suite il s'éloignerait de cette discipline, mais alors cela faisait encore partie des domaines qu'il explorait – et, comme pour le reste, en profondeur.

— Qu'est-ce que c'est ? demandai-je en fixant le petit tas de poudre dans sa paume. Qu'est-ce qu'il y a là-dedans ?

Il esquiva ma question.

— Ça va faire un malheur, dit-il, j'en suis sûr. À 1 dollar la dose, si j'en vends dix par jour, en moins de deux mois je peux me payer l'Altair.

— Tu te rends compte que tu parles exactement comme un dealer ?

— Je te dis que ça n'a rien à voir avec ça.

— Avec quoi, alors ? Tu ne m'as pas répondu : qu'est-ce que ça contient ?

Philip-Joseph afficha un large sourire, qu'il barra ensuite de son index dressé – chut !

— Composition secrète. C'est ma potion magique. Tout ce que je peux te garantir, c'est qu'il y a zéro danger. Tu verras.

— Je verrai ?

Il prit une nouvelle capsule dans la boîte et me la tendit.

— Tiens. La première est offerte.

— Hors de question que j'avale ce truc ! Si tu as besoin d'un cobaye, tu n'as qu'à le tester toi-même !

— Je l'ai fait ! Et regarde-moi : en pleine forme ! Est-ce que j'ai l'air d'un junkie ? Aucun danger, je te dis. Aucune accoutumance non plus. Aucun inconvénient, rien que des avantages. Tu ne risques absolument rien à essayer, Gary !

Pendant cinq bonnes minutes il continua à plaider la cause de son produit, sans toutefois m'en révéler davantage ni sur sa nature ni sur ses effets. Je vois trois raisons principales au fait que je finis par céder : la première, simple, c'est que Philip-Joseph pouvait se montrer très convaincant. La deuxième, c'est que l'heure tournait, ma belle poireautait dans sa chambre et je savais que je ne pourrais pas me débarrasser de son frère tant que je ne lui aurais pas dit oui. La troisième, plus subtile, c'est que je me trouvais alors à un point (âge, période, état d'esprit) où j'étais prêt à faire un petit écart par rapport au chemin jusque-là très sage et tout tracé de ma vie. Et puis, merde ! Baudelaire, Verlaine, Rimbaud, est-ce qu'ils n'en avaient pas tâté, eux, des substances illicites et psychotropes ? Si je voulais les défier sur leur terrain, il était peut-être temps que je m'initie à leurs pratiques. Spirit of Ecstasy, emporte-moi ! (Prémonitoire.) Bref, je gobai la drôle de céréale que Phily-Jo me proposait.

Satisfait, il me libéra avec une phrase du genre « Tu m'en diras des nouvelles ! », et je m'empressai de rejoindre Michelle dans sa chambre.

Je la trouvai étendue sur le côté, en travers de son lit. Un coude plié, la main en conque où reposait sa joue, tel un socle soutenant son délicat visage d'albâtre. Ravissante sculpture vivante. Elle feuilletait non pas le recueil de François Coppée que nous devions étudier, mais les pages glacées d'une revue où se côtoyaient idoles pop et conseils cosmétiques. Elle était mon idole et n'avait nul besoin de se farder. Je connaissais ce petit air morose qu'elle prenait lorsqu'elle jugeait que je l'avais trop longtemps délaissée pour son frère. Ma rose morose. Cela ne faisait qu'ajouter à son charme. Je garde en mémoire (et garderai ma vie entière, dût-elle être éternelle) la robe qu'elle étrennait ce dimanche. Une tunique en macramé bleu pastel qui lui tombait à mi-cuisses et l'assimilait à mes yeux, je ne sais pourquoi, à une princesse orientale. La Shéhérazade de mes dix mille et une nuits. J'avais failli choir à la renverse quand elle m'avait ouvert la porte ainsi vêtue. Comment Donald, le grand Vizir, pouvait-il laisser sa fille se montrer dans cette tenue ? J'étais choqué. J'étais ébloui. Mes sens étaient déjà donc bien aiguisés et c'est sur le compte de cette affriolante apparence que je mis d'abord les mésaventures qui allaient suivre.

Ma belle daigna bientôt laisser de côté sa revue pour se consacrer au travail. Par chance, ce n'était pas les strophes torrides de Charles ou de Paul qu'elle devait cet après-midi se mettre en bouche (je serais mort d'apoplexie sur-le-champ). Les vers de Coppée étaient plus classiques, plus sages. Ils étaient empreints d'une paisible nostalgie. Et pourtant, ce titre : *Intimités*. Et pourtant, ces mots qui entraient en troublante résonance avec mes impressions et sentiments :

Afin de louer mieux vos charmes endormeurs,
Souvenirs que j'adore, hélas ! et dont je meurs,
J'évoquerai, dans une ineffable ballade,
Aux pieds du grand fauteuil d'une reine malade,
Un page de douze ans aux traits déjà pâlis...*

À peine Michelle avait-elle commencé à réciter, les lèvres toujours un peu boudeuses, que je ressentis une intense chaleur me gagner. Elle me prit par bouffées, d'abord au front, aux tempes, puis à la poitrine, puis au ventre, et continua ainsi à descendre et à m'envahir tout entier.

Il songera qu'il est heureux dans sa prison,
Qu'aux salubres parfums des forêts il préfère
La chambre obscure et son étouffante atmosphère...*

Jamais, à ce jour, je n'avais éprouvé pareille sensation. J'étais en train de m'embraser. Et le foyer de l'incendie semblait être à présent dans mon bas-ventre. Là se concentrait le feu, et à la brûlure qu'il me procurait s'ajoutaient d'étranges picotements. Que m'arrivait-il ? Allais-je disparaître, comme par un funeste enchantement, dans une combustion spontanée ? Ou était-ce Lucifer en personne qui cette fois me tenait, me faisait rôtir dans les flammes de l'enfer en punition de tous mes péchés spirituels ? Ce n'était pas la consomption habituelle que Michelle m'infligeait malgré elle. C'était beaucoup plus fort, plus violent, plus déstabilisant. À cette terrible fièvre se greffa la gêne, la honte, car je réalisai soudain que ma virilité était en train d'enfler, de se déployer, hors de tout contrôle et dans des proportions extravagantes qu'il serait incessamment impossible de ne pas remarquer. Dans un geste que j'espérais naturel, je croisai les mains devant mon entrejambe afin de dissimuler cet état extrêmement embarrassant. Je feignais la nonchalance, mais à l'intérieur la panique montait. Je ne comprenais pas. Et si ma belle, par hasard, par inadvertance, posait son chaste regard sur cette indécente protubérance ! Jamais plus je n'oserais me tenir devant elle. Mais pour l'heure elle poursuivait, imperturbable :

Que si, par la douleur arrachée à son rêve,
La reine sur le coude un moment se soulève
Et regarde longtemps de ses yeux assoupis
Le lévrier qui dort en rond sur le tapis.*

Même pas un lévrier, juste un vulgaire bâtard, un sale clébard en rut ! Et qui ne dormait pas, hélas. J'avais beau éviter de regarder ma reine, j'avais beau me forcer à penser à des choses tristes et laides, rien n'y faisait. L'affreux renflement n'en finissait pas de grossir, grossir. Jusqu'à la douleur. Jusqu'à, me disais-je, l'explosion ! Je redoutais que mon pantalon n'y résiste pas. Que les coutures craquent. Que les boutons sautent comme des bouchons de champagne et que jaillisse la mousse de mon abominable tumescence. Je n'avais jamais connu un tel afflux, une telle poussée. Et mon pouls s'emballait de concert. Allais-je faire une attaque ? Qu'est-ce que c'était que ça, nom de Dieu ?

Ce n'est que la semaine d'après que j'apprendrais le fin mot de l'histoire, quand Philip-Joseph me demanderait mon avis sur son « philtre d'amour », ainsi qu'il l'appelait. Bon sang ! Je ferais alors le lien de cause à effet et le forcerais (sous la menace de dénoncer son trafic à ses parents) à me révéler la composition de son produit. Il chercherait d'abord à noyer le poisson en me donnant une formule chimique – $C_{22}H_{30}N_6O_4S$ – qui, bien entendu, ne me disait rien du tout. Puis il lâcherait un nom – citrate de sildénafil – qui ne m'en disait pas davantage. Enfin, voyant que ma patience était à bout, il m'expliquerait que cette substance agissait sur je ne sais quelle enzyme pour accroître le flux sanguin vers… les parties concernées. Autrement dit, c'était un puissant stimulant érectile. Il admettrait qu'il avait peut-être un peu forcé la dose et qu'il lui faudrait certainement réajuster les proportions avant de mettre ses gélules en vente. Des années plus tard, elles seraient commercialisées sous le nom de Viagra.

Mais, tandis que j'en ressentais pleinement les effets, j'ignorais encore tout ceci, et j'avais complètement oublié la capsule avalée dans la chambre de Philip-Joseph. Je m'inquiétais pour ma santé et, plus que tout, je craignais que Michelle s'aperçût de la monstrueuse excroissance qui s'était développée en plein centre de ma personne. J'étais si perturbé que je ne remarquai pas que ma belle avait terminé le poème. Tout à coup, je m'avisai que le silence régnait dans la chambre. J'osai un coup d'œil furtif vers Michelle.

— Qu'est-ce que t'as ? demanda-t-elle. T'es tout rouge. Ça ne va pas ?

Je déglutis à grand-peine.

— Je crois que je fais une sorte d'indigestion, dis-je. Je ne me sens pas très bien.

— Tu as de la fièvre ? Attends, laisse-moi voir, fit-elle en se levant du lit.

— Non !

Mon cri l'arrêta net. Par réflexe, j'avais lancé une main en avant, je la remis promptement en place, en paravent. Michelle me dévisageait, effarée.

— Non, repris-je plus calmement. Ne t'approche pas de moi. On ne sait jamais, c'est… c'est peut-être contagieux.

— Une indigestion contagieuse ?

— Je ne suis pas sûr que ce soit ça. Il vaut sans doute mieux que je m'en aille.

— Tu ne veux pas que j'appelle un médecin ?

Je secouai la tête.

— Merci, mais ça va sûrement passer. Je vais retourner chez moi pour m'allonger un moment. Je suis désolé. On reprendra la semaine prochaine, si tu veux bien.

Je fis demi-tour et me dirigeai lentement vers la porte.

— Tu as mal aux jambes, aussi ? lança Michelle dans mon dos.

— Aux jambes ?

— Je sais pas, c'est bizarre, tu marches comme… comme un canard !

— Non, ça va… marmonnai-je sans me retourner.

Je sortis et refermai la porte derrière moi. Puis je descendis les escaliers, avec précaution, aussi silencieusement que possible. Chaque pas me coûtait. Je priais pour ne pas croiser Mrs Deloncle en bas. Pour ne pas devoir lui fournir d'explications sur mon départ précipité. Pour ne pas avoir à lui serrer la main. Par chance, Daisy et Donald étaient dans le salon. Je traversai le hall en catimini et quittai la maison comme un voleur.

Le trajet jusque chez moi fut un chemin de croix. Plus qu'un canard, je me faisais l'effet d'un malheureux esclave, les chaînes aux pieds, lançant une jambe raide après l'autre pour avancer, et les mains liées sur le devant.

Nombre d'années plus tard j'avouerais la vérité à Michelle au sujet de cette fameuse « indigestion ». Ça la ferait beaucoup rire. Je lui parlerais également du sonnet que j'avais composé pour elle et trimballé pendant des semaines dans mes poches sans jamais oser le lui donner. Elle voudrait alors le lire mais il aurait disparu depuis longtemps, probablement enfoui quelque part au cimetière des lettres mortes.

Je ne sais pas combien de capsules Philip-Joseph a vendues (combien de canards ou d'esclaves hantèrent les rues de Dallas). À la fin du mois de juillet, il était très fier de me montrer le nouvel appareil qui trônait sur son bureau, encombrant un peu plus son putain de monstrueux capharnaüm (bis repetita). Altair 8800 : le nom m'est resté. Pour ma part, je n'avais pas besoin de son philtre d'amour. Le charme avait déjà agi, profondément, durablement. Le doux venin que Michelle ma belle avait instillé dans mes veines. Le jeune prétendant naïf et assidu que j'étais crut d'ailleurs en mourir (d'extase) lorsque le 12 août 1975, à quinze heures et dix-sept minutes précisément, je posai pour la première fois mes lèvres sur les siennes.

« Ils se sont mariés en 1985. Juillet 85. C'était un beau mariage. Simple, mais *charmant**. Aucune fausse note. Il y avait du monde, une centaine d'invités. Rien que de mon côté, il y aurait de quoi remplir un stade. Nous sommes une grande famille. J'ai deux frères et trois sœurs, avec leurs conjoints et leurs enfants ça fait tout de suite nombre. Ils sont tous venus. Mon père nous a aidés financièrement. Papa a été très généreux. Il avait un faible pour sa petite-fille. Sa petite Mimi, comme il l'appelait. Je crois que ça lui a fichu un coup quand il a réalisé que c'était ses noces qu'on célébrait. Il la voyait toujours gamine, à sauter sur ses genoux. Cher papa. Heureusement, il est décédé une semaine avant elle. Le hasard. C'est une bonne chose. La seule pensée un peu réconfortante que je puisse avoir. Il n'aura pas eu à subir ça. Ça l'aurait tué, je pense. Seigneur Dieu…

Excusez-moi.

Qu'est-ce que je disais ?… Ah, oui, le mariage.

La maison n'était pas assez grande pour accueillir tout ce monde. Nous avons loué une salle. Mes sœurs et mes nièces m'ont aidée à la décorer. Il y avait des bouquets de myosotis et des guirlandes de fleurs de cornouiller, c'était très joli. J'adore les fleurs de cornouiller.

Du côté du marié, ils n'étaient que deux : lui-même et son père – on n'aurait décemment pas pu leur demander de partager les frais ! C'est curieux, vous ne trouvez pas ? Je savais que les parents étaient séparés, ma fille me l'avait dit, mais j'ai pensé que la mère aurait quand même pu faire l'effort de venir assister au mariage de son fils. Quel genre de femme voudrait manquer ça ? C'est moi qui ai dû la remplacer. C'est moi qui ai accompagné son fils jusqu'à l'autel. J'ai pris le bras de ce jeune homme et je l'ai conduit à ma fille… Oui, je sais ce que vous pensez. Si c'était à refaire… Mais, pour être honnête, monsieur, même si nous en avions eu la possibilité, nous n'avions aucune raison de nous opposer à cette union.

Cela faisait dix ans qu'ils se connaissaient. Qu'ils se fréquentaient. On peut dire que ce jeune homme a *fait la tour** à ma fille, *la cour**, pardon, dans les règles de l'art. Il semblait sincèrement épris. Pourquoi en aurions-nous douté ? Nous l'avons connu quand il avait une quinzaine d'années. Il venait à la maison presque chaque semaine. Ils étaient camarades de classe et ils se rejoignaient pour réviser ensemble. Quel mal y a-t-il ? Diriez-vous que notre éducation était trop permissive ? Il est vrai que nous les laissions seuls dans la chambre, mais enfin nous ne sommes plus au temps des chaperons ! C'est une question de confiance. J'avais confiance en ma fille. Et en lui aussi. Encore une fois, ils étaient là pour travailler. Pour réviser. Je ne veux pas croire que c'était uniquement un prétexte pour… pour batifoler ! D'ailleurs, il suffit de voir les résultats de Michelle pendant cette période : c'est flagrant. Ses notes ont considérablement augmenté. Regardez ses devoirs, regardez ses bulletins (nous les avons tous gardés, mais pour ma part, je suis incapable de les ouvrir ; j'ai essayé : ça m'est tout bonnement impossible). Vous pouvez vérifier. On ne peut pas nier que ce jeune homme lui apportait beaucoup dans la maîtrise de la langue. Aussi bien en anglais qu'en français. Personnellement, je n'ai pas du tout été surprise quand il a publié son premier recueil de poèmes. Il était doué. Il était passionné. Ça se sentait. Moi-même, j'ai toujours été sensible à la poésie. Et à la langue française. Contrairement à mon mari, je n'ai pas d'ancêtres en provenance de ce pays, cependant j'ai été très tôt attirée par sa langue. Je l'ai étudiée dans mes jeunes années, et je crois pouvoir affirmer que je parle français mieux que lui. Mieux que mon mari, je veux dire. N'est-ce pas, Donald ? Donald le comprend, un peu, mais il le parle assez mal. Ma grand-mère le parlait quasi couramment. Lorsque j'étais enfant, elle me chantait tout le temps cette chanson, une espèce de berceuse : *À la claire fontaine, m'en allant promener**… Aussi, au moins pour cette raison, l'arrivée de ce garçon a été pour moi une bénédiction. Cela me permettait de pratiquer un peu. Nous avions souvent des échanges, lui et moi, *dans la langue de Voltaire**. Je lui ai dit qu'il ne devait pas hésiter à me corriger, mais je pense qu'il n'osait pas. Il était très poli. Très respectueux. Presque trop, parfois : c'est tout juste s'il ne faisait pas une révérence pour me saluer. Un garçon extrêmement délicat, oui, je ne peux pas prétendre le contraire.

J'ai lu son… son "récit" aussi. Cela n'a pas été facile. J'ai dû prendre sur moi, mais je l'ai fait. Qu'est-ce que je peux en dire ? Je ne sais pas. Je ne sais pas. Je ne sais vraiment pas. Je n'ai pas réussi à trancher. Rien qui puisse faire pencher la balance d'un côté ou de l'autre. Je n'ai pas eu le courage d'assister au procès, mais mon mari y était. Il m'a tenue au courant. Ça n'a pas été un soulagement. C'est très déstabilisant, croyez-moi, mais je ne sais toujours pas quoi penser. Cela reste un mystère pour moi. C'est peut-être ce qu'il y a de pire : cette incertitude…

Non. Non, c'est faux. Ce n'est pas le pire. Le pire, c'est d'avoir perdu mes enfants. Tous les deux. Les deux *prunelles de mes yeux**. Ceci, malheureusement, est une chose certaine. Qu'est-ce qu'une mère peut encore attendre de la vie quand on lui a pris ce qu'elle avait de plus cher ? »

Avant la fin du XVIIIe siècle, en France, il n'y avait que les plus fortunés des aristocrates qui pouvaient se payer des fenêtres en verre. C'était un matériau trop fragile et trop coûteux pour le peuple. Puis on a inventé le verre au plomb, beaucoup plus solide, et il y a eu la Révolution. Les fenêtres se sont agrandies et se sont multipliées, elles se sont démocratisées. On les a intégrées dans les constructions neuves, car ce que l'on appellerait aujourd'hui « la classe moyenne » pouvait désormais se les offrir. Et tout le monde était content de ce progrès, n'est-ce pas ?

Eh bien, non. Il y avait certaines personnes à qui ça ne plaisait pas : les fabricants de bougies. Cela n'arrangeait pas du tout leurs affaires (il faut bien retenir le mot « affaires »). Ceux-là préféraient les maisons sombres. La lumière du jour leur faisait perdre des clients. S'ils avaient pu casser tous les carreaux, ils l'auraient fait. S'ils avaient pu supprimer le soleil, ils ne se seraient pas gênés non plus. Alors, pour récupérer au moins une partie de ce qu'elle estimait être son dû, la puissante guilde des marchands de bougies a demandé au gouvernement de taxer les propriétaires immobiliers qui disposaient de fenêtres. Elle a prétendu que ces grandes ouvertures refroidissaient les maisons en hiver et les surchauffaient en été, qu'elles favorisaient les accidents, les maladies, les cambriolages, que le verre était dangereux et mauvais pour la santé. Et elle a eu gain de cause : le gouvernement instaura un nouvel impôt. Par ses pressions et ses mensonges, ce que l'on appellerait aujourd'hui « le lobby » des marchands de bougies a réussi à faire taxer la lumière !

Moi, je dis que la Révolution n'a pas changé grand-chose, si ce n'est qu'aujourd'hui les lobbies et les marchands sont encore plus puissants et leur influence encore plus grande !

Un exemple parmi beaucoup d'autres dans lesquels Phily-Jo dénonçait les accointances entre l'argent et le pouvoir, entre des intérêts privés et la gouvernance publique. Il y avait déjà fait allusion lors de notre singulière entrevue chez miss Anderson. Dans ses écrits, il y revenait souvent. Chaque fois, notamment, qu'il essuyait un refus pour le financement de ses recherches. Au cours de la dernière décennie, tous ses travaux s'étaient concentrés sur ce qu'il appelait « l'énergie libre ». Je me souvenais de ces termes. C'était devenu son dada, si je puis dire. Son unique cheval de bataille. Cela constituait, à ses yeux, l'enjeu majeur de notre société. De notre façon de produire et de distribuer l'énergie ne dépendrait pas moins que la sauvegarde de notre planète et la survie de l'espèce humaine. Je ne suis pas le plus apte pour en juger, mais il me semble qu'il n'avait pas foncièrement tort sur ce point. « Que la lumière soit ! – Et la lumière fut. » Hélas, ce n'est pas aussi simple. Cela ne se passe pas comme ça dans notre monde. Il faut autre chose qu'un claquement de doigt divin. Les plus récentes inventions de Philip-Joseph étaient dédiées à ce problème, mais son problème était que lorsqu'il voulait les développer, ou ne serait-ce que les présenter à ceux qui auraient dû être intéressés en premier lieu, il se heurtait non pas à un mur (quoique) mais à un ensemble de forces adverses. Cet ensemble, assez flou, pouvait comprendre de petits groupes de gens fortunés, groupes privés, industriels ou financiers, mais il pouvait aussi bien inclure des structures étatiques – administratives, policières, militaires. Quoi qu'il en fût, ses membres, comme il me l'avait dit, agissaient dans l'ombre et dans leurs seuls intérêts, au détriment de l'intérêt général. Il avait fini par les englober tous sous une unique appellation aux connotations mafieuses : la Pieuvre Noire (PN). *La PN a encore frappé aujourd'hui… La PN étend ses tentacules…*

Nous évoquâmes, Michelle et moi, les menaces dont il prétendait faire l'objet, ainsi que les hypothétiques identités de leurs auteurs – ce n'était pas si évident de savoir qui se cachait sous « qui vous savez ». Cela nous donna beaucoup à réfléchir. Cette pieuvre existait-elle ailleurs que dans la tête de Philip-Joseph ? Sans aller jusqu'à parler de pur délire paranoïaque, on pouvait tout de même penser que ce n'était que par indifférence, ou, au pire, par mépris, que ces gens ne voulaient pas entendre parler de ses travaux. Or Phily-Jo, lui, affirmait que c'était un rejet volontaire et acharné. Il était persuadé qu'ils voulaient étouffer ses projets dans l'œuf. Sa propre « corporation » n'était pas épargnée par ses accusations. Tous ces physiciens à qui il avait demandé leur avis sur ses recherches et qui l'avaient ignoré ou écarté d'un revers de main. Ses « confrères » en prenaient pour leur grade. Il fustigeait la vieille garde scientifique, qu'il traitait de réactionnaire, voire d'obscurantiste. Ces messieurs, écrivait-il, s'accrochaient à leurs prérogatives, à leurs principes dépassés, comme un chien à son os. Mais l'os était rongé, il n'avait plus de moelle, l'os n'était plus que poussière – et ces vieux chiens galeux avaient droit à des épithètes scatologiques dont il avait le secret. Je mets des guillemets à des termes comme « corporation », comme « confrères », parce que P. J. n'a jamais été officiellement admis dans ce cercle. Il n'avait pas de diplôme universitaire, il n'était pas docteur, il n'était pas professeur, il n'était pas un chercheur assermenté. Aussi me disais-je que c'était sûrement l'une des raisons pour lesquelles il n'était pas pris au sérieux. Philip-Joseph était chauffagiste. Du moins cela a-t-il été son dernier emploi. Il a toujours exercé des métiers très en dessous de ses compétences et de ses capacités. En lieu et place d'une chaire à Stanford ou d'un poste d'ingénieur à la NASA, il travaillait comme technicien dans de petites entreprises locales, d'électricité, d'électronique, de climatisation, de téléphonie – il avait même bossé un temps pour AEP, qu'il escroquait enfant avec son aérogénérateur – quand encore il n'était pas acculé à accepter des boulots plus sordides et plus précaires (manutentionnaire chez Walmart, embouteilleur dans une usine de bières, coursier, gardien de nuit, chauffeur-livreur...). Faut bien gagner sa croûte, Gary. Soit. Il n'acceptait aucune aide d'aucune sorte de notre part. N'a jamais non plus fait appel aux services sociaux. Ces jobs duraient quelques semaines, quelques mois, après quoi il rendait les armes devant l'absurdité de sa tâche, devant la nullité de ses collègues et l'incompétence crasse de ses patrons. Si ce n'est pour le matériel nécessaire à ses inventions, il ne dépensait rien. Nourritures spirituelles et particules élémentaires : régime spartiate.

Je me suis demandé si ses plaintes et incriminations à l'encontre de ladite Pieuvre Noire n'étaient pas motivées par une sorte d'aigreur, de rancune consécutives à sa situation. Ce n'était pas dans son caractère, mais s'il cachait la souffrance due à sa solitude, il pouvait cacher aussi sa rancœur.

Néanmoins il y avait ces mises en garde, ces actes d'intimidation qui nous firent trembler rétrospectivement lorsque nous en prîmes connaissance. Exemple, ceci, daté du 9 septembre 1995 : *Ce soir, en rentrant, j'ai trouvé un autocollant sur ma porte. Le genre d'affichette qu'on pose dans les transformateurs ou sur les pylônes des lignes à haute tension : un triangle de couleur jaune avec la silhouette dessinée d'un homme qui s'écroule, foudroyé. Ça signifie « Danger de mort ». Le message est clair. Il est signé. Un petit coucou de PN, en passant. Bande de fils de pute, vous m'aurez pas comme ça !* Et ceci, sans date cette fois : *Belle frayeur ce matin, en ouvrant ma voiture. Quelqu'un avait déposé une chouette sur le siège avant (d'après ce que j'ai pu voir dans mon encyclopédie, c'est ce qu'on appelle une chouette chevêche). La pauvre bête était raide morte. Elle était à demi calcinée. Tous les symptômes d'une électrocution. La chouette, symbole de sagesse. Un oiseau perspicace, qui voit la nuit, dans les ténèbres… Ta symbolique, tu peux te la foutre où je pense, PN ! La voiture était fermée à clé. Ils disposent de tous les moyens. Ils font ce qu'ils veulent, comme ils veulent, à qui ils veulent. Même pas la peine que j'installe une alarme. Et puis quoi ensuite ? Un flingue ? Je passe mes nuits à guetter avec un fusil à lunette ? Allez vous faire foutre ! Je ne savais pas quoi faire de la chouette, j'ai dû la jeter dans une poubelle, ça m'a fait de la peine.* On pouvait supposer que ce n'était pas les fruits de son imagination, d'un quelconque délire de persécution, ou alors c'est que P. J. était vraiment mûr pour la camisole – et ça, je me refusais à l'admettre.

Que croire ? Qui croire ?

Bon sang ! Pourquoi il ne nous a jamais parlé de ça ? s'était exclamée Michelle à la lecture de ces passages. Et son cher mari, Vil Sanz, Pleutre Sanz, s'était bien gardé de lui répondre qu'il savait. Je m'étais moralement retranché derrière la promesse faite à son frère. La question qui me taraudait, moi : aurais-je pu venir en aide à

Philip-Joseph ? Aurais-je dû prendre plus au sérieux les menaces dont il m'avait fait part, le danger qu'il encourait ? Est-ce que j'aurais pu, d'une manière ou d'une autre, le protéger ? Après la scène chez miss Anderson, Phily-Jo ne m'avait plus parlé de cette histoire. Bien sûr (on commence à me connaître), cela m'arrangeait d'en conclure que ça n'avait été qu'une fausse alerte, une espèce de phobie passagère – sujet clos. Je n'avais rien fait. Je n'y avais plus songé. J'avais tout simplement occulté la chose (clic-clac, ferme le coffret et avale la clé).

Reproches. Remords. Crsss crsss crsss, les voilà qui grattent à la porte de ma conscience, avec leurs ongles longs, sales, durs, leurs pattes de rat griffues – ou sont-ce leurs canines ? Ça crisse. Ça fiche la chair de poule. Je me rappelais la bonne bouille de P. J. (ce gamin, ce clown, ce génie, mon petit beau-frère), je voyais sa frimousse, sa tignasse, son sourire maintenant figé. Il est mort. Tu l'as laissé mourir, Maudit Sanz ! Alors il fallait, pour respirer un peu mieux – ou juste respirer – que je me rappelasse aussi qu'il n'avait pas été assassiné. C'était peut-être un suicide. C'était sans doute un accident. Qu'est-ce que tu préfères croire ? Qu'est-ce qui t'arrange, Foutu Sanz ?

Parce que derrière toutes ces questions, il y en avait d'autres. Insidieuses, pressantes. D'autres – crsss crsss – griffes derrière la porte vermoulue, d'autres museaux renifleurs, d'autres petits yeux jaunes, luisants, inquisiteurs, toute une horde de rongeurs à l'affût. En nous léguant ses documents, Phily-Jo nous avait-il légué dans le même sac les risques qui allaient avec ? Étions-nous en danger ? En sursis ? La Pieuvre Noire pouvait-elle déployer ses tentacules mortels jusqu'à nous ? Jusqu'à Michelle ma belle ? Était-ce cette immonde créature qui déjà me saisissait à la gorge, et m'étranglait, m'étouffait sous son étreinte ?

— Et si on partait, cinq minutes ? je demandais alors.

Michelle levait ses yeux bleu vert vers moi.

— Tu veux ?

— Oui. S'il te plaît.

Compréhensive, elle prenait place à mes côtés sur le canapé, repliait les jambes sous elle et prenait ma main dans la sienne.

— Je commence ?
— Je t'en prie.
— Je pars à Sol, disait-elle.
— Je pars à Pluie, rétorquais-je.
— Je pars à Vent.
— Je pars à Pet (guère élégant).
— Je pars à Tonnerre (suite logique).

Je n'ai pas inventé grand-chose dans ma vie, mais ce petit jeu était de mon cru. C'était le nôtre. Avec la chaleur de Michelle contre moi, avec ma main dans sa main, il m'apaisait.

— Je pars à Graphe.
— Je pars à Zite (jamais, ma belle !).
— Je pars à Lèle.
— Je pars à Noïa (île du non Pacifique, entourée de périlleux écueils).
— Je pars à Cétamol, contrais-je (cité mexicaine au climat bienfaisant).

Et peu à peu l'étau se desserrait autour de mon cou, dans ma poitrine. L'air du large pénétrait mes poumons. J'appuyais la tête sur son épaule et fermais les yeux. Voyageons encore un moment, si tu veux bien.

— Je pars à Doxe.
— Je pars à Dis (ou presque).
— Je pars à Mètre.
— Je pars à Plégie (ça se gâte).
— Je pars à Bellum (aïe !)
— Je pars à Chève (fatalement).

Puisqu'il faut bien, dit-on, qu'un jour ça s'arrête.

L'État du Texas – 20 millions d'habitants – présente un bilan carbone plus lourd que toute l'Afrique subsaharienne – 650 millions.

Les émissions de CO_2 des 19 millions d'habitants de l'agglomération de New York sont plus élevées que celles des 760 millions de personnes vivant dans les cinquante pays les moins développés…

Je reprends les statistiques de P. J. Et la suite :

… Et nos plus grandes stars chantent *We Are the World* pour sauver l'Éthiopie. Succès universel. On presse des dizaines de millions de disques (polychlorure de vinyle, matière plastique, dérivé du pétrole) et on les transporte dans toutes les villes, tous les pays, sur tous les continents, en camion (100 g de CO_2/km en moyenne), en avion (360 g/km), en cargo (fioul lourd, oxydes de soufre, pire que tout). À votre bon cœur. Phily-Jo s'était amusé à calculer la quantité de polluants générée par cette opération solidair (vicié) et humaniterre (ravagée). À un chouïa près. Il était capable de faire ce genre de choses. Ce n'est pas l'Afrique qu'il faut sauver, écrivait-il. Ce sont nos âmes. SOS. Save Our Soul. Et pour ça mieux valait ne pas trop se reposer sur Lionel Richie et Michael Jackson. Compter plutôt sur sa machine à lui. *FreePow* : ainsi l'avait-il baptisée. Le pouvoir libre. Ou la puissance de la liberté. Choisissez. Il avait calculé qu'au rythme où nous allions, l'humanité n'en avait plus que pour une cinquantaine d'années à se dorer la pilule au soleil. D'ici 2040, asphyxie probable d'une bonne partie de la population exposée aux particules fines, à l'ozone, au dioxyde d'azote, les heureux survivants n'auraient plus qu'à bouffer le grand plat réchauffé, fonte des neiges, des glaciers, montée des eaux – l'immense rouleau que les surfeurs ne prendront pas –, inondations d'un côté, sécheresses de l'autre, et cyclones, typhons, ouragans, la grosse foire aux cataclysmes, culs par-dessus têtes, les sols désertifiés, les océans acidifiés, et les derniers des derniers des derniers s'entre-trucideraient dans des guerres sans merci pour le peu d'eau potable qui resterait, le peu d'air, le peu d'espace cultivable, le peu d'énergie. Après ça fini, milieu du XXIe siècle l'affaire est réglée. Plus un chat sur Terre. Schrödinger a tranché : le greffier est mort. Voilà, voilà. On vous avait prévenus.

L'apocalypse selon P. J.

Je n'ai pas refait ses calculs (j'en serais bien incapable). Il avait toute ma confiance là-dessus. Il avait celle de Michelle aussi. Nous en avons longuement discuté. Que faire ?

FreePow.

Et moi, je lui disais : « Et si on partait, encore, tous les deux ? Mais alors très très loin, et très très longtemps. »

— Où ça, sur Mars ? Sur Jupiter ? On ne peut pas fuir sans arrêt, Gary. On ne peut pas toujours se voiler la face.

(Oh, que si, je peux !) Mais que faire d'autre, alors ?

FreePow.

Et elle, elle me disait : « On peut prendre la relève. C'est ce que Phil aurait voulu, je pense. »

— La relève ? Quelle relève ?

— Essayer de lui forcer la main.

— À qui ?

— À la Pieuvre Noire.

(La main d'une pieuvre ? Visqueuse, gélatineuse, ventouseuse, affreuse, dangereuse ?)

Elle disait : « Ça vaut le coup de tenter. »

(Tenter, du latin *tentacula* ? – Tant accula qu'à la fin ils furent broyés !)

FreePow.

– Bon Dieu ! Excuse-moi, mais ce nom est ridicule. On dirait une marque de… de…

— De ?

— De planches à voile !

— Pourquoi de planches à voile ?

— Je ne sais pas, ça me fait penser à ça. Et ça me fait penser aussi à *fripon**.

— *Fripon**. C'est quoi ?

(Madame Hérouet, aidez-moi !)

— Un ancien mot français. Ça veut dire espiègle, malicieux. Un peu filou sur les bords.

— Un escroc ?

— Je ne veux pas accuser ton frère, mais d'après ce qu'il a écrit lui-même, des types se sont introduits dans son garage et l'ont réduite en miettes, sa foutue machine !

— Il a dû la reconstruire.

— Qu'est-ce que tu en sais ?

— Je le connais. Quand il a une idée en tête…

— Où serait-elle, dans ce cas ? Tu l'as vu comme moi, elle n'était pas chez lui. Elle n'était pas non plus dans son garage. Il était totalement vide, son garage !

— Il l'a cachée, quelque part, pour ne pas que ces types la retrouvent et la démolissent encore une fois. À nous de la trouver avant eux.

FreePow.

L'unique solution.

— Si cette machine existe, Michelle, et si ces types existent, est-ce que tu te rends bien compte de ce que cela implique ?

Et là, là, elle tournait son royal visage vers moi, plantait dans mes orbites vides et creuses les précieux joyaux de ses iris, qu'elle faisait, je ne sais par quel prodige, briller d'un feu irrésistible.

— Ce n'est pas tous les jours, mon amour, qu'on a l'occasion de sauver l'humanité.

Et alors j'avais de nouveau 15 ans, preux ou pou chevalier au service de ma Dulcinée et prêt en son nom à me battre non pas *contre*, mais *pour* des moulins à vent.

(Madame Hérouet, c'est de votre faute !)

Rappelez-vous que tout ce que je voulais, c'était lire et écrire et qu'on me fiche la paix. Mais plus que n'importe quelle pieuvre, ma belle avait une emprise totale sur mon cœur. Et c'est donc ainsi que je la suivis dans sa décision – ô combien funeste – de poursuivre l'œuvre de Philip-Joseph.

Je n'y mis pas un zèle considérable au départ. Acquiescer n'est pas jouer. Monsieur le chevalier Veule Sanz gardait sa lance au chaud et conservait encore le secret espoir que les choses se tasseraient d'elles-mêmes, que le soufflé retomberait, que la princesse se lasserait et reprendrait ses travaux d'aiguille réguliers, là-haut dans sa tour, devant son rouet, filerait la laine, le lin, les heures, filerait le bon coton en jetant de temps à autre un œil par la croisée lorsqu'elle entendrait le doux rossignol chanter ou à défaut un groupe de mariachis à moustaches.

Mais la belle était pugnace.

Après réflexion, nous étions convenus de ne pas faire vérifier finalement les travaux de Philip-Joseph par une sommité scientifique. Parce que nous n'en connaissions pas personnellement, parce que P. J. s'y était déjà essayé, en vain, parce que s'il disait vrai, c'eût été prendre un risque supplémentaire. Personne, pour l'heure, n'avait besoin de savoir que nous avions hérité de ses documents. Michelle avait établi que notre priorité était maintenant de mettre la main sur la machine – *FreePow*. Très bien, ma chérie, mais comment ?

Les seuls éléments dont nous disposions étaient les cahiers. S'il y avait une clé, un sésame, c'était là-dedans. Phily-Jo était bien trop méfiant (Méfiance et Prudence, filles légitimes du roi Mythos et de la déesse Névrôse) et bien trop intelligent pour avoir divulgué des informations en clair dans ces pages qui pouvaient tomber sous les yeux des méchants. Il avait sûrement inventé un code, ou bien noté certaines indications qui semblaient anodines mais que nous seuls pouvions repérer et déchiffrer. Tu comprends ?

Je comprenais que nous allions avoir droit à une troisième lecture. Affinée. Pointilleuse. Méticuleuse.

— Si la clé se trouve dans une des formules ou des équations de ton frère, il ne faut pas compter sur moi pour la dénicher.

— Je me charge des parties scientifiques, dit-elle, occupe-toi du reste. Tu devrais pouvoir le faire. L'analyse de texte, c'est ton job, non ?

Pour Poe, oui. Pour Twain. Pour Melville. Pour Henry James. Mes professeurs ne m'avaient pas formé à décortiquer la prose de Philip-Joseph Deloncle. Encore moins à la décoder !

Mais la belle était intraitable.

Nous voilà donc repartis pour un tour gratuit. Vie et œuvre de Phily-Jo. Comme convenu, je sautai l'œuvre et me concentrai sur sa vie. Je m'imposai une lecture lente et minutieuse, reprenant chaque phrase, la tournant et la retournant pour en extraire un éventuel sens caché. *Fuite d'eau dans la salle de bains. Bien sûr ces imbéciles ont construit ça n'importe comment, sans aucune logique. Obligé de démonter le lavabo pour accéder à la trappe de la baignoire...* Tiens donc. Ne serait-ce pas là une allusion à une cache secrète ? Ne devrions-nous pas aller démonter ce lavabo à notre tour pour vérifier ? Problème : entre-temps, la maison a été relouée. Je me voyais déjà sonner chez les nouveaux locataires, une fausse tenue de plombier sur le dos (salopette, casquette, Watergate) : « B'jour, m'dame. C'est la ville qui m'envoie. Mesures sanitaires. Vérification des canalisations dans tout le secteur ! » Bon sang, il fallait absolument que j'apprenne à me servir d'une clé à molette ! *Cette nuit, j'ai rêvé de Donald. Il portait un panier vide...* Ce seul court passage me plongea dans un maelstrom spéculatif. Pourquoi P. J. écrivait-il *Donald* et pas *mon père* ou *papa* ? Peut-être parce qu'il ne s'agissait justement pas de son paternel. Après m'être creusé la cervelle pendant deux jours entiers, je finis par établir un lien entre *Donald* et *panier*. Mot-clé : basket. J'en conclus que Phily-Jo devait faire référence à Donald Carter, le fondateur de l'équipe de NBA locale : les Mavericks[2] de Dallas. Des francs-tireurs : comme ceux que la Pieuvre Noire utilisait contre ses ennemis ? Et où donc avaient lieu les matchs des Mavericks ? Précisément à la Reunion Arena. Salle

2. Mavericks : francs-tireurs, non-conformistes [N.d.T.].

baptisée ainsi en hommage à la communauté fouriériste du XIXe siècle : La Réunion. Le berceau des Deloncle en Amérique ! Nom de Dieu, ça ne pouvait pas être qu'une coïncidence ! Phily-Jo spécifiait que le panier de Donald était vide. Or le vide, ne cessait-il de répéter, était plein. Plein d'électrons, plein d'atomes ou de je ne sais quoi qui permettaient de créer l'énergie libre. *FreePow !* P. J. aurait-il caché sa machine près du terrain de basket ? Sous les gradins ? Dans les vestiaires ? L'aurait-il confiée à un joueur de l'équipe ? Un « pivot » qui pivote ? Tout ça avait-il un quelconque rapport avec cet imbécile de Bill Lewitt ? J'étais excité comme une puce lorsque je fis part de ma découverte à Michelle. Elle me doucha d'un coup en me faisant remarquer que la date correspondant au rêve de son frère se situait en août 1982 : à cette époque, Philip-Joseph n'avait même pas encore inventé son appareil !

C'est ainsi qu'on s'aperçoit que tout peut être sujet à de multiples interprétations. Il suffit d'un doute. Un grain de sable (ou de folie) dans les rouages. Je me faisais l'effet d'être un résistant, en France, écoutant Radio Londres pendant la guerre et tâchant de décrypter les messages codés, souvent loufoques, qui y étaient transmis : *Les Français parlent aux Français. Yvette aime les grosses carottes. Je répète : Yvette aime les grosses carottes**. Allez comprendre ça !

J'avais perdu deux jours à me triturer les méninges et à m'enflammer pour rien. Je me dis que cette quête commençait à me rendre dingue. Je me dis que le délire de P. J. était contagieux. Il nous avait contaminés. Je me dis que si nous n'y laissions pas notre peau, nous y laisserions au moins notre raison – Yvette, ça va être ta fête !

Chaque soir, nous faisions le point. Une sorte de bilan de nos investigations respectives. C'était assez vite vu : nul progrès. Nulle piste sérieuse. Nul élément qui serait venu corroborer l'hypothèse de Michelle. Des résultats qui me décourageaient, moi, mais qui semblaient la conforter, elle, dans son acharnement. Je finis par l'interroger sur ses motivations profondes. Pourquoi autant d'intérêt, soudain, pour les travaux de Philip-Joseph ? Pourquoi autant d'ardeur à rechercher un appareil dont nous n'étions absolument pas certains de l'existence ? Avait-elle dans l'idée d'assouvir une espèce de vengeance pour la mort de son frère ?

J'avoue que le regard qu'elle me lança me fit mal. Sous son faisceau j'aurais pu m'enfoncer sous terre. J'eus l'impression d'être un ver, un lombric, une coulée de morve, un gnome ignominieux, un (puisque l'analyse littéraire est mon job, paraît-il) Scrooge, cet abject Ebenezer Scrooge avant sa mue, avant sa rédemption (mais souviens-toi, ma belle, que dans le cœur atrophié du vieillard luisait le souvenir brûlant de sa Belle, irrémédiablement perdue – et ça le tuait, et ça le tuait à petit feu).

Elle secoua très lentement la tête.

— Tu ne m'as pas écouté, dit-elle. Je n'en fais pas une affaire personnelle. C'est vrai, tu as raison, peut-être que cette machine n'existe pas, ou plus, peut-être qu'elle n'est qu'une chimère. Si tel est le cas, alors nous aurons perdu quelques semaines, quelques mois à la chercher. Est-ce d'une si grande importance ? Avons-nous beaucoup mieux à faire ? Si elle existe, en revanche, si nous la trouvons et qu'elle fonctionne comme mon frère l'a décrit, alors nous pourrons être d'un grand secours à l'humanité. Nous pourrons contribuer à quelque chose d'utile, quelque chose de bon, de beau, de grand. Peut-être sommes-nous tout simplement incapables d'imaginer un autre monde. Mais Phil l'a fait, lui. Il a beaucoup travaillé pour essayer de le rendre meilleur, ce monde. Il y a consacré sa vie, dans tous les sens du terme. C'est la moindre des choses que de prendre son relais. Sinon quoi ? Qu'aurons-nous fait, nous, de nos vies ? Qu'aurons-nous accompli ? De quoi pourra-t-on être fiers, à l'heure du grand bilan ? Dis-moi, Gary, à quoi on sert ? À quoi ça sert, tout ça ?

Elle eut un geste vague, englobant, puis se tut. Elle continuait à me regarder comme si j'allais réellement fournir des réponses à ses questions (tant qu'on y était, voulait-elle connaître également l'origine de l'univers ? l'heure exacte du Big Bang ?). Je croyais entendre son frère, dans la chambre d'Oswald, quand il me parlait d'œuvrer pour le bien de tous – des hommes, de l'humanité entière. Il y avait un trait commun et constant chez les Deloncle : la volonté de sauver le monde. C'est sûr qu'à côté de ça, mes désirs de lire un bon bouquin au coin du feu avaient l'air un peu mesquins. J'ignorais que Michelle s'interrogeait sur le sens de son existence (et de la mienne !) et qu'elle en déplorait ce qu'elle considérait comme de la vacuité. Je ne crois pas qu'il faille chercher un sens à nos vies, ou quelque utilité que ce soit. Toutefois, ses paroles m'avaient touché. Elles mettaient en évidence le fait que j'étais un être égoïste, vétilleux, étriqué, avare, et bas. Un homme, en somme (aurait-elle dit). Ma belle, ma princesse, ma reine méritait mieux. J'eus très envie de la prendre dans mes bras. Je le fis et elle se laissa faire. Je ne me sentais pas de taille à sauver le monde. Je ne servais pas à grand-chose, mais le chevalier Sanz, par amour, par fidélité, serait au moins toujours prêt à la servir, elle.

— Cette vie ou une autre, me murmura-t-elle à l'oreille. Décide-toi, Gary.

Moray, Hendershot, Schauberger. Des noms que Philip-Joseph m'avait cités dans la maison de miss Anderson. Je n'en ai jamais entendu parler avant lui ni après. Dans ses écrits il reprenait le cas de ces hommes. Des inventeurs harcelés, muselés. Au mieux, on n'avait pas voulu les entendre. Au pire, on les avait fait taire. Définitivement pour certains. Il y en avait d'autres. Ken Shoulders, Wingate Lambertson, John Hutchinson, Thomas Bearden. Quelques-uns étaient des autodidactes, sans formation aucune, des types passionnés, curieux, patients, opiniâtres, qui, à force d'essayer, à force de monter et démonter des appareils, de faire, défaire, refaire des expériences pendant des années, avaient fini, par intuition, par déduction, par chance, par hasard, par sérendipité, par mettre au point des systèmes tout à fait originaux et qui fonctionnaient. Quelques-uns étaient au contraire de grosses pointures, des hommes bardés de diplômes, qui avaient occupé des postes importants dans des institutions universitaires ou technologiques (pas des excentriques, pas des farfelus) et qui, à un moment donné, étaient sortis des ornières de la recherche conventionnelle pour bifurquer sur des voies inédites, à la marge. Tous avaient pour point commun de s'être intéressés à de nouvelles formes de production d'énergie. Tous, sans exception, avaient été bannis. Les Mavericks de la physique. Des non-conformistes. Avec des techniques différentes, ils étaient arrivés à des résultats étonnants. Parfois leurs inventions marchaient sans que l'on pût, en l'état actuel des connaissances, expliquer ni pourquoi ni comment. Parfois ces inventions paraissaient carrément violer les lois fondamentales de la physique. Inadmissible pour les membres de l'establishment – qui ne pouvaient accepter de remettre en cause ces lois sur lesquelles reposaient leurs propres calculs, leur enseignement, leur carrière. La plupart de ces inventeurs isolés n'avaient même pas essayé de déposer des brevets. Ils avaient peur. Des bruits couraient sur ce qui était arrivé à ceux qui avaient bravé l'interdit. Pression. Répression. Philip-Joseph s'étalait assez longuement sur le sort d'un dénommé Floyd Sweet et sur ses travaux, dont il s'était, semblait-il, pas mal inspiré. Cela n'entrait pas dans le cadre de mes nouvelles attributions mais la curiosité l'emporta et je relus dans la foulée ces passages. Floyd Sweet était un « vrai » scientifique. Il avait obtenu un master au MIT. Il était un spécialiste des schémas d'équipements électriques, consultant privilégié de General Electric (pas un olibrius, j'insiste). Ce n'est qu'à sa retraite qu'il put vraiment consacrer du temps à ses recherches parallèles et personnelles. Il travaillait en particulier sur le champ magnétique et les aimants. L'univers entier est imprégné d'un champ magnétique : c'était là qu'il fallait puiser pour obtenir de l'énergie. Je passe sur les détails, mais, d'après ce que j'ai compris, Sweet réussit à créer un assemblage d'aimants et de bobines qu'il nomma Tube Triode Amplificateur du Vide (Vacuum Triode Amplifier : VTA). Sa *FreePow* à lui. Grâce à cet appareil, pas très orthodoxe, on pouvait, par une petite impulsion, perturber le champ d'un aimant et le mettre en branle, un effet d'auto-oscillation qui était ensuite maintenu par l'énergie de l'espace et capable alors de produire de l'électricité (amis chercheurs, amis ingénieurs, dépatouillez-vous avec ça !). En bref, on faisait vibrer le champ magnétique d'un aimant et on utilisait le flux de l'énergie spatiale, capté et canalisé, pour perpétuer cette vibration et en tirer un courant électrique. Je ne me prononcerai pas sur la teneur de ces propos, cependant Philip-Joseph insistait sur le fait que la machine de Sweet avait été testée par d'autres chercheurs et qu'il avait lui-même (P. J.) vérifié le procédé et obtenu des résultats concluants avec sa propre machine. Ainsi confirmait-il qu'il n'était pas le premier ni le seul à avoir inventé ce type d'appareils. Qu'étaient-ils devenus (ces appareils, ces inventeurs) ? Floyd Sweet avait été abordé par un inconnu, un soir, à la sortie du supermarché. Cet inconnu lui avait montré une photo de lui (Sweet) et de sa femme, à l'intérieur de leur appartement : témoignage d'une étroite surveillance, pour ne pas dire d'un espionnage en règle. Puis l'inconnu lui avait dit qu'ils (ils ?) ne voulaient pas que le VTA apparaisse sur le marché et qu'il n'était pas impensable qu'ils (ils) se débarrassent de lui (Sweet) s'il persistait dans ses travaux. Floyd Sweet racontait les désormais habituels (pour qui lit ces lignes depuis le début) coups de fil anonymes et menaces de mort, les cambriolages de son domicile et le vol de ses notes, qu'il s'était décidé à coder par la suite (aurait-il inspiré P. J. sur ce point aussi ?). Sweet était mort d'une crise cardiaque sans jamais avoir révélé son principe le plus important, c'est-à-dire la façon dont il traitait les aimants qui étaient au cœur de sa machine. Il craignait pour sa vie. Il craignait aussi qu'en dévoilant ce secret, son appareil pût être rapidement commercialisé et qu'à ce moment-là, alors, la bourse pût s'écrouler d'un seul coup. Rien que ça.

Que croire ? Qui croire ?

Sois honnête, Gary : espérais-tu de tout ton cœur que l'invention de Philip-Joseph fût une réalité ? Que la *FreePow* fût autre chose qu'une marque imaginaire de planches à voile ? Que tu aurais le bonheur de découvrir la clé qui t'ouvrirait la voie jusqu'à cette machine ? Que tu pourrais améliorer, voire sauver la vie de tous les hommes de cette planète au péril de la tienne ? Regarde-toi en face, droit dans les yeux, droit dans tes bottes, et ose nous dire que c'était là ton vœu le plus cher.

Non, tu ne dis rien.

Ton silence est éloquent.

Et tes larmes. Et tes larmes à présent.

Tu te rappelles.

Vas-y. Même si la fête est finie, tu peux encore balancer tes confettis, tes paillettes, en souvenir de, vas-y, jette-nous de la poudre aux mirettes, ça tu sais faire.

1984. Orwell et Reagan. Big Brother et Big Mac. C'était officiel : l'Amérique avait élu un clown à sa tête. Un amuseur. Un animateur. Un comédien (personne qui joue la comédie). C'était déjà le cas pour nombre de ses prédécesseurs, assurément, mais là les choses s'étaient faites en connaissance de cause, c'était inscrit dans le CV du candidat, on ne pouvait pas dire qu'on ne savait pas. Ce type est acteur de métier. Il joue un rôle. Il récite un texte. Il fait semblant. Quand on lui tire dessus, il se relève, lui, une fois que la caméra a cessé de tourner. Nous l'avons choisi pour gouverner le pays le plus puissant du monde. Pourquoi pas ? Puisque tout est show. Tout est entertainment. Puisque c'est le grand cirque, le grand théâtre dont parlait Mr Shakespeare. Il y a une logique dans tout ça. On a souvent ironisé sur Ronnie, en disant qu'il était un piètre comédien, le Laurence Olivier de la série B. Je m'inscris en faux. S'il a tenu deux mandats, s'il s'en est sorti indemne avec toutes les saloperies qu'il a dites et toutes celles qu'il a faites, c'est qu'il n'était pas si mauvais. Ou alors, c'est que le peuple américain est très bon public ? Encore deux ou trois petites choses au sujet de notre président, après je n'en parlerai plus. Des petites choses qui pourraient éventuellement avoir un lien (ténu, infime, peut-être juste imaginaire) avec ce qui nous préoccupe. Sait-on que Ronald Wilson Reagan fut le présentateur vedette du *General Electric Theater*, une série télévisée produite par la compagnie General Electric (un des plus importants conglomérats au monde dans le domaine de l'énergie) ? Et qu'il était payé 125 000 dollars par an pour cela – une petite fortune à l'époque. Il paraît d'ailleurs que c'est au cours de cette expérience que l'acteur, d'abord dans le camp des démocrates, se forma aux principes et aux idéaux de base des conservateurs : marché libre, anticommunisme, réduction des impôts et limitation du gouvernement. Sans doute s'était-il beaucoup investi dans son rôle de porte-parole de la GE et avait-il fini par croire au texte qu'il récitait. On peut remarquer également que lors de ses mandats, il prit pour vice-président un certain George H. W. Bush. Le H. W. ici ne signifie nullement Hors Well (ne pas confondre) et cet individu n'est autre que le fondateur de la firme pétrolière Zapata Petroleum Company et plus tard représentant du Texas à la Chambre et plus tard directeur de la CIA et plus tard président des États-Unis à son tour, mais ce parcours, n'en doutons pas, n'est dû qu'à un concours de circonstances. Il était en outre le père de son fils. Rappelons pour clore que l'une des mesures phares de Ronald Reagan fut de mettre fin au contrôle des prix sur le pétrole. Ceci dit en passant.

J'éprouve un peu de honte à le confesser, mais les années Reagan furent parmi les plus heureuses de ma vie. Nous étions jeunes. Nous étions pleins d'avenir, pleins d'optimisme, pleins de projets, pleins d'insouciance. Nous n'étions plus des enfants sous la coupe de nos parents, mais nous n'étions pas encore des adultes croulant sous le poids des responsabilités, usés, viciés par le mauvais sang. Nous étions légers. Volatils. Délicieusement inflammables. Nous nous aimions. J'aimais Michelle et elle m'aimait et nous commencions à envisager sérieusement de convoler en belles et justes noces. En ce printemps 1984, ma belle espérait obtenir bientôt son diplôme et pouvoir postuler à un emploi d'enseignant pour la rentrée prochaine. De mon côté, je me donnais encore deux ans pour terminer ma thèse de doctorat. J'avais longuement hésité avant de choisir un sujet qui me permettait d'allier mes deux grands amours, la littérature américaine et la littérature française, et deux grands auteurs qui m'étaient chers, Poe et Baudelaire. L'intitulé en était *Baudelaire et Poe : la prosopopée fantomatique.* En gros, je m'intéressais à la façon qu'avait chacun d'eux de convoquer les morts et de les faire parler. Comment donner voix aux êtres disparus, à ceux qui n'existent plus qu'à travers nous, ceux qui hantent notre mémoire. N'est-ce pas ce que je m'efforce de faire encore aujourd'hui ? Plus prosaïquement je donnais quelques cours particuliers, de français, d'anglais, pour apporter ma modeste pierre à l'édifinancement de ces études. Ma bourse était maigre. Le salaire de mon père était plus que juste. Nous nous serrions la ceinture. Est-ce que cela m'inquiétait ? Non.

En ce beau jour d'avril 1984, nous étions tous vivants et nous roulions, vitres baissées, cheveux au vent, en direction de la petite ville d'Albany. Je tenais les rênes de la Chevrolet Cavalier que Donald nous avait confiée. Michelle était assise à côté de moi. Phily-Jo se tenait derrière nous sur la banquette. Le buisson de sa tignasse n'avait pas été taillé depuis longtemps et me bouchait une bonne moitié de la lunette arrière. Nous étions partis pour rendre visite à leur tante Tacolie, la sœur de Donald. Cela s'était décidé la veille. Impromptu. C'était surtout un prétexte pour faire une virée en voiture et passer un week-end à la campagne. La route. Un avant-goût de vacances. Le plaisir d'être ensemble sous le ciel bleu, bleu, bleu du Texas. Albany, ce n'était pas un rêve, mais j'aurais dit oui sur-le-champ à n'importe quelle destination, n'importe quel périple avec elle, avec eux. Nous avions 250 km à parcourir, plein ouest. Quatre heures trente de trajet, sans se presser – pourquoi se presser ? On était bien. Au bout de deux heures de route, il n'y avait plus rien qui se dressait entre nous et l'horizon. À 360 degrés. Le plat pays. La terre couleur sable ou rouille, sèche, craquelée, parsemée d'arbustes rabougris, cactées, épineux, des buissons pas plus gros que celui qui poussait sur la tête de P. J. De temps en temps, au loin, la noire silhouette d'un puits, échassier pétrolifère (race endémique), avec son long bec métallique qui fouissait le sol inlassablement. Et puis le ruban gris de l'Interstate qui se déroulait en ligne droite. La Chevy aurait pu se conduire toute seule. Je n'avais qu'à poser les mains sur le volant et laisser faire. Je pensais à Cendrars. Je pensais à Whitman. Je pensais à Kerouac. Je regardais les chevilles nues de Michelle qu'elle avait croisées sur le tableau de bord. Ses pieds nus. Ses ongles qu'elle avait peints en fuchsia. On était bien. Philip-Joseph avait ouvert un paquet de chips et s'en fourrait dans la bouche par poignées entières. On ne parlait pas beaucoup. On souriait, comme ça, pour rien. Kenny Rogers passait à la radio. Michelle avait fermé les yeux, je crus qu'elle s'était assoupie, mais elle dit :

— Tu sais, tatie Jane, elle est un peu… spéciale.

La remarque m'était adressée.

— Elle est givrée ! renchérit Philip-Joseph.

— Tatie Jane ? fis-je. Je croyais qu'elle s'appelait Tacolie !

Phily-Jo pouffa, envoyant un geyser de pommes chips jusque sur le pare-brise. Michelle rouvrit les yeux.

— Tacolie, c'est un surnom, dit-elle.

— « Un petit coup de tequila et tac au lit ! » s'écria Phil.

— On l'entendait toujours dire ça, quand on était petits, dit Michelle. Chaque soir, avant d'aller se coucher.

— « Un petit coup de tequila et tac au lit ! » répéta Phil. C'est sa devise.

— À force, c'est resté.

— Elle en boit plutôt trois ou quatre, des petits coups.

Allons bon. Voilà que la tante avait subitement changé de prénom et que c'était une ivrogne. Est-ce que ça m'inquiétait ? Non.

— Je voulais juste te prévenir, dit Michelle.

— Il y a autre chose que je dois savoir ?

— Elle pue, dit Philip-Joseph.

— Quoi ?

— Disons qu'elle n'est pas très portée sur l'hygiène corporelle, nuança Michelle.

— Elle schlingue pire que ses porcs, dit Philip-Joseph.

— Parce qu'elle élève des porcs ?

— Sûr ! Avec un peu de chance, elle en égorgera un rien que pour toi. Tu pourras boire son sang tout chaud dans la gamelle.

— Arrête, Phil ! dit Michelle.

— Qu'est-ce que tu croyais, Gary ? C'est la cambrousse, la vraie. On va chez les bouseux, là !

Il se marrait.

— C'est un peu rustique, c'est vrai, dit Michelle. Mais ma tante est très gentille. Et elle fait des tartes succulentes. Tu aimes les noix de pécan ?

— Je crois, oui.

— Sa tarte aux noix de pécan est un délice.

— Tu vas en bouffer pendant deux jours, dit Phil. Elle sait faire que ça. Si tu veux manger autre chose, va falloir le chasser toi-même. T'as pas oublié ta Winchester, j'espère ?

Sous l'air de la plaisanterie, il n'était pas très éloigné de la réalité. Albany, Texas, au milieu des années 1980, c'était le Far West sans le charme du Far West. Une petite ville sans attrait, sans intérêt. Nous ne fîmes d'ailleurs que la traverser de part en part sur la quatre voies qui en constituait l'artère principale. Des bâtiments bas de chaque côté. Des murs en briques rouges ou blanchis à la chaux, plus très rouges ni très blancs, désormais sales, fuligineux. Un motel à l'entrée, un autre à la sortie (qui pouvait bien venir dormir ici ?). Entre les deux, pas de saloon mais un restaurant tex-mex qui faisait aussi office de station-service. Les pick-up avaient remplacé les chariots des pionniers. Personne dehors. Je me demande toujours ce que les gens font dans ce genre d'endroit. Comment ils vivent.

La tante habitait à l'extérieur. Huit cents mètres après la sortie de la ville, Michelle m'indiqua un chemin sur la droite. D'après une petite pancarte en bois nous nous dirigions vers Lizard Rock. L'asphalte disparut sous les pneus et il n'y eut plus que terre et poussière. Haut dans le ciel deux traits fins comme des cils, que j'imaginais être des vautours, qui n'étaient peut-être que des éclats sur le pare-brise ou des phosphènes sur ma rétine. Nous brinquebalâmes sur trois kilomètres avant d'apercevoir la ferme. Seule trace d'une présence humaine dans les environs, elle était posée au sommet d'un tertre qui s'élevait en pente douce (1,50 m au-dessus du niveau de la mer : un pic local). Qu'on se figure la chaumière des Ingalls et on aura une idée assez juste de ce à quoi elle ressemblait. Sauf qu'il n'y avait pas de prairie verdoyante autour de la petite maison, juste un arpent de terrain brûlé qui ne donnait guère envie de s'y rouler. Le bâtiment principal était tout en planches, comme la dépendance qui le flanquait (une grange). Rustique, avait dit Michelle. J'eus l'impression d'être retourné un siècle en arrière. Je me garai dans la cour, à côté d'un pick-up Dodge ultramoderne puisqu'il devait dater des années 1950.

— On y est… constata Philip-Joseph en écrasant le paquet de chips vide dans son poing.

Comme si elle attendait qu'on fût arrêté, l'odeur s'engouffra alors par les vitres ouvertes. Lisier, purin, fumier : mon odorat n'était pas assez initié pour distinguer les subtiles différences entre chacun, je pus seulement constater que ça sentait fort et mauvais. Et par la même occasion j'eus confirmation que je ne tiendrais pas les deux jours en apnée. Au bout d'une minute je fus contraint de respirer à nouveau. Nous descendîmes de la Chevrolet. Les portières claquèrent, puis le silence retomba, aussi dense, aussi plombant que la chaleur sur nos omoplates. Nous demeurâmes tous les trois figés, les yeux rivés sur l'entrée de la maison, attendant d'en voir surgir Laura ou Caroline ou l'un de leurs descendants, mais personne ne fit son apparition, rien ne bougea, tout ça avait bel et bien l'air abandonné, une ferme fantôme, et pendant un instant je me dis que la tante était morte et son corps en train de se décomposer à l'intérieur depuis des jours, des semaines, des mois, on allait la découvrir à moitié bouffée par les rats (si j'avais su, à ce moment-là !) et la puanteur de son cadavre allait s'ajouter à la puanteur générale et cette virée à la campagne n'était peut-être pas une si bonne idée, après tout. Mais soudain un bruit étrange nous fit tourner la tête. Cela provenait de la grange. Les deux ventaux du portail étaient grands ouverts, mais le contraste entre la lumière du dehors et l'ombre du dedans était si fort qu'on ne pouvait rien discerner de ce qui se trouvait dans le bâtiment. C'était un trou noir, c'était une bouche obscure et béante d'où jaillirent tout à coup, tels des cerbères de l'enfer, trois énormes créatures qui nous foncèrent droit dessus. Les cochons. Chaque bestiau devait peser dans les deux cents kilos et déplaçait cette masse à toute allure, dans notre direction, avec force grognements et couinements stridents qui, pour ce que j'en savais, pouvaient aussi bien être des cris de joie que des cris de guerre dans le langage porcin. Sous une couche de boue séchée on devinait leur peau brune constellée de plaques grisâtres ou rosâtres (gale ou lèpre ?). Ma première pensée fut de me carapater dans la Chevy, mais j'entendis l'éclat de rire de Philip-Joseph et je le vis écarter les bras comme s'il s'apprêtait à y recevoir ces bêtes.

— Salut, les gros lards !

Allaient-ils se jeter sur nous pour nous faire la fête ? Michelle ne recula pas non plus. Elle souriait en les regardant. Je ne voulais pas être celui qui avait fui devant les gentils cochons. Je ne voulais pas davantage être celui qui était mort écrabouillé sous deux quintaux d'affection. Je posai la main sur la poignée de la voiture et attendis. Par bonheur les porcs ralentirent leur course en arrivant à notre hauteur. Deux se frottèrent aux jambes de P. J., le troisième s'arrêta aux pieds de Michelle. Ils leur souhaitaient la bienvenue à leur façon. Pareils à de jeunes chiens, leurs courtes queues frétillaient et ils tournaient en rond en soufflant bruyamment tandis que Michelle et Phil leur donnaient de petites tapes sur le dos et les flancs. J'aurais dû me sentir flatté lorsqu'un des pourceaux quitta les basques de Phily-Jo pour s'en venir me saluer. Je fus à deux doigts de couiner à mon tour quand il enfonça joyeusement son groin entre mes jambes, mais c'est à ce moment-là que la porte de la maison s'ouvrit.

— Bud ! Charlie ! Thelonious ! cria une voix. Fichez-moi l'camp d'ici ! Allez, ouste ! Laissez nos invités tranquilles !

La tante traversa la cour en frappant dans ses mains comme s'il s'agissait d'éparpiller des volailles.

— Ils nous ont reconnus ! cria Philip-Joseph.

— Sûr qu'ils vous r'connaissent. Ils oublient jamais rien. C'est qu'ils en ont, là-d'dans, faut pas croire ! fit la tante en se tapotant la tempe.

Tout en me tortillant pour tenter d'échapper aux démonstrations d'allégresse de mon nouvel ami, je ne la quittais pas du regard, et je ressentis, je pense, ce que peut ressentir un anthropologue, un ethnologue découvrant une tribu encore inconnue dans les confins de la forêt vierge. J'étais à coup sûr en présence d'un spécimen unique : *Tatie Janus Tacolius*. Une espèce à elle seule. On va me traiter d'affabulateur [« Loin de nous cette idée, Mr Sanz ! » – Zubrinsky, *op. cit.*] mais je jure que la description qui suit est le plus strict reflet de la réalité : tante Tacolie était une petite bonne femme d'environ un mètre cinquante, sèche comme un coup de trique. Elle portait un chemisier boutonné jusqu'en haut du col, et du même gris anthracite une jupe ample, informe, en toile de jute ou quelque autre matière de la sorte, articles que la mère de la mère de sa mère avait dû acheter par correspondance dans un catalogue Sears de 1910 et qui juraient avec la casquette rouge à l'effigie des Giants qui lui couvrait le chef et de laquelle dépassait, à l'arrière, une longue natte à la mode indienne qui lui tombait au creux des reins et qu'elle n'avait pas dû délier ni shampouiner depuis la bataille de Little Bighorn. Ses jambes maigres et roides comme des piquets de clôture s'enfonçaient dans d'épaisses chaussettes avachies en accordéon sur des chaussures de marche disproportionnées, du type rangers (j'apprendrais plus tard qu'elle les prenait trois pointures au-dessus à cause de ses cors douloureux), dont le poids excédait certainement celui de ses cuisses. Mais le plus surprenant restait sans doute ce qui lui tenait lieu de lunettes de soleil et qui était cette sorte de masque dont s'affublaient les pilotes d'avion de la Première Guerre mondiale, avec une monture en cuir et deux petits hublots ronds et opaques qui lui donnaient un air de chat-huant (j'apprendrais plus tard qu'elle souffrait d'une dégénérescence maculaire qui la rendait lentement aveugle – la clarté du jour était pour ses yeux un martyre).

— Allez, allez, du balai ! On vous a assez vus !

Ses injonctions étaient accompagnées de mols coups de pied administrés du bout de ses brodequins dans l'arrière-train des porcs.

— Laisse-les, tatie, fit Michelle. Ils veulent juste nous dire bonjour.

— Et moi, alors ? J'ai pas droit à un baiser ?

L'un après l'autre le frère et la sœur se penchèrent et la tante se suspendit à leur cou pour les embrasser. Je surpris le discret froncement de narines de Michelle. Puis tatie Tacolie se tourna vers moi.

— On dirait qu'tu lui as tapé dans l'œil ! rigola-t-elle, avec un hochement de menton vers mon copain porcinet qui poursuivait ses effusions.

Elle s'approcha et lui balança une bonne claque sur la croupe.

— Dégage d'là, Charlie !

Le goret s'éloigna, visiblement à contrecœur et laissant une grande traînée de bave sur le devant de mon pantalon.

— Je te présente Gary, dit Michelle.

— M'a l'air tout timide, ce p'tit gars ! Tu m'en voudras pas si j'l'embrasse aussi ? Pas d'jaloux. J'ai jamais pu dire non à un beau garçon !

Impossible de me défiler. La tantine pygmée tendit ses courts membres supérieurs vers moi et, tandis que je m'inclinai à mon tour pour recevoir son baiser, j'entrevis mon reflet dédoublé dans les verres de son masque. Je ne sais pourquoi mais je m'étais attendu à voir, de près, une moustache sous son nez, or elle ne possédait que quelques poils folâtres à la pointe du menton. Ses bras se refermèrent sur moi. Je sentis son puissant fumet, je sentis sa peau rêche comme de l'écorce sur ma joue, et le temps de cette furtive étreinte je me pris à regretter les câlins de mon pote Charlie.

— Bon Dieu ! fit-elle en me libérant. Ça fait rudement plaisir d'vous avoir ici, mes enfants !

C'est vrai qu'elle était très gentille. C'est vrai que sa tarte aux noix de pécan était un délice. Vrai aussi qu'elle ne savait pas cuisiner grand-chose d'autre. Le soir, elle nous prépara un ragoût de je ne sais quoi dont la seule saveur reconnaissable était celle du fond de marmite cramé.

Tatie Tacolie (j'étais parti sur ce sobriquet et m'y tenais) avait 55 ans. Elle en paraissait vingt de plus. La peau brunie, fissurée, pareille à de l'argile trop cuite, résultat d'une vie de labeur en plein air, au vent, au froid, au soleil. Au milieu de ce sombre visage luisaient deux yeux d'un gris très pâle, presque laiteux (elle avait ôté ses lunettes d'aviateur) qui m'impressionnèrent.

Nous passâmes une agréable soirée dans ce qu'on pouvait appeler le salon, qui était aussi la salle à manger, devant la cheminée éteinte. Finalement, je m'étais assez vite habitué à l'odeur et au décor. De ma place j'avais vue en arrière-plan sur des jambons et autres pièces de viande suspendus à des crochets dans le cellier adjacent. Il y avait des étagères garnies de bocaux. Il y avait un coyote empaillé sur le manteau de la cheminée. Il y avait, punaisée sur une cloison, la page jaunie d'un calendrier datant du mois d'août 1968. Il y avait un râtelier sur lequel reposait une longue carabine qui me parut aussi antique que la maison. Il y avait divers ustensiles en cuivre qui avaient dû être fabriqués, façonnés par les propres mains de la tante ou par celle de ses ancêtres et qui semblaient les ultimes vestiges d'un mode de vie disparu, celui d'une Amérique ancienne et profonde. Le musée des jours d'antan. Il n'y avait pas de télé. J'étais déjà étonné qu'il y eût l'électricité et l'eau courante – « Ça fait bien cinq ans ! » m'apprit la tante avec fierté.

Elle n'était pas née ici. Elle y avait emménagé lorsqu'elle avait une quinzaine d'années. La baraque avait appartenu à son premier mari, qu'elle avait connu à l'âge de 13 ans.

— Et quand je dis « connu », précisa-t-elle, je veux dire connu « bilbiquement » !

Le clin d'œil qu'elle m'adressa lui plissa la moitié de la joue.

Bilbiquement ? me dis-je. Comme Bilbo le Hobbit enfilant l'anneau magique ?

— Diable ! *La valeur n'attend point le nombre des années** !

— Quoi ?

— Je dis que vous étiez bien précoce !

— Pour sûr. Qu'esse vous croyez, vous les jeunes ? Qu'vous avez inventé la révolution sessuelle ? Mes fesses, oui ! D'mon temps, l'était pas rare qu'une gamine ait vu l'loup avant même de savoir où s'trouvait la forêt ! M'ont bien fait rire tous ces hippipes et compagnie avec leurs p'tites fleurs dans les ch'veux. Moi, à leur âge, y avait lurette que j'l'avais perdue, ma fleur ! Et les pétales avec !

— Tatie ! intervint Michelle. Tu n'es pas obligée de tout raconter !

Son neveu et sa nièce connaissant la plupart de ses histoires, elle était contente d'avoir trouvé en ma personne un auditoire encore vierge.

— Quoi ? fit-elle. C'est la nature, c'est tout. Pas d'quoi fouetter un chat ! (Se tournant de nouveau vers moi.) Ça t'gêne, mon gars ? Tu m'le dis si j't'opportune.

Phily-Jo se marrait en sourdine, quant à moi, la curiosité anthropologique m'incitait à recueillir le plus de détails possibles sur les mœurs et coutumes du spécimen.

— Non, non, je vous en prie. Vous ne m'opportunez pas.

— Comme je l'ai dit, j'ai eu trois maris, reprit-elle aussi sec. Le premier, y s'appelait Bud. C'est lui qu'a construit c'te baraque. La seule chose d'bien qu'il a fait ! Un bon à rien, à part ça. Et jaloux comme la peste. M'en a fait baver, le bougre !

En réalité, ce n'est pas exactement ça. Je peine à transcrire son parler original : son accent, sa façon de prononcer les mots, de les tronquer, de les altérer, sa syntaxe laxiste, ses expressions adventices, ses particularités issues pour moitié, je suppose, de l'idiome régional, pour moitié de son propre cru.

Elle déroula ainsi son récit, duquel il ressortait qu'elle n'avait pas été la plus heureuse en amour. De ses trois époux (Bud, Charlie, Thelonious) il n'y en avait pas eu un pour rattraper l'autre. Ils lui avaient mené la vie dure, et apparemment elle ne regrettait pas qu'ils eussent tous les trois trépassé. Comme je m'étonnais qu'ils portassent les mêmes prénoms que les porcs, elle m'expliqua que c'était pour elle une tradition : elle baptisait tous ses cochons des noms de ses défunts maris, ainsi chaque fois qu'elle en tuait un (des porcs) elle ne manquait pas d'avoir une pensée pour eux (les époux). C'était sa façon de perpétuer leur souvenir.

— Qu'on vienne plus me parler d'noces, maintenant ! conclut-elle. Même not' président, le Ronald, qu'est pourtant un beau morceau, même lui si y v'nait demander ma main à genoux, eh ben j'l'enverrai paître ! Fini. Stop. J'ai assez donné, mon gars, que j'lui dirais. Va t'chercher une autre boniche pour ta peine. Si y a une chose que j'sais, c'est que j'suis bien mieux toute seule avec moi-même.

— Tout à fait ce que je pense, approuva P. J.

— Bon, c'est pas tout ça mais y s'fait tard, dit la tante en se levant. Un petit coup de tequila et tac au lit ! Qu'esse vous en dites, mes mignons ?

La formule m'arracha un sourire, cependant je déclinai l'offre, Michelle également, seul Philip-Joseph accepta :

— Une goutte, tatie, pour t'accompagner.

Elle alla fouiner sous l'évier et revint avec une bouteille aux trois quarts entamée et deux mugs qu'elle emplit chacun d'une bonne rasade avant d'en tendre un à son neveu.

— Salud !

Elle avala cul sec sa ration et sans prendre le temps d'une respiration s'en versa une seconde.

— Comme vous savez, la maison est pas bien grande. Vous deux, fit-elle en désignant Michelle et moi, vous allez être obligés de dormir dans la même chambre. (Nouveau clin d'œil théâtral.) On l'dira pas à vos parents !

Elle reporta la tasse à ses lèvres. Quand elle renversait la tête pour boire, sa natte coulissait comme un câble le long de sa colonne vertébrale et lui descendait jusqu'au bas des fesses. Puis remontait tout droit quand elle se redressait. C'était le seul mouvement que la tresse pouvait faire, trop raide de crasse pour onduler.

Elle fit claquer sa langue. Son mug était vide, la bouteille aussi, il était temps d'aller se coucher. Mais une ultime surprise m'attendait, qui n'était pas la plus agréable : lorsque je demandai les toilettes, on m'apprit qu'elles se trouvaient à l'extérieur, à l'arrière de la maison. J'aurais dû m'en douter. Un siècle de retard, le Far West sans le charme du Far West. La tante me prêta une lampe torche et me guida jusqu'à la porte de derrière.

— Tout droit, à dix mètres, dit-elle. Tu peux pas t'tromper. Et t'inquiète pas si t'entends du bruit dans les cabinets, c'est pas un serpent, c'est rien qu'un lézard. Y a un gros gecko qui s'planque par là, j'ai pas encore réussi à le dénicher.

Ainsi rassuré, je sortis dans la nuit. Je frissonnai. La température avait chuté. Pas assez couvert, Gary. Pas armé. C'était le désert, la fraîcheur nocturne du désert, l'obscurité du désert. Je levai les yeux et plongeai dans un océan d'étoiles. La Voie lactée, royale. J'aurais aimé une inspiration subite pour la célébrer, un éclair de génie, au moins le premier vers d'une élégie que j'aurais intitulée : *Les mirifiques heures du comté de Shackelford.* Mais rien. Muettes, les muses. [« Quelle perte pour la littérature occidentale ! » – Zubrinsky, *op. cit.*] Le silence du désert. Qui es-tu, toi, l'étranger, l'intrus ? Si peu de chose. La mouche de Grand-Pa. Pan ! Écrasée. Je redescendis sur terre. Va, va, à défaut de miracle, va faire tes besoins. [« Est-ce une métaphore pour désigner vos strophes, Mr Sanz ? » – *Ibid.*] Vaque, vacataire. Je devinais, un peu plus loin, les contours des latrines, simple cabane comme il se doit, étroite, en bois, semblable à la guérite d'un gardien – le gardien du désert. J'allumai la torche et aussitôt dans son halo vint tourbillonner le petit peuple ailé, moucherons, moustiques, phalènes, danseurs ivres en suspension. Précédé du rond de lumière je suivis un semblant de sentier tracé par des milliers de va-et-vient, convois solitaires. Je m'efforçais de marcher sans bruit, soucieux de ne pas réveiller les âmes damnées des maris prisonnières de leurs enveloppes de couenne. En atteignant la cabane, j'eus la tentation de me soulager à côté, en plein air, mais j'imaginais la tante en train de surveiller derrière ses carreaux et je n'osai pas. Je poussai la porte. Avant même d'allumer le plafonnier, je braquai le faisceau de ma lampe dans tous les coins, sur tous les murs. Gecko, gecko, montre-toi ! Et vous, mygales, crotales, scorpions et scolopendres, on décampe ! Mais je ne vis qu'une toile arachnéenne dans un angle du plafond. Je tapai du pied sur le plancher : aucune bestiole ne surgit. J'actionnai l'interrupteur et une lueur jaunâtre tomba d'une ampoule nue qui pendouillait au-dessus de mon crâne. Rustique, disais-tu ?

Même dans la caverne de Platon
Les hommes étaient bien mieux lotis
Quand ils voulaient faire pipi
Ou vaincre la constipation

Même Diogène dans son tonneau
Aurait été moins dépourvu
Au moment de faire popo
Il savait où poser son c…

Pardon, mille pardons pour cet égarement poético-philosophique, [« C'était bien une métaphore, en effet. » – *Ibid.*], mais c'est ce que m'inspirèrent (le nez pincé) ces lieux que j'ai du mal à qualifier d'aisance. Une planche surélevée, percée d'un grand trou au milieu, voilà tout ce que c'était. Voilà le siège, voilà le trône. Misère sanitaire. Je fermai la porte. Enfin, je m'avançai en évitant de regarder à l'intérieur du trou, et…

— Attends, attends, fit soudain Michelle (quatorze années plus tard, dans notre coquet salon, où il faisait bon, où ça sentait bon). Pourquoi tu parles de ça ?

— De quoi ?

— Ça, tout ça. Notre séjour chez ma tante, les cochons, les toilettes derrière la maison.

— Ce sont des choses qui m'ont marqué, répondis-je. Ton frère les évoque dans ses cahiers, et ça a fait remonter mes souvenirs…

— Voilà ! C'est bien ce qu'il me semblait, dit Michelle.

— Quoi ?

— Phil en parle à plusieurs reprises. Il est retourné plusieurs fois chez ma tante au cours de ces derniers mois. Tu ne trouves pas ça bizarre ?

— Pourquoi bizarre ?

— Qu'allait-il faire là-bas ? Il n'y était pas retourné depuis des années, et tout à coup il se décide à lui rendre régulièrement visite ?

— C'était sa tante aussi, et il l'aimait bien.

— Est-ce que tu te souviens quand il y est allé pour la dernière fois ?

Je secouai négativement la tête. Michelle s'empara du dernier volume des cahiers et tapota le siège du canapé à côté d'elle.

— Viens t'asseoir, me dit-elle, on va vérifier.

Nous parcourûmes les pages en diagonale. Au bout d'une heure, elle eut sa réponse : P. J. s'était rendu quatre fois chez la tante durant la dernière année, et son ultime visite remontait au 29 octobre 1997, moins de deux mois avant son décès.

— Bizarre… murmura de nouveau Michelle (ma belle aimait bien ce mot). D'autant qu'il ne nous a jamais proposé de l'accompagner.

Je commençais à comprendre où elle voulait en venir.

— Tu crois que…

Je laissai ma phrase en suspens. Michelle se tourna vers moi.

— Je crois qu'on va aller faire un petit tour à la campagne, dit-elle. Ça nous changera les idées.

« Il n'existe pratiquement rien qui ne puisse être calculé ou étudié à l'avance, à partir des théories existantes et des données pratiques. »

Je cite Philip-Joseph qui citait Nikola Tesla. Et j'ose affirmer que ces deux savants avaient tort. Il reste toujours une part – infinitésimale souvent, prépondérante parfois – d'impondérable. Il reste le coup : de fil, de dés, de pouce, de chance, de baguette magique ou de Trafalgar – le coup du sort. L'intervention divine ou diabolique, l'inconnue de l'équation, qui n'apparaîtra qu'au dernier moment pour fausser le résultat attendu. Une météorite qui dévie. Une statuette en argent.

Nous avions des cours toute la semaine et le samedi à venir (7 mars 1998) nous avions des places réservées depuis longtemps, et obtenues de haute lutte, pour une représentation du Don Giovanni à l'opéra. C'est pourquoi nous avions programmé notre départ chez la tante pour le week-end d'après. Or, c'est le vendredi 6 mars, aux alentours de dix-sept heures, que le coup arriva. De fil, en l'occurrence (le diable, le diable...). Michelle n'était pas encore rentrée, j'étais seul à la maison. Je décrochai et entendis la voix de la secrétaire du cabinet Zimmer & Associates qui me mit aussitôt en relation avec maître Edwin Zimmer, notre J. R. twin brother, lequel, après un bref prélude – Comment allez-vous ? Bien, merci, et vous-même ? – m'informa qu'il avait reçu dans l'après-midi la visite de deux hommes qui s'étaient présentés comme des agents du FBI et avaient tenté de lui soutirer des renseignements au sujet de Mr Deloncle. Étais-je au courant de cette démarche ?

Je lui assurai que je ne l'étais pas, et déjà mon cœur commençait à s'emballer et mes jambes à flageoler, ou l'inverse.

— Que voulaient-ils exactement ? demandai-je.

— Savoir si votre beau-frère avait déposé quelque chose à notre cabinet : objets, documents ou autres. Et si oui, les avions-nous toujours en notre possession ? Les avions-nous transmis ? À qui ? J'ignore comment ils ont su que Mr Deloncle avait fait appel à nos services. Bien entendu, je ne leur ai rien dit. Secret professionnel. Je connais mon métier.

— Êtes-vous sûr que c'étaient des policiers ?

— Leurs insignes l'indiquaient. Mais j'avoue que j'ai un doute, moi aussi. Après trente ans de carrière, je me crois capable de flairer sans coup férir un officier de police. Et ces deux-là ne sentaient pas le « bon vieux poulet », si je puis me permettre.

— Que sentaient-ils, alors ?

Je perçus le bruit d'une inspiration dans l'écouteur, comme si l'avocat reniflait à nouveau.

— Je dirais… le soufre.

— Le soufre ?

— Je dirais le moisi. Le renfermé. Comme ces choses qu'on stocke à la cave et qui voient rarement le jour. Et je ne parle pas d'une bonne bouteille de Château Margaux, Mr Sanz !

— De quoi parlez-vous, au juste, maître ? Je ne saisis pas bien. Si ces types ne sont pas des policiers, alors qui sont-ils ?

— Je dirais qu'à mon avis, ils appartiennent à un service… plus officieux.

— Les services secrets ?

— Souterrains, du moins. Mais ce n'est qu'une supposition. Mon sentiment. Vous me le demandez, je vous le donne – à titre purement amical, vous le noterez.

— Et que sommes-nous censés faire ?

— Dans l'immédiat, il n'y a rien à faire. Je tenais simplement à vous en informer. Si ces hommes vous contactent, nous aviserons. Dans ce cas, je vous conseille vivement de m'appeler. Vous avez mon numéro, n'hésitez pas.

Je l'imaginais très bien derrière son bureau, chapeau sur le crâne, sourire plein cadre. Rassurant. Malin. Dix mille tours dans son sac. Le maître maîtrise. S'en sort toujours, toujours vainqueur. À cet instant j'aurais aimé être son ami, son enfant, son cheval, son chien fidèle, j'aurais aimé être sous sa protection. Mais il raccrocha et je me retrouvai seul et tremblotant, pauvre Sanz, pauvre petite chose, fragile, abandonnée, le chiot dans sa cage, adoptez-moi, emportez-moi, par pitié ne me laissez pas. Je me recroquevillai dans un coin du canapé. Je songeai à me barricader. Fermer la porte à double tour. Descendre les volets roulants. Cependant, je ne fis rien. *Ils disposent de tous les moyens. Ils font ce qu'ils veulent, comme ils veulent, à qui ils veulent.* J'essayai pendant un moment de me soustraire, de m'enfuir par la pensée : je pars à Chute, je pars à Chute, je pars à Chute, je pars à Chute... c'était tout ce qui me venait, en boucle, et je continuais à tomber, tomber, plus lourd que l'air, et j'avais beau me boucher les yeux, je voyais le sol se rapprocher à toute vitesse sous mes paupières, et je pouvais presque sentir le choc qui n'allait pas tarder à me briser les os, à me pulvériser.

Je conçois que ma réaction puisse paraître excessive – pour ne pas dire hystérique, psychotique, névrotique. Mais c'est ainsi. Je suis ce que je suis, qu'y puis-je ? Je dramatise. Je tragédise. C'est dans ma nature. De toutes les issues, j'envisage toujours la plus terrible, la plus pessimiste, et si l'on associe cette fâcheuse tendance avec une insondable couardise, voilà ce que ça donne. La plupart du temps, la vie me terrifie. Quand on a trop (trop souvent, trop longtemps) vécu dans les livres, on n'est pas prêt à affronter la réalité. Je me sens désarmé, désemparé, je me sens nu. Ce monde n'est pas fait pour les poètes. Il est taillé pour les gangsters et les avocats. Pour les courtiers. Pour les chasseurs de primes et les capitaines d'industrie. Pour les pionniers et les entrepreneurs. Pour Buffalo Bill et Davy Crockett, pour Edgar Hoover, pour Rockefeller, pour Ronald Reagan et J. R. Ewing. Regardez : qui a gagné ? Les bisons sont morts, les Indiens sont morts, Sitting Bull et Geronimo et Black Hawk et Crazy Horse, et Poe a crevé comme un chien dans une rue boueuse de Baltimore, et Emily Dickinson s'est recluse dans sa chambre, et Percy Bysshe Shelley, paria, réprouvé, s'est noyé à pas 30 ans, mais il y a toujours des millions de bébés Ford en circulation. Je ne comprends pas. Pourquoi ne recherche-t-on pas tous la beauté ? Pourquoi n'aspire-t-on pas tous à la paix, à l'harmonie ? Pourquoi la violence, la force brute, l'asservissement ? Pourquoi le cumul et non le partage ?

Pourquoi tu ne mettrais pas la table, au lieu de pleurnicher ? intervenait en général Michelle à ce moment-là. Elle pouvait se montrer rude quand mes jérémiades l'agaçaient. Je l'aimais pour ça aussi. Elle était mon lien avec le réel. Mon attache. Mon ancre. Les pieds sur terre elle tenait fermement ma main et me retenait, m'empêchait de m'évaporer, de me dissoudre, là-haut, dans des sphères nébuleuses. Elle me ramenait à la maison, à la raison. Elle était mon garde-fou.

Je n'avais pas bougé d'un pouce quand elle revint. D'un regard elle comprit que quelque chose n'allait pas. Elle posa ses clés, son cartable, puis vint s'asseoir sur le repose-pieds, face à moi.

— Qu'est-ce qui se passe ?

Je lui rapportai l'appel de l'avocat. Je lui expliquai la visite des deux types, pseudo-flics, nos doutes sur leurs véritables identités, notre ignorance de leurs véritables intentions. J'y ajoutai mes impressions personnelles, le tout en tâchant de ne pas prendre un ton trop geignard.

Michelle m'écouta sans m'interrompre. Elle ne posa pas de questions quand j'eus fini. Elle réfléchit une poignée de secondes, puis elle dit :

— Tant pis pour Don Juan (Fuck Don Giovanni !). Nous partirons demain matin. On a perdu assez de temps comme ça.

Elle m'adressa un bref et pâle sourire et se releva.

— Lasagnes au saumon, ce soir. Ça te va ?

Elle se dirigea vers la cuisine.

— Est-ce que nous ne devrions pas… commençai-je.

Elle se retourna d'un bloc.

— Quoi ?

Je pensais : nous munir d'une arme. Un revolver, un fusil. Un moyen de dissuasion. De protection. De défense. Bien sûr, nous n'en possédions pas. Bien sûr, j'étais contre. J'avais toujours vilipendé les bouledogues de la NRA et leur interprétation abusive du deuxième amendement. J'étais pacifiste. J'étais progressiste. J'étais un être civilisé. Je n'avais jamais voté Reagan et je n'étais pas du tout certain de savoir me servir d'un Colt (est-ce que c'était vendu avec le mode d'emploi ?).

— Nous ne devrions pas quoi ? répéta Michelle.

J'eus honte de mes pensées.
— Non, rien.
Elle n'insista pas. Tourna les talons et repartit.
Pas de Mozart, donc. Et des lasagnes.

« Et si vous connaissiez mon oncle, alors ! Le frère de mon père. C'est le portrait craché de Bobby ! Bobby Ewing. Je sais, ça paraît dingue, mais c'est la pure vérité. Personne n'a pu fournir une explication convaincante à ce phénomène. Quelques-uns pensent que c'est parce que ma grand-mère (leur mère) a passé trop de temps devant la télé quand elle était enceinte. Mais ça ne tient pas : ils sont nés bien avant que le feuilleton existe.

J'ai ma propre théorie là-dessus, qui vaut ce qu'elle vaut : je crois que les producteurs sont venus faire des repérages à Dallas avant le tournage, ils ont dû tomber par hasard sur mon père et mon oncle et ils ont pensé qu'ils étaient représentatifs de cette ville, du coup ils ont cherché des acteurs qui leur ressemblaient pour le casting. C'est dans ce sens que ça marche, et pas l'inverse. Vous comprenez ? En tout cas, c'est la seule raison un peu plausible que j'aie trouvée. À ce niveau-là, ça ne peut pas être simplement le hasard. Et je vous rassure : ma mère n'a rien à voir avec Sue Ellen !

On n'en a pas toujours ri, vous savez. Vous imaginez les sorties en famille avec papa-J. R. et tonton-Bobby ? À une époque, on n'osait plus mettre le nez dehors. À chaque fois, ça créait un attroupement. On avait honte, ma sœur et moi. On en était un peu fiers aussi, c'est vrai, mais on avait surtout honte. Et je ne vous dis pas comment les autres gamins nous charriaient ! Surtout nous. Les cousins, ça allait encore à peu près, parce qu'ils étaient les fils du gentil Bobby, mais nous on était les enfants du méchant ! Tout le monde détestait J. R. Je me suis battu plusieurs fois à cause de ça. Je ne voulais plus que mon père m'emmène à l'école. On a même failli déménager à un moment donné, tellement ça devenait intenable. Mais on s'est dit que ce serait partout pareil, le feuilleton était connu dans tout le pays. Dans le monde entier.

Non, franchement, ce n'était pas toujours marrant.

Enfin, bref. Je ne crois pas que vous soyez venu pour parler de ça. Malheureusement, je ne suis pas sûr de pouvoir vous être très utile. Je suis un peu au courant de l'affaire, bien entendu, mais quand j'ai pris la succession de mon père, le dossier était déjà clos. Pour ma part, je n'ai jamais rencontré cet homme. Je crois que papa… papa l'aimait bien, oui. Il l'appréciait. Au fil du temps, c'était devenu pour lui… peut-être pas un ami, mais quelque chose de plus qu'un simple client. Ça, c'est certain. Il avait dépassé la frontière strictement professionnelle dans leurs relations. Au-delà de l'aspect juridique, il s'était forgé sa propre opinion sur cet homme, son intime conviction, et elle était favorable. Il s'est battu comme un lion pour lui. Il a vraiment fait tout ce qui était en son pouvoir. Cette affaire lui tenait à cœur. D'autant que, comme vous le savez sûrement, le cabinet y a été directement impliqué. Certaines rumeurs ont couru, qui ont mis en doute l'intégrité de mon père, et ça, ça l'a touché sur le plan personnel. Ça l'a profondément blessé. À ses yeux, toute cette histoire s'est soldée par un échec. Sans doute le pire de sa carrière. Une erreur monumentale, terrible, qu'il n'a pas réussi à éviter ni à réparer… Attention ! Que les choses soient bien claires : je ne suis pas en train d'émettre un jugement, je ne fais que vous donner ce que je pense être son sentiment, c'est tout. Pour lui, tout le monde a failli dans cette affaire. Tout le monde a perdu. Et il s'en est voulu. Il en a souffert. Pour vous livrer le fond de ma pensée : je crains que cela n'ait pas été étranger à sa décision de prendre sa retraite, et, plus tard, au déclenchement de la maladie qui a fini par l'emporter. Oui, je pense que ça a pu aller jusque-là. Parce qu'il en a été véritablement affecté.

Vous savez, au point de vue moral, papa ressemblait à qui vous voulez, mais certainement pas à J. R. »

Back to Albany. Michelle et Gary. Beaucoup de choses avaient changé depuis notre première virée, quatorze années auparavant. Entre-temps nous y étions retournés, mais pas plus de quatre ou cinq fois, et jamais sans Philip-Joseph. Aujourd'hui, nous n'étions plus que deux. Gary et Michelle. Je conduisais ma propre voiture – japonaise, signe patent de notre décadence – et chaque fois que je jetais un œil dans le rétroviseur, je recevais un coup au cœur en n'y trouvant pas la figure réjouie de P. J. et sa chevelure buissonnière. La lunette arrière était bien trop dégagée. Le ciel n'était plus bleu. Il était d'un gris de cendre. C'était l'hiver. Aujourd'hui, c'était l'hiver. Il faisait froid dehors et froid dedans. Nous avions vieilli. Nous avions perdu la légèreté et l'insouciance. Vitres remontées, des ailes de plomb, nos postérieurs vissés aux sièges de la Honda, des poches sous les yeux, de sombres songes. Éteinte, la voix chaude de Kenny Rogers. Sur les ondes pas une station qui ne parlait pas de la bombe lâchée à la Maison-Blanche : Monica L. Comme le président lui-même, la nation entière était suspendue aux lèvres d'une petite stagiaire aux joues de castor – autre signe patent.

Albany, en revanche, n'avait guère changé. « La ville la plus moche à l'est du Pecos » (je suis assez fier de ce slogan, même si Michelle disait que j'exagérais). Un des motels avait fermé. Les grosses lettres rose et bleu de son enseigne ne pulsaient plus sur le bas-côté. Électrocardiogramme plat, mort clinique. Un squelette de camionnette finissait de rouiller sur le parking, bien garé, et peut-être son conducteur dans l'une des chambres, ultime client, oublié là. Non, je n'exagère pas. Albany, Texas, aussi attractive qu'un piège à rats. 1 934 âmes, 2 427 véhicules, 5 678 fusils. Voyageur, si tu t'arrêtes ici…

Je faillis rater l'embranchement. Quelqu'un, ou quelque chose, avait escamoté la pancarte « Lizard Rock ». Plus nous approchions de chez la tante, plus le plafond baissait. Et la lumière. Ciel molletonné d'une épaisse couche de nuages. À midi, heure locale, on aurait dit que la nuit tombait. Je fus presque heureux de voir que l'antique Dodge était toujours là, exactement à la même place, me semblait-il. Assoupi. Son gros mufle tourné vers la maison, vers sa maîtresse dans la maison. Michelle m'assurait qu'il pouvait encore rouler, mais j'étais sceptique. La Honda Civic avait l'air d'un chihuahua à côté. Je coupai le moteur et fus saisi, comme chaque fois, par le silence et par l'odeur. Nous descendîmes et nous attendîmes, le regard tourné vers la dépendance. Allez, allez, venez, mes petits ! Montrez-vous ! Venez dire bonjour ! Dans ma tête, je les exhortais. Je voulais les voir. Qu'ils viennent nous accueillir. Qu'ils soient contents de nous retrouver. J'avais besoin de constance et de reconnaissance, de familiarité, de chaleur, fût-elle cochonne. Ô seigneur des porcheries, faites qu'ils ne soient pas morts ! Par Jésus-Pig, dieu des gorets, faites qu'ils ne pendent pas en cuisseaux et jambonneaux dans le cellier de la tante ! L'attente me parut longue. Aucun bruit. Aucun grognement annonciateur. Puis, lentement, timidement, une truffe s'avança par le portail ouvert. L'animal s'arrêta là, devant l'entrée. Un second le rejoignit. Il n'y en eut pas de troisième. Flanc contre flanc, les deux bêtes nous observaient, le groin dressé (je voyais leurs narines palpiter, humer l'air). Je n'étais pas capable de les différencier. Je n'aurais pas su dire si c'étaient les mêmes que la fois précédente ou si c'étaient leurs frères, leurs cousins. Et lequel des trois manquait à l'appel : Bud ? Charlie ? Thelonious ? (Maison de paille ? de bois ? de briques ?) Lequel tatie Tacolie avait-elle sacrifié ? Duquel de ses maris avait-elle honoré la mémoire par la confection de saucisse et boudin noir ?

Les cochons ne se précipitèrent pas à notre rencontre. Ils ne vinrent pas se frotter à nous. J'en ressentis une grande tristesse et je sus, au regard que Michelle me lança, qu'il en était de même pour elle. À l'instant où je me disais qu'il n'y avait décidément rien d'éternel en ce monde, la première goutte s'écrasa sur mon front. Le tonnerre gronda. Nous partîmes au pas de course jusqu'à la maison.

Aucune lueur ne filtrait. Michelle s'apprêtait à toquer lorsque la porte s'ouvrit d'un coup, et nous nous retrouvâmes face au canon d'une carabine pointé sur nous. Ma belle eut un mouvement de recul, le haut de son crâne me heurta le bas du visage. Mes lèvres s'écrasèrent contre mes dents et j'eus tout de suite un goût de sang dans la bouche.

— Tatie ! Qu'est-ce que tu fais ?

L'intérieur baignait dans la pénombre, on ne distinguait que les yeux transparents de la tante, éclairés par la lumière grise et pâle du jour entrant. Ils clignèrent (ses yeux). Elle nous tenait en joue. L'arme parut tressauter dans ses mains, puis elle la baissa rapidement.

— Michelle ? C'est toi, ma p'tite ?

— C'est moi, oui ! Je suis avec Gary !

— Bon Dieu... maugréa la tante.

Elle s'avança d'un pas, attrapa sa nièce par le bras et la tira vers elle.

— Entrez. Entrez vite. V'nez vous mettre à l'abri.

Je les suivis. Juste avant de pénétrer dans la maison, je crachai un jet de salive sanguinolent. La tante referma la porte et nous restâmes debout sans bouger dans la pièce obscure jusqu'à ce qu'elle actionnât l'interrupteur. Après quoi, elle posa la carabine sur la table et se laissa tomber sur une chaise.

— Seigneur Jésus ! Pourquoi qu'vous m'avez pas prévenue qu'vous deviez venir ? J'aurais pu vous tirer comme des lapins !

— On s'est décidés au dernier moment, dit Michelle. On voulait te faire la surprise. Depuis quand tu accueilles les visiteurs avec un fusil ?

— J'suis désolée, mes enfants. Quand j'ai entendu une voiture, j'ai cru qu'c'était ces salopards qui rev'naient. J'leur ai bien dit que si y s'repointaient chez moi, j'me chargerais de leur mettre du plomb dans la cervelle, ou tout du moins dans l'postérieur !

Elle se releva et saisit la carabine en secouant la tête.

— L'est même pas chargée, en vérité. J'voulais juste leur fiche la frousse.

Elle alla reposer l'arme sur le râtelier.

— De qui tu parles ? demanda Michelle. C'est qui, ces… ces salopards ?

— Assoyez-vous, dit la tante. J'vais nous préparer un peu d'thé, ça nous réchauffera.

Je remarquai qu'elle évitait notre regard. Avait-elle honte de son comportement ? Je remarquai également qu'elle marchait à petits pas, en tâtonnant autour d'elle, comme pour ne pas se cogner aux meubles. Je songeai que c'était une vieille femme, à présent. Elle allait sur ses 70 ans et en paraissait toujours vingt de plus. Il me semblait qu'elle avait encore rapetissé depuis notre dernière visite, qu'elle s'était ratatinée. Si elle n'avait pas été grise de crasse, sa longue natte aurait dû être blanche.

J'avais froid. Je jetai un coup d'œil vers la cheminée et constatai qu'il y avait deux ou trois bûches empilées, intactes, dans l'âtre.

— Et si j'essayais de faire du feu ? lançai-je.

Michelle se tenait près de moi. Comme si elle avait oublié ma présence, elle sursauta au son de ma voix.

— Bonne idée ! répondit la tante depuis la cuisine. Fais comme chez toi, mon p'tit !

Chez moi, il n'y avait jamais eu de cheminée. C'était une tâche nouvelle à laquelle je m'attelais. Je fus presque surpris de parvenir à la mener à bien. Quand je me redressai, un brasier était en train de naître. Je regardai Michelle, en quête de félicitations, mais elle ne fit pas cas de mon exploit. La tante revint avec trois tasses et une théière. Nous prîmes place autour de la table et elle entreprit de nous servir. Quand ce fut mon tour, elle versa une partie du breuvage dans ma tasse, le reste s'écoula à côté, sur la table.

— Hep-là ! m'écriai-je.

Tatie Tacolie suspendit son geste.

— Quoi ?

Ce fut à ce moment-là que je compris : la vieille femme n'y voyait quasiment plus rien. Michelle se tourna vers moi, elle venait de comprendre aussi. D'un commun accord, muet et spontané, nous décidâmes de ne pas en parler. Pas pour l'instant.

— J'en ai assez, merci, dis-je.

La tante reposa la théière. Nous demeurâmes un moment silencieux. Le thé tiédissait. Le bois crépitait. Puis Michelle revint doucement à la charge.

— Tatie, fit-elle, tu ne m'as pas répondu : qui sont ces gens que tu voulais chasser ?

La tante hocha plusieurs fois la tête avant de répondre.

— Des vautours, dit-elle. Je sais plus quelle compagnie, cette fois, j'ai oublié le nom. Quand c'est pas celle-ci, c'en est une autre. Pareil au même. Ça fait des années qu'y m'bassinent pour que j'leur vende.

— Que tu leur vendes quoi ? La maison ?

— C'est pas tant la maison qui les intéresse, c'est l'terrain. J'ai trente-deux hectares, ici, autour, qu'mon premier mari avait achetés du temps qu'ça valait pas un clou. L'avait l'intention de planter du tabac, à l'époque. Tu parles ! Croyait p'têt que ça poussait tout seul, par l'opération du Saint-Esprit. Trop fainéant pour même conduire un tracteur. On n'aurait pas eu d'quoi bourrer une pipe avec c'qu'il a réussi à faire pousser comme tabac !

— Et ces gens, qu'est-ce qu'ils veulent en faire, de tes terres ? Les cultiver ?

— Non. Ceux-là, ils ont aut' chose en tête : si la terre les intéresse, c'est pour c'qu'y a en dessous.

Elle donna deux forts coups de talon sur le plancher, et ce bruit résonna en moi d'un écho lugubre, funeste – le destin qui frappe à la porte, la mort sous ses oripeaux.

— En dessous ? fit Michelle.

(Le dessous des cartes, Gary…)

La vieille femme se pencha, baissa la voix.

— Le pétrole, ma p'tite.

Elle eut un drôle de sourire, qu'on aurait dit forcé, qui découvrit toutes ses dents.

— Il y a du pétrole sur ton terrain ? s'étonna Michelle.

Tatie Tacolie haussa les épaules.

— C'est c'qu'y pensent, en tout cas. Va savoir…

Je fixais la petite flaque de thé en train de sécher sur la table. Est-ce qu'elle s'évaporait ou était-ce le bois qui l'absorbait, qui l'incorporait ? Transformation de la matière, passage d'un état à un autre. Nous y aurons tous droit.

— Ils ont déjà tout racheté dans l'secteur, poursuivit la tante. Des milliers d'arpents. J'pourrais en tirer un bon paquet de fric, si j'voulais. Je sais ce qu'ils ont donné à mon ancien voisin, le fils Murray : c'était pas rien. Ils ont foré deux puits sur son terrain. Ils espèrent bien faire la même chose ici. Mais j'veux pas. J'veux rester chez moi. Bon Dieu d'bois ! fit-elle soudain en donnant du poing sur la table (les tasses tremblèrent). Je partirai de cette baraque les pieds d'vant, et pas avant !

En un éclair, j'eus une vision nette et précise de l'avenir de la vieille femme, et ce n'était certainement pas ce qu'elle espérait : d'ici peu elle perdrait totalement la vue, elle ne pourrait plus se débrouiller seule, il faudrait la placer dans une maison de retraite ou quelque établissement du même genre, mais elle serait incapable de s'y adapter, elle insulterait ses congénères, elle maudirait le personnel – et tac au lit, sans tequila –, elle se révolterait avant de finir, au bout de quelques semaines, quelques mois, par se résigner, perdant toute colère, tout espoir, toute motivation, toute envie, et alors elle renoncerait, se morfondrait, s'enfoncerait dans le silence et l'inertie, se retirerait peu à peu du monde comme le sang s'écoule de l'artère tranchée, et la vie avec, comme le soleil sombre chaque soir de l'autre côté de l'horizon, et l'obscurité la recouvrirait, qu'on dit complète, la nuit la prendrait, qu'on dit noire, qu'on dit éternelle, où cependant elle retrouverait peut-être, qui sait, à tâtons, ses trois maris et ses trente-six cochons.

Cela me parut tellement évident, tellement inéluctable – le destin qui frappe à la porte.

— Deux ou trois fois l'an, ils débarquent pour essayer d'me forcer la main, dit-elle. Mais je céderai pas. J'en veux pas d'leur argent. Est-ce que j'ai des goûts de lusque ? Non. J'ai c'que j'ai, et pas besoin d'plus.

— Quand sont-ils venus vous voir ? demandai-je.

— Pas plus tard que la semaine dernière.

— Et vous êtes sûre que c'étaient les mêmes personnes que d'habitude ?

— Eux ou d'autres, c'est pareil, j'te l'ai dit. Veulent tous la même chose. Laisse un cheval crevé au milieu du désert et tu verras tous les charognards rappliquer ! Ils étaient plus nombreux, cette fois. Se sont même permis d'fouiner sans m'demander l'autorisation. J'leur aurais pas donnée, du reste.

— Fouiner ? s'exclama Michelle. Comment ça, fouiner ?

— Fouiner, fouiller, fourrer leurs sales nez partout ! Pour qui y s'prennent, nom d'un chien !

Michelle et moi échangeâmes à nouveau un regard : nos pensées convergeaient. La vieille femme fulminait. Tante ire, tatie courroux, il ne fallut pas la pousser beaucoup pour qu'elle nous racontât dans le détail :

Ils étaient arrivés en fin de matinée. Quatre ou cinq types dans une grosse voiture noire. Elle ne pouvait pas dire le nombre exact parce qu'ils se ressemblaient tous et qu'ils bougeaient sans arrêt (et parce que sa vue n'était plus fiable, complétai-je à part moi). Ils présentaient bien, comme toujours. Costume, cravate, pour sûr qu'on pouvait pas les confondre avec des péquenauds du coin. Mais l'habit fait pas l'prêtre, dit-elle, ça s'saurait. Ces gars-là ont qu'une seule religion, c'est l'dollar ! Deux d'entre eux étaient restés dans l'entrée avec elle, à la baratiner. Le discours habituel, les salamalecs, et pendant ce temps les autres baguenaudaient dans la pièce, l'air de rien, elle les surveillait du coin de l'œil (j'imagine que le coin de son œil n'était pas des plus perçant). Et puis tout à coup, elle ne les avait plus vus, ils étaient montés là-haut, à l'étage, elle les entendait marcher à travers le plafond. Ça l'avait fichue en rogne, elle était toute prête à décrocher sa carabine pour leur apprendre les manières, mais finalement ils étaient redescendus et ils avaient quitté la maison, et tandis que les deux premiers continuaient à lui parler et à la retenir à l'intérieur, les autres étaient allés fouiner dans la grange, ça elle ne s'en était aperçue que plus tard, quand elle les avait vus en ressortir au moment où tous ces salopards avaient enfin regagné leur voiture et décampé de sa propriété. Alors vite elle s'était précipitée pour voir s'ils n'avaient pas fait de mal aux animaux, et elle avait trouvé les pauvres cochons serrés les uns contre les autres dans leur enclos, ils n'étaient pas blessés, Dieu merci, mais ils avaient eu peur. Les bêtes se trompent pas, dit-elle, elles savent quand quelqu'un est un bon gars ou quand il est pavé de mauvaises intentions, elles sentent ces choses-là, tu peux t'y fier à cent pour cent, et ces types, crois-moi, c'est qu'une sacrée bande de foutus négros !

— Des négros ? dit Michelle. Tu veux dire que ces hommes étaient noirs ?

— Façon d'parler, dit la tante. Des nègres dans l'âme. C'est leur âme qu'est noire, ma p'tite, comme le cul du diable !

Elle tourna la tête et serra les lèvres et je crus un instant qu'elle allait cracher par terre de colère et de mépris. Mais non, elle ravala. Puis elle but une longue gorgée de thé. Devant moi la flaque avait disparu, n'en subsistait qu'une tache sombre sur le bois, dont la forme n'était pas sans rappeler les contours de l'Amérique.

— Savez-vous, demandai-je, s'ils cherchaient quelque chose de précis ?

— Comme quoi ?

— Je ne sais pas. Ils n'ont rien emporté en partant ?

— M'étonnerait, fit la tante. Y a rien à voler ici. Tu crois qu'ils auraient pu me barboter mon pot d'chambre ?

— Non, mais…

— Va pas t'imaginer que j'cache des sacs d'or sous mon matelas, fiston. Ni ailleurs. J'ai pas d'économies. Et si j'en avais, j'les économiserais pas. Au cas où tu l'aurais pas r'marqué, y a pas mal de trucs qu'auraient besoin d'un coup d'neuf dans c'te baraque.

Michelle prit le relais :

— Tatie, est-ce que tu te souviens si ces hommes t'ont posé des questions particulières ? Des choses qu'ils ne demandent pas d'habitude ?

— Non, rien d'nouveau. Toujours la même rengaine. J'écoute plus trop, à force. J'la connais, leur chanson. Et puis tu sais, ces gars-là y posent pas d'questions, sont juste bons à t'dire ce que tu dois faire. Pour ton bien, soi-disant. « Une offre exceptionnelle, Mrs Garett. On ne vous proposera jamais mieux. Pensez-y. Pensez à vos vieux jours. C'est la tranquillité assurée… » Enfant d'garce ! Ma tranquillité, c'est qu'toi et tes zouaves, vous fichiez plus les pieds chez moi !

À ce moment, il y eut un second craquement de tonnerre, gargantuesque, comme si les cieux se déchiraient juste au-dessus de nos têtes. Je suis à peu près certain que la maison trembla sur ses fondations (avait-elle des fondations ?). Dans ma tasse, de petits cercles se formèrent à la surface. La lumière vacilla, faiblit pendant quelques secondes, puis se rétablit.

— Chiotte ! jura la tante. M'est avis qu'ça va tomber dru. Je f'rais mieux de sortir des bougies, des fois qu'y aurait plus d'jus.

[« Voudriez-vous nous faire croire, Mr Sanz, que même la tante par alliance serait une adepte du vers tordu et de la rime à outrance ? » – Zubrinsky, *op. cit.*]

L'électricité. Voilà qui nous ramenait au véritable objet de notre venue. Mais nous n'avions pas l'intention de l'aborder de front avec la vieille femme. Nous étions sûrs que Philip-Joseph ne l'avait pas mise dans la confidence, ne fût-ce que pour ne pas l'impliquer et lui éviter ainsi tout risque inhérent. Si P. J. avait caché sa machine ici, c'était à l'insu de sa parente.

Nous avions notre cheval, nous avions notre bataille, quel était notre adversaire ? La récente intrusion de ces hommes était un paramètre supplémentaire, imprévu, et de première importance. Étaient-ils ce qu'ils prétendaient être : des prospecteurs, émissaires d'une quelconque firme pétrolière ? Ou étaient-ils des éclaireurs, chargés de tâter le terrain – des ventouses au bout des longs tentacules de la Pieuvre ? [« Seigneur ! Est-ce une parodie de Jules Verne ? Un ersatz écrit par son obscur et fumiste cousin, le bien nommé Bali Verne ? Tel ce céphalopode qui semble vous obséder, Mr Sanz, on s'enfonce dans les abysses d'un océan de fadaises ! – *Ibid.*] Dans ce dernier cas, cela signifiait que la Pieuvre Noire en savait beaucoup plus que nous ne le pensions. Elle connaissait l'existence de tatie Tacolie (Jane Garett pour l'état civil). Elle connaissait l'emploi du temps de Philip-Joseph. Elle savait qu'il était venu ici à plusieurs reprises et le soupçonnait, comme nous, d'avoir pu y dissimuler son invention.

J'avais hâte de me retrouver seul avec ma belle pour tenir conciliabule. Il nous fallait un plan. Comment fouiller les lieux à notre tour sous les yeux (même déficients) de la tante ? La maison n'était pas très grande, mais elle recelait de nombreux recoins et possibilités de caches. Sans compter la dépendance. Sans compter les trente-deux hectares de terrain où Phil aurait pu enterrer sa machine !

Du haut de ma montagne de tourments, je me rends compte à présent que nous n'avions aucune chance. L'enjeu était trop grand, l'ennemi trop puissant. L'histoire de David contre Goliath n'est qu'une parabole. C'est un mythe, un conte. [« Tout comme l'histoire du Nautilus ! Comme toutes celles, imaginaires, fantaisistes, de Sherlock Holmes ou du chevalier Dupin ! Comme l'insipide soupe de Poirot, Mr Sanz – ou devrais-je dire Mr Hyde ? » – *Ibid.*] Nous avions pourtant passé l'âge d'y croire. Pure bêtise, pure folie de notre part. La sagesse aurait été de nous retirer du jeu, de refuser d'y participer. Passons notre tour. Et le suivant. Et celui d'après. Et tous, jusqu'au dernier. Le monde est ce qu'il est. Tant pis. Nous aurions fait comme les autres, nous aurions fait avec. Même d'après les pires estimations de Phily-Jo, nous aurions pu faire de vieux os. Nous serions morts dans la Géhenne générale, au milieu du XXIe siècle. À 90 ans. À 100 ans peut-être. Un long sursis, une lente agonie, mais avec toi, ma belle. Nous serions partis ensemble, et je ne passerais pas mes jours à compter les jours qui nous séparent. À attendre la nuit. Le sommeil. Je sais maintenant qu'il n'y avait rien qui valait cette peine.

Le plus aveugle n'est pas celui qu'on croit.

Il pleuvait des rivières. L'orage nous enveloppait dans un grondement sourd, quasi permanent, et de temps en temps la foudre tombait, là, tout près, éclaboussant la maison d'une lueur froide, incandescente, tel l'éclat d'un flash au tungstène. Nous n'avions encore rien décidé. Mon unique occupation, au cours de l'après-midi, consista à entretenir le feu. Il y avait une petite réserve de bois sur le côté de la cheminée, j'y puisais des ceps, durs et noueux. J'ignore d'où ils provenaient, je n'avais pas vu de vignes dans les parages, pas beaucoup d'arbres non plus. Toutes les demi-heures environ, tatie Tacolie se levait pour aller coller son nez à la fenêtre. Attendait-elle quelqu'un ? Un cavalier ? Un messager ? Un revenant ? Les éclairs découpaient sa silhouette dans le verre des carreaux. De dos, avec sa tresse, elle pouvait passer pour une gamine, une fillette de 12 ans. Avait-elle jamais, dans sa vie, attendu le prince charmant ?

Vint le soir. La tante annonça des côtes de porc et des pommes de terre rissolées pour le dîner. Quand je vis la tranche de viande dans mon assiette, mon estomac d'abord se contracta (ci-gît qui ? est-ce toi, mon pote Charlie ?). Mais l'homme est un loup pour tout ce qui bouge. J'avais faim. Je mangeai.

Au cours du repas, Michelle amena si adroitement le sujet que je mis un moment à réaliser que nous étions en train d'évoquer Philip-Joseph. Mine de rien, elle interrogeait la tante, en douceur, avec tact. Tatie Tacolie avait pâli. Elle était émue. Des larmes ourlaient le bord de ses yeux délavés. Néanmoins elle parlait, elle confirmait : oui, son neveu (« ce pauvre petit ») lui avait rendu plusieurs fois visite au cours de l'année précédente, et c'était toujours un plaisir de le voir, toujours aimable, toujours souriant, toujours prêt à donner un coup de main (il avait réparé sa chaudière), un peu foufou mais elle n'avait rien contre, chez les Deloncle c'était pas le premier à avoir un p'tit grain, non il n'avait rien fait de spécial, non, pas qu'elle s'en souvienne, il lui tenait compagnie, ils discutaient l'coup tous les deux, c'était pas d'refus, des fois ça fait du bien de parler à quelqu'un d'autre qu'à un verrat, il ne restait pas longtemps, un jour ou deux, la dernière fois c'était en octobre ou novembre, foutu bon Dieu ! si elle avait su, si elle avait su… Ses yeux s'étaient embués mais ses larmes ne débordèrent pas. Je me demandais ce qu'elle pouvait encore y voir, quelle était la part du flou et du brouillard autour d'elle. C'était un sacré bon p'tit gars, dit-elle. Nous acquiesçâmes en silence. Puis elle s'excusa auprès de Michelle de n'avoir pas pu se déplacer pour assister à l'enterrement et Michelle lui rappela qu'il n'y avait pas eu d'enterrement, la volonté de son frère étant d'être incinéré, ses parents avaient récupéré l'urne avec ses cendres, l'objet était maintenant dans la maison de Daisy et Donald, et je ne sais pas pourquoi elle ajouta qu'un de ces jours elle comptait bien les disperser (ses cendres) dans le désert. La vieille femme eut l'air de penser que c'était une bonne idée, à son tour elle acquiesça en silence.

Assis tous les trois autour de la table à évoquer le défunt, dans la maison isolée, au milieu des éléments déchaînés, avec le vacarme des cataractes sur les bardeaux du toit et les coups de griffes des éclairs lacérant la pénombre et donnant à nos chairs, l'espace d'un instant, le teint blême et cireux des cadavres ressurgis de leurs tombeaux : comment ne pas penser à l'atmosphère Poetico-fantastique de mon cher Edgar ? Je nous voyais Usher. Je nous voyais chuter. Ah, si les morts pouvaient parler !

— Un petit coup de tequila et tac au lit !

Ce fut Michelle qui prononça les mots magiques, provoquant illico une étincelle dans les prunelles vaporeuses de la tante. Loin de moi l'intention de salir la réputation de Mrs Garett, mais je suis sûr que même dans la cécité la plus complète elle aurait pu retrouver son nectar préféré. Cette fois, nous l'accompagnâmes (juste un bout de chemin). Gravement, solennellement, nous portâmes un toast à la mémoire de notre regretté frère, beau-frère et neveu – Salud ! Nos mugs s'entrechoquèrent. Tout ça n'était pas gai. Nous bûmes. Un shot en tout pour Michelle et moi, que nous fîmes durer. La tante se resservit. Et se resservit. C'était un chagrin difficile à noyer. Et quand elle cessa de se resservir, ce fut Michelle qui s'en chargea. Elle la resservit. Et re. Et re. Mais qu'est-ce, au fond, que ce breuvage ? Un peu de jus d'agave alambiqué. Que dalle pour qui s'enfile du venin de crotale ! (J'essaie désespérément de tourner les choses en dérision). Et re. Et re. La pluie tombait, le feu brûlait, Michelle versait, la tante avalait. Tant et si bien qu'à la phase volubile succéda la phase aphasique, et enfin – enfin ! – nous vîmes la vieille femme lentement s'affaisser, poser la joue sur la table et, dans les dix secondes qui suivirent, s'assoupir.

Ce n'est pas bien. Ce n'est pas bien du tout, c'est vrai. Nous avons mal agi. Comment s'appelle ce crime ? Incitation à la débauche. Abus de confiance et débit de boisson. Nous avons profité du péché mignon d'une personne âgée, nous l'avons poussée au vice pour avoir la voie libre. Nous n'en étions pas fiers, et c'est d'une petite voix étranglée que Michelle (ma comploteuse, ma complice) me souffla : « Je crois qu'elle a son compte. »

Notre innocente victime commençait à émettre de légers ronflements. Nous la portâmes dans sa chambre, à l'étage. Nous lui ôtâmes ses godillots et l'installâmes sur son lit, au chaud sous un édredon. Puis nous redescendîmes.

Nous avions quelques heures devant nous. Nous espérions sincèrement les mettre à profit pour sauver l'humanité.

Ce n'est pas au peigne fin, c'est plutôt au râteau que nous y allâmes. Défaut de méthode, manque de pratique. Nous n'étions que des amateurs. Nous le fîmes toutefois avec conscience et patience. Hormis la chambre de la tante, la maison entière y passa. Chaque pièce, armoire, placard, étagère, chaque recoin et cloison (toc-toc, est-elle pleine, creuse, à double fond ?). Nous fouillâmes, nous explorâmes, nous inspectâmes, nous sondâmes, nous scrutâmes, nous fourrageâmes, nous balayâmes, nous cherchâmes… et nous ne trouvâmes pas. À minuit nous n'étions pas plus avancés. Nous prîmes quelques minutes pour souffler. Sur la table traînaient toujours nos mugs et la bouteille avec un fond de tequila. J'enviais la tante qui flottait, insouciante, sur son petit nuage éthylique. Je savais ce que Michelle allait dire.

— La grange… murmura-t-elle (je le lus sur ses lèvres).

Je fis oui de la tête.

— Au moins, nous en aurons le cœur net, ajouta-t-elle.

Je fis oui. Oui, oui, oui.

C'est le déluge et nous avons une arche à construire.

Elle prit la lampe torche. Je décrochai un vieux ciré suspendu à une patère dans l'entrée. Nous ouvrîmes la porte et restâmes une poignée de secondes à regarder le rideau de pluie qui nous bouchait la vue.

— Prêt ? fit Michelle.

— À la course ou à la nage ?

Cela ne la fit pas sourire.

Elle compta jusqu'à trois et l'on se jeta à l'eau. C'était comme passer sous une cascade. Trottinant côte à côte, pataugeant dans dix centimètres de flotte, je tenais le ciré au-dessus de nos crânes mais c'était dérisoire. [« Et pourquoi pas une petite rime avec *arrosoir*, Mr Sanz ? Faites-vous ce plaisir. » – Zubrinsky, *op. cit.*] Le temps de traverser la cour, nous étions trempés de la tête aux pieds. Une fois dans la grange, je tirai le panneau derrière nous et s'assourdit le bruit de la pluie. Le bâtiment était presque plus haut que large. J'eus l'impression d'avoir pénétré dans une église. Une église qui sentait le bois humide, la paille humide, la terre humide, le cochon mouillé. C'était loin d'être totalement étanche. Des ruisselets couraient le long des planches, l'eau suintait, s'infiltrait, et l'on percevait le ploc-ploc des gouttes tombant dans les flaques qu'elles avaient formées sur le sol. La terre battue collait comme glaise à nos semelles.

Nous nous mîmes d'abord en quête des porcs. Nous les trouvâmes rencognés au fond de leur enclos (une ancienne stalle, du temps où des pur-sang galopaient dans la plaine). Pris dans le faisceau de la lampe comme dans l'éclat de phares arrivant droit sur eux. Saisis, figés, inquiets, ils nous fixaient de leurs petits yeux d'obsidienne, les oreilles dressées. L'un était couché, l'autre debout à côté, et il me semblait que les pattes de celui-ci tremblaient, qu'un frisson enveloppait tout son corps. Ils ne devaient rien comprendre à ce qui se tramait, et cette incompréhension entraînait peur et angoisse. C'est bête à dire mais j'avais le sentiment qu'un lien profond nous unissait – entre nous une affinité, une communion, une empathie, quelque chose qui ressemblait, oui, à de la fraternité.

Michelle leur chuchota des paroles rassurantes, qui auraient aussi bien pu s'adresser à moi.

Trois heures durant nous arpentâmes la grange, poussant, soulevant, déplaçant de vieilles planches, des ballots, des outils, des sacs de toile remplis de je ne sais quelles substances, contournant des carcasses métalliques d'antiques machines agricoles (du temps où le coton et le blé florissaient dans la plaine). Armés d'une fourche, nous gravîmes l'échelle qui menait au vaste grenier aménagé sous la charpente, et pendant que l'un tenait la lampe, l'autre piquait et ratissait le tapis de foin à moitié pourri qui couvrait le plancher. De furtifs mouvements trahissaient la fuite de rats ou de souris entre nos jambes, et notre peau se hérissait, nous retenions nos cris. C'était une quête absurde, démente, mais nous la poursuivions avec acharnement, avec une sorte d'ardeur désespérée – en vérité comme si l'avenir du monde, véritablement, en dépendait. Et nous la menâmes jusqu'au bout, jusqu'au dernier décimètre carré de la grange et du grenier. Mais nous échouâmes.

Fourbus, éreintés, en sueur malgré le froid, avec une vague envie de pleurer (je parle pour moi). Bredouilles. Je m'appuyai au manche de la fourche et regardai Michelle. Un fétu s'accrochait à ses cheveux. Je l'y laissai. Ma fermière. Ma cow-girl. (Qui sait, un siècle en arrière, ce qu'auraient été nos vies ?) La lueur de la torche avait beaucoup diminué. Les piles faiblissaient. Nous n'en avions pas de rechange. Il était temps de redescendre.

Je n'eus pas le courage de retourner voir les bêtes. J'ouvris tout grand l'un des ventaux du portail et ce fut comme si l'on ôtait des bouchons de nos oreilles : un tintamarre de grenaille. À nouveau nous demeurâmes un moment immobiles, hésitant devant l'impressionnant rideau qu'il nous fallait franchir. La lumière était restée éclairée dans le bas de la maison : un point de repère pour notre vision trouble, presque aquatique. J'imagine que c'est ainsi que les marins devinent un phare, au loin, au plus fort de la tempête.

— On va se séparer, dis-je.

Michelle tourna lentement la tête vers moi. Ses sourcils s'arquèrent.

— Toi, tu vas filer tout droit à la maison, expliquai-je. Moi, je vais faire un détour par le petit coin. Je te rejoins après.

Déluge ou pas, il était hors de question que j'urine dans un pot de chambre, surtout en présence de ma belle.

— Tu ne vas rien y voir, dit-elle.

— Je me débrouillerai.

— Tu n'as qu'à faire ici. Je ne regarderai pas.

Évidemment j'y avais pensé, mais je m'y refusais. S'il ne devait plus y avoir qu'une seule chose qui me distinguât des porcs, ce serait celle-ci. Appelons ça de la dignité, ou de l'orgueil. Les animaux étaient moins bêtes.

— Non, dis-je, sur un ton qui ne souffrait aucune réplique (j'étais un guerrier, un héros, pour l'honneur j'étais prêt à me sacrifier).

Allez, on y va !

Nous courûmes de front jusqu'au milieu de la cour, là je laissai Michelle et bifurquai vers l'arrière de la maison. La pluie me cinglait le visage, par les fentes de mes paupières je ne discernais que le halo noyé qui luisait aux fenêtres de la salle à manger, le reste n'était que ténèbres. Je suivais la direction approximative des toilettes, mais elles me demeuraient invisibles. Qui sait jusqu'où j'aurais pu courir si je n'avais pas heurté la cabane de l'épaule. Il s'en fallut de quelques centimètres. Le choc m'arrêta. Vite, je poussai la porte et entrai, puis tâtonnai à la recherche de l'interrupteur. La lumière jaunâtre jaillit. Jamais je n'aurais pensé être aussi heureux de retrouver cet endroit. Les gouttes crépitaient sur le toit comme autant de flèches ennemies criblant ma guitoune (du temps où les Indiens régnaient sur la plaine). Pendant que je me soulageais, un terrible coup de tonnerre ébranla l'abri, faisant vibrer les pans de bois, et je priai pour qu'ils ne flanchassent pas. Je terminai mon affaire, me retournai, inspirai une large bouffée d'un air nauséabond, et m'apprêtai à affronter de nouveau les éléments. Je rouvris la porte. L'ampoule nue du plafonnier diffusait sa clarté falote sur un court périmètre, avant de se diluer et disparaître. Je jetai un œil vers la maison. J'avais beau savoir qu'elle se trouvait là, tout droit, à une dizaine de mètres, impossible de la voir. La lumière de la salle à manger s'était éteinte – plus de phare. D'un geste brusque j'éteignis à mon tour, puis repartis dans la pluie et le noir. Cette fois, je ne pris pas le risque de courir. Le chemin était glissant, je craignais de m'étaler. J'avançais les deux mains en avant, comme le plus aveugle des aveugles. Au bout de quelques pas, il me sembla apercevoir un minuscule point lumineux dans l'obscurité. C'était vague, c'était flou et fluctuant, ç'aurait pu être un feu follet, ç'aurait pu être un astre palpitant très loin dans les confins du cosmos, ou encore un petit foyer d'atomes allumé dans l'éther par Phily-Jo pour me guider (je crois à ces choses-là). Quoi que ce fût, je n'avais de toute façon rien d'autre comme repère, je décidai donc que ce serait mon étoile et que je serais le berger. Je la suivis. Ce n'est que lorsque j'eus le nez pratiquement collé à la maison que je pus en déterminer la source : une bougie. La partie supérieure de la porte de derrière était garnie de carreaux, je pouvais maintenant voir la petite flamme danser à travers le verre ruisselant. Je m'engouffrai à l'intérieur.

À peu près sain et à peu près sauf, le héros était de retour. Ma belle m'attendait, un bougeoir à la main.

– Tu es là ! lâcha-t-elle dans un souffle où perçaient (oui, je l'affirme) le soulagement et l'émotion.

Seul son visage, éclairé par en dessous, se détachait dans la pièce enténébrée. Je m'en souviens comme d'une somptueuse peinture, une œuvre d'art, un clair-obscur du Caravage ou de Rembrandt – adieu, Albany, c'est à Rome, ma belle, que ma mémoire m'entraîne à la nuit tombée pour y chercher ton reflet dans les méandres du Tibre, ou c'est le long des canaux sombres d'Amsterdam – tous ces lieux que nous n'aurons jamais pu visiter ensemble.

— Le courant a sauté, dit-elle. Juste quand je venais d'arriver. Et la torche m'a lâchée aussi. Heureusement que tatie avait sorti les bougies.

J'avais une furieuse envie de la serrer contre moi, mais je ne le fis pas. Une flaque s'étalait à nos pieds. Nous avions l'air de deux sorbets en train de fondre.

— Viens, allons nous sécher, dis-je.

Elle me précéda, la bougie tendue devant elle, et nous traversâmes la maison à la seule lueur de cette modeste flamme. C'est la séquence finale : les époux Ingalls, Charles et Caroline, vont se coucher après une dure journée de labeur. L'épisode – un parmi deux millions – s'intitule *L'averse.* (Enfant de l'Amérique et des sixties, je revendique ma part de culture populaire : Baudelaire d'accord, et Shakespeare et Rembrandt, mais je n'oublie pas ce que je dois à Hanna-Barbera et à Michael Landon.) On imagine, donc, la lampe à pétrole. Les ombres qui se contorsionnent sur les murs. Un éclat luisant sur le cuivre bien astiqué d'une bassinoire. Un autre accrochant le canon poli du fusil sur le râtelier. Et tandis que nous entamons la montée de l'escalier surgissent les violons, d'abord pianissimo, lointains (ils viennent certainement du fond de la fameuse prairie), ils vont, comme nous, crescendo, et nous accompagnent jusqu'à la porte de la chambre, que nous franchissons, puis se déploient fortissimo au moment où nous la refermons, et c'est sur ce panneau de bois opaque que le générique défile, car c'est ici et maintenant en principe que l'épisode s'achève, censure et contrat publicitaire obligent, le spectateur ne saura pas ce qui se passe au-delà de cette limite, mais puisque la littérature possède cet avantage, le lecteur, lui, aura ce privilège :

Nous nous déshabillâmes entièrement, laissant nos vêtements lourds de pluie en tas sur le plancher, puis, nus et frissonnants, debout dans la pièce, face à face, nous nous collâmes l'un à l'autre et nous serrâmes étroitement (pas étonnant que NBC ne puisse laisser passer ça) en vertu du principe que la chaleur humaine est la plus efficiente, enveloppant nos deux corps d'une unique serviette éponge, avec laquelle nous nous frictionnâmes mutuellement, avant de nous glisser sous les draps, de nous pelotonner sous un duvet en plumes d'oie, ou d'aigrette, ou de pluvier, que sais-je, lesquels (draps et duvet) perdirent bientôt de leur humidité au contact de notre épiderme dont la température, on s'en doute, avait à présent augmenté.

Nous ne parlâmes pas de nos recherches infructueuses.

Nous ne parlâmes pas.

Mais, puisque je me dois de dire toute la vérité, je veux bien répondre à cette question que maints spectateurs (mâles essentiellement) se sont posée : oui, sous ses airs de madone amish, Caroline est une sacrée coquine.

Je jette ici en pâture aux adeptes du gourou viennois un rêve que je fis au cours de cette courte nuit-là. Ou plutôt un cauchemar.

Le personnage principal en est un homme du nom de Douglas Meredith Burns, lequel fut l'un de mes enseignants à l'université. Ce distingué professeur de lettres, proche de la retraite, était féru de Catulle (Caius Valerius Catullus, poète romain du Ier siècle avant notre ère). Il avait traduit plusieurs épigrammes de cet auteur et lui-même en composait régulièrement, dans une veine identique, qu'il n'hésitait pas à déclamer devant nous, ses étudiants, d'une voix de stentor, car Mr Burns souffrait d'une sévère défaillance auditive. Sourd comme un pot, il parlait très fort. Un autre mal dont il souffrait – cela a son importance – était l'aérophagie. S'il pensait nous choquer par les strophes souvent crues et grossières (l'une des marques de fabrique de Catulle) qu'il nous lisait, nous l'étions bien davantage par les bruits incongrus qu'il laissait échapper à son insu et n'entendait pas non plus. Nous l'avions surnommé Flatulle. Ça me paraît clair. Par vents et par mots (il est des cas où la contrepèterie s'impose), le professeur Burns alignait ses vers et les plus belles de ses perles ne sortaient pas forcément de sa bouche. J'espère que le cher homme ne tombera pas sur ces lignes, je m'en voudrais de ternir son image par ces souvenirs incommodants et somme toute partiaux, car il était par ailleurs un enseignant hautement compétent (sans calembour).

Bref. Douglas Burns était le protagoniste de mon rêve, ou du moins était-ce un homme qui possédait ses traits, parce que pour le rôle et la fonction, il était Winston Churchill. La guerre faisait rage – une guerre ancienne, en noir et blanc. Nous étions dans une ville en ruine et Burns-Churchill s'était réfugié dans un abri souterrain, une sorte de bunker scellé par une porte en acier trempé de huit pouces d'épaisseur. Cet antre était meublé comme un appartement bourgeois. L'homme était seul à l'intérieur. Confortablement installé dans un fauteuil, une haute lampe sur pied à ses côtés, il lisait un manuscrit dont je ne pouvais déchiffrer ni le titre ni l'auteur. Je ne sais si Burns-Churchill était sourd ou si les murs étaient trop épais, mais là-dedans aucun son ne filtrait de ce qui se déroulait à l'extérieur. Nous étions en pleine attaque aérienne. Une escadrille d'avions ennemis survolait la cité (influence de tatie Tacolie avec ses lunettes d'aviateur ?) en lâchant des bombes et des tirs de mitrailleuse. Les gens, dont moi, couraient, paniqués, terrorisés, ajoutant leurs hurlements au fracas des détonations, aux sifflements des balles. Tout le monde cherchait à se protéger des projectiles mortels. Je m'étais précipité devant la porte du bunker. J'y tambourinais des deux poings, je criais, je suppliais pour qu'on m'ouvre. Je savais que Burns-Churchill était là. Par les pouvoirs oniriques qui m'étaient conférés, je pouvais voir à la fois les événements extérieurs et ce qui se déroulait dans l'abri. Autour de moi les bombes explosaient (influence du tonnerre ?), propulsant dans les airs des gerbes de gravats, des pans d'immeubles entiers s'effondraient en écrasant des corps, de dessous les décombres montaient pleurs et gémissements et appels au secours. De toutes mes forces, de toute l'énergie de ma peur et de mon désespoir, je continuais à frapper à la porte et je hurlais « Monsieur Burns ! Monsieur Burns !… », mais de l'autre côté celui-ci, imperturbable, poursuivait sa lecture, tournait les pages en recrachant de temps en temps des bouffées d'un énorme cigare (influence de Clinton aux actualités ?), indifférent à ce qu'il n'entendait pas ou ne voulait pas entendre. J'avais le sentiment d'une vengeance de sa part. J'avais le sentiment qu'il me faisait cruellement payer toutes ces années où le sobriquet de Flatulle avait circulé dans les rangs des étudiants. C'était moi qui devais régler l'addition pour tous.

Le cauchemar prit fin au moment où je perçus dans mon dos un horrible sifflement dont le volume allait croissant. Je me retournai et vis avec effroi une espèce de missile qui m'arrivait droit dessus. J'allais mourir, c'était inéluctable. À cet instant, le professeur referma son livre et éteignit la lampe. Souriait-il dans le noir ?

Sursaut. Ouverture des paupières. Érection du torse – position assise. Le tout en moins de cinq secondes. J'oubliai illico le professeur. C'était l'aube et des poussières. Le jour diffusait sa grisaille à travers les rideaux. La pluie avait cessé. Je vis la chambre. Je vis le tas d'habits par terre. OK, j'y suis. J'avais dormi trois heures et mon esprit était parfaitement clair. Je n'eus qu'une infime hésitation avant de secouer l'épaule de Michelle. Elle ouvrit les yeux tout grands, d'un coup, les fixa sur moi.

— Je crois que j'ai trouvé, dis-je.

N'importe qui aurait grommelé (hmmmrrrr), aurait marmonné d'une voix embrumée de sommeil (krouuuvé kwwoi ?), n'importe qui mais pas ma belle, ma futée, ma clairvoyante, ma fauconne à deux l.

— Où ? fit-elle.

Net, distinct, concis.

— Les toilettes, répondis-je sur le même mode.

Elle s'accouda. Puis remonta son oreiller, s'y adossa, et son buste émergea dans toute sa blanche splendeur. *Je sèche tous les pleurs sur mes seins triomphants**… Non, Gary, ce n'est pas le moment. Reste concentré.

— Tu m'as dit, dis-je, que le courant avait sauté, cette nuit, quand tu es rentrée, c'est ça ?

— Oui. L'orage, je suppose.

— Mais la foudre n'est pas tombée pile sur la maison. Ça devait donc être une coupure générale, dans tout le secteur. Or, il y avait toujours du courant dans les W.-C. La lumière fonctionnait, j'en suis sûr, c'est moi qui l'ai éteinte en partant. Qu'est-ce que ça signifie ?

Elle prit quelques secondes de réflexion. Puis :

— Ce sont peut-être des disjoncteurs séparés, dit-elle. Une dérivation électrique, ou…

Ou quoi ?

Elle se tut. Pas convaincue par ses propres paroles.

— Ou bien, dis-je, ça signifie que c'est un branchement indépendant, autonome. Si le courant dans les toilettes n'est pas relié au général, c'est qu'il provient… d'une autre source.

Nous nous dévisageâmes en silence. *FreePow… FreePow… FreePow…* J'aurais juré que le mot clignotait, en lettres d'or, lumineuses, entre nous deux.

Cinq minutes plus tard, nous étions en bas. La tante était déjà levée. Si elle conservait quelque souvenir des événements de la veille, elle n'en fit pas mention. L'estomac un peu houleux, tatie ? L'esprit un peu vaseux ? Le crâne un peu douloureux ? Apparemment pas. Elle faisait frire des œufs. Elle nous en proposa et nous acceptâmes. Le temps de nous habiller, nous avions tracé les grands traits d'un semblant de plan d'action : Michelle se chargerait d'occuper la vieille femme pendant que je me chargerais d'aller examiner minutieusement les sanitaires. Le plafond ! avait suggéré ma belle. Vérifie d'abord le plafond ! À quoi j'avais répondu (je m'étonne parfois moi-même) qu'elle n'avait pas à s'en faire, que j'étais l'homme idoine pour un « water-closet-gate », ah ! ah !

Une fois mes œufs avalés, je prétextai un besoin pressant (Dieu, que le scénario était bien ficelé – avec de grosses ficelles – et l'acteur en bonne voie pour l'Oscar). Avec l'habileté d'un pickpocket, je subtilisai au passage un tournevis dans une caisse à outils que j'avais repérée lors de nos fouilles. Ça pouvait toujours servir. Michelle, comme convenu, accaparait l'attention de la tante. Et voilà le héros reparti pour sa mission.

J'aurais tant aimé vous offrir une trappe dissimulée sous le plancher de la cabane et menant, non pas à la fosse septique, [« Très fausse, et très sceptique » – Zubrinsky, *op. cit.*], mais dans une immense caverne creusée dans la roche et abritant un laboratoire secret. J'aurais aimé tirer sur la chaînette retenant le rouleau de papier toilette et déclencher ainsi le mécanisme d'une cloison factice pivotant sur elle-même, découvrant sous vos yeux ahuris un passage que nul n'aurait pu deviner. De l'imagination. De la fantaisie. Du suspens. J'aurais adoré, oui. Mais la vérité, toujours. Rien que la vérité. Toute la vérité. [« C'est ça, faites le malin ! » – *Ibid.*] Je me plie aux exigences de ces déesses tyranniques que sont Justice et Probité, et vous devrez en conséquence vous satisfaire d'un récit moins palpitant.

En résumé : ma belle avait vu juste. Le plafond. Depuis l'interrupteur un fil électrique montait, protégé par sa gaine (pardon pour les termes techniques, ce n'est absolument pas mon domaine), avant de disparaître par un petit trou pratiqué là-haut dans l'angle supérieur. Avec le manche du tournevis, je donnai de légers coups dans ce que je croyais jusque-là être le toit de la bicoque. Ça sonnait creux. À l'évidence, je m'étais leurré : le plafond était faux. Il devait y avoir un espace entre cette surface et le toit proprement dit. J'ignore à quelles fins cela avait été conçu de cette façon, peut-être une question d'étanchéité ou d'isolation ? Ce faux plafond était en deux parties, séparées par une traverse qui le coupait en son milieu. Chaque partie était constituée de lattes d'environ vingt centimètres de large, accolées (collées ? clouées ? encastrées ?) les unes aux autres et reposant à une extrémité sur le pan des cloisons, à l'autre sur la poutre traversante (description laborieuse, mais encore une fois je n'ai aucune compétence en la matière, je fais ce que je peux !). Je testai chacune de ces lattes avec mon outil. Toc-toc, toc-toc, toc-toc. Deux d'entre elles, ô surprise, n'étaient pas fixées, mais simplement posées. En tapant dessus, je constatai qu'elles se soulevaient. Je grimpai debout sur le trône. Un pied calé de chaque côté du trou de la « cuvette » (un héros, vous dis-je, qui prend tous les risques), je m'appliquai à déplacer les deux planches en les faisant coulisser, et pratiquai de la sorte une assez grande ouverture. Il y avait bien, en effet, un espace de près de trente centimètres entre le plafond et le toit. Cela formait une sorte de petit grenier – secret – dans lequel on pouvait aisément entreposer une petite machine – secrète. Ce n'est pas une légende : dans ces moments-là le pouls s'accélère, le cœur bat plus fort, la bouche se dessèche et les paumes, à l'inverse, se couvrent d'une fine et moite pellicule de sueur. Dire que j'ai pensé à Prométhée ? Non. À Pandore ? Non plus. Je connus, je l'avoue, un court instant d'irrésolution avant d'engager ma tête dans cette ouverture, mais c'était uniquement parce que je craignais que quelque créature – rongeur, arachnide, reptile – ait choisi d'élire domicile en ces lieux. Qui savait si un gecko, par exemple, ne traînait pas encore par là ? Cependant, j'étais trop près du but pour reculer. Hardi, Gary ! Je me haussai sur la pointe des pieds et jetai un œil à l'intérieur.

Et je le vis. Ma vue peu à peu s'accommoda et l'objet de notre quête émergea doucement de la pénombre. J'eus l'impression qu'une espèce d'aura s'en dégageait (n'était-ce qu'une illusion ?), qu'il luisait, comme pourrait luire un tas de lingots au fond d'un coffre. Il était plus petit que ce à quoi je m'attendais – Michelle m'expliquerait plus tard que c'était là un prototype, de faible puissance, mais Philip-Joseph démontrait dans ses écrits comment fabriquer un modèle beaucoup plus imposant et performant. Des câbles en sortaient, qui le reliaient, je présume, à l'ampoule et à l'interrupteur. Je n'en dirai pas plus. Je refuse catégoriquement de me relancer dans une autre description, qui, sous ma plume, tournerait vite au ridicule. Je reconnus l'appareil par rapport aux schémas dessinés par mon beau-frère dans ses cahiers. Si ces cahiers n'avaient pas disparu, j'aurais pu en reporter ici la description précise et complète. Mais ils ne sont plus en ma possession. Peut-être ressurgiront-ils un jour, et le monde saura. J'en doute, hélas.

FreePow.

Le samedi 7 mars de l'an de grâce 1998 (date maudite, en vérité), nous avons découvert la machine. Nous l'avons trouvée. Qu'en faire ?

Je n'y touchai pas. Je replaçai avec soin les lattes du faux plafond et redescendis du siège. Je vérifiai que la cachette était indétectable : à vue d'œil, elle l'était. Puis je regagnai la maison.

Je m'étais absenté près d'une trentaine de minutes. Ce que n'avait pas manqué de remarquer tatie Tacolie. Dès mon retour, elle se tourna vers moi, un sourcil relevé.

— Coliques ?

Je demeurai un instant interdit (ce n'est pas le genre de questions qu'on pose à un héros), puis je réagis avec, je crois, à-propos : une légère grimace, une main à plat sur le ventre.

— Ça ne va pas très fort, c'est vrai, répondis-je.

— Bouge pas, dit la tante, j'ai ce qu'y t'faut !

Elle s'éloigna vers la cuisine. Sitôt qu'elle eut le dos tourné, Michelle m'adressa un petit signe interrogateur : alors ? Je lui adressai un petit signe de confirmation : oui. (Voyez comme nous nous entendions parfaitement, ma belle et moi, à demi-mot, à quart de mot, à moins si nécessaire.) Sourire. Joie contenue. Elle poussa un soupir de soulagement, de contentement. Ne manquait plus en apothéose qu'un rayon de soleil transperçant les nuages. Et tiens, justement le voilà, tout miel, qui traverse le carreau et caresse de son pinceau la table désormais débarrassée des vestiges de notre sordide beuverie. Je m'éclipsai pour remettre le tournevis à sa place, en un tournemain. Pas vu pas pris.

La tante s'en revint avec un bol fumant.

— Bois ça, dit-elle, ça va t'décaper les tuyaux.

Cette allégation ne me mit guère en confiance. L'aspect du breuvage : une tisane épaisse, d'un brun mordoré. Je préférai ne pas demander ce qui la composait. Je lançai un regard à Michelle, laquelle me renvoya une mimique de compassion. Puis je portai la décoction à mes lèvres et en but une gorgée. Le liquide me brûla la langue, me brûla la gorge, l'œsophage, l'estomac. Je craignis qu'il ne poursuivît sa descente en dissolvant toutes les parois internes de mon corps par son pouvoir corrosif. Bonté divine ! Si ce n'était pas de la soude caustique, c'était rudement bien imité ! La sueur avait envahi mon front.

— Une vieille recette indienne, dit la tante en hochant la tête d'un air satisfait. Ça marche à tous les coups. (À Michelle :) J'en ai donné à ton frère, la dernière fois. Lui aussi, l'avait des p'tits soucis d'boyaux. L'a passé toute la matinée aux cabinets (tiens donc...). (À moi :) Allez, mon gars, faut tout ingrugiter !

Ingrugiter était le mot. Elle resta devant moi à me surveiller pendant les dix minutes que dura l'opération. Je bus jusqu'à la lie, ma belle, tu en fus témoin. Par ce seul sacrifice on pourrait estimer que j'ai fait ma part pour sauver l'humanité.

— C'est bien, fit sobrement la vieille femme quand je lui rendis le bol vide.

Après quoi, je me retirai dans la chambre, persuadé que mes entrailles ne tarderaient pas à se percer comme une pomme d'arrosoir. [« La rime arrive un peu tard, Mr Sanz, mais avec vous, on n'est jamais déçu. » – Zubrinsky, *op. cit.*]

Michelle m'y rejoignit peu après. Le magma en fusion continuait de macérer, de corroder dans mon cratère stomacal, produisant des gargouillis et borborygmes que je tentais de masquer en lui racontant les détails de la découverte – le faux plafond, les lattes, la cachette, etc. J'ai aimé la façon dont elle me regarda durant ces quelques minutes-là. Et comme elle but mes paroles. Tu étais fière de moi. Et j'étais fier que tu sois fière de moi. Et ta beauté ce matin-là irradiait la province d'Albany et tout le comté de Shackelford où jamais, de mémoire d'autochtone, jamais le vent des plaines n'avait caressé fleur si ravissante. Aussi je ne peux pas, mon amour, je ne peux tout simplement pas songer à toi en *charogne infâme**, en *ordure**, en *horrible infection**, je ne peux pas, *étoile de mes yeux, soleil de ma nature, toi, mon ange et ma passion** *!* [« De Charles Ingalls à Charles Baudelaire : le grand écart. On peut regretter, parfois, que le ridicule ne tue pas ! » – *Ibid.*]

Accordez-moi un instant, s'il vous plaît. Pour me reprendre. J'avais prévenu que cela pouvait arriver. Je ne suis pas de marbre. Certains souvenirs frappent plus fort, et par surprise. Je ne veux pas de pitié. Seulement un peu de patience. Voilà… Les sanglots longs s'apaisent. Un mouchoir. Je souffle (ce bruit qui résonne dans l'appartement vide !). Me voici à nouveau avec mon masque de bonne composition. J'imagine que je mets à mon poignet la montre à rebours de Phily-Jo et que je remonte, je remonte le temps. Je retourne dans cette chambre où nous savourions, Michelle et moi, notre petite victoire, où nous buvions, sans le savoir, à la source de notre malheur.

Pas si étonnant, lorsqu'on songe aux multiples références scatologiques dont usait Philip-Joseph, qu'il ait choisi les toilettes de la tante pour y déposer son secret. Un emplacement à l'image de son esprit : facétieux et fort ingénieux – seul le hasard d'une coupure de courant nous y avait conduits. Nous convînmes que le mieux était d'y conserver l'appareil, au moins jusqu'à ce que nous ayons décidé de ce que nous devions en faire. Nous savions désormais qu'il existait, nous savions où il se trouvait, mais nous n'étions pas encore résolus quant à la meilleure façon d'en tirer parti.

Autre problème que je soulevai : les cahiers. Puisqu'il s'avérait que P. J. avait probablement raison, que des gens, certainement mal intentionnés, étaient à la recherche de son invention, alors ses documents aussi devaient être mis à l'abri. Ils en disaient tout autant, sinon plus, que la machine elle-même. Nous avions agi avec beaucoup de désinvolture (de négligence ! d'inconscience !) en les laissant traîner dans notre salon. Et soudain, à cette pensée, une inquiétude nous envahit, qui frôlait la panique. Il nous fallait repartir de toute urgence.

Je ne sais plus à quel prétexte nous eûmes recours, mais notre départ précipité laissa la pauvre tante toute déconfite. La mine triste et presque coupable – elle devait croire que c'était sa faute – elle nous accompagna jusqu'à la voiture et nous regarda jeter notre maigre bagage dans le coffre avant de nous engouffrer dans l'habitacle. Le ciel voilé se reflétait dans son masque d'aviateur. Michelle lui avait fortement recommandé de ne pas ouvrir à ces hommes, les « types du pétrole », s'ils revenaient. Elle lui avait conseillé d'appeler la police si nécessaire.

— Pas besoin d'la police. T'en fais pas, ma p'tite, je sais comment les r'cevoir !

Ce furent, si je ne m'abuse, les dernières paroles que j'entendis Jane RIP Garett prononcer. Et j'ai en tête cette image – la dernière aussi – de la vieille femme : une étique silhouette plantée au milieu de la cour, la main à demi dressée, plus solitaire que jamais, pareille à l'un de ces arbustes qui poussent et croissent dans le désert, au tronc gris, au bois dur et sec, indéracinable, increvable – ce en quoi je me trompais. Elle diminua progressivement dans le rétroviseur, mais je suppose qu'à sa vue défaillante nous avions déjà disparu.

« Regardez la dédicace qu'il m'a faite :

> *À mon éminente collègue et très chère amie, Lady Joan, en espérant que vous prendrez plaisir à faire ces quelques pas avec moi.*

Cela renvoie au titre du livre, bien sûr : *Dans les pas des géants.* C'était le premier. Son premier recueil publié. J'étais là lorsqu'il en a fait la présentation publique. Cela se déroulait dans une petite librairie, à Fort Worth. The Mockingbird Bookshop. Ça devait être en 1988 ou 1989. Voyez, ça ne date pas d'hier ! Si j'ai bien compris, le libraire était également l'éditeur de l'ouvrage. L'endroit était grand comme un mouchoir de poche, mais honnêtement, ce n'était pas plus mal, car le public était peu nombreux. C'est triste à dire, mais nous n'étions que sept, je m'en souviens. Sept personnes, dont six étaient des parents ou des amis. Il y avait son épouse, son beau-frère, ses beaux-parents, moi, et une dame d'un certain âge, dont le nom m'échappe, qui était une de ses anciennes professeures. La septième personne était un inconnu, un spectateur lambda.

Je n'avais jamais assisté à ce genre de prestations, mais il m'y avait gentiment invitée et j'étais curieuse de voir à quoi cela pouvait ressembler. J'étais curieuse aussi de découvrir cette autre facette de lui. Sa part artistique et créative. Il m'a dit qu'il avait envoyé l'invitation à une douzaine de nos collègues enseignants, mais je suis la seule à m'être déplacée. Cela ne l'étonnait pas, ni leur absence ni ma présence. La plupart de nos confrères étaient indifférents, les autres étaient jaloux. Ils faisaient preuve d'une mesquinerie qui m'était étrangère – ce sont toujours ses propos que je vous rapporte, sinon je ne me permettrais pas… C'était pour cette raison, disait-il, qu'il m'avait tout de suite donné du Lady. Dès notre première rencontre. Je possédais, selon lui, une distinction naturelle, un raffinement, et surtout une noblesse de sentiments qui me faisaient mériter ce titre dont il m'avait affublée. Il m'a toujours appelée ainsi : Lady Joan. Lui-même était un homme charmant, comme vous le voyez. Doux, affable, prévenant. Je ne peux pas vraiment en dire autant de son épouse. Sans vouloir en dire du mal non plus, je ne la connaissais pas assez, je ne me permettrais pas… En tout cas, c'est l'impression qu'elle m'a laissée. Je ne l'ai rencontrée que deux fois. La première, c'était lors de cette lecture à la librairie, et la seconde, au cours d'une soirée au restaurant où ils nous avaient conviés, mon mari et moi. À chaque fois, je me suis sentie mal à l'aise avec cette femme. Je l'ai trouvée assez froide, distante, voire méprisante. Je n'ai pas pu m'empêcher de penser qu'ils formaient un couple pas très bien assorti. Elle m'a paru assez autoritaire aussi. Pendant le dîner, elle lui a assené quelques réflexions acerbes, comme si elle voulait le rabaisser. Et lui n'a pas répliqué, le pauvre, on aurait dit qu'il la craignait. Mais encore une fois, ce ne sont que des impressions, je ne veux pas juger, je ne me le permettrais pas… Cependant, mon mari a eu le même sentiment. Vous savez ce qu'il m'a dit en revenant de cette soirée au restaurant ? Il m'a dit : "Au moins, on sait qui porte la culotte chez eux !" Oui, c'est en ces termes qu'il a résumé la situation. Mon mari peut se montrer un peu rustre, parfois, il faut lui pardonner. Néanmoins, c'était bien l'image qu'ils donnaient. Même si, en réalité, il est pratiquement impossible de savoir comment les choses se passent dans l'intimité d'un couple. Et, bien entendu, je n'ai jamais abordé ce sujet avec mon "éminent collègue et très cher ami".

La poésie ne fait pas partie de mon domaine de compétence. Mais si vous me demandez mon avis sur ses poèmes, je vous dirai que je les ai trouvés… élégants. Oui. Bien tournés, et pleins de grâce. De fort jolis vers. C'est exactement ce que je lui ai dit. Comme ces friandises sur le comptoir d'une confiserie : on ne s'arrêterait pas d'en picorer ! »

Michelle m'a raconté un jour cette anecdote : durant sa prime enfance, ils allaient régulièrement passer une partie de l'été dans une grande maison familiale, à Paducah, dans le Kentucky. La demeure appartenait à ses grands-parents du côté maternel et ils étaient une flopée de cousins et cousines, d'oncles et de tantes, à se retrouver là-bas pour les vacances. Un après-midi, ses parents avaient laissé Philip-Joseph dans une chambre à l'étage pour qu'il fasse la sieste. Il était le plus jeune de la troupe. Il devait avoir huit ou neuf mois, il ne marchait pas encore. On l'avait installé dans un petit lit à barreaux. C'était après le déjeuner. La maison était vide, tout le monde était sorti dans le jardin où il y avait un immense robinier à l'ombre duquel les adultes aimaient s'asseoir pour bavarder en buvant du thé glacé ou du bourbon – ce célèbre bourbon dont son grand-père était si fier. Les enfants s'amusaient autour. Et puis, les enfants eurent soif aussi. On envoya sa cousine Mary, une grande fille de 12 ans, chercher une carafe de citronnade à l'intérieur. Mary était une chipie, me dit Michelle. Elle faisait office de baby-sitter pour les plus petits. La plupart du temps, elle leur racontait des histoires de fantômes qui leur fichaient une trouille terrible. Des châteaux hantés, des revenants avec des rictus affreux (qu'elle prenait plaisir à singer), des esprits maléfiques qui surgissaient au détour d'un couloir (bouh !) et vous faisaient sursauter. Michelle n'avait que 3 ans à cette époque, elle était facilement impressionnable. Alors, quand tout à coup ils entendirent le cri de Mary – un cri de terreur – en provenance de la maison, elle crut que sa cousine venait de croiser un de ces horribles spectres. Ce fut un moment étrange (a-t-elle plutôt dit « bizarre » ?). Comme un arrêt sur image. Les conversations avaient cessé, en plein milieu d'une phrase, et tous les gestes, tous les mouvements étaient suspendus dans le temps et l'espace. On aurait cru que chaque membre de la famille avait été transformé en statue. Puis un second cri, encore plus perçant, déchira le silence. Aussitôt le sort fut rompu et ce fut comme une volée de moineaux qui s'égaillent, tout le monde se précipita dans la maison. Michelle suivit. Et lorsqu'elle arriva à l'intérieur, bonne dernière, les choses s'étaient à nouveau figées. Un attroupement s'était formé autour de Mary, au pied du grand escalier. Les gens étaient debout, tête levée. Elle se faufila entre leurs jambes et elle vit à son tour ce que tous regardaient, sidérés : son petit frère, Philip-Joseph. Le bébé se trouvait là-haut, au sommet de l'escalier, au bord de la dernière marche. Il était allongé sur le ventre, le cou tendu, avec au bout sa tête toute menue qu'il faisait l'effort de dresser pour observer l'assemblée. Il avait l'air surpris, mais content d'être l'objet d'autant d'attention. Et il rampait lentement vers eux, comme une tortue – sans carapace…

Bousculant soudain la foule, Donald grimpa les degrés quatre à quatre et attrapa son fils à l'instant où celui-ci allait basculer dans la descente, le préservant ainsi, certainement, d'une chute mortelle.

Je crois que c'est mon plus ancien souvenir, me dit Michelle.

À quoi je lui objectai qu'elle devait faire erreur, que cela me paraissait peu probable, voire impossible, qu'un bambin de cet âge pût escalader son lit à barreaux et ouvrir tout seul la porte de la chambre pour s'en échapper.

Je sais, dit-elle. C'est ça qui est étrange (« bizarre » ?). On n'a jamais compris comment ce gamin qui ne tenait même pas debout avait pu arriver là. On n'a jamais su qui l'avait sorti de son lit et déposé devant l'escalier.

Qui… et pourquoi, ajoutai-je. Pourquoi ?

Elle acquiesça doucement de la tête, les yeux dans le vague.

Pourquoi, oui… dit-elle.

J'ai souvent repensé à cette histoire. Qui ? Pourquoi ? L'identité du coupable et son mobile. L'éternelle question. [« Mais le jury y a répondu, Mr Sanz » – Zubrinsky, *op. cit.*] Je ne suis pas enclin à croire aux fantômes (comme ce fut le cas pendant longtemps pour Michelle, elle me l'avoua). Je ne peux pas non plus accepter l'idée que c'était un coup de la Pieuvre Noire, par anticipation, qui aurait présumé du danger que représenterait Philip-Joseph et voulu attenter à sa vie alors qu'il n'était qu'un nourrisson. Non, non, impensable. Et pourtant. Troublant, n'est-ce pas ? Cette chute mortelle qui aurait finalement lieu, trois décennies plus tard. Une bombe à retardement. Tic, tac, tic, tac. Le détonateur enfoui au plus profond du cœur. Que sait-on de la réalité des choses ? De la réalité des gens ? Tellement de masques. De couches superposées. De miroirs déformants. Votre nièce – ou votre fille, votre sœur –, brillante étudiante à l'université jésuite de Fordham, reçoit le soir des messieurs, à qui elle offre ses services, dans le petit appartement de Greenwich qu'elle occupe en colocation avec votre fille – ou votre sœur, votre nièce. Vous l'ignoriez ? Votre charmant voisin, Mr Smith – ou Jones, ou Brown –, propriétaire de plusieurs blanchisseries, sillonne l'Interstate 5 le week-end et souvent ramasse de jeunes auto-stoppeurs mâles que l'on retrouvera un jour, par morceaux, dans le vaste congélateur installé au sous-sol de sa villa. À chacun ses loisirs. Et, oui, autant que vous le sachiez aussi, cette femme en haillons que vous avez aperçue sur un trottoir de Skid Row – qui s'enfonçait une aiguille dans le bras, c'est ça – était bien votre petite cousine Betty. Bett' the Best, comme la surnommait tonton Jim. Elle avait, à 8 ans, un ravissant minois couvert de taches de son. Moralité ? À rien on ne peut se fier. Ni à personne. Y a-t-il vraiment des forces occultes et obscures qui sont à l'œuvre ?

Quinze jours (quatorze, pour être précis) après que nous eûmes découvert la machine de Philip-Joseph, un homme est mort, à Grove City, Ohio. Il s'appelait Stanley Allen Meyer. Il était l'inventeur d'un « moteur à eau », ou plus exactement d'un procédé, appelé « séparateur de molécule », qui permettait d'extraire rapidement et efficacement l'hydrogène de l'eau, et ainsi s'en servir de carburant avec un rendement très supérieur à celui de l'essence – et beaucoup moins onéreux. Il estimait qu'avec son système, une voiture pouvait traverser les États-Unis d'est en ouest avec seulement quatre-vingts litres d'eau. Stanley Meyer s'est brutalement effondré à la sortie d'un restaurant. Le rapport d'autopsie (car autopsie il y a eu) a conclu à une rupture d'anévrisme, mais nombreux sont ceux qui affirment qu'il a été victime d'un empoisonnement. Ce furent ses derniers mots : « Ils m'ont empoisonné ! » Les potentiels suspects seraient bien sûr des sociétés productrices d'hydrocarbures, ou le gouvernement américain.

Cette information ne pouvait pas être consignée dans les cahiers de P. J. Je l'ai trouvée dans la presse. Un bref article. Quelque temps auparavant, je n'y aurais pas pris garde, mais mon attention était désormais en éveil et pendant une certaine période j'ai épluché les journaux pour tenter d'y dénicher ce genre de choses. Cet homme ne travaillait pas tout à fait dans le même domaine que Philip-Joseph, néanmoins leurs travaux avaient un objectif commun : trouver une nouvelle forme d'énergie, libre et démocratique, pour le bien de tous. Pouvait-on ajouter Stanley Meyer à la liste des victimes auxquelles ce type de recherches aura coûté jusqu'à la vie ? Je ne savais pas. À ce moment-là, le doute persistait encore dans mon esprit. Aujourd'hui, après tout ce qui s'est passé, je suis fixé. Je dois dire que je n'ai pas trouvé grand-chose dans les journaux, mais, par définition, ceux qui contrôlent les médias officiels n'ont pas intérêt à divulguer ce type d'informations.

Toujours est-il que la mort suspecte de Meyer ne fit que renforcer mes craintes. Et petit à petit, les divergences de points de vue s'accentuèrent entre ma belle et moi. C'était une faille, cela devint un gouffre. La priorité de Michelle était de protéger l'invention de son frère puis de la révéler au grand jour. Elle était persuadée qu'une fois connu du public, les autorités ne pourraient faire autrement que d'adopter son système et de le développer pour le plus grand bien de l'humanité. Le frère et la sœur : dignes héritiers de leurs aïeux fouriéristes – si ça, ce n'est pas du socialisme utopique, qu'est-ce que c'est ?

Ma priorité à moi était simplement de sauver notre peau.

« Crime sauvage » fut l'expression la plus employée par les quotidiens d'un bout à l'autre du pays. Nombre d'entre eux en firent leur gros titre. Car l'affaire eut les honneurs de la presse dans une large mesure (même le *Washington Post* se fendit d'un entrefilet). Dans la région, elle fut à la une près d'une semaine durant. À Albany, Texas, on n'a pas fini d'en parler. L'acte, sous plusieurs aspects, avait de quoi frapper les esprits. Brutal, spectaculaire, ignoble, il contenait tous les ingrédients de ces faits divers propres à enflammer les foules. Le mystère aussi : à qui, à quoi attribuer cette sauvagerie ?

Bien que cela me soit douloureux, je me propose d'y revenir. Je voudrais rapporter les choses à ma façon. Ce que j'en sais, et un peu plus.

Tout d'abord, Lupita Flores : 19 ans, 1,71 m, 89 kg – une belle plante –, native de l'État du Michoacán, au Mexique. Elle n'aurait pas dû se trouver là. Officiellement, elle n'avait rien à y faire. Officiellement, elle travaillait pour son père, Heriberto Flores, éleveur de chevaux dans la région de Tierra Caliente. De sa petite ville de Huetamo, la jeune fille avait pris la route pour aller livrer un étalon dans un ranch au Colorado. Mais elle avait fait un détour. Lupita faisait beaucoup de détours, au point qu'on pouvait se demander si la somme de ces détours ne constituait pas, en réalité, son itinéraire principal. C'est la question que les flics finiraient par se poser.

D'après le rapport de police, Lupita Flores arriva à la ferme en fin de matinée. Comme d'habitude, elle donna deux petits coups de klaxon pour s'annoncer. Elle conduisait une Jeep Wrangler avec un van en remorque, dans lequel était enfermé le cheval. Elle se rangea à côté du vieux Dodge qu'elle avait toujours vu garé ici. Elle patienta un moment, mais comme personne ne venait, elle coupa le moteur et descendit du véhicule. Elle connaissait les lieux. Elle connaissait la propriétaire. Elle lui rendait visite cinq ou six fois par an, et ce depuis une bonne dizaine d'années, depuis qu'elle avait commencé, toute gamine, à accompagner son père dans sa tournée – avant d'en prendre seule la charge, dès qu'elle avait été en âge de tenir un volant. Elle savait qu'il n'y avait pas de chiens. Une des rares fermes où elle n'était pas accueillie par des aboiements rageurs. Lupita porta son regard vers la grange. Elle savait qu'il y avait des cochons. D'ordinaire, elle les voyait se pointer en trottinant ou bien elle les entendait remuer, grogner à l'intérieur du bâtiment. Mais ce matin-là, ils ne se montrèrent pas, et tout ce que la jeune fille entendit fut le piétinement des sabots du cheval contre la tôle du van (ceci ne figure pas dans la déposition, j'extrapole). L'étalon n'avait pas dû apprécier les cahots du chemin.

Lupita Flores eut un pressentiment : quelque chose clochait. Peut-être parce qu'elle était plus sensible au sort des animaux qu'à celui des humains, ce fut d'abord vers la dépendance qu'elle se dirigea. Parvenue à quelques mètres de l'entrée, elle sursauta. Un coyote venait de faire irruption par le portail entrouvert. Il fila devant elle, tenant dans la gueule quelque chose qu'elle n'eut pas le temps d'identifier. Elle le regarda s'éloigner en galopant. Son père, le vieil Heriberto, en homme prudent et avisé, lui aurait certainement ordonné d'en faire autant – remonte dans la Jeep et fonce ! – mais son père n'était pas là. Lupita continua d'avancer vers la grange. Elle y pénétra, puis s'immobilisa dans la pénombre. Le silence n'était troublé que par de curieux petits bruits dont elle ne comprit pas tout de suite l'origine. Señora ? lança-t-elle. Son appel demeurant sans réponse, la jeune fille se baissa, s'empara d'une pelle au long manche qui traînait par terre et, courageusement, s'enfonça plus avant dans le bâtiment.

Ce fut dans leur enclos qu'elle les trouva. Au fond de l'ancienne stalle, dans la semi-obscurité, formant comme deux monticules sur le sol, mais des monticules vivants, mouvants. Deux termitières, deux grosses fourmilières, sinon qu'à la place des insectes s'affairaient des rats. Lupita Flores mit quelques secondes avant de réaliser ce qu'elle voyait. Les rats étaient agglutinés sur les porcs et les dévoraient frénétiquement. Et *tout cela descendait, montait comme une vague / Ou s'élançait en pétillant / On eût dit que le corps, enflé d'un souffle vague / Vivait en se multipliant**. Je regrette de mêler le poète à cet affreux spectacle, mais rien de plus fort ne me vient pour décrire le sort que subissaient les charognes de ces deux pauvres bêtes (Bud et Charlie ? Charlie et Thelonious ?). Et, après tout, ne méritent-elles pas cet hommage ? Leurs cadavres gisaient, horriblement mutilés par les dents des rongeurs. Les porcs avaient été tués à coups de fourche, l'un des deux avait encore l'instrument planté dans la panse (je visualise très bien cette fourche, je l'avais tenue en main, je m'en étais servi pour piquer le foin du grenier). Lupita cria, tapa contre le mur avec la pelle pour chasser les rats. En vain. Ces charognards n'avaient aucunement l'intention de renoncer à leur festin. Ils en avaient cédé une part au coyote, c'était déjà trop. Ils mordaient, arrachaient, déchiraient, plongeaient dans les entrailles et s'en repaissaient. La jeune fille fut prise de nausée. Elle ressortit de la grange et emplit ses poumons de larges bouffées d'air. Puis ses yeux se tournèrent cette fois vers la maison. Elle hésita. Il y avait la voix qui lui disait : Tire-toi ! (ce sont ses mots, traduits en anglais par un interprète assermenté) et il y avait la voix qui lui disait : Va voir. Elle aimait bien la vieille femme. Celle-ci était un peu fofolle mais elle avait toujours été gentille avec elle. Elle lui offrait le café et elle lui laissait un bon pourboire. Elle était peut-être morte à cet instant. Ou peut-être était-elle seulement blessée. Agonisant. Baignant dans son sang et attendant, espérant de l'aide.

Lupita Flores pensa à sa grand-mère (« Pensé a mi abuela » : ce sont ses propres paroles, encore, consignées) et marcha vers la maison. Elle portait la pelle sur l'épaule. Elle toqua aux carreaux de la fenêtre. Señora ? Elle tapa à la porte. Señora, está aquí ? [« Vous pouvez nous épargner ce folklore hispanique, Mr Sanz, cela n'en paraît pas plus authentique. » – Zubrinsky, *op. cit.*] Au moment où elle posa la main sur la poignée, un hennissement étouffé se fit entendre depuis le van. Avertissement ? Augure ? Elle l'ignora et poussa doucement le panneau.

On eût dit qu'une tornade était passée. Un cyclone dont l'œil avait visé précisément cette demeure. Dans la pièce du bas tous les meubles étaient renversés, brisés pour la plupart. Des éclats de verre et de porcelaine jonchaient le plancher. La jeune fille balaya (du regard) ce champ de dévastation. Son cœur manqua une pulsation quand elle aperçut une paire d'épaisses godasses dépassant de derrière un buffet chaviré. Elle connaissait ces chaussures. Elle eut envie de reculer mais ses jambes, hors de son contrôle, la portèrent vers l'avant. Lentement elle s'approcha, et vit ce qu'elle redoutait de voir.

Jane Garett, 69 ans, 1,48 m, 43 kg, reposait sur le dos. Ses yeux d'un gris laiteux étaient grands ouverts, plus vitreux que jamais. Une flaque de sang presque noir, presque sec à présent, s'étalait de part et d'autre de son cou, couvrait ses épaules comme le haut d'une cape ou comme les ailes atrophiées d'un vampire. Il s'avéra que tatie Tacolie (qu'on me permette de la nommer encore ainsi) avait été exécutée avec sa propre carabine. Une seule balle, tirée à bout portant, à la base du cou.

Lupita Flores ne put dire combien de temps elle resta penchée, sans réaction, au-dessus du cadavre. Moins d'une minute sûrement. Puis la robe de la morte commença à bouger, à onduler. Et soudain un rat, encore un, surgit de dessous le vêtement. Il escalada prestement une jambe de la défunte et se mit à fuir en trottant sur ses courtes pattes. Surprise, frayeur, dégoût de Lupita. Par réflexe, elle abattit la pelle de toutes ses forces sur le rongeur. Quand elle releva l'instrument, la bestiole gigotait toujours (les nerfs). La jeune fille frappa à nouveau. Après quoi, un frisson lui secoua tout le corps. Elle lâcha la pelle et quitta la maison en courant. Elle traversa la cour, remonta dans son véhicule et démarra sur les chapeaux de roue, au grand dam du cheval dans le van.

Ce n'est que six heures plus tard, dans un bourg à la frontière de l'Oklahoma, que Lupita Flores prévint les secours. Elle avait eu le temps de réfléchir. De peser le pour et le contre. D'évaluer les risques – croyait-elle. Ce furent les rats qui la décidèrent. Elle ne pouvait s'empêcher d'imaginer une meute de rongeurs en train de dévorer le cadavre de la vieille femme, ainsi qu'ils l'avaient fait avec les porcs. C'était ce qui se passerait si elle n'intervenait pas, elle le savait. Elle ne put supporter cette vision d'horreur. Elle s'arrêta dans une station pour remplir son réservoir et en profita pour passer un appel depuis une cabine.

Par chance, elle tomba sur un interlocuteur qui maîtrisait l'espagnol. Elle lui expliqua rapidement la situation, puis elle raccrocha et repris la route.

Les secours ne furent d'aucun secours. Trop tard pour Jane Garett. Mais la police fut avertie. Lupita avait pris soin de ne pas se présenter, son coup de fil était resté anonyme. Pourtant, les policiers réussirent à remonter jusqu'à elle. Elle fut appréhendée deux jours plus tard sur le trajet retour. C'était ce qu'elle craignait. C'était ce qui l'avait fait longuement hésiter à donner l'alerte. La jeune fille ne voulait pas avoir affaire à la police. Elle avait des choses à cacher.

En très peu de temps, elle passa du statut de témoin à celui de suspect. Elle fut ramenée sous escorte au bureau du shérif du comté de Shackelford. Elle y fut gardée à vue. Elle y fut interrogée. Vertement interrogée. Rudement interrogée. Elle avoua.

On démonta le van. On y trouva, dissimulées dans un compartiment secret, vingt-trois caisses de tequila de contrebande. Celles qu'elle n'avait pas encore eu le temps de distribuer. Car tel était le véritable travail de Lupita Flores. Sous couvert de ventes et de livraisons de chevaux, elle effectuait des tournées dans le Sud des États-Unis pour fourguer des litres de tequila artisanalement et illégalement produits dans une distillerie du Michoacán. Son père, Heriberto, fabriquait la marchandise. Lupita et ses trois frères la transportaient. Texas, Nouveau-Mexique, Oklahoma, Colorado, Kansas, et jusqu'au Nebraska. Fournisseurs non officiels. Moitié prix. Cela n'avait rien à voir avec les activités d'un cartel ou autres barons de la drogue. C'était un trafic de moindre importance. Entreprise familiale, travail à l'ancienne. Le réseau avait été constitué au départ par le père de Heriberto, puis repris et augmenté par le fils, et voué à se transmettre à la génération suivante, si Lupita n'avait commis cette erreur.

Jane Garett était l'une de leurs plus anciennes clientes. Un petit coup de tequila et tac au lit – à tout jamais.

Voilà ce que Lupita avoua. Mais les flics eurent beaucoup de mal à s'en contenter. Les apparences ne jouaient pas en faveur de la jeune fille. Elle était mexicaine, elle était trafiquante, elle était costaude, elle connaissait bien la victime et avait sa confiance, il y avait ses empreintes sur la poignée de la porte, il y avait ses empreintes sur le manche de la pelle, on n'avait retrouvé aucun bijou, aucun objet de valeur, aucune somme d'argent en espèces dans la maison, par contre on en avait trouvé une liasse conséquente dans la Jeep : qu'aurions-nous pensé à la place des policiers ?

Ils n'avaient pas d'autre suspect ni de meilleur mobile.

Parfois, l'explication la plus évidente est la bonne.

Parfois, non.

Il faut maintenant que je précise que la demeure de la tante avait été entièrement saccagée. Toilettes comprises. Le rapport indique que les latrines ont été démolies à coups de hache. Lorsque nous nous rendîmes sur place, Michelle et moi, nous pûmes constater que la petite cabane n'était plus à présent qu'un tas de planches. La machine de P. J. avait disparu.

Dès la découverte du drame, la police prévint Donald. Lequel prévint Michelle. Laquelle me téléphona à Wichita Falls où je séjournais pour un colloque universitaire. Je pris aussitôt la route. Nous étions atterrés.

Crime sauvage, crime crapuleux : pour les enquêteurs, c'était clair. Le braquage avait mal tourné, la vieille femme s'était défendue, elle avait été abattue. Dans la foulée, l'agresseur avait ratissé la maison de fond en comble afin de récupérer tout ce qui pouvait avoir de la valeur. J'eus plus tard l'occasion de m'entretenir brièvement avec l'un des adjoints du shérif. Lorsque je lui demandai si la tante avait été torturée, il ne parut pas étonné par ma question. Pour la faire parler ? Pour lui faire cracher où elle avait planqué ses économies, c'est ça ? La victime présentait en effet des hématomes au visage et sur certaines parties du corps, mais les coups avaient pu être portés au cours de la bagarre, on ne pouvait pas affirmer qu'elle avait subi des actes de torture.

Le déroulement probable des événements se dessina rapidement aux yeux de la police. Pour notre part, nous apprîmes peu à peu l'existence de Lupita Flores et les forts soupçons qui pesaient sur elle. Notre version des faits ne coïncidait pas avec celle des flics.

Si nous eûmes quelques doutes au départ, ils furent vite balayés en constatant que l'appareil de Philip-Joseph avait été subtilisé. Dès lors, notre opinion était faite.

Un piètre auteur de romans policiers n'hésiterait pas à placer ici l'expression consacrée : l'étau se resserrait (*Comment écrire un roman à succès*, Soap Publishing, 1994). Qu'on veuille bien me pardonner de reprendre à mon compte ce cliché. Si ce n'est que l'étau avait la forme d'un long et puissant tentacule s'enroulant autour de nous à la façon d'un boa constrictor. Phily-Jo était mort, son prototype avait été volé, tatie Tacolie avait été assassinée : quelle serait la prochaine étape ?

Je me suis longtemps demandé qui était le n° 7. À dire vrai, je me le demande encore, lorsque j'y repense – cela arrive quelquefois, même si c'est de plus en plus rare. Le souvenir s'estompe, l'interrogation demeure. Je me le demanderai probablement jusqu'à mon dernier souffle, car je suis désormais persuadé que la réponse ne me sera pas donnée dans cette vie. Qu'à cela ne tienne. J'emporterai la question avec moi. Une de plus. Il y a tant et tant de questions, et si peu de réponses. (Voici peut-être la punition, le châtiment, subtil et pervers : la solution dans le prochain numéro, sachant qu'il n'y aura pas de prochain numéro.)

Ce devait être une belle et heureuse soirée. 21 juin 1988. Solstice d'été. Une date qui ferait date, mesdames et messieurs, cher public, une date que l'Histoire retiendrait comme étant celle où Gary Sanz fit paraître son premier recueil poétique ! (Ah ! Ah ! Ah ! Ah ! Je ris d'un rire amer et désabusé.) L'été, c'était moi. La chaleur. La lumière. J'étais le grand soleil, chers lecteurs, qui inonderait vos têtes et vos cœurs, qui réchaufferait la terre, qui ferait croître les moissons. (Ah ! Ahhhh ! Le rire se meurt.) L'œuvre s'intitulait : *Dans les pas des géants*. Dans mon esprit, il s'agissait d'un humble [« Humble ? Humbert ? Hum hum… » – Zubrinsky, *op. cit.*] hommage à mes prédécesseurs, mes maîtres. Adoptant une langue et une métrique des plus classiques, je remontais les traces de Spenser, de Milton, de Shakespeare, de Wordsworth, m'inscrivais dans la lignée de ces illustres afin de leur rendre un tant soit peu de ce que je leur devais. [« La honte, c'est tout ce que vous leur avez donné ! Dans leur Olympe, ils ont dû rougir de vos misérables tentatives d'imitation ! Un âne ne sera jamais un pur-sang ! Le talent ni le génie ne s'héritent, Mr Sanz. La véritable humilité eût été de jeter vos exécrables parodies dans l'âtre et de vous contenter d'admirer ceux qui possèdent effectivement la flamme ! » – *Ibid.*] Avant de voler de mes propres ailes, je souhaitais montrer dans quel sillage j'avais pris mon élan. Une célébration, en somme, en même temps qu'un passage de relais. [« C'est ça, vous pouvez toujours courir ! » – *Ibid.*] Ce soir-là, je devais faire lecture de quelques-uns de mes textes dans une librairie de Fort Worth, à l'invitation du propriétaire des lieux, Ted Hudge, homme de goût s'il en est, qui se trouve être également mon éditeur. J'ai conscience que la poésie n'est pas l'art le plus populaire qui soit, et je ne m'attendais pas à être plébiscité par une foule digne du Super Bowl, mais, pour être honnête, je ne m'attendais pas non plus à une si vaste indifférence. Sept personnes en tout et pour tout. Mon public. Dont six étaient des proches. Michelle était présente, Philip-Joseph aussi. Il y avait leurs parents, Donald et Daisy. Il y avait madame Hérouet, ainsi qu'une collègue enseignante, Joan Davis, qui m'avaient fait l'amitié de se déplacer. Mon père ne figurait pas dans cette modeste assemblée (je ne l'avais pas prévenu). Mon attention se fixa cependant sur la septième personne, la seule que je ne connaissais pas. Le n° 7, comme je l'ai toujours nommé à part moi. Qui était-ce ? Que faisait-il là ? S'était-il égaré ? Venait-il spécifiquement pour ma présentation ou assistait-il systématiquement à toutes ? Un passant qui passait, au hasard, ou un fidèle de la librairie ? (Ted Hudge me confia que non, il ne l'avait jamais vu non plus.) L'homme était de haute taille, solidement charpenté et légèrement bedonnant, tel un ancien athlète qui aurait pris du poids avec l'âge. Je lui donnais entre 50 et 60 ans. Le front large, dégarni, le nez fort et courbe, des bajoues piquetées de barbe renaissante. Il portait un costume bon marché, veste et pantalon dans les tons marron, une chemise d'un blanc douteux, sans cravate, et tout ça fripé, élimé, usé. L'allure négligée d'un vendeur de voitures d'occasion ou d'un représentant de commerce en fin de tournée. Une verrue dans notre joli cercle littéraire. Troublé que j'étais par la présence de cet inconnu, je livrai une prestation assez calamiteuse. Je butai, écorchai, bafouillai, brisant le cours fluide et harmonieux sur lequel auraient dû, en principe, se dérouler mes vers. Assis sur une chaise, à l'extrémité du premier (et dernier) rang, l'homme avait sorti un calepin et ne cessait de griffonner dessus tandis que, debout, le livre à la main, je tentais de maîtriser ma voix. Pas une seule fois il ne leva les yeux vers moi. Pas une seule fois je n'eus l'occasion de croiser son regard. Que pouvait-il bien noter ainsi ? On aurait dit qu'il transcrivait mes mots au fur et à mesure. La pensée me vint qu'il était peut-être un critique, un chroniqueur littéraire. Si tel était le cas, qu'une âme charitable ait la bonté de m'indiquer pour quel journal ou revue il officiait, car, à ma connaissance, aucun article n'est jamais paru sur mon œuvre. Mais cette pensée me déstabilisa encore plus, et c'est en bégayant que j'achevai ma lecture. Le baptême du feu, rude épreuve. Ma claque tint son rôle et me fit l'honneur d'applaudir. L'homme, quant à lui, se leva, rangea son carnet dans sa poche, et s'en fut vers la sortie. Je vis sa silhouette massive se fondre dans la nuit, la première douce nuit de l'été.

Je réalisai ce soir-là cinq dédicaces (dont une commune pour Daisy et Donald). Score remarquable, tout compte fait, au regard de la totalité des ventes : quarante-huit exemplaires en deux ans. [« J'en conclus qu'il y a quarante-trois individus dans ce pays qui ont des goûts très particuliers en matière de papier hygiénique. » – *Ibid.*] Ted, libraire et éditeur, semblait satisfait. Je tâchai de prendre les choses avec philosophie. Combien d'artistes majeurs furent ignorés de leur vivant ? Incompris, décriés, maudits. Le temps, le temps. Il joue en notre faveur. L'avenir jugera. Il faut savoir s'en remettre à la postérité pour nous accorder la place que l'on mérite.

Mais si j'évoque cette soirée, ce n'est pas tant pour son intérêt littéraire. [« Sans blague ! » – *Ibid.*] Avec le recul, une idée s'est insinuée, au sujet de ce spectateur inconnu. Le n° 7. Et si sa présence n'était motivée, en réalité, que par celle de Philip-Joseph ? Si cet homme n'avait strictement aucune intention de m'accompagner, moi, *Dans les pas des géants*, mais seulement de suivre ceux de mon beau-frère ? S'il n'était pas, comme je le soupçonne fortement, un amateur éclairé de poésie, mais un agent mandaté par je ne sais quel service – FBI, CIA, NCS, DIA, NSA ? Pas un amoureux des belles lettres, mais un détective, un espion à la solde de telle ou telle compagnie ?

Je repars à Noïa ?

Peut-être. Peut-être pas. Nous ignorons, au fond, depuis quand Phily-Jo faisait l'objet d'une surveillance. Il n'est pas impossible qu'elle ait commencé plus tôt que ce qu'il croyait. Sitôt, en fait, qu'on avait eu vent de ses travaux sur l'énergie libre. Et plus ses recherches avançaient, plus la menace se précisait.

J'estime aujourd'hui que nous avons eu assez de preuves de l'existence de la Pieuvre et de son efficacité, mais nous ne connaissons toujours pas le nombre et la longueur de ses tentacules. [« Huit, professeur, d'où *octopode*, je me permets de vous le rappeler. Huit, comme les sept nains + un, si cette comparaison parle à la pure Blanche-Neige qui est en vous. » – *Ibid.*]

Faites-le taire. Faites-le taire une fois pour toutes. Et faites disparaître les traces.

L'appareil volé, tatie Tacolie assassinée : nous étions passés à un niveau nettement supérieur, de violence, de danger. Le traumatisme fut puissant et profondes ses répercussions. Après les obsèques de la tante, nous prîmes, Michelle et moi, quinze jours de congés. Nous restâmes cloîtrés dans l'appartement. La tristesse nous étreignait. Le dégoût (en ressassant le meurtre horrible et lâche de l'innocente vieille femme) nous mettait le cœur au bord des lèvres. Et puis la peur, en ce qui me concerne. Et puis la colère, la rage, la haine qui enflaient dans la poitrine de Michelle, vis-à-vis de cet ennemi impitoyable et invisible. Elle n'abdiquerait pas, disait-elle. Elle était plus remontée, plus déterminée que jamais. C'est à partir de là qu'elle déclara formellement la guerre à la Pieuvre. C'était devenu, cette fois, une affaire personnelle. Vaincre ou mourir : elle ne concevrait dorénavant aucune autre alternative. Nous n'avions, selon elle, pas d'autre choix.

Seigneur.

Je suis coupable. Coupable de n'avoir pas réussi à la dissuader. Coupable de n'avoir pas trouvé les arguments pour lui faire entendre raison. Coupable de n'avoir pu la protéger – d'elle-même en premier lieu.

Je vais avoir bien du mal, à présent, à vous faire sourire.

Dans la funèbre torpeur du deuil qui nous accablait, Michelle commença à échafauder des plans. Elle appelait ça : la contre-attaque. J'appelais ça : un suicide. Elle voulait frapper l'adversaire. Le blesser mortellement. Lui faire mordre la poussière en faisant éclater la vérité. Comment ?

La plus développée de ses stratégies consistait en la rédaction d'un long article adressé aux médias. Elle se mit en tête d'obtenir une sorte de tribune libre dans laquelle elle expliquerait toute l'affaire et qu'elle ferait paraître dans un grand quotidien. Il doit bien exister encore un ou deux journalistes intègres dans ce pays qui accepteront de la publier ! disait-elle. Je n'en aurais pas mis ma main à couper. Je fis valoir, par ailleurs, qu'intègres ne voulait pas dire crédules. Ne voulait pas dire naïfs. Un bon journaliste se doit de vérifier avant publication. Quelles preuves pouvait-elle lui fournir ? Aucune. Juste des soupçons, des convictions. Du vent ! Personne ne la prendrait au sérieux. Qu'elle se rappelle, lui disais-je, combien nous-mêmes avions eu de la peine à croire aux allégations de son propre frère ! Combien nous avions douté. Combien nous avions hésité. Il y a dix théories du complot qui fleurissent chaque jour, pourquoi tiendrait-on plus compte de la sienne ? – La *nôtre*, me corrigeait-elle, et ce n'est pas une vague et fumeuse théorie, ce sont des faits ! – Ah, oui ? Quels faits ? Examinons-les de plus près, ma belle : les faits, à cette heure, c'est une vieille dame tuée, dixit les autorités policières, par une petite trafiquante mexicaine. C'est une prétendue machine prétendument capable de transformer l'air que nous respirons en électricité. Une machine d'une valeur inestimable, monsieur le journaliste, que nul n'a jamais vue à part moi, et qui était cachée devinez où ? Dans des chiottes en bois ! Et devinez quoi ? On ne pourra pas vous la montrer parce que, zut, pas de bol, la machine s'est volatilisée ! – Et les cahiers, alors ? Ils sont encore là. Tout est écrit. – Bien sûr ! Si vous voulez vous donner la peine, cher monsieur, voici dix volumes de descriptions et de schémas à peu près indéchiffrables, issus du cerveau d'un jeune chauffagiste sans aucun diplôme scientifique ! – Tu… tu… balbutiait-elle, outrée. – Pardon de me montrer aussi brutal, m'excusais-je, mais je tenais à lui faire part de la situation, sans fard, je voulais qu'elle eût conscience de la façon dont ses arguments seraient perçus par n'importe quelle personne sensée. Envisageait-elle sérieusement que quelqu'un prendrait cette histoire abracadabrante pour argent comptant ? Je comprenais sa frustration et sa souffrance. Mais ma voix était celle de la raison, de la sagesse, et ma voix disait qu'en agissant ainsi, en s'obstinant dans cette voie, elle ne réussirait qu'à se dévoiler. C'était le meilleur moyen de dessiner une cible sur son cœur : l'ennemi n'aurait plus qu'à viser et tirer. – C'est quoi ton plan à toi ? Rester terré toute ta vie comme un rat ? – Oh, mon Dieu ! La fureur l'égarait à ce point qu'elle ne se rendait plus compte de combien la comparaison avec ce rongeur était cruelle et déplacée en la circonstance ! Je ne relevais pas. Je gardais également pour moi la réflexion qu'un rat vivant valait mieux qu'un homme mort. Je me permettais toutefois de lui citer en exemple, pour rappel, les cas de tous ceux (chercheurs, inventeurs) qui s'étaient découverts pour tenter de faire entendre leur voix marginale. Et qui avaient échoué. Et qui avaient été éliminés.

Où se situe la frontière entre courage et témérité ?

Entre foi et aveuglement ?

Entre vie et trépas, ma belle, en résumé.

J'aspirais, je l'ai dit, à une existence simple et routinière. Paisible. Or, nous étions en pleine tempête. Ces jours furent parmi les plus pénibles que j'ai dû endurer. Chacun demeurait campé sur ses positions : offensives pour Michelle, défensives pour moi. Après moult discussions houleuses, nous tombâmes cependant d'accord sur deux points.

Le premier était les cahiers. Impossible de les garder avec nous, nous devions nous en séparer. Nous en débarrasser, pensais-je, les mettre à l'abri, pensait Michelle.

Le second point concernait Lupita Flores. Elle était toujours emprisonnée. La police était convaincue de sa culpabilité. Nous étions convaincus de son innocence. Il y avait peu de chances pour que les membres de sa famille interviennent, sous peine d'être à leur tour interpellés. La jeune fille était isolée. Elle risquait un procès. Elle risquait la peine capitale. Notre conscience nous interdisait de l'abandonner à son sort.

Il nous apparut alors que nous avions peut-être une solution, unique, à ces deux problèmes.

Maître Zimmer écouta notre récit pendant plus d'une heure. Visage de cire. Assis derrière son bureau, les coudes plantés dans les accoudoirs de son siège, mains jointes et doigts croisés devant ses lèvres – ce rempart dissimulait peut-être un sourire, mais je ne le crois pas, pas cette fois, et je lui en savais gré. Il avait l'air attentif, concentré. Il avait l'air de nous prendre au sérieux. Le téléphone avait sonné, une fois, au début de l'entretien. Il avait décroché. Il avait refusé que sa secrétaire lui passât l'appel et demandé expressément à ne plus être dérangé. Il avait raccroché. Poursuivez, je vous prie.

Nous avions poursuivi.

Michelle parlait. Je me contentais d'apporter quelques précisions lorsque cela me paraissait nécessaire. J'observais les traits de J. R. Je guettais des signes de surprise, d'incrédulité. Il n'y en eut pas. L'avocat avait conservé son Stetson sur le crâne. Je me demandais s'il lui arrivait de l'ôter (à table ? au lit ? à l'église ?). Derrière le chapeau, une large baie vitrée. Derrière la baie vitrée, un ciel sans nuages, d'un bleu très pâle, et les sommets des plus hautes tours de Downtown Dallas. Verre, acier, béton. Des angles coupants. Des milliers de fenêtres. Des milliers de gens. On parle de cathédrales modernes, mais quid de la foi ? En qui ? En quoi ? Pas un seul oiseau ne traversa cet espace, je m'en fis la réflexion. Peut-être que les oiseaux avaient déserté la ville. Peut-être que nous étions trop haut (les locaux de Zimmer & Associates se situaient au dix-septième étage). Pas d'anges non plus dans les parages.

Michelle exposa les choses sans rien omettre. Les recherches de son frère. Les menaces qu'il avait subies. Son invention. Son laboratoire saccagé. Son acharnement. Ses craintes. Sa décision de cacher son appareil chez la tante. De protéger ses documents. Sa triste mort. La triste mort, consécutive, de Jane Garett. Le faux vol chez la tante pour maquiller le crime affreux. Le vrai vol de la machine. L'innocence plus que probable de la principale suspecte. Et la certitude que derrière tous ces événements se trouvaient un certain nombre de personnes, puissantes, et prêtes à tout pour défendre leurs intérêts, lesquels étaient que l'existence de cette machine et de ce procédé ne soit jamais connue du public. Michelle n'employa pas les termes de « Pieuvre Noire », elle parla de « Forces occultes ».

— Vous vous souvenez, intervins-je, de ces deux types qui sont venus vous trouver en se présentant comme des agents du FBI ?

Edwin Zimmer tourna les yeux vers moi et remua lentement la tête, de haut en bas. Puis il ôta les mains de devant sa bouche.

— *FreePow*... souffla-t-il dans un soupir.

Je me dis que le moment était venu où il allait nous rire au nez. Non : plus subtil que ça. Plus policé. Il allait se dresser et nous indiquer la sortie, poliment mais fermement nous renvoyer dans notre pays fantasmagorique – Delirium Country – où pullulent les machines magiques et les méchants invisibles. Hélas, serait-il au regret de nous annoncer, son cabinet ne disposait pas encore de département psychiatrique. Voulez-vous que je vous appelle une ambulance ?

Je me dis que ce serait peut-être une leçon salutaire pour Michelle. Voilà à quoi tu nous exposes, ma belle, si tu persistes.

Mais telle ne fut pas la réaction d'Edwin Zimmer. Après un long silence, il se pencha et plaqua ses deux larges mains (des paluches de vacher) sur le sac contenant les cahiers de P. J., que nous avions déposé, comme une offrande, comme un gage, sur son bureau.

— Vous êtes en train de me dire que là-dedans, juste sous mon nez, se trouve le secret pour bâtir une immense fortune ? Car, si ce que vous dites est vrai, cet appareil peut valoir des millions de dollars.

Je connaissais bien Michelle, je perçus son agacement, sa crispation, qu'elle fit l'effort de juguler.

— L'argent ne nous intéresse pas, dit-elle. Ce que mon frère aurait voulu, ce que nous voudrions à notre tour, c'est donner à tous un libre accès à une forme d'énergie propre, gratuite et illimitée. Il n'est pas question de nous enrichir, mais de mettre un terme au règne des combustibles fossiles et radioactifs. Ces énergies polluantes, nocives, qui oppressent les individus et les peuples, qui détruisent la planète, qui la pourrissent aujourd'hui et pour les siècles à venir. C'est là notre unique but.

J. R. pouvait-il entendre ça ?

— C'est tout à votre honneur, dit-il. Mais ce que j'ai du mal à comprendre, c'est pourquoi des industriels, ou des organismes gouvernementaux, qui sont sans doute moins scrupuleux que vous, pourquoi ont-ils, eux, refusé d'investir dans ce projet ?

Bonne question.

— Il y a plusieurs raisons à cela, dis-je. En premier lieu, beaucoup n'y croient pas. Ou ne veulent pas y croire. Le procédé mis au point par mon beau-frère dépasse l'entendement scientifique et les connaissances actuelles dans ce domaine. Il n'a pas été validé par ceux qui se prétendent experts en la matière. C'est ce que j'appellerais le complexe du professionnel face à l'amateur, ou du maître face au disciple. Ce n'est pas au vieux singe qu'on apprend à faire des grimaces, vous voyez ? (Il hocha la tête pour confirmer qu'il voyait.) Et les vieux singes, insistai-je, sont bien accrochés à leur branche. D'autre part, ce nouveau procédé remettrait tout notre système économique en cause. Cela nous obligerait à tout revoir, et à tout refaire. À détruire tous les équipements, toutes les structures et infrastructures en place, à passer par pertes et profits les énormes investissements déjà effectués. Ce serait aussi la fin du monopole, puisque, à terme, chacun pourrait posséder sa machine, individuelle, plus besoin alors de passer par les grandes compagnies, plus de factures, plus de dîme à leur verser. À qui cela profiterait-il ? Aux consommateurs, certainement pas aux producteurs et distributeurs. Les pays qui disposent de ressources pétrolières n'auraient plus de moyens de pression sur les États qui n'en ont pas. Ils ne pourraient plus exercer leur chantage, ne pourraient plus dicter leur loi. Cela changerait les rapports de force. On renverserait tout l'échiquier géopolitique de notre planète, maître, et on redistribuerait les pièces. Mais qui a intérêt à tout remettre en jeu ? Et qui ne l'a pas ?

Je n'avais fait que régurgiter des bribes de la grande tirade de Philip-Joseph (cf. acte I, scène 6). Cela sembla porter ses fruits. L'avocat me considéra un moment, puis il lâcha le sac et se redressa sur son siège.

— Je vois… dit-il.

Vraiment ?

— Vous y croyez, vous ? demandai-je ingénument.

— À quoi ?

— À ce qu'on vous dit ? À cette invention ?

Michelle me jeta un regard, noir, en coin. Edwin Zimmer inspira, puis soupira.

— J'ai vu et entendu bien des choses très surprenantes au cours de ma carrière, vous savez. Je ne vous cache pas que ceci serait difficile à faire avaler à un jury, mais… (il eut un mouvement volontaire du menton) au fond, mon rôle n'est pas de croire ou de ne pas croire, c'est de servir au mieux l'intérêt de mes clients. Qu'attendez-vous de moi, au juste ?

— D'abord, que vous récupériez ces documents, dit Michelle. Nous pensons qu'ils seront plus en sécurité entre vos mains. Ensuite, que vous acceptiez de défendre Lupita.

— Lupita ?

— Lupita Flores. La jeune mexicaine accusée du meurtre de ma tante.

C'est une initiative qui a été, plus tard, très mal comprise, très mal interprétée : comment des parents de la victime pouvaient engager un avocat pour prendre la défense de l'accusé ? Quand cela s'est su, beaucoup de gens en ont été choqués, ils nous en ont voulu. Maître Zimmer lui-même parut quelque peu déconcerté par cette requête. Il nous regarda un instant, l'air de penser : Vous êtes tout de même de drôles de zozos… Nous en étions de drôles, c'est possible, mais notre idéal de justice dépassait toutes les autres considérations et nous poussait à mettre toutes les chances de notre côté pour ne pas laisser condamner une innocente. [« La main sur le cœur, et le cœur sur la main ! Ce n'est plus *Dallas*, c'est *La Vie des Saints* ! – Moi aussi je sais rimer – Zubrinsky, *op. cit.*] Et soudainement (où est la caméra ?) réapparut le sourire sur la face de l'avocat.

— Très bien, dit-il. J'accepte.

Il se leva et s'empara du sac.

— Leur place est encore chaude, fit-il.

Puis il marqua un temps d'arrêt.

— Au cas où cela nous serait utile, pourrai-je jeter un œil à ces documents ? Ai-je votre autorisation ?

Nous échangeâmes, Michelle et moi, un bref regard.

— C'est un peu indigeste, comme lecture… commençai-je.

— Vous l'avez ! dit Michelle.

— … mais si ça peut vous aider à vous faire une opinion, terminai-je.

Maître Zimmer acquiesça d'un signe. Puis il emporta le sac jusqu'à un meuble d'angle dont la partie basse dissimulait, nous le découvrîmes à cette occasion, un coffre-fort. Il en tapa le code, l'ouvrit et y rangea les cahiers.

Nous ne devions plus les revoir.

Nous n'avions conservé que la lettre de Philip-Joseph.

— Voilà déjà pour le premier volet de ma mission, dit-il en revenant vers nous. Il me reste à vous poser encore quelques questions au sujet de votre tante, et de cette jeune mexicaine…

Un lecteur sourcilleux (pour ne pas dire soupçonneux) de ce récit se demandera peut-être comment je peux citer des passages entiers des écrits de P. J. alors que je ne les ai plus sous les yeux depuis un certain temps. Je comprends cette interrogation. Et j'y réponds : rompu depuis mon plus jeune âge à l'exercice de la lecture, je possède une excellente mémoire visuelle. De plus, j'ai lu et relu ces cahiers plusieurs fois, avec une extrême concentration. De plus plus, les mots de mon beau-frère étaient assez marquants pour qu'ils m'imprègnent durablement. Enfin, je confesse qu'il peut y avoir de très légères différences – dans les termes mais non dans la substance – entre mes citations et le texte original. Voilà. En espérant que cela suffira à étouffer l'éventuelle défiance de cet éventuel lecteur tatillon. [« Pas tout à fait, Mr Sanz, pas tout à fait… » – *Ibid.*]

Nous ressortîmes de chez l'avocat avec un poids en moins. Mais pas légers pour autant. Dès cette période je pris l'habitude, qui ne m'a pas quitté depuis, de « surveiller mes arrières », comme aurait dit Phily-Jo. Et pas seulement mes arrières : mes devants, mes côtés – droite, gauche – et dessus, et dessous. Je surveille tout. En permanence sur le qui-vive. C'est un état nerveusement et émotionnellement épuisant. Vous êtes la cible à abattre et vous ignorez d'où le coup va partir. Vous apprendrez qu'il arrive toujours par où on ne l'attend pas, et toujours trop tôt.

Nous voulions voir Paris. Nous voulions (je voulais) nous (m') asseoir aux terrasses des cafés de Montparnasse et de Saint-Germain-des-Prés où siégèrent naguère les augustes fessiers d'Ernest Hemingway, de Dos Passos (et Tres Passes, disait ma muse, mutine), d'Ezra Pound, de William Carlos Williams, de Francis Scott (Scotty le Magnifique) et de tant d'autres. La cohorte américaine. Après eux s'il en reste – au moins les miettes. Y goûter. Sentir, respirer l'atmosphère bohème qui les inspira. Main dans la main musarder sur leurs traces. Nous voulions très concrètement marcher *Dans les pas des géants*. Nous perdre, nous retrouver, attendre la prochaine guerre en regardant sous le pont Mirabeau couler la Seine, rejouer des scènes à l'improviste, oser, je serais ton Henry, tu serais mon Anaïs, je suis tien et tu es mienne et prendre le pari que ça durerait, rester là et savoir que la joie viendrait toujours après la peine.

Je m'étais dit pour l'an 2000. Finir en beauté – le siècle, le millénaire. Célébrer à la Closerie des Lilas nos quinze ans de mariage, à la Coupole nos noces de cristal. Ce sera l'an prochain, ma belle. *Vienne la nuit sonne l'heure**. Nos vingt-cinq ans d'amour. Nos quinze ans d'union officielle. Cela n'aura pas lieu. Je serai seul, ici, tu es et tu seras ailleurs. Le cristal est fragile. Le cristal est brisé. Je ramasse les morceaux. Je m'entaille à vif et ça fait mal, ça saigne.

Il n'y a pas que leur Génération qui est perdue.

À qui la faute ? Quel nom doit-on donner au maître de nos destinées ? Qui est l'auteur de la pièce, Bill ? Qui en est le metteur en scène, qui le régisseur ? Un seul et même ? Big Fatum (un pseudo) ? Vous aurez remarqué, vous qui lisez ces lignes, qu'il m'arrive de dire « Seigneur », de dire « Mon Dieu ». Ce sont des expressions de pure forme. Simple coutume langagière. Assimilation et imitation. Je n'y crois pas. Que Dieu me pardonne, mais je suis athée.

Cette histoire m'a appris que s'il existe une entité supérieure qui nous gouverne, ce n'est pas celle-ci. Nos destins sont écrits par une créature anonyme. Elle a huit mains pour taper sur son clavier, et son encre n'est pas sympathique, elle est noire. C'est elle. C'est le nègre de Dieu.

Un exemple de sa production :

Le 12 juillet 1998, maître Zimmer rentrait chez lui. Il était neuf heures du soir. Malgré la fatigue et malgré la faim qui commençait à le tenailler, il n'était pas pressé. Il conduisait une Mercedes classe E (très classe) dont il appréciait le confort et le silence, et par-dessus tout il goûtait la fraîcheur de l'air conditionné dans l'habitacle. Un havre de paix. Bénie soit la technologie allemande. Edwin Zimmer supportait mal la chaleur, or depuis trois jours elle étouffait la ville. Au volant de sa berline, il prit son temps. Mais il eut beau rouler piano, il finit par arriver. Sa belle et grande villa se situait dans les quartiers huppés de Uptown Dallas. Il fit halte devant le portail. À regret il baissa la vitre et tendit le bras pour composer le code d'accès sur le digicode. À ce moment-là il entrevit « une ombre » (dixit) et ressentit simultanément une douleur fulgurante (fracture du radius) qui le propulsa au seuil de l'évanouissement. Sa portière s'ouvrit, il fut arraché à son siège et jeté à terre. Entre ses paupières mi-closes apparut un individu cagoulé (et son cerveau se demanda comment on pouvait supporter une cagoule par 38° C) qui s'engouffra dans le véhicule, puis effectua, en trombe, une marche arrière. Les pneus crissèrent, les roues frôlèrent le crâne de maître Zimmer, écrasèrent son chapeau qui était tombé, et la voiture disparut, le voleur au volant.

C'est ainsi, à peu de chose près, que l'avocat nous rapporta les faits quelques jours plus tard. Il avait le bras gauche plâtré, en écharpe. Il avait une ecchymose verdâtre sur la pommette et un nouveau Stetson sur la tête. Il avait honte. Il nous raconta l'agression telle qu'il l'avait vécue. Il spécifia qu'une caméra de surveillance installée à l'entrée d'une propriété voisine avait capté la scène. La police avait visionné les images, lesquelles confirmaient ses dires et y ajoutaient quelques précisions. Les agresseurs étaient deux. Des individus de sexe masculin. Tous deux cagoulés. Ils n'étaient pas là par hasard. Ils avaient dû le repérer. Ils le guettaient. Dès l'arrêt de la Mercedes devant le portail, ils avaient jailli de chaque côté du véhicule. Quand Edwin Zimmer avait passé le bras par la vitre ouverte, l'homme qui se trouvait du côté conducteur l'avait frappé juste en dessous du coude avec un objet contendant qui ressemblait fort à une matraque. Un coup très violent. Le même coup porté à la tête, nous dit-il, et il ne serait plus là pour nous le raconter. Puis l'homme l'avait éjecté du véhicule et avait pris sa place, tandis que son complice sautait sur le siège passager. Le tout avait duré moins de dix secondes.

Des pros, estimaient les flics. Technique éprouvée du car jacking. Ils avaient parlé d'un gang spécialisé dans le trafic de voitures de luxe entre les États-Unis et le Nicaragua. Une véritable bande organisée qui sévissait depuis quelque temps sur tout le territoire. À cette heure il y avait de fortes chances pour que la Mercedes ait déjà été désossée dans une arrière-cour d'un bled paumé d'Arkansas et expédiée en pièces détachées dans un garage de Managua. Dans six mois elle serait aux mains d'un fils de colonel ou du chauffeur d'un ministre de ce pays de merde, avait dit l'un des policiers. Hijos de putas ! avait ajouté son collègue. À Dallas, Texas, les agents de police ne s'embarrassent pas d'euphémismes.

— Mais ce n'est pas le pire, nous dit maître Zimmer.

Il pâlissait à vue d'œil.

Nous attendîmes la suite.

Un nerf, ou je ne sais quoi, faisait palpiter ma paupière.

— Dans la voiture, il y avait mon attaché-case, dit-il.

Je jetai un regard vers Michelle. Son profil égyptien. Absolument immobile. Dans le silence je perçus la respiration de J. R. Je perçus le bruit mouillé de sa déglutition.

— Et dans l'attaché-case, il y avait les cahiers de Mr Deloncle, dit-il.

« Quand je l'ai vu débarquer, votre type, je me suis dit qu'il tiendrait pas quinze jours. Il tiendrait pas une semaine. Ça se voit tout de suite, ce genre de choses. Ça se sent. J'ai fait ça pendant trente-sept ans et je peux vous dire que j'en ai vu. Je me suis rarement trompé. Vous savez, c'est un monde à part, là-dedans. C'est comme un zoo. Je considère que ce sont des animaux, tous autant qu'ils sont, mais si on y regarde de plus près, il n'y en a que trois sortes. Trois espèces de bêtes différentes. Au-dessus du panier, si on peut dire, vous avez les fauves. Les lions. C'est ceux qui dominent. Ils ont la force. Ils ont les crocs. Ils ont le goût du sang. Certains sont des foutus sauvages dégénérés, vous n'imaginez même pas ! Chasser et bouffer, c'est tout ce qu'ils savent faire. Et qu'est-ce qu'ils bouffent ? Ils bouffent les gazelles.

C'est la deuxième catégorie. Tout au fond du panier. Ces pauvres petites biches, fragiles, sans défense. Je ne dirai pas innocentes parce que c'est un mot qui n'a pas de sens en ces lieux. Des proies faciles pour les lions. Il n'y a rien pour se cacher ici. Vous me direz que les gazelles sont rapides, mais quand vous êtes entre quatre murs, c'est vite vu, vous avez beau galoper, vous finissez par vous épuiser, et par tomber. Les fauves n'ont plus qu'à se baisser pour vous dépecer. Les gazelles ne font pas de vieux os, je vous le garantis.

Et puis, au milieu, vous avez la troisième espèce. Ceux que j'appelle : les hyènes. Ces gars-là vivent dans l'ombre des lions. Soumis. La queue basse. Ils la ramènent pas. Ils se contentent des restes. Des suceurs de moelle. Assez malins, assez fourbes pour pas se faire bouffer, mais pas assez forts pour s'imposer. Rendent des petits services. Aux ordres. De bons petits soldats. De bons petits valets de chambre. Ils nettoient. C'est comme ça qu'ils arrivent à s'en sortir.

Voilà comment ça marche. C'est la jungle et elle a sa propre loi. Les prédateurs d'un côté, les proies de l'autre. Les plus forts bouffent les plus faibles. Comme partout, vous me direz. Non. Ici plus que n'importe où ailleurs. Et n'allez pas croire ceux qui vous affirmeront que c'est nous, les gardiens, qui sommes censés la faire, la loi. Des foutaises, ça. Ceux qui ont édicté les règles n'ont jamais fichu un pied à l'intérieur. Ils ne savent pas. Ils savent rien de rien. Nous autres, on est juste là pour surveiller que ça déborde pas. Pour que ça reste dans les limites et que ça ne fasse pas de vagues à l'extérieur. Ce qui se passe là-dedans, tout le monde s'en fout. Les animaux entre eux, qu'ils se débrouillent. Ils n'ont que ce qu'ils méritent. Qu'est-ce qu'on garde ? On garde la tranquillité d'esprit des bons citoyens. C'est tout. On ferme les grilles et on fait en sorte qu'ils oublient ce qu'il y a derrière, qu'ils n'aient plus à y penser. Je devrais peut-être pas vous le dire, mais c'est la vérité. Trente-sept ans de service, je sais de quoi je parle.

À l'instant où on les voit débarquer, on sait à quelle espèce ils appartiennent. C'est comme si c'était écrit sur leur front. Parfois ça peut changer, avec le temps. C'est rare mais ça arrive. Une hyène peut s'endurcir, elle peut s'étoffer, il peut lui pousser des crocs plus longs, si elle a bien manœuvré, elle peut finir par devenir lion. Ou bien un vieux lion peut décliner, il peut faiblir et se retrouver hyène. C'est pas totalement impossible. En revanche, j'ai jamais vu une gazelle se transformer en fauve. Jamais. Un jour ou l'autre, la gazelle se fait dévorer.

C'est pour ça que votre type, là, je m'en souviens bien. Sur son front c'était écrit : "Bouffez-moi tout cru !" Une gazelle, et de l'espèce la plus tendre. C'est ce que j'ai pensé, et j'étais pas le seul. On savait, plus ou moins, pourquoi il était là. Y a toujours des bruits qui courent, des rumeurs, quand vous entrez, votre pedigree vous précède. Mais personne voulait y croire. Pas lui. Un professeur. Un intellectuel. Une gentille petite biche à lunettes. On lui aurait donné le bon Dieu et ses saints. Je sais que le diable est rusé, il peut cacher ses cornes, mais pour lui c'était vraiment difficile à avaler. Les petits malins aussi, on les renifle. Non. Pas lui. Comme je vous disais : je lui donnais une semaine. Quinze jours, maxi.

Il m'a bien eu, le saligaud. Je le reconnais. Et pas que moi. Il les a tous retournés et roulés dans la farine. Et le pire, c'est qu'il a même pas fait exprès. Je suis sûr qu'il a jamais eu conscience de ce qu'il risquait, de ce à quoi il avait échappé. Lui, dans ce sens, on peut dire que c'était un vrai innocent. La fortune lui a souri.

Les quinze premiers jours sont passés. Et puis un mois. Chaque matin, j'étais étonné qu'il soit encore là, intact. Je comprenais pas. Qu'est-ce que j'ai raté ? je me disais. Quel deal ? S'il était toujours entier, c'est qu'il avait dû trouver une monnaie d'échange. Pour une gazelle, c'est la seule chance de survie. D'une manière ou d'une autre, faut payer. Et y en a pas trente-six, des manières : le fric ou la dope. T'allonges les billets ou t'allonges la came. Mais je le voyais pas dans ce genre de plan. Pas assez riche, pas la carrure. Il existe une troisième manière, la pire, c'est que tu t'allonges, toi. Si c'est tout ce que t'as à offrir… C'est dégueulasse, on est d'accord, mais ça peut marcher. En général, c'est plutôt les hyènes qui font ça. Si vous saviez… Non, je préfère même pas vous en parler. En tout cas, votre type, il n'a pas eu à le faire. Petit à petit, j'ai pigé comment il se débrouillait pour préserver sa couenne.

Le coup de bol qu'il a eu, c'est qu'on l'a enfermé avec un des lions les plus féroces. Un enragé. Un enfant de putain qui avait découpé trois nègres à coups de machette, juste parce que leur couleur lui revenait pas. On l'a mis dans la même cage que lui. Ç'aurait dû l'achever tout de suite, mais c'est ce qui l'a sauvé finalement. Il s'est retrouvé dans la cage du grand méchant lion et qu'est-ce qu'il a fait, votre type ? Il a pas eu besoin de montrer ses muscles, de montrer ses crocs, de toute façon il en avait pas, alors il a dégainé la seule arme qu'il possédait : un crayon. Il s'est mis à écrire, à noircir des pages et des pages. L'autre, le fauve, il avait jamais vu ça, ça devait lui donner le tournis rien que de voir toutes ces lettres à la file. Il était le roi de la jungle mais il était pas fichu d'aligner deux mots sur le papier. C'est souvent comme ça, avec les lions : ils ont une cervelle de moineau. Tout ce qu'ils ont appris à l'école, c'est à se battre pendant la récré. Ils compensent : au lieu d'ouvrir des bouquins, ils soulèvent de la fonte. Chacun ses leçons. Bref, ça l'a scié de voir ce type gratter du papier comme ça du matin au soir. Au début, il a cru qu'il écrivait à son avocat, ou au juge, pour demander une conditionnelle ou une remise de peine, ce genre de choses. Des démarches administratives. Pour quoi d'autre on perdrait son temps à écrire ? Mais non, pas du tout. Le type lui a expliqué qu'il n'écrivait à personne, il écrivait pour lui, pour le plaisir, il lui a expliqué que ce qu'il écrivait, c'était de la poésie. Ah ! Ah ! J'aurais vraiment voulu voir la gueule du fauve, à ce moment-là. De la poésie, doux Jésus ! Qui peut croire une chose pareille ? La petite gazelle pond des vers ! Je suis même pas sûr que l'autre avait déjà entendu prononcer ce mot. Allez savoir ce qui s'est passé dans sa cervelle de piaf, mais toujours est-il qu'il lui a demandé de lui en lire un bout. "Fais voir c'que ça dit, ton papelard, trouduc !" J'imagine que ça devait ressembler à ça, sa demande. Le langage des lions. Et alors, le type l'a fait : il lui a lu un de ses poèmes. Et c'est là qu'on peut parler de miracle. C'est là qu'on peut parler carrément de sortilège. En trente-sept années, j'avais jamais vu ça avant et je l'ai jamais revu après. C'est la seule fois. Parce que figurez-vous que ça lui a plu, au lion. Ce que le type venait de lui lire, ça l'a touché. En tout cas, ça lui a fait un truc, une étincelle, une décharge, ça a résonné dans sa cervelle à moitié vide. Je sais pas de quoi il était question dans sa poésie, mais quand votre type a eu fini, vous savez ce qu'il lui a dit, l'autre, le fauve ? Il lui a dit : "Tu vas en faire une pareille pour ma mère !"

Je jure sur la Sainte Bible que c'est la vérité. J'ai appris le fin mot de l'histoire, plus tard, et c'est exactement ce qu'il a dit. C'était bientôt la fête des mères et il voulait que le type lui écrive un poème qu'il pourrait envoyer en cadeau à sa maman comme si c'était lui qui l'avait écrit. C'est pas mignon, ça ? Un poème pour maman lion !

C'est comme ça que ça a démarré. Le type a écrit le poème pour la mère. Et puis après, l'autre en a voulu un pour sa fille. Et puis un pour sa femme. Et puis pour sa deuxième femme. Et pour sa troisième. Ce salopard avait une flopée de nanas à l'extérieur qui bossaient pour lui, pas vraiment de fidèles épouses, si vous voyez ce que je veux dire. Toutes, elles ont eu droit à leur petit poème. Les femmes, elles en raffolent. Même les plus coriaces, elles n'y résistent pas. Faut dire que le type était doué : vous lui donniez le nom de la fille et deux ou trois détails, et il vous troussait ça en un rien de temps, on aurait dit un bouquet de fleurs mais avec des mots, c'était joli tout plein.

Ça s'est su, bien sûr. Ça s'est vite su, et tous les gars ont commencé à faire la queue pour avoir leur poème à envoyer. Tout à coup ils avaient tous une envie pressante d'écrire à leur mère, à leur fille, à leur fiancée. Tu parles que l'autre, le lion, il a flairé le bon filon. Il a pris les choses en main. C'est lui qui distribuait les tickets et c'est lui qui encaissait. Un véritable trafic de poésie ! Et puis le registre s'est élargi au fur et à mesure, ça s'est diversifié : il y a eu des lettres d'amour, des lettres de rupture, des lettres de réconciliation. C'est délicat à écrire, ces choses-là, mais le professeur savait tout faire, les mots c'était son job, il savait les choisir et les aligner dans le bon ordre pour que ça sonne comme il faut. Les gars lui passaient commande et lui il fournissait : des demandes en mariage, des petits contes de fées pour leurs mômes, et même des aventures affriolantes pour chauffer leurs régulières avant le parloir. Tout. L'offre et la demande. Un tarif pour chaque prestation. Il écrivait et eux ils avaient plus qu'à signer au bas de la feuille. Pour vous dire toute la vérité, moi je suis célibataire, j'ai personne à qui écrire, alors j'en ai pas vraiment profité, mais certains de mes collègues ne se sont pas privés : quand ils avaient quelque chose à se faire pardonner, ils se faisaient faire une belle lettre pour leurs bourgeoises. Des compliments au poil, bien tournés. Le courrier du cœur et la paix des ménages. Dedans comme dehors, tout le monde était content.

Qu'est-ce que vous dites de ça ? Pas banal, hein ? La gazelle littéraire : c'est le surnom que je lui avais donné, à votre type. Mais au fond, je pense qu'il était hors catégorie. Un cas à part. Il a trouvé sa niche et il a su se rendre indispensable. C'est ce qui l'a sauvé. Il est pas devenu un lion mais il pouvait boire dans leur gamelle sans qu'ils lui disent rien. Un intouchable. Ça a rudement bien fonctionné. Même après qu'il a été transféré, ça a laissé des traces. Si je vous disais qu'on voyait des fauves, des durs de durs, des gros tatoués, en train de tirer la langue avec leur crayon pour essayer d'accoucher d'un petit poème ! Bon sang, je risque pas de l'oublier, c'est sûr !

Paraît qu'il en a fait un bouquin, plus tard, de toute cette poésie. C'est un collègue qui m'a dit ça. Je sais pas. Je l'ai pas lu. Maintenant j'aurais le temps, pourtant. Mais j'avoue que c'est pas trop mon truc non plus, la lecture. Je suppose que j'ai dû trop côtoyer les animaux, à force on finit par leur ressembler. »

Ce fut un coup très rude pour Michelle. La disparition des cahiers, c'était comme si son frère mourait une seconde fois. Comme si on avait volé ses cendres. Les dernières traces, les dernières preuves. Il nous les avait confiées et nous ne nous étions pas montrés dignes de sa confiance. Que restait-il de lui à présent ? Nous n'avions pas songé à faire des doubles. Aucune copie. L'existence de Philip-Joseph Deloncle réduite à néant. Michelle s'en voulait. Elle m'en voulait. Elle en voulait à la terre entière. Elle en voulait à maître Zimmer tout particulièrement. L'avocat était désolé. Il s'était cent fois confondu en excuses. Pas fier, J. R. Bien qu'il fût victime de l'agression, il avait plaidé coupable pour la perte des documents, sans que cela n'atténuât ni le ressentiment ni la colère de ma belle à son égard. Il n'arborait plus devant nous son large sourire, sans quoi elle eût été capable de le lui arracher à coups de griffes.

Rapidement, elle me fit part de ses soupçons. Elle ne croyait pas du tout à cette histoire de voleurs de voitures. Pour elle, c'était un leurre, une mise en scène. Ne soyons pas naïfs. C'était encore et toujours un coup de la Pieuvre. Soit Zimmer était leur complice, dit-elle, soit il avait voulu doubler tout le monde. Que faisaient les cahiers dans sa mallette ? Pourquoi les avait-il sortis du coffre-fort pour les emporter avec lui ? Sur ce point, l'avocat s'était expliqué (justifié ?) en disant qu'il souhaitait lire les documents chez lui, à tête reposée, il voulait se faire une meilleure idée de ce que cela représentait. Et je rappelai à Michelle que c'était elle-même qui lui en avait donné l'autorisation. Mais elle n'était pas convaincue. Comme par hasard, le jour même où il emporte les cahiers, on lui vole sa voiture ? Non. Un peu trop gros pour que ça passe. Il ne voulait pas les lire, dit-elle, il voulait les vendre. Rappelle-toi sa première réaction quand on lui a parlé de l'invention de Phil : des millions de dollars à se faire. Je suis sûr qu'il voulait fourguer les plans de la machine à un groupe industriel ou à je ne sais quelle société. Voilà quelles étaient ses intentions ! Il a été agressé, dis-je. Violemment agressé. Il a eu le bras cassé. Il a failli être écrasé. Il aurait pu mourir, Michelle ! Il aurait pu, Gary. Quelle veine il a eu ! En attendant, il se porte comme un charme. Deux mois de plâtre, c'est pas cher payé pour quelques millions de dollars. Il s'est joué de nous. C'est un traître et un escroc. C'est un salaud de la pire espèce.

Je pense qu'elle avait définitivement assimilé Edwin à Ewing. Je pense qu'elle n'y pouvait rien, elle avait besoin d'un bouc émissaire, un coupable, pour se décharger un tant soit peu de sa propre culpabilité. Je pense qu'il était de mon devoir de me faire l'avocat de l'avocat. Je croyais à son honnêteté.

Pour tenter de redorer un peu son blason aux yeux de Michelle, je mis en avant le fait que maître Zimmer, ainsi que nous le lui avions demandé, s'était démené pour la défense de Lupita Flores. Après de nombreuses et minutieuses recherches, il avait réussi à trouver la faille : un alibi en béton pour la jeune Mexicaine. Il s'avéra qu'à l'heure du meurtre (établie par le médecin légiste), Lupita se trouvait dans un motel de San Angelo, à plus de deux cents kilomètres de là. Son nom était inscrit sur le registre de l'établissement et la patronne pouvait témoigner de sa présence, ainsi qu'une demi-douzaine de clients d'un bar à proximité où la jeune fille était allée boire une bière et disputer une partie de billard. Ça n'arrangeait pas leurs affaires mais les flics avaient dû se rendre à l'évidence : mauvaise pioche. Lupita Flores restait en prison, elle serait jugée pour le trafic d'alcool mais non plus pour un crime capital, le délit était bien moindre et la peine serait proportionnelle. Maître Zimmer lui avait sauvé la mise.

Ce qui laissait, de fait, une place vacante pour le titre d'assassin de la tante. Un vide. Un mystère. Qui ? Le shérif fut dessaisi de l'enquête et celle-ci confiée au FBI (aïe !). Ce n'était pas de bon augure pour nous, compte tenu de la possible compromission des fédéraux. L'avocat nous avait demandé d'être patients et nous avait vivement déconseillé d'aller leur raconter notre histoire (nous n'en avions pas l'intention). Si nous voulions, selon lui, avoir une chance, une toute petite chance de faire entendre un jour notre théorie, il nous fallait des arguments imparables. Un dossier sans faille. Avant d'agir, il voulait l'étudier et le préparer à fond. C'était pour cette raison, justement, qu'il avait emporté les cahiers avec lui…

Sûr que maintenant le dossier va bien avancer, ne manqua pas d'ironiser Michelle, amère.

C'est une confession difficile à faire, mais je l'assume : pour moi, le vol des documents était un soulagement. Dans mon esprit, l'équation se résumait à ceci : plus de cahiers = plus de danger. J'assume ma lâcheté. J'assume mon égoïsme. La formule était peut-être simpliste, mais je continue de penser qu'elle était vraie. Si Michelle avait partagé mes convictions, si elle avait suivi mes préconisations (jeter l'éponge, tirer un trait), le pire du pire ne se serait pas produit. À partir du moment où la Pieuvre n'avait plus rien à craindre de nous, nous n'aurions plus rien eu à craindre d'elle. J'en suis persuadé.

Mais ma belle ne m'a pas écouté.

Ma belle ne connaissait ni la lâcheté ni l'égoïsme.

Ma belle était l'héroïne de ce roman que je n'ai pas écrit.

Et c'est pour ça que je l'aimais.

Or donc, elle s'entêta.

Elle s'accrochait à son idée de lettre adressée aux médias. Une tribune libre, disait-elle (tribune libre, énergie libre, croyais-tu réellement que nous vivions dans un monde libre, mon amour ?), dans laquelle elle expliquerait les tenants et aboutissants de l'histoire. Elle mettrait en lumière ces chercheurs de l'ombre qui œuvrent pour le bien de l'humanité et dénoncerait ces tyrans de l'ombre qui s'acharnent à la maintenir sous leur joug. Il faut que les gens sachent. Il faut qu'ils puissent juger. Le tout pour le tout, disait-elle, et en moi-même je songeais qu'elle ferait aussi bien de s'immoler sur la place publique. Oh ! Seigneur – qui n'a point d'existence tangible – comment l'en dissuader ? Elle disait n'avoir plus rien à perdre (et la vie, mon amour ? la tienne, la mienne, la nôtre !), elle était comme une sainte, comme une martyre, elle était prête à se sacrifier.

Oui, je pèse mes mots. C'est bien de Michelle que je parle, mais au fond, mais déjà, ce n'était plus vraiment elle. Je ne la reconnaissais pas. Sa dérive psychologique la poussait vers une sorte de mysticisme morbide et belliqueux. Touchée non par la grâce mais par la crasse [« Incorrigible, Mr Sanz ! » – Zubrinsky, *op. cit.*] d'un monde pourri, corrompu. Écrire cette lettre semblait représenter pour elle un acte de purification.

Elle passa des journées entières et une bonne partie de ses nuits à la rédiger. Assise à sa table de travail où elle avait disposé une photo de son frère (Phily-Jo à 20 ans, devant un gâteau d'anniversaire, les yeux rougis par le flash et un petit chapeau pointu sur sa tignasse) ainsi qu'une grosse bougie trônant sur une soucoupe : un autel funéraire. Elle allumait la mèche et saisissait son stylo, accomplissait son rituel. Je ne sais combien de fois elle a dû recommencer.

Elle voulait, je suppose, un texte parfait (c'est peut-être la seule chose que j'aurais pu comprendre et encourager dans sa démarche – ce souci de perfection). Précis, concis, explicite, efficace. Elle raturait beaucoup. Elle jetait beaucoup, en prenant soin au préalable de déchirer chaque feuille en morceaux à peine plus gros que des confettis. Elle ne me demanda pas de le relire. Elle ne me demandait plus grand-chose. C'était tout juste si elle m'adressait encore quelques mots, quelquefois. Tout entière à sa mission, à son sacerdoce. Je l'observais. Son regard et ses gestes démontraient une obstination désormais calme, presque sereine, la rage bouillonnante avait cédé la place à une détermination froide, inflexible, inexorable – terrifiante. J'avais l'impression de la voir s'enfoncer lentement dans des sables mouvants et de n'y rien pouvoir faire. Elle refusait ma main tendue. Elle l'ignorait.

C'était l'été. Les vacances. Le temps splendide, le temps ralenti, indolent. Je rêvais de sortir, à la tombée du soir, quand la chaleur relâche son étreinte, sortir avec elle explorer la ville comme deux vieux adolescents. Pourquoi pas sillonner les allées ombragées du jardin botanique, ses fleurs, ses plantes, c'est beau, les blancs nénuphars, épanouis, la flore luxuriante. Écouter en passant la chanson des grenouilles, qui est désir et attirance, qui n'est qu'amour. S'asseoir dans l'herbe, au pied d'un arbre, s'adosser à l'écorce et lire, côte à côte, lire Emerson, lire Thoreau, lire jusqu'à ce que la lumière décline et que les lignes se confondent sous nos yeux las mais éblouis. Ou pourquoi pas aller flâner sur les berges de la Trinity, voir le soleil se coucher, ôter nos chaussures et laisser nos pieds enflés tremper dans l'onde fraîche. Ou marcher dans les rues, simplement marcher, sentir monter le long de nos mollets le souffle tiède que l'asphalte exsude, avoir soif, avoir la gorge sèche et boire un jus d'ananas sur un trottoir de Deep Ellum, parmi la foule, parmi les lumières, les couleurs, parmi les vivants, par l'odeur alléchés s'acheter des quesadillas dans un food truck et les manger en baguenaudant, les lèvres et les doigts pleins de gras, le menton dégoulinant, s'essuyer sur un mouchoir, sur sa manche, se dire que c'est dégueulasse mais que c'est bon, que c'est bon nom de Dieu, que c'est bon tout ça ! Toutes ces choses que nous ne faisions jamais mais que je mourais maintenant d'envie de faire avec elle. Je pars à… Je pars à… Nulle part. Elle ne jouait plus. Elle se taisait.

Il fallait bien, de temps en temps, nous approvisionner. J'allais faire quelques courses dans le quartier. Je me dépêchais. J'avais scrupule à la laisser seule. Le reste du temps nous restions confinés dans l'appartement, où je regardais la vie par la fenêtre tandis qu'elle peaufinait notre arrêt de mort. Car c'était bien de cela qu'il s'agissait : cette lettre, cet article, cette tribune qu'elle croyait libre, cette ultime tentative, absurde et désespérée, nous condamnait à coup sûr. Jamais l'ennemi ne laisserait passer ça. C'était notre testament qu'elle s'acharnait à écrire. Il serait sans doute parfait. Et personne ne le lirait.

C'était l'été, ma belle. C'était notre dernier été.

Michelle avait sélectionné une vingtaine de quotidiens, nationaux et locaux, auxquels elle comptait envoyer son papier. Du *New York Times* au *Houston Chronicle*, du *Chicago Tribune* au *Dallas Morning News*. La notoriété, l'intégrité (présumée), la situation géographique et l'importance du tirage avaient constitué ses principaux critères de choix. Ce serait une première salve, m'avait-elle dit. Si cela ne suffisait pas, si rien ne bougeait, il y en aurait une deuxième, avec d'autres journaux. Puis une troisième, et ainsi de suite. Elle m'avait expliqué cela avant le vol des cahiers, au temps où elle ne s'était pas encore totalement renfermée sur elle-même. Un temps si proche, et qui me paraissait si lointain. Je conservais alors un brin d'espoir : peut-être qu'un bouleversement aurait lieu d'ici là, une découverte ou une catastrophe majeure (de l'eau et des fleurs sur Mars, une attaque d'aliens, la destitution de notre président, ou son assassinat, ou son coming out, son remplacement par un homme de couleur, par un homme de gauche, ou encore un séisme rasant New York, le décès d'Oprah Winfrey, de Michael Jackson, de Michael Jackson chez Oprah Winfrey, en direct, la résurrection de Richard Nixon, une troisième guerre mondiale…), un événement de grande ampleur, quel qu'il soit, qui détournerait son attention et la ferait abandonner son sinistre projet. Mais rien. Rien ne s'était produit, et ma petite lueur d'espoir s'était éteinte quand Michelle avait allumé sa bougie.

Voici venir l'heure tant redoutée.

La mort ne fait pas grand bruit. Elle s'annonça, un matin du mois d'août, au son feutré d'une photocopieuse. Le léger ronronnement du moteur, le chuintement des feuilles de papier. Cela me réveilla. Je sortis du lit et découvris Michelle devant cette petite machine dont nous avions fait l'acquisition deux ans plus tôt. C'était l'aube. Ma belle était en robe de chambre, comme la veille, comme les jours précédents. Depuis des semaines elle ne s'habillait plus. Je ne savais pas si elle venait de se lever ou si elle ne s'était pas couchée. Depuis des semaines elle dormait sur le canapé du salon. Elle dut sentir ma présence et se retourna. Elle ne dit rien. Son regard avait l'éclat d'un tison ardent. [« Jaune, rouge, ou parfois incandescent, selon les versions – n'est-ce pas, Mr Sanz ? » – Zubrinsky, *op. cit.*] Elle était belle. *Michelle, ma belle, sont des mots qui vont très bien ensemble**. Des larmes me montèrent brusquement aux yeux. *I love you, I love you, I love you*. La photocopieuse s'arrêta. Michelle récupéra les copies. Je compris qu'elle avait terminé sa lettre, elle en était venue à bout. Elle ouvrit un tiroir et en sortit un paquet d'enveloppes vierges. Je ne dis rien. J'allai prendre une douche.

Je laissai mes larmes couler sous l'eau tiède.

En sortant de la salle de bains, j'eus la surprise de la trouver dans la chambre, sur le lit. Adossée aux oreillers, les copies et les enveloppes éparpillées sur le drap autour d'elle. On aurait dit une star de cinéma, à son réveil, lisant le courrier de ses fans. Je pense à Rita Hayworth. Je pense à *Gilda* et j'entends *Put the Blame on Mame*, j'entends *Amado Mio*. Mon bien-aimé. Je pense à Ingrid Bergman. À *Casablanca*. (Sait-on que c'est Ronald Reagan qui devait jouer le rôle de Bogart ?) J'entends *As Time Goes By*, et je pleure.

Elle était occupée à noter les adresses des journaux sur les enveloppes. Vingt lettres, vingt adresses. Je m'habillai. J'enfilai mes chaussures.

— Tu sors ? me demanda-t-elle.

Cela faisait un bout de temps que je n'avais pas entendu sa voix. J'en fus ému plus que de raison.

— Je vais prendre l'air, dis-je.

À cette heure, la température était encore supportable.

— Tu ne voudrais pas attendre cinq minutes ? J'aimerais que tu postes ces lettres pour moi.

Je ne sais pas si c'était de la provocation de sa part, ou si c'était une invitation sincère à la complicité, une ultime tentative pour m'inclure dans son dessein. Je ne sais pas. Peu importe.

— Non, lui dis-je.

Éternels regrets.

Elle hocha la tête. Elle n'insista pas. Je la laissai sur le lit avec ses feuilles et son stylo, et quittai la chambre, quittai l'appartement.

J'ai cueilli ce brin de bruyère
L'automne est morte souviens-t'en
Nous ne nous verrons plus sur terre
Odeur du temps brin de bruyère
*Et souviens-toi que je t'attends**

Je fis trois ou quatre tours du pâté de maisons. Sans but. Juste marcher, respirer, être dehors. Quiétude matutinale. Peu de circulation. Passe un bus totalement vide hormis une vieille dame de couleur qui regarde par la vitre. Elle porte un petit chapeau démodé. J'ai retenu ça. Le ciel était limpide, le bleu s'y diluait lentement. Le ciel est trompeur. Il n'y avait pas le moindre souffle. Ce serait une autre journée de canicule. Au bout de trois quarts d'heure, je rentrai.

La porte, j'en suis certain, était fermée à clé, telle que je l'avais laissée en partant (ces derniers temps, je vérifiais systématiquement). Je l'ouvris. Puis je me rendis tout droit dans la cuisine. Je me servis un verre d'eau et le bus, à petites gorgées, debout, le dos contre l'évier. Le silence était total, mais cela n'avait rien d'étonnant. J'eus soudain très envie de Mozart. Don Juan. Je m'apprêtais à aller mettre le disque, puis je me dis que je devrais d'abord demander à Michelle si ça ne la dérangeait pas. Je me dis que ce serait l'occasion de lui parler. Je me dirigeai vers la chambre.

Elle était toujours sur le lit. Non plus assise, mais allongée à présent. Je vis les plantes de ses pieds nus. Je vis son corps enveloppé dans le suaire de sa robe de chambre. Un pan du vêtement s'était légèrement écarté, dévoilant l'intérieur de sa cuisse, un éclat de chair pâle. Je ne vis pas son visage. Un oreiller le masquait. Un oreiller avait été enfoncé sur son beau visage. Seule une mèche dépassait, une longue mèche serpentine, brune sur le blanc. Sa main gauche était agrippée au drap, les doigts repliés, serrés sur le tissu. Je vis l'alliance à son annulaire. Le stylo à bille était tombé par terre, au pied du lit. Il n'y avait plus trace des lettres ni des enveloppes.

*L'Adieu**. *L'Adieu*, ça s'appelle. Ces quelques vers terribles et sublimes. Ce court poème de Guillaume Apollinaire que je lus à 12 ans, qui me transperça comme une lame et versa dans la plaie ouverte le goût de la beauté, des mots, de la langue. Jamais je n'aurais imaginé un jour te le dédier.

Que je sois maudit. La dernière parole que je t'aurai adressée est un « non ». Un refus. Regrets éternels. J'y pense sans cesse. Si j'avais dit oui, ma belle. Si j'avais accepté. Si j'avais attendu. Si... Que les rats me dévorent, qu'ils rongent mon cœur, mes os et mon âme – si toutefois on m'en accorde une.

Voilà.

Pas de Mozart, donc.

Ici s'achève ce récit. Je n'ai rien à ajouter. La joie ne viendra pas après la peine. Vous n'entendrez plus parler de moi. Ni d'elle. Quant aux travaux de Philip-Joseph – l'avenir de l'humanité – il y a fort à parier que vous n'en entendrez plus parler non plus. *FreePow*. Le pouvoir libre. Ou la puissance de la liberté. Choisissez.

II

Qui se souviendra de Gary Sanz ?

Satyam eva jayate.
Seule la vérité triomphe.

Devise de l'Inde

Des chiffres, d'abord :

Un Américain sur cent est en prison. 1 % de la population. Les États-Unis d'Amérique ont le taux d'incarcération le plus élevé du monde (du monde civilisé comme du monde barbare, de l'ensemble du monde connu). Le pays compte plus de détenus que la Chine. Plus que la Russie. Plus que la Chine et la Russie réunies. 25 % des prisonniers de la planète se trouvent sur notre territoire. Grosso modo. Un quart.

Que faire de ça ? Qu'est-ce que ça signifie ? L'Amérique est-elle le pays du Mal, ou est-elle celui de la Répression ?

La moitié de ce quart sont des Noirs. Le quart de ce quart sont des Latinos. 80 % des personnes inculpées vivent dans la pauvreté.

Les lois se sont considérablement durcies à partir des années 1970, et les sanctions se sont multipliées, en particulier pendant l'administration Reagan, avec la doctrine « Get tough on crime ». Soyez durs avec le crime.

Des chiffres, encore :

En 2013, on comptait 2 979 condamnés dans les couloirs de la mort.

70 % d'entre eux sont peu ou pas diplômés. 20 % souffrent de maladie ou de déficience mentales.

De 1977 à 2013, il y a eu 1 321 exécutions effectives. Dont 492 au Texas, 110 en Virginie, 102 en Oklahoma, 74 en Floride. Le quatuor de tête des coupeurs de têtes.

Durant l'année 2012, 43 exécutions ont eu lieu, dont 15 dans le seul État du Texas – plus d'une exécution par mois.

J'ai enclenché mon dictaphone (le premier, l'ancien) et j'ai dit : « Texas. À voir de plus près. Qu'est-ce qui se passe là-bas ? Pourquoi ?

Quelles particularités ? » Puis j'ai appuyé sur stop et j'ai réfléchi un moment. Comme ça, au débotté, qu'est-ce que je savais du Texas ?

Pas grand-chose. Un État du Sud. L'un des plus vastes et des plus peuplés du pays. Une économie dynamique, basée sur l'agriculture, l'élevage, les hydrocarbures – pétrole et gaz – et de plus en plus la haute technologie. La NASA à Houston. De nombreuses et grandes universités. De nombreuses et grandes églises. Une terre d'immigration. Une frontière avec le Mexique. Racisme ? Ancien État esclavagiste. État conservateur, bastion du Parti républicain depuis plusieurs années. La violence ? La criminalité ? Quand je pensais au Texas, je pensais aux westerns. Des cow-boys. Des Colt. Des Winchester. Une législation très souple sur les armes à feu. Kennedy y avait été assassiné. Bonnie & Clyde y étaient enterrés. J'avais souvenir du siège de Waco, d'une fusillade meurtrière à l'université d'Austin. Quoi d'autre ? Comme tout le monde, j'avais vu la série *Dallas* à la télé. J'avais vu *Walker, Texas Ranger*. Influence médiatique. Des clichés. Je n'y avais jamais mis les pieds.

Dictaphone : « Méfie-toi des idées reçues, mec ! »

Des chiffres, toujours :

Aux États-Unis, 40 % des condamnés à la peine capitale passent au minimum vingt ans dans les couloirs de la mort – entre le jour où la sentence est prononcée et celui où elle est exécutée. Bon nombre font le choix de renoncer à tout appel pour abréger leurs souffrances. Ils préfèrent mourir. Qu'on en finisse.

Une étude récente a démontré que 4 % au moins de ces condamnés à mort sont innocents. Une personne sur vingt-cinq.

Depuis 1973, 167 condamnés à mort ont été officiellement innocentés. Quelques-uns ont passé plus de trente ans derrière les barreaux avant d'être relâchés. (Qu'est-ce qu'on leur dit dans ces cas-là ? « Une bourde – ça arrive – désolé mon gars, j'espère que tu nous en voudras pas ! »)

C'est pire que ça en réalité, car les deux tiers des condamnés à mort voient leur peine commuée en prison à perpétuité, ce qui veut dire qu'ils ne sont ni exécutés ni libérés : les innocents sont tout simplement oubliés dans une cellule où ils vont croupir jusqu'à la fin de leurs jours.

N'est-ce pas la description de l'enfer ? De condamné à damné. Soyez durs avec le crime – dit le diable.

J'ai lu ces différents rapports et études. Je ne savais pas très bien ce que je comptais en faire. Le domaine de la criminalité m'intéressait. L'univers carcéral aussi. À la jonction des deux, au bout du bout (aux confins des confins), il y a ce qui représente à mes yeux l'endroit le plus horrifique au monde : le couloir de la mort. J'ai commencé à songer vaguement à une sorte de « sociologie du couloir de la mort ». J'ai tourné un moment autour de cette idée. Affine, Dipak, je me disais. Sujet trop vaste, trop flou. Il y a déjà eu beaucoup de travaux là-dessus. Resserre. Il fallait aller voir au-delà des chiffres et des statistiques. Ces hommes, ces femmes, qui sont-ils ? Peut-on encore parler d'êtres humains ? On utilise souvent, à leur propos, l'expression « la lie de l'humanité ». Comme on fait sa lie, on se couche… Pas drôle. Non, pas drôle du tout. Évite ce genre de dérapage, s'il te plaît. De par les actes qu'on leur reproche, de par le châtiment qu'on leur inflige, ces détenus sont-ils encore considérés comme des humains à part entière ? Se considèrent-ils eux-mêmes comme tels ? Nos semblables. Nos frères. Nous considèrent-ils, nous – la société, de l'autre côté des grilles – comme tels ?

J'ai éprouvé le besoin, l'envie, de les connaître mieux. De les connaître. De débusquer, derrière le numéro de matricule, la personne, la personnalité, son histoire.

Dictaphone : « Essaye de partir du principe que chacun d'eux pourrait être ton père, ton fils, ton cousin, ton meilleur ami. »

Dictaphone : « Il pourrait être également celui qui a ôté la vie à ton père, ton fils, ton cousin, ton ami. Il pourrait être celui qui a violé puis égorgé ta sœur. »

Je dis « il » car une très grande majorité (plus de 90 %) des condamnés à mort sont de sexe masculin. La parité n'a pas encore été établie en enfer.

J'ai senti qu'il serait difficile de ne pas juger.

Je me suis interrogé. Je me suis soumis à mon détecteur de mensonges personnel. Je me suis demandé si ce n'était pas là une manière détournée d'assouvir une espèce de curiosité, voire de fascination, malsaine, pour ces criminels ? J'ai répondu par la négative. De la curiosité, certainement, mais pas malsaine. Connaître et comprendre (tâcher de). Objectivement (si possible).

Cela constituait mes motivations initiales. Le but demeurant imprécis, mal défini. On verrait bien, au fur et à mesure, quelle direction ça pourrait prendre. À toutes fins utiles. Je me laissais une porte de sortie. Je pouvais à tout moment laisser tomber, sans trop de regret, sans trop de gêne, puisque je ne m'engageais pas à démontrer quoi que ce soit. Pour le dire autrement, je tâtais le terrain : s'il était infertile, ou s'il était miné, libre à moi d'en changer. Pas très courageux comme démarche. Pas très scientifique non plus, je le reconnais. Je ne m'en suis même pas ouvert à mes enseignants. J'attendais de voir.

La première chose à faire était donc d'aller regarder de plus près à quoi ressemblaient ces types.

On peut dire ce qu'on veut, merci Internet. Loué soit Google ! L'outil magique pour un chercheur. Au moins pour dégrossir, pour les travaux d'approche. J'ai fureté pendant quelques jours avec ma petite souris. Récolté pas mal d'infos sur pas mal de sites. En vrac. Je stockais.

Pour commencer :

Les condamnés à la peine capitale ne sont pas mélangés aux autres prisonniers, ils sont regroupés dans des unités spécifiques : les fameux couloirs de la mort. Il n'existe pas vraiment de normes nationales pour réglementer les conditions de détention à l'intérieur de ces unités. Cela dépend des États, des gouverneurs de ces États, des prisons, des directeurs de ces prisons. À la libre appréciation de chacun. Cela va du pire au moins pire. Prenons par exemple (et pas par hasard) le Texas. C'est le pire. Le couloir de la mort de cet État se situe dans l'unité Allan B. Polunsky, à Livingston. Une des prisons les plus dures du pays, avec un règlement des plus drastique. Régime d'isolement strict. Chaque détenu occupe une cellule de 4,32 m^2. Il y est enfermé vingt-trois heures sur vingt-quatre la semaine, vingt-quatre heures sur vingt-quatre le week-end. Du lundi au vendredi, en principe, il peut se dégourdir les jambes pendant une heure dans une sorte de cour intérieure qui n'est, en réalité, qu'une cellule un peu plus vaste mais avec, ô délice, un plafond grillagé ouvrant sur le ciel. De l'air. Cette « promenade » est supprimée les jours de pluie. Elle est supprimée le samedi et le dimanche à cause de problèmes financiers : coût des gardiens les jours fériés.

Lumière artificielle. Soleil au néon. Les cellules n'ont pas de fenêtre, l'unique ouverture visuelle sur l'extérieur est un très mince soupirail de quelques centimètres placé tout en haut d'un mur. Debout sur le lit, vous pouvez apercevoir une vague portion d'horizon, pour les plus chanceux, ou le mur de béton d'une autre unité, pour les autres. On ne choisit pas sa cage ni son exposition.

Journée type d'un condamné à l'unité Polunsky :

3 h 00 : petit déjeuner

7 h 00 : récréation (intérieure)

10 h 00 : déjeuner

12 h 00 : douche

16 h 00 : dîner

23 h 30 : nettoyage

Pourquoi ces horaires ? je me suis demandé. Pourquoi un petit déjeuner à trois heures du matin, un déjeuner à dix heures, un dîner à quatre heures de l'après-midi ? J'aurais dû deviner : c'est toujours une question d'argent. Il s'agit de faire des économies sur les rotations du personnel de surveillance. Les établissements pénitentiaires sont des entreprises. Il faut que ça tourne. Il faut être bon gestionnaire.

Je me suis demandé ce qu'était une « récréation » (intérieure). La fameuse promenade ? Je me suis demandé en quoi consistait le « nettoyage ». Je me suis demandé, surtout, ce que faisaient les détenus entre ces différentes étapes. Le Texas est le seul État interdisant la télévision dans le couloir de la mort. On ne peut rien posséder dans sa cellule. On a droit à deux ou trois livres en provenance de la bibliothèque de la prison. On a droit à la Bible. On peut prier. On peut méditer. On peut réfléchir à sa conduite. On a droit à un radio-réveil transparent, à quelques accessoires de toilette et des sous-vêtements. Selon le bon vouloir de la Direction, on peut se voir octroyer du papier et des crayons. On peut écrire, dessiner. Des prisonniers ingénieux parviennent à réaliser des sculptures avec de la pâte à papier. Ils fabriquent des pinceaux avec des cheveux. On peut créer. Selon leur bon vouloir, les gardiens peuvent détruire ou réquisitionner ces créations. On peut faire des exercices, faire travailler son cerveau, sa mémoire, on peut compter : les ans, les mois, les semaines, les jours, les heures, les minutes, les secondes. Souvent, on n'a pas assez de doigts, pas assez de mains pour ça. On peut compter à rebours quand la date fatidique est fixée. On peut devenir fou. Beaucoup le sont déjà.

Dans certains établissements, les cellules sont fermées par des portes à barreaux. Un privilège. Les détenus peuvent alors communiquer entre eux, ça gueule, ça fuse, des discussions collectives ou des discussions particulières pour lesquelles il faut repérer la voix de son interlocuteur au milieu du brouhaha général. Mais ce n'est pas le cas dans l'unité Polunsky, où les portes sont pleines, aveugles, seulement munies d'un dispositif permettant de passer les plateaux repas. Il n'y a pas de réfectoire. Les condamnés mangent seuls dans leur cage. Et puisqu'on parle de bouffe : chaque année, les portions alimentaires ont tendance à se réduire. Le budget, toujours. Les repas ne varient guère. Dans les gamelles il n'est pas rare de trouver des cailloux, des insectes, n'importe quoi, au milieu des denrées potentiellement comestibles. Ils doivent malgré tout se nourrir, on ne veut pas qu'ils meurent de faim avant qu'on ne les tue.

Pourtant (paradoxe), leur santé n'apparaît pas comme une priorité. Les maladies, même graves, sont rarement prises en compte, les soins rarement adaptés. Les examens ne sont pratiqués qu'en dernier ressort. L'administration a dû reconnaître que les erreurs médicales étaient causes d'un nombre non négligeable de décès. Dans les couloirs de la mort, on meurt de tout et de rien : un mauvais (ou aucun) diagnostic, un mauvais (ou aucun) traitement, et le pauvre condamné se voit privé de son exécution.

En revanche (paradoxe), le suicide n'est pas admis. Il est totalement prohibé et étroitement surveillé. J'ai ainsi appris qu'il existait une procédure très stricte, avec trois niveaux de contrôle. Pour les condamnés de niveau un, les gardiens frappent à la porte de la cellule toutes les quatre heures, ils regardent par l'œilleton et chaque détenu doit alors s'identifier en donnant son nom et son numéro d'écrou et en montrant sa carte d'identité carcérale. Pour les condamnés de niveau deux, cette procédure est appliquée toutes les quatre-vingt-dix minutes. Pour les condamnés de niveau trois, c'est toutes les quarante-cinq minutes. Tous les trois quarts d'heure, de jour comme de nuit, sans répit, ils doivent satisfaire à cette obligation. Autant dire que leur sommeil est un peu haché. Ceci afin de vérifier qu'ils sont bien là, à leur place, et qu'ils ne se sont pas donné la mort sans autorisation avant qu'on ne les tue.

Dictaphone : « Quid de la *Convention des Nations Unies contre la torture et autres peines ou traitements cruels, inhumains ou dégradants*, que les États-Unis ont signée et ratifiée ? Est-ce que notre grande et belle nation ne s'assiérait pas dessus ? Est-ce que notre pays exemplaire ne serait pas en train de piétiner allégrement les droits de l'homme les plus élémentaires ? »

Dictaphone : « Est-ce vraiment une surprise pour toi ? »

Dictaphone : « Qui surveille les surveillants ? »

Lors de tout déplacement hors de sa cellule, le condamné est entravé par des menottes ou des chaînes. Pour se rendre à la douche, à la promenade, au parloir.

Dans le parloir, le condamné est séparé de son visiteur par une vitre blindée. Aucun contact possible. J'ai lu le témoignage d'une femme qui a épousé un condamné à mort. Les autorités pénitentiaires ne leur ont pas permis d'être dans la même pièce pour célébrer leur union. Depuis qu'ils se connaissent, les deux amoureux ne se sont jamais touchés. J'ai lu le témoignage d'une mère qui vient visiter son fils, qui elle non plus n'a pas pu le toucher, le caresser, l'embrasser depuis douze ans, qui ne pourra vraisemblablement plus jamais le faire jusqu'à sa mort, et qui déplore que de nouvelles restrictions viennent régulièrement s'ajouter pour les visites. Des décisions arbitraires. Des humiliations. Parfois, on lui refuse l'accès à la dernière minute sous un prétexte absurde. On lui fait ôter son soutien-gorge s'il contient des baleines. On fouille sa voiture à l'arrivée, on la fouille à son départ. Tout est fait pour la décourager de venir. Elle n'a pas d'autre choix que de se soumettre à ces exigences si elle veut continuer à voir son enfant.

Hormis les communications avec leurs avocats, les condamnés n'ont droit qu'à un appel téléphonique tous les trois mois. L'appel ne doit pas excéder cinq minutes.

Voilà pour les premières informations que j'ai pu glaner, ici et là, sur les conditions de vie dans les couloirs de la mort, dans celui de l'unité Polunsky, au Texas, en particulier.

Dictaphone : « Qui sont les hommes et qui sont les bêtes ? »

Dictaphone : « Ce dicton : Celui qui promène son chien est au bout de la laisse. Question : Et celui qui enferme son chien derrière des grilles ? »

Et puis je les ai vus.

Sur les pages en ligne du *Texas Tribune* il y avait un trombinoscope : les 213 condamnés actuellement détenus dans le couloir de la mort de cet État. 207 hommes et 6 femmes. On pouvait voir leurs visages. On pouvait découvrir leurs noms, leur race, leur âge, les crimes dont ils étaient accusés et le temps qu'ils avaient déjà passé dans l'unité Polunsky. Les photos étaient des clichés d'identité en noir et blanc. Gros plans. Tous portaient le même uniforme dont on apercevait le haut du col. Tous les gars avaient le crâne rasé ou presque. Comme on peut l'imaginer, ils ne souriaient pas. Ils avaient l'air mauvais, inquiet, perdu, absent, défiant, cinglé, selon les cas. Sur le site du TDCJ (Texas Department of Criminal Justice), j'ai trouvé leurs fiches anthropométriques.

Clinton Y., 36 ans, race blanche, condamné pour avoir tué deux hommes afin de voler leur véhicule, enfermé dans le couloir de la mort depuis seize ans et onze mois (entré à 20 ans). David L., 62 ans, race blanche, condamné pour avoir tué le bébé de sa compagne en le faisant tourner dans une machine à laver, attend son exécution depuis vingt-sept ans et deux mois. Washington T., 61 ans, race noire, convaincu du meurtre de deux employés de magasin, dans le couloir de la mort depuis trente-trois ans et trois mois. Gustavo S., 27 ans, race hispanique, reconnu coupable d'avoir tiré sur un agent de la police des frontières, enfermé ici depuis cinq mois (un petit nouveau). Raymond V., 69 ans, race noire, accusé du cambriolage et du meurtre d'une jeune femme, incarcéré depuis quarante-quatre ans et deux mois. J'ai relu ce chiffre, croyant m'être trompé. Mais non, c'était bien ça : quarante-quatre années déjà passées dans le couloir de la mort de l'unité Allan B. Polunsky à Livingston, Texas. Record à battre pour cet État.

Une litanie de portraits, de meurtres, de drames sordides, de vies gâchées, d'années de prison. À eux tous, ils comptabilisaient 3 471 ans de réclusion dans le couloir de la mort. Soit 1 500 ans de plus que le temps qui nous séparait de la naissance du Christ. Soit trente siècles de plus que le temps écoulé depuis que Christophe Colomb avait découvert l'Amérique.

Dictaphone : « Si tu utilises des chiffres, fais-le dans des limites scientifiques et rationnelles. »

Dictaphone : « Y a-t-il quelque chose de rationnel là-dedans ? »

J'ai lu toutes les fiches. Une par une. J'ai pris le temps de détailler, de fouiller, de creuser. Je suis allé sur d'autres sites pour recueillir tout ce que je pouvais sur chacun de ces individus, sur chacune de ces histoires.

C'est comme ça que je suis tombé sur Gary Sanz.

En voilà un qui défiait les statistiques. Un cas que l'on pouvait qualifier d'atypique. Homme de race blanche, appartenant à la classe moyenne supérieure, éduqué, cultivé, professeur d'université, écrivain, poète. Cherchez l'erreur. Que faisait-il au milieu de ces pauvres types qui, pour la plupart, étaient issus d'un milieu très défavorisé, qui étaient des marginaux, des délinquants, des drogués, qui avaient été des gamins maltraités, abusés, déscolarisés, perturbés, qui avaient des parcours et évoluaient dans des univers complètement différents des siens ? Un intrus. Sur le papier (sur l'écran), Gary Sanz ressortait comme un cheveu sur la soupe immonde qu'on faisait avaler aux détenus de l'unité Polunsky.

L'homme avait été arrêté en 1999. Il avait été jugé et reconnu coupable du meurtre de sa femme, Michelle Sanz. Il avait écopé d'une peine de prison à perpétuité.

Lors d'un second procès, en 2000, il est jugé et condamné pour un crime antérieur au premier : le cambriolage et l'assassinat de Jane Garett, la tante de sa femme. Cette fois, il écope de la peine capitale.

Gary Sanz a toujours nié être l'auteur de ces crimes.

Le problème, quand l'objectif n'est pas précisément défini au départ, c'est qu'on a vite fait de dériver. C'est ce qui s'est passé. D'une vague et générale sociologie des couloirs de la mort, j'ai glissé vers une espèce de socio-psychologie particulière d'un condamné. Un seul. J'ai focalisé sur lui. Sur ce qu'on pourrait appeler « l'affaire Gary Sanz ». Et j'ai franchement débordé du cadre d'un travail universitaire. À l'heure où j'écris ces lignes (automne 2014, il pleut sur Fairmont), j'ai abandonné l'idée d'en faire ma thèse de doctorat. Ça ne passera pas – ni le sujet ni la méthode. Cependant, je ne sais pas quoi en faire d'autre. Ce texte, si jamais je parviens à le mener à bien, devrait ressembler à quelque chose comme un reportage, un article de fond, il pourrait s'apparenter aussi à une sorte d'enquête, ou plutôt de contre-enquête. Un témoignage, quoi qu'il en soit, étayé par ce que j'ai appris, ce que j'ai découvert, nuancé par mes doutes et mes interrogations, et peut-être conclu par mes convictions personnelles. Si (encore une fois) j'arrive jusqu'à la conclusion. Si rien ni personne ne s'y oppose. J'avoue que je ne suis pas serein. Certains événements me donnent à penser qu'on pourrait m'empêcher d'aller au bout. Le sujet est sensible.

Dictaphone (le nouveau) : « Accroche-toi, mec. C'est le Pulitzer qui t'attend ! »

On se motive comme on peut.

Je dois écrire ce truc. Je dois le terminer. Je dois le publier. Je dois faire concurrence à Gary Sanz lui-même. Pourquoi ne serais-je pas le prochain Truman Capote, le prochain Norman Mailer ?

Bon. OK.

J'ai donc fait la connaissance, virtuelle, de cet homme, au début de l'année 2013. Il faisait partie des condamnés à mort de l'unité Polunsky. Il se trouvait dans le couloir de la mort depuis plus de treize ans. Je n'avais jamais entendu parler de lui avant ça.

Si l'on tape son nom sur un moteur de recherche apparaît en premier lieu sa fiche Wikipédia. Succincte. Viennent ensuite divers articles de presse qui datent essentiellement de son arrestation et de ses deux procès. C'est ce qu'on trouve en général pour les criminels. Cela m'a permis d'en apprendre un peu plus sur les faits qui lui sont reprochés. Si l'on en croyait ces extraits de journaux, Gary Sanz était un monstre. Calculateur, dissimulateur, manipulateur. Un assassin au sang froid, capable d'étouffer sa propre épouse avec un oreiller pendant son sommeil, capable de tirer à bout portant sur une vieille dame quasiment aveugle. Un être abject et dangereux. J'ai eu beau lire ces lignes avec attention, les mobiles, les raisons qui l'auraient poussé à commettre ces meurtres ne m'apparaissaient pas clairement. Des crimes gratuits ? Quelques journalistes le surnommaient Professeur Jekyll. Enseignant irréprochable le jour, meurtrier impitoyable la nuit. Ils laissaient entendre que l'accusé aurait peut-être l'esprit dérangé. Gary Sanz n'avait pas subi d'examen psychologique au cours de ses procès. Pour sa défense, il évoquait un obscur complot, de grande envergure, dont sa femme, la tante de sa femme, et même le frère de sa femme, précédemment, auraient été les victimes. Toutefois, il n'avait pu présenter au jury la moindre preuve tangible de l'existence de ce complot. Les journalistes estimaient que c'était une erreur de la part de son avocat que de n'avoir pas exigé d'expertise psychiatrique, cela lui aurait sans doute permis d'éviter la peine capitale.

Dictaphone : « Ces journalistes ignorent probablement que les tribunaux du Texas ne s'embarrassent pas de ce genre de considérations. Bon nombre d'inculpés reconnus malades mentaux ont quand même été condamnés à mort dans cet État, et bon nombre y sont régulièrement exécutés, en dépit de la législation de notre pays. »

Tout ça me laissait une drôle d'impression.

Les pages suivantes, dans les résultats du moteur de recherche, étaient plus insolites (dans le cas d'un criminel) : il s'agissait de sites de vente en ligne sur lesquels étaient proposés les ouvrages écrits par Gary Sanz.

Il était l'auteur de trois recueils de poésie et d'un récit biographique. Son premier recueil, *Dans les pas des géants*, était paru en 1988. Le deuxième avait été publié cinq ans plus tard et il avait pour titre *Orages et autres féeries*. L'argumentaire du troisième recueil signalait le fait que celui-ci avait été écrit en prison, au cours des années 1999 et 2000, c'est-à-dire après le premier procès de Sanz, alors qu'il était incarcéré au pénitencier de Beaumont. L'ouvrage s'appelait (ironiquement) *Feuilles libres*. Les trois livres étaient publiés par le même éditeur, The Mockingbird Publishing. D'après mes renseignements, c'était une librairie, située à Fort Worth, qui avait élargi ses activités au domaine de l'édition et fait paraître quelques textes, principalement poétiques ou pamphlétaires, de quelques auteurs régionaux. Une entreprise plus militante que commerciale, aussi modeste que son catalogue, que son lectorat, que son chiffre d'affaires. Lorsque j'ai voulu la contacter, j'ai appris que le propriétaire avait mis la clé sous la porte.

Pour son quatrième ouvrage, Gary Sanz changeait de registre. Le livre s'intitulait *Qui se souviendra de Phily-Jo ?* et il n'était que peu question de poésie dans ses pages. C'était un récit dans lequel l'auteur revenait sur les événements tragiques auxquels il avait été mêlé. « Une histoire vraie », ou présentée comme telle. Sa version des faits, en quelque sorte. Un brin racoleur (The Mockingbird Publishing espérait peut-être en faire son best-seller), l'argumentaire insistait cette fois sur l'aspect sordide du drame – les meurtres – et sur l'aspect vécu – tout est réel. Chronologiquement, l'écriture de ce texte précède celle du recueil *Feuilles libres*. Sanz l'a rédigé durant les mois qui ont suivi la mort de sa femme. Il n'était pas encore derrière les barreaux. Il ne savait même pas qu'il serait arrêté et condamné. Mais, pour des raisons qui m'échappent, le livre a été publié plus tard. L'éditeur avait-il retardé sa sortie en comptant surfer sur la vague publicitaire du procès ? Cela aurait pu fonctionner si la date de parution choisie n'était malencontreusement tombée le 12 septembre 2001. Il semble qu'à ce moment-là, l'Amérique avait d'autres chats à fouetter. Je n'irai pas jusqu'à soupçonner que l'attentat du World Trade Center ait été programmé dans ce but, mais, de fait, le plaidoyer de Sanz était passé totalement inaperçu. Un murmure au milieu du vacarme.

Je n'ai trouvé sur le Net absolument aucune critique, aucun article, aucun compte rendu sur aucun des livres de Gary Sanz. Son œuvre littéraire ne paraissait intéresser personne. Sauf…

Oui, c'est une des surprises que ce travail me réservait. De fil en aiguille, de lien en lien, j'ai quand même fini par tomber sur la mention d'un essai intitulé *La Vérité sur un faux poète*, écrit par un dénommé Deon Zubrinsky, et qui semblait entièrement consacré à l'œuvre de Gary Sanz. Incroyable ! Mais il est encore trop tôt pour en parler. J'y reviendrai.

Ces bouquins proposés sur les sites provenaient certainement d'un stock d'invendus, ou bien c'étaient des livres d'occasion. J'imagine que le tirage initial était assez limité, ce qui ajoutait à la rareté des exemplaires encore en circulation, ce qui était censé justifier le prix prohibitif auquel ils étaient mis en vente. Les mémoires dédicacées de Charles Manson, je peux comprendre, mais qui serait prêt à mettre 75 $ pour acquérir *Feuilles libres* par Gary Sanz ?

Moi.

J'ai commandé les quatre titres. Ça m'a coûté 314,80 $ au total.

Dictaphone : « Quand tu auras le Pulitzer, pense à en envoyer un exemplaire dédicacé à ton banquier. »

Je les ai reçus en moins d'une semaine. Je les ai lus, en commençant par les recueils. Je n'y connais rien en poésie. Hormis les quelques poètes étudiés à l'école, je n'ai pas souvenir de m'être confronté à ce genre de littérature. Je ne jugerai donc pas du talent de Gary Sanz dans ce domaine, ou de son absence de talent. Pour être honnête, ses poèmes m'ont laissé de marbre. En refermant le dernier recueil, je regrettais amèrement l'argent dépensé et j'envisageais de renvoyer les livres sans tarder pour essayer de me faire rembourser (trois cent quatorze dollars, ça représentait presque un quart de mon budget mensuel). Puis je me suis attaqué au récit. *Qui se souviendra de Phily-Jo ?*

Un texte très curieux si on y regarde de près. Sanz le présente au début comme une biographie de son beau-frère, alors que les trois quarts des pages ne concernent que lui-même. C'est sa propre histoire qu'il raconte. Le personnage principal, c'est lui. D'ailleurs, il ne s'y donne pas forcément le plus beau rôle, confessant souvent qu'il est quelqu'un de lâche, de veule, d'égoïste, voire d'idiot. Un jugement sévère, peut-être juste, qui semble en tout cas sincère. Gary Sanz relate dans cet ouvrage des événements graves, tragiques, sur un ton léger, détaché, carrément humoristique parfois, et qui peut paraître choquant (qui moi, pour le coup, m'a mis mal à l'aise). Il y exprime son immense amour pour son épouse, Michelle, qu'on l'accuse pourtant d'avoir froidement assassinée. Il y retrace une série de faits qui, s'ils étaient avérés, prouveraient largement son innocence. Il ne l'a pas écrit à cette fin puisque la rédaction est antérieure à son procès, à aucun moment il ne cherche à se justifier puisque rien ne lui avait encore été reproché, mais ce qui est étonnant c'est que les éléments exposés dans ce récit auraient pu servir de base à une plaidoirie en sa faveur, or ni son avocat ni lui ne les avaient utilisés pour sa défense. Ou très peu. Ou très mal.

Une explication possible à ça : Sanz, ainsi qu'il le répète à plusieurs reprises, doutait fort que l'on accorderait le moindre crédit à cette histoire. Il ne croyait pas qu'on pourrait le croire et, d'une certaine façon, il s'y résignait.

Dictaphone : « Est-ce que quelqu'un a tout de même pris la peine de lire ce texte ? Est-ce que je suis le premier ? Le seul ? Est-ce que quelqu'un s'est interrogé à ce sujet ?... Bon Dieu, c'est la vie d'un homme qui est en jeu ! »

Parce que si ce que Sanz décrivait était vrai, cela faisait de lui non plus un assassin mais une victime supplémentaire, il n'était plus le monstre proclamé, c'était la décision judiciaire qui était monstrueuse, c'était la pseudo-justice qu'on lui rendait, c'était son incarcération et son exécution programmée !

Sans même parler de l'invention extraordinaire de son beau-frère, cette machine baptisée *FreePow*, dont il révélait l'existence et qui pourrait effectivement changer la face du monde si elle était confirmée.

Et ce complot qu'il dénonçait ? Les forces occultes. La mystérieuse Pieuvre Noire. Difficile à avaler, c'est vrai, mais après tout les exemples ne manquaient pas (Watergate, Irangate, etc.) de dissimulations, d'agissements et d'arrangements cachés, illégaux, d'opérations secrètes, de scandales mettant en cause de hauts responsables du gouvernement ou de grandes sociétés. Un paquet d'antécédents. J'ai pensé à Robert Bilott, bien sûr. J'ai pensé à Erin Brockovich. J'ai pensé à Julian Assange. Dernièrement, les révélations de WikiLeaks en avaient mis encore un bon coup à notre crédulité, à notre naïveté.

Est-ce que tout ce que racontait Gary Sanz n'était qu'un tissu de mensonges ? Est-ce que ça relevait de la pure fiction ? Du délire ?

J'étais ébranlé. Après la lecture de ce récit, il m'a semblé que ça valait la peine d'approfondir. De m'investir. J'ai pensé à ce type isolé dans sa cellule. J'ai pensé aux 4 % d'innocents dans les couloirs de la mort. J'ai pensé à mes ancêtres.

Dictaphone : « *Satyam eva jayate.* Seule la vérité triomphe. »

La devise de l'Inde. Les seuls mots que je connaisse dans cette langue. Je me suis dit que je mettrais ça en exergue à mon propre récit.

FreePow.

L'énergie libre.

Un domaine auquel je n'entendais rien. Mais cela constituait le point de départ de cette histoire. À en croire Sanz, toute l'affaire, meurtres compris, y était directement liée. C'est pourquoi j'ai choisi cet angle d'attaque. Si ce qu'il racontait là-dessus ne tenait pas la route, ce ne serait peut-être pas la peine d'aller plus loin. Avant de me lancer éventuellement sur le terrain, j'ai donc poussé plus avant mes investigations virtuelles.

Premier constat : pour le secret, c'était raté. Ce sujet soi-disant tabou, dont les forces occultes chercheraient à étouffer la divulgation, était très présent sur la toile. Des milliers de pages y étaient consacrées, le plus compliqué n'étant pas de les trouver, mais d'en faire le tri. J'ai remonté mes manches et je m'y suis mis. Et je vais prendre maintenant le risque de résumer ce que j'ai pu lire, non sans demander l'indulgence pour mes possibles erreurs de compréhension, d'interprétation ou de restitution – d'avance, merci. Le profane va tâcher de ne pas trop profaner.

L'énergie libre est aussi appelée énergie de l'espace, énergie cosmique, énergie du champ du vide ou encore énergie du point zéro. Elle désigne une forme d'énergie comprise dans la structure même de l'espace, constituée de fluctuations électriques désordonnées, ces fluctuations étant trop petites et trop rapides pour pouvoir être détectées par les instruments de mesure habituels. La science traditionnelle s'appuie en particulier sur la deuxième loi de la thermodynamique, dite loi de l'entropie, pour affirmer que l'énergie libre ne peut pas être utilisée à des fins pratiques parce que le désordre ne peut pas être transformé en système organisé. Toutefois, d'autres physiciens, et non des moindres (dont le fameux Erwin Schrödinger), ont semble-t-il démontré qu'un système désordonné pouvait évoluer en un système ordonné et ont créé le terme de « néguentropie » pour nommer cette loi. Cela tendrait à prouver que la loi de l'entropie n'est pas la seule qui règne dans l'univers. À partir de là, on peut imaginer mettre en place un mécanisme qui puiserait cette énergie cosmique et permettrait de créer des machines à surunité (c'est-à-dire capables de produire plus d'énergie qu'elles n'en consomment). Ce que le beau-frère de Sanz prétend avoir réalisé avec sa *FreePow*.

Nikola Tesla est sans doute le père ou le grand-père de cette idée. Peut-être que dans les années 1980 et 1990, à l'époque où Philip-Joseph Deloncle rédigeait ses cahiers, le nom de Tesla était encore très méconnu du public, mais il a été largement réhabilité depuis. Exhumé de sa tombe, aujourd'hui on le trouve partout sur Internet. Plus grand-chose de secret, là non plus. Tesla était un génie, c'est désormais connu et reconnu. On lui doit le moteur électrique à induction, la radiotélégraphie, la télécommande par radio, les lampes à fluorescence et beaucoup d'autres merveilles scientifiques. C'est également son système de courant polyphasé qui a prévalu pour entrer dans l'ère de l'électricité moderne, et non le courant continu de Thomas Edison. Ceci est vrai.

On dit que le procédé sur lequel travaillait Tesla devait permettre à n'importe qui dans le monde de puiser librement dans l'énergie de l'espace. On dit que la menace était telle, pour les grandes compagnies distributrices d'électricité, qu'elle provoqua l'arrêt du financement de ses recherches et la disparition progressive de son nom dans les manuels. Il existerait, paraît-il (je ne l'ai pas trouvé), un article du *Daily News*, datant de 1934 et intitulé « Le rêve de puissance sans fil de Tesla est proche de devenir une réalité », dans lequel serait décrit l'essai prévu d'une automobile fonctionnant à l'énergie libre. Mais cette annonce n'a pas eu de suite. Ceci reste à prouver.

Léger hiatus dans l'histoire : contrairement à ce qu'avançait P. J. Deloncle, Tesla ne serait pas mort tout seul comme un chien dans une chambre miteuse. On dit qu'il vécut au contraire les dernières années de sa vie dans le plus luxueux des hôtels de New York. Aux frais de qui ? Pour les adhérents à la thèse du complot, cela démontre que le savant s'était laissé corrompre. On l'avait soudoyé, on avait acheté l'abandon de ses recherches et son silence.

J'ai pris soin de vérifier tous les noms des inventeurs cités par Sanz et son beau-frère. Ces hommes ont bien existé et leurs malheurs (menaces, exactions...) correspondent aux renseignements que j'ai pu trouver sur la toile. Je dois dire qu'il y en a beaucoup d'autres. Les exemples pullulent de ces chercheurs en nouvelles énergies qui se plaignent d'avoir été empêchés dans leurs travaux. Toutes les méthodes sont bonnes pour mettre un frein à leurs projets : espionnage, harcèlement, pression, cambriolage, effraction, perquisition, confiscation, destruction, arrestation, agression, et jusqu'à l'élimination physique. Je me permets de reproduire ci-dessous un extrait d'une lettre ouverte écrite par un scientifique nommé Paul Brown et datée de 1991 :

« *... Depuis février 1987, ma compagnie et moi-même avons été persécutés par le Département d'État de la Santé, puis le Département des Finances de l'Idaho a porté plainte contre nous... J'ai commencé à recevoir des menaces, on m'a accusé de fraude, mon responsable fiscal puis ma femme furent agressés. On cambriola ma maison à trois reprises. On m'accusa deux fois de trafic de drogue. J'ai perdu ma maison, et tout récemment, la voiture de ma mère a subi un attentat à la bombe... Si je vous parle de tout cela, c'est pour vous dire qu'il ne s'agit pas de coïncidences. Je comprends maintenant pourquoi certains inventeurs disparaissent de la société. Mon conseil est le suivant : gardez un profil bas jusqu'à ce que vos travaux soient terminés, choisissez avec soin vos partenaires en affaires, protégez-vous ainsi que votre famille, sachez que ces histoires de cauchemars sont vraies... Ne perdez jamais la Foi.* »

Des propos qui sèment le trouble. Qui provoquent la compassion ou l'indignation. Le problème, c'est qu'ils sont à peu près invérifiables. Il faut croire Mr Brown sur parole. Il faut, comme il le dit, avoir la foi – une foi aveugle. C'est le cas pour la plupart des témoignages de ce genre. Leur quantité ne garantit pas leur véracité. L'effet de nombre est renforcé par le fait que ces témoignages sont repris de sites en sites, de pages en pages, ils se répètent, à la virgule près, quasiment à l'infini. Des copiés-collés qui font boule de neige et nourrissent la machine conspirationniste. Où se cache la source originelle ? Quel est son degré de fiabilité ?

En 2004, le docteur Eugene Mallove, scientifique diplômé du MIT et de Harvard, a été assassiné. Ceci est un fait. Mallove était un fervent défenseur de la « fusion froide » (autre forme d'énergie nouvelle fortement controversée). Les partisans de l'énergie libre voient derrière son meurtre la main armée des forces occultes, hostiles à leur cause (en clair : la Pieuvre s'est débarrassée de ce gêneur). Ceci est l'interprétation du fait. L'enquête judiciaire, après pas mal de cafouillages, a conclu à un simple crime crapuleux, une affaire personnelle sans rapport aucun avec les travaux du docteur Mallove. Ceci est la version officielle, dont se serviront les complotistes pour affirmer que les flics sont complices du complot… Et le serpent se mord la queue, et la polémique grossit, et devant son écran le pauvre Dipak s'arrache les cheveux.

Dictaphone : « Que croire ? Qui croire ?… Leitmotiv assené par Gary Sanz lui-même. Lucide, le gars. Ou joueur ? »

J'ai appris qu'il y avait d'autres moyens, plus subtils, moins violents, pour contrecarrer les plans des chercheurs et inventeurs : s'attaquer aux brevets. Si, malgré les difficultés administratives et financières, vous parvenez à déposer un brevet pour votre invention, de grosses compagnies peuvent tout simplement l'acheter afin que personne ne puisse l'utiliser. Votre invention demeurera alors inconnue, et inutile, en toute légalité.

Ou mieux – ou pire : si vous faites une demande de brevet à l'Office des Brevets américain, le gouvernement peut très bien « classer » vos travaux et les placer sous le coup d'une injonction au secret.

INJONCTION AU SECRET

Article 35 de la Loi U.S. (1952), paragraphes 181-188

Il est signifié au déposant de brevet nommé ci-dessus, à ses héritiers et tous ceux à qui il est transmis, et tous ses

> hommes de loi et agents ce qui suit : Par la présente, notification vous est donnée qu'il a été trouvé dans votre application identifiée ci-dessus une matière dont la divulgation non autorisée serait préjudiciable à la sécurité nationale, et il vous est ordonné de ne publier ni divulguer en aucune manière l'invention ou toute matière s'y rapportant y compris des détails non publiés jusqu'à présent sur la dite application, et en aucune façon à toute personne n'ayant pas connaissance de l'invention avant la date de l'injonction, y compris tout employé des mandants, mais de garder le même secret excepté par consentement écrit obtenu préalablement du Commissaire aux Brevets, sous peine des sanctions prévues par l'Article 35 du Code Pénal U.S., paragraphes 182-186…

Etc., etc. Et dès lors vous n'avez ni le beurre ni l'argent du beurre, ni même le droit d'aller discuter avec la fermière d'à côté. On dit que des milliers d'inventeurs américains ont ainsi été réduits au silence.

On dit. Qui on ? Qui dit ?

Dans les méandres de la toile, des personnes bien informées nous expliquent que la diffusion de la technologie de l'énergie libre est contrôlée par un gouvernement de l'ombre composé de diverses sociétés secrètes, comme le groupe Bilderberg ou les Illuminati. Cela m'a rappelé le premier réflexe de Gary Sanz face aux allégations de son beau-frère : « Et pourquoi pas les extraterrestres ? » Le processus conspirationniste est relativement bien connu, et l'on sait que finalement ce type d'arguments le dessert. C'est trop. Pour une majeure partie du public, le complot en perd de sa crédibilité. Mais le processus de la désinformation aussi est connu, et cette technique en fait partie : l'exagération, la démesure engendrent la confusion, qui engendre à son tour le désintérêt. Si vous voulez tuer votre chien, dites qu'il a la rage. Si vous ne voulez pas qu'on sache qu'il a la rage, dites qu'il a le sida.

À ce stade, je n'avais pas encore réussi à me faire une opinion tranchée sur l'énergie libre. J'avais le sentiment que tout ce que je lisais se rapportait plus à un débat idéologique que scientifique.

A priori, j'étais plutôt sceptique quant à l'existence de ce type d'énergie, et très réticent quant à l'idée d'une vaste conspiration dont elle serait victime. Pourtant, les défenseurs de cette thèse étaient beaucoup plus nombreux sur Internet que ses détracteurs. Je n'avais repéré, ici ou là, que quelques voix discrètes de physiciens la qualifiant de fantasme, d'absurdité, de supercherie ou de pure et simple escroquerie. Je me suis dit qu'il serait intéressant de pouvoir en discuter en direct avec un spécialiste. Sur les conseils et par le biais de Rachel, une ex-petite amie, étudiante en physique, j'ai pris contact avec le professeur Neumann, enseignant à l'université de Virginie-Occidentale. « Très sympa, tu verras », m'avait dit Rachel. J'ai expliqué au professeur que j'étais étudiant en sociologie à la même université et que j'avais besoin de quelques renseignements pour des recherches que j'étais en train de mener. Il a gentiment accepté de m'accorder un peu de son temps.

Le docteur Henry Neumann dirigeait le département de Physique et Astronomie. Je m'attendais à voir un vieux monsieur en blouse blanche, avec des lunettes à double foyer et une petite barbiche, mais c'est un homme d'une quarantaine d'années, élégant et décontracté, qui m'a reçu dans son bureau. Il avait un air de Tom Hanks. La pièce était étroite et sombre, et le chauffage était en panne. Le docteur se réchauffait en faisant rouler un gobelet de café entre ses paumes. « Que puis-je pour vous ? » il m'a demandé. Je craignais un peu sa réaction : allait-il me rire au nez ou se mettre en colère lorsque j'évoquerais l'énergie libre ? Je lui ai dit que je souhaiterais avoir son avis sur la question. Est-ce que ça existait réellement ? Est-ce qu'on pouvait imaginer un appareil qui fonctionnerait avec ce type d'énergie pour produire de l'électricité ? Est-ce qu'il pensait que certaines personnes essayaient d'empêcher les recherches et les travaux dans ce domaine ?

Henry Neumann ne s'est pas fâché. Il a fait une espèce de grimace, en tordant les lèvres, et qui s'est terminée en sourire. Puis il a dit que j'avais de la chance, parce qu'il connaissait assez bien le sujet. Il savait toutes les histoires qui circulaient là-dessus, et les espoirs, les légendes, les divagations, les théories, les polémiques que ça entraînait. Ce sont ses termes : « histoires », « légendes », « divagations » – c'était déjà une indication. Ensuite, il a poussé un long soupir, sûrement en songeant à la façon dont il allait pouvoir expliquer ces choses à un néophyte comme moi (vulgarisation et pédagogie). « Je vais tâcher de faire simple… » a-t-il commencé, mais avant qu'il poursuive je lui ai demandé s'il voyait un inconvénient à ce que je l'enregistre. Il n'en voyait pas. J'ai posé le dictaphone devant lui et déclenché l'enregistrement.

Dictaphone : « DOCTEUR NEUMANN : Ce que je vais dire va sans doute me faire passer, aux yeux de certains, pour un vilain membre de la mafia scientifique qui s'oppose à l'énergie libre depuis des années. C'est regrettable, mais tant pis. Je veux juste être honnête…

MOI : Je vous en prie, professeur, c'est ce que j'attends de vous.

DOCTEUR NEUMANN : C'est que les lois de la nature ne sont pas toujours bien faites. Du moins, elles ne sont pas toujours faites telles que nous le souhaiterions. Vous connaissez la célèbre maxime : "Rien ne se perd, rien ne se crée, tout se transforme", que l'on attribue à Antoine Lavoisier, un savant français du XVIIIe siècle – et qui est, soit dit en passant, inspirée par une thèse d'un philosophe grec, Anaxagore, qui vivait 500 ans avant J.-C. Cette maxime a été formalisée plus tard par les principes fondamentaux de la thermodynamique…

MOI (assez fier) : Comme la loi de l'entropie, par exemple !

DOCTEUR NEUMANN : Oui, jeune homme. C'est le deuxième principe, en effet. Mais considérons déjà le premier : le principe de conservation de l'énergie. À lui seul, ce principe tue dans l'œuf l'idée même d'une machine à énergie libre. Pourtant, les adeptes de cette théorie vous maintiendront qu'une telle machine ne viole pas ce sacro-saint premier principe dans la mesure où elle ne fait qu'"aspirer" un peu l'énergie du vide dont serait rempli tout l'univers…

MOI : Et c'est faux ?

DOCTEUR NEUMANN : Cela démontre en tout cas une mauvaise ou une fallacieuse compréhension du concept même d'énergie. On imagine souvent l'énergie comme une espèce de fluide circulant en nous et autour de nous, or l'énergie est une propriété inhérente à la matière, elle n'a pas d'existence propre. On ne peut donc pas créer de l'énergie à partir de rien, cela reviendrait à créer de la matière !

MOI : Donc, pour vous, tout ça c'est du flanc. Si vous me permettez l'expression.

DOCTEUR NEUMANN (air navré) : D'un côté, j'aimerais pouvoir vous dire que c'est possible. Que l'homme soit capable de produire et diffuser de l'énergie à foison et gratuitement, c'est un rêve merveilleux. Je serais le premier à vouloir qu'il se concrétise... Mais d'un autre côté, si cela était possible, et de cette manière-là, alors il faudrait admettre que les bases sur lesquelles repose tout l'édifice de la physique depuis plus de cent ans sont erronées. À commencer par la théorie de la relativité d'Albert Einstein. Tout serait faux, tout s'écroulerait. Et cela serait un coup très rude pour la science... »

L'enregistrement courait sur une dizaine de minutes encore, développant des arguments qui allaient tous dans le même sens. Pas besoin d'en retranscrire davantage, l'essentiel est dit. Je disposais dorénavant d'un point de vue éclairé sur le sujet. Il était sans ambiguïté. Le docteur Neumann se rangeait aux côtés de ce que Philip-Joseph Deloncle appelait la « vieille garde scientifique », qui rejetait en bloc l'hypothèse d'une énergie libre exploitable. J'avais confiance en son jugement, d'autant qu'il confortait mon sentiment premier. Au mieux, cette énergie cosmique était un fantasme, au pire, c'était une arnaque. Volontairement ou non, par naïveté ou par malhonnêteté, Gary Sanz et son beau-frère s'étaient fourvoyés.

En toute logique, j'aurais dû laisser tomber à ce moment-là. S'il n'y avait pas de système possible fonctionnant à l'énergie libre, il n'y avait donc pas de machine (*FreePow*), donc pas de complot, pas de Pieuvre Noire, pas de meurtriers cachés, et donc pas d'affaire.

4 % d'innocents dans les couloirs de la mort, ça veut dire 96 % qui ne le sont pas. Fin de l'histoire.

Mais, mais, mais... Je me suis tout de même donné une nuit de réflexion avant de me décider.

Ç'a été une drôle de nuit. Passée dans les brumes d'un demi-sommeil, traversée de nombre de souvenirs et de pensées. Je flottais. Il pleuvait. J'entendais les gouttes frapper aux carreaux de ma fenêtre, mais ça n'avait rien d'agressif, c'était un martèlement léger, amical, comme un camarade qui a fait le mur et jette discrètement des graviers sur la vitre pour vous inviter à le rejoindre.

Si vous ne connaissez pas la Virginie-Occidentale, sachez qu'il y pleut beaucoup. Souvent. C'est une belle région. C'est un pays de montagnes et de forêts. Les montagnes sont parmi les plus anciennes du monde, les forêts sont gigantesques. C'est un État rural, sauvage, où les gens ont longtemps vécu dans l'isolement. La population est blanche à près de 95 %. Ma famille fait partie des 5 % restant. (Même dans le brouillard du sommeil il m'arrive de voir défiler les chiffres des statistiques.) C'est le pays du charbon. Pendant des générations et des générations, les mines de charbon bitumeux ont été sa principale ressource économique. Ça l'est toujours. C'est pratiquement la seule, d'ailleurs, et c'est bien le problème. Car le secteur est en déclin, les mines ferment les unes après les autres, entraînant chômage, misère et tout ce qui s'ensuit. « God, guns and coal » – Dieu, les armes et le charbon. C'est la devise des gens du coin. Personne ici ne vous dira que le réchauffement climatique a le moindre rapport avec le charbon. Quel réchauffement climatique, d'abord ? Tout le monde sait que ce concept est une pure invention (des socialistes, des politiciens, des bourgeois des villes). Les mines ne ferment pas à cause d'un impact écologique désastreux sur l'environnement, elles ferment pour des questions de rentabilité. Il faut aller chercher le précieux caillou de plus en plus profond, et ça coûte trop cher. Les mines à ciel ouvert du Wyoming sont plus rentables.

Le gaz de schiste est plus rentable. La concurrence est féroce. Les habitants de Virginie-Occidentale en souffrent. Notre État, l'un des plus petits, l'un des moins peuplés d'Amérique du Nord, est celui qui présente le taux le plus élevé de morts dues à la consommation de drogue. Aujourd'hui, on ne crève plus de la silicose, mais d'une overdose. L'un des effets de la crise. Sociologiquement parlant, c'est un territoire très intéressant à étudier.

Avant, c'était mieux. Avant, c'était plus simple. De la trinité « Dieu, armes et charbon », mon grand-père n'a retenu que le dernier terme. Parti de sa lointaine province du Pendjab, dans le nord-ouest de l'Inde, après un détour par les usines de Detroit et le port de Baltimore, il a débarqué ici dans les années 1950. Il y avait du boulot et il avait une famille à nourrir. Il s'appelait Bhagat Singh. Imaginez le contraste : ses grands yeux sombres et sa peau couleur café dans cette communauté pure wasp. Un Sikh au milieu des Vikings. Il en fallait plus que ça pour l'intimider. Bhagat a troqué son turban immaculé contre un casque de protection et il est descendu au fond, comme les autres, avec les autres. Le charbon a au moins l'avantage de faire la même gueule noire à tous. Bhagat s'est mis à manger de la viande, à payer sa tournée le samedi soir, à cultiver son petit carré de patates le dimanche matin, à braconner dans les bois le dimanche après-midi. Ses potes le surnommaient Baboo. Ma grand-mère a fini par se faire un certain renom dans le quartier pour sa tarte à la citrouille. Leurs enfants n'ont manqué de presque rien. Après vingt-huit ans à creuser des galeries, Baboo n'a pas failli à la tradition : il est mort en crachant ses poumons, la mort « naturelle » des mineurs de fond.

Il y avait foule à ses obsèques. Tous les gars se sont cotisés. Pas un qui n'a pas donné. Beaucoup ont versé des larmes. Bhagat Singh avait passé tellement de temps sous cette bonne vieille terre d'Amérique, à présent il y repose pour l'éternité. Il l'a bien mérité.

Son fils, mon père, Sandeep Singh, a refusé de le suivre. Il ne savait pas ce qu'il voulait faire, mais il savait ce qu'il ne voulait pas faire : travailler à la mine. Ça ne lui laissait pas énormément de perspectives dans le coin. Il a pris tout ce qu'il trouvait. Des tas de jobs différents, parfois deux ou trois en même temps. Jamais rien de très stable, jusqu'à cette formidable opportunité au début des années 1990 : on embauchait à l'usine DuPont à Parkersburg. Une sorte de miracle. C'était à deux cents bornes de chez nous, mais c'était un emploi sûr et la paie était correcte. Sandeep avait deux enfants en bas âge (ma sœur et moi) et sa femme ne travaillait pas. Il n'a pas hésité longtemps.

Pendant douze ans, je n'ai vu mon père que le week-end. Il arrivait le vendredi soir vers onze heures et il repartait le lundi à quatre heures du matin. La semaine, il logeait dans une ferme à côté de l'usine. Il avait conclu un marché avec le fermier : en échange d'une chambre, il donnait un coup de main dans ses heures libres, c'est-à-dire avant et après son boulot officiel. Quelquefois, quand il y avait un gros coup de bourre, il restait là-bas le week-end aussi, et alors on ne le voyait pas pendant deux semaines. Il bossait ses quinze heures par jour mais au moins il économisait un loyer.

Mon père ne parlait pas de son travail et je n'ai jamais su précisément en quoi il consistait. Je sais juste que c'est ce qui l'a tué. L'usine DuPont fabriquait des produits chimiques et c'est ça qui l'a empoisonné, à petit feu, comme environ soixante-dix mille autres personnes dans la région – et des dizaines de milliers d'animaux, sauvages et domestiques.

Je connais bien l'histoire de la firme DuPont. Je l'ai étudiée. Un fleuron de l'industrie américaine, magnifique modèle de réussite, à montrer dans toutes les écoles de commerce et de management pour illustrer ce qu'on peut réaliser de mieux au sein de notre système. Un exemple à suivre. Futurs chefs d'entreprise, prenez-en de la graine :

La société a été fondée par un homme baptisé Éleuthère Irénée du Pont de Nemours. Un Français, aristocrate, chimiste, disciple d'Antoine Lavoisier. Plus malin que son maître, car si Lavoisier a eu la tête tranchée après la Révolution, du Pont de Nemours, lui, a réussi à échapper à la guillotine en fuyant avec sa famille aux États-Unis. Au début du XIXe siècle, il se retrouve dans le Delaware, où il acquiert d'anciens moulins à farine et les transforme en usine de poudre à canon. Quel flair ! Il faut dire que l'investissement dans le matériel de guerre se révèle rarement mauvais. C'est une valeur sûre.

La société se développe, puis connaît un essor foudroyant en devenant le plus gros fournisseur de l'armée américaine lors de la guerre civile. Savoir tirer profit de la conjoncture est la marque de tout grand entrepreneur. Les du Pont de Nemours sont des maîtres en la matière. En 1914, Pierre Samuel, petit-fils et héritier du fondateur, diversifie la société en investissant dans l'industrie automobile. Il achète pour quelques millions de dollars d'actions de General Motors, dont il devient président du conseil d'administration, tandis que GM devient le plus gros constructeur automobile du monde.

Première Guerre mondiale : à nouveau une conjoncture favorable, dont DuPont profite habilement en écoulant des quantités astronomiques d'explosifs. Tant qu'il y a de la chair à canon, on a besoin de poudre à canon. Les usines tournent à plein régime.

Dans les années 1920, DuPont (chimie), associé à General Motors (automobiles), associé à Exxon (pétrole) devient leader mondial pour la production et la vente de plomb tétraéthyle, un additif pour l'essence. Ce produit extrêmement toxique est aujourd'hui frappé d'interdiction à peu près partout dans le monde, mais durant des décennies il s'est répandu dans l'atmosphère, il a arrosé et contaminé la planète entière, on en trouve encore des traces sur toute la surface du globe, et dans les océans, dans l'écorce des arbres et jusque dans les glaces polaires. L'une de ses qualités est d'être quasiment indestructible. Il existait un produit de substitution, l'éthanol, qui était inoffensif et aurait pu jouer le même rôle que le plomb tétraéthyle, mais l'éthanol n'était pas brevetable, trop facile à fabriquer il n'aurait pas pu assurer la situation de monopole aux trois sociétés associées et aurait considérablement réduit leurs marges bénéficiaires. La santé pour tous ou les profits pour eux : il fallait choisir. On ne peut qu'admirer cette remarquable stratégie commerciale.

Au cours de la Seconde Guerre mondiale, DuPont s'associe à un autre partenaire de choix, la firme allemande IG Farben (producteur du fameux gaz Zyklon B et pourvoyeur de fonds du gouvernement nazi) afin de former un cartel international pour s'accorder sur le marketing et la politique tarifaire (pas très légal, tout ça, mais bon, à la guerre comme à la guerre !). On ne peut accuser la société DuPont de n'être pas patriote, puisqu'elle sera fortement impliquée dans le projet Manhattan, dès 1943 (des armes, des armes, et DuPont qui bouffe à tous les râteliers). C'est elle, en effet, qui conçoit et exploite l'usine de production d'uranium à Hanford, ainsi que le laboratoire national d'Oak Ridge au Tennessee. Si la bombe atomique existe, c'est en grande partie grâce aux du Pont de Nemours. Qu'ils en soient remerciés.

Et c'est loin d'être fini. Après la guerre, la société DuPont continue de développer des matériaux innovants, le Mylar, le Dacron, le Lycra et bien d'autres, qui participent notamment au succès du programme spatial Apollo. Puis, comme il est tout de même plus pratique d'avoir un accès direct à la matière première de nombreux produits qu'elle fabrique, tels que les fibres polymères et les plastiques, elle rachète en 1981 la compagnie Conoco Inc., important pétrolier texan (le pétrole, encore, le Texas, on y arrive), et devient de ce fait elle-même un des principaux groupes pétroliers américains. Jusque-là, tout va bien.

C'est un peu plus tard que quelques ennuis commencent. Vers la fin du xxe siècle, quand les bêtes et les gens se mettent à mourir de curieuse façon aux alentours de l'usine DuPont située à Parkersburg, une petite ville de Virginie-Occidentale. (Et c'est là que les histoires familiales des du Pont de Nemours et des Singh se recoupent.) On va finir par s'apercevoir, en effet, qu'il y a quelque chose de louche dans les maux qui frappent le bétail et les habitants de la région. Une poignée de citoyens s'inquiètent, ils engagent un avocat, Robert Bilott, pour essayer de tirer ça au clair. L'enquête va durer des années. À ce jour, elle est toujours en cours[3]. Elle a néanmoins déjà révélé que la société DuPont avait empoisonné lentement plus de soixante-dix mille personnes résidant à proximité de son usine, ceci en déversant des produits nocifs dans les sols et dans l'eau. Il a été prouvé que cette contamination s'est effectuée et poursuivie en toute connaissance de cause, les dirigeants de la

3. En 2017, l'avocat Robert Bilott a obtenu un règlement de 671 millions de dollars par DuPont pour ses clients [N.d.T.].

société ayant mené pendant des décennies des recherches secrètes sur la nocivité de ces produits et dissimulé des informations sur la toxicité de certains composants chimiques entrant dans la composition du Téflon. Nous parlons ici notamment de l'acide perfluorooctanoïque (APFO), connu aussi sous l'appellation C8. Il s'agit d'une de ces saloperies de substances synthétiques dont DuPont a le secret. Particulièrement dangereux et persistant, c'est un composé irritant, fortement cancérigène, qui affecte le système immunitaire, affecte le foie, provoque des cas d'infertilité et des risques graves de pathologies congénitales. Ça s'infiltre partout, ça pourrit le sang. À Parkesburg, le bétail et les hommes tombaient comme des mouches. Des bébés naissaient avec des malformations – quand ils naissaient. Notre Tchernobyl à nous.

DuPont savait. DuPont encaissait un milliard de dollars par an avec la production de Téflon. DuPont a continué.

Selon une étude publiée par l'Institut de recherche de l'université du Massachusetts, la société DuPont figure au deuxième rang des pollueurs atmosphériques aux États-Unis. Je ne suis pas le seul à m'intéresser aux statistiques.

Mon père, Sandeep Singh, est mort d'une leucémie, en 2004, à l'âge de 43 ans.

Toutes ces choses me sont passées par la tête au cours de cette étrange nuit. À mi-chemin entre le songe et la pensée consciente. Comme des nuages qui se délitent, puis se recomposent. Est-ce que cela avait un quelconque rapport avec Gary Sanz ? Oui. Non. Je ne sais pas.

J'ai dû m'assoupir aux premières lueurs de l'aube. Je me suis réveillé vers midi. La pluie avait cessé mais le ciel était toujours gris. Et dans mon esprit c'était clair. J'ai fait ce que jamais aucun cours de méthodologie ne m'avait appris à faire : j'ai suivi mon instinct.

C'était totalement déraisonnable. L'idée consistait à me rendre sur place, au Texas, afin de « sentir l'atmosphère », de rencontrer et interroger des témoins, des gens qui avaient connu Gary Sanz. Peut-être Sanz lui-même. Un travail d'enquête sur le terrain. Quand un journaliste fait ça, en général il est envoyé par sa rédaction. Quand c'est un flic, il est mandaté par les autorités. Flics et journalistes sont rémunérés pour leur mission. En ce qui me concerne, personne ne m'avait rien demandé, personne ne m'avait rien commandité, et personne ne me payerait. Ça risquait même de creuser un gros trou dans mes finances.

N'était-ce qu'un prétexte ? Pour changer d'air. Pour avoir un vrai projet. Pour faire quelque chose de ma vie – hors la simple et vaine quête de diplômes. À bientôt 26 balais, j'avais la sensation d'avoir passé mon existence à cirer des bancs d'école avec les fesses. Collège, lycée, université. Il y avait la nature sauvage tout autour à explorer et moi je me contentais de trottiner sur les plates-bandes des campus. Pelouses rases, rien qui dépasse. Encore un peu et tu finiras prof, mec, coincé entre les mêmes murs, t'en auras pris pour perpète dans ta prison dorée. Bien sûr tu pourras toujours te dire que ç'aura été mieux que la mine, mieux que l'usine, mais quand tu te demanderas si ça t'a rendu heureux, qu'est-ce que tu répondras ?

Est-ce un sentiment de ce genre qui m'a poussé à partir ?

Il y avait de ça, sans doute. Mais pas seulement.

Dictaphone : « D'accord, j'avoue : tout au fond de mon cœur, je voulais que Gary Sanz soit innocent. Et je voulais être celui qui le prouverait. Je voulais être celui qui se battrait, qui surmonterait les obstacles, qui déplacerait les montagnes, et qui sauverait la tête d'un homme. Au nom de la vérité. Au nom de la justice. Je voulais trouver un DuPont caché là-dessous et le confondre, le faire payer. Je voulais réussir quelque chose dont mon père aurait pu être fier, et mon grand-père, et moi-même. Je voulais être le héros de l'histoire. »

Orgueilleux et mégalo. J'aurais préféré altruiste et généreux. Cet aveu me coûte, mais un héros doit au moins se montrer honnête.

Je me suis dit que ce n'était pas le hasard si j'étais tombé sur le nom de Gary Sanz. C'était un signe. Au diable, la rationalité ! J'avais déjà misé trois cent quatorze dollars sur cette affaire, j'en ai rajouté quelques-uns en réservant un aller simple pour Dallas.

Il me restait une petite semaine pour m'organiser avant le départ. Je ne savais pas combien de temps je resterais absent, ça pouvait être quelques jours comme ça pouvait être quelques mois, et ça m'ennuyait de lâcher ma piaule. Par chance, j'ai trouvé à la sous-louer à une amie de ma sœur. On s'est mis d'accord. Puis j'ai commencé à chercher un endroit où loger là-bas, à Dallas. À un moment, j'ai envisagé d'emménager dans la chambre de Lee Harvey Oswald, celle-là même que Sanz décrivait dans son récit. C'était une idée saugrenue, et un peu glauque, mais j'ai pensé que ça me plongerait dans l'ambiance. En me renseignant, j'ai découvert que la chambre n'était plus en location. On pouvait désormais la visiter, elle faisait partie d'un circuit touristique, le JFK Tour, pour lequel on vous proposait une visite guidée de tous les lieux en rapport avec l'assassinat de Kennedy. Une attraction culturelle et historique de la ville. Ou l'art de faire feu de tout bois. J'ai cherché autre chose.

J'ai fini par trouver un meublé, présenté sur le site du loueur comme une « micromaison ». Sur les photos, ça ressemblait à un abri de jardin. Ce n'était pas plus grand qu'un abri de jardin. Et c'était posé au milieu d'un jardin. L'avantage était que j'y serais seul, pas de colocation (j'avais assez donné), pas de cuisine ou de salle de bains à partager. J'ai téléphoné au propriétaire. Lui, il appelait ça une « cabane de charme ». Il en possédait plusieurs, qu'il louait habituellement pour de courts séjours. Le type était cool, on s'est entendus pour une location d'un mois, renouvelable, à un tarif préférentiel. J'ai réglé le premier mois d'avance, histoire de réduire à néant mes ultimes hésitations : à moins de tout perdre, plus moyen de reculer. Bon sang, j'avais du mal à croire que j'allais vraiment le faire !

J'ai préparé mes bagages. Pendant ces quelques journées, j'ai relu le récit de Gary Sanz. J'ai pris des notes. J'ai beaucoup pensé à lui. J'ai beaucoup réfléchi aussi à la façon dont j'allais procéder. J'ai établi une liste de toutes les personnes que je souhaitais rencontrer sur place et j'ai essayé de trouver leurs coordonnées. Une autre chose que j'ai faite : j'ai envoyé un mail à tous les professeurs de science (physique et chimie) de l'université A&M du Texas. C'est dans cet établissement que Philip-Joseph Deloncle avait fait ses études (brèves) et je me suis dit que, malgré le temps écoulé, il resterait peut-être un enseignant ou deux qui l'avaient côtoyé, qui se souviendraient de lui et accepteraient de m'en parler. Les chances étaient plus que minimes, mais on ressent une certaine exaltation à jeter des bouteilles à la mer.

J'ai pris le car le 20 avril 2013 à neuf heures du matin. Déposé dans la soute l'énorme sac à dos qui contenait toutes mes affaires. Gardé avec moi la sacoche avec ordinateur portable, dictaphone, carnet et stylo, l'exemplaire de *Qui se souviendra de Phily-Jo ?* ainsi qu'une petite bouteille d'eau et deux barres de céréales. Dipak Singh s'en va-t-en guerre. Le car a démarré. Il n'y avait personne sur le quai pour agiter son mouchoir.

Ma cabane de charme était bien placée. Pas loin du quartier de Deep Ellum, pas loin de Fair Park. Il s'agissait effectivement d'un jardin, assez luxuriant, qui devait faire plus d'un hectare, situé à l'arrière de la maison du propriétaire et sur lequel il avait eu l'idée d'installer ces petites cabanes en bois pour les louer. Ce gars se nommait Steve Hastings. « Appelle-moi Steve », m'a-t-il dit d'emblée en m'accueillant avec un large sourire. Il était à peine plus âgé que moi. T-shirt, jean, des sandales aux pieds. Une barbe de six jours. Une belle gueule. Je l'aurais bien vu tourner dans une pub. Je ne sais pas comment on pouvait avoir gagné assez d'argent à son âge pour acheter une baraque et un terrain comme ça, en plein centre de Dallas. Peut-être qu'il en avait juste hérité. Il aimait bien dire « notre oasis » à propos de ce lieu. « Bienvenue dans notre oasis, cher nomade. » Il y avait cinq cabanes disséminées dans la végétation et, à part moi, deux des nomades en question étaient en réalité des sédentaires qui vivaient là à l'année : Nils, un étudiant en biologie, et Sondra, une informaticienne qui bossait chez Texas Instruments. Je ne devais pas tarder à faire leur connaissance. Pour le reste, c'étaient des gens de passage : pas tellement des représentants du tourisme de masse, mais un type spécifique de voyageurs, car l'oasis de Steve était une étape connue et appréciée dans une certaine mouvance – celle des Amis de la Terre. Il m'avait averti au téléphone qu'il régnait ici un état d'esprit et des règles de vie auxquels il valait mieux adhérer si l'on voulait se sentir « en harmonie ». Rien ne me ferait plus plaisir que d'être en harmonie, je lui avais répondu. Pourvu que la connexion wifi soit bonne, j'étais prêt à faire des sacrifices. Les règles se sont révélées moins contraignantes que ce que je craignais. Steve m'a montré, à l'arrière de ma cabane, les cinq poubelles différentes que je devais utiliser. Jaune pour le papier, grise pour l'aluminium, verte pour le verre, bleue pour le plastique et rouge pour les déchets organiques qui serviraient au compost. Chaque dimanche, m'a-t-il expliqué, il y avait des séances collectives de compostage et d'épandage. C'étaient des moments d'échange privilégiés qui resserraient les liens au sein de notre petite communauté. « On se marre bien », il a dit. Une manière de joindre l'utile à l'agréable. Il a précisé que ceci n'était pas une obligation, mais j'ai senti que ce serait un mauvais point pour moi que de me défiler. À terme, je risquais le bannissement. Et puis, est-ce que je n'avais pas toujours rêvé de passer mon dimanche matin à répandre du compost ? « Ça a l'air super, Steve ! »

Il y avait d'autres activités possibles : Nils donnait des cours de méditation et de yoga – « classique, mais toujours aussi puissant » – et Sondra assurait le week-end des stages dont l'intitulé était : Régénération des flux par la pensée positive. En principe, ces options étaient réservées aux voyageurs de passage, mais s'il restait des places on pouvait en faire profiter les permanents. Le tarif était de 60 $ de l'heure. Hmm. Est-ce que j'avais vraiment besoin de régénérer mes flux ? J'étais en train de m'interroger quand Steve a ajouté que, pour sa part, il proposait tous les vendredis soir des séances d'initiation à la télépathie. « Tu es télépathe ? » me suis-je étonné. Il a eu un petit sourire. Bon Dieu, pourvu qu'il ne soit pas en train de lire dans mes pensées ! j'ai pensé. « Viens à mon cours, comme ça tu sauras ce que j'en pense », il a dit. Là-dessus, il m'a confié la clé de la cabane et il est retourné à ses affaires.

Dans la mesure où le tri des déchets semblait être la seule véritable exigence pour contribuer à la préservation de la planète, je me suis dit que je devrais m'en sortir. Mon éco-responsabilité n'était pas si pesante. Le cadre était agréable, il y avait des arbres, des oiseaux, et un excellent réseau 4G.

J'ai pris possession de ma nouvelle demeure. La maison des lutins dans la forêt enchantée. Plus petite que toutes les chambres universitaires que j'avais occupées jusque-là. Divisée en deux demi-pièces, la première faisant office de chambre, la seconde regroupant cuisine, salle de bains et toilettes. L'avantage, c'est qu'on pouvait prendre une douche d'une main tout en préparant le repas de l'autre. Bon. C'était propre et fonctionnel. Devant, il y avait une minuscule terrasse avec un auvent, et chacun disposait d'un hamac entre deux arbres.

Petite piqûre de rappel : tu n'es pas là pour te la couler douce, Dipak. C'est pas des vacances !

J'ai vidé ma sacoche et disposé tout mon matériel sur le lit-bureau. Puis j'ai allumé mon ordinateur et vérifié ma messagerie. À mon grand étonnement, j'avais reçu une réponse d'un des enseignants de l'université A&M du Texas que j'avais contactés. Je la retranscris telle quelle :

Monsieur,

En réponse à votre message du 18 avril dernier à propos du dénommé Philip-Joseph Deloncle, voici ce que je peux vous dire : Dieu merci, je n'ai jamais enseigné à cet individu et je ne l'ai jamais rencontré. La seule relation que nous avons eue a été épistolaire. En effet, au cours de l'année 1996, j'ai reçu plusieurs courriers de sa part. Il prétendait au départ s'intéresser à mes travaux sur les ondes électromagnétiques, mais ses courriers étaient essentiellement, en réalité, un prétexte pour me présenter ses propres travaux. Sur des pages et des pages, il développait une théorie de ce qu'il appelait l'« énergie du vide », sur laquelle il me demandait mon avis. Tout cela était écrit dans un charabia pseudo-scientifique absolument incompréhensible, et cela me mettait dans l'embarras car je n'osais pas le lui dire en ces termes. J'aurais dû ! À ma décharge, je dois préciser qu'il s'était présenté comme un confrère, titulaire d'un doctorat en physique à Random University. J'ai fini par découvrir que cette université n'existait pas, elle était totalement fictive et s'est avérée n'être qu'une boîte postale à Hendrix, Oklahoma. Je suppose que le doctorat de Mr Deloncle devait être une carte postale envoyée à cette même boîte ! Imaginez ma stupéfaction. Imaginez ma colère. J'ignore à quelles fins ce triste sire s'était livré à ce jeu malsain avec moi. Peut-être souffrait-il de troubles mentaux ? J'ai appris par la suite que je n'avais pas été son unique victime : des collègues m'ont raconté avoir reçu de lui le même type de courriers. Moins crédules que moi, moins délicats aussi, ils avaient coupé court à la plaisanterie. Bien entendu, sitôt l'imposture découverte, j'ai cessé également tout échange avec son auteur. Après deux ou trois lettres sans réponse de ma part, je n'ai plus jamais eu de ses nouvelles. Je ne sais pas ce qu'il est devenu, et je ne tiens pas à le savoir.

Je vous envoie ce message dans le seul but de vous mettre en garde et de vous éviter de perdre autant de temps que ce que j'en ai perdu avec ces absurdités !

Bien cordialement.

C'était signé « Docteur Adam Riesling » et on pouvait sentir à son ton que, dix-sept ans plus tard, celui-ci était encore très remonté. Qui se souviendra de Phily-Jo ? Lui ne l'avait pas oublié. Il lui était resté en travers de la gorge.

Les propos du docteur Riesling allaient dans le même sens que ce que m'avait dit le professeur Neumann. Ils y ajoutaient une dimension personnelle : les accusations étaient portées précisément à l'encontre de Philip-Joseph Deloncle. Ses travaux sur l'énergie libre étaient qualifiés d'« absurdités », écrits « dans un charabia pseudo-scientifique », et lui-même était explicitement traité d'imposteur ou, implicitement, de malade mental.

C'était une raison supplémentaire qui aurait dû m'inciter à tout arrêter. Mais, curieusement, cela produisit sur moi l'effet inverse. Un peu comme pour le fonctionnement du mécanisme complotiste : c'était trop. Dans la balance, ma vague intuition ne pesait pas lourd face aux paroles des experts scientifiques qui s'accumulaient. Pourtant, je ne parvenais pas à y renoncer. Et finalement, je me retrouvais dans la même position que P. J. Deloncle et que Gary Sanz : seul contre tous.

La position du héros.

Dictaphone : « Si je me place du point de vue de ces spécialistes, ça donne quoi ?… Philip-Joseph Deloncle est un grand mythomane (conscient ou non) qui passe une bonne partie de sa vie à croire, ou tenter de faire croire, qu'il a inventé un procédé révolutionnaire pour produire de l'énergie. Il meurt sans que cela soit reconnu. Pour rien. Dans sa folie, il a entraîné son beau-frère, Gary Sanz, paisible professeur d'université, qui va aller jusqu'à devenir un assassin, puis qui va rédiger un ouvrage de plus de deux cents pages pour…

pour quoi, au fond ? Pour rien, non plus ! Puisque cela ne lui permettra même pas d'échapper à une condamnation à mort. Alors, ce serait juste ça : une histoire de dingues ? Avec déjà trois morts violentes à la clé, et une quatrième à venir ! »

Non. À mon sens, ça ne marchait pas. Trop simpliste. Trop commode. Je me suis souvenu d'un article que j'avais lu dans lequel l'auteur nous mettait en garde contre ce qu'il nommait ironiquement la « conspiration des anticonspirationnistes ». Il dénonçait le fait qu'on avait tendance, aujourd'hui, à parler de théorie du complot pour étouffer toute velléité de questionnement, de réflexion approfondie. C'était devenu l'argument suprême lorsqu'on était à court d'arguments : il suffisait de taxer quelqu'un de complotiste pour clore le débat. Effet pervers.

Ce soir-là, j'ai passé des heures dans ma cabane à tourner et retourner dans ma tête tous les éléments dont je disposais. J'en ai tiré plusieurs hypothèses, dont quelques-unes m'ont paru plausibles.

Dictaphone : « Se peut-il que le docteur Riesling mente ? Qu'il dénigre la théorie de P. J. Deloncle dans le seul but de préserver son statut et les prérogatives de la "vieille garde scientifique" dont ils font partie, lui et ses confrères ?... Se peut-il, tout simplement, qu'il se trompe ? Qu'il n'ait pas été capable de comprendre, tout expert qu'il est, un concept nouveau, révolutionnaire, qui le dépassait ? – *E pur si muove...* »

L'exemple de Galilée, que citait Philip-Joseph Deloncle, n'était pas ridicule. En son temps, le célèbre savant avait dû se battre pour faire accepter sa thèse. Et pas seulement contre les autorités religieuses, contre ses pairs également. Combien, parmi ces derniers, avaient tout de suite saisi la pertinence de ses travaux ? Combien avaient adhéré à ses conclusions ? Combien l'avaient défendu ? Ce n'est jamais chose facile que d'admettre ses erreurs et son incompétence. L'orgueil, l'amour-propre, les intérêts politiques et financiers, le pouvoir : tant de critères entrent en jeu. Et j'imagine qu'il a dû en être de même à toutes les époques, pour toutes les grandes découvertes, celles qui ont bouleversé les croyances et les connaissances établies, celles qui les ont renvoyées dans les oubliettes de l'Histoire et de l'univers. Qui, à présent, oserait affirmer que le père Einstein s'est trompé ? Il faudra peut-être attendre cent ans ou mille ans avant de réussir à démontrer qu'il avait tout faux. Tout est relatif, pas vrai ?

Dictaphone : « Autre direction. Autre hypothèse. Se peut-il que les courriers reçus à l'époque par le docteur Riesling et ses collègues aient été en vérité l'œuvre de la toute puissante Pieuvre ? Une habile mise en scène, une manipulation destinée à décrédibiliser Philip-Joseph Deloncle. Cela expliquerait le "charabia pseudo-scientifique". Cela expliquerait la fausse université, le faux doctorat, et la boîte postale en Oklahoma... »

En m'aventurant sur ce terrain, je savais ce que ça signifiait. J'étais conscient des risques que je prenais.

Dictaphone : « Se peut-il que je commence à ressentir, à mon tour, les mêmes symptômes de cette folie – paranoïa et mythomanie – qui aurait frappé Gary Sanz et son beau-frère ? Et question subsidiaire : où cela les a-t-il menés ? »

Parfois, le héros meurt à la fin.

La nuit tombait sur l'oasis. Je suis sorti sur le pas de la porte pour prendre un peu l'air. Il faisait doux. Il y avait de la lumière dans les cabanes de mes voisins. J'ai levé les yeux, à travers les feuillages j'ai aperçu la lune, très ronde, très pâle dans le ciel bleu cobalt. Un ciel de poète. J'ai pensé à cet homme, pas très loin d'ici, dont la cellule n'était pas plus grande que ma cabane de charme, et qui n'avait pas la chance de pouvoir sortir sur sa terrasse pour respirer l'air, pour admirer la lune.

Pour l'espoir, c'est la poubelle noire.

Contrairement à ce que me conseillait le docteur Riesling dans son message, j'ai pensé que ça valait peut-être le coup de perdre un peu de mon temps.

J'étais là, sur place, et j'avais payé un mois d'avance.

Avant d'aller dormir, j'ai commandé le livre de Deon Zubrinsky : *La Vérité sur un faux poète*. Une ligne supplémentaire dans la colonne dépenses.

Une matinée à passer des coups de fil. À prendre contact et essayer d'obtenir des rendez-vous avec des connaissances plus ou moins proches de Gary Sanz. Parmi la liste que j'avais établie, quelques-unes ont été très difficiles à localiser, quelques autres ont refusé de me voir, mais dans l'ensemble je m'estimais satisfait : la plupart se sont montrées conciliantes et j'ai pu d'ores et déjà caler un certain nombre d'entretiens pour les semaines à venir. Le premier était fixé le jour même et c'était un morceau de choix : Donald et Daisy Deloncle.

Avec eux, j'avais opté pour une approche détournée. Je m'étais présenté comme un étudiant en sociologie (vrai) qui entamait des recherches sur les inventeurs amateurs du pays (moins vrai). J'avais entendu parler de leur fils, Philip-Joseph, et j'aurais aimé qu'ils m'en parlent à leur tour, qu'ils me dressent son portrait. Après tout, qui le connaissait mieux qu'eux ? Daisy Deloncle avait hésité un court instant avant d'accepter. Elle m'a proposé de passer à leur domicile dans l'après-midi, à partir de quinze heures, pas plus tôt parce que son mari avait besoin de faire une sieste après le déjeuner. Juste avant de raccrocher il m'a semblé entendre un léger déclic sur la ligne et je n'ai pas pu m'empêcher de me demander si leur téléphone n'était pas sur écoute. Puis je me suis donné une bonne claque mentale et je me suis ordonné d'arrêter avec ça, d'arrêter immédiatement sinon j'allais devenir cinglé pour de bon !

Par la fenêtre j'ai perçu un mouvement furtif. Une bestiole trottait en équilibre sur la rambarde qui bordait ma terrasse. Sur le coup j'ai cru que c'était un rat, puis je me suis rendu compte que c'était un écureuil et j'ai trouvé ça génial.

J'ai fait un tour à pied dans le quartier. J'en ai profité pour acheter quelques provisions, dont un paquet de noisettes pour Skip – nom que j'avais attribué à « mon » écureuil. Sur le retour j'ai croisé Steve et je lui ai dit que ça me ferait plaisir d'organiser un petit dîner entre voisins, histoire de faire un peu mieux connaissance (je me sentais d'humeur sociable). Au centre de l'oasis il y avait une espèce de clairière, un espace commun, aménagé avec quelques fauteuils et un foyer en pierre pour faire des barbecues, ce serait sympa de se retrouver là, non ? L'idée lui a plu. On s'est mis d'accord pour le lendemain soir. Je me chargeais des victuailles, il se chargeait de prévenir Sondra et Nils et d'apporter à boire. Affaire conclue.

À quinze heures trente, je me trouvais devant la maison des parents Deloncle. J'avais le trac. Bêtement, je m'étais attendu à trouver un moulin dans leur jardin, mais bien sûr il n'y en avait pas. C'est Mrs Deloncle qui a répondu à mon coup de sonnette. Elle est venue m'ouvrir le portail. Une petite dame, frêle, qui devait avoir dans les 80 ans – beaucoup plus que ce que j'imaginais. Cependant elle se tenait bien droite et marchait avec vivacité. Elle avait des yeux d'un bleu très clair et ses cheveux blancs comme neige étaient retenus par une barrette ornée d'une grosse pâquerette en tulle (son totem personnel). Sa mise était soignée, ses joues rehaussées d'une couche de poudre. J'ai eu le sentiment qu'elle s'était pomponnée en l'honneur de ma visite. Avant de pénétrer dans la maison, elle a posé la main sur mon bras pour me retenir un instant. En baissant un peu le ton, elle m'a prévenu que son mari était atteint de la maladie de Parkinson. À cela s'était ajouté, six mois plus tôt, un AVC, qui n'avait pas arrangé les choses. Il éprouvait maintenant de grandes difficultés pour se déplacer et pour s'exprimer. Il pouvait aussi avoir quelquefois des réactions imprévisibles, il ne fallait pas que je m'en étonne ni ne m'en offusque. Je lui ai dit que j'étais désolé pour la santé de Mr Deloncle, mais qu'elle n'avait pas à s'inquiéter pour moi, je comprenais très bien.

Nous sommes entrés et elle m'a conduit jusqu'au salon. Donald Deloncle s'y trouvait. Il était assis sur un fauteuil roulant, le dos courbé, la tête penchée au-dessus d'un plateau amovible sur lequel était posé un journal. Le journal n'était pas ouvert. Cet homme avait dû être un grand gaillard, mais la maladie l'avait ratatiné, elle l'avait écrasé, comme on écrase une cannette en alu au creux de son poing. J'ai pensé qu'il avait l'air au bout du rouleau. Il ne s'est pas redressé à notre arrivée. Quand je l'ai salué, il n'a pas relevé la tête, seuls ses yeux se sont levés vers moi – un regard par en dessous qui m'a glacé. Il n'a pas répondu à mon bonjour. Il n'a pas souri. Sa femme lui a rappelé que j'étais l'étudiant qui avait téléphoné le matin, que je faisais une enquête sur les inventeurs et que je venais pour qu'ils me parlent de Philip-Joseph. J'ai remarqué qu'elle s'adressait à lui en forçant la voix, comme on s'adresse à un malentendant ou à un idiot. Il n'était ni l'un ni l'autre. À ce moment-là je m'en suis voulu. J'ai eu une grosse bouffée de culpabilité à faire comme ça intrusion dans la vie de ces gens, à pénétrer leur intimité sous un faux prétexte. Je me suis senti vraiment mal et j'ai failli repartir sur-le-champ, mais Daisy m'a invité à prendre place sur le canapé et je suis resté. Elle-même s'est assise sur une chaise, face à moi, à côté de son mari. J'ai sorti mon dictaphone et mon carnet.

Il n'en a pas fallu beaucoup pour la lancer. Ça m'a soulagé de voir qu'elle prenait plaisir à parler de leur fils. Elle ne devait pas en avoir si souvent l'occasion. Toute l'enfance de Philip-Joseph y est passée, depuis sa naissance (j'ai eu ainsi confirmation de la coïncidence avec l'assassinat de Kennedy) jusqu'à son départ de la maison. Un gamin précoce, très éveillé, très curieux, très tôt attiré par la technique et la science. « Il voulait toujours comprendre, toujours savoir comment fonctionnaient les choses. Si on avait le malheur de laisser un objet à sa portée, hop ! il l'ouvrait pour voir comment c'était à l'intérieur. Si vous saviez combien d'appareils il a démontés comme ça ! Des réveils, des grille-pain, des radios, une fois un robot ménager qui nous avait coûté une fortune ! Je l'ai obligé à le remonter, il a mis deux jours, pièce par pièce, mais il a réussi ! » Elle parlait de lui avec amour, avec fierté. J'ai eu droit à de nombreuses anecdotes, à toute une galerie d'inventions, plus ou moins farfelues, plus ou moins utiles, dont Daisy se souvenait. « Si je vous disais qu'il a construit une espèce de moulin pour produire de l'électricité ! Il l'a installé dans le jardin, et je vous garantis que ça marchait ! Il avait à peine 10 ans ! » Le portrait qu'elle m'en faisait correspondait à ce qu'avait décrit Gary Sanz. Elle n'a pas utilisé le mot « génie » mais c'était tout comme. De temps en temps l'émotion l'étreignait, lui serrait soudain la gorge, sa voix s'enrouait et des larmes brillaient à ses yeux. De temps en temps, au contraire, elle laissait échapper un rire cristallin, pétillant comme du champagne. Par réflexe, elle lançait alors à son mari : « Tu te souviens ? » Donald se souvenait peut-être, mais Donald ne répondait pas. Donald ne bronchait pas. La tête toujours baissée (on aurait dit que son cou ne pouvait plus la soutenir), les deux mains posées sur ses genoux, à l'envers, les paumes tournées vers le haut (si je ne les avais pas vues trembler, j'aurais pu croire que c'était des branches de bois mort). De temps en temps, c'est vrai, le vieil homme émettait un son rauque, une sorte de grognement étouffé dont on ne pouvait saisir la signification – pas moi, en tout cas. Un peu plus tard, au cours de la conversation, Daisy m'apprendrait que cela faisait plus de dix ans qu'il souffrait de cette maladie. Il avait subi des traitements assez lourds, assez coûteux, qui en avaient ralenti les effets, mais le mal était incurable. S'ils avaient pu payer ces traitements, c'était en grande partie grâce à l'argent récolté par la vente du terrain de sa sœur (tatie Tacolie, j'ai pensé), dont Donald avait hérité. Une compagnie pétrolière en avait offert un bon prix. « Au moins un point positif dans notre malheur », a dit Daisy. À ce jour, à sa connaissance, la compagnie n'avait pas encore trouvé de pétrole sur ces terres.

« Cela vous intéresserait de voir quelques photos ? » m'a-t-elle demandé au bout d'un moment. J'ai répondu que j'en serais ravi. Elle s'est levée. Avant de quitter la pièce, elle s'est penchée et d'un geste discret a tiré un mouchoir en tissu de la poche de chemise de son mari, puis elle lui a tamponné les commissures des lèvres où un peu de bave avait débordé. Après quoi elle a remis le mouchoir dans la poche et elle est sortie, me laissant seul avec le vieil homme.

Je l'observais, en silence. C'était triste. J'ai repensé aux derniers jours de mon père. Quand il n'avait plus que la peau sur les os et quelques touffes de cheveux sur le crâne. Il avait perdu sa belle crinière brune. Je détestais aller le voir à l'hôpital, et je pense qu'il détestait aussi qu'on le voie comme ça. Mon père n'avait pas pu bénéficier des meilleurs traitements, notre assurance n'en couvrait pas les frais. Nous n'avions pas la chance d'avoir un terrain à vendre. De toute façon, cela n'aurait servi qu'à retarder l'échéance, n'est-ce pas ?

« Votre fils, c'était un sacré personnage ! » j'ai fini par dire à mi-voix. Je ne m'attendais pas à ce que Donald réagisse, pourtant, après quelques secondes il a poussé son grognement sourd. Daisy est revenue à cet instant. Elle portait deux épais albums de photos. Elle s'est installée à mes côtés sur le canapé et a posé les albums sur ses genoux. Elle a ouvert le premier. C'était comme pénétrer dans un mausolée dédié à ses enfants. Elle a pointé un doigt sur l'une des photos : « C'est notre fille : Michelle. La sœur de Philip-Joseph. Elle avait trois ans de plus que lui. » J'ai enfin pu voir à quoi ressemblait le grand amour de Gary Sanz. Petite fille, jeune fille, jeune femme, femme. Celle qu'on l'accusait d'avoir tuée. « Elle aussi est décédée », a dit Daisy. « Je sais », j'ai soufflé. Surprise, elle a marqué un temps d'arrêt. Je lui ai dit que j'étais au courant du drame, que j'en avais entendu parler. Je ne voulais pas mentir davantage à cette femme qui m'ouvrait ses archives et son cœur. Et puis, si je voulais l'amener à me parler de Michelle et, peut-être, de Gary, il fallait bien en passer par là. Sur son fauteuil, Donald a grogné. Daisy a recommencé à tourner les pages. Petit à petit, j'ai orienté mes questions vers leur fille. Parmi les photos les plus récentes, il y en avait de son mariage. J'ai pu découvrir un visage de Gary Sanz autre que celui des clichés des journalistes et de la police, ailleurs que dans le couloir de la mort. Un jeune homme aux cheveux mi-longs, au regard doux, au sourire timide. À l'autel, au bras de sa toute fraîche épouse, sa joie n'avait rien de très démonstratif, mais il émanait de lui un bonheur profond, serein. Ou peut-être n'était-ce qu'une idée que je me faisais, une interprétation subjective, illusoire, erronée. J'ai senti que Daisy était mûre pour en parler. Elle s'est laissée aller. Elle a évoqué Michelle, Gary, Michelle et Gary, leur rencontre, leur histoire. J'ai évoqué le récit de Sanz.

Dictaphone : « Remarque qui vaut ce qu'elle vaut : Daisy Deloncle aurait dû en vouloir à son gendre. L'assassin de sa fille. Elle aurait dû le haïr. Or, ce n'était pas le cas. En vérité, Daisy n'était pas du tout persuadée de sa culpabilité. Elle m'a dit qu'elle ne savait pas quoi en penser, mais je serais prêt à affirmer qu'elle n'y croyait tout simplement pas. »

Et tandis qu'elle continuait à me confier ses souvenirs, Donald paraissait de plus en plus agité. Chaque fois que sa femme prononçait le nom de Gary, il poussait son grognement. De plus en plus fort. J'ai eu l'impression qu'il tentait vraiment de dire quelque chose, sans y parvenir, et que c'était terriblement frustrant pour lui.

Dictaphone : « Qu'est-ce que Donald Deloncle tenait tant à ajouter sur Gary Sanz ? Quelque chose que son épouse ignorait ? Une révélation ? »

Je ne le saurai jamais. Un an après notre rencontre, presque jour pour jour, Donald a succombé à sa maladie. Je ne les ai jamais revus, ni lui ni sa femme.

Ça faisait deux bonnes heures que j'étais chez eux lorsque Daisy a annoncé : « Mon mari doit se reposer, maintenant. » Elle a fermé les albums, les a posés sur le canapé, puis elle a rejoint son époux. Elle se tenait debout près du fauteuil roulant, la main sur l'épaule de Donald, dans une attitude protectrice et vigilante. J'ai rangé mes affaires et me suis levé à mon tour. En inclinant le buste, j'ai dit : « *Je vous remercie beaucoup, chère madame**. » Mon accent français était déplorable, mais je pensais que ça lui ferait plaisir. J'avais préparé ma phrase. Le visage de la vieille dame s'est éclairé. Sourire aux lèvres, elle a effectué comme une amorce de révérence : « *Je vous en prie, cher monsieur**. » On se serait cru dans un bal, à la Cour, deux siècles plus tôt. Daisy Deloncle, m'accorderez-vous cette danse ?

C'étaient de braves gens. Je les ai quittés le cœur gros.

Le rôle du héros solitaire est plus difficile que ce qu'on pense. Si je voulais être efficace, j'avais intérêt à faire quelques concessions : abandonner au moins le côté « solitaire » de la chose. J'ai compris que je ne m'en sortirais pas tout seul, j'avais besoin de renforts.

De retour à ma cabane, je me suis décidé à contacter Innocence Project. C'est une association nationale qui a pour objectif de lutter contre les erreurs judiciaires. Elle a des équipes disséminées dans tout le pays, composées de juristes, d'avocats, de magistrats, d'anciens policiers et de tout un tas de militants qui œuvrent ensemble pour rétablir la vérité et, plus généralement, pour essayer d'améliorer le système judiciaire souvent injuste et déficient. Si vous prétendez avoir été condamné à tort, et si, après examen de votre dossier, l'association estime que les probabilités de votre innocence sont réelles, alors elle déploie tous ses moyens pour obtenir une révision de votre procès. Et quelquefois, ça marche. Ça aboutit. Les membres bénévoles d'Innocence Project avaient de nombreux succès à leur actif. Ils pouvaient se targuer d'avoir fait libérer et réhabiliter un bon pourcentage de prisonniers injustement condamnés. Ils avaient sauvé la vie de plusieurs hommes et femmes voués à être exécutés pour rien. Gary Sanz serait-il de ceux-là ? Ils possédaient les outils et compétences pour m'aider, mais encore fallait-il qu'ils acceptent de le faire.

Je savais que ce serait compliqué. Je savais que ça prendrait certainement du temps avant même d'obtenir une réponse, qu'elle soit positive ou non. Ils avaient une foule de dossiers en attente. Il faudrait me montrer très convaincant, ils ne se contenteraient pas de ma simple intuition ni de mon intime conviction pour se lancer dans une longue et fastidieuse procédure. Mon principal avantage, si on peut dire, était que Gary Sanz se trouvait dans le couloir de la mort. Sa vie était en jeu. Cela me semblait être une priorité. Mon principal désavantage était que Gary Sanz n'avait rien demandé. Il n'était pas du tout au courant de ma démarche, il ne connaissait même pas mon existence. Qui étais-je, moi, pour parler en son nom ?

Je suis allé sur le site Internet de l'association. Section du Texas. J'ai mis plus d'une heure à concocter un message d'une dizaine de lignes pour leur exposer l'affaire. Le cas Gary Sanz. Trouver les bons arguments, les bons termes. Dans un premier temps, j'espérais retenir leur attention et obtenir un rendez-vous afin de défendre ma cause de vive voix. Je n'étais pas sûr que ça se passait de cette façon – je n'étais sûr de rien – mais je voulais y croire. Il paraît que la fortune sourit aux innocents.

Après ça, je suis sorti sur la terrasse avec le paquet de noisettes. J'avais très envie de voir Skip. Un peu comme un môme a envie qu'on lui raconte une histoire avant de s'endormir. Je me suis dit que si je restais assez longtemps silencieux et immobile, il n'aurait pas peur de s'approcher. Ce serait une histoire sans paroles. Ça m'a rappelé mon enfance. Quand on était trop agités, ma sœur Hamsa et moi, maman nous faisait jouer au jeu des statues : on s'asseyait face à face et c'était à celui qui tiendrait le plus longtemps sans parler ni bouger. Le vainqueur recevait une récompense : un muffin aux myrtilles. Ou un muffin aux bleuets. Ma mère faisait les meilleurs muffins du monde. Ma sœur gagnait toujours. Elle était incroyable. Hamsa ne jouait pas à la statue, elle *devenait* statue. Elle aurait pu rester des heures, peut-être des jours entiers sans même un clignement de cils. En cachette, elle partageait sa récompense avec moi. J'avais les meilleurs muffins du monde et la sœur la plus gentille du monde. Le petit Dipak Singh était un enfant gâté.

J'ai déposé une poignée de noisettes sur le rebord de la fenêtre et je me suis assis sur la marche, le dos calé contre la balustrade. J'ai tenu vingt minutes. L'écureuil n'a pas pointé son museau. Je n'ai pas eu mon histoire.

Le lendemain, le temps était toujours aussi doux. À huit heures du soir je ne portais qu'un polo sur le dos et j'étais bien. J'étais venu en avance pour préparer le barbecue. Les braises étaient à point, la viande au frais dans un sac de congélation. Je n'attendais plus que les invités.

Sondra et Nils sont arrivés en même temps. C'était rigolo de les voir côte à côte. Sondra avait une trentaine d'années. Petite, plutôt boulotte, avec un très joli visage et un très joli sourire. Des dents parfaites. Ses cheveux étaient orange et elle portait une casquette blanche ornée de l'inscription « green » en vert. Peut-être qu'elle avait des origines irlandaises. Nils, lui, avoisinait les deux mètres. Un cou de girafe, avec une pomme d'Adam proéminente, la peau glabre et pâle comme du lait. Il avait mon âge.

Le temps qu'on fasse les présentations, Steve a débarqué à son tour, une glacière à la main. Il nous a proposé un coup à boire. Il a distribué à chacun un gobelet en carton recyclé, puis il a soulevé le couvercle de la glacière et commencé à énumérer : « Tomate, orange, pamplemousse, ananas, gingembre... » J'attendais la bière. Je l'attends toujours. Il n'y avait là-dedans que des jus de fruits – naturels. Sondra et Nils n'avaient pas l'air surpris. Apparemment, c'était la tradition. Je me suis adapté, en faisant de gros efforts pour penser à autre chose, de crainte que le télépathe ne devine mes sentiments. On a trinqué et nos gobelets se sont entrechoqués sans bruit.

Le véritable incident diplomatique aurait pu avoir lieu quelques minutes plus tard. Nous avions décidé de passer à table et j'ai déballé mes achats. Pour ce premier repas entre voisins, je voulais faire les choses bien et j'avais pris pas loin de cinq kilos de steaks, côtes de bœuf et saucisses à griller. J'en avais l'eau à la bouche. En relevant les yeux, j'ai vu leurs expressions, j'ai lu la consternation dans leurs regards. « Quoi ? » j'ai dit.

— Euh... a fait Nils.

— On ne mange pas de viande, a dit Sondra.

— Pas de viande ? j'ai fait.

— C'est de ma faute, a dit Steve. J'aurais dû te prévenir. Mais pour moi, c'était tellement évident...

— Les hindous ne sont pas végétariens ? a fait Nils.

— Je croyais que la vache était un animal sacré, a dit Sondra.

Je me suis abstenu de leur dire que là d'où je venais, la chose la plus sacrée, c'était les hot dogs. J'avais encore un beau morceau de bidoche à la main, je l'ai remisé vite fait dans le sac. J'étais mortifié.

— Je suis vraiment désolé, j'ai dit. C'est que… je n'ai rien prévu d'autre.

— T'en fais pas, a dit Steve, on va trouver. On se laissera pas mourir de faim !

Chacun est reparti chez soi pour voir ce qui traînait dans ses placards. J'ai rangé le sac de viande dans mon freezer : une réserve de protéines pour un mois. Tout ce que j'avais dans mon placard, c'était des pâtes et du riz. Pas l'idéal pour un barbecue. J'ai fini par dénicher un paquet de galettes de blé. Je l'ai pris, histoire de ne pas y retourner les mains vides. Je n'ai pas osé leur apporter les noisettes de Skip.

On s'est retrouvés dans le jardin dix minutes après et on a mis en commun tout ce qu'on avait dégoté. Ç'a été un festin de poivrons et de maïs grillés. Steve a même sorti de sa hotte quelques tranches de tofu (« Génial ! » s'est écriée Sondra). C'était la première fois que j'y goûtais. On a fait glisser ça avec de grandes lampées de jus de carotte et gingembre.

Alors, c'était ça, les nouveaux cow-boys du Texas ?

Nous sommes restés assis à discuter autour du feu jusqu'à une heure assez avancée. J'ai dû m'excuser encore une dizaine de fois, mais ils n'avaient pas l'air de m'en vouloir. J'en ai appris un peu plus sur eux. Nils venait du Maine. Sondra, du Minnesota. Seul Steve était un texan pur jus – naturel. « Depuis huit générations ! » Il nous a raconté qu'un de ses aïeux était mort en défendant Fort Alamo. Il était assez fier de ça. Ils m'ont demandé ce qui m'amenait ici, mais je suis resté vague. Nous avons parlé du président Obama. Nous avons parlé de la souffrance animale (ces deux sujets sans rapport l'un avec l'autre). « Imagine que tu te réincarnes en bœuf ou en porc ! m'a lancé Sondra. Tu aimerais qu'on te fasse subir ce qu'on leur fait subir ? » Je pensais aux cinq kilos de steaks dans mon frigo. Je pensais aux millions de gamins qui mouraient de faim en Inde et ailleurs. « Que les animaux aient une âme ou pas, cela ne change rien, a dit Nils. Quel être peut s'arroger le droit d'en faire souffrir un autre, de quelque espèce qu'il soit ? » Nous avons parlé d'âme, donc. De spiritualité. En tant que professeur de méditation et de yoga, Nils s'était intéressé de près à la philosophie hindoue. Il s'y connaissait beaucoup plus que moi. En fait, ils étaient tous les trois étonnés que je n'y connaisse rien. « J'adorerais faire un pèlerinage à Varanasi ! » a dit Sondra. Je ne savais pas où c'était ni ce que c'était. Je n'avais jamais mis les pieds au pays de mes ancêtres. Je n'avais pas été élevé dans l'une de ses nombreuses religions ni dans ses coutumes et je ne les avais pas étudiées par la suite. J'étais un petit Américain moyen et je traînais avec mes potes qui étaient de petits Américains moyens et quand on parlait de « Nirvana », on parlait d'un groupe de rock ou on parlait des effets de la fumette. Je leur ai avoué que je n'avais jamais dormi sur un lit clouté.

Ç'a été une soirée agréable. Le feu s'est éteint doucement et les étoiles ont brillé plus fort. Un crapaud coassait quelque part, solitaire – qui sait de quel dieu il était l'avatar. On s'est dit qu'il faudrait remettre ça. Avant qu'on se sépare, Sondra s'est inclinée devant moi, paumes jointes : « Namasté. » Elle souriait et ses dents parfaites luisaient dans la nuit.

Je suis reparti avec mes galettes de blé. Personne n'y avait touché.

Encore un étrange bouquin. Moins épais celui-ci, à peine une centaine de pages, mais déroutant. *La Vérité sur un faux poète* se présentait comme un essai critique sur l'œuvre de Gary Sanz. Très critique, je dirais. Son auteur, Deon Zubrinsky, se livrait à une analyse détaillée de tous les écrits de Sanz. Chaque ouvrage était décortiqué, page par page, parfois phrase par phrase ou mot par mot pour certains passages. Mais ce n'était pas uniquement la classique analyse littéraire, artistique, c'était beaucoup plus personnel que ça. Zubrinsky n'hésitait pas à s'adresser directement à Sanz, à l'interpeller, à le provoquer, à le sermonner. Non seulement il le traitait de mauvais poète, mais il laissait aussi entendre, de façon plus ou moins équivoque, qu'il était un menteur, un faussaire, un charlatan, et que lui, Deon Zubrinsky, l'avait percé à jour. Son livre ressemblait quelquefois à une véritable entreprise de démolition. On aurait dit que cet homme connaissait intimement Gary Sanz. On aurait dit qu'il s'était donné pour mission de dénoncer ce qu'il affirmait être de la fourberie et de la duplicité de sa part. Mais Mr Zubrinsky insinuait sans démontrer. Il accusait sans preuves.

Dictaphone : « Pourquoi écrire un tel ouvrage ? Pourquoi consacrer autant de temps, d'énergie et d'argent à publier un essai sur un auteur inconnu ? Si Sanz avait vendu cinquante exemplaires de ses propres œuvres, combien de lecteurs Zubrinsky pensait-t-il toucher en écrivant sur lui ? Quel est l'intérêt, quel est le sens de tout ça ? Et, bon sang, qui est ce type ? »

Le bouquin était sorti en 2003. La seule explication que j'y voyais, c'était que Zubrinsky avait alors espoir de se faire du fric sur le dos d'un condamné à mort.

Dictaphone : « Il faut absolument que tu rencontres cet homme ! »

J'ai cherché longtemps et je n'ai rien trouvé. Deon Zubrinsky était absent de la toile. Hormis son livre sur Sanz, aucune mention de lui. Le néant absolu. Ce n'est pas facile de passer ainsi entre les mailles de tous les algorithmes. À moins de vouloir (et pouvoir) effacer systématiquement la moindre de ses traces.

J'ai essayé par le biais de la maison d'édition : Pale Fire Books. Même résultat. Apparemment, elle n'avait publié qu'un seul livre, celui de Zubrinsky. Éditeur unique d'un unique auteur ayant écrit un unique livre. De plus en plus étrange.

Il y avait l'adresse de la société à l'intérieur du bouquin. Je m'y suis rendu. Ça se situait à Mesquite, dans la banlieue de Dallas. Avec les transports en commun j'ai mis près de deux heures pour y arriver. Du temps perdu. À l'adresse indiquée, en lieu et place d'une maison d'édition, j'ai découvert une animalerie. Petland. J'étais furieux. L'impression qu'on s'était fichu de moi, qu'on m'avait fait une mauvaise blague et que quelqu'un, quelque part, était en train de rigoler à mes dépens. Je suis entré dans le magasin. À l'employé qui était présent j'ai demandé depuis combien de temps cette animalerie existait. Il ne le savait pas. Il y travaillait depuis quatre ans, il ignorait en quelle année elle avait ouvert et ce qu'il y avait comme commerce avant ça. Pale Fire Books, ça ne lui rappelait rien du tout. Pendant qu'on parlait, à deux mètres de nous un serpent était lové derrière la vitre d'un vivarium, parfaitement immobile. Je suis certain qu'il me fixait et son regard ne disait pas « Adopte-moi ». Je suis ressorti.

J'ai longé toute la rue à pied. Je n'ai rien vu qui ressemblait à une maison d'édition.

Dans le bus qui me ramenait à Dallas, j'ai ruminé tout ça. C'était tentant, une nouvelle fois, d'y voir à l'origine une manœuvre de la Pieuvre. Est-ce que Deon Zubrinsky travaillait pour elle ? Était-il l'une de ses marionnettes ? L'une de ses créations ? Un nom fictif pour un auteur fictif publié chez un éditeur fictif. Le but de l'opération ? À travers ce livre, jeter un peu plus le discrédit sur Gary Sanz. Tourner en dérision ses arguments paranoïaques et complotistes, les retourner contre lui. Voyez ça : Gary Sanz triche, c'est un faux poète et un vrai criminel. En un mot : l'accabler.

D'une certaine façon, cela justifierait l'existence de cet ouvrage.

Il faisait chaud dans le bus. La clim ne fonctionnait pas et le soleil de l'après-midi cognait contre la vitre. Je commençais à transpirer. J'ai horreur de ça. Le chauffeur avait mis la radio en sourdine, un vieux tube de Madonna grésillait dans l'air comme un frelon – *La Isla Bonita*. La route, la chaleur, la musique auraient dû me bercer, j'aurais dû piquer du nez mais je sentais mes nerfs tendus, de plus en plus, et mes muscles, un début de crampe au mollet, j'avais envie de me lever pour faire les cent pas le long de la travée, mais je n'osais pas. C'était souvent comme ça, hélas : Dipak Singh n'osait pas. Quand la maîtresse posait une question à la classe, je connaissais la réponse mais je n'osais pas lever le doigt, et cette petite garce de Coleen McBride récoltait les lauriers. Sur le terrain de hand, quand le coach distribuait les postes, je savais que j'étais cent fois meilleur gardien que Ronnie Simmons, mais je n'osais pas m'imposer et j'étais bon encore une fois pour refaire le match plus tard chez moi, dans ma chambre, dans ma tête, je stoppais tous les tirs que le gros Ronnie avait laissé passer et l'équipe gagnait grâce à moi. Di-pak ! Di-pak ! Le public scandait mon nom et Lucy Berenson, Lucy, ma Lucy me regardait avec des yeux de miel, elle était fière de moi, elle me regardait et elle me souriait et je la regardais et je lui souriais. Mais ça ne s'était jamais passé parce que je n'avais pas osé, et l'année de notre troisième au collège le père de Lucy s'était scratché en voiture contre un pylône et Lucy et ses deux frères et sa mère avaient déménagé et je ne l'avais jamais revue, je ne lui avais même pas dit au revoir et je ne savais même pas où elle habitait. Pourquoi je pensais à ça ? Parce que je pensais à Gary Sanz. Je pensais à sa femme Michelle. Je comprenais parfaitement son amour et son désir pour elle quand il était adolescent et qu'il n'osait pas lui dire, qu'il lui écrivait des poèmes qu'il n'osait pas lui montrer. Lucy était ma Michelle et je pouvais tout à fait ressentir ce qu'il ressentait. En fin de compte il avait eu plus de courage ou plus de chance que moi et son vœu avait été comblé, il avait pu épouser Michelle sa belle. Si j'avais épousé ma belle Lucy, est-ce que j'aurais pu la tuer ? Est-ce que j'aurais été capable de poser un oreiller sur son visage et de le maintenir enfoncé jusqu'à ce qu'elle cesse de respirer ? Est-ce que vous avez fait ça, monsieur Sanz ?

Des gouttes de sueur dégoulinaient sur mon front. J'ai commencé à respirer par la bouche. J'avais cette sensation, que je déteste, de ne pas pouvoir remplir entièrement mes poumons. Quelque chose bloque. L'air ne passe pas. L'air manque. De toutes les morts possibles, la mort par asphyxie est celle qui me terrorise le plus. Il y avait longtemps que je n'avais pas eu ce genre de crise. Pourquoi maintenant ? Je ne voulais pas mourir étouffé dans un putain de bus sur la route de Dallas. Je ne voulais pas me jeter sur le chauffeur et lui hurler dessus pour qu'il me laisse descendre en urgence. J'ai rassemblé toute mon énergie pour penser à autre chose. Distraire mon esprit.

Et c'est là, dans ce sauna roulant, en pleine flambée d'angoisse, que j'ai imaginé le plan de mon propre récit. Je l'ai façonné. Je me suis dit qu'il faudrait que j'y intègre le texte de Sanz. En introduction ou en première partie. De manière à ce que le lecteur (imaginons qu'il y ait un lecteur) sache précisément de quoi l'on parle. Le texte dans son intégralité. Cela aurait plus de poids. Je me suis dit que je pourrais insérer dans le texte de Sanz des extraits de l'essai de Deon Zubrinsky. Sélectionner certains passages de la critique et les associer aux passages critiqués. Des ponts, des correspondances. Je me suis dit que je pourrais aussi intercaler les paroles des témoins. J'avais rencontré Daisy et Donald et il était prévu que je rencontre d'autres personnes, chacune d'elles pourrait alors apporter un éclairage particulier sur l'affaire, sur la personnalité de Gary, ce serait autant de points de vue différents, autant de pièces à ajouter au puzzle.

À la fin du trajet, j'avais en tête les grandes lignes de ma future composition et j'étais assez content de moi. Je n'avais pas tout à fait perdu mon temps. Je respirais mieux. En arrivant à la cabane, j'ai tout noté sur mon carnet avant d'oublier.

J'étais prêt à m'octroyer un petit moment de détente sur le hamac quand mon téléphone a sonné. Numéro inconnu. J'ai décroché et un homme s'est présenté à l'appareil, il s'appelait Jerry Moncello et il m'appelait au nom de l'association Innocence Project. Était-ce bien moi qui avais pris contact avec eux au sujet de Gary Sanz ? J'ai eu une poussée d'adrénaline, je me suis assis sur la marche de la terrasse et j'ai répondu que oui, c'était bien moi. Je ne m'attendais pas à une réaction si rapide de leur part. Comme allait me l'apprendre Mr Moncello, j'avais eu un gros coup de chance. En effet, l'homme m'a expliqué au téléphone qu'il connaissait Gary. Il ne le connaissait pas personnellement mais il était bien au courant de son affaire, pour la bonne raison qu'il avait assisté à son procès – le second, celui concernant le meurtre de Jane Garett –, il était là, aux premières loges, quand on l'avait condamné à la peine capitale. À l'époque, Jerry Moncello n'était qu'un jeune stagiaire au bureau du procureur qui était chargé de cette affaire. On lui avait confié quelques tâches secondaires à effectuer pour la préparation du dossier : rassembler et classer certains documents. Il avait eu accès aux procès-verbaux. Il avait vu les coulisses. Il avait aussi vu la pièce. Car sa position lui avait permis d'être présent au tribunal durant toute la durée des débats. Une sacrée expérience. Une rude expérience. Qui lui avait laissé un goût amer dans la bouche. Ou c'était plutôt, m'a-t-il dit, comme une petite ampoule à l'arrière du talon : ça n'empêche pas de continuer à marcher, mais ça gêne, ça frotte, ça irrite, c'est inconfortable. Qu'est-ce qu'on peut faire ? Poser un pansement dessus ? Enfiler des chaussures plus grandes ?… Ce qu'il avait vu et entendu au cours du procès l'avait troublé. La personne même de Gary Sanz l'avait troublé. Il n'était pas d'accord avec les conclusions du jury et encore moins avec la sentence prononcée. D'après lui, le doute subsistait. Cette affaire, m'a-t-il confié, a certainement eu une influence sur sa carrière. Car finalement il n'avait jamais exercé en tant que procureur, il avait bifurqué vers la voie de la défense. Depuis vingt ans il était associé dans un cabinet d'avocats et travaillait à défendre des inculpés. « C'est le pansement que j'ai posé sur mon ampoule ! » Mais sa gêne persistait. Il avait eu vent des suites de l'affaire, de loin en loin. Les appels de Sanz, tous rejetés, ça le navrait. Bref, pour toutes ces raisons, mon message l'avait interpellé. Il n'avait pas le temps de s'en occuper lui-même, mais il voulait mettre quelqu'un sur le coup. En parallèle à son métier d'avocat, il donnait des cours de droit et de criminologie à l'université du Texas et il sensibilisait particulièrement ses étudiants au problème des erreurs judiciaires, aussi, si j'en étais d'accord, il allait proposer à l'une de ses élèves – la meilleure – de revoir le dossier du condamné avec moi. Bien sûr, il serait toujours là s'il y avait besoin, mais cette fille avait toute sa confiance, elle était vraiment compétente et s'il y avait quelque chose à exploiter, elle ne le manquerait pas. Est-ce que ça me convenait ?

Dans l'absolu, j'aurais préféré le prof à l'élève, mais je n'allais pas faire la fine bouche, cet appel était déjà miraculeux. J'ai dit que ça me convenait très bien. L'étudiante en question se nommait Barbara Grove, et maître Moncello m'a promis qu'elle me contacterait bientôt. Je l'ai remercié chaleureusement. « Vous savez, a-t-il dit avant de raccrocher, si on pouvait faire disparaître une fois pour toutes cette fichue ampoule de mon talon, ça me soulagerait ! » Fin de la communication.

J'ai serré les poings et levé les deux bras en l'air comme si je venais de marquer un but ou carrément de remporter le match. Di-pak ! Di-pak ! Un sentiment de victoire. Une joie presque euphorique. Enfin quelqu'un qui pensait comme moi ! Enfin un signe encourageant dans cette quête que j'avais faite mienne et que tout et tous, jusque-là, m'incitaient à abandonner. J'avais du soutien. Le héros avait un compagnon. Une équipe. Le héros avait toute une bande prête à venir à sa rescousse pour affronter l'adversaire.

Tout à coup, ça m'a donné de l'énergie libre à revendre.

Je me suis fait griller un gros steak à la poêle, en prenant soin de fermer les fenêtres pour ne pas que l'odeur s'échappe jusqu'aux narines de mes voisins. Je l'ai mangé avec un peu de culpabilité et beaucoup d'appétit.

Je n'avais toujours pas sommeil. Je ressentais encore l'excitation du coup de fil de Jerry Moncello. J'avais hâte que son émissaire m'appelle. Je suis allé m'allonger dehors dans le hamac et je suis resté un long moment à regarder le ciel en essayant d'imaginer à quoi pouvait ressembler Barbara Grove.

Deux jours plus tard, j'ai reçu un texto de sa part, à sept heures dix du matin. Elle me conviait à un brunch dans un endroit nommé Garden Cafe. L'invitation était fixée pour le dimanche suivant à huit heures trente et en vérité ça ressemblait plus à une convocation qu'à une invitation. Je n'ai pas eu l'impression de pouvoir refuser ou reporter. J'ai répondu OK.

Barbara Grove n'était pas une adepte de la grasse matinée.

J'allais devoir annoncer à Steve que je ne pourrais pas participer à la prochaine séance de compostage parce que j'avais un rendez-vous « professionnel » un dimanche aux aurores. S'il lisait dans mes pensées, il saurait que ce n'était pas une fausse excuse.

Il pleuvait. Première fois depuis que j'avais débarqué à Dallas. Une pluie paisible. Des gouttes lourdes, régulières. J'aimais bien le bruit qu'elles faisaient en s'écrasant sur les feuilles des arbres tout autour de la cabane.

Je devais me rendre dans la matinée au cabinet Zimmer & Associates. Dwight Zimmer, le fils d'Edwin Zimmer, avait accepté de me recevoir. Bien sûr, c'est le père que j'aurais aimé rencontrer. D'une part pour vérifier que la ressemblance avec J. R. était aussi frappante que ce qu'on le disait, et puis surtout parce que maître Zimmer avait eu un rôle non négligeable dans cette histoire. Il avait connu les principaux protagonistes, Philip-Joseph, Michelle et Gary. Il avait eu en main les cahiers de Phily-Jo, et il les avait peut-être lus. Enfin, il avait défendu Gary Sanz lors de ses deux procès. Il avait donc une vue d'ensemble de toute l'affaire et il devait avoir une opinion dessus que j'aurais beaucoup aimé entendre. Malheureusement, j'arrivais trop tard. Lorsque j'avais essayé de le contacter, son fils m'avait appris qu'Edwin Zimmer était décédé. Cancer du pancréas, fulgurant. Si l'avocat avait des secrets, il les avait emportés avec lui dans la tombe. Je ne saurai probablement jamais si les doutes de Michelle à son endroit étaient fondés. Edwin Zimmer les avait-il trahis, comme elle le soupçonnait ? Avait-il vendu son âme (et les cahiers) à la Pieuvre ?

Dwight Zimmer avait pris la succession de son père mais il y avait très peu de chances qu'il puisse répondre à ces questions. J'avais quand même décidé de le rencontrer : on ne sait jamais, je me disais.

J'ai fait le trajet à pied. Je me suis un peu perdu dans le quartier des affaires, parmi les tours immenses de Downtown Dallas. Sur les cinq plus hauts buildings de la ville, trois appartenaient à des banques. Il faut croire que l'argent élève l'homme. Que le ciel s'atteint à l'usure.

À côté, l'immeuble abritant Zimmer & Associates avait presque l'air d'une maison de poupée. L'ascenseur m'a transporté au dix-septième en moins de trente secondes. J'avais cinq minutes de retard. Dwight Zimmer en avait quinze. J'ai patienté. Il a fait irruption de son bureau, la main déjà tendue vers moi et avec une mine tellement réjouie que je me suis demandé s'il ne me prenait pas pour quelqu'un d'autre (un ami d'enfance, un gros client, le messie). Les éléments les plus évidents du legs paternel étaient le chapeau sur le crâne et le sourire extralarge. Pour le reste, je n'ai pas remarqué de ressemblance particulière avec le personnage de la série télé. L'homme était chaleureux. Nous avons bavardé pendant trois quarts d'heure. Il m'a beaucoup parlé de son père. Il regrettait de ne pouvoir m'en dire davantage sur l'affaire Gary Sanz. Deux choses, pourtant, que Dwight Zimmer a laissé échapper au cours de la conversation et qui ont retenu mon attention : la première, c'est que quelques mois avant de mourir, Zimmer père avait déjà failli mourir. Victime d'un violent accident. Il traversait la rue, à Dealey Plaza – « Vous voyez, exactement là où Kennedy a été assassiné ! » –, quand une voiture l'avait percuté de plein fouet. Un vol plané de dix mètres. Des fractures partout. « Sur son lit d'hôpital, on aurait dit une momie ! » a fait Dwight. Les médecins considéraient que c'était un miracle qu'il s'en soit sorti vivant. « Bon Dieu, mon père aurait pu avoir sa plaque commémorative à côté de celle du président ! » Le chauffard ne s'était même pas arrêté. Des témoins ont parlé d'une Cadillac marron, mais la voiture s'est volatilisée, la police n'a jamais réussi à mettre la main dessus. On n'a jamais su qui était le salopard qui conduisait.

Dictaphone : « Un accident ? Est-ce que ça ne ressemble pas plutôt à une agression ? Une tentative de meurtre ? »

C'était pendant ce séjour à l'hôpital qu'on avait découvert son cancer. Déjà bien avancé. Le miracle ne s'était pas reproduit. Deux mois après qu'on lui avait enlevé son dernier plâtre, Edwin Zimmer s'était éteint.

La seconde chose, moins dramatique, qui m'a fait dresser l'oreille, c'est quand Dwight Zimmer m'a appris que son père avait assuré la défense de Sanz à titre gratuit. Il n'avait pas touché un dollar pour ce travail. Dwight n'a pas su me dire pour quelle raison. Il supposait que c'était par amitié pour Gary. Sans la générosité de maître Zimmer, Sanz n'aurait sans doute pu bénéficier que d'un avocat commis d'office – « Pas ce qu'il y a de mieux… » a grimacé Dwight. J'y suis allé (en mon for intérieur) de mes propres suppositions : par ce geste, Edwin Zimmer essayait-il de se racheter ? Éprouvait-il des remords pour les cahiers disparus ? Pour une trahison ?

Dictaphone : « Plus machiavélique encore : peut-on envisager qu'Edwin Zimmer tenait absolument à être l'avocat de Sanz pour s'assurer que, en bâclant sa défense, son client porterait le chapeau pour les meurtres et qu'il serait condamné à la peine maximale ? Un autre coup de couteau dans le dos. Du J. R. tout craché. »

Mais si Zimmer était au service des forces occultes, pourquoi celles-ci auraient-elles cherché à l'éliminer ? Pour effacer les traces. Classique. Moins il y a de témoins, mieux c'est. Le cancer a joué en leur faveur. La Pieuvre et le crabe s'associent…

Je n'ai évidemment pas fait part de ces pensées à Zimmer junior. En fin de compte, je l'ai quitté avec plus de questions que de réponses, comme ce serait souvent le cas dans cette histoire.

Pas d'autres rendez-vous programmés avant le dimanche. Ça me laissait trois jours.

J'ai appelé ma mère. J'ai appelé ma sœur. Elles ne comprenaient pas très bien ce que je fichais au Texas. Je ne me suis pas étendu, j'ai dit que j'avais besoin d'effectuer des recherches pour ma thèse (à ce moment-là, j'y songeais encore). Je leur ai décrit la cabane, le jardin, mes voisins. « Fais attention aux serpents, a dit ma mère. Il paraît qu'ils ont de sales bestioles, là-bas ! », « Méfie-toi des vegans, a dit ma sœur. Toutes mes copines sont en train de s'y mettre, je ne peux plus manger une cuisse de poulet sans me sentir comme une infâme meurtrière ! » Crotales, végétariens, ce n'était peut-être pas les plus grands dangers qui me guettaient, mais je les ai rassurées. Elles étaient les femmes de ma vie, je n'ai pas honte de le dire. Maman et Hamsa. Qui d'autre se souciait de ma personne ? J'aurais aimé appeler ma petite amie mais je n'en avais plus depuis six mois. Les ruptures se passent plus ou moins bien, celle avec Laureen avait été rude. Laureen la divine s'était vite transformée en Laureen la mesquine, puis en Laureen la connasse (tant pis pour la rime, Mr Sanz). On ne s'adressait plus la parole et j'avais été tenté, je l'avoue, d'aller en douce crever les pneus de sa bicyclette, voire de balancer sa bicyclette dans la rivière. « Elle ne te méritait pas », disait ma mère. « Ce n'était pas la bonne, c'est tout », disait ma sœur. Il n'y en avait pas eu tant que ça, en tout, mais elles ne me méritaient jamais et ce n'était jamais la bonne, ce qui aurait dû m'inciter à me demander si le problème ne venait pas de moi. Cependant, maman et Hamsa étaient d'accord : il n'y avait pas de garçon plus parfait que leur cher Dipak – et j'avais la fâcheuse tendance à me fier à leur jugement. Bref, j'étais à nouveau célibataire et je commençais à me demander si je finirais un jour par tomber sur « la bonne », celle qui « me méritait » vraiment.

Tout ça pour expliquer dans quelles dispositions je me trouvais avant de rencontrer Barbara Grove. Parce que, pour moi, ç'a tout de suite été le coup de foudre.

Je me suis levé très tôt. Me suis douché, rasé, coiffé. J'ai mis des fringues propres et les moins fripées possible. Une chemise blanche qui faisait ressortir mon teint mat (je connais mes atouts). L'itinéraire que j'avais relevé annonçait trente minutes de trajet. À huit heures tapantes j'étais dans le tramway. Le soleil était de retour. Une belle journée commençait.

D'après le site Internet, le Garden Cafe était un spacieux café-restaurant qui proposait des petits déjeuners et déjeuners avec une cuisine faite maison. L'accent était mis sur la qualité des produits, frais et bio, beaucoup de plats étant à base de légumes qu'ils cultivaient sur place, dans leur propre jardin. Mais il y avait également au menu de la viande, du poisson et des œufs, on n'était pas chez les herbivores purs et durs. Une chance sur deux pour que Barbara Grove évolue dans la sphère écolo. Habituellement, je ne crachais pas sur une feuille de laitue pourvu qu'elle soit coincée entre les deux tranches d'un hamburger. Mais depuis le coup du barbecue, j'étais sur mes gardes : il faudrait peut-être que je joue ma carte hindoue – vaches sacrées, cochons sacrés, et même poulets sacrés si vous voulez ! Cela dépendrait de ce que m'inspirerait la jeune femme.

Trois minutes avant que j'arrive là-bas, mon téléphone a bipé. Un message. Ça disait simplement : « Le patio derrière. » J'ai fait le tour de l'établissement. À l'arrière s'étendait un vaste jardin, et le long du bâtiment s'alignait une rangée de tables, abritée par une tonnelle. Seules deux des tables étaient occupées : l'une par un couple de septuagénaires, et l'autre par… la nouvelle femme de ma vie.

Non, je ne l'ai pas pensé exactement comme ça. Pas aussi vite. Il m'a fallu un bon quart d'heure pour en être persuadé.

Elle était en train de consulter son téléphone. Elle a levé les yeux. Elle m'a vu. Elle s'est levée. Elle a levé un bras et agité la main pour me faire signe. Elle avait un sourire radieux.

Ses cheveux châtain clair étaient tirés en arrière et noués en queue-de-cheval. Je ne pense pas qu'elle avait fait des efforts vestimentaires pour l'occasion : elle portait un pantalon de survêtement gris et une sorte de justaucorps rouge. Un bracelet éponge au poignet gauche. Tenue sportive.

Je me suis approché. Yeux bleus. Pas maquillée. Il y avait une trace humide tout autour de son col, une auréole de transpiration.

— Dipak Singh ? elle a fait.

— C'est moi. Enchanté.

Elle m'a tendu la main et je l'ai serrée. En se rasseyant, elle s'est mise à chantonner : « Sing, sing, sing ! », trois petites notes ascendantes, puis elle a lâché un rire de gamine.

Soit cette fille était une débile profonde, soit elle était d'un naturel espiègle.

Elle était loin d'être débile.

Elle m'a invité à m'asseoir. J'ai pris place face à elle.

— Dipak Singh, elle a répété. Ça vient d'où, ça ?

— Fairmont, Virginie-Occidentale.

Elle a pincé les lèvres, hoché la tête.

— D'accord... Ma question était maladroite, et malvenue.

— Nous sommes citoyens américains depuis trois générations, mais mon arrière-grand-père était fakir et faisait ses ablutions tous les matins dans le Gange, si c'était le sens de votre question.

Je racontais n'importe quoi, tout ce que je voulais c'était avoir quelque chose d'intéressant à lui dire.

— Fakir ? Waouh ! Impressionnant !... (Elle a froncé les sourcils.) Je ne vous ai pas vexé, au moins ?

— Non, ça va.

— Les préjugés sont tenaces.

— Je comprends. Moi-même, je suis un peu surpris. Je ne m'attendais pas à...

— À quoi ?

Mince. Faux pas.

— Vous pensiez peut-être trouver une reine de la country ? elle a dit. Une Texas girl avec la veste à franges et le Stetson sur le crâne, en train de vous jouer *Rose Garden* à la guitare ? Lynn Anderson dans toute sa splendeur !

Elle me fixait droit dans les yeux et il y avait une lueur d'ironie, il y avait un éclat de joyeuse malice dans son regard et je commençais déjà à adorer m'y plonger.

— Désolé, j'ai dit, je ne sais pas qui est Lynn Anderson.

— Dommage pour vous, c'est une sacrée chanteuse.

— En fait, je m'attendais plutôt à un autre genre de cliché. Une jeune femme en tailleur et talons hauts… Le genre avocate, quoi !

— D'abord, je ne suis pas encore avocate, et ensuite je vous assure que même les avocates font leur jogging en survêtement et baskets !

— Vous courez ?

— Je cours.

Elle a pris le verre d'eau posé devant elle et l'a vidé à grands traits. Je regardais remuer sa glotte avec une espèce de fascination. Puis elle a reposé le verre. Le dessus de sa lèvre brillait, mouillé.

— Fantasme masculin typique, elle a dit.

— Pardon ?

— Le tailleur et les talons aiguilles.

J'ai dû rougir, heureusement ça ne se remarque pas sur ma peau foncée.

— Non, ce n'est pas…

— Il m'arrive de jouer *Rose Garden* sur ma guitare, mais seulement après quelques verres !

Elle est repartie de son rire enfantin.

Lumineuse. Comme on le dit d'une idée, comme on le dit d'une étoile, cette fille était lumineuse.

Une serveuse est arrivée, a déposé devant elle une assiette ainsi qu'un petit panier rempli de toasts grillés.

— Je m'excuse, a dit Barbara, je ne vous ai pas attendu pour commander. J'avais trop faim. Vous mangez quelque chose ?

— Non, juste un café, merci.

— Vous avez tort. Leurs omelettes sont incroyables !

Elle avait déjà ses couverts en main et désignait son plat de la pointe du couteau. La serveuse est repartie.

— Vous venez souvent ici ? j'ai demandé.

Elle y venait tous les dimanches. Elle adorait cet endroit, m'a-t-elle dit. Surtout quand il faisait beau comme aujourd'hui et qu'elle pouvait manger dehors. Il y avait un parc, pas loin, avec un circuit pour les joggers. Tous les dimanches elle allait faire son footing, puis elle s'arrêtait au retour au Garden Cafe pour prendre un petit déjeuner.

— Ce que je perds en courant, je le regagne aussitôt ! Comme ça, l'équilibre est préservé.

— Je n'ai pas l'impression que vous ayez beaucoup à perdre.

— Merfi, elle a dit, la bouche pleine.

J'aurais pu rester longtemps à la regarder dévorer son omelette, croquer à pleines dents dans ses toasts. Je n'étais pas pressé d'aborder les choses sérieuses. Pas pressé de rien. Je buvais mon café, je la regardais manger et ça me suffisait.

Dictaphone : « Ce n'est que maintenant que me vient à l'esprit l'expression "être sous le charme". C'était ça. Ce matin-là, sur la terrasse du Garden Cafe, à Dallas, Texas, j'étais sous le charme. Barbara Grove était une fée en survêtement et elle était en train de m'ensorceler. »

Elle a terminé son assiette, l'a repoussée, a posé ses coudes à la place, appuyé son menton sur ses mains jointes :

— C'est là qu'on regrette de ne pas fumer… a-t-elle soupiré.

Elle est demeurée songeuse un instant, peut-être savourant une cigarette en pensée. Et soudain s'est ranimée :

— Pourquoi ? elle a dit.

— Pourquoi ? j'ai dit.

— Pourquoi Gary Sanz ? Vous le connaissez ? C'est lui qui vous a contacté ?

— Absolument pas.

Elle a été étonnée d'apprendre qu'il y avait peu encore, j'ignorais jusqu'à son nom. C'était seulement le hasard de mes recherches qui m'avait amené à lui.

— Jerry m'a fait un rapide topo de l'affaire, elle a dit. C'est moche. Le meurtre de sa femme. Le meurtre de sa belle-mère…

— Pas sa belle-mère, je l'ai reprise, la tante de sa femme.

Mais dans un coin de mon cerveau, c'est un autre point qui s'était mis à clignoter – signal d'alarme : en parlant de maître Moncello, elle l'avait appelé Jerry. Est-ce que ça trahissait autre chose qu'une relation prof-élève ? Des rapports plus intimes ? J'ai senti la morsure de la jalousie (pire que la morsure d'un serpent, maman). Ce n'est que plus tard que j'obtiendrais une explication satisfaisante : dans le cadre universitaire, il était son professeur et elle l'appelait « monsieur », mais dans le cadre de l'association, ils se considéraient tous deux comme collègues et elle l'appelait alors Jerry. Ouf.

— Moche tout de même, poursuivait Barbara. Deux crimes aggravés. Deux femmes victimes.

— C'est horrible, nous sommes d'accord. Mais si, comme je le pense, Gary Sanz n'est pas l'auteur de ces crimes, cela fera une victime supplémentaire. La plus injuste qui soit. Cela ne fera qu'ajouter de l'horreur à l'horreur.

— Qu'est-ce qui vous fait croire qu'il est innocent ? Vous avez eu accès à des éléments nouveaux dont les juges n'auraient pas eu connaissance ?

— Peut-être.

— Peut-être ?

J'ai poussé un profond soupir. Le moment était venu. J'ai ouvert ma sacoche et j'en ai sorti le bouquin de Gary Sanz. *Qui se souviendra de Phily-Jo ?* Je l'ai posé sur la table et l'ai fait glisser jusqu'à elle.

— Je ne sais pas si on peut appeler ça un élément nouveau, mais je ne pense pas que ceux qui ont jugé Gary Sanz aient lu cet ouvrage. Je pense que toute personne qui le lira ne pourra qu'être persuadé de son innocence.

Elle a jeté un œil sur la couverture.

— C'est lui qui l'a écrit. Avez-vous songé qu'il pourrait ne pas être objectif ?

— Lisez-le, Barbara. Vous verrez.

Prononcer son prénom à voix haute, ça m'a fait comme un gratouillis à l'intérieur, comme une vrille, douce vrille, au niveau de l'estomac.

— C'est… épais, elle a dit. Je ne dispose pas de beaucoup de temps, vous savez. Vous ne pourriez pas m'en faire un résumé ?

J'ai secoué la tête.

— Non. Il faut le lire intégralement. Parce que le diable est dans les détails… Je sais que vos heures sont comptées, mais l'enjeu est considérable. Pour Gary, ce sont les jours qui sont comptés.

— Je vous en prie, pas de pathos, monsieur Singh. Je n'ai pas besoin qu'on me rappelle pourquoi je me suis engagée dans cette association, et quel combat nous menons.

Je n'ai pas aimé le « monsieur Singh ». Je l'avais sans doute mérité.

— Excusez-moi. C'est que j'ai vraiment à cœur que vous lisiez ce livre. Il contient des faits et des arguments qui me semblent dignes d'être relevés. Et vérifiés. Maître Moncello a dû vous le dire : lui-même exprimait des doutes sur la culpabilité de Gary Sanz. Sinon, il ne vous aurait pas envoyée si rapidement vers moi. Ce n'est pas une simple lubie ou un caprice de ma part !

Elle a tapoté le bouquin du bout des doigts. Elle hésitait toujours. J'ai insisté :

— Je me fierai à votre jugement, j'ai dit. Si, après lecture, vous estimez qu'il n'y a aucune raison d'envisager l'innocence de Gary Sanz, je m'inclinerai. Je lâcherai l'affaire et vous n'entendrez plus jamais parler de moi. Je disparaîtrai de votre vie, aussi vite que j'y suis entré.

La seule évocation de cette idée m'a soudain serré la gorge. J'en ai eu les larmes aux yeux. C'était ridicule. J'espérais qu'elle n'avait rien remarqué.

Elle a souri à nouveau, ma fée, mon ensorceleuse (le quart d'heure était passé, je pouvais désormais la considérer comme l'amour de ma vie).

— Vous êtes un romantique, vous ! elle a fait en pointant l'index sur moi.

Je n'aurais pas su dire si c'était un compliment ou une moquerie. Toujours est-il qu'elle a pris le livre et l'a fourré dans le petit sac à dos posé au pied de sa chaise.

— C'est mon unique exemplaire, j'ai dit.

— Ne vous en faites pas, je vous le rendrai.

— J'y compte bien.

Elle a jeté un coup d'œil à son téléphone.

— Il faut que j'y aille !

Elle était déjà debout. Je me suis levé et je l'ai suivie. Nous nous dirigions vers l'intérieur du restaurant pour régler. Elle marchait vite, à grands pas, je devais presque trottiner pour ne pas me laisser distancer. Sa queue-de-cheval tressautait entre ses omoplates. Nous avons eu notre première dispute (une chamaillerie) pour payer l'addition. Elle a eu gain de cause. La prochaine serait pour moi, promis. En ressortant, elle m'a demandé où j'étais garé. Je lui ai dit que j'étais venu en tramway et elle a eu l'air surprise. « Pas de voiture ? » Non. « Vous allez où ? » Je lui ai donné l'adresse de l'oasis. « Je vous dépose », elle a dit. Le bonheur. Le prolongement du bonheur.

Sa voiture était une vieille Ford, sale dehors, sale dedans. Des gobelets vides, des sachets froissés, des emballages de chewing-gums traînaient sur le plancher. Conduisant d'une main, farfouillant dans le vide-poche de l'autre, elle en a sorti un CD qu'elle a brandi vers moi : « Lynn Anderson ! » Elle a enfoncé le disque dans le lecteur. Avant que la musique commence, elle a poussé à nouveau ses trois notes montantes : « Sing, sing, sing ! » Ce petit gimmick l'amusait. Puis les premiers accords se sont fait entendre : *Rose Garden*, elle a annoncé.

Barbara Grove aimait pour de bon la musique country. Nous avons roulé quelques minutes en écoutant la chanteuse. Pour ma part, je trouvais ça assez kitsch. Ça m'a fait penser aux rares extraits des comédies de Bollywood que j'avais vus à la télé. Les paroles du refrain, que Barbara reprenait en chœur, disaient : *I beg your pardon, I never promised you a rose garden.* Je me suis demandé si c'était un message à mon intention. Spéciale dédicace au petit mec assis sur son nuage à côté de moi : ici Dallas, redescend sur terre, doux rêveur, entre nous c'est juste une affaire judiciaire. J'ai chassé cette pensée. Moi, j'étais prêt à lui promettre tous les jardins, toutes les roses, toutes les fleurs et toutes les omelettes de la création.

— Quand est-ce qu'on se revoit ? je lui ai demandé

Elle a baissé le volume.

— Dimanche prochain ?

Ça m'a rassuré, j'avais peur qu'elle m'impose un délai de trois semaines ou un mois ou davantage, et dans ce cas j'aurais dû lui dire que je ne tiendrais pas aussi longtemps, que j'allais mourir, que j'allais flétrir et me dessécher et tomber en poussière comme la vieille mue d'une cigale après l'été. Malgré tout, le dimanche matin, ça ne m'arrangeait vraiment pas. J'ai dû lui parler de mes nouveaux voisins et des séances de compostage collectif. « Du compostage ? » Oui. Compostage et épandage. Ce n'est pas que j'y tenais tant que ça, je lui ai dit, mais je m'y étais engagé. Ça l'a fait beaucoup rire, et tant mieux parce que, franchement, quoi de plus merveilleux que le rire de cette fille ?

J'ai poussé l'audace jusqu'à l'inviter à dîner le samedi soir, si elle était disponible. Elle m'a lancé un regard de côté.

— Un dîner ?

— Je ne vois pas d'inconvénient à ce que vous veniez en survêtement, j'ai dit.

— Mieux que ça : je me suis acheté un nouveau short, ce sera l'occasion de l'étrenner.

— Avec un Stetson sur la tête, ce sera parfait !

I beg your pardon, I never promised you a rose garden… Cause toujours, Lynn Anderson, c'est pas à un composteur qu'on apprend à faire pousser des roses.

Dictaphone : « À quoi reconnaît-on un espion ? À rien. C'est le principe même. Si c'est un bon espion, on ne le reconnaît pas. On ne le remarque pas. Conclusion ? »

J'avais deux témoins à voir dans la semaine. Le premier était un ancien étudiant de Gary Sanz, le second était l'une de ses anciennes collègues enseignantes. Pas des intimes, donc, mais des personnes qui l'avaient côtoyé dans le cadre de son métier. À quoi ressemblait le professeur Sanz ? Quel souvenir leur avait-il laissé ?

L'ex-étudiant s'appelait Leonard Beck. Il était actuellement en congés maladie, il s'était fait une entorse et ne pouvait pas se déplacer, il m'avait proposé de venir chez lui. Ça ne me dérangeait pas, au contraire, on pouvait en apprendre beaucoup sur la personnalité des gens rien qu'en observant leur cadre de vie.

J'attendais le bus pour me rendre à son domicile. Deux autres personnes patientaient à l'arrêt en même temps que moi, une grand-mère et sa petite-fille. Une troisième est arrivée quelques instants plus tard, un type qui avait tout l'air du parfait touriste (une quasi-caricature) : bermuda, sac banane autour de la taille, casquette Nike sur la tête, des Nike Air aux pieds, un plan de la ville replié à la main. Le bus s'est pointé et nous sommes tous montés.

Je suis descendu vingt minutes plus tard et le touriste est descendu au même arrêt que moi. Le quartier n'avait pourtant rien de touristique ni d'attrayant. C'était un quartier d'habitation, avec des barres d'immeubles étalées sur le bitume comme des dominos géants sur leurs tranches. Des constructions datant des années 1980, dont les couleurs pastel, passées, ne faisaient qu'ajouter à l'impression de désolation qu'elles dégageaient. Ici un petit square avec un portique de jeux pour enfants, un bac à sable où les clébards déféquaient à cœur joie, là un terrain de basket en béton cerné d'un haut grillage. Le marquage au sol était effacé, les filets manquaient aux paniers et les lieux étaient délaissés, nul enfant ni ado n'y jouait.

Le touriste a jeté un regard ahuri autour de lui puis il a déplié son plan. J'ai pensé qu'il s'était égaré et qu'il en était quitte pour attendre le prochain bus. Je me suis dirigé vers l'adresse que m'avait donnée Leonard Beck.

J'ai mis deux ou trois minutes à repérer la bonne sonnette parmi la cinquantaine qui tapissaient le mur à l'entrée de l'immeuble. J'ai sonné. Au bout de quelques secondes la porte du hall s'est débloquée sans qu'on me demande de me présenter. L'ascenseur fonctionnait peut-être mais je n'ai pas eu le courage de le tester. J'ai grimpé les huit étages à pied. J'ai repris mon souffle sur le palier avant de sonner à nouveau à la porte. Un gamin m'a ouvert. Quatre ans, à vue de nez. Sa tête n'atteignait pas la poignée. Torse nu, jambes nues, il ne portait qu'un slip sur lui. « Bouge-toi de là, Tommy ! » a fait une voix. Une main l'a poussé sans ménagement hors du champ et une femme est apparue à sa place, dans l'encadrement. Elle avait une petite fille dans les bras, qui devait avoir dans les 18 mois. La gamine, elle, n'était vêtue que d'une couche-culotte.

— Oui ? a fait la femme.

— Mrs Beck ?

Elle a eu un mouvement du menton que j'ai interprété comme un acquiescement. J'ai dit bonjour et décliné mon nom et je m'apprêtais à lui dire que j'avais rendez-vous avec son mari quand une voix d'homme a retenti à l'intérieur : « C'est pour moi ! Fais-le entrer ! » Alors, sans un mot, la femme a ouvert la porte en grand et s'est effacée pour me laisser passer.

Dès que j'ai pénétré dans l'appartement, l'odeur du tabac m'a pris à la gorge. « Par ici ! » a lancé la voix de Beck. La femme m'a conduit en silence jusqu'au salon. L'homme était vautré dans un vieux canapé en skaï. Sa jambe droite prise dans une gouttière orthopédique et posée toute raide sur la table basse devant lui. Il m'a fait un grand sourire et m'a indiqué le siège en face, lequel s'est affaissé lorsque je m'y suis assis, de sorte que j'avais vue en gros plan sur la plante de son pied en chaussette dépassant de la gouttière. La femme l'a rejoint sur le canapé, la gamine sur ses genoux, qui n'arrêtait pas de me fixer comme si j'étais un martien ou un singe qui parle. Le gamin, lui – Tom – nous tournait le dos. Il était assis par terre, le nez à cinquante centimètres d'une télé posée à même le sol. L'écran mesurait dans les deux mètres et il était voilé par les bouffées de fumée que Leonard Beck soufflait à travers la pièce. Comme une nappe de brouillard, les volutes flottaient lentement devant les dessins animés.

— Le professeur Sanz, hein ? a dit Beck d'une voix forte.

J'ai fait oui de la tête. C'est ainsi que l'entretien a commencé. Je n'ai pas sorti mon dictaphone, juste mon carnet et un stylo. Avant de poursuivre, il a saisi la télécommande de la télé. J'ai cru qu'il allait l'éteindre mais il s'est contenté de couper le son. Le gamin n'a pas bronché.

Leo Beck était bavard. Il semblait prendre plaisir à se souvenir de ses années de fac. De mon côté, j'avais beaucoup de mal à faire le lien entre l'homme qui se trouvait devant moi et l'étudiant qu'il avait été. Ce type, là, maintenant, n'avait pas 40 ans mais on lui en donnait bien plus. La figure marquée, les dents jaunes, les cheveux raides et grisonnants sur les côtés, dégarnis sur le devant (presque une tonsure au sommet). Difficile de voir en lui le jeune homme dont il parlait, l'ancien élève de Sanz. Je ne l'imaginais pas sur les bancs de l'université. Je ne l'imaginais pas s'intéresser à la littérature. Affalé dans son divan, il citait des œuvres et des auteurs auxquels le professeur les avait initiés, et pourtant je ne parvenais pas à l'imaginer avec un livre à la main. Jusqu'à quel point peut-on changer ? Jusqu'à quel point l'existence peut-elle nous laminer ? À un moment de son soliloque, j'ai décroché et j'ai repensé à l'un de nos anciens voisins, Kyle Cochran, un mineur. Kyle assistait à l'enterrement de mon père et à la fin il était venu vers moi, près de la tombe, il avait posé sa grosse paluche sur ma nuque et il m'avait dit : « La vie est une chienne, mon gars. Cherche pas : tu peux toujours essayer de la caresser, elle finira par te mordre la main. Cette fichue garce a la rage. » Je me suis souvenu de ses paroles. Sa voix était douce. Je ne sais pas si pour lui c'était des mots de consolation ou si c'était une mise en garde.

La vie avait mordu Leonard Beck. Elle l'avait mordu jusqu'à l'os.

Dictaphone : « Est-ce que la mienne pourrait ressembler à ça, dans quinze ou vingt ans ? Est-ce que *je* pourrais ressembler à ça ? »

Il fumait cigarette sur cigarette. Il les roulait d'une seule main, en trente secondes chrono. Il les consumait en à peine plus de temps. Sur la table basse, à côté de sa jambe immobilisée, un cendrier débordait.

Mrs Beck n'a pas ouvert la bouche. Le petit Tommy n'a pas décroché les yeux de la télé. J'avais envie d'être ailleurs.

Leonard ne m'a pas appris grand-chose sur Gary Sanz. Le portrait qu'il en a esquissé ressemblait fort à celui que j'avais déjà en tête : un enseignant passionné, exigeant, un peu désillusionné aussi sur son métier. Un prof ordinaire, en somme. Quand Leo Beck a commencé à vouloir me fourguer une assurance – il travaillait dans cette branche –, je me suis levé pour prendre congé. Ce n'est qu'à ce moment-là (pour me retenir ?) qu'il a évoqué les meurtres. Il a dit qu'il avait été surpris d'apprendre la nouvelle, sur le coup, mais au fond pas tant que ça. On peut aimer la poésie et être un assassin. Sanz était un homme comme les autres, a-t-il dit. Je lui ai demandé de préciser ce qu'il entendait par là. Qui n'a jamais eu envie de tuer sa bonne femme ? a lancé Beck. Il a jeté un coup d'œil à son épouse et il est parti d'un grand éclat de rire, bouche béante. J'ai alors pu constater que sa propre assurance ne devait pas couvrir les frais dentaires.

Une fois sur le palier, la porte de l'appartement refermée dans mon dos, j'ai recommencé à respirer. Cet entretien m'avait déprimé. J'ai descendu les escaliers et quitté l'immeuble avec hâte. J'aspirais à la verdure de l'oasis, à mon hamac, aux oiseaux dans les arbres.

L'attente pour le bus m'a paru interminable. En montant à bord, j'ai senti une présence derrière moi. Je me suis retourné. Un type s'était engouffré à ma suite. Je ne l'avais pas vu à l'arrêt, il avait dû arriver in extremis et se jeter dans le véhicule pour ne pas le rater. J'ai eu la vague impression de le connaître. La cinquantaine, des lunettes, une épaisse moustache, une chemise noire et un jean : rapidement et mentalement j'ai passé en revue mes rares connaissances texanes, mais aucune ne correspondait. Je suis allé m'asseoir. L'homme a acheté son ticket. Ce n'est que lorsque je l'ai vu remonter la travée pour chercher une place que j'ai eu le déclic. Ça m'a fait comme un spasme, un souffle brûlant qui m'a traversé. Les chaussures ! Des Nike Air. Exactement le même modèle, exactement la même paire que celle du touriste à l'aller. Mes yeux sont remontés vers le visage de l'homme. Le touriste n'avait ni moustache ni lunette, j'en étais sûr, mais il avait à peu près le même âge et la même silhouette que ce type. Avait-il pu se changer entre-temps ? Avait-il pu se grimer avec des accessoires postiches ? Est-ce que ça se passait vraiment comme ça, comme dans les films – les vieux films, les mauvais films, les films ringards où aucun spectateur ne peut croire que le détective va passer inaperçu derrière son journal tenu à l'envers, avec ses fausses bacchantes qui se décollent ?

J'ai pensé au n° 7 de Gary Sanz – l'inconnu dans la librairie. J'avais beau me raisonner (personne ne sait que tu es là, Dipak, personne ne sait ce que tu fais, personne n'a de temps à perdre avec tes petites affaires, des millions de gens portent ce modèle de chaussures), le doute avait planté ses griffes dans mon esprit, impossible de lui faire lâcher prise. N'étais-je pas parti, dans cette histoire, sur les bases de l'irrationnel et du déraisonnable ?

Le type s'était installé quelques sièges derrière moi. Usant de divers stratagèmes, je jetais de fréquents coups d'œil par-dessus mon épaule. Je n'ai pas pu surprendre son regard. Il m'ignorait, ou faisait semblant. Durant tout le trajet, j'ai eu envie de me lever et d'aller tirer sur sa moustache. À chaque arrêt j'ai eu envie de me précipiter vers la sortie, au dernier moment, pour le prendre de court. Je guettais l'instant où lui-même sortirait du bus. Où ? Quand ? Comment devrais-je réagir s'il descendait au même endroit que moi ?

Ça n'est pas arrivé. Quelques secondes avant mon arrêt, je me suis levé et me suis dirigé lentement vers la sortie. Je suis passé devant lui en le dévisageant, mais il a continué à m'ignorer. J'ai franchi les portes. Elles se sont refermées derrière moi dans un chuintement pneumatique. Le bus est reparti. J'ai fait volte-face : j'étais seul sur le trottoir.

Mes jambes étaient toutes molles, mon cœur battait vite. Je me suis assis une minute sur un banc pour me reprendre. Sur les trois cents mètres qu'il me restait à parcourir pour rejoindre l'oasis, j'ai dû me retourner une douzaine de fois. Mon ombre ne m'a pas lâché d'une semelle.

Ça n'a pas l'air si terrible, raconté comme ça. Ça pourrait même prêter à sourire. Pourtant, à vivre, c'est une expérience traumatisante. Qui vous transforme. Qu'on le veuille ou non (qui pourrait le vouloir ?), cela modifie notre perception, notre appréhension, notre comportement. Tout devient suspect. On ne considère plus les gens de la même façon (naturelle et spontanée, innocente). Chaque personne croisée devient un ennemi potentiel. On est aux aguets. On surveille, on scrute, on analyse chaque regard, chaque geste. On se pose des tas de questions.

C'est une menace qui plane, invisible, latente. La méfiance devient une seconde nature. Elle nous envahit, elle perturbe et ternit nos relations avec autrui. À qui peut-on faire confiance ?...

C'est un poison.

Je ne serai pas catégorique : je n'étais pas certain à cent pour cent que quelqu'un m'avait pris en filature. Peut-être que cet individu, faux touriste, vrai espion, n'était que le fruit de mon imagination. J'admettais une marge d'erreur possible. Mais, à partir du moment où le doute s'est insinué, le résultat est le même.

Ce soir-là, j'ai fait trois fois le tour de la cabane avant d'aller me coucher. J'ai fermé les volets. J'ai fermé la porte à clé. Pour la première fois de ma vie j'ai compris pourquoi la moitié des Américains possédaient une arme à feu. Ça paraît dingue, mais j'ai glissé un couteau sous mon oreiller. J'ai mal dormi. D'un œil, d'une oreille. Au cours de la nuit, j'ai entendu des bruits dans le jardin que je n'avais jamais remarqués jusque-là.

Pendant les journées qui ont suivi, je n'ai plus revu l'homme du bus ni personne qui lui ressemblait. Pas de moustache. Pas de Nike Air. La sensation, pénible, s'est légèrement atténuée. Mais elle était toujours là. Pas moyen de m'en débarrasser.

Dictaphone : « Je cite ici les mots exacts de Gary Sanz, extraits de son livre : *Dès cette période je pris l'habitude, qui ne m'a pas quitté depuis, de "surveiller mes arrières", comme aurait dit Phily-Jo. Et pas seulement mes arrières : mes devants, mes côtés – droite, gauche – et dessus, et dessous. Je surveille tout. En permanence sur le qui-vive. C'est un état nerveusement et émotionnellement épuisant. Vous êtes la cible à abattre et vous ignorez d'où le coup va partir. Vous apprendrez qu'il arrive toujours par où on ne l'attend pas, et toujours trop tôt.* »

Des mots qui glacent. Étais-je devenu, à mon tour, une « cible à abattre » ? Comme Sanz, comme Michelle, comme Jane Garett, comme Philip-Joseph, comme Edwin Zimmer, comme ces dizaines d'inventeurs qui avaient subi les foudres de la Pieuvre Noire ?

J'ai eu de longues plages d'angoisse. J'ai eu de brèves crises de panique aiguë. À ce moment-là, oui, j'ai vraiment été à deux doigts de tout envoyer balader et de retourner chez moi, retrouver ma petite ville, mon petit campus, mes petites habitudes, ma petite vie tranquille.

Je suis resté pour deux raisons. La première était issue de la réflexion : si je me trompais, si nul ne m'avait suivi, alors il n'y avait aucun risque, le danger n'existait pas. Si je ne me trompais pas, le risque et le danger existaient bel et bien, mais ça voulait dire en même temps que j'étais dans le vrai, que Sanz était dans le vrai, que la Pieuvre existait, que le complot existait, et donc qu'un innocent était condamné à mort et que, en mon âme et conscience, je devais faire tout ce qui était en mon pouvoir pour lui éviter la fin atroce qui l'attendait.

La deuxième raison était d'un autre ordre. Elle tenait en un seul être et portait le nom d'une fée : Barbara Grove. Elle était peut-être en vérité l'unique raison.

Avant le dîner du samedi soir, j'avais encore un témoin à voir (rime fortuite, aurait dit Deon Zubrinsky) : Joan Davis. Lady Joan, comme la surnommait Gary Sanz. Ils avaient enseigné pendant des années dans le même établissement. Mrs Davis y enseignait toujours. Elle était professeure d'histoire – spécialiste, si j'avais bien saisi, de l'Holocauste.

Elle m'avait donné rendez-vous dans un salon de thé, à l'heure du thé. Le White Tiger House était, selon ses dires, le seul endroit de la métropole où l'on vous servait un thé potable. « Pas exquis, mais potable. » Je crois avoir saisi le pourquoi du « Lady » dont Sanz l'avait affublée. Joan Davis était de la vieille école. Il y avait, dans ses vêtements, dans ses manières, dans sa façon de s'exprimer, quelque chose de raffiné et de suranné, un parfum de noblesse déchue. Pas la reine d'Angleterre mais l'une de ses cousines, ou sa dame de compagnie. Je l'aurais bien vue encore en épouse d'un colon des Indes britanniques, maîtresse de maison d'un vaste domaine où mon arrière-grand-père (pas le fakir, l'autre) aurait pu être l'un des serviteurs indigènes.

Mrs Davis avait des origines écossaises, m'a-t-elle dit. Elle avait suivi son mari au Texas et y vivait depuis des décennies, mais elle n'avait jamais pu se faire à ce pays de rustres. « Historiquement, et culturellement, ce ne sont que vaches et vachers, n'est-ce pas ? » Ce en quoi Gary Sanz sortait du lot. Mr Sanz était un homme distingué. Il était même, à ses yeux, le plus délicat des hommes. Et ce n'était pas ces horreurs qu'on lui attribuait qui la feraient changer d'avis. Contrairement à Leonard Beck, les accusations portées contre Sanz avaient bouleversé Joan Davis, et sa condamnation encore plus. Elle ne parvenait pas à y croire. À quoi ? lui ai-je demandé. À sa condamnation ou à sa culpabilité ? Elle a réfléchi un instant avant de répondre : « Aux deux. » Elle avait emporté avec elle son exemplaire du premier recueil de poèmes de Sanz. Elle était fière de me montrer la dédicace qu'il lui avait faite. « Ce n'est pas possible, a-t-elle murmuré. Ça ne peut pas être lui. » J'ai supposé qu'elle parlait toujours des crimes. Elle non plus n'avait pas lu le récit biographique de Gary Sanz. Elle ignorait l'existence de cet ouvrage. Elle m'a dit qu'elle se le procurerait et le lirait sans faute.

Joan Davis a continué à me faire l'éloge de son « éminent collègue et cher ami ». Mais ce que j'ai surtout retenu de cet entretien, c'est le portrait qu'elle a fait de Michelle Sanz. C'était un éclairage nouveau et différent sur la femme de Gary. Mrs Davis l'a décrite comme une personne désagréable, acariâtre, autoritaire, qui avait un fort ascendant sur son mari et ne se privait pas de l'exercer. « Elle l'avilissait, m'a-t-elle dit. Vous savez, j'ai beaucoup étudié Hitler et Goering et toute la clique des dirigeants nazis, je peux prétendre m'y connaître en matière de tyrans. Je ne comparerai pas Mrs Sanz à ces affreux personnages, bien entendu, néanmoins je crois pouvoir dire qu'elle se comportait comme un vrai dragon avec son époux. Mr Sanz aurait dû faire preuve d'un peu plus de caractère, un peu plus de poigne, mais c'était un homme si doux. » Cela ne collait pas avec la description que Sanz faisait de Michelle dans son livre. Ça ne collait pas avec son amour pour elle, avec leur relation en général. Pour un peu, on aurait cru que Joan Davis sous-entendait que Michelle avait mérité son sort. Je me suis demandé si elle n'exagérait pas. Je me suis demandé si sa vision était objective, si elle n'était pas altérée par un soupçon de jalousie. Je me suis demandé si Joan n'avait pas toujours eu un petit béguin secret pour Gary, qui était de vingt ans son cadet. Je ne lui ai pas posé la question. Je sais qu'elle l'aurait nié. En revanche, je lui ai demandé si elle avait eu l'impression que Gary Sanz, à un moment ou à un autre, se sentait menacé. Elle a paru étonnée. « Menacé par qui ? Par sa femme ? » Non, pas par Michelle, menacé par quelqu'un ou quelque chose, je ne pouvais pas dire qui ou quoi, je ne savais pas, est-ce qu'il lui avait semblé particulièrement angoissé ou effrayé à une certaine période ? Manifestement, elle ne voyait pas où je voulais en venir. « S'il y avait une chose qui l'inquiétait, a-t-elle dit, c'était la façon dont serait reçu son recueil de poèmes. Ce cher homme était trop modeste, et manquait d'assurance. Il n'avait guère confiance en son propre talent. »

C'est sur ces paroles que nous nous sommes quittés. Une nouvelle fois, j'étais un peu déçu. J'avais peut-être placé trop d'espoir dans ces rencontres avec des gens qui avaient connu Sanz. L'espoir d'une révélation. L'espoir d'un secret longtemps enfoui et refaisant soudain surface en ma présence. Un élément qui m'aurait permis de reconsidérer l'histoire sous un autre angle, qui aurait révélé une autre facette de la personnalité du gentil professeur Sanz, de l'implacable tueur Gary. Quelque chose qui aurait pu faire pencher la balance de tel ou tel côté – et si possible, oui, du bon côté. J'aurais tellement voulu que ces témoins me fournissent un atout que j'aurais pu faire jaillir de ma manche sous les yeux éberlués du jury : voici la carte maîtresse ! Voici le joker qui vous avait échappé et qui lave définitivement cet homme de tout soupçon !

Di-pak ! Di-pak ! Ga-ry ! Ga-ry ! Et les voilà qui sortent ensemble du tribunal, libres, blanchis, acclamés par la foule au milieu de laquelle se détache le visage d'une jeune femme particulièrement émue, qui rit, qui pleure en même temps et qui essuie ses larmes avec le bracelet éponge qu'elle porte au poignet, elle n'a d'yeux que pour eux, pour lui, et elle se met tout à coup à pousser trois notes pures, cristallines, couvrant les acclamations du public : « Sing, sing, sing ! », c'est un chant féerique, c'est un chant d'amour…

Dictaphone : « Pas plus de héros justicier dans la salle d'audience que d'aïeul fakir dans les eaux du Gange. De l'esbroufe. Du vent. Tu aurais mieux fait de te rappeler l'autre chanson, celle qui disait qu'elle ne t'avait jamais promis un jardin de roses. Tu aurais mieux fait, oui. »

Dipak, le singe qui parle.

Elle n'a pas voulu me dire où nous allions. Surprise. Je craignais qu'elle m'emmène dans un saloon, un bar country rempli de cow-boys à la gâchette facile. Elle est passée me prendre à dix-neuf heures à l'orée de l'oasis. Elle n'était pas en short. Elle n'était pas en tailleur. Elle portait un pantalon noir, des escarpins crème assortis à son chemisier. Elle avait détaché ses cheveux et s'était légèrement maquillée. Elle était superbe.

Nous avons roulé une vingtaine de minutes, puis elle s'est garée sur un parking privé, en terre, où stationnaient déjà bon nombre de véhicules. Le restaurant se trouvait sur les hauteurs, on y accédait par un petit chemin qu'on ne pouvait emprunter qu'à pied. Des arbres de chaque côté. Deux ou trois lampadaires en fer forgé qui servaient de balises. Il faisait encore jour. Nous avons parcouru ces quelques mètres en silence. Puis elle s'est arrêtée au sommet de la côte, a levé les yeux vers le bâtiment et elle a dit :

— Voilà. C'est ici que tout a commencé…

Son ton avait quelque chose de solennel. J'ai cru qu'elle parlait de notre histoire, à nous, celle qui allait débuter ce soir et qu'elle projetait déjà dans l'avenir, dans la durée – tout le temps qui nous restait à vivre, mon amour… Oui, c'est ce que j'ai pensé. J'ai levé les yeux à mon tour. C'était un grand établissement, à la fois hôtel et restaurant, sur deux étages, avec une vaste terrasse au premier. Certes pas un saloon, plutôt une sorte d'auberge de luxe, quelque chose de classique et de cossu. J'étais étonné de son choix. Barbara Grove avait-elle des goûts bourgeois ? Même en lisant le nom de l'établissement – Turtle Mansion & Lounge – sur un auvent au-dessus du perron, je n'ai pas réalisé. Elle a tendu le doigt en direction de la terrasse.

— C'est de là que Philip-Joseph est tombé, elle a dit.

Boum. J'ai regardé la terrasse et moi aussi j'ai chuté, d'un coup. Turtle Mansion & Lounge, bon sang ! Quel imbécile j'étais ! Soudain, j'ai cru voir le corps de Phily-Jo passer par-dessus la rambarde, j'ai cru voir la Rolls, dessous, sur laquelle il s'était brisé le crâne.

— Ça va ? m'a demandé Barbara.

Je devais faire une drôle de tête.

— Ça va, j'ai dit. Je ne…

— J'ai pensé que ça vous intéresserait de découvrir les lieux. Mais si ça ne vous convient pas…

— Non, non, c'est bien. C'est très bien. Vous avez eu une bonne idée.

— C'est une adresse assez réputée à Dallas, mais je vous avoue que je ne suis jamais venue. C'est une première, pour moi aussi.

— Alors, allons découvrir ça ensemble !

Rien, bien sûr, ne rappelait officiellement le drame qui s'était déroulé ici quinze ans plus tôt. Aucune mention de l'accident. Pas de plaque commémorative au nom de Philip-Joseph Deloncle. Ça n'avait été qu'un malheureux aléa, un détail. Oublié de tous aujourd'hui. Nul ne devait s'en souvenir et nul n'y tenait. Pourtant, j'ai franchi les portes de l'auberge comme on pénètre dans un lieu historique, un mémorial. Cela m'a plus touché que je ne l'aurais cru.

Un maître d'hôtel nous a accueillis. Ce type était mieux fringué que moi. Il y avait une petite demi-heure d'attente pour avoir une table, il nous a proposé de patienter au bar. On s'est assis au comptoir et on a pris un verre. Lumières tamisées, conversations feutrées. Je n'étais pas très à l'aise, ce n'était pas mon monde. J'ai scanné rapidement la salle avec l'œil du sociologue. Des couples et des paires de couples essentiellement. Race : blanche. Âge : de 45 à 90 ans. Catégorie socio-professionnelle supérieure. Robes, bijoux, botox pour les femmes. Costumes, cravates, boutons de manchettes personnalisés pour les hommes. Quelques moumoutes sur les occiputs. Quelques bridges dans les cavités buccales. Sourires immaculés, or 24 carats.

Barbara m'a poussé du coude.

— Regardez ça ! elle a fait avec un mouvement du menton.

J'ai regardé. Derrière le comptoir, sur le mur du fond, on avait accroché un grand cadre en verre à l'intérieur duquel étaient plaquées quatre photos dédicacées : Patrick Duffy, Linda Gray, Charlene Tilton, Victoria Principal. Les acteurs de la série. La famille Ewing presque au complet. Ils avaient tous dîné ici.

— Ça vous fait quoi, a dit Barbara, de manger dans les mêmes assiettes que de telles célébrités ?

Elle riait. J'ai noté qu'il manquait J. R.

C'est allé plus vite que prévu. Au bout d'un quart d'heure, une table s'est libérée. On nous y a conduits. Une très grande salle, pleine. Au plafond l'immense lustre en cristal, et tout au bout la baie vitrée, fermée ce soir, derrière laquelle s'avançait la terrasse. Je me rappelais la description qu'en avait faite Sanz et j'avais l'impression d'être déjà venu.

Une serveuse nous a apporté les cartes. Elle nous a dit qu'elle se prénommait Jill et qu'elle était à notre disposition. En parcourant le menu, ma première pensée n'a pas été pour mon estomac mais pour ma bourse. Mesquin, d'accord, mais réaliste. Aucun plat à moins de vingt-cinq dollars. Mon budget allait exploser. J'ai jeté un regard à mon invitée et je me suis dit que l'amour n'avait pas de prix – et que j'avais des pâtes et du riz dans mon placard.

Jill a pris notre commande. Quand elle s'est éloignée, Barbara s'est penchée pour saisir son sac.

— Avant que j'oublie…

Elle a sorti le bouquin de Sanz. Il était hérissé de post-it, de plusieurs couleurs, marquant certaines pages. Elle l'a posé sur la table. Pas de temps mort.

— Vous l'avez lu ? j'ai demandé.

— Oui.

— Alors ?

Elle a poussé un soupir.

— Vous n'allez pas aimer ce que je vais vous dire.

— Allez-y, faites-moi mal.

Après un court silence, elle a dit :

— Ce n'est pas un récit. C'est un roman.

— Un roman ?

— Une fiction.
— Vous voulez dire que c'est une histoire totalement inventée ?
— Basée sur des personnages réels. Avec peut-être certains faits qui le sont aussi, plus ou moins. Mais dans l'ensemble, ce n'est que pure imagination, oui. C'est ce que je pense.
C'était effectivement une lecture très différente de la mienne. Et c'est vrai que ça ne me plaisait pas.
— Qu'est-ce qui vous fait penser ça ?
Soupir, à nouveau.
— Vous connaissez Nabokov ?
— Nabokov ?
— L'auteur, Vladimir Nabokov. Un de mes écrivains préférés.
Juriste et littéraire, ma fée. Un peu honteux, j'ai avoué :
— Je ne le connais que de nom.
— Gary Sanz, lui, connaît son œuvre. Je vous le garantis.
— Il était professeur de littérature.
— Exactement ! Et ceci est une pâle et faible imitation de Nabokov. Sans vouloir offenser Mr Sanz, c'est du sous-Nabokov : tout au long de ma lecture, je n'ai pas pu me défaire de cette impression.
— Pour quelle raison ?
— Le ton, a fait Barbara. Le style. Les nombreuses références poétiques. Et cette ironie. Cet humour un peu détaché, cynique parfois. Cette façon de raconter des choses horribles avec une sorte de légèreté, de… de dandysme. J'avais le sentiment de relire *Lolita*. Sans le talent, sans le génie de Nabokov, mais avec un esprit identique. *Lolita* est la confession d'un homme qui est un pédophile et un assassin, c'est un type monstrueux et pourtant l'auteur réussit le tour de force de nous le faire aimer, ou tout au moins de nous le faire comprendre. On n'approuve pas ses actes, mais on ne le condamne pas, on lui pardonne – ce que Gary aimerait sans doute qu'on fasse pour lui.
— À aucun moment Sanz ne confesse avoir commis un crime.
— C'est vrai. Il n'a pas cette honnêteté. Il joue sur l'ambiguïté. Il joue sur le non-dit. Il joue sur les mots. Il joue sur tout. C'est un jeu, Dipak. Un jeu littéraire. Mais, au fond, un jeu cruel et macabre.

Dipak, elle a dit. Mon prénom dans sa bouche. N'était-ce pas la première fois ? J'ai adoré.

— Un jeu…

— Oui. Et d'ailleurs, Sanz parsème son texte d'allusions. Il dissémine des indices, ici et là. Sa petite formule : *Que croire ? Qui croire ?* Combien de fois la répète-t-il ?

— Il s'interroge, c'est légitime.

— Non, il s'amuse !

Elle a repris le livre et l'a ouvert à l'une des pages marquées par un repère :

— Vous voulez d'autres exemples ? Ici, le passage qui clôt la scène où il prétend avoir rejoint son beau-frère dans la chambre de Lee Harvey Oswald. Je cite : « *En filigrane sur ma poitrine commençait à éclore une fleur, rouge sang, désignant ma faute : le M de Menteur. Ma lettre écarlate.* » Le M de Menteur ! elle a répété en me regardant. Le diable est dans les détails : c'est vous-même qui me l'avez dit, vous vous rappelez ? (Elle a ouvert une autre page.) Page 174, il écrit : « *Que sait-on de la réalité des choses ? De la réalité des gens ? Tellement de masques. De couches superposées. De miroirs déformants.* » Ça, ça veut dire : Trouve-moi, petit lecteur ! Démasque-moi ! Confonds-moi, si tu y arrives ! Où est le vrai Sanz ? Quel est son vrai visage ?… Et un peu plus loin, encore : « *Moralité ? À rien on ne peut se fier. Ni à personne. Y a-t-il vraiment des forces occultes et obscures qui sont à l'œuvre ?* »

— Justement ! Ces forces occultes, vous n'en tenez absolument pas compte. Cette fameuse Pieuvre Noire, c'est pourtant elle que Sanz désigne comme coupable !

Elle s'est figée, m'a fixé d'un air consterné – le même air que ma sœur quand je lui faisais des tours de magie qui se terminaient toujours lamentablement.

— La Pieuvre Noire ?… Ne me dites pas que vous y croyez. Ne me dites pas que vous croyez à cette conspiration planétaire dirigée contre… contre quoi, déjà ? Ah, oui. Contre « une machine à énergie cosmique » !

Dit comme ça, évidemment…

— Au départ, j'étais très sceptique. Mais après…

— Dipak… m'a-t-elle coupé dans un murmure.

Mon prénom, encore (deux fois en deux minutes), soufflé sur un ton gentiment accusateur, mais indulgent – le même ton que ma mère quand j'osais lui affirmer, des miettes au coin des lèvres, que je n'avais pas touché aux muffins.

— Ne le prenez pas mal, elle a poursuivi, mais votre crédulité frise la bêtise. Vous avez un grand cœur, je n'en doute pas, c'est ce qui vous rend vulnérable. Les sentiments vous aveuglent, ils altèrent votre jugement… Les criminels mentent, vous savez. Gary Sanz ne serait pas le premier. Je vous assure que les seules forces occultes sont celles qui sont à l'œuvre dans son cerveau !

J'ai laissé s'étaler le silence en soutenant son regard. Ma fée était dure. Ma fée m'avait vexé. Elle me prenait pour un gentil scout naïf. Pour un candide enfant de chœur. Les sentiments m'aveuglent ?

— Et si je vous disais, mademoiselle Grove, que j'ai eu moi-même un aperçu de ces forces.

Ses fins sourcils se sont rapprochés, dessinant deux rides charmantes entre eux.

— Quoi ?

— Si je vous disais que j'en ai été personnellement victime.

Elle a secoué la tête.

— Je ne comprends pas.

— On m'a suivi ! j'ai dit. J'ai été pris en filature !

Le coup a porté, elle a changé de regard, d'expression. Là-dessus la serveuse est arrivée avec les plats, ce qui m'a donné un court instant de répit pour envisager la suite. Je n'avais pas eu l'intention de lui parler de mon expérience dans le bus. Mais je voulais qu'elle me prenne au sérieux. Et maintenant que j'avais commencé, je pouvais difficilement revenir en arrière. Sitôt que Jill s'est éloignée, Barbara m'a relancé.

— Qu'est-ce que c'est que cette histoire de filature ?

Je lui ai raconté. Ma visite à Leonard Beck. Les trajets en bus. Le faux touriste. La moustache. Les lunettes. Les Nike Air. Elle m'écoutait avec attention et j'aurais volontiers prolongé mon récit pour les conserver, son écoute, son attention, j'aurais pu m'inventer d'autres aventures, d'autres exploits, rien que pour demeurer encore un peu le centre de son monde. En conclusion, je lui ai lancé sur un ton plus agressif que je ne l'aurais voulu :

— Comment vous expliquez ça ?

Avant de répondre, elle a croqué une bouchée de champignons sautés de son *Butternut squash ravioli* (37 $). Puis elle m'a invité à faire de même : « Mangez, ça va refroidir ! » J'ai attaqué mon *Korobuta pork chop* (43 $) en me demandant si ce n'était pas indécent de parler du sort d'un condamné à mort au cours d'un dîner gastronomique.

— Ma première explication, a repris Barbara, c'est que vous vous trompez. Vous êtes plongé dans cette histoire et ça influe sur votre état d'esprit, ça agit sur votre perception. Vous avez cru reconnaître cet inconnu. Vous avez cru qu'il vous suivait. Mais c'est une fausse interprétation, c'est une déformation de la réalité.

— Je ne suis plus seulement un imbécile naïf, je suis aussi complètement parano, c'est ça ?

Elle n'a pas relevé.

— Ma seconde explication, elle a dit, s'il y a réellement eu filature, c'est qu'elle n'est pas liée directement à vous, mais à nous.

— Nous ?

— L'association. Innocence Project.

— Comment ça ?

— Les services de renseignement nous ont dans le collimateur. Dans chaque dossier que nous traitons, nous allons à l'encontre des décisions de justice initiales. Chacune de nos victoires est un camouflet pour ceux qui ont pris ces décisions. Les flics, les juges, l'État. Nous leur mettons sous le nez la preuve qu'ils ont failli. Et souvent, de surcroît, ça leur coûte de l'argent : les victimes d'erreur judiciaire doivent être dédommagées. Autant vous dire que, pour toutes ces raisons, ils ne nous portent pas dans leur cœur. Et ils nous ont à l'œil. Ils essayent d'anticiper nos coups. Ce n'est un secret pour personne que l'association est sous surveillance.

— C'est légal, ça ?

Elle a eu un petit sourire. Un délicieux petit sourire, magnanime, qui m'a donné une furieuse envie de lui mordre les lèvres.

— C'est comme ça que ça marche, en tout cas. Quelqu'un des services de renseignement aura peut-être remarqué que vous avez pris contact avec nous. D'où l'envoi possible d'un agent pour vous renifler de plus près. C'est de la routine pour eux. Ce que je veux dire, c'est que même si on vous surveille, vous ne devez pas vous sentir particulièrement visé. Et cela n'a certainement rien à voir avec je ne sais quelle vilaine Pieuvre Noire !

En disant ces mots elle a levé les deux mains et a agité ses dix doigts comme des tentacules. Moqueuse, encore. Espiègle. Je m'attendais à ce qu'elle me tire la langue, mais elle a repris ses couverts et s'est remise à manger.

Nous avons terminé nos plats en silence. J'aurais aimé parler d'autre chose. D'elle. Sa vie, son enfance, ses goûts, ses rêves, sa couleur préférée, je voulais tout savoir. Avait-elle un chien ? Un chat ? Des frères et sœurs ? Des vices cachés ? Avait-elle un... euh... un copain, amant, fiancé, enfin un sombre crétin dont elle se serait amourachée par erreur et qui, j'en étais certain, ne la méritait absolument pas ?

Il me semblait me souvenir que la bienséance voulait qu'on ne sauce pas son plat avec du pain, ce n'était pas très chic, mais elle ne s'est pas gênée pour le faire, alors je l'ai imitée parce que la sauce était un délice et parce que ce repas allait me coûter dans les cent cinquante dollars, autant se faire plaisir. Je me suis dit que si elle léchait son assiette, je lécherais la mienne, mais après avoir engouffré sa bouchée de pain elle s'en est tenue à sucer le bout de ses doigts de fée – et Dieu sait combien j'aurais aimé être ou ses lèvres ou ses doigts –, après quoi elle a poussé un petit soupir de contentement qui m'a contenté.

— Très bon, elle a dit.

J'ai acquiescé.

— Si vous permettez, a-t-elle enchaîné, j'aimerais revenir sur Nabokov. Et sur le jeu.

— Ah.

Elle n'attendait pas vraiment ma permission.

— Le texte de Sanz ne m'a pas fait penser seulement à *Lolita*. Dans la plupart de ses romans, Nabokov joue aussi. Il joue avec les faux-semblants. Il joue avec des personnages à multiples facettes. Il joue avec les miroirs. Les miroirs déformants, les miroirs aux alouettes, les miroirs à travers lesquels on passe. Je pense à ce livre, par exemple : *La vraie vie de Sebastian Knight*, dans lequel un homme s'efforce de retracer l'existence de son frère, un écrivain, et a bien de la peine à démêler ce qui est réalité de ce qui est illusion. Ça ne vous rappelle rien ? Vous ne trouvez pas ça troublant ? Songez à ce titre, Dipak ! Et remplacez-le par *La vraie vie de Gary Sanz*. Ou par *La vraie vie de Philip-Joseph Deloncle*. Je pense également à cet autre roman : *Feu pâle*, une histoire où quasiment chaque protagoniste n'est pas celui ou celle que l'on croit. Dont, parmi eux, un professeur d'université, tiens ! Tous portent des masques. Tous ont une véritable identité, secrète, dont il faut trouver la clé…

— Attendez ! j'ai fait, en dressant brusquement la main. *Feu pâle*, vous avez dit ? Nabokov a écrit un bouquin qui s'appelle *Feu pâle* ?

— Oui. Une œuvre atypique, géniale. Mi-poème, mi-prose, où il joue – encore une fois – avec les codes de la narration pour…

Je ne l'écoutais plus. Avec des gestes pressés, fébriles, je me suis penché vers ma sacoche, je l'ai ouverte et j'en ai sorti le livre de Deon Zubrinsky que je lui ai tendu par-dessus la table.

— Qu'est-ce que c'est ? elle a demandé.

— Un essai sur les écrits de Gary Sanz. Je l'avais apporté pour vous le montrer. Mais regardez… Regardez le nom de la maison d'édition !

Elle s'est penchée sur la couverture et a lu à voix haute :

— *Pale Fire Books*[4].

Sa bouche est restée un instant entrouverte, avant de se fendre en un large sourire.

— J'ai raison ! elle a dit. Ça ne peut pas être qu'une coïncidence.

— Vous allez être obligée de le lire.

Elle m'a pris le bouquin des mains.

— *La Vérité sur un faux poète*… On dirait que ce Zubrinsky est du même avis que moi.

— Exact, j'ai reconnu. Il fait une analyse très poussée de l'œuvre

4. Pale Fire : Feu pâle [N.d.T.].

de Sanz. Et il ne se gêne pas pour le traiter d'imposteur.

— C'est qui, ce monsieur ?

— Mystère. Je n'ai pas trouvé trace de lui. Apparemment, c'est le seul livre qu'il ait publié. Je me suis rendu à l'adresse de la maison d'édition et j'y ai trouvé… une animalerie !

— Une animalerie ? (Elle a éclaté de rire.) C'est dingue !

Elle a rangé le livre de Zubrinsky dans son sac. J'ai rangé celui de Sanz dans ma sacoche. Jill a débarrassé nos assiettes et s'est enquise des desserts que nous souhaitions. Au diable l'avarice ! J'ai pris un *Pecan & caramel* et ma fée a commandé un *Pumpkin cheesecake* et quand nous avons été à nouveau seuls, elle a dit :

— Vous n'avez pas l'impression d'être baladé ?

Ses yeux brillaient d'excitation.

— Baladé ?

— Oui. Vous, moi, on nous déplace comme des pions sur un échiquier. Le maître du jeu s'amuse avec nous. Il nous pousse, à son gré. Et pour l'instant la stratégie nous échappe. Nous ne comprenons pas grand-chose à la partie qu'il nous impose… Nabokov était un grand amateur d'échecs.

— Vous voulez dire que nous serions manipulés ?

— En quelque sorte.

— Ça n'a pas l'air de vous déplaire.

Elle a affiché une petite moue (adorable, bien sûr).

— C'est… intéressant. Jusqu'à un certain point.

— Et je suppose que le manipulateur, pour vous, c'est Gary Sanz ?

— Avec tout ce qu'on vient de dire, vous n'en êtes pas encore convaincu ?

— Franchement, je ne sais plus trop quoi penser. S'il y a manipulation, ça pourrait aussi bien être l'œuvre de… la Pieuvre.

Elle a pris une large inspiration – ses seins, ses seins de fée soulevant le fin tissu de son chemisier. Puis elle a relâché l'air d'un coup.

— Têtu, hein ?

— J'entends vos arguments, Barbara. Mais essayez de faire un effort et d'entendre aussi les miens. Pourquoi Sanz aurait fait ça ? Pourquoi aurait-il assassiné Jane Garett ? Pourquoi aurait-il tué sa propre femme ?

J'ai dû parler un peu fort, le couple à la table voisine s'est retourné. Elle ne leur a prêté aucune attention.

— Le problème, elle a dit, c'est que vous basez tout votre raisonnement sur le récit de Sanz. Or, s'il est faux, si, comme je le pense, c'est une fiction, si on ne peut pas se fier à ce texte, alors nous ne pouvons pas connaître les véritables relations qu'il y avait entre eux. Et nous ne pouvons pas non plus en déduire les motivations de Sanz. Hormis Gary lui-même, tous ceux qui auraient pu nous éclairer, les premiers concernés, sont justement morts. Tous ceux qui auraient pu nous apporter un autre son de cloche ont été réduits au silence. La tante, Jane Garett ? De quoi vivait-elle, au fond ? Peut-être qu'elle cachait de l'argent. Beaucoup d'argent. Peut-être Sanz a-t-il agi simplement par cupidité. Un salaire de prof, c'est pas ce qu'il y a de plus mirobolant. Admettons qu'il découvre que la vieille planque un magot, toutes ses économies, ça lui tourne la tête et il décide de s'en emparer. Il n'a pas l'intention de la tuer mais il s'introduit chez elle, la tante le surprend et le menace avec son fusil, pour se défendre il la désarme, ils luttent et le coup part. C'est tout à fait possible ! L'argent est le principal mobile de la plupart des crimes !

— Et après ça, Sanz implore son avocat de défendre la jeune Mexicaine, Lupita Flores, au lieu de lui laisser porter le chapeau pour le meurtre ?

— Pour soulager sa conscience. Ou, plus tordu, pour détourner encore plus les soupçons. Pour qu'on se dise exactement ce que vous êtres en train de vous dire : l'assassin n'irait pas prendre la défense de celle qu'on accuse à sa place !

Les desserts sont arrivés. Apparemment, ça ne dérangeait pas Barbara d'évoquer des assassinats et autres horreurs en dégustant une petite douceur. Entre deux bouchées de cheesecake elle a poursuivi, implacable :

— Quant au meurtre de Michelle, il y a plusieurs possibilités. Sanz se présente comme un amoureux fou, mais qui sait ce qu'il en était réellement ? Peut-être que le couple allait très mal. Peut-être que, après toutes ces années de mariage, Gary s'était mis à détester sa femme. Peut-être que sa jolie princesse du début était devenue une vraie ogresse (ici m'est revenu en mémoire le témoignage de Joan Davis et le portrait qu'elle m'avait fait de Michelle : un « dragon »). Il aura juste voulu se débarrasser d'elle en espérant que ça passerait pour un crime extérieur (« Qui n'a jamais eu envie de tuer sa bonne femme ? » – Leonard Beck). On peut aussi imaginer qu'elle avait un amant. On peut imaginer que c'est la jalousie qui a poussé Sanz au pire. Crime passionnel, ça vous parle ? La passion est un autre mobile parmi les plus courants !

J'avais un peu plus de mal qu'elle à apprécier pleinement la mousse de chocolat au lait, pourtant exquise, qui tapissait le fond de ma coupe. Je picorais. Ma fée gourmande avait presque terminé son dessert. Elle en a avalé une énième copieuse bouchée puis a pointé sa cuillère sur moi.

— Mais j'ai encore mieux à vous proposer, elle a dit. Un autre mobile, tout aussi puissant et répandu : la peur.

— La peur ?

— Oui. Pour le coup, Sanz joue franc jeu : il répète à plusieurs reprises dans son texte qu'il a peur. Il est terrifié. Persuadé que la Pieuvre va les éliminer s'ils divulguent le secret de son beau-frère. Alors il veut récupérer la fameuse machine chez la tante, pour la faire disparaître, mais ça tourne mal et il tue la vieille femme. Ensuite, il veut absolument empêcher Michelle de poster ses lettres aux journaux. Pour lui, c'est trop dangereux, ce serait comme dessiner une cible sur leur poitrine. Mais il n'a pas réussi à l'en dissuader, il panique et finit par la tuer à son tour.

— Donc, vous admettez que la Pieuvre existe.

— Il suffit qu'elle existe dans la tête de Sanz…

— Ça veut dire quoi ? Qu'il est fou ?

— Vous n'avez jamais envisagé cette possibilité ? Franchement ?

Je l'avais envisagée. Je n'ai pas répondu.

— Paranoïa aiguë, a fait Barbara, psychose, schizophrénie, trouble de la personnalité… ou je ne sais quelle sorte de pathologie. Ce ne serait pas le premier assassin qui souffre de problèmes mentaux !

Je n'ai pas pu avaler une cuillère de plus. J'ai repoussé ma coupe (22 $).

— Si tel est le cas, il n'est pas responsable de ses actes. Il ne devrait donc pas être exécuté. En soi, c'est déjà une raison suffisante pour lui venir en aide, non ?

Elle m'a dévisagé un long moment.

— Vous n'y croyez pas, elle a dit. Vous restez persuadé que Gary Sanz est innocent. Quoi que j'aurais pu dire, de toute façon, vous n'aviez pas l'intention de vous fier à mon jugement. Vous n'aviez pas du tout l'intention de disparaître de ma vie aussi vite que vous y êtes entré, pour reprendre vos propres termes.

J'avais dit ça, c'est vrai. Elle s'en souvenait.

— C'est ce que vous voulez, Barbara ? Que je disparaisse ?

Elle n'a pas répondu.

— Ce que je crois, j'ai dit, c'est qu'il y a quelque chose qui cloche dans cette histoire. Il manque des cases à votre échiquier. Ou il y en a en trop. S'il y a une chance, même la plus infime, pour que Sanz soit innocent, alors je pense en effet que ça vaut le coup d'essayer de la saisir. Et j'aimerais beaucoup que vous m'y aidiez.

Elle a hoché la tête, plusieurs fois. Je n'étais pas sûr que ce soit en signe d'approbation ou de consentement.

— Et ce serait quoi, la suite, selon vous ? elle a demandé.

J'ai pensé : se lever et partir, rejoindre ma cabane de charme et y passer une nuit d'amour, deux nuits d'amour, trois nuits d'amour, nourrir les écureuils, un million de nuits d'amour et autant de jours.

J'ai dit : « Je veux le voir. »

— Voir qui ?

— Sanz. Je veux lui parler.

Elle a fermé les paupières.

— Oh, Seigneur… elle a soufflé.

— Je ne sais pas comment ça se passe. Est-ce que vous pourriez organiser ça pour moi ? Une visite en prison. Je vous en serais extrêmement reconnaissant.

Elle a rouvert les paupières.

— Je ne sais pas si ce sera possible. Les visites dans le couloir de la mort sont très réglementées. Il faudrait déjà que Sanz l'accepte. Il ne vous connaît pas.

— Faites-lui savoir que je souhaite le rencontrer pour parler de son œuvre.

— Son œuvre ?

— Oui. Ses poèmes, ses livres. Qu'il sache que je les ai tous lus et que je les admire et que j'aimerais en discuter avec lui.

– C'est ça, votre tactique ? Flatter son ego ?

J'ai haussé les épaules.

— Je ne suis peut-être pas aussi naïf que vous le pensez.

Elle s'est reculée contre son dossier, a croisé les bras sur sa poitrine.

— Je ne vous promets rien, elle a dit.

— Et surtout pas un « jardin de roses » !

Son sourire a refleuri. (Jésus, Marie, Joseph, merci ! Merci Shiva, Brahmā, Vishnou !) J'ai poussé mon avantage :

— En attendant, plutôt que de nous bagarrer à coups d'hypothèses et de suppositions, nous ferions mieux de réexaminer les faits ensemble.

— C'est-à-dire ?

— Oublions le récit de Sanz. Oublions les romans de Nabokov. Revenons au dossier. Les meurtres. Leur déroulement. Très concrètement, comment ça s'est passé. Les rapports de police. L'enquête. Les preuves. Il faut revoir tout ça.

Long soupir de lassitude.

— Pas ce soir… elle a dit.

— Non, pas ce soir.

Notre discrète et efficiente Jill s'est à nouveau matérialisée à nos côtés pour savoir si nous désirions autre chose : café, tisane, thé, digestif. Non, nous ne désirions rien de plus (pour ma part, rien que je puisse demander à voix haute sans rougir et la faire rougir), alors pouf ! elle a disparu, comme ça, oui, comme ça.

La salle bruissait. Je regardais Barbara qui regardait les gens autour.

— Vous croyez au destin ? j'ai demandé.

Ses yeux sont revenus vers moi. Ses cils ont papillonné.

— Non. Pourquoi ?

J'ai fait un geste vers la terrasse.

— Il y a un peu plus de quinze ans, un homme est mort, ici. Je me demande si ce n'est pas arrivé uniquement pour que nous nous rencontrions, vous et moi. Est-ce que tout ça n'était pas écrit ?

— Romantique… et mystique ! a fait Barbara Grove. Puis elle a enchaîné avec les trois notes de son gimmick : « Sing, sing, sing ! »

J'ai répliqué aussitôt, sur le même ton : « Groove, groove, groove ! »

Elle a eu l'air surprise, elle a eu l'air enchantée (qu'est-ce qu'une fée qui n'est pas enchantée ?). Le couple voisin s'est une nouvelle fois retourné, rares sont les clients qui chantent à table au Turtle Mansion & Lounge.

— Nous sommes faits pour nous entendre, j'ai dit.

— Je vous ramène, elle a dit.

Il n'y a pas eu de dispute, cette fois. J'ai payé. J'ai laissé un bon pourboire à Jill Butterfly (surnom secret que je lui avais donné). En quittant les lieux, j'ai eu une dernière pensée pour Philip-Joseph Deloncle, génie ou charlatan, tué à 34 ans par l'esprit de l'extase.

Puis la diligence de la fée. Les rues de Dallas par une douce nuit de printemps. Elle aurait pu m'emmener où elle voulait. Ombre, lumière, ombre, lumière, j'admirais la découpe de son profil au gré des réverbères, l'éclat de ses yeux dans les phares. Elle n'avait pas mis de musique. Nous ne parlions pas. D'ici cinq ans, d'ici dix ans, je me disais, il y aurait trois bambins sur la banquette arrière, des petits métis, mi-cow-boys mi-indiens. « Sing, sing, sing ! » chanterait la mère, « Groove, groove, groove ! » chanterait le père.

Le trajet est toujours trop court.

Elle s'est rangée au bord de l'oasis, devant la maison de Steve. Elle n'a pas coupé le contact. Elle s'est tournée vers moi. C'était le moment.

Si je le faisais, j'évaluais à 50 % le risque de le regretter.

Si je ne le faisais pas, j'évaluais ce risque à 100 %.

Cette vie ou une autre.

Je me suis penché vers elle. Mon cœur résonnait plus fort que le moteur de la Ford. Elle m'a laissé approcher (peut-être était-elle encore indécise, peut-être joueuse, peut-être sadique) jusqu'à une dizaine de centimètres de son visage, puis elle a posé un doigt sur mes lèvres pour m'arrêter.

— Merci pour cette charmante soirée, monsieur Singh…

Je me revois, debout sur le trottoir, regardant les lueurs rouges de ses feux arrière s'évanouir dans l'obscurité, comme des rubis au fond d'un coffre.

Paroles d'un homme nommé Curtis McCarty, libéré et innocenté après vingt-deux années d'incarcération dont dix-neuf dans le couloir de la mort :

« *J'avais oublié la douceur de l'herbe, cet aspect un peu rembourré quand on pose le pied dessus. Pendant vingt-deux ans, mes pieds n'avaient foulé que du béton. (...) Les premières semaines, j'étais incapable d'ouvrir une porte. Mes parents ont alors douté de mon état mental. Mais toute ma vie d'adulte, pendant les vingt-deux ans d'emprisonnement, j'ai été conditionné. Dès que j'arrivais devant une porte, je devais m'arrêter et attendre qu'un gardien l'ouvre pour moi. Le réflexe d'avoir eu les mains attachées pendant si longtemps, de n'avoir jamais été libre de franchir une porte, de l'ouvrir moi-même, restait en mémoire. J'ai dû faire un effort conscient pour me réadapter. Ma mère s'est moquée de moi, j'attendais bêtement qu'elle m'ouvre la porte avant de rentrer dans un magasin, je n'osais pas passer tout seul, instinctivement, comme un animal à qui on a interdit de franchir une limite.* »

Curtis McCarty avait été accusé du viol et de l'assassinat d'une jeune fille. Toute l'accusation reposait sur un mensonge d'une experte de la police scientifique. En accord avec le procureur, celle-ci avait falsifié un rapport du FBI et fait un faux témoignage lors du procès. Il fallait un coupable, Curtis avait le profil idéal. Des années plus tard, on s'est rendu compte que cette experte avait agi de la même façon sur plusieurs autres affaires : mensonges, falsifications, faux témoignages. D'autres innocents condamnés. Cette femme a été licenciée. Licenciée, c'est tout. Au bout de vingt-deux ans, Innocence Project a enfin réussi à faire rejuger McCarty. De nouveaux tests ADN ont prouvé son innocence. À ce jour, la juridiction fédérale qui l'a condamné et incarcéré à tort refuse toujours de l'indemniser et de blanchir son casier judiciaire.

Ces choses-là existent. Ces choses-là ont lieu dans la vie réelle. Ce n'est pas une fiction. Ce n'est pas un jeu. Au cours de ses années d'emprisonnement, Curtis McCarty a vu une vingtaine de ses compagnons de cellule mourir exécutés. On les a tués. On les a tués pour bien faire comprendre qu'on n'a pas le droit de tuer. Œil pour œil, dit la Bible. Que dit le Veda ?

Dictaphone : « Si j'étais absolument certain que Gary Sanz soit coupable, si on m'en apportait la preuve indubitable, continuerais-je à me battre contre son exécution ? Est-ce que je ne me suis pas finalement engagé dans un combat contre une institution qui me révulse ? Est-ce que je lutte pour la vie de Sanz ou est-ce que je lutte contre la peine de mort ? »

Le jour se levait et je me posais des questions. La veille au soir, après le départ de Barbara, je ne m'étais pas couché tout de suite. Sur mon bout de terrasse j'avais longtemps guetté Skip en repensant à cette conversation au restaurant : Sanz, Nabokov, les miroirs, la manipulation… L'écureuil m'avait encore fait faux bond (avais-je vraiment vu un écureuil ? N'était-ce pas un rat ? N'était-ce pas une ombre, un mirage, une illusion ?). J'avais hésité à appeler ma mère. J'avais failli appeler ma sœur. Puis j'avais rallumé l'ordinateur et navigué sur le site de l'association, exploré les liens auxquels il renvoyait. Des témoignages de détenus. Des témoignages de militants. Je m'étais endormi très tard, la tête pleine de barreaux d'acier et d'injections létales. Je m'étais réveillé très tôt. Pas de fée à mes côtés.

J'avais rendez-vous à neuf heures pour la messe de compost dominicale. J'ai rejoint Steve, Sondra et Nils dans un coin du jardin, à l'ombre d'un if. Il y avait une nouvelle recrue avec eux. De passage. Arrivée la veille, j'ai appris. Elle avait loué une des cabanes pour quelques jours. Une fille habillée d'un short en jean et d'un débardeur, des Dr. Martens aux pieds. Elle avait les cheveux mauves, un piercing à la narine, des tatouages lui couvraient les deux bras et la nuque. Cindy. Un mélange de punk à l'ancienne et de mangaka dernier cri. Ses tatouages étaient en quelque sorte sa vitrine : Cindy était tatoueuse. Elle tenait un salon dans un bled de Caroline du Nord et venait prospecter dans l'intention d'ouvrir une boutique plus grande à Dallas. Elle nous a expliqué que sa spécificité était de n'utiliser que des encres naturelles, garanties bio, pigments et extraits de plantes aborigènes, rien de chimique dans ses produits. Mes camarades l'ont chaleureusement félicitée. « Si ça intéresse quelqu'un, a proposé Cindy, j'ai tout mon matériel avec moi. Je peux vous faire un prix. » Sondra et Nils ont décliné, Steve a soulevé son T-shirt et c'est ainsi qu'on a découvert sous son omoplate le dessin d'un mustang cabré sur ses pattes arrière. « Pas mal », a commenté Cindy après un coup d'œil professionnel. L'idée m'a traversé de faire graver *Barbara* sur mon cœur ou peut-être la silhouette d'une fée sur mon avant-bras, mais j'ai décidé de ne pas me décider avant de savoir si la fée en question appréciait les tatouages. « Allez, au boulot ! » a fait Steve en frappant dans ses mains. On s'y est mis.

La séance a duré deux heures et c'est vrai que ça m'a fait du bien. Mes grands-parents avaient un potager au dos de leur maison, un carré de terrain à peine plus grand qu'une cellule de prison. Ils faisaient pousser du chou et des patates. Quand mon grand-père est mort, ma grand-mère a continué à s'en occuper. Quelquefois je la regardais faire. La terre était grasse et collante. Dans les mottes retournées je voyais de gros vers se tortiller, ça me dégoûtait et ça faisait rire mamie Surya. J'ai mangé beaucoup de chou et de patates dans mon enfance. Nourriture végétale, tout ce qu'il y a de bio, mes camarades auraient été fiers de moi. Je leur ai demandé s'ils avaient déjà vu des écureuils ici, dans l'oasis. Ils ont dit non, aucun d'entre eux n'en avait jamais vu. « Un soir, j'ai trouvé un coyote devant ma porte », a fait Steve, mais je l'ai soupçonné de ne dire ça que pour impressionner Cindy.

On a bu un coup (d'eau) puis chacun est retourné chez soi.

J'ai traîné toute la fin de matinée et tout l'après-midi. Dans la pénombre sur le lit, au soleil sur le hamac. Des nuages sont passés dans le ciel. J'ai sorti de ma sacoche le bouquin de Sanz. S'y trouvaient encore les post-it que Barbara avait intercalés entre les pages. Les sentiments m'aveuglent, elle avait dit. J'ai ouvert le livre aux repères indiqués. Ma fée s'était permis de souligner certains passages au crayon gris :

P. 17 : Sanz cite Albert Einstein : « *Rien n'est plus proche du vrai que le faux.* » Sur le post-it, avec le même crayon gris, elle avait noté : « Gary sait de quoi il parle ! » – C'était, presque au mot près, la même remarque qu'avait faite Deon Zubrinsky, et que je n'avais pas comprise sur le coup.

Les sentiments m'aveuglent.

P. 120 : « *Vas-y. Même si la fête est finie, tu peux encore balancer tes confettis, tes paillettes, en souvenir de, vas-y, jette-nous de la poudre aux mirettes, ça tu sais faire.* » Commentaire : « Poudre aux yeux = apparences trompeuses, vérité cachée. Mr Sanz sait faire, oui ! »

Les sentiments m'aveuglent.

P. 173 : « *J'ai souvent repensé à cette histoire. Qui ? Pourquoi ? L'identité du coupable et son mobile. L'éternelle question.* » Sur le post-it : « Ironie mordante. Le jeu se poursuit. Sanz se met à la place du lecteur, anticipe sa réaction, et s'en moque ! »

Les sentiments m'aveuglent.

P. 186 : « *Je suis coupable. Coupable de n'avoir pas réussi à la dissuader. Coupable de n'avoir pas trouvé les arguments pour lui faire entendre raison. Coupable de n'avoir pu la protéger.* » La première phrase, *Je suis coupable*, était soulignée de deux traits : « C'est un aveu. À prendre au pied de la lettre. La suite n'est que cynisme. Ça dénote un complexe de supériorité, à mon avis. Se croit invulnérable. »

Sanz le vieux singe grimaçant, Dipak le petit singe aveugle.

Je me suis dit que je devrais commander les romans de Nabokov et les lire.

Je me suis dit que dans tout écrit, récit ou fiction, l'auteur manipule le lecteur, que ce soit intentionnel ou pas. Ne serait-ce que parce qu'il choisit les éléments qu'il délivre et la façon de les délivrer. Il impose son point de vue.

Dictaphone : « Dans ce cas, la bonne question pourrait être : qui manipule l'auteur ? »

J'oscillais entre amertume et colère. Je refusais de m'être planté sur toute la ligne, de m'être fait avoir dans les grandes largeurs. Je ne pouvais pas admettre que Gary Sanz soit ce monstre de cynisme et de perversion, ce tueur sans foi ni loi ni cœur.

Dictaphone : « Si Sanz est censé être le maître du jeu, alors il est sacrément nul dans ce rôle ! Parce que, bordel, qui est derrière les barreaux depuis treize ans ? Qui a de grandes chances d'y laisser sa peau ? Qui se fait le plus avoir dans cette histoire ? »

Me dire qu'il n'y avait pas d'injustice à réparer, pas de noble cause, pas de mission, pas de héros – alors, qu'est-ce que tu fous là, mec ? – je ne pouvais m'y résoudre.

Quand le soir est tombé, je me suis remis devant l'écran et j'ai cherché dans toutes les directions possibles. Tel un nageur épuisé au milieu de l'océan, n'importe quel radeau, n'importe quelle bouée ferait l'affaire, n'importe quelle planche à laquelle m'accrocher.

Il existe, dans un village Suisse, une communauté baptisée Méthernitha, fondée dans les années 1960. Quelques centaines de personnes qui souhaitaient vivre de manière autonome et en harmonie avec la nature. Elles ont axé leurs recherches sur des technologies énergétiques alternatives. Vingt ans plus tard, leurs efforts ont été récompensés : sous l'impulsion d'un technicien du nom de Paul Baumann, ces gens ont mis au point un générateur électrique fonctionnant sans combustible. Ils l'ont appelé Thesta-Distatika. Ce n'est rien d'autre qu'un convertisseur d'énergie de l'espace. Une machine à énergie libre. Une *FreePow* helvétique. Des ingénieurs et des scientifiques du monde entier sont venus inspecter cette machine avant que la communauté ne décide de fermer ses portes. Il y a des photos (je les ai vues), il y a des films (je les ai vus), il y a des rapports écrits (je ne les ai pas lus). Méthernitha refuse de révéler les secrets de cet appareil, car, dit-elle, l'humanité n'est pas encore prête à les recevoir.

Une partie de moi veut y croire. Une partie de moi désire ardemment que cette histoire soit vraie, que ces gens soient honnêtes et que cette machine existe. Mais l'autre partie de moi résiste et me souffle que cette communauté est une secte, des fondamentalistes chrétiens qui ne jurent que par les dix commandements et l'optimisation fiscale, et dont le Thesta-Distatika est une miraculeuse supercherie au même titre que l'apparition de la Vierge Marie, car si l'on y regarde bien les photos et les films ne prouvent rien. Cette autre partie de moi entend la voix de ma fée qui me dit que les fées n'existent pas. Il n'y a pas de baguette magique, Dipak, ça se saurait.

Dictaphone : « Et comment le saurait-on ? Qui nous en aurait informés ? »

Je m'explique : tombé ce même soir sur un rapport dans lequel la direction du *New York Times* reconnaissait, contre toute déontologie journalistique, avoir envoyé un article au gouvernement afin de le soumettre à son approbation avant publication. Il semble que ce soit une pratique courante, en particulier lorsqu'il s'agit de sujets dits sensibles, qui peuvent concerner la sécurité nationale. Mais l'auteur du rapport dénonçait une véritable alliance entre les médias et le gouvernement américain, ou plutôt une allégeance des premiers au second : sous couvert de sécurité nationale, l'État censure, l'État utilise la presse pour diffuser ses idées. De la pure et simple propagande. Il citait en exemple le cas du chroniqueur du *Washington Post* (ancienne plume de George W. Bush) traitant Julian Assange de « diable » et d'« espion qui mérite la prison ». Ce n'est plus un journaliste, c'est un homme qui hurle avec les loups. Cette relation contre-nature entre médias et gouvernement s'est renforcée depuis les attentats du 11 septembre, mais elle ne date pas d'hier. Déjà en 1977, le journaliste Carl Bernstein avait révélé que des centaines de ses confrères, dont certains très connus et encensés dans la profession, travaillaient en sous-main pour la CIA. Une coopération plus ou moins tacite, très active en tout cas. L'article renvoyait également à la fameuse étude de Noam Chomsky et Edward Herman, *La Fabrication du consentement*, dans laquelle les deux auteurs définissent et analysent le modèle de propagande diffusé par les médias de masse. Selon eux, en effet, la principale fonction de ces médias est de traiter l'information au bénéfice d'un groupe de dominants, de servir les intérêts des élites politiques et économiques de la nation. Je me souvenais qu'un de nos enseignants avait brièvement évoqué cette étude au cours de ma deuxième ou troisième année d'université, mais je n'y avais pas prêté plus d'attention que ça à l'époque. Aujourd'hui, il me semblait entendre la voix de Phily-Jo Deloncle ou de Gary Sanz. Il me semblait entendre leurs doutes quant à l'intégrité des sources et des réseaux d'information, et leurs craintes quant au sort de ceux qui tentaient de mettre en avant une version différente, non officielle et non autorisée. Ce n'était qu'une question de vocabulaire : remplacez « modèle de propagande » par « conspiration », remplacez « groupe de dominants » par « la Pieuvre » et voyez ce que ça donne.

Dès le début des années 1950, la CIA a mis en place une opération secrète destinée à influencer les médias et les milieux culturels aussi bien à l'intérieur du pays que dans le monde entier. Des milliers de personnes y ont collaboré. Avec des fonds détournés du plan Marshall, les services de renseignement ont enrôlé et arrosé, parfois à leur insu, des journalistes, des écrivains, des intellectuels, des syndicalistes, ils ont financé des revues, des maisons d'édition, des films, des manifestations, ils ont infiltré les plus importants organes de presse américains, et ceci dans la seule intention de répandre, sournoisement, insidieusement, profondément, leur idéologie.

Le nom de cette opération secrète : l'opération Mockingbird !

Oui, moi aussi ça m'a fait cet effet quand j'ai découvert ce nom. Mockingbird. Comme la maison d'édition qui a publié les œuvres de Sanz. Ça m'a sauté aux yeux, ça m'a fichu une claque. Mais on a quand même le droit de penser que c'est un clin d'œil du hasard. Le hasard est facétieux, parfois.

Dictaphone : « Bon Dieu ! Ils ont tellement menti… Il serait presque criminel de leur accorder notre confiance. »

Ces activités clandestines ont été dévoilées au public en 1975. Et pour clore ce chapitre, je voudrais juste signaler que durant toutes ces années, l'un des principaux intermédiaires entre les services de renseignement et la communauté intellectuelle était un dénommé… Nabokov. Nicolas Nabokov, compositeur. Cousin germain de Vladimir, l'auteur.

Dictaphone : « De qui se moque l'oiseau moqueur ? »

Tandis que j'essayais de digérer toutes ces informations, j'ai entendu un bruit à l'extérieur de la cabane. J'ai levé les yeux de l'écran. Il faisait nuit, à présent. J'ai perçu du mouvement à hauteur de la fenêtre, en face de moi. À la clarté de la lune, j'ai reconnu la silhouette de Skip derrière les carreaux. Assis sur le rebord, entre ses pattes une des noisettes que j'avais laissées là. Avec des gestes très lents, je me suis saisi de mon téléphone. Je l'ai réglé sur la fonction photo. Je l'ai levé et positionné afin de cadrer l'écureuil. En retenant mon souffle, j'ai déclenché la prise de vue. Le flash a illuminé la cabane. Quand son éclat s'est dissipé, l'animal avait disparu. J'ai vérifié le résultat sur l'écran de mon portable : la photo ne montrait qu'une lumière éblouissante sur la vitre et, au centre de ce halo, flou, hagard, mon visage.

Le lecteur (imaginons qu'il y ait un lecteur) comprendra aisément la portée symbolique de cette scène. Je sais que l'écureuil existe, je l'ai vu de mes propres yeux, mais je ne peux en fournir la preuve. Pas de Skip sur l'image, tout ce qu'on voit c'est le reflet d'un homme en plein désarroi.

Pendant quatorze jours je n'ai plus eu de nouvelles. J'ai appelé, j'ai laissé des messages, mais elle ne rappelait pas. Au départ, je me disais qu'elle était peut-être mal à l'aise parce que j'avais tenté de l'embrasser et qu'elle m'avait repoussé. Je ne voulais pas me montrer trop pressant. Je prenais garde d'espacer mes appels (un jour sur deux) et je m'adressais à sa messagerie sur un ton léger, désinvolte, pour bien lui faire comprendre qu'il n'y avait aucun ressentiment de ma part et qu'il ne devait y avoir aucune gêne de la sienne. Je pensais à elle vingt heures sur vingt-quatre et le reste du temps je grappillais quelques heures de sommeil durant lesquelles j'avais le bonheur de rêver d'elle ou de substituts d'elle (ma sœur était versée dans l'interprétation des rêves et m'avait inculqué certaines notions dans ce domaine). Et puis l'inquiétude a commencé à me gagner. Et puis elle m'a bouffé tout cru, elle m'a dévoré. Les images ont défilé. Des petits films d'horreur. J'ai vu des choses que je ne souhaite à personne de voir. J'ai vu la femme de ma vie percutée par une Cadillac marron, son corps tourbillonner dans les airs comme une poupée de chiffon et retomber désarticulé sur l'asphalte avec un bruit de sac vide. J'ai vu sa gorge exploser comme une figue trop mûre sous l'impact d'une cartouche tirée à bout portant, et la pulpe, le sang, les éclaboussures partout. J'ai vu son corps se cabrer, ses membres s'agiter sur des draps blancs pendant que des mains assassines maintenaient son visage sous un coussin, et ses poumons qui réclamaient de l'air en vain, et son souffle qui la quittait, et la vie qui la désertait. On devine de quelle source noire jaillissaient ces images. Je l'ai vue vautrée à terre, je l'ai vue frappée, rossée, rouée de coups par des pieds chaussés de cette maudite marque de baskets qu'affectionnent les espions et les sicaires. Et toujours pas de réponse. Où es-tu, ma fée ? Ma fée, que fais-tu ? Je l'ai vue prisonnière. Je l'ai vue kidnappée, enfermée, enchaînée, affamée, torturée, je l'ai vue souffrir mille supplices et succomber à mille morts. Au bout d'une semaine, j'ai redoublé mes appels. Je téléphonais tous les jours. Je téléphonais trois fois par jour et le ton de mes messages n'était plus du tout léger ni désinvolte. Et puis le dixième jour, il n'y a plus eu de sonneries, je tombais directement sur sa messagerie, je tombais, je tombais. Et puis le douzième, il n'y a plus eu de messagerie. Rien. Le néant. Même plus le tintement lointain de sa clochette. Dipak Singh lâché dans l'espace intersidéral, chutant sans fin dans les ténèbres aveugles et muettes où seul l'écho de sa petite voix plaintive lui revient. Le temps s'étire, quatorze jours c'est quatorze ans, c'est quatorze siècles pour qui agonise. Je sais ce que se désintégrer veut dire. Maintenant je le sais. Je sais ce que veut dire perdre l'espoir et la raison et le goût de vivre. Je m'étais décidé en dernier recours à contacter Jerry Moncello quand mon téléphone a sonné. Dieu du ciel et de la terre ! C'était un samedi matin à l'aube, en même temps que le soleil se levait, le doux nom de Barbara s'est affiché sur mon écran, illuminant l'horizon et l'univers tout entier. J'ai décroché.

Elle ne s'est pas excusée. Elle n'a pas fait mention de mes messages ni de son silence. Parmi les premiers mots qu'elle a dit, j'ai compris : « Je n'ai pas chômé. » J'aurais pu lui hurler dessus. J'aurais pu laisser exploser le noyau atomique de colère, de frustration et d'angoisse qu'elle avait créé au cœur de mon cœur, mais le soulagement de l'entendre était tel que cela n'a provoqué qu'un afflux de larmes. J'ai eu du mal à les retenir. C'est à peine si j'ai pu émettre un filet de voix. Elle m'a donné rendez-vous pour le lendemain dimanche. Même heure, même endroit que la première fois. Le Garden Cafe, vous vous souvenez ? Je n'oublierai jamais, ma fée, ne lui ai-je pas dit. J'ai compris que je n'avais pas le choix. J'ai dit oui, j'ai dit d'accord, j'ai dit à demain et merci. Après qu'elle a raccroché, j'ai pleuré un long moment, c'était bon.

Le ciel n'était ni bleu ni gris, il était blanc. Il pouvait, dans un proche avenir, donner de la pluie ou donner soleil et chaleur. L'un ou l'autre, ça m'irait. Avant de me mettre en route, j'ai écrit un petit mot pour m'excuser de mon absence auprès de mes camarades. Je l'ai laissé en évidence devant la porte de Sondra – sa cabane était la plus proche. J'ai pris le tramway. Pas de touriste, pas de chemise noire sur la ligne.

J'ai aperçu la Ford devant le Garden Cafe et cela a suffi à affoler mon pouls. Comme d'habitude, elle était arrivée la première. À cause, je suppose, de la météo incertaine, elle s'était installée à l'intérieur. Survêtement, baskets, queue-de-cheval. Elle court, elle court. Au pied de la table, il y avait un cartable ouvert. Au centre de la table trônait un petit vase où trempait un petit bouquet de petites fleurs blanches. Ça ressemblait à du muguet mais ce n'était pas du muguet. Elle ne m'a pas vu venir. Elle était plongée dans la lecture d'un dossier posé devant elle, un tas de feuilles, épais, dans une chemise jaune cartonnée. Je me suis planté devant la table. Elle a levé la tête. Sourire – et la lumière fut ! Oh, combien elle m'avait manqué, ma fée foudroyante, ma fée électrogène ! Je me suis assis face à elle et j'étais enfin à ma place. Elle a refermé la chemise, l'a repoussée sur le côté.

— Le dossier Sanz… elle a dit.

— Ça ?

Elle a fait oui de la tête.

— Je me suis beaucoup démenée pour vous, Dipak.

— Merci, Barbara. J'apprécie. Vous savez ce que vous êtes pour moi ?

— Je ne suis pas sûre de vouloir le savoir.

Je le lui ai dit quand même :

— Vous êtes une fée. Ma fée. C'est comme ça que je vous appelle quand je pense à vous. Et je pense très souvent à vous.

Elle m'a fixé un instant. Je venais sans doute de faire une erreur, mais, bizarrement, je ne le regrettais pas.

— C'est bien votre problème, elle a dit. Vous croyez aux contes de fées. (Elle a posé une main à plat sur la chemise.) Ça, c'est le monde réel.

Puis elle a fait signe à la serveuse, laquelle était un serveur, lequel était en fait le patron de l'établissement (Barbara avait l'air de bien le connaître, elle l'appelait par son prénom : Kevin). Elle a commandé son omelette. J'ai commandé mon café. Elle a repris :

— J'ai contacté maître Zimmer. Le fils. Comme vous le savez, le père est décédé. Dwight Zimmer a bien voulu me confier ces documents. On y trouve à peu près tout ce qui concerne les deux procès de Gary Sanz. Procès-verbaux, accusation, défense…

— Génial. Vous les avez lus ?

— En grande partie, oui. Je vous l'ai dit : je n'ai pas chômé. Maître Zimmer m'a appris que vous étiez passé le voir.

— C'est vrai. Je ne chôme pas non plus. J'essaie de rencontrer des gens qui ont connu Sanz, directement ou indirectement. Histoire de me faire une meilleure idée du bonhomme. Est-ce que Zimmer vous a dit que son père avait été victime d'un mystérieux accident ?

— Non. Je l'ignorais.

— Une voiture l'a renversé. Il a failli en mourir.

— Pourquoi « mystérieux » ?

— La voiture ne s'est pas arrêtée. La police ne l'a pas retrouvée. On n'a jamais su qui était le chauffeur.

— Délit de fuite. Classique. Ça arrive tous les jours, ce genre de choses.

— Vous croyez ?

— J'en suis certaine. (Elle a secoué la tête.) Ne recommencez pas, Dipak. Je ne veux plus entendre parler de complot, de Pieuvre Noire ou de je ne sais quelles forces occultes. Je n'y crois pas plus qu'aux contes de fées, et vous ne parviendrez pas à me convaincre de leur existence. Vous m'aviez dit vouloir vous en tenir aux faits. Les faits sont là (chemise jaune), concentrons-nous dessus.

Les ailes du nez pincées, les mâchoires saillantes, encore plus belle quand la colère grondait.

— OK, j'ai dit. Je vous écoute.

— Dans l'ordre chronologique, le premier meurtre est celui de Jane Garett.

— Tatie Tacolie.

— Oui. Il a lieu dans la nuit du vendredi 22 au samedi 23 mai 1998. À cette date, Gary Sanz se trouve à Wichita Falls, où il participe à un colloque à la Midwestern State University.

— Ce qui déjà…

— Laissez-moi finir. La police a pu retracer une partie de son emploi du temps. Il est arrivé le vendredi à treize heures, à l'hôtel La Quinta Inn & Suites, et a pris possession de la chambre qu'il y avait réservée. À quinze heures, il assiste à une première conférence à l'université. Des témoins confirment l'y avoir vu. À dix-sept heures trente, il participe à une réunion de travail en petit comité. Ça se termine vers dix-neuf heures. Il est invité à venir dîner avec le groupe mais il prétexte la fatigue et décline l'invitation. Il retourne à l'hôtel. À vingt heures cinq, le room service lui apporte un repas dans sa chambre…

— Vous avez mémorisé tout ça ?

— Oui. L'employé du room service est la dernière personne à l'avoir vu ce jour-là. On retrouve Gary le lendemain matin, samedi, à neuf heures, dans la salle commune de l'hôtel où il prend son petit déjeuner. Puis, à dix heures trente, il est de retour à l'université où il donne lui-même une conférence.

— À ce moment-là, la tante est déjà morte, non ?

— Exact.

— Et donc, votre logique voudrait que Sanz l'ait tuée, dans la ferme, là-bas à Albany, alors qu'il se trouvait en même temps dans sa chambre d'hôtel à Wichita Falls. C'est bien ça ? Je suppose que c'est ce que vous appelez un « dédoublement de personnalité » ?

— D'après le médecin légiste, Jane Garett est décédée dans la nuit du vendredi au samedi, entre une heure et trois heures. Il y a cent quatre-vingts kilomètres entre Wichita Falls et Albany, soit trois heures de route maximum. Ce qui laisse largement à Sanz le temps de faire l'aller-retour et de perpétrer son crime.

— Quelqu'un l'a vu sortir de l'hôtel ?

— Non.

— Quelqu'un l'a vu rentrer ?

— Non. Mais il a été démontré qu'il était assez facile de passer par l'issue de secours sans être repéré.

— Pas de caméras de surveillance ?

— À l'époque il n'y en avait pas, non.

— Dommage.

Un moment de silence, tendu. Comme si la discussion que nous avions là, au Garden Cafe, pouvait réellement décider du sort (la vie, la mort) de Gary Sanz. C'est moi qui ai relancé :

— Dans tout ce que vous venez de dire, je ne vois aucune preuve de sa culpabilité. C'est une hypothèse, juste une hypothèse, et tirée par les cheveux, à mon avis. Un professeur qui s'échappe d'un colloque universitaire, en pleine nuit, et se tape quatre cents kilomètres en voiture pour aller assassiner une vieille dame, je ne trouve pas ça très probant.

— Au contraire ! s'est exclamée Barbara en penchant le buste par-dessus la table. C'est l'élément à charge le plus flagrant ! Vous ne comprenez pas ? Pour Sanz, ce congrès, c'est l'occasion unique. C'est la seule nuit de l'année où il n'a pas dormi chez lui. Cela a été vérifié aussi. La seule nuit où il n'a personne sur le dos, où il est libre de ses mouvements. C'est maintenant ou jamais ! Le fait même que l'assassinat de la tante coïncide avec le week-end du colloque, c'est quasiment une preuve en soi ! Ensuite, Sanz a dû écourter son séjour à Wichita Falls. Sa femme l'a prévenue par téléphone et il est reparti immédiatement. Il n'avait pas prévu que le meurtre serait découvert aussi vite. Il n'avait pas prévu la venue de Lupita Flores chez la tante. Il pensait certainement être déjà de retour chez lui, à Dallas, quand on découvrirait le crime, et alors il aurait fait semblant de l'apprendre en même temps que son épouse.

— C'est tout ? j'ai fait.

— C'est tout ?

— Condamné uniquement à cause de cette histoire de date qui, soi-disant, coïncide ? Rien d'autre contre lui ?

— Une trace de pneu, elle a dit (un ton plus bas, le regard fuyant, presque à contrecœur, m'a-t-il semblé).

— Quelle trace de pneu ?

Kevin Tombe-à-pic a choisi cet instant pour venir déposer omelette et toasts devant elle. J'ai réalisé que chaque fois que je la voyais, elle mangeait. Ma fée goulue. Mais pour la première fois, son coup de fourchette était moins franc. Elle chipotait ses œufs. D'un ton maussade, elle a dit :

— Dans la cour de la ferme, on a relevé une empreinte de pneu. Malheureusement pas très nette. D'après les experts de la police, on est sûr que ce n'est ni le camion Dodge de la tante ni la Jeep de Lupita Flores. Il y a une chance sur deux pour que l'empreinte corresponde au véhicule que conduisait Gary Sanz. Un modèle japonais.

— Vous vous fichez de moi ? Une chance sur deux ? Ça veut tout simplement dire qu'il y a autant de chances pour que ce ne soit pas la sienne !

— Ne soyez pas de mauvaise foi, Dipak.

— Moi ? Parce que c'est moi qui suis de mauvaise foi ?

À mon tour de me pencher vers elle.

— Répondez-moi franchement, j'ai dit. Si vous aviez été l'avocate de Sanz, vous auriez laissé passer un truc comme ça ? Une énormité pareille ?

Dans leur vase, les petites fleurs blanches exhalaient un parfum suave, qui se mêlait au fumet de l'omelette. Barbara s'est redressée. Elle a piqué dans son assiette, a enfourné sa bouchée, a croqué dans un toast pour l'accompagner. Elle gagne du temps, je me suis dit. Elle se donne une contenance. Elle gamberge. Elle a mâché, mâché, plus qu'il n'en fallait, puis elle a avalé, puis elle a repris :

— Il ne faut pas oublier que le procès pour le meurtre de la tante était son second procès. Sanz avait déjà été reconnu coupable du meurtre de sa femme. Il était déjà incarcéré. C'est un élément qui pèse son poids.

— Vous voulez dire qu'il était condamné d'avance ?

— Je veux dire que c'est une circonstance aggravante. Quand les preuves matérielles sont à cinquante-cinquante, on sait bien que ce qui va faire pencher la balance, c'est le ressenti. La composante subjective. Ce qu'on appelle l'« intime conviction ». Inconsciemment, on juge l'homme autant que les actes. En l'occurrence, les membres du jury avaient face à eux un homme présenté comme l'assassin de sa femme. Ce n'est pas n'importe quel quidam, c'est un criminel. S'il est capable de tuer une fois, il est capable de tuer deux fois. S'il est capable de tuer sa propre épouse, il est capable de tuer n'importe qui ! On ne peut pas négliger cette dimension psychologique, et l'influence qu'elle a pu avoir dans le jugement et dans le verdict. L'intime conviction, Dipak, c'est ça qui a le plus pesé !

— Et pourtant, je trouve que c'est un peu léger pour envoyer un homme à la mort. Mais je comprends. Parce que c'est pour ça aussi que je suis ici : mon intime conviction. Sauf que la mienne, c'est que Sanz est innocent. Mais je ne veux pas m'en contenter. L'enjeu est trop important. Et si je m'efforce malgré tout de m'en tenir aux faits, c'est parce que quelqu'un m'a dit qu'il ne fallait pas que les sentiments m'aveuglent ! N'est-ce pas, ma fée ?

— Ne m'appelez pas comme ça !

— Vous voulez examiner le meurtre de Michelle Sanz, maintenant, ou vous préférez terminer vos œufs d'abord ? Je ne voudrais surtout pas que ça vous coupe l'appétit !

C'était rude. C'était âpre. Les mots échangés et le silence qui a suivi. Comme un débat au prétoire. La jeune procureure et le jeune avocat et ce diable de Sanz dont l'absence planait au-dessus de tout ça. C'était à fleur de peau. Pas un débat, non, une passe d'armes. Ce regard, mon Dieu ! Elle fulminait. Ses beaux yeux bleus et ses pupilles aussi noires que des billes de charbon de Virginie-Occidentale. Double calibre. Ma fée Carabine, ma fée Carabosse. Duel. Le sale vieux Far West. Dans la rue principale, tout le monde s'écarte et se barricade, les balles vont siffler.

Tant mieux, tant mieux. Il faut que ça sorte. Après viendront les mots doux et les caresses. Il faut juste que les deux restent debout, que nul ne morde la poussière. Au premier sang versé, on cesse.

— Je suis désolé, j'ai dit.

Elle a inspiré. Elle a expiré. Elle a bu une gorgée d'eau. Elle a écarté son assiette sans l'avoir terminée. Elle a remis le dossier devant elle.

— Je vous préviens, elle a dit, les circonstances du meurtre de Michelle Sanz peuvent également prêter à discussion.

— Alors, discutons. Calmement. Raisonnablement.

— La version que Sanz a livrée au cours du procès est à peu près la même que celle que vous avez lue dans son livre : le 12 août de cette même année 1998 – vous remarquerez, au passage, que c'est la date anniversaire de leur premier baiser… Bref – tôt le matin, Gary Sanz a quitté l'appartement, sans but précis. « Pour prendre l'air », a-t-il dit. Il a laissé sa femme dans la chambre, en train de noter des adresses pour les lettres qu'elle voulait poster. En partant, il a refermé la porte à clé derrière lui. Pendant environ trois quarts d'heure, il s'est promené dans le quartier. Manque de chance, nul ne se souvient de l'avoir croisé. Aucun voisin, aucune connaissance. Il ne s'est pas non plus arrêté chez un commerçant. Il n'a rencontré ni parlé à personne.

— Ça arrive tous les jours, ce genre de choses…

— Lorsqu'il est remonté chez lui, la porte était toujours fermée à clé – et Mr Sanz a confirmé que sa femme et lui étaient les seuls à posséder une clé de l'appartement. Une fois à l'intérieur, il s'est rendu dans la chambre et a découvert son épouse allongée sur le lit, sans vie. Un oreiller était appliqué sur son visage. L'autopsie a conclu à une mort par asphyxie. Voilà les faits tels que les a racontés Sanz.

— Ai-je le droit de poser des questions ?

— Allez-y.

— Si… je dis bien *si* Gary Sanz faisait l'objet d'une surveillance, *si* on l'avait vu quitter l'immeuble, est-ce qu'un individu mal intentionné aurait eu le temps de s'introduire dans l'appartement, d'assassiner Mrs Sanz et de ressortir discrètement pendant son absence ?

— *Si* Sanz était surveillé, oui. Possible. Et *si* l'individu en question avait la clé de l'appartement. Car la serrure, je le répète, n'a pas été forcée.

— Est-il inimaginable qu'un agent des services de renseignement, ou n'importe quelle barbouze digne de ce nom, ait eu les outils et les compétences pour venir à bout d'une banale serrure ? Après tout, l'appartement des Sanz, ce n'est pas Fort Knox, que je sache. Avec un peu de savoir-faire…

— En théorie, ce n'est pas totalement inimaginable, a reconnu la jeune et belle procureure. Cependant, ce serait faire preuve d'une grande imagination. Une imagination romanesque ! Et par ailleurs, nous avons remarqué qu'il manquait certains éléments, dont l'accusé n'a pas fait mention dans sa déposition.

— Ah, oui ? Lesquels, par exemple ?

— Par exemple, le témoignage de Mr et Mrs Hoover, des voisins du couple Sanz.

— Hoover ? Dites-moi que c'est une blague ! Ils s'appellent vraiment Hoover, ou c'est une fausse identité qu'on leur a procurée en échange de leur témoignage ?

— C'est leur nom. Et il n'y a aucun lien de parenté avec qui vous pensez.

— « Qui vous savez » ! aurait dit Phily-Jo.

— Peu importe leur patronyme, c'est ce qu'ils ont à dire qui compte. Les Hoover habitent l'appartement au-dessus de celui des Sanz. Les sons montent, on le sait. Aussi étaient-ils aux premières loges pour entendre les disputes entre Michelle et Gary. Durant les semaines précédant le meurtre, il y en a eu à de nombreuses reprises. Des disputes très violentes. Des cris, des insultes, des mots orduriers ont été échangés. Les Hoover ont même parlé de « menaces »… Cela les a d'autant plus étonnés que, jusque-là, leurs voisins s'étaient toujours montrés très discrets. Intéressant, non ?

Elle arborait un petit air satisfait, presque suffisant. Si elle n'avait pas été la femme de ma vie, j'aurais volontiers tiré sur sa queue-de-cheval.

— Sanz a-t-il nié ces disputes ? j'ai demandé.

Son air s'est fissuré (pardon, ma fée, mais c'est pour la bonne cause).

— Non, il l'a reconnu.

— Bien sûr qu'il l'a reconnu. Ça ne m'étonne pas. Parce que, contrairement à ce que vous dites, il le reconnaît aussi dans son récit. Du moins, il le laisse fortement entendre. Relisez-le, vous verrez ! Il dit que les relations étaient très tendues, les derniers temps, entre Michelle et lui. Il dit qu'il y a eu des cris et des injures. Ils étaient en désaccord sur la conduite à tenir. Gary voulait laisser tomber l'affaire, il avait peur de ce qui pourrait leur arriver, peur des « menaces », effectivement, qui pesaient sur eux, mais sa femme à l'inverse voulait passer à l'offensive, envoyer ces fameuses lettres à la presse. Et d'ailleurs, tiens, que sont-elles devenues, ces lettres ?

— Aucune idée. Si ces lettres ont jamais existé – ce dont je doute, ce dont tout le monde doute, à part vous –, elles ont disparu.

— Évidemment, puisque c'était le but de l'opération : récupérer ces lettres avant qu'elles puissent être rendues publiques. Et réduire Michelle au silence une fois pour toutes !

— Selon la version de Sanz.

— C'est la parole d'un homme, un homme éperdument amoureux, qui vient de perdre la femme de sa vie, contre la parole de… de qui, au fait ?

— La parole d'une douzaine de jurés, qui ont estimé que le témoignage du « veuf éploré » était sujet à caution ! Un autre élément, capital, que celui-ci a omis de signaler : quelques minutes avant sa mort, Michelle Sanz a eu une conversation au téléphone avec son père, Donald Deloncle. Les relevés téléphoniques l'attestent. Et vous savez quels ont été ses derniers mots ? Je vais vous le dire…

Là, ma fée pugnace a rouvert la chemise jaune et fouillé dans la paperasse pendant une bonne minute (dehors, le ciel noircissait, le temps virait à l'orage), jusqu'à en extraire une mauvaise photocopie dont elle s'est empressée de me lire un passage :

— Les derniers mots de Michelle Sanz à son père ont été, je cite : « J'entends la porte. Gary revient. Je te laisse. »

Par-dessus la feuille, elle m'a jeté un regard triomphant. C'était censé être le point d'orgue, l'argument massue pour assommer l'avocaillon (dehors, le tonnerre a grondé). Je n'ai pas crié grâce.

— Et alors ? j'ai fait.

— Alors ?

— Gary ne pouvait pas signaler cette conversation téléphonique, puisqu'il l'ignorait. Il n'était pas là. Ceci est justement la preuve qu'il ne ment pas : il avait quitté les lieux.

— Non ! Ceci est la preuve que sa femme n'a pas été tuée en son absence. Et que c'est lui qui pénètre dans l'appartement à ce moment-là. Bon sang, rendez-vous à l'évidence ! « Gary revient »… « Gary revient » ! (Elle criait presque.) Sans le savoir, Michelle venait de livrer le nom de son assassin !

— Elle n'a pas vu Gary entrer dans l'appartement. Elle était dans la chambre, sur son lit, elle a juste entendu la porte s'ouvrir. Elle en a déduit que c'était son mari, mais en réalité elle n'en savait rien. Ç'aurait pu être n'importe qui d'autre, et Gary peut parfaitement n'être revenu que plus tard, comme il l'affirme.

Dehors, la pluie s'est mise à tomber et c'était une averse du feu de Dieu. Toutes les larmes de la terre, toutes les vaches du Texas qui pissent de concert. Je ne sais même pas si elle l'a remarqué. Elle remuait la tête de droite et de gauche et sa queue-de-cheval se balançait.

— Je ne vous comprends pas, elle a dit. Pourquoi autant d'acharnement ? Il y a une grande différence entre rechercher la vérité et modeler cette vérité à sa convenance. Vous refusez de voir les choses en face. Obstinément et systématiquement, vous niez la vérité. Je ne comprends pas pourquoi.

— Je regrette, mais je considère qu'à cette heure, *votre* vérité et *ma* vérité se valent. À mon sens, les deux sont possibles. Et dans ce cas, comme vous l'avez dit, c'est l'intime conviction qui prime… Mais je pourrais vous retourner la question : pourquoi cet acharnement de votre part ? Je croyais que maître Moncello vous avait envoyée vers moi pour me soutenir, pour m'aider à démontrer l'innocence de Gary Sanz, et non pour l'enfoncer davantage. Je pensais que c'était l'objectif de votre association : essayer de réparer les erreurs judiciaires, de rétablir la justice.

— Pour ça, encore faut-il qu'il y ait erreur. Encore faut-il qu'il y ait injustice. Notre objectif n'est pas de faire passer des vessies pour des lanternes. Si Gary Sanz est coupable, j'en suis désolée, mais c'est une réalité qu'on ne peut pas et qu'on ne doit pas changer. Il faut l'accepter.

— Reconnaissez au moins qu'il y a un doute. Reconnaissez qu'il y a d'autres hypothèses envisageables.

— Apportez-moi la preuve que la Pieuvre existe, et on en reparlera.

— Apportez-moi la preuve qu'elle n'existe pas.

— C'est bien ce que je m'efforce de faire !

— Et c'est bien ce que je vous reproche ! Vous ne focalisez que sur les éléments à charge, jamais l'inverse. Bon Dieu ! Est-ce que vous ne pourriez pas lui accorder une toute petite chance ?

Elle est restée muette. Dans ses yeux le reflet des cieux, gris et nuages. Mon baromètre. J'ai posé ma main gauche sur ma main droite pour m'empêcher de saisir la sienne qui traînait sur la table. J'ai dit :

— Je suis un romantique, peut-être. C'est vrai que je crois à l'amour. Je crois à l'amour en général. Je crois à l'amour que Gary portait à sa femme. Je ne crois pas qu'il ait pu lui faire du mal.

— L'amour… a murmuré Barbara.

Avec le bruit de l'averse, c'est à peine si je l'ai entendue. Puis, d'une voix plus forte, elle a ajouté :

— Vous savez de quoi ils parlaient au téléphone ?

— Qui ça ?

— Michelle et son père. Vous voulez savoir quel était le sujet de la conversation entre le père et la fille, quelques minutes avant que la fille ne soit assassinée ?

Je n'avais pas tellement envie de le savoir. Je me doutais que les mots qui sortiraient de sa bouche seraient tristes et désolants. Pourtant :

— Dites-moi, j'ai dit.

— L'héritage, a dit Barbara.

— L'héritage ?

— Donald Deloncle a appelé sa fille, ce matin-là, pour lui annoncer qu'il avait vendu la maison et le terrain de Jane Garett, dont il avait hérité. Une vente d'un montant de 3 millions de dollars. Cash. Il l'appelait pour la prévenir que la moitié de cette somme avait été versée sur son compte. Il estimait que cet argent revenait autant à sa fille qu'à lui. 1,5 millions de dollars pour elle. Une belle somme.

Elle me regardait. Elle attendait que je commente cette nouvelle. Je n'ai rien dit. Elle a insisté :

— Juste avant de mourir, Michelle Sanz a eu le bonheur d'apprendre qu'elle était millionnaire. C'est étrange, quand on y pense, non ?

Je n'ai rien dit. Elle a insisté :

— Mauvais timing. Le hasard ? Un méchant coup du sort ?

Je n'ai rien…

— Pas pour tout le monde ! elle a craché (craché, oui, l'iris jaune, ses blanches canines tels des crochets, ma fée vipérine, ma fée à sonnettes).

Dictaphone : « Ce style, ces figures et fioritures esthétiques, ça ne me ressemble pas. C'est à ça aussi que je m'aperçois que Gary Sanz a planté profondément sa griffe en moi. Soit. Je l'admets et je l'assume. »

— La vieille, la sempiternelle et incontournable question, a poursuivi Barbara. À qui profite le crime ?

Je ne pouvais plus me taire.

— Je vous parle d'amour, vous me parlez d'argent.

— Je vous parle de vie réelle, vous me parlez de conte de fées.

— Vous pensez sincèrement, Barbara, que Gary Sanz aurait assassiné sa femme pour cette raison ?

Elle a levé les deux bras dans un geste (feint) d'évidence.

— En cas de décès de Michelle, qui devenait bénéficiaire du pactole ? Un million et demi, Dipak. On en a vu qui tuait pour cent fois moins que ça.

— Comment l'aurait-il su ? Michelle venait tout juste de l'apprendre, comment Gary aurait-il pu être au courant de cet héritage ?

— On peut imaginer que les parents Deloncle avaient vendu la mèche. Ou, au moins, qu'ils avaient laissé entendre à leur gendre que les négociations étaient sur le point d'aboutir.

— Ça demande un gros effort d'imagination…

— Ils étaient proches de Gary. Ils le considéraient comme leur fils. La question a été posée à Donald Deloncle : il ne se rappelait pas s'il avait ou non tenu son gendre au courant de cette vente.

Je me suis demandé si ce n'était pas ça que Donald essayait de me dire quand je leur avais rendu visite. Est-ce qu'il s'était finalement souvenu de cette information ? Est-ce qu'il avait tenté de toutes ses faibles forces de me la communiquer ? Est-ce qu'il était persuadé que Gary Sanz avait tué sa fille ?

Voilà où nous en étions. La pluie battante. Des rideaux de pluie à chaque fenêtre. La lumière couleur cendre. Un bout d'omelette froide dans une assiette. Une tasse de café tiède. Et ce silence poisseux entre nous. Où sont les « Sing, sing, sing » d'antan ? J'avais rêvé mieux, comme ambiance, pour les retrouvailles avec ma fée.

Il restait un semblant de printemps : les effluves capiteux des petites fleurs blanches.

Barbara.

Barbharā, mettons, dans l'idiome de mes ancêtres. Une déesse.

Si ceci était une rencontre, elle s'achevait sur un score nul. Je ne voulais pas d'une revanche. Je voulais ma belle (la voix de Sanz, encore…).

— Alors, vous allez laisser tomber? a demandé le garçon énamouré sur un ton pitoyable.

Une ombre est passée sur ses lèvres : le feu pâle de son sourire.

— Pas avant vous, elle a dit. N'y comptez pas. Ce n'est pas mon genre, d'abandonner une pauvre âme en déroute.

Puis elle a soudain dressé l'index, comme si elle se rappelait quelque chose. Elle s'est penchée, a pioché un objet dans le cartable ouvert, l'a posé devant elle, par-dessus la chemise jaune. J'ai reconnu l'ouvrage de Deon Zubrinsky : *La Vérité sur un faux poète.* Il n'y avait qu'un seul post-it entre les pages.

— J'ai là une preuve irréfutable, elle a dit.

Bien. Irréfute-moi, ma fée.

Elle a ouvert le livre.

— Sanz a écrit, en parlant de son premier recueil de vers : « *Dans mon esprit, il s'agissait d'un humble hommage à mes prédécesseurs, mes maîtres.* » Et Deon Zubrinsky fait ce simple commentaire : « *Humble ? Humbert ? Hum hum…* »

Elle a refermé le livre. L'évidence ne m'avait pas sauté aux yeux, ni aux oreilles. Je n'ai pas attendu longtemps pour avoir le commentaire du commentaire.

— Cela ne peut se comprendre que d'une seule manière, elle a dit. C'est une référence directe et explicite à *Lolita*. Si nous voulions une clé pour entrer dans l'œuvre, la voici : *Humbert*. Humbert Humbert est le pseudonyme du narrateur dans le roman de Nabokov. Et il va sans dire que Nabokov lui-même est l'un de ces « prédécesseurs et maîtres » auquel Sanz rend hommage.

Je n'ai pas pu m'empêcher de sourire à mon tour.

— Un code secret, en quelque sorte…

— Oui. Un sésame. Sans cela, le *Humbert* de Zubrinsky n'a aucune raison d'être.

Je ne sais pas trop pourquoi, mais cette découverte me mettait en joie. Un grain de folie, un éclair de fantaisie dans la grisaille.

— C'est fort ! j'ai dit. Bravo, ma f… Euh, bravo, Barbara !

— Vous reconnaissez que j'avais raison ?

— Sur ce point, oui. Je reconnais votre perspicacité. Un fin limier littéraire… Et je me demande comment ce type a pu deviner. Ça me rend encore plus curieux de le connaître.

— Zubrinsky ?

— Oui.

— J'y ai pas mal réfléchi également.

— Et ?

Elle était capable de miracle, je n'en ai jamais douté.

— Vous aurez peut-être une chance de le rencontrer bientôt, elle a dit.

— Quoi ?

Coi, coi, coi ! La trogne éberluée du petit macaque a fait éclater de rire la déesse – et alors qu'importe l'averse, qu'importe les cieux de charbon ! Elle était redevenue lumineuse, voilà ce que j'appelle miracle.

— Vous l'avez retrouvé ? j'ai demandé.

— Je pense, elle a dit.

Elle souriait toujours, elle faisait durer, me menait du bout de sa baguette, et j'étais prêt à toutes les grimaces, toutes les pirouettes pour avoir ma récompense.

— Hhhoù ? Hoù est-il ?

— D'après ce que j'ai cru comprendre, il devrait se trouver dans la division Allan B. Polunsky, à la prison de Livingston.

J'ai senti à ce moment-là une sorte de tremblement dans mes tréfonds, un ébranlement, léger mais suspect. Comme un bruit dans le moteur.

— Comment ça ? j'ai fait. Zubrinsky est en taule, lui aussi ?

Et cette pensée idiote et déplacée qui m'a traversé : Zubrinsky et Polunsky, ça rime.

— Je le crois, oui, a dit Barbara.

— Au même endroit que Gary Sanz ?

— Mieux que ça : dans la même cellule.

Perdu, le petit singe. Ne sait plus quel tour faire, sur quel pied danser.

— Qu'est-ce que… Qu'est-ce que vous voulez dire ?

Elle a posé ses coudes sur la table, de chaque côté de la chemise jaune. Ses yeux luisaient encore de son rire récent, de sa gaîté qui semblait, hélas, s'évaporer à nouveau (que n'aurais-je fait pour la retenir, la prolonger !).

— Je veux dire que Gary Sanz et Deon Zubrinsky, à mon avis, ne font qu'un. Ils sont une seule et même personne. (Elle a levé une main.) Avant de sauter au plafond, écoutez-moi jusqu'au bout !

Je l'ai écoutée :

— Ceci expliquerait pourquoi on ne trouve aucune information sur Zubrinsky, elle a dit. Ceci expliquerait le mystère qui l'entoure. Et ceci expliquerait surtout cette « intimité » exceptionnelle entre lui et Sanz. Comme vous l'avez vous-même relevé, Deon Zubrinsky a l'air de très bien connaître Gary Sanz. Il ne juge pas seulement sa production littéraire, son style, il se permet aussi de juger ses idées, ses intentions profondes, cachées, il dénonce son hypocrisie et ses mensonges. Il s'insinue dans son esprit et, souvent, il appuie là où ça fait mal. Il fait des remarques, des commentaires, des allusions que seul Sanz peut comprendre. Deon sait tout ! Parce que Deon est dans la tête de Gary, et c'est pour ça que Gary ne peut rien lui dissimuler !… J'ai d'abord pensé que c'était une de ces maladies que nous avions évoquées. Je connais un psychiatre, je l'ai interrogé. Ce que je lui ai décrit correspond effectivement à une pathologie nommée : trouble dissociatif de l'identité. L'individu qui en souffre possède plusieurs personnalités différentes, ce que l'on appelle des « alters », qui prennent à tour de rôle le contrôle de son comportement. C'est assez rare, mais ça existe. Des cas ont été diagnostiqués, notamment chez les meurtriers. Et cela fait partie également des syndromes qu'on rencontre dans les couloirs de la mort. Certains criminels ont commis des actes tellement horribles que leur esprit ne peut ni l'accepter ni l'assumer. Et lorsqu'ils affirment que c'est quelqu'un d'autre qui a commis ces actes, ils le croient sincèrement, ils en sont persuadés. C'est un rejet total de la part de leur inconscient !... Mais, dans le cas de Gary Sanz, je ne pense pas qu'il s'agisse d'une maladie. Je pense qu'il est parfaitement conscient de ce qu'il fait. Le jeu, toujours. Sous cette forme, Sanz s'inclut dans la partie. C'est une mise en abyme, ludique, jubilatoire. Il y a de l'autodérision là-dedans, qui est une manière d'autodéfense. Je dis une chose, puis je dis son contraire. Je cache, puis je dévoile. Je mens, puis j'avoue. À toi, lecteur, de faire le tri ! Il signe d'un « Z » qui n'est pas Zorro, mais Zubrinsky. Son justicier masqué. Son pseudonyme. Son Humbert Humbert. Ce prétendu critique littéraire n'est qu'une autre créature de son invention, tout comme la Pieuvre. Le Zubrinsky de Sanz, c'est le Jiminy Cricket de Pinocchio !... Voilà ce que je pense, Dipak, et avant de tout rejeter en bloc, vous devriez prendre le temps d'y réfléchir.

Elle s'est tue et s'est laissée retomber contre le dossier de sa chaise. Elle avait pâli. Elle paraissait épuisée, comme si elle venait de refaire un tour de piste en sprintant. Pour ma part, je n'ai pas bronché. J'étais tassé sur mon siège, assommé.

Dictaphone : « Je sais qu'on ne voudra pas me croire, pourtant je jure que ce qui va suivre est la stricte vérité. Sur la tête de ma mère, de ma sœur et de ma fée, je le jure. »

À cet instant précis se sont produits trois événements simultanés – il n'est pas interdit de songer que cette parfaite synchronie était l'œuvre du hasard, ou bien de « qui vous savez ». Les voici :

Un : un formidable coup de tonnerre a retenti, de ceux qui résonnent jusqu'à l'intérieur de la cage thoracique et font vaciller les vases avec des petites fleurs blanches sur les tables.

Deux : d'un seul coup d'un seul la pluie a cessé, comme si le Grand Manitou (Grand Architecte, Grand Jardinier), au-dessus de nos têtes, avait soudain relevé son arrosoir d'un vif mouvement du poignet.

Trois : la porte du Garden Cafe s'est ouverte et un homme est entré. Il portait moustache et lunettes. Il a replié son parapluie tout dégouttant, puis s'est avancé dans la salle en laissant dans son sillage les traces de ses baskets détrempées.

Des Nike Air, dois-je le préciser ?

— Vous prenez de la drogue ? elle m'a demandé.

— De la drogue ? Non, je ne prends pas de drogue !

— Vous en vendez ?

— Non, non plus ! Que…

— Vous ne vous livrez à aucun trafic ? Vous n'avez commis aucun délit ?

— Pas que je sache, non ! Bon sang, c'est quoi, ces questions ?

— Si c'est le FBI, autant ne pas leur donner de motif de vous arrêter. Aucune prise sur vous. S'ils n'ont rien, ils ne se risqueront pas à vous embarquer.

Le « ils », pour l'instant, était un « il » au singulier : le type à moustache. Naturellement, j'avais signalé son arrivée à Barbara. Tandis que la panique me gagnait, elle n'avait pas, elle, paru plus perturbée que ça. « Vous êtes sûr que c'est le même ? » Oui, j'en étais sûr. Elle ne s'était pas gênée pour le dévisager. Le type s'était installé deux tables derrière nous. Elle l'avait maintenant en face, je l'avais dans le dos. Je n'osais pas me retourner. D'instinct, je rentrais la tête dans les épaules et courbais l'échine.

— Tenez-vous à carreau, traversez dans les clous, et ignorez-le, elle a dit. C'est tout ce qu'il y a à faire.

— Et comment je fais pour ignorer quelqu'un qui me tourne sans arrêt autour comme un vautour ?

— Vous exagérez. Ce n'est que la deuxième fois que vous le remarquez.

— Pas très discret, pour un espion !

— C'est qu'il ne tient pas à l'être. Ils doivent vouloir qu'on sache qu'ils nous ont à l'œil.

— Pour quelle raison ?

— Je l'ignore.

— Ça ne peut être que pour une seule raison, Barbara. Et vous le savez très bien. C'est une menace ! C'est de l'intimidation !

Elle s'est mise à rassembler ses affaires, a rangé la chemise jaune dans son cartable.

— Je vais devoir vous laisser, elle a dit.

— Et si ce n'est pas le FBI ? Si c'était… si c'était un tueur à gages ? Si ce putain de fils de pute était chargé de m'éliminer ? Ou vous ?

La peur me rendait grossier. J'avais envie de crier. Je m'étais penché à nouveau au-dessus de la table et mes paroles sortaient de ma bouche comme des flammes. Ma fée demeurait impassible.

— Si c'était le cas, ce serait déjà fait, elle a dit. Tenez, je vous le rends.

Elle me tendait le livre de Zubrinsky, ou de Sanz, ou de Sanzbrinsky. Je le lui ai presque arraché des mains.

— Je ne veux pas qu'il vous arrive quelque chose, j'ai dit. Je ne veux pas qu'on vous fasse du mal. Je ne me le pardonnerais jamais !

— Ne dramatisez pas, Dipak. Et ne vous inquiétez pas pour moi, je sais me défendre. Un coup de baguette magique et hop, ils sont pulvérisés !

Elle a pris son cartable et s'est dressée.

— Je vous offre le café, elle a dit.

Je n'ai pas protesté. Je me suis levé et je lui ai emboîté le pas. En passant, j'ai jeté un coup d'œil au type et j'affirme qu'un léger sourire flottait sous sa moustache.

Nous sommes sortis. Barbara ne m'a pas proposé de me raccompagner. Elle s'en est excusée. Elle devait, m'a-t-elle dit, rejoindre sa sœur. Elle était déjà en retard et l'oasis n'était pas sur son chemin. Elle a promis qu'elle répondrait au téléphone si je l'appelais.

J'ai attendu que la Ford soit hors de ma vue, puis je me suis mis en route. J'ai marché entre les flaques jusqu'à l'arrêt du tram. J'ai marché vite.

Je suis resté trois jours sans quasiment sortir. Pas au-delà de la limite de ma terrasse. Puisant dans mes réserves de pâtes et de riz. Relisant des passages du récit de Sanz, de l'essai de Zubrinsky.

La Vérité sur un faux poète. Avec le nouvel éclairage que m'avait apporté ma lumineuse fée, je devais admettre que ça se tenait. Gary Sanz = Deon Zubrinsky. Son double, sa moitié, son autre face, je ne sais comment dire. Qu'est-ce que cela impliquait ? Que cet homme était capable de mentir. Qu'il était capable de tricher, de manipuler. Cela faisait-il de lui un assassin ? Le faux poète était-il pour autant un vrai meurtrier ? Non. Pas forcément. Il restait encore un palier conséquent à franchir pour en arriver là. On pouvait s'adonner à des jeux littéraires sans aller jusqu'à occire son prochain dans la vraie vie.

Dictaphone : « Mais c'est quoi, la vraie vie, mec ? Pour quelqu'un comme Sanz, qui n'a vécu que dans les livres, qu'est-ce que ça représente ?... Le mystère, je présume. L'inconnu, l'incompréhensible, la terreur. La Pieuvre. Où se situe la frontière entre le papier et la chair ? Entre personnage et personne. Nabokov est mort. Mais Humbert Humbert lui survit. Lolita ne mourra jamais. Et Michelle ma belle ? Et Phily-Jo ? Et tatie Tacolie ? Et J. R. ? Leurs noms sont désormais gravés dans la pierre ou le marbre, mais la seule éternité possible est celle du papier et de l'encre. Est-ce cela que Gary voulait leur offrir en les couchant entre ses pages ? L'existence éternelle. Et pour lui-même ? Je suis là, moi. À moi de jouer. C'est mon rôle. Dipak Singh le scribe. Dipak Singh doit témoigner. Sing, sing, sing ! Chante, raconte, écris ! Histoire ou légende, on s'en cogne. Écris et signe pour la postérité de Gary Sanz. Une injection létale dans une succursale de l'enfer, et ad vitam æternam grâce à toi ! »

J'ai poussé loin ce genre de circonvolutions délirantes. J'ai plongé et me suis laissé entraîner sans retenue dans la spirale, le tourbillon. Ça tournait, ça tournait. La danse hypnotique. Derviche en transe. Toutes ces notions en orbite dans ma petite tête comme la Terre de Galilée autour du Soleil : le jeu, les apparences, l'illusion, le vrai, le faux, le rêve. Il y en a qui disent que ce n'est qu'un rêve. Tout. La vie. Nous. Des personnages de fiction. Des créations. Nous naissons, évoluons, mourons dans le cerveau d'un créateur, dans son sommeil peut-être. Nous sommes des créatures de rêve. Non, je n'avais rien bu, pourtant. Rien fumé. Mais ça tournait et tournait. Le cercle dans le cercle dans le cercle. Jusqu'au vertige. Jusqu'à la nausée. Jusqu'à douter de ma propre réalité. N'étais-je pas, au fond, qu'un nom de plume ? Des lettres, des signes : D-I-P-A-K-S-I-N-G-H. Quelques touches sur le clavier. Quelques traits de caractère dans un livre. Que croire ? Qui croire ? Que suis-je ? Qui suis-je ? L-E-S-I-N-G-E-Q-U-I-P-A-R-L-E. Qui peut me prouver que j'existe dans un monde qui existe hors d'un songe ?

(Voilà, entre autres, pourquoi ce ne sera jamais une thèse de sociologie.)

Au moins, cela m'a permis d'oublier un peu les types à moustache. Et j'ai réussi à m'abstenir d'appeler ma fée. Elle ne l'a pas fait non plus. Elle ne devait pas chômer.

Cela aurait pu tournebouler encore longtemps, mais le soir du troisième jour, on a tapé à ma porte. J'ai ouvert. Steve se tenait sur le seuil. Il m'a regardé, de haut en bas. J'ai baissé les yeux et me suis regardé aussi. J'étais en caleçon, pieds nus. « Pas la grande forme, on dirait », a fait Steve. Nul besoin d'être télépathe. Je n'ai pas répondu. « Je t'invite à boire un verre ? il a dit. Je connais un endroit sympa. »

Je me suis demandé quel genre de verre pouvait boire Steve (jus de pomme ? de goyave ?) et quel genre d'endroit « sympa » il pouvait fréquenter, puis je me suis rapidement avoué que n'importe quelle boisson en n'importe quelle compagnie ne pourrait que me faire du bien. « OK, j'arrive », j'ai dit. « Enfile un pantalon », a fait Steve.

Je ne sais plus comment on en est venus à parler de moi et de ma famille. On était assis au comptoir d'un bar baptisé Buck's, avec pas mal de monde et pas mal de bruit autour. Un bar normal, qui vendait de l'alcool. À ma grande surprise, Steve avait commandé une Tequila Sunrise – « De temps en temps, je m'autorise » –, ce qui m'avait inspiré une petite pensée pour tatie Tacolie et m'avait permis de ne pas culpabiliser en prenant une bière, une Lone Star[5] pour faire honneur à la production locale. J'avais mis un pantalon et même des chaussures et j'avais mon blouson porte-bonheur que ma sœur m'avait offert pour mes 20 ans – et qui ne m'a pas tellement porté bonheur ce soir-là, je dois dire. Sur un écran, en hauteur, les Mavericks affrontaient les Spurs. Des géants s'agitaient sur le parquet. Personne ne portait des Nike Air dans le bar (j'ai vérifié). Après deux ou trois gorgées de bière je commençais à me détendre, on discutait, Steve et moi, et à un moment donné je me suis entendu dire que mon père était mort d'un cancer, ce qui m'a étonné de ma part parce que d'habitude je n'aimais pas parler de ça, c'était un sujet que j'évitais. Steve a eu un rictus pour montrer qu'il compatissait et puis il a eu cette curieuse réflexion : « Ma grand-mère aurait pu le sauver. »

— Ta grand-mère ? Pourquoi, ta grand-mère était médecin ?

— Non, elle était… (Haussement d'épaules.) Elle était rien du tout… Et elle était beaucoup de choses en même temps… (Rehaussement d'épaules.) Elle était passionnée par tout ce qui touchait à la radioélectricité. Les ondes…

— Les ondes ?

5. Le Texas est surnommé The Lone Star State : l'État de l'étoile solitaire [N.d.T.].

— Les ondes électromagnétiques, ouais.

Je ne voyais pas bien le rapport avec la leucémie de mon père, par contre une petite ampoule s'est mise à clignoter quand j'ai entendu ces mots, j'ai pensé à Phily-Jo et à sa machine, alors j'ai poussé un peu Steve et il s'est lancé dans une histoire assez dingue, l'histoire de sa grand-mère qui avait mis au point un appareil pour guérir le cancer.

Elle s'appelait Chiara Riore. Elle était d'origine italienne. Elle était devenue Mrs Chiara Hastings après avoir épousé Herbert Hastings (le futur grand-père de Steve) en 1946. Les jeunes mariés vivaient chez les parents d'Herbert. Ils possédaient un ranch à Parker, Texas, à une quarantaine de kilomètres au nord de Dallas. C'était un domaine immense, « deux jours de cheval pour en faire le tour ». Des centaines d'hectares, des milliers de têtes de bétail. Herbert s'occupait de l'exploitation avec son père et une bonne vingtaine d'employés, des Mexicains pour la plupart. Chiara avait fait débarrasser un des bâtiments, une ancienne sellerie, pour y installer son atelier. Elle passait des journées entières avec ses machines. C'était son propre père qui l'avait initiée. Il était ingénieur, ou technicien, quelque chose comme ça, et durant toute son enfance la petite Chiara avait monté et démonté des appareils avec lui et elle avait appris à les utiliser. À 15 ans, elle avait commencé à pratiquer ses propres expériences. Elle travaillait sur les ondes électromagnétiques. Les Mavericks menaient, 36 à 27. J'avais négligé le verre, je buvais au goulot, c'est meilleur. Ma bière dans la main gauche et la droite au fond de la poche de mon blouson, à tripoter mon dictaphone. J'hésitais à le mettre en route. C'était devenu une manie chez moi, presque un réflexe : enregistrer, garder trace. J'aurais pu le faire à l'insu de Steve, mais finalement j'y ai renoncé. « Ne me demande pas en quoi ça consistait exactement. J'ai cru comprendre que c'était un peu le même principe que ce qu'on appelle aujourd'hui la radiothérapie. » Sa grand-mère, qui n'était pas encore sa grand-mère, avait découvert qu'on pouvait agir sur la conservation des fruits et des légumes. En les soumettant au rayonnement de son appareil, elle parvenait à ralentir leur pourrissement, voire à le supprimer. Elle a poursuivi ses expériences, elle les a élargies, elle a peaufiné les réglages de sa machine, et elle est arrivée à des résultats tout à fait surprenants. En jouant sur le dosage et les fréquences des radiations, elle réussit à contrôler le développement des végétaux. Elle élimine les moisissures et empêche les tissus de se nécroser. Elle fait des essais avec du vin, du lait, des œufs, et ça marche ! Avec la viande, ça marche aussi ! Et alors l'idée lui vient que ça pourrait également fonctionner… sur l'homme. « Mais pas si vite ! Avant de tester l'appareil sur un être humain, il restait une étape à franchir… » Chiara ne dispose pas de souris de laboratoire, en revanche la famille possède une chienne, une petite chienne, Lilac. Elle est malade. Une tumeur cancéreuse à la mamelle. Le traitement du docteur Reese, leur vétérinaire attitré, n'a rien donné. Pour lui, l'animal est fichu. Chiara se dit qu'elle ne risque pas grand-chose à tenter le coup. Elle bombarde Lilac avec ses ondes. Tant de jours, tant de minutes par jour. Au bout de trois semaines, la tumeur a diminué de moitié. Au bout de deux mois, elle a complètement disparu. Au bout de trois mois, la chienne cavale dans le ranch comme un pur-sang. Guérison totale. Le docteur Reese est forcé de le constater. Il n'en revient pas. Forte de ce succès, Chiara le persuade de lui fournir d'autres « cobayes », des bêtes malades, les cas désespérés. Elle veut multiplier les expériences. Le vétérinaire accepte. Temps mort. Steve a pris une deuxième Tequila Sunrise et je me suis offert une troisième étoile, qu'on ne pouvait plus dire solitaire, c'était carrément la fête, c'était l'orgie au bar Buck's. « Pendant près d'une année, ç'a été la Foire aux Incurables. La Grande Parade des Cancéreux à Quatre Pattes. » Chiens, chats, moutons, cochons, vaches, et même un vieux puma apprivoisé, tous défilent, tous se traînent tant bien que mal dans le ranch, à l'agonie, moribonds, et tous repartent sur leurs pattes, fringants, après une cure dans l'atelier de Chiara. Ça marche, nom de nom ! Ça dépasse leurs espérances. Cent pour cent de réussite. Tumeurs anéanties, tissus régénérés, cellules comme neuves, aucune séquelle, aucun effet indésirable. Le docteur Reese surveille, vérifie, analyse et ne peut que confirmer, ébaubi, de plus en plus ébaubi. Parmi les familles de vaqueros qui travaillent et vivent dans l'enceinte du domaine, on commence à parler de miracle. Doucement mais sûrement, Chiara acquiert un statut de sainte. On murmure son nom : Santa Chiara. On lui aménage un autel dans un coin du logis. On baisse les cils et on se signe discrètement lorsqu'on la croise. Fariboles ! Chiara sait bien qu'il n'y a pas de miracle dans cette affaire, ce sont des calculs et des réglages, ce sont des ondes et des micro-ondes, le seul prodige là-dedans est celui des champs magnétiques. Qu'est-ce que j'entends ? N'est-ce pas la voix de Philip-Joseph Deloncle, sous la plume de Gary Sanz ? Ça n'a rien de magique, c'est de la science ! il disait. N'est-ce pas la voix du mort qui s'adresse à moi ? J'ai fait signe au barman : la même ! « Il était temps de passer aux choses vraiment sérieuses, tu vois ? » Mais pour s'attaquer aux cellules de l'homme, Chiara veut construire une nouvelle machine, plus précise, plus puissante. Le matériel qu'elle exige est rare et cher. Certaines pièces n'existent pas, elles devraient être fabriquées tout exprès. C'est un lourd investissement. Alors le docteur Reese la convainc de chercher des fonds et des associés. C'est l'occasion de faire connaître ses travaux, lui dit-il. Ses résultats sont probants, ses résultats sont tout bonnement stupéfiants. C'est peut-être une découverte majeure pour la médecine, on n'a pas le droit de la garder secrète. Vous pouvez sauver des vies, Chiara ! Elle est réticente, mais elle cède et lui donne son feu vert. Reese s'y met. Il fait jouer ses relations, se démène comme un beau diable. Des coups de fil et des courriers tous azimuts. Ça finit par payer. 40 à 36, minute par minute les Spurs remontaient. « Et c'est là que les embrouilles commencent… » La première touche sérieuse, c'est un professeur de l'université A&M du Texas. Il est intrigué par cette histoire. Il voudrait voir par lui-même. Il vient voir. Il voit. Il a du mal à croire à ce qu'il voit. C'est quoi, le truc ? Chiara reproduit toutes les expériences devant lui. Il doute toujours, il se méfie. Il fait venir un assistant et fait à nouveau recommencer les essais sur des rats auxquels il a lui-même greffé une tumeur réputée incurable. Chiara les traite. Oh ! Stupeur ! Les tumeurs se résorbent, les cellules perdent leur caractère cancéreux. Les rats sont saufs. Le professeur s'avoue vaincu. De sceptique il vire enthousiaste. Il publie deux articles dithyrambiques dans des revues d'importance. C'est incompréhensible, c'est insensé, mais c'est extrêmement prometteur ! écrit-il. C'est peut-être enfin la piste à suivre pour vaincre cette terrible maladie ! « Je m'en souviens, mon grand-père avait fait encadrer ces articles et ils sont restés longtemps accrochés au-dessus de la cheminée, bien après la mort de ma grand-mère. » Ça fait du bruit. La communauté scientifique se réveille, les médecins, les biologistes, les physiciens. Et la presse s'en mêle. Après le défilé des animaux, c'est le défilé des blouses blanches et des journalistes. Chaque fois qu'un type entrait dans le bar, je regardais sa figure, à l'affût d'une moustache, et je zyeutais aussi ses chaussures : jusqu'ici, rien de louche à signaler. Les spécialistes déboulent au ranch. Des types de l'École de médecine de Harvard, des types de l'Institut National du Cancer, la crème de la crème des oncologues et cancérologues. Docteur Voegt, « son nom m'est resté, à çui-là », le grand ponte, le roi de la métastase, le pape du sarcome en personne. Il s'est déplacé. Et à partir de là, deux clans se sont formés : les pour et les contre, les anti et les pro. Aussi bien dans les journaux que dans les amphis et les labos. Il y a ceux qui crient au génie et il y a ceux qui crient à l'imposture. Personne ne peut nier les résultats obtenus par Chiara, mais les anti, emmenés par le docteur Voegt, refusent de les entériner d'un point de vue médical et scientifique. Il doit y avoir un truc ! Une astuce quelconque, un tour de passe-passe, une tricherie ! « L'orgueil, tu comprends ? » Ces éminents professeurs ne pouvaient pas admettre qu'une petite bonne femme de rien du tout réussisse là où ils avaient tous échoué. Une femme, bon Dieu ! Une vulgaire mère de famille, épouse d'un éleveur de bétail ! Sans moyens, sans diplômes. C'est comme si un valet de ferme trouvait tout à coup le Graal que tous les chevaliers recherchent ! Si je me souviens bien, c'est à ce moment-là que les deux gars ont débarqué. Look de bikers : cuir, barbe, santiags aux pieds. Taillés comme des morses. Ils étaient déjà imbibés et ils puaient la sueur. Ils se sont installés au comptoir, à côté de nous. Leurs gros derrières débordaient des tabourets. Stevie ne les a pas vus, il leur tournait le dos pour me parler. J'en étais à ma cinquième étoile, je crois. « Ils sont même allés jusqu'à lancer des fausses rumeurs, comme quoi les rats traités auraient été échangés en douce contre des rats en bonne santé. Tu te rends compte ? Ils accusaient ma grand-mère de fraude, ils la traitaient d'escroc. Mon grand-père a bien failli en étrangler un ou deux ! » Jalousie, mauvaise foi, antagonisme. La polémique enfle. Les hostilités se durcissent. La noble caste d'Hippocrate est prête à tous les mensonges et toutes les calomnies pour sauvegarder son honneur et sa réputation qu'elle estime bafoués. Et Chiara se défend bec et ongles. Le problème, c'est qu'elle ne veut pas dévoiler sa méthode. Elle n'autorise personne à utiliser sa machine. Elle seule est capable d'en effectuer les réglages. Elle veut garder le contrôle et refuse de révéler son secret, de l'expliquer. Une vraie tête de mule. « Mais la vérité, mon vieux, c'est qu'elle ne sait pas ! Il faut le dire. Elle n'en sait rien ! » Chiara Hastings n'avait aucune connaissance théorique. Son seul savoir était pratique, empirique. Même si elle l'avait voulu, elle aurait été bien en peine de révéler un secret qu'elle ne connaissait pas. Elle maîtrisait parfaitement le fonctionnement de son appareil, mais elle ignorait totalement pourquoi il fonctionnait. Elle était incapable de comprendre et d'expliquer ce qui se passait avec ces ondes. Et elle était consciente de son ignorance, elle savait qu'en essayant de se lancer dans des explications scientifiques, elle se couvrirait de ridicule et perdrait tout crédit auprès de ses partisans. Ses adversaires exploiteraient cette faille et plus personne ne la prendrait au sérieux. Ils braillaient et ils chahutaient comme des gamins (deux beaux bébés de cent trente kilos chacun). Je voyais venir le moment où l'un allait pousser l'autre un peu trop fort et l'autre allait se vautrer sur Steve. Avec le raffut qu'ils faisaient, j'étais obligé de me rapprocher de plus en plus, de coller quasiment l'oreille à sa bouche pour entendre la suite. « C'est pourquoi ma grand-mère ne voulait rien dire. » Et ça a duré, duré. Ça a traîné pendant des années. Chiara et le bon docteur Reese ne parvenaient pas à réunir des fonds pour construire une nouvelle machine. Les pouvoirs publics ne voulaient pas leur accorder de subvention, ils s'en remettaient aux avis des spécialistes, universitaires et académiciens, qui dénigraient les travaux de Chiara. Pour les mêmes raisons, les investisseurs privés hésitaient aussi à la financer. C'était serré, très serré, 54 à 52 dans le dernier quart-temps, ça allait se jouer à coup sûr dans les ultimes secondes. Dallas ou San Antonio, à vrai dire je m'en foutais, moi je supporte les Cavaliers de Cleveland. Un jour, pourtant, un important laboratoire pharmaceutique s'est décidé à envoyer une délégation au ranch pour voir ce qu'il en était. Chiara leur a fait une démonstration, et l'équipe du labo a été bluffée par les résultats obtenus. Banco ! Ils étaient prêts à débourser une somme conséquente pour la construction d'un appareil plus puissant. Un accord était sur le point d'être signé, mais cette fois il y a eu un problème de brevet, de propriété. Chiara ne voulait pas céder les droits. Elle ne voulait pas non plus enseigner le fonctionnement de la machine aux techniciens du labo. Après des mois de négociation, l'affaire a fini par capoter. Retour à la case départ. « Et pendant ce temps, des tas de gens continuaient à mourir du cancer. » Ça devait arriver et c'est arrivé : bousculé par morse 1, morse 2 a perdu l'équilibre et s'est affalé sur le dos de Steve, lequel tenait son verre à la main. Le cocktail a giclé moitié sur son pantalon, moitié sur mon blouson porte-bonheur. Vu le gabarit des bestiaux, j'étais déjà prêt à leur pardonner, mais l'ami Steve ne l'entendait pas de la même oreille. Je pensais que c'était un type zen mais il s'est retourné d'un bloc en crachant : « Hé, connard ! », et quand j'ai vu les larges sourires fleurir au milieu des barbes, je me suis dit que ça allait mal finir. L'Histoire se répète : encore un petit Indien zigouillé sur les terres du Texas. La première et la dernière fois que je m'étais battu, c'était avec la fille d'un voisin. Sally Cunningham. Elle avait 8 ans et j'en avais 6 et cette petite peste embêtait ma sœur qui en avait 4. On s'était empoignés et on avait roulé par terre et on avait passé une minute à se griffer et se tirer les cheveux mutuellement. Le combat était à peu près égal, jusqu'à ce qu'elle s'empare d'une quille en bois et m'en assène un grand coup sur la tête et me laisse à demi assommé sur le sol. Ma sœur hurlait de tous ses poumons en pensant que j'étais mort. Ma mère avait rappliqué et m'avait engueulé : « On ne tape pas sur une fille, Dipak ! Jamais, jamais ! » Sally Cunningham me toisait d'un air farouche et triomphal, elle avait toujours la quille à la main. Voilà quelle était mon unique expérience de rixe à l'heure d'affronter, vingt ans plus tard, les deux bikers au Buck's de Dallas. Je ne comptais pas trop sur la possibilité que maman morse leur ait appris qu'il ne fallait pas taper sur plus petit que soi, jamais, jamais. Je comptais plutôt sur un éventuel miracle, sur une intervention divine et miséricordieuse, sur une étincelle de raison ou de pitié ou sur l'arrivée providentielle de la police du comté, mais la conversation était déjà bien engagée entre Steve et les BBB (Big Bad Boys), un échange fructueux au cours duquel j'ai pu saisir au vol quelques apostrophes classiques : « Enculé ! » (morse 1), « Fils de pute ! » (Steve), « Trou du cul » (morse 2), et quand a fusé cette savoureuse réplique : « Va sucer ton muslim au chocolat ! », j'ai compris que les deux abrutis parlaient de moi, qu'ils me prenaient pour un Arabe et que tout ce qui avait la peau foncée était à leurs yeux de la même vermine. Steve s'était dressé et leur faisait face. J'ai voulu lui taper sur l'épaule pour tenter de calmer les esprits, mais j'avais à peine levé la main que la tornade s'est déchaînée. Trop vite, trop fort pour moi. J'ai vu Steve et l'un des morses qui s'empoignaient et commençaient à valser ensemble. Un poing s'est levé. Un poing s'est écrasé. Un verre s'est brisé. Et puis une masse énorme est arrivée droit sur ma fluette personne, comme un buffet qui se renverse, comme un camion qui fonce dans le tas, elle m'a percuté, mon tabouret a basculé, j'ai chuté en arrière et la masse a chu avec moi, m'a écrasé de tout son poids à l'instant où je touchais terre, j'ai senti le choc de mon crâne sur le carrelage, j'en ai ressenti les vibrations dans chaque os de mon squelette, enfin j'ai vu briller, pendant une fraction de seconde, un million d'étoiles solitaires, juste avant de plonger dans un autre univers. Noir. Noir complet. Ç'a été ma chance.

Je n'ai jamais su qui avait gagné. Quand j'ai rouvert les yeux, une femme était penchée sur moi. Ce n'était pas ma mère. Elle portait d'immenses lunettes roses. Elle me tamponnait le visage avec un linge mouillé. J'ai voulu me relever et elle m'y a aidé. « Doucement, doucement... » elle disait. Une fois debout, je me suis agrippé à son épaule. Ça tanguait. J'avais la nausée et des Lilliputiens féroces cognaient à coups de masse à l'intérieur de mon crâne. J'ai passé la main dessus. Un œuf m'avait poussé sur l'occiput. Pas de sang. « Ça va aller ? » s'est inquiétée la femme. J'ai fait signe que oui. Le match était terminé. Les géants avaient rejoint les vestiaires et la télé diffusait une pub pour Pepsi-Cola. Ça m'a donné soif. Les clients faisaient cercle autour de nous. Un serveur était en train de balayer des morceaux de verre. J'ai cherché les morses du regard : absents. J'ai cherché Steve. Je l'ai repéré assis sur une chaise, tête basse, serrant un torchon rempli de glaçons contre son arcade sourcilière. Je me suis approché. Un type se tenait debout à côté de lui, appuyé à une batte de base-ball. C'était le patron du bar, le Buck du Buck's. Ma nurse à lunettes roses était sa femme, Midge.

— Steve ? j'ai fait.

Il a relevé la tête. Bien amoché. La lèvre enflée et fendue. Un filet de sang séché sous la narine.

— Ça y est, t'as fini ta sieste ? il a dit.

— Fais voir ça...

Il a écarté la main qui tenait la poche de glace. Son arcade avait triplé de volume, l'œil noyé sous la paupière gonflée.

— Putain... j'ai soufflé.

— Ç'aurait pu être pire.

— Ouais. Heureusement que j'étais là, pas vrai ?

Il a ébauché un sourire, qui s'est changé en grimace à cause de sa lèvre.

— T'es sûr que tu ne veux pas aller faire un tour aux urgences ? lui a demandé Midge.

Steve a secoué la tête. La femme s'est tournée vers moi.

— Et vous ?

— Non, ça ira.

— Désolé pour le dérangement, a dit Steve.

— Ma faute, a fait l'homme à la batte. J'aurais dû virer ces deux gros tas avant même qu'ils posent leurs culs sur les tabourets !

Midge s'est ramenée avec un autre torchon rempli de glaçons pour moi. Je me le suis appliqué à l'arrière du crâne. Ça lançait toujours.

— Quand vous serez chez vous, elle a dit, mettez une tranche de steak cru dessus. Y a rien de tel.

J'ai failli demander si ce serait pareil avec du tofu, mais je me suis retenu, c'était peut-être pas le moment.

On a refusé le dernier verre que Buck voulait nous offrir et le taxi qu'il se proposait d'appeler, décrétant que ça nous ferait du bien de marcher un peu. Il n'a pas voulu qu'on règle nos consommations. Steve s'est excusé encore une fois, puis on a quitté le bar.

Il devait être autour de minuit et les rues n'étaient pas désertes. Il faisait bon. On avait l'air aussi piteux que deux confédérés sous la lune, après Gettysburg. Clopin-clopant, chacun avec sa poche de glace. J'avais mal au crâne, mais en marchant d'autres douleurs se sont réveillées. Dans le dos et sur le côté. Je me suis demandé si je n'avais pas une côte fêlée. Qui n'a jamais pris un morse sur le torse ne peut pas savoir. On a fait un bout de chemin en silence, puis Steve a dit :

— Je m'en veux de t'avoir entraîné là-dedans.

— Pas de problème. Quand t'auras envie de retourner boire un verre dans un endroit sympa, n'hésite pas, j'enfilerai mon armure !

Sourire, puis grimace – il prenait le pli.

— Comment ça s'est fini, au fait ? j'ai demandé.

Il a soupiré.

— On a échangé quelques baffes, avec ces deux connards. Et puis

Buck a sorti sa batte…

— Non, pas ça, je l'ai coupé. Pour ta grand-mère, Chiara. Comment ça s'est terminé ?

Steve a hoché la tête.

— Plutôt mal, il a dit.

Suite et fin de l'histoire, pour ceux que ça intéresse :

Le temps a passé. Malgré tous les efforts de Chiara et du docteur Reese, les choses n'avaient guère avancé. Peu à peu, la presse a lâché l'affaire. Les grands pontes sont retournés dans leurs tours d'ivoire. Chiara a continué à soigner des animaux, sa réputation était bien établie, on venait de toute la région pour lui apporter les bêtes malades. On raconte (c'est le docteur Reese qui le raconte dans son journal, découvert après sa mort) que Chiara s'est également essayée à soigner des hommes. Des enfants, surtout. Le premier a été le fils d'une famille de Mexicains qui vivait sur le domaine, des employés du ranch. Un gamin de 6 ou 7 ans, atteint de tumeurs osseuses. Les médecins l'avaient condamné. Les parents l'ont amené à Santa Chiara. Ils avaient confiance en elle. Chiara n'avait pas le droit de traiter cet enfant, cela relevait de la pratique illégale de la médecine. D'un autre côté, elle ne pouvait pas le regarder souffrir et mourir sans rien tenter. Alors, elle l'a fait. Elle a pris ses responsabilités et a soumis l'enfant aux radiations de son appareil. Malheureusement, elle n'a pas réussi à le sauver. Ses douleurs ont diminué, son état général s'est amélioré, mais la maladie a fini par l'emporter. D'après ce qu'a écrit le docteur Reese, cet échec était dû au fait que la prise en charge avait été trop tardive et que la puissance de la machine, ainsi que l'avait prédit Chiara, n'était pas suffisante à ce stade. Malgré ça, elle a recommencé. Pendant des années elle a continué à pratiquer de manière clandestine. Le docteur Reese fait état d'une vingtaine de cas. Des malades incurables, qui avaient résisté à toutes les thérapies classiques ou qui les avaient refusées. Avec le traitement de Chiara, il y a eu des rémissions, il y a eu des guérisons. Une fois sur deux. Le bilan, écrit Reese, est de cinquante pour cent de réussite. Ce dernier est persuadé qu'en s'attaquant au mal plus tôt et avec un appareil plus puissant, on serait parvenu à guérir tout le monde. Il est écœuré par l'aveuglement et la bêtise des pouvoirs publics, des sommités médicales et scientifiques qui ont refusé leur aide à Chiara. Qui l'ont ignorée ou méprisée. Il estime que c'est une attitude carrément criminelle de leur part, et que c'est un monstrueux gâchis.

— Je ne voudrais pas me montrer trop cynique, a fait Steve, mais tu sais ce qu'on dit : il y a plus de gens qui vivent du cancer que de gens qui en meurent…

On arrivait en vue de l'oasis.

— Et ta grand-mère ? j'ai demandé.

— Morte. Dans l'incendie de son atelier. Un soir, le feu s'est déclaré et tout a brûlé, très vite. On ne sait pas exactement ce qui s'est passé. On suppose qu'il a dû y avoir un court-circuit ou quelque chose comme ça. Peut-être un problème avec les fameuses ondes. Son appareil a brûlé aussi. Ma grand-mère n'a laissé aucun plan, aucune indication pour le reconstruire. Elle et sa machine sont parties ensemble en fumée. Adios, Santa Chiara ! a fait Steve en soufflant un baiser vers le ciel.

Tel était mon état d'esprit, à présent, que je me suis aussitôt demandé si cet incendie était vraiment accidentel. Combien de gens que cette disparition (Chiara et sa machine) arrangeait ? Ces gens qui « vivent du cancer », comme il l'avait lui-même suggéré, et n'avaient donc aucun intérêt à ce qu'on en trouve le remède… Mais je n'avais pas envie de soulever cette discussion avec Steve. Pas comme ça. Pas maintenant.

Il m'a demandé si je n'avais besoin de rien et j'ai répondu non, alors on s'est souhaité une bonne nuit et on s'est séparés, chacun se dirigeant à petits pas vers sa demeure : pour lui la belle et grande maison là-devant, pour moi la petite cabane en bois là-bas derrière. Ainsi va la vie.

Les glaçons avaient fondu et ce n'était plus qu'un torchon humide que je tenais plaqué sur ma bosse. Je n'ai pas eu envie de gaspiller un steak pour ça. J'ai ôté mon blouson et mes chaussures et me suis allongé sur le lit. Juste une veilleuse et l'ombre portée de l'abat-jour dans un angle du mur. Les chiffres rouges luminescents du réveil. 00 h 22. À cette heure-ci un gardien frappait peut-être à la porte de la cellule de Gary Sanz, interrompant sa nuit pour qu'il se montre à lui et lui prouve qu'il était toujours vivant. Pouvait-on dormir sereinement dans le couloir de la mort ? Pouvait-on, ne serait-ce que quelques minutes, se laisser aller à un sommeil paisible ? Rien qu'une trêve, une brève parenthèse de repos, échoué sur la grève. Pouvait-on encore rêver ? Pour ma part, j'aurais aimé sombrer dans un sommeil de plomb mais j'avais encore en tête les images et les sons de la soirée, pêle-mêle, le bar, le brouhaha, le tintement des verres, le basket, les deux morses et leurs barbes et les vaisseaux éclatés dans le blanc de leurs yeux, la chute et le fracas du tabouret, et bien sûr les paroles de Steve – Santa Chiara. Il fallait que ça décante.

Je ne savais pas trop quoi penser de l'histoire qu'il m'avait racontée. Ça pouvait être vrai comme ça pouvait être une légende familiale ou un vaste canular. Il y avait un parallèle évident avec le cas de P. J. Deloncle. La machine, l'échec, l'impuissance, la fin triste et tragique. Me sont venues quelques réflexions que j'ai voulu consigner dans mon dictaphone. J'ai fouillé mon blouson à tâtons : je ne l'ai pas trouvé. J'ai retourné les poches du vêtement : l'appareil n'y était pas. Il y avait mon portefeuille, il y avait un paquet de chewing-gums entamé, il y avait eu la clé de la cabane (je l'avais récupérée pour entrer), mais il n'y avait plus de dictaphone. Ça m'a causé une impression très désagréable, comme si mon journal intime venait de disparaître. Je me suis dit qu'il avait dû tomber au cours de la bagarre. J'espérais que Buck ou Midge l'avait trouvé et mis de côté. J'ai hésité à retourner tout de suite au bar, mais je n'en ai pas eu le courage. J'ai mis longtemps à m'endormir.

Ç'a été ma première pensée en me réveillant : le dictaphone. Cela avait dû continuer à me travailler pendant mon sommeil, et ça n'avait fait qu'empirer, dans le sens où, à présent, je n'étais plus seulement tracassé par sa disparition, j'en éprouvais un véritable malaise. Quelque chose comme une nausée psychique. Avant même de me lever, j'ai attrapé mon blouson et fouillé à nouveau toutes les poches, comme pour vérifier que je n'avais pas rêvé. J'ai fouillé mon jean également. Rien. J'ai senti l'angoisse monter d'un coup, s'installer dans ma poitrine. C'est qu'à la contrariété s'ajoutait maintenant la suspicion, aussi lancinante que la douleur à l'arrière de mon crâne. Et si le dictaphone n'était pas tombé ? S'il n'avait pas été perdu ? Si on me l'avait volé ? Si la bagarre n'avait été déclenchée que dans ce seul et unique but ?

T'emballe pas, mec.

Facile à dire.

Pourquoi le portefeuille n'aurait-il pas glissé de ma poche, lui ? Ni le paquet de chewing-gums. Ni même le petit trousseau de clés. Pourquoi seulement le dictaphone ?

J'ai refermé les yeux et me suis repassé le film. Une chose était sûre : j'avais encore l'appareil avant que les deux morses arrivent, je le tripotais au fond de ma poche et j'hésitais à enregistrer Steve. Il n'y avait pas de raison qu'il soit tombé tout seul pendant que j'étais assis sans bouger à écouter son histoire. Il avait donc forcément disparu à partir du moment où le gros m'était rentré dedans.

Ceci est un fait.

Statistiquement, combien y avait-il de chances pour que ces deux types débarquent ce soir-là, à cette heure-là, dans ce bar-là ? Vu la réaction de Buck, ils n'étaient pas des habitués du lieu. Combien de chances pour qu'ils s'assoient à côté de nous et bousculent mon pote et que ça se termine en pugilat ?

Peu. Guère. Zéro ou quasi.

Sauf si c'était une action concertée, volontaire, impliquant deux agents déguisés en bikers et ayant pour objectif de récupérer mes enregistrements.

Ceci est l'interprétation du fait.

Des agents de quoi ? De qui ?... De « qui vous savez », évidemment.

Putain, putain, putain, putain. Ce n'était pas tellement ce qu'ils pouvaient trouver sur le dictaphone qui m'inquiétait, j'avais transféré récemment les données sur mon ordinateur et la mémoire de l'appareil ne contenait presque plus rien – rien d'essentiel, rien de compromettant. Mais le fait même qu'ils aient pu se livrer à une opération de cette nature était la preuve qu'ils attachaient de plus en plus d'importance à ce que je faisais et qu'ils étaient prêts à mettre de plus en plus de moyens pour y parer.

Voilà, il était neuf heures trente et j'avais sauté le pas : du doute à l'évidence. De la suspicion à la certitude.

J'ai cherché et trouvé le numéro de téléphone du Buck's sur Internet et j'ai appelé. Ça n'a pas répondu. J'ai rappelé à dix heures. À dix heures trente. À onze heures. À onze heures trente quelqu'un a décroché. Une femme. « Midge ? » Non, m'a-t-elle répondu avec un accent espagnol. C'était la femme de ménage. Je lui ai demandé si quelqu'un n'aurait pas, à tout hasard, trouvé un dictaphone dans le bar. J'ai répété trois fois ma question. Elle ne connaissait pas le mot dictaphone et j'ai dû batailler pour lui expliquer de quoi il s'agissait. Pas sûr qu'elle ait compris. Ce que j'ai cru comprendre, moi, c'est que ni elle ni personne n'avait trouvé d'objet de cette sorte mais que je ferais mieux de rappeler plus tard pour parler à Buck ou à Midge ou à l'un des serveurs pour en avoir confirmation. En raccrochant, j'étais persuadé que je ne reverrais jamais mon dictaphone.

Je suis allé prendre une douche. Je comptais me rafraîchir les idées et réfléchir à tout ça, déterminer une conduite à tenir, mais il s'est révélé que j'étais incapable d'aligner deux idées à la suite et d'en tirer une perspective cohérente et claire, c'était comme si mon esprit était englué, saisi dans un bloc de glace ou de gélatine, la seule pensée – songe, dessein, aspiration – que je pouvais former était tendue vers Barbara : je la voulais, je voulais la voir, l'avoir, là, tout de suite, nue, sous l'eau chaude avec moi. C'était davantage qu'une envie, qu'un désir, c'était une véritable souffrance dans ma chair, et la libération impétueuse de ma semence n'a pas suffi à me soulager.

Je me suis habillé. J'ai bu un café. Puis je l'ai appelée.

Elle m'avait promis qu'elle décrocherait et elle a tenu sa promesse. Je lui ai raconté ce qui s'était passé la veille au soir. J'ai un peu triché, c'est vrai. C'est-à-dire que je n'ai pas laissé la place au doute, j'ai affirmé qu'on nous avait délibérément agressés et qu'on m'avait dépouillé de mon dictaphone. J'ai dit que nos adversaires étaient passés à l'offensive et que j'avais été blessé physiquement. J'ai dû me montrer assez convaincant, elle a dû sentir mon trouble, mon anxiété, mon malaise (bien réels, cela dit), car elle n'a pas tenté de me dissuader, elle n'a pas cherché, à ce moment-là, à remettre en cause ma version. Peut-être se réservait-elle la possibilité de le faire plus tard, en direct. Mais elle voulait avant tout, je pense, m'apaiser, me tranquilliser. Et c'est sur un ton qui m'a paru sincèrement compréhensif, et même empreint d'une certaine tendresse, qu'elle m'a dit : « Que puis-je faire pour vous, Dipak ? Que voulez-vous que je fasse ? »

Je ne m'y attendais pas. J'ai eu le sentiment qu'elle baissait soudain sa garde et se rendait (non pas à moi, mais à l'évidence : à savoir, que nous étions faits pour nous entendre, pour nous unir – unir nos forces, nos âmes, nos corps). Mais ça pouvait n'être qu'une mince ouverture et il ne fallait pas que je la manque. Je ne devais pas me tromper dans ma réponse. J'ai pris le temps d'y réfléchir (elle pouvait tant faire pour moi), tellement de temps qu'elle a fini par me relancer : « Allô ? »

— Vous jouez vraiment de la guitare ? j'ai demandé.

Ç'avait été une rude bataille pour arracher un rendez-vous à Walter Timothy Sanz. Il avait été échaudé par des expériences malheureuses avec des journalistes au moment des procès de son fils. Ces « baveux », disait-il, l'avaient trahi. Ils avaient déformé la moitié de ses propos et avaient carrément inventé l'autre moitié. Cela lui avait porté préjudice. À présent que les choses s'étaient tassées, il n'avait pas du tout envie qu'on déterre cette histoire. Ce qu'il voulait, c'était qu'on lui fiche la paix. Point. Il m'avait fallu argumenter longtemps pour le faire changer d'avis. Je n'étais pas journaliste, lui avais-je dit. J'étais un universitaire et je faisais une étude sur les détenus condamnés à la peine capitale (on pouvait présenter les choses de cette façon, n'est-ce pas ?). Par ailleurs, je n'avais aucun intérêt à dénaturer ses paroles : je ne faisais pas dans le sensationnalisme car je n'étais pas tenu de vendre du papier (sous-entendu : pas comme tous ces pisse-copie corrompus à qui il avait eu affaire). Rigueur, honnêteté, bonne foi : mes principales caractéristiques. Walter Sanz avait fini par céder.

Je ne le connaissais qu'à travers le portrait peu reluisant que son fils avait fait de lui dans son récit. Je me suis demandé s'il l'avait lu. Et si tel était le cas, comment l'avait-il reçu ? En avait-il été surpris ? Déçu ? Blessé ? En avait-il goûté l'humour ?

Walter Sanz habitait au sud de la ville, un petit immeuble de quatre étages. En arrivant devant ce bâtiment on ne peut plus banal, j'ai regardé la façade et je me suis dit, d'une manière un peu emphatique : Ici réside le père d'un condamné à mort. Je me suis demandé ce qu'on pouvait ressentir en apprenant que son fils était un assassin. Ce qu'on pouvait ressentir en attendant son exécution. Mais je n'avais pas d'enfant, et malgré une grande imagination, malgré une forte empathie, il m'était impossible de me mettre à la place de cet homme. Curieusement, j'éprouvais le même genre d'appréhension qu'en allant à la rencontre de Donald et Daisy Deloncle, les parents des victimes.

J'ai sonné à l'interphone.

Deux étages plus tard, Walter Sanz m'a accueilli sur le pas de sa porte. Il portait un complet gris perle, une chemise blanche, une cravate bleue. Le costume était impeccablement repassé. Ses chaussures, cirées. Je ne savais pas si c'était sa tenue habituelle et quotidienne ou s'il ne l'avait revêtue qu'en l'honneur de ma venue, ainsi que le font certaines personnes âgées pour qui chaque visite est une cérémonie officielle. J'ai eu presque honte de me présenter en jean et T-shirt. Walter Sanz ne ressemblait pas, physiquement, à l'image que je m'en étais fait. Il était grand. Il avait belle allure. Il me faisait penser à un acteur des années 1950, l'un de ces préposés aux seconds rôles qu'on a vu mille fois à l'écran mais dont on est incapable de citer le nom – un type qui n'avait jamais été et jamais ne sera en haut de l'affiche. Il m'a jaugé d'un air sévère, puis m'a invité à entrer, et j'ai eu l'impression de pénétrer dans le bureau du proviseur pour me faire passer un savon.

C'était en ordre. C'était propre. Le sol luisait et ça sentait la Javel, avec toutefois, en dessous, des fragrances plus ténues, indéfinissables, ce qu'on appelle en général une « odeur de vieux ». Je ne pense pas avoir vu dans l'appartement un seul meuble ou ustensile qui avait moins de trente ans. Et je ne parle pas d'antiquités, je parle d'objets usuels, communs, sans charme, naguère achetés neufs et à crédit dans une grande surface. Une exception : les tableaux. Uniques éléments de décoration. Il y en avait une demi-douzaine, tous de la même dimension et occupant la totalité de la surface libre sur les murs du salon. Mais ce n'étaient pas des tableaux. Ce n'étaient pas des peintures. Je m'en suis rendu compte en m'approchant de l'une des œuvres.

— C'est vous qui avez fait ça, monsieur Sanz ? j'ai demandé, en aiguisant (juste un brin) la pointe d'admiration dans ma voix.

Le vieil homme se tenait derrière moi. Il a confirmé en hochant sobrement la tête. Malgré ses efforts pour se montrer modeste, une lueur de fierté affleurait à la surface de son regard.

— Douze mille pièces… il a dit.

Douze mille pièces d'un puzzle que Walter Sanz avait patiemment assemblées puis collées sur une fine plaque de liège afin de pouvoir l'accrocher à la cloison. J'ai senti qu'il y avait là une entrée en matière possible – de quoi briser la glace.

— C'est un fort ?

— Fort McHenry, dans le Maryland. Construit en 1776, pendant la guerre d'indépendance.

Tous les puzzles exposés représentaient des forts. Walter Sanz en avait fait en quelque sorte sa spécialité. Mais pas n'importe quels forts : ceux qui avaient été élevés au rang de monuments nationaux. L'une après l'autre nous avons passé ses réalisations en revue et il n'a pas manqué de me faire l'historique de chacune. J'ai eu droit au fort Frederica (Géorgie), au fort Monroe (Virginie), au fort Union (Nouveau-Mexique), au fort Pulasky (j'ai tressauté, croyant entendre « Polunsky », l'unité carcérale où son fils était emprisonné), au fort Stanwix (New York), au fort Matanzas (Floride). Il m'a parlé plus généralement des monuments nationaux et m'a appris que c'était Roosevelt, en 1906, qui avait créé le premier d'entre eux. Chaque président, depuis, a la possibilité d'en établir de nouveaux, et seuls trois de nos chefs d'État ne l'avaient pas fait. « Savez-vous lesquels ? » Je ne le savais pas. « Richard Nixon, Ronald Reagan et George H. W. Bush. » Il m'a semblé qu'il y avait une espèce de filiation logique dans cette liste et je me suis dit que ces trois-là avaient sans doute mieux à faire que de protéger des sites culturels et historiques, je me suis dit qu'ils devaient avoir une autre vision du patrimoine. Walter Sanz était lancé, dans la foulée il m'a expliqué quand et pourquoi et comment lui était venue cette passion pour les puzzles. Une passion assez tardive puisqu'elle n'avait débuté que cinq ans plus tôt, lorsqu'on lui avait offert son premier exemplaire (« La tour de Pise », sept cent cinquante pièces). Il n'avait jamais essayé avant ça, par curiosité il s'y était mis et s'était rendu compte que cela lui procurait du plaisir. Plaisir proportionnel à la taille du casse-tête et à la difficulté pour le résoudre, aussi les avait-il rapidement augmentées. « Aujourd'hui, j'aurais du mal à me satisfaire avec moins de dix mille pièces. » J'ai appris que certains puzzles pouvaient atteindre les trente mille et les quarante mille et le plus grand actuellement vendu dans le commerce dépassait les cinquante mille pièces. « Mais je manque de place. Je me suis promis de me l'offrir quand j'emménagerais dans un château. » Je ne sais pas s'il était sérieux ou non en disant cela. Il a ajouté qu'il prenait soin de choisir des représentations de paysages, de lieux d'exception, où il n'était jamais allé, et ainsi voyageait-il, ainsi découvrait-il – morceau par morceau, littéralement – des endroits sublimes, sur toute la surface du globe et principalement dans notre pays qui était selon lui le plus beau du monde.

Au bout de trois quarts d'heure, le sujet a commencé à se tarir. Walter Sanz m'a fait passer dans la cuisine pour me montrer sa dernière œuvre en cours (en chantier, disait-il). Elle s'étalait sur la table où il devait d'ordinaire prendre ses repas, manger en solitaire la pizza que Gary lui faisait régulièrement livrer avant son incarcération. J'ai remarqué la vaisselle qui séchait sur l'évier (une assiette, un verre, un couteau, une fourchette). J'ai remarqué le petit frigidaire et le poste de télé, encore plus petit, posé dessus – un modèle tellement ancien que je ne pouvais pas imaginer qu'il puisse diffuser des images en couleur. Je me suis approché du puzzle. Ce n'était pas un fort, cette fois.

— On dirait…

— Le Pentagone, oui.

Il manquait deux angles pour faire le compte : l'aile ouest du bâtiment. Nous nous sommes assis de chaque côté de la table, comme si nous allions nous mettre à la tâche et terminer le chantier. Mon hôte ne m'a pas proposé à boire, ni café, ni thé, ni verre d'eau, je pense que ça ne lui est simplement pas venu à l'idée. Dès que j'ai abordé la question de son fils, je l'ai senti à nouveau sur la défensive. Il m'a rappelé qu'il n'hésiterait pas à m'intenter un procès si j'écrivais des mensonges ou des propos qu'il estimait diffamatoires. J'ai sorti mon dictaphone (tout neuf, acheté la veille) et je l'ai posé sur la table, juste à côté du département de la Défense. Puis j'ai commencé à l'interroger sur la jeunesse de Gary. Quel genre d'enfant, quel genre d'adolescent était-il ? Ses réponses n'ont fait que confirmer ce que je savais déjà. Gary avait été un gamin sans histoires. Docile, solitaire, toujours fourré dans ses livres. Walter Sanz a beaucoup insisté sur la notion de devoir : son devoir de père. Il estimait qu'il avait fait sa part et qu'on ne pouvait rien lui reprocher. Il a reconnu que son fils et lui avaient peu de goûts en commun, peu de choses à partager. Ils vivaient sous le même toit mais ils ne vivaient pas ensemble. Deux individus qui se côtoient mais qui restent séparés, deux mondes parallèles. « N'est-ce pas pour tout le monde pareil ? il a dit. Est-ce que ce n'est pas la même chose dans chaque famille, quand on y réfléchit bien ? » J'ai pensé à mon père. J'ai pensé à ma mère et à ma sœur, et je me suis dit que non, ce n'était pas la même chose dans chaque famille. J'ai gardé ces pensées pour moi. Une question me brûlait les lèvres, j'ai fini par la lâcher :

— Monsieur Sanz, croyez-vous réellement à la culpabilité de Gary ?

Il m'a regardé d'un air interloqué, comme si ce que je demandais était d'une bêtise, d'une audace ou d'une insanité à couper le souffle. Son silence a duré si longtemps que j'ai cru bon de préciser :

— Je veux dire : vous n'avez jamais eu aucun doute là-dessus ?

Walter Timothy Sanz a pris une large inspiration et il m'a expliqué que, s'il y avait une chose en laquelle il croyait, c'était la justice de son pays. Gary avait eu droit à un procès équitable. Étaient présents un procureur et un juge et un greffier et des témoins et tout ce que le système judiciaire préconise dans ces circonstances. Gary avait bénéficié d'un avocat pour sa défense et il avait pu s'exprimer devant un jury composé d'honnêtes citoyens américains. Et si ce jury avait finalement proclamé qu'il était coupable, et si le juge avait confirmé et approuvé ce verdict, il n'y avait pas de raison de remettre en cause leur décision. « Là-dessus, je n'ai aucun doute, non », il a dit.

— Mais enfin, la justice n'est pas infaillible ! Les erreurs judiciaires, ça existe, on en a déjà vu ! Vous pensez que votre fils est capable de faire ça ? De commettre des actes aussi… aussi horribles ?

— Je regarde les informations, monsieur Singh. Je lis les journaux. Vous avez vu dans quel monde nous vivons ? Il y a longtemps que je ne me fais plus d'illusions sur la nature humaine. L'homme est capable de tout.

— Nous ne parlons pas de l'homme, nous parlons de votre fils, Gary, votre fils unique !

— Il serait très prétentieux de croire qu'il suffit de s'appeler Gary Sanz pour faire de vous une exception.

La distance qu'il s'évertuait à conserver entre son enfant et lui était incommensurable. C'était un océan, c'était un désert. Walter Sanz, aussi méthodiquement que pour assembler les pièces de ses puzzles, avait coupé tous les ponts qui le reliaient à son fils. Il les avait fait sauter à la dynamite et, de sa rive, il avait regardé se consumer les débris jusqu'à ce que leurs cendres soient froides, jusqu'à ce qu'elles soient dispersées par le vent de l'oubli.

— En supposant que Gary est bien l'auteur de ces actes, j'ai dit, est-ce que quelque chose aurait pu le laisser prévoir ? A-t-il eu parfois un comportement violent, dans sa jeunesse, dans son enfance ?

La réponse a fusé, nette et catégorique :

— Non, jamais !

Puis le regard du vieil homme s'est perdu dans le vague. Le temps d'un battement de cils, les coins de ses lèvres se sont étirés, ç'aurait pu être l'esquisse d'un sourire ou celle d'une grimace de douleur.

— Une nuit, a-t-il repris sans lever les yeux, quand il avait 5 ou 6 ans, j'ai entendu du bruit dans l'appartement. Ça m'a réveillé. Je me suis levé. Je n'ai pas éclairé, la lueur de la lune était assez forte pour qu'on y voie. Au bout du couloir, devant la porte de la salle de bains, j'ai aperçu la silhouette de Gary. Il me tournait le dos. Il était debout, dans son pyjama à carreaux bleus et blancs, il ne bougeait pas. « Gary ? » j'ai appelé. Mais il n'a pas répondu. Je me suis approché. À l'époque, nous avions une sorte de panière, avec un couvercle, pour y déposer le linge sale. Gary avait soulevé le couvercle, il avait baissé le devant de son pyjama et il était en train de… en train d'uriner dans la panière. Je l'ai appelé à nouveau : « Gary ! » et cette fois, il a tourné la tête. Il m'a regardé mais il ne m'a pas vu. C'était comme s'il regardait *à travers* moi. Il a terminé sa petite affaire, et puis il est reparti dans sa chambre. J'étais tellement abasourdi que je n'ai rien dit de plus. Je l'ai suivi. Il s'est dirigé vers la fenêtre. J'ai cru qu'il allait l'ouvrir, mais il s'est contenté de passer le doigt sur la vitre comme s'il écrivait ou dessinait dans la buée. Il n'y avait pas de buée, et je ne sais pas ce qu'il a pu tracer sur le carreau. Après ça, il est retourné dans son lit, il a fermé les yeux et s'est rendormi. En ce qui me concerne, je n'ai pas réussi à me rendormir. Le lendemain, j'ai voulu en discuter avec lui, mais il n'en avait gardé aucun souvenir, il ne comprenait même pas de quoi je lui parlais.

— Somnambule ?

Walter Sanz a acquiescé doucement de la tête.

— Oui. Sa première crise de somnambulisme... Il y en a eu d'autres. Si vous saviez combien de nuits blanches j'ai passées à le surveiller. J'étais inquiet. J'avais peur. Et s'il avait ouvert cette fenêtre ? Si l'idée l'avait pris de sauter ou de vouloir voler comme un oiseau ? Je craignais qu'il se blesse, ou même qu'il me blesse, moi. Qui sait ce qu'il pouvait faire pendant son sommeil ?

Le vieil homme s'est tu. Il a pioché une pièce au hasard dans la boîte du puzzle – un bout du Pentagone – et l'a fait tourner entre ses doigts en promenant distraitement les yeux sur le chantier en construction. Je réfléchissais à ce qu'il venait de me raconter et je me demandais pourquoi il me l'avait raconté. Essayait-il de me suggérer que son fils avait pu commettre les crimes lors de crises de somnambulisme ? J'imaginais Gary quitter l'hôtel de Wichita Falls, parcourir deux cents kilomètres jusqu'à la ferme de Jane Garett, tuer la tante d'un coup de fusil, puis reprendre le volant et refaire deux cents kilomètres en sens inverse pour retourner se coucher, le tout sans avoir conscience de ce qu'il faisait. C'était proprement impossible.

— Avez-vous lu les livres de votre fils ? j'ai demandé. Ses poèmes ? Son récit ?

Walter Sanz a relevé les yeux et m'a fixé. Il y avait quelque chose comme du défi dans son regard.

— Non, il a dit. Et je n'ai pas l'intention de les lire.

Il a rejeté la petite pièce dans la boîte.

— Êtes-vous déjà allé le voir en prison ? j'ai demandé.

— Arrêtez ça ! il a fait brusquement en montrant le dictaphone posé sur la table.

J'ai feint de lui obéir. J'ai posé la main sur l'appareil mais je n'ai pas appuyé sur la bonne touche, l'enregistrement s'est poursuivi.

Walter Sanz s'est penché vers moi.

— Vous savez ce que j'ai ressenti lorsque j'ai appris les drames ? Lorsque j'ai appris la mort de cette vieille dame et surtout la mort de Michelle, ma belle-fille. J'ai ressenti de la tristesse, bien sûr. Une immense tristesse. Après le meurtre de sa femme, Gary paraissait dévasté. Je lui ai proposé de m'installer chez lui, quelque temps, pour l'aider, mais il n'a pas voulu. J'allais quand même le voir tous les jours. Je lui faisais ses courses, je lui préparais ses repas, je lui faisais ses lessives, je le soutenais et le consolais autant que je pouvais. J'ai fait ça pendant des semaines... Et vous savez ce que j'ai pu ressentir, ensuite, quand on l'a inculpé, lui, pour ces meurtres ? Quand on l'a accusé d'avoir tué sa propre épouse. De la stupeur, d'abord. Ça m'a littéralement assommé. Pendant trois jours, je n'ai même pas pu me lever, je n'ai pas pu sortir de mon lit. Et puis la stupeur est passée et c'est la honte qui m'a envahi. La honte ! Seigneur Dieu ! Vous ne pouvez pas imaginer combien j'ai eu honte ! Honte d'être le père de cet homme. Honte d'avoir donné naissance à cet assassin. Honte ! Honte ! Honte ! Je vais vous dire une chose, monsieur Singh : j'aurais préféré être le père de Michelle. J'aurais préféré, de loin, que ce soit mon fils la victime, que ce soit lui qui meure ! Ç'aurait été moins dur pour moi de voir se refermer le couvercle de son cercueil plutôt que les menottes sur ses poignets !... Et puis, il y a eu les procès. Il y a eu le verdict et la sentence. Et après ça, plus rien. Je n'ai plus rien ressenti. Ni tristesse, ni honte, ni colère, ni dégoût. Absolument rien. L'indifférence. Et vous savez pourquoi ? Parce que ce n'était pas mon fils. Cet homme, en prison, n'est pas mon fils. Vous aviez raison, tout à l'heure : Gary n'aurait jamais pu commettre de telles atrocités. Ce n'est pas lui qui a fait ça. Le jour où Gary Sanz a été déclaré coupable, j'ai perdu mon enfant. Mon fils unique. Il a disparu. Ce jour-là, il a cessé d'exister.

La voix de Walter Sanz quand il prononce ces derniers mots... Brrr ! Les mois ont passé, mais chaque fois que je réécoute cet enregistrement, j'en ai la chair de poule.

Avant que je m'en aille, le vieil homme m'a demandé : « Pourquoi faites-vous ça ? » J'aurais pu lui répondre que j'essayais, comme lui, de reconstituer le puzzle. Mais ce n'était pas uniquement ça. J'aurais pu lui dire que j'étais à la recherche de cet enfant, de cet homme – son fils – qui avait disparu. Mais ce n'était pas exactement ça. La vérité, s'il y en a une, c'était que je ne savais pas. Et c'est ce que je lui ai répondu : « Je ne sais pas, monsieur Sanz. »

Et maintenant le plus beau. Ce qui fait que, quoi qu'il arrive, je ne regretterai pas de m'être lancé dans cette entreprise. Pour ça au moins je serais prêt à défier à nouveau les vegans et les serpents et les morses de Dallas, et la Pieuvre d'où qu'elle soit. Mon cœur est brisé, mais mon cœur aura vécu. Il aura été rempli. Il aura été chaud et palpitant.

C'était le soir. Nous étions dans la clairière de l'oasis, mais nous aurions pu aussi bien être sur une plage de Californie ou sur la pelouse du Golden Gate Park en 1967. (J'aurais aimé connaître cette époque. Je me sens en phase avec cette génération, tous ces jeunes gens qui souhaitaient déposer les armes. La paix, le pouvoir des fleurs : je vote pour. Hippies, mes frères. Je comprends leurs espoirs et leurs aspirations, leurs revendications, j'y adhère, je partage volontiers leur naïveté et le reste. Ultime résurgence du socialisme utopique. C'était notre dernière chance. Comme il devait être bon de croire en quelque chose ! Faire l'amour, pas la guerre : quel meilleur programme politique, économique et social nous a-t-on jamais proposé ? Le plus ambitieux aussi. Trop, sans doute, pour les pauvres créatures humaines – matérialistes, consuméristes – que nous sommes. Il y a trop de confiture et nous ne sommes pas assez cochons. Le Pacifique, en ce temps-là, portait bien son nom. Il m'aurait plu de traîner mes guêtres et mes pantalons pattes d'éph dans les rues en pente de Haight-Ashbury. Face à Alcatraz. Ma gorge se serre quand j'entends la voix quasi céleste de Scott McKenzie. *San Francisco* – priez pour nous. Que sont-ils devenus ? Morts. Mort, Scott. Morte, Janis. Morts Jerry Garcia et toute la clique. Les fleurs sont fanées et les pétales moisissent sur leurs tombes. L'herbe n'a pas repoussé à Monterey. Les Mamas et les Papas sont des mamies et des papis gâteux. Ceux qui ont survécu ont vendu leur âme et acheté des actions, ils ont engrangé, ils ont capitalisé pour une retraite huppée dans un centre gériatro-ludique de Hawaï. Jerry Rubin le contestataire, libertaire, révolutionnaire, s'est mué en Jerry Rubin l'homme d'affaires, qui investit dans Apple et défend les valeurs reaganiennes. « Le monde a changé, nous devons changer aussi, a-t-il déclaré. La création de richesses est la seule vraie révolution américaine. » Dont acte. Mort, Jerry. Mort, l'esprit. Les punks ont pris la suite et ils étaient plus réalistes, plus lucides : no future. J'ai un demi-siècle de retard. Si j'avais eu le choix, j'aurais voulu mourir à 27 ans, assis en position du lotus au sommet d'une falaise de Big Sur, en regardant le soleil se coucher.) Je veux dire par là que l'on baignait dans une atmosphère de paix, de bienveillance et, oui, d'amour. Concordance parfaite entre la douceur de l'air et la douceur des sentiments. L'alignement des planètes. L'osmose entre le cosmos et les cinq petits êtres qui le peuplaient. Vous vouliez de l'harmonie, mes amis ? En voici à foison. Un de ces rares moments de féerie.

Barbara chantait. Sing, sing, sing. Les flammèches du foyer se reflétaient sur le vernis de sa guitare. Sondra faisait les chœurs. Apparemment, elles avaient les mêmes goûts pour le même répertoire. Outre Lynn Anderson et son *Rose Garden*, elles reprenaient des tubes (des tubes ? dans quel comté ?) de leurs idoles qui portaient des noms tels que Merle Haggard, Skeeter Davis, Carl Belew, Lucinda Williams, Patsy Montana, et elles n'en revenaient pas que je n'en aie jamais entendu parler. Quelques-uns, quelquefois, me disaient vaguement quelque chose (Hank Williams, Patsy Cline), mais comme me disaient vaguement certains noms de généraux de la guerre de Sécession. Peu importe, tout m'enchantait dans la bouche de ma fée. Et Steve et Nils avaient l'air aux anges aussi. Ils tiraient sur un joint gros comme un cigare. Production maison. J'avais découvert que Nils cultivait quelques plants à l'arrière de sa cabane, et ça donnait bien (le compost, je recommande : rudement efficace !). De temps en temps, nos deux singer sisters s'aventuraient sur les terres et dans les airs des Beatles ou de Simon & Garfunkel et alors je replongeais avec délectation dans cette époque hippie-bénie chère à mon cœur. Nostalgique de ce que je n'avais pas été. *All you need is love, love, love*, nous sommes bien d'accord.

Quand j'avais fait cette proposition à Barbara, j'étais sûr qu'elle dirait non. Elle avait dit oui. « Pour vous, Dipak. C'est exceptionnel. Je n'ai jamais fait ça en public. » J'appréciais d'autant plus. Elle avait joué le jeu à fond, s'était pointée avec son instrument et un Stetson blanc enfoncé sur le crâne, et j'étais devenu illico le plus grand fan de country entre le Mississippi et le Rio Grande. Je l'avais prévenue qu'il ne fallait pas compter sur des saucisses ou des côtelettes pour le barbecue et qu'elle pouvait grignoter un bout avant d'arriver si elle craignait de n'être pas satisfaite (je connaissais son penchant pour la bonne chère), mais elle s'était adaptée avec grâce aux mœurs locales et avait même paru se régaler du repas non carné que mes voisins et amis avaient concocté. Ceux-là n'avaient pas mis longtemps non plus à tomber sous son charme. Nous avions mangé. Nous avions bavardé. Nous avions ri. Puis Barbara avait pris sa guitare.

Honky Tonk woman. Je ne dirai pas que sa voix était le plus somptueux de ses organes, je ne dirai pas que son jeu de guitare était digne du Hall of Fame, mais elle était parfaitement dans le ton et l'esprit et totalement investie. Sa justesse était avant tout dans l'émotion. Elle était sincère. La jeune étudiante en droit, future avocate au barreau, était d'une touchante authenticité quand elle chantait les grandes plaines solitaires, les nuits sous les étoiles, le doux foyer abandonné là-bas, quelque part, et la route, les lignes de chemin de fer, les trains qui partent, les hommes loin de chez eux, les femmes qui dérouillent, les adieux, les regrets, les amours mortes, le temps passé, le temps perdu, et la poussière soulevée par toutes les casseroles qu'ils se trimballent. Elle les chantait comme si elle les avait connus, comme si elle l'avait vécu, comme si les cuites au whisky et les portes des pénitenciers qui se referment étaient son lot quotidien, comme si c'était sa vie et son histoire. À plusieurs reprises elle a été tout près de me tirer des larmes. Ainsi était la femme de ma vie.

Sondra s'est levée et s'est mise à danser. Des mouvements lents, sensuels. Ses bracelets glissaient le long de ses poignets. Avec ses cheveux orange, je la voyais comme une flamme sous un vent léger.

Ou comme une algue bercée par le courant. Et ma fée était ce vent, elle était ce courant marin qui la faisait onduler. On était bien. Putain, qu'on était bien !

Dictaphone : « Ce sont les souvenirs heureux les plus douloureux de mon existence. »

Mais le plus beau restait à venir.

Aucune cloche n'a sonné minuit et pourtant nous les avons entendues. Elles faisaient le bruit écarlate que pourraient faire des boutons de pavot en s'ouvrant. Barbara a plaqué un dernier accord, scintillant comme une queue de comète. Sondra s'est immobilisée et ses bras sont retombés le long de son corps. Bracelets inertes. Elle avait les yeux fermés et elle inspirait profondément. Steve et Nils flottaient, affichant un sourire béat durant tout le temps qu'a mis leur tapis volant pour atterrir en douceur. En fond, il y avait le ressac de l'océan, à trois mille kilomètres de là. Je me rappelle avoir pensé : Je ne veux pas qu'elle s'en aille. Je n'étais pas le seul. Personne n'avait envie de la quitter, les au revoir ont traîné en longueur, il y a eu des vœux et des promesses échangés, des paroles aimables, douces à entendre. Ensuite, ils n'ont plus été là, il n'y avait plus que nous deux dans la clairière. C'était le grand calme, sauf à l'intérieur où mon sang frémissait comme l'eau sur le gaz. Dans toutes mes artères, mes veines, mes nerfs, les minces colonnes d'air commençaient à monter vers la surface. Bientôt l'ébullition, les gros bouillons, et alors que se passerait-il ? Allais-je me mettre à siffler ? J'avais peur que de la vapeur s'échappe par mes oreilles. Tant de désir, tant d'amour, ça fait mal. J'avais peur d'exploser. On retrouverait des bouts de moi dans les arbres alentour, des lambeaux accrochés aux branches, on les recueillerait et les jetterait dans la poubelle rouge destinée aux déchets organiques, je servirais au compost et renaîtrais en sève dans le tronc d'un pin, dans le calice d'une fleur de cannabis, « Du chanvre indien, dirait Nils, excellente qualité », ils me rouleraient et m'inhaleraient en pensant à moi, en se remémorant les bonnes soirées qu'on passait ensemble, des soirées comme celle-là, « Eh ! vous vous souvenez de ce mec qui a explosé dans le jardin ? Bon Dieu, il a carrément éclaté comme une grenade, c'était dingue ! », ils me recracheraient et je finirais en volutes dans le ciel du Texas, rien d'autre qu'un petit nuage éphémère de fumée.

— Vous avez l'air tout pensif, a dit Barbara.

Nous marchions côte à côte. Elle tenait sa guitare par le manche. Elle avait accepté de me raccompagner jusqu'à la cabane. C'était juste quelques pas, assez pour que bouille mon sang et s'enflamme mon âme. Savait-elle ce qu'elle faisait ? Ma fée serait-elle assez cruelle pour me laisser entrevoir le paradis avant de m'en interdire brutalement l'accès ? J'ai humecté mes lèvres sèches.

— C'est de votre faute, j'ai dit.

Elle m'a lancé un coup d'œil aiguisé, amusé, tandis qu'un bref sourire fendait ses lèvres. Elle ne m'a pas demandé de m'expliquer. Elle savait.

En montant les marches de la terrasse, mes genoux tremblaient. En ouvrant la porte, mes mains tremblaient. Elle est entrée. J'ai refermé derrière nous. La pièce était si étroite que nous ne pouvions qu'être tout près l'un de l'autre. Et le lit était là, à nos pieds. Entends-tu mon cœur qui bat, qui tambourine pour sortir de sa cage ? Aujourd'hui encore. Elle a posé la guitare, debout dans un angle, puis a pivoté pour me faire à nouveau face. Entre nous l'espace de quoi ? D'une grosse bulle de chewing-gum. De cinq doigts écartés. D'un rêve. Elle avait son menton légèrement relevé. Sa bouche mûre à point. Ses yeux enfoncés dans mes yeux. Je sentais remonter mes larmes. Quand elle est trop intense, la beauté me porte aux glandes lacrymales. Elle pouvait faire de moi ce qu'elle voulait. À sa merci. Si elle m'avait demandé d'aboyer, je l'aurais fait. Brave toutou, affectueux. Si elle m'avait demandé de me mettre à genoux et de lui lécher les pieds, je l'aurais fait et j'aurais été le plus heureux des hommes. Je me rappelle avoir été sur le point de lui demander de m'épouser. Je me rappelle avoir simplement dit : « Je ne veux pas que tu t'en ailles. » Elle a eu un infime mouvement de tête. Elle savait. Ses lèvres se sont décollées. Elle a dit : « Je vais prendre une douche, monsieur Singh. » Jamais jamais personne n'avait prononcé monsieur Singh de cette façon.

Dictaphone : « Et jamais jamais personne ne le fera. »

Elle a filé dans l'autre pièce et le vide s'est fait. Je me suis appuyé à la cloison. Au bout d'un moment, j'ai entendu l'eau couler. Elle est nue, je me suis dit. Elle était là, elle était nue, à trois mètres de moi. Je me suis assis sur le lit. J'ai enlevé mes chaussures et me suis allongé, un bras en travers de la figure, sur mes yeux, comme pour me protéger. J'écoutais les bruits dans la douche. J'étais l'eau qui jaillissait du pommeau, qui ruisselait sur son corps, sa peau, qui perlait aux boucles soyeuses de sa toison, avant de disparaître par la bonde dans un tourbillon de bonheur. C'était la vie que je voulais mener, je n'en demandais pas plus.

Le jet s'est arrêté. Pendant qu'elle se séchait, j'ai essayé de penser à autre chose, mais je n'ai pas pu. J'ai entendu ses pieds sur le plancher, ses pas qui se rapprochaient. J'ai senti sa présence. J'ai ôté le bras de devant mes yeux et tourné la tête. Il y a eu les petites tâches lumineuses, le minuscule feu d'artifice sur mes rétines, et puis il y a eu l'éblouissement. Elle était là, elle était nue, à deux mètres de moi. Même pas un sous-vêtement, même pas la serviette enroulée. Extrêmement nue. Ma déesse. Je sais désormais ce que ressentent ceux qui assistent à une apparition. Romantique et mystique, elle disait. C'est vrai. Cette fois, les larmes ont jailli sous mes paupières. Elle l'a vu. Elle ne souriait pas. Elle savait. Les déesses lisent dans notre cœur et dans nos pensées. Elle s'est agenouillée sur le lit, puis elle s'est avancée, comme ça, à quatre pattes, vers moi. Une panthère blanche. Jamais rien vu de plus magnifiquement beau ni dans le monde réel ni dans les contes de fées. Mords-moi, j'ai pensé. Mange-moi. Dévore-moi. Elle s'est assise à califourchon sur la souche de mon corps. Seigneur tout-puissant. Son bassin posé là, une cuisse de chaque côté, ses fesses au milieu, ses seins qui me dardaient de toute leur hauteur. Je suis ton serviteur. Exige et j'accomplirai. Bien sûr, je ne pouvais rien dire, j'étais incapable de parler. Sa peau était encore humide. Avec les paumes de ses mains elle a essuyé mes paupières. Puis elle s'est penchée en avant. Ma fée s'est penchée sur mon berceau. Ses cheveux défaits sont retombés de part et d'autre de son visage et du mien, ils se sont déployés comme des tentures et nous ont plongé dans la pénombre. Ça faisait comme une cachette sous la table, comme une cabane dans la cabane. Rien que pour nous. Tout près. Si près que je sentais son souffle, le filet d'air de ses narines, je sentais le parfum de mon savon à la pomme verte. Elle est restée immobile un moment, puis elle a pris mon menton et mes joues dans la coupe de ses mains et elle a dit : « Il faut que tu saches que ce sera la seule et unique fois. » Constellation, puis carnage. Voilà comment elle faisait naître un arc-en-ciel et comment elle m'enfonçait dans le même temps un pieu dans la poitrine. Me laissait entrer au paradis et me promettait l'enfer. Élu et condamné. C'était les deux ou rien, je n'avais que ce choix. Bien sûr, j'ai remué lentement la tête pour dire oui. Elle savait. Alors elle a cueilli ma lèvre entre ses incisives et a tiré doucement dessus. Puis elle a glissé sa langue là. Pour commencer.

Nous aurions pu aussi bien être à San Franciso en 1967. Si ce n'est que notre summer of love n'a duré qu'une nuit.

Dictaphone : « Je n'étais pas l'homme de sa vie. »

Monsieur Bidule
Le somnambule
Dans sa cellule
(Qui déambule)

Il n'y a pas de chambre d'exécution dans l'unité Allan B. Polunsky de Livingston. La seule prison du Texas habilitée à appliquer la peine capitale se situe à Huntsville, à environ trois cents kilomètres de Dallas. Huntsville est une localité de 35 000 habitants, dont 15 000 sont des prisonniers et 5 000 des gardiens. Il y a sept établissements pénitentiaires sur son territoire. La moitié des familles de la ville compte au moins un de ses membres qui y travaille. Pour des raisons qui ne nous échappent pas, Huntsville est souvent surnommée Prison City.

Lorsqu'un condamné du Texas voit son ordre d'exécution signé par le juge, il est donc transféré au pénitencier de l'État à Huntsville – cette unité, elle, est surnommée Walls : les murs.

Lors de son ultime journée d'existence, le prisonnier est dorloté. Enfermé dans une petite cellule proche de la salle d'exécution, il bénéficie d'une surveillance permanente, par caméra, afin de prévenir toute tentative suicidaire (ce serait quand même dommage de spoiler le dénouement). Comme dans une antichambre ou un boudoir, ce privilégié peut y recevoir sa famille pendant quatre heures. On imagine sans peine les fiestas qui doivent se dérouler entre ces murs. Pour finir sur une note plus sérieuse, il a le droit de s'entretenir avec son avocat et avec son conseiller spirituel, lequel, n'en doutons pas, saura le persuader que sa situation ne pourra que s'améliorer dans l'au-delà. Ainsi revigoré, le condamné peut alors prendre une douche et profiter de son dernier repas. Malgré leur fin imminente, certains détenus n'ont pas le moins du monde l'estomac noué, et des abus ont été maintes fois constatés pour ce dernier repas, c'est pourquoi l'administration texane a décidé depuis quelques années de servir le même à tout le monde. Fini les ripailles pittoresques et pantagruéliques, désormais c'est la ration ordinaire de la cantine. Fini, aussi, la légendaire dernière cigarette. Il est interdit de fumer dans l'enceinte carcérale, pas d'exception qui tienne, et le condamné devrait s'en féliciter car, comme on le sait, la cigarette est mauvaise pour sa santé.

Pas d'libellules
Dans cette cellule
Qu'des tentacules
(Oh, ça c'est nul !)

Le monde appartient à ceux qui se lèvent tôt. En vertu de quoi, sans doute, les exécutions ont lieu à six heures du matin. La pendaison fut pendant longtemps la méthode principale utilisée pour la mise à mort. Mais les progrès techniques et scientifiques s'emparent de tous les domaines, et bientôt à la grossière corde de chanvre succéda la chaise électrique. De 1924 à 1964, ce fut le mode opératoire officiel. Voilà encore une application pour laquelle l'énergie libre aurait pu démontrer tout son potentiel, et l'on se prend à regretter les substantielles économies qu'auraient pu réaliser les établissements pénitentiaires si chacun avait disposé de sa *FreePow*. Tant pis, nous dirons que seul le résultat compte. Afin de donner à cet acte une apparence toujours plus lisse et propre et clinique, la chambre à gaz a quelquefois supplanté la chaise électrique. Hélas, le Troisième Reich est passé par là. Nul n'ayant envie d'être assimilé au régime nazi et à ses méthodes d'extermination, l'usage du Zyklon B fut abandonné dans notre beau pays. Le dispositif qui prévaut désormais est l'injection létale (notons au passage que ce procédé a été inventé par Karl Brandt, médecin personnel d'Adolf Hitler). Comment ça se passe ? Le condamné est allongé et sanglé sur une table, les bras en croix. On lui insère deux cathéters dans le bras, par lesquels seront injectés trois produits différents à la suite. Le premier est du thiopental sodique ou du pentobarbital, un barbiturique qui sert à l'anesthésier. Le deuxième est du bromure de pancuronium, un curare servant uniquement à paralyser les muscles afin de nous épargner l'affligeant spectacle de membres qui tressautent et s'agitent convulsivement comme ceux d'un poulet décapité. Le troisième produit, du chlorure de potassium, est celui qui provoque l'arrêt cardiaque. En moyenne, le décès intervient au bout de sept minutes, mais quelques réfractaires s'obstinent désobligeamment à suffoquer pendant dix ou douze minutes ou davantage. C'est un peu longuet.

Il n'y a pas de bourreaux aux États-Unis. La mise à mort est effectuée par du personnel non médical de la prison, c'est-à-dire, en clair, par des matons désignés volontaires et qui ont reçu une formation de quelques heures pour apprendre à manier les aiguilles (tout infirmier honnête vous dira que c'est amplement suffisant). Malgré ces précautions, des incidents surviennent : parfois les injections doivent être recommencées pour cause de mauvais dosage, parfois la pose des cathéters s'éternise car on peine à trouver les veines (en 2009, dans l'Ohio, les exécuteurs en herbe ont cherché pendant deux heures une veine à piquer dans le bras du condamné. En vain. L'exécution a dû être annulée et le rescapé ramené dans sa cellule sur ses jambes flageolantes. Et la question se pose alors : doit-on rembourser les spectateurs ?).

Pauv' somnambule
R'garde ta pendule
Le temps t'accule
(Tu capitules)

Si vous avez fait sonner votre réveil assez tôt et que vous vous pointez aux aurores devant les portes du pénitencier de Huntsville un jour où une exécution est programmée, vous risquez fort de voir deux groupes se faire face, contenus chacun derrière les cordons de sécurité comme les supporters de deux équipes adverses à l'entrée d'un stade. C'est en quelque sorte la tradition. Le premier groupe comprend rarement plus d'une dizaine de personnes. Quelques-unes d'entre elles brandissent des pancartes et des banderoles sur lesquelles sont inscrits des slogans tels que *Ici, l'État assassine !*, *Mort à la peine de mort !* qu'elles n'hésitent pas à scander de vive voix. Quelques-unes se tiennent coites et immobiles, une bougie allumée à la main. Quelques-unes sont croyantes, fidèles de l'Église catholique, elles ont foi en un Dieu qui pardonne et expriment leur compassion par des prières. Ce sont, vous l'aurez compris, des opposants à la peine capitale, qui voudraient voir abolie cette ancestrale institution. À l'opposé de ces opposants se trouve le groupe des partisans, fervents défenseurs de ladite institution. Quelques-uns parmi ceux-là brandissent des pancartes et des banderoles sur lesquelles sont inscrits des slogans tels que *Tuez-les tous !*, *Grillez ces salauds !* qu'ils n'hésitent pas à brailler à qui mieux mieux. Quelques-uns se tiennent immobiles et silencieux, les deux bras levés en signe de victoire. Quelques-uns sont croyants, membres de la puissante Église de la Southern Baptist, ils ont foi en un Dieu qui sanctionne et expriment leur détermination par des prières. (À la vérité, la position divine sur ce sujet demeure assez floue. En effet, tel un politicien démagogue qui chercherait à s'attirer les suffrages des deux camps, Dieu le Père aurait prononcé des paroles aussi contradictoires que « Tu ne tueras point » et « Le meurtrier sera puni de mort ». Que croire ? Qui croire ?) Vous remarquerez néanmoins que ce second groupe semble avoir les faveurs de l'administration pénitentiaire. En cas de pluie, on propose à ses membres une tente pour s'abriter, en cas de soif, on leur offre des boissons, tandis que le groupe adverse ne recueille que de l'indifférence de la part du personnel de la prison.

Cette tête de mule
Dans sa cellule
Chiait des bulles
(C'est ridicule)

Aucun de ces deux groupes ne sera toutefois autorisé à assister à la mise à mort. Le spectacle est réservé à une poignée d'élus : les proches des victimes, les proches du condamné, des représentants des autorités et quelques journalistes accrédités. Deux pièces, adjacentes à la chambre d'exécution, leur sont dédiées : ils seront aux premières loges.

Avant de procéder à l'injection, le rituel exige que l'on demande à celui qui va mourir s'il a quelque chose à dire. Ce sont les derniers mots du condamné et c'est un moment solennel et important. Certains expriment alors leurs regrets et demandent pardon aux victimes. Certains continuent de clamer à cor et à cri leur innocence. D'autres ne disent rien. Ils ont le droit de se taire.

Après quoi l'opération est lancée et elle s'achève quelques minutes plus tard (quand tout marche au poil) par un arrêt du cœur. Voilà, c'est fini.

Jusqu'à récemment, le certificat de décès portait la mention : « Homicide légal ». Une formulation équivoque.

La dépouille est ensuite présentée à la famille, qui peut se recueillir auprès d'elle dans l'intimité et profiter quelques instants encore d'un corps dont la chaleur, on le sent bien, est en train de définitivement s'évanouir. Froid, le corps s'en va rejoindre le cimetière de la prison, qui ressemble à ces vastes cimetières militaires où les croix blanches sont alignées au cordeau, dans un ordre quasi maniaque. Naguère étaient gravés sur la croix le nom et le prénom du défunt, aujourd'hui n'y figurent plus que la date de son trépas et son numéro d'écrou précédé d'un X pour préciser qu'il est mort par exécution. Au Texas, le matricule des condamnés à mort commence par 999 (et non pas 666 comme des plaisantins le prétendent quelquefois).

La chouette ulule
Monsieur Bidule
Le temps s'annule
(Et l'enfer brûle)

C'est aussi simple que ça.

Le silence régnait dans la Ford et dans ma tête je ne pouvais pas m'empêcher de fredonner cette ritournelle ridicule. Une mélodie enfantine, des paroles que j'improvisais au fur et à mesure, d'une effarante débilité. *Monsieur Bidule, dans sa cellule*... Sûrement un baume sonore pour calmer mon anxiété.

Nous roulions vers Livingston. Dans moins d'une heure je devais me trouver au parloir du couloir de la mort, en présence de Gary Sanz. Barbara, avec l'aide de Jerry Moncello, avait réussi à organiser cette rencontre. Je l'avais voulue, je l'avais obtenue, et je n'en menais pas large. Je ne me sentais pas prêt. Je ne savais pas comment j'allais réagir dans cet environnement carcéral. À vrai dire, le héros avait le trouillomètre à zéro.

Depuis notre départ de Dallas, j'avais déjà demandé cinq fois à ma chauffeuse de faire halte pour soulager ma vessie. Elle s'était abstenue de tout commentaire. Pas dupe. Compréhensive. Merci. Il n'empêche que l'envie de pisser me taraudait à nouveau et que ça devenait très gênant. Et que se passerait-il si ça me prenait au parloir, en plein milieu de la visite ? Le genre de choses auxquelles je ne voulais pas penser. *Pauv' somnambule, le temps t'accule*...

Près d'un mois s'était écoulé depuis notre remake de l'été 1967. Il y avait eu la paix, l'amour, la féerie, mais c'était comme si rien ne s'était passé. Barbara n'y avait jamais fait la moindre allusion et il me semblait que je devais éviter également de le faire. Son comportement avec moi n'avait pas changé. Elle n'était pas plus proche. Pas plus distante. Ni plus familière ni plus étrangère. En fait, il y avait des jours où je me demandais si cette nuit avait vraiment existé. Il m'arrivait d'en douter. N'avais-je pas pris le plus beau de mes rêves pour la réalité ? N'avais-je pas été abusé, ce soir-là, par l'herbe magique de Nils ? Au matin, lorsque je m'étais réveillé, j'étais seul dans les draps. Le jour filtrait par les stries des volets. Des paillettes de poussière voltigeaient dans la lumière blonde. C'est tout. Pas de guitare contre le mur, pas de Stetson, pas d'empreinte sur le matelas, pas de mot sur la table. À peine d'infimes effluves de pomme verte. C'était mon plus merveilleux souvenir et ce n'était peut-être qu'un mirage. Comment savoir ? Je ne pouvais pas lui poser la question. Je ne pouvais pas lui demander de me confirmer qu'elle avait bien un grain de beauté sous le sein droit.

Encore trente bornes. Tu peux tenir, je me suis dit. Discrètement, j'ai défait ma ceinture d'un cran pour diminuer la pression sur ma vessie.

Nous avions préparé la rencontre. Nous l'avions répétée. Comme un oral, comme une audition. Avec Barbara dans le rôle du répétiteur. Elle m'avait décrit la procédure, le déroulement de la visite : les papiers à présenter, le passage au détecteur de métaux, la fouille éventuelle, les objets prohibés, l'hostilité passive des gardiens, et les grilles, les grilles partout, le bruit des grilles, « C'est assez impressionnant, la première fois », m'avait-elle averti. Elle avait tâché de me mettre dans l'ambiance. De me mettre en garde, aussi, vis-à-vis de Sanz. « Ne perds pas de vue que la plupart des meurtriers sont des êtres égocentriques, tricheurs, manipulateurs. Au jeu du chat et de la souris, ce ne sera pas lui la souris ! » On aurait dit qu'elle me parlait d'Hannibal Lecter ou de je ne sais quel abominable tueur en série (il y en avait un ou deux emprisonnés dans l'unité Polunsky). Son opinion sur Gary Sanz n'avait guère évolué. La mienne non plus : je gardais dans un autre coin de ma tête la possibilité qu'il pouvait n'être qu'une victime du système judiciaire.

Encore vingt bornes. J'ai défait le premier bouton de mon pantalon.

Au cours de ces dernières semaines, j'avais déjà rendu deux visites. La première, à madame Hérouet, l'ancienne professeure de français de Gary et Michelle. Ç'avait été une erreur. Cette vénérable dame approchait les cent ans. Elle finissait ses jours dans un institut médicalisé, Les Trois Rivières, situé à quelques encablures de l'antique cimetière de La Réunion. (J'en avais d'ailleurs profité pour faire un tour dans cette petite nécropole à l'abandon. Parmi les sépultures – ce qu'il en restait – j'avais cru repérer celles que je cherchais. Les deux stèles, côte à côte, étaient usées, rongées par le temps, bouffées par le lichen, les noms sur la pierre s'étaient effacés mais j'étais persuadé qu'il s'agissait bien de Clarisse et Charlotte Deloncle, les ancêtres de Philip-Joseph. Encore un point, je me disais, sur lequel Sanz n'avait pas menti.) La directrice des Trois Rivières m'avait affirmé que madame Hérouet serait parfaitement en mesure de répondre à mes questions. « Sa mémoire est excellente. Elle est encore capable de déclamer, dans sa langue maternelle, des poèmes entiers d'un certain Arthur Rambo ! » Il faut croire que cette femme côtoyait peu ses pensionnaires : en ce qui me concerne, j'avais passé une demi-heure à tenter de faire comprendre à madame Hérouet que je n'étais pas le kiné de l'établissement et que je ne venais pas pour son massage hebdomadaire. Elle n'en démordait pas. Elle m'appelait Floyd et me demandait des nouvelles de mon épouse qui, apparemment, venait tout juste d'accoucher de notre deuxième enfant – une fille, m'a-t-elle appris. Peut-être aurais-je dû lui parler en français et en vers. J'étais reparti sans qu'elle ait prononcé une seule fois le nom de Gary Sanz.

Dix bornes. Serre les cuisses, mec.

Ma seconde visite avait été pour un homme du nom de Bartley O'Keefe, un ex-maton, aujourd'hui retraité de l'administration pénitentiaire (comme il aimait à le dire : « Quarante ans de prison et un casier toujours vierge ! »). Celui-ci ne perdait ni la tête ni ses cheveux. Une belle crinière argentée couronnait son mètre quatre-vingt-dix. Large carrure, face carrée, une bedaine de buveur de bière. Bartley O'Keefe avait terminé sa carrière comme gardien chef au pénitencier de Beaumont, où Sanz avait séjourné quelque temps après son premier procès. Il se souvenait très bien de lui et m'avait raconté cette histoire assez insensée selon laquelle Gary avait initié nombre de prisonniers à la poésie et instauré, sans le vouloir, un véritable trafic de poèmes à l'intérieur de l'établissement. Un cas unique dans les annales. O'Keefe considérait la prison comme un zoo peuplé de bêtes sauvages et il avait classé Sanz dans la catégorie des gazelles, soit des proies en principe destinées à être mangées par les fauves. Il estimait que Gary s'en était bien sorti. « Un chanceux et un malin, votre type. » Pour finir, je lui avais demandé son avis : lui qui avait côtoyé tant d'assassins, pensait-il qu'une gazelle comme Sanz pouvait être coupable des crimes dont on l'accusait ? Il n'avait pas hésité une seconde : « Sûr ! » D'après Bartley O'Keefe, ces gars-là, tout compte fait, étaient souvent les pires. Justement parce qu'ils avaient l'air de petites biches fragiles. On ne s'en méfiait pas. « On leur donne le bon Dieu sans confession et ils vous plantent un crucifix dans le dos ! » avait-il conclu en décapsulant sa troisième bouteille de Budweiser.

Plus que cinq bornes et tu y es.

Je ne savais pas très bien ce que j'attendais de cette rencontre avec Gary. Peut-être m'étais-je convaincu que sa présence physique me révélerait sa véritable personnalité. Il n'aurait plus moyen de se cacher dans les livres, derrière des mots. Je le regarderais dans les yeux, je le sonderais, et j'y verrais clair dans son âme, comme à travers l'eau transparente d'un lac de montagne. Je m'en croyais capable, tout en étant conscient en même temps que c'était présomptueux et illusoire.

Barbara m'avait fait part d'une nouvelle qui avait son importance : l'information était à vérifier, mais il semblait que Sanz avait décidé d'abandonner ses derniers recours. Il ne voulait plus faire appel. Apparemment il acceptait son sort et souhaitait dorénavant en terminer au plus tôt. Si c'était vrai, qu'est-ce que ça signifiait : la reconnaissance de sa culpabilité ou seulement le découragement, la lassitude de se battre contre un adversaire trop puissant ?

— Vingt minutes d'avance, a annoncé Barbara.

Les premiers mots qu'elle prononçait depuis un bon moment. Elle s'est rangée sur le bas-côté de la route, le long du terrain de la prison. Le site faisait plusieurs hectares et l'unité Allan B. Polunsky en occupait le centre. Je l'apercevais au loin. Un complexe de bâtiments qu'on aurait pu prendre, au premier coup d'œil, pour un centre administratif ou commercial, pour des entrepôts, pour une usine, pour un hôpital. Rien de sordide. Rien de bien méchant. Au second coup d'œil on remarquait les miradors et les hautes clôtures de barbelés hérissées de lames de rasoir qui scintillaient au soleil, et l'on pensait davantage à une sorte de camp de concentration moderne, aseptisé. Entre la route et les premiers bâtiments s'étendait une immense pelouse, rase, tondue, où l'on se serait attendu à voir évoluer des golfeurs et leurs caddies. Mais pas l'ombre d'un.

J'ai ouvert précipitamment la portière.

— Désolé, j'ai dit, il faut que je…

J'ai contourné la voiture, traversé la nationale au pas de course et me suis enfoncé de quelques mètres dans la friche qui bordait l'autre côté. Dissimulé derrière le tronc d'un peuplier, j'ai enfin pu me soulager. Des cigales crissaient. J'étais en train de me reboutonner quand une voiture s'est arrêtée derrière la Ford. Comme l'indiquait l'inscription sur son flanc, c'était un véhicule du bureau du shérif. Son gyrophare pulsait en silence. Bleu, orange, bleu. Un gars seul au volant. Il est descendu et il s'est avéré que le gars en question était une femme. Une adjointe du shérif. Le périmètre devait être surveillé vingt-quatre heures sur vingt-quatre. Elle a marché jusqu'à la portière de Barbara. J'ai retraversé la route dans l'autre sens. L'adjointe ne m'avait pas vu, elle a dû entendre mes pas dans son dos ou elle a dû sentir ma présence, toujours est-il qu'à mon approche elle a pivoté brusquement d'un quart de tour en portant la main à l'étui de son revolver. J'ai grimacé un sourire et tourné mes deux paumes vers elle en signe d'apaisement. Elle a continué à me suivre d'un œil mauvais tandis que je contournais la voiture et réintégrais ma place, et ce n'est qu'à ce moment-là qu'elle a éloigné la main de son arme. Elle était de petite taille et plutôt boulotte, les cheveux d'un noir de corbeau, des origines amérindiennes. Elle a demandé ce qu'on fichait là. Elle s'adressait à Barbara et celle-ci lui a expliqué qu'on avait rendez-vous pour une visite à la prison. « On a juste fait une petite pause : monsieur avait une envie pressante ! » a-t-elle ajouté en me désignant d'un geste du pouce. Je ne voyais pas son visage mais j'étais sûr qu'elle affichait un sourire qu'elle voulait de connivence. Auquel l'adjointe du shérif n'a pas répondu. Elle m'a lancé à nouveau un bref regard, noir, avant de revenir à Barbara pour lui dire qu'il était interdit de s'arrêter ici, il y avait un parking réservé aux visiteurs à l'intérieur de l'enceinte. Elle a précisé que le service de sécurité du pénitencier était autorisé à tirer à vue sur tout individu suspect stationnant dans le périmètre. Bref, en termes guère plus aimables elle nous sommait de dégager, et vite. Sa voix était nasillarde. La chemise beige de son uniforme moulait son embonpoint. J'ai failli lui demander à quoi on reconnaissait un individu suspect, mais Barbara a redémarré sans me laisser cette belle occasion de me mordre les doigts.

Trois minutes plus tard, on se garait sur le parking réservé aux visiteurs, dans l'enceinte de l'unité Allan B. Polunsky, ainsi que le prescrivait le règlement.

Le 16 juin 2013, à quatorze heures trente, j'ai vu Gary Sanz en chair et en os pour la première et certainement dernière fois de ma vie. Je suis arrivé au parloir avant lui. En l'attendant, j'ai réalisé que, hormis des avocats, j'étais peut-être la seule personne qui était venue le visiter depuis plus de treize années. Son père ne venait pas, ses beaux-parents non plus. Qui d'autre ? D'anciens collègues ? Des amis ? J'en doutais fort. Ceux qui tenaient le plus à lui étaient morts. Leurs fantômes ? Possible (aucun mur, aucune clôture de barbelés ne pouvaient les arrêter).

Il est apparu au bout de quelques minutes, escorté par un gardien qui l'a laissé dans le réduit qui me faisait face – un espace à peine plus grand qu'un placard. Le gardien est reparti en fermant la porte. Gary m'a regardé un instant, puis m'a salué d'un signe de tête. J'ai fait de même. Il s'est assis en jetant des coups d'œil à droite, à gauche, comme s'il découvrait cet endroit, comme s'il prenait place dans un cockpit et allait devoir apprendre à en manier toutes les commandes. En réalité, le seul instrument à sa disposition était un combiné téléphonique accroché au mur. Il y en avait un identique de mon côté.

Gary Sanz n'était ni tout à fait le même ni tout à fait un autre homme que celui que j'avais vu sur les photos. Il avait maintenant 53 ans. Il m'a paru très maigre, flottant dans son uniforme blanc. Les épaules voûtées, les cheveux coupés court, le visage émacié, des lunettes sur le nez. Je ne sais pourquoi, j'avais imaginé que ses yeux étaient bleus : ils étaient marron. Nous étions tout proches mais nous n'étions pas dans la même pièce. Une vitre blindée nous séparait. Ça fait toute la différence.

Il a décroché le premier et je l'ai imité. Dans l'appareil, il a soufflé :

— Bonjour.

— Bonjour, j'ai répondu. Puis : Comment dois-je vous appeler ?

— Pardon ?

— Vous préférez que je vous appelle Gary Sanz ? Deon Zubrinsky ? Ou encore Humbert Humbert ?

Il a été aussi surpris que moi. Je n'avais pas du tout prévu d'attaquer ainsi. Les mots étaient sortis avant que je les pense. J'ai eu peur qu'il se fâche et mette fin d'emblée à l'entretien. Mais je crois, au contraire, qu'il a apprécié.

— Je vois que vous m'avez lu avec attention, il a dit.

Avec le ton d'un enseignant félicitant son élève. Une bonne note pour moi. Ça ne m'a pas beaucoup plu.

— À vrai dire, c'est une amie qui m'a mis sur cette piste. Je ne suis pas un grand littéraire.

— Il n'y a pas de différence, a fait Sanz.

— Comment ça ?

— La littérature, c'est la vie. C'est la mienne, en tout cas. Il n'y a pas de frontière. (J'ai mis quelques secondes à comprendre qu'il répondait à ma première question.) Vous pouvez aussi m'appeler Ismaël, si vous voulez. Ou Achab. Vous pouvez m'appeler Roméo Montaigu ou Juliette Capulet. Car j'étais parmi l'équipage du Pequod pour chasser la baleine, comme j'étais dans les alcôves des palais de Vérone pour nouer et dénouer les intrigues. Je suis tellement nombreux... Nous fêtons le Bloomsday aujourd'hui même, c'est pourquoi je puis dire que c'est mon anniversaire : il y a très exactement cent neuf ans, je pérégrinais de l'aube à la nuit tombée dans les rues de Dublin. Avant cela, j'ai réalisé un tour du monde en quatre-vingts jours. Après cela, c'est vrai, j'ai erré pendant des mois sur les routes de notre pays en compagnie d'une exquise nymphette répondant au douloureux prénom de Dolorès – Oh ! Lo, lumière de ma vie, feu de mes reins. (Derrière le verre de ses lunettes, ses yeux brillaient, fixant intensément je ne sais quel point du passé ou du vide.) Je suis le colonel Chabert revenu d'entre les morts ! Et madame Bovary, c'est moi. Ce que jamais, en vérité, n'a revendiqué Flaubert.

J'étais perdu. Il m'avait semé dans un dédale littéraire dont les repères m'échappaient. La seule référence que j'avais reconnue au passage était celle de Roméo et Juliette (Dipak et Barbara, dans mon répertoire personnel). J'avais saisi néanmoins la ligne directrice de son discours.

— Je ne suis pas d'accord, j'ai dit. Votre principe ne tient pas. C'est un leurre. La vie n'est pas la littérature. Quand ils meurent, les personnages fictifs renaissent à chaque nouvelle lecture, à chaque nouveau lecteur, tandis que les hommes et femmes de chair ne ressuscitent jamais. Leur mort est définitive.

Gary Sanz a secoué doucement la tête.

— J'aurais tellement voulu lui épargner ça… il a dit d'une voix tremblante.

J'ai sursauté, comme sous la décharge d'un coup de taser.

— À qui ? À Michelle ? (Puis mes paroles, une nouvelle fois, ont précédé ma pensée.) L'avez-vous tuée ? j'ai lancé. Avez-vous tué votre femme, Mr Sanz ? Avez-vous tué aussi Jane Garett ?

Une expression de stupeur, presque d'horreur, est apparue sur sa face. Comme si c'était moi qui venais d'ôter mon masque pour lui montrer mon vrai visage : celui de Judas. Le pire félon qui soit. J'ai tenté de me rattraper :

— Excusez-moi. Je suis désolé. Je suis tout disposé à vous croire. Mais… Mais il faut que vous m'aidiez un peu.

Sa bouche à demi béante s'est refermée lentement.

— Tout est écrit, il a dit. Que puis-je faire de plus ?

— Quoi ? j'ai fait. Votre récit ? La Pieuvre, c'est ça ?

Lorsque j'ai prononcé ces mots, Gary Sanz s'est soudain affaissé. Il a courbé l'échine et rentré la tête dans les épaules et roulé des yeux inquiets. Puis il a dressé l'index devant ses lèvres pour m'intimer le silence. Enfin, il a chuchoté dans l'appareil :

— Ils peuvent vous entendre…

Dans sa combinaison blanche il avait l'air, à cet instant, d'un parfait aliéné en camisole. Cette vision, d'une part, m'a inspiré de la pitié. D'autre part, elle a fait vaciller ma foi en lui. Chuchotant à mon tour, j'ai dit :

— Comment peut-on le prouver ?

Il a eu un pâle sourire.

— Si je le savais, je ne serais pas là.

Il s'est penché en avant, le nez contre la vitre, essayant de voir ce qu'il y avait derrière moi, à droite, à gauche. Il n'y avait rien ni personne.

— Restez sur vos gardes, jeune homme, il a fait en reprenant sa place. L'invisible existe. Ainsi que l'affirmait mon défunt beau-frère : le vide est plein. Nous l'avons appris à nos dépens.

Cela fait un drôle d'effet de communiquer par téléphone avec quelqu'un qui se trouve à quelques centimètres.

— Puis-je vous poser une question indiscrète, Mr Sanz ?

— Allez-y. Je me réserve le droit de ne pas y répondre.

— Pourquoi n'avez-vous pas eu d'enfants, votre femme et vous ?

J'ai perçu son soupir dans l'écouteur.

— Michelle n'en voulait pas. Disons qu'elle préférait ne pas en avoir. Elle n'avait pas confiance.

— Pas confiance en vous ?

— Pas confiance en l'humanité. Pas confiance en l'avenir… Au vu de la situation, on ne peut pas lui donner tort.

— Vous écrivez toujours ? Je veux dire : vous continuez à écrire, ici ?

Cela n'avait rien à voir avec les questions que nous avions préparées, Barbara et moi. J'évoluais sur un fil, au-dessus du vide, à l'aveuglette.

— Peu, a dit Sanz. Très peu. J'ai perdu ce que l'on a coutume d'appeler « l'inspiration ». Si tant est que je l'aie un jour possédée. Et puis, vous savez, avec l'âge on prend de plus en plus conscience de la vanité de cette entreprise. Tout a déjà été écrit et si bien écrit par certains de nos aînés. Nos maîtres. Comme l'a relevé notre ami Deon Zubrinsky (bref sourire), mon talent n'est pas absolument indéniable. Quatre-vingt-dix-neuf pour cent de la production littéraire que j'ai lue ces dernières années est d'une médiocrité affligeante. Nous crevons à petit feu de cette médiocrité. Elle nous ensevelit. Elle nous étouffe. Est-il indispensable que j'y ajoute la mienne ?

Lorsqu'il parlait de littérature, même pour un constat aussi désolant, Gary Sanz semblait reprendre vie. Sa figure, son regard s'animaient. Il y avait, au fond de ses pupilles, un éclat comparable aux ultimes pulsations lumineuses d'une étoile morte aux confins des cieux (dixit Dipak le poète universel).

Retour sur terre.

— Est-il exact, Mr Sanz, que vous allez renoncer à faire appel ?

Il a acquiescé de la tête.

— J'y songe, en effet.

— Mais pourquoi, bon sang ? Il y a encore des recours possibles ! Il y a encore de l'espoir ! Pourquoi renoncer ?

Ma véhémence l'a étonné, je crois. Il m'a observé un instant, puis il a dit :

— Il y a deux réponses à votre question. La première, c'est qu'il faut savoir reconnaître sa défaite. (Un ton plus bas.) Ils sont trop forts. Trop puissants. Ils sont hors de notre portée. Ils sont… Ils sont invincibles.

— Personne n'est invincible ! Je sais que c'est difficile, mais il faut tenir ! Il faut continuer à vous battre !

— Pendant quinze ans je me suis battu. Et vous voyez le résultat… Je suis fatigué. Vous parlez d'espoir, mais passé un certain stade, l'espoir devient utopie. Devient pure chimère. J'en ai eu ma part, et j'ai tout dépensé. De surcroît…

Il s'est tu, le regard flou.

— Oui ? l'ai-je encouragé.

Il a relevé les yeux.

— La deuxième réponse à votre question est une autre question : à quoi bon ? Durant toutes ces années, elle est restée latente. Je l'ai enfouie au fond de moi pour ne pas l'entendre. À présent, elle remonte à la surface et m'éclabousse de toute son évidence. À quoi bon ? Ai-je réellement envie de poursuivre sans Michelle ? Non. Non, je n'en ai pas envie. Mais je n'ai pas le courage d'en finir moi-même. Alors, puisqu'ils proposent avec tant d'insistance de s'en charger… Je n'ai rien à faire, en définitive, dans un monde où ma belle n'est pas.

Sa voix n'était plus qu'un filet ténu. Ses yeux s'étaient embués à mesure qu'il parlait. Les larmes, maintenant, ourlaient ses paupières. Si cet homme jouait la comédie, c'était le plus grand acteur qu'on ait jamais connu.

— C'est sans doute une mince consolation, mais Michelle continue à vivre dans votre mémoire. Dans vos souvenirs. Grâce à vous. Si vous… si vous disparaissez (je n'ai pas réussi à employer le verbe mourir), elle disparaîtra avec vous.

— Oui, c'est vrai. Et je n'aurai même pas le recours de croire que nous nous retrouverons. Que nous serons à nouveau réunis. Mais au moins n'aurai-je plus à souffrir de son absence.

— Si vous ne le faites pas pour elle, faites-le pour l'amour de la vérité. Pour l'amour de la justice.

Dictaphone : « J'ai honte aujourd'hui de ces mots que j'ai prononcés devant lui, alors que j'étais du bon côté de la vitre. »

— Vérité et justice, a dit Gary Sanz, c'est en leur nom que Michelle s'est sacrifiée. Je n'ai pas cette noblesse. Je n'ai pas cette force d'âme. Je ne peux pas éprouver de l'amour pour des idées ou des idéaux. Pour des notions abstraites. Mon seul amour, c'était elle. Le monde, on le voit chaque jour qui passe, peut continuer à tourner sans justice ni vérité. Mais le monde, *mon* monde, ne peut pas continuer sans elle. Souvenez-vous du corbeau.

— Le corbeau ?

— Elle était ma Lenore. Mon amour irrémédiablement perdu… Je suis le narrateur, Mr Singh, ne l'oubliez pas. C'est moi. C'est moi qui raconte. J'ai tant et tant de noms, mais je suis aussi le narrateur anonyme. Et le corbeau est venu. J'ai reçu sa visite. Il a frappé à ma porte et il s'est installé. Dans la solitude de ma cellule, je ne suis pas seul. L'oiseau est là, perché devant mon soupirail. Il est là, l'envoyé des ténèbres, qui me bouche la vue et inlassablement me rappelle la sentence de mon malheur : Jamais plus ! Jamais plus ! Jamais plus !

Je me suis mis à frissonner. À cause de ses paroles, à cause de son air hanté, proprement dément. Il était encore en train de débiter son « Jamais plus ! » d'un ton lugubre quand la porte s'est ouverte derrière lui. Le gardien revenait.

Déjà. Le temps imparti. Ce foutu temps imparti.

Je n'avais pas posé les bonnes questions. Je n'avais pas posé la moitié des questions que j'étais censé poser.

Gary Sanz s'est dressé. Il avait toujours le téléphone à la main. D'un seul coup, son air et sa voix ont changé. Il semblait presque enjoué en me demandant :

— Quel poème a votre préférence ?

— Quoi ? j'ai fait.

— On m'a dit que vous aviez apprécié les quelques petits textes que j'ai eu la prétention de publier. Y en a-t-il un qui vous aurait tout particulièrement plu ?

Je ne pouvais pas lui dire que ses poèmes m'avaient laissé indifférent. Que j'aurais été incapable de me souvenir d'un seul vers de ses recueils. Que j'étais (moi aussi ?) un tricheur et un lâche.

— Non, je n'ai pas vraiment de favori. C'est l'ensemble de votre œuvre qui m'a touché, Mr Sanz.

Formulation équivoque. Il a eu un sourire fragile. Puis il a raccroché.

Le gardien a dit quelque chose que je n'ai pas pu entendre. Gary Sanz a tendu ses poignets. J'aurais voulu plaquer ma main sur la vitre et qu'il y appose la sienne en miroir, de l'autre côté, pour nous dire au revoir. Un geste que j'avais vu dans les films. Mais ça m'a paru trop mélodramatique. Aujourd'hui, je regrette de ne pas l'avoir fait.

Sanz ne m'a pas quitté des yeux pendant que le gardien lui passait les menottes. Après quoi, il m'a adressé un petit signe de tête, comme à son arrivée. Puis il s'est retourné et j'ai vu les deux grandes initiales noires dans le dos de son uniforme, comme la griffe d'une marque de vêtements : D. R.

Death Row.

Ils sont sortis. La porte s'est refermée et je me suis retrouvé à nouveau seul dans le parloir, sur mon fil. *Un funambule, qui fait des bulles…* Et cette pensée qui m'est venue, malgré moi : nos routes se séparent.

— Madame Bouvary, c'est lui, j'ai dit.

Deux secondes d'ahurissement, puis elle a éclaté de rire.

Après que je l'ai retrouvée sur le parking, après qu'elle a tenu dix bonnes minutes à rouler sans poser de questions, après qu'elle a fini par craquer et demander : « Alors ? », c'est ce que je lui ai répondu. « Madame Bouvary, c'est lui. »

J'aimais vraiment beaucoup son rire.

— *Bo*, elle a fait.

— Beau ?

— *Bo*vary, pas *Bou*vary !

J'étais sûr qu'elle connaîtrait.

— Il est aussi Roméo et Juliette, j'ai dit. Et un tas d'autres que je n'ai pas retenus. Je me souviens d'un type sans nom, amoureux d'une certaine Lenore…

— Le corbeau ! Il a parlé d'un corbeau ?

— Ouais. Il a dit que le corbeau lui avait rendu visite. Il a dit qu'il était toujours là, dans sa cellule, et qu'il n'arrêtait pas de répéter…

— Jamais plus ! Jamais plus ! a croassé Barbara.

— C'est toi qui aurais dû aller voir Sanz. Tu aurais été moins paumée que moi.

— C'est un poème d'Edgar Poe. Il y est question d'un homme dont la fiancée est morte. Et l'oiseau de malheur vient lui ressasser qu'il ne pourra jamais plus ni la retrouver ni l'oublier. L'homme est dévasté. Il a perdu tout espoir… L'analogie était facile, a dit Barbara.

Dictaphone : « Et aujourd'hui, qui est cet homme ? Qui est le narrateur ? Qui a perdu la femme de sa vie ?… L'hiver approche. Lorsqu'on viendra taper à ma porte, sera-ce le noir corbeau ou sera-ce la Pieuvre Noire ? »

— C'est sur Poe que Gary a fait sa thèse, non ?

— Oui. Poe et Baudelaire – un poète français. Sujet : « La prosopopée fantomatique. »

— Qu'est-ce que ça veut dire ?

— Il s'interrogeait sur la manière de faire parler les morts.

— Les morts ne parlent pas, j'ai dit. (Une réalité que la Pieuvre a bien intégrée.)

— En tout cas, il a l'air pas mal « habité », ton cher Sanz. Il y a du monde qui vit sous son toit.

— Putain, il m'a fait flipper ! À un moment, je me serais cru dans *L'Exorciste* ! Il était carrément possédé !

— Est-ce que cela a modifié ton jugement ? a demandé Barbara.

Dictaphone : « On remarquera que je ne l'appelle plus *ma fée*. Depuis notre nuit de féerie, je ne peux plus. Je n'y arrive plus. »

— Je l'ai laissé partir dans ses délires et je n'ai même pas été fichu de poser les bonnes questions.

— Tu dois bien avoir au moins une impression ? Un sentiment ?

— Possible qu'il soit complètement barré, j'ai dit. Mais c'est pas lui.

— Pas lui ?

— L'assassin. Gary Sanz n'a pas tué sa femme. C'est à peu près la seule certitude que j'aie.

— Fou mais pas coupable ?

— *Peut-être* fou. *Sûrement* pas coupable.

— Ta conviction se trouve donc renforcée, a soupiré Barbara.

— Ma conviction est en béton armé.

Elle a pris une large inspiration.

— Malgré tout, il en faudra davantage pour espérer une révision de procès.

— De toute façon, il veut mourir.

— Il te l'a confirmé ?

— « À quoi bon continuer ? Je n'ai rien à faire dans un monde où Michelle n'est plus… » C'est ce qu'il a dit. Quelque chose comme ça. Il n'était pas absolument catégorique, mais il y songeait très fort. Il est cet homme qui a perdu tout espoir…

Barbara est restée silencieuse une longue minute, puis :

— À ma connaissance, elle a dit, aucun condamné qui se déclarait innocent n'a jamais abandonné ses recours. Tous les recours possibles.

— Nous y revoilà…

— J'énonce un fait, c'est tout.

— À ta connaissance, combien de condamnés ont eu affaire à la Pieuvre ?

— Certains affirmaient entendre des voix dans leur tête.

— Certains hurlaient encore leur innocence sur la table d'exécution.

— OK. Qu'est-ce que tu veux faire ?

— Je ne sais pas. Ne pas me disputer avec toi, pour commencer.

Le trajet durait pas loin de cinq heures. Nous avons eu tout le temps de débriefer dans le détail mon entretien avec Sanz. « Débriefer » est un mot appartenant au vocabulaire de ma sœur. Elle l'utilise chaque fois que je reviens d'un premier rencart avec une petite amie potentielle. « Il faut qu'on débriefe, Dip. » Je lui fais un compte rendu. Elle analyse. Elle conseille. Elle se pense apte à savoir si la relation peut marcher ou pas. Elle est en deuxième année de psycho. Je lui sers de cobaye pour les travaux pratiques. Je ne lui raconte pas forcément tout.

J'ai tout raconté à Barbara. Elle ne m'a pas donné de conseils.

Au retour, il n'y a eu qu'une seule pause-pipi et c'est elle qui l'a imposée.

Nous sommes arrivés au crépuscule. Elle m'a déposé comme d'habitude au bord de l'oasis. Après tout ce temps au volant, elle était fatiguée. Elle m'a dit qu'elle rêvait d'une bonne douche et d'un plateau-télé. Même pas un livre. Juste gober des sushis et des images. Elle m'a dit qu'elle allait sûrement regarder *Sur la route de Madison* pour la trentième fois. Elle pleure, elle pleure à chaque fois et elle aime ça, ça la détend.

Je ne lui ai pas dit quel était mon rêve à moi.

Dictaphone : « Je voudrais à présent, juste pour un instant, arrêter le défilement de la bande. Faire durer un tout petit peu. Un plan fixe, là, dans l'habitacle de la vieille Ford. Son visage tourné vers moi, de trois quarts. Son beau visage. Son merveilleux visage. Que je ne devais jamais revoir. Car dans quelques secondes nous allons nous quitter et ce sera pour toujours. Nous ne le savions pas et c'était sans doute mieux ainsi. Juste quelques secondes, un bref sursis. Nous sommes assis côte à côte sans bouger. Je ne me penche pas vers elle. Je ne tente rien, ni caresse ni baiser. Je laisse simplement mes yeux se repaître de ses traits dans la lumière du soir. Je ne veux pas la brusquer. J'ai encore le secret espoir que notre histoire va vraiment commencer, mais c'est la fin qui se joue. Là, maintenant, c'est la fin et je ne le vois pas. Je suis aveugle, ou imbécile. Une ombre plane en silence au-dessus de la carrosserie : le corbeau. Il observe. Il attend son heure. Pour l'heure il retient son cri : jamais plus, jamais plus. Ça viendra. C'est déjà acté, c'est inscrit dans le désordre des choses. Elle remue les lèvres et je crois que les dernières paroles qu'elle m'adresse sont : "Repose-toi. Essaie de dormir." C'est une manière de me dire qu'il est temps que j'y aille. Le moteur tourne. La nuit tombe. Je réponds : "Toi aussi." Je sors de la voiture avec mon secret espoir. La portière claque. La Ford s'éloigne, qui l'emporte. Je ne suis pas Clint Eastwood. Elle n'est pas Meryl Streep. Elle s'appelle Barbara Grove et elle était la femme de ma vie. Voilà, la bande repart et moi avec. »

Je n'étais plus qu'à une vingtaine de pas de ma cabane quand j'ai vu la silhouette passer derrière la fenêtre. À l'intérieur.

Il y avait quelqu'un chez moi.

Je me suis figé. Pareil à un chien d'arrêt qui flaire une piste. Sauf que je ne me sentais pas du tout du côté du chasseur. Un coup de chaud m'a fait venir la sueur au front. Et mon pouls, mon pauvre cœur qui rue. Qu'est-ce que je fais ? Ma réaction première aurait été de faire demi-tour et de fuir, fuir, fuir. Dipak, le petit singe qui court sur deux pattes. Non. Pas ça. N'écoute pas ton cœur. Du regard, j'ai fouillé le sol autour de moi. Je cherchais un bâton, j'ai trouvé une pierre. Comme un silex. De la taille d'une mangue. L'arme des cavernes. Je l'ai ramassée. J'ai senti son poids dans ma main, son grain, sa texture. Fais corps, j'ai pensé. Mon bras est le manche de la hache, du tomahawk. J'ai avancé vers la cabane, un pas après l'autre. Il avait peut-être un revolver sur lui. Il avait sûrement. Frappe le premier. Au moindre geste suspect, tu fauches, tu tranches, tu scalpes. Vise la tempe. Tuer ou être tué. Légitime défense. On est en Amérique, au Texas, il est chez toi, il a violé ta sacro-sainte propriété privée, tu as le droit. Frappe sans hésiter.

J'ai gravi les marches de la terrasse sans faire de bruit. J'ai collé mon oreille à la porte. J'ai cru entendre quelque chose. Quoi ? Je ne sais pas. Quelque chose. J'ai posé ma main libre sur la poignée. À ce moment-là je me suis dit ne fais pas ça, tire-toi et appelle la police, c'est son job, ne fais pas… et puis la seconde d'après j'ai poussé le panneau. La porte ouverte en grand, d'un seul coup. Dans la pénombre j'ai distingué les contours de la silhouette, debout, de l'autre côté du lit. J'ai donné un coup sec sur l'interrupteur près de l'entrée et la lumière a jailli. Le type avait encore la bouche béante, ses paupières clignotaient. Environ 40 ans, court sur pattes et bedonnant. Chemisette bleue. Une couronne de cheveux blonds sur le pourtour du crâne, des taches de rousseur sur les pommettes, des yeux globuleux. Il m'a fait penser à un poisson-chat gobant un insecte.

— Bon Dieu, vous m'avez fait peur !

Il a porté une main à son cœur pour souligner son propos. Ce simple geste m'a crispé. Si j'avais eu un flingue, je tirais. J'ai resserré les doigts autour de la pierre.

— Qu'est-ce que vous faites là ? Qui êtes-vous ?

— Je suis navré, il a dit. Je suis vraiment navré, je n'aurais pas dû… (Il secouait la tête, contrit, le nez baissé, et puis soudain, comme s'il avait manqué à tous ses devoirs, il s'est redressé, il a contourné le lit et s'est avancé vers moi, la main tendue.) Je m'appelle Sydney. Sydney Lore. Je suis votre… votre nouveau voisin.

Je n'ai pas bronché. Il a jeté un coup d'œil vers ma main droite, il a vu ce que je tenais, il a laissé retomber son bras le long de son corps.

— Je viens d'arriver, il a dit. Cet après-midi. J'ai loué une cabane, à côté, pour cinq ou six jours. J'étais venu…

— Cinq ou six ? je l'ai coupé.

Il m'a regardé sans comprendre.

— Vous avez loué cinq jours ou six jours ? Vous devez bien savoir, non ?

Quoi qu'il puisse me raconter, je n'en croirais pas un mot, mais je voulais le pousser dans ses retranchements. Qu'il s'embourbe et se trahisse lui-même. J'étais à cran. J'avais envie de démolir ce type. Je n'avais jamais ressenti une pulsion aussi violente. Je luttais pour ne pas lui balancer mon projectile dans la figure. Qu'il m'en fournisse seulement le prétexte, un mot, un geste, et…

— Cinq, il a dit. Cinq jours, oui. Avec une option pour le sixième. Ça dépendra de ce que je trouve.

— Vous cherchez quoi ?

— Eh bien…

Il hésitait. Vas-y, j'ai pensé. Vas-y, fils de pute, crache-le !

— … je cherche le Grand Géocoucou.

J'ai failli lâcher mon caillou.

— Le grand quoi ?

— Géocoucou. *Geococcyx californianus*. C'est un oiseau. Vous connaissez Bib Bip, le personnage du dessin animé ?

Je l'ai fixé sans répondre. Est-ce qu'il se payait ma tête ? Il a poursuivi :

— Le Géocoucou est l'oiseau qui a servi de modèle à la création de ce personnage. Je suis ornithologue. Je suis venu chercher des traces éventuelles de sa présence.

— Ici ? À Dallas ?

— C'est bien là toute la question. Je comprends votre étonnement, et je le partage. L'habitat ordinaire de cette espèce se situe dans les zones arides ou semi-arides. Elle a une prédilection pour les déserts. Cependant, ces derniers mois nous avons reçu plusieurs témoignages de gens affirmant avoir vu des spécimens en ville. C'est précisément ce que je suis venu vérifier. Si ces informations se confirmaient, cela signifierait…

— Et vous pensiez que je cachais un de ces spécimens chez moi ? Sous mon lit ?

À nouveau sa bouche en cul de poule, sa gueule de poisson-chat. Comédie. Il a secoué vivement la tête.

— Ceci est un malentendu, il a fait. La raison de ma présence chez vous n'a rien à voir avec le Grand Géocoucou. Je… j'espérais simplement pouvoir vous emprunter une pile.

— Une pile ?

— En dépannage. Pour ma lampe frontale. Elle m'a lâché et je me suis aperçu que j'avais oublié d'emporter une pile de rechange.

— Pour pouvoir chasser Bip Bip la nuit, c'est ça ?

Il n'a pas eu l'air de saisir le sarcasme. Il s'est mis à agiter ses petites mains dodues.

— Non, non, pas du tout. Pour lire. Juste pour lire. J'ai pris cette habitude de lire ainsi, le soir, en me couchant. C'est idiot, mais si je n'ai pas ma lampe sur le front…

C'était n'importe quoi. C'était un sketch. La Pieuvre m'avait envoyé son comique de service. Sydney l'humoriste. Ou quelle que soit sa véritable identité. Malgré tout, j'avais toujours moins envie de rire que de lui fracasser le crâne.

Et le type continuait son numéro :

— Je suis d'abord allé trouver le propriétaire, Mr Hastings. Hélas, il ne possédait pas le bon modèle de pile. C'est lui qui m'a suggéré de faire le tour de mes voisins, j'aurais peut-être plus de chance avec eux. Mais il n'y avait personne dans les autres cabanes. Quand je me suis présenté devant la vôtre, la porte était ouverte, alors je…

— Non, j'ai dit.

Cinglant. Comme une gifle. Il a eu une espèce de sursaut.

— Non ? il a fait.

— Ma porte n'était pas ouverte. Je suis sûr de l'avoir fermée en partant. Je l'ai fermée à clé.

Son visage s'est empourpré. Il a fait mine d'être outré, puis il a produit deux ou trois bulles invisibles avec ses lèvres avant de sortir un son.

— Je vous assure que votre porte était entrebâillée lorsque je suis arrivé. Je me suis même fait la réflexion que ce n'était pas très prudent… Ce n'est pas une excuse, notez bien. Je n'aurais pas dû pénétrer chez vous, je le reconnais. Mais la curiosité l'a emporté. Je voulais comparer nos deux locations, voir si elles étaient agencées de la même façon. Encore une fois, je suis navré pour cette intrusion. J'espère que…

Et bla-bla-bla-bla. Je ne sais pas si c'était la pression sanguine, mais mes oreilles se bouchaient et sifflaient. Des sortes d'acouphènes. La pierre me brûlait les doigts, j'avais l'impression qu'elle était en fusion. Je n'allais pas pouvoir tenir encore longtemps.

— Sortez ! j'ai dit.

Il a fermé son clapet, tout net. M'a dévisagé une poignée de secondes, puis a acquiescé d'un bref mouvement de tête. Il s'est approché de la porte et j'ai dû pivoter pour lui laisser le passage. Nous nous sommes croisés, nez à nez, à quelques centimètres. Il n'était pas plus grand que moi. Il est sorti. Après deux pas sur la terrasse, il s'est retourné et a ouvert la bouche. Mais finalement il a renoncé à parler et s'est remis en marche. J'étais sur le seuil, je ne l'ai pas lâché du regard jusqu'à ce que sa silhouette se fonde dans la végétation.

Je suis rentré et j'ai repoussé la porte.

À l'intérieur, j'ai fermé les yeux. J'ai soufflé. Je tremblais. J'avais toujours ma grosse pierre à la main. Je l'ai laissé tomber sur le lit. Putain, je me suis dit. Bip Bip. Bip Bip et Vil coyote. C'est à celui qui courra le plus vite…

J'ai ressorti mon grand sac à dos et j'y ai fourré toutes mes affaires. Une fois le sac bouclé, j'ai arraché une page de mon carnet et j'ai écrit un mot à l'attention de Steve. J'ai plié la feuille en deux et je l'ai posée sur l'oreiller. Puis j'ai éteint la lumière et j'ai attendu, assis dans le noir.

À deux heures du matin, j'ai chargé mon sac sur le dos, j'ai saisi la pierre sur le lit, et je me suis glissé sans bruit hors de la cabane. Dans le ciel une demi-lune pâle, juste assez pour repérer où je mettais les pieds. J'ai traversé l'oasis. Je l'ai laissée derrière moi. J'ai marché jusqu'à la gare routière. J'ai fini la nuit là-bas, sur un banc.

Ce n'est qu'en montant dans le car, à neuf heures, que j'ai lâché ma pierre.

Pas très glorieuse, la sortie du héros. Tête basse, la queue entre les jambes. En catimini. Personne n'était là pour m'accueillir dans cette bonne vieille ville de Fairmont, et pour cause – je n'avais prévenu personne. J'ai fait une chose que je ne pensais jamais faire : je suis retourné chez ma mère. Elle était ravie. Elle ne m'a pas trop posé de questions. J'ai retrouvé ma chambre d'enfant où pas grand-chose n'avait changé. Ce n'est pas une planque à proprement parler. Je ne me cache pas. Je suis bien conscient que s'ils veulent me retrouver, rien ne les en empêchera. En revenant ici, j'avais juste espoir qu'ils m'oublient, au moins le temps de terminer ce que j'ai entrepris. Ensuite, on verra. Ça passe ou ça casse, comme on dit.

Pour l'instant, ça tient. Les jours, les semaines, les mois. Pas de nouvelles. Peu de temps après mon retour, Barbara avait essayé de m'appeler. Je n'ai pas décroché. Je savais qu'il ne fallait pas que je lui parle. Fallait pas que j'entende sa voix. C'était dur et ça l'est toujours. Je regrette qu'il n'existe pas d'organisation du type Barbarophile Anonyme, sur le modèle des AA. Je serais le seul membre, j'aurais douze mille étapes à franchir. Je suis passé par le biais de Jerry Moncello pour la prévenir : j'ai dit qu'une urgence familiale m'avait rappelé chez moi, inutile de chercher à me joindre, je leur ferais signe en temps voulu. Je ne sais pas comment il a interprété ce départ précipité. Je ne sais pas ce que Barbara en a pensé. « Dites-lui que je n'ai pas laissé tomber », j'ai dit à maître Moncello. Je lui ai promis que j'écrirais un « rapport » sur le cas Gary Sanz et que je leur en enverrais une copie, à lui et à elle. Elle n'a pas cherché à me recontacter. Je suppose que je ne lui manque pas. J'ignore si de son côté elle travaille encore sur Sanz. M'étonnerait. Elle doit avoir mieux à faire.

Qu'est-ce que j'ai de mieux à faire, moi ?

J'ai mis du temps avant de commencer la rédaction. J'ai relu les bouquins, j'ai relu mes notes, j'ai réécouté les enregistrements, j'ai complété mes recherches sur le Net. Je repoussais. Je me suis souvent surpris à jeter un coup d'œil dehors, derrière les rideaux. Au début, j'hésitais à sortir de la maison. Avec le temps, on se relâche un peu. Et puis, il y avait la question de l'argent. Ma bourse a fondu. Je suis une charge pour ma mère, même si elle ne le dira jamais. Elle ne touche qu'une petite pension, qu'elle complète en allant s'occuper de quelques vieux à domicile. Elle leur fait les courses, le ménage, les repas. Tout ce qu'elle fait gratuitement pour moi. Je ne pouvais pas continuer à rester assis le cul sur ma chaise à bouffer ses muffins. En attendant le Pulitzer, j'ai passé l'été à faire la plonge au River House Grill. Je connais bien Meadow Troot, la patronne. Son mari travaillait à la mine avec mon grand-père. Il est mort aussi, mêmes causes mêmes effets. Meadow tient cette espèce de guinguette sur la berge de la Monongahela. Elle m'avait déjà embauché pour la saison quand j'avais 15 ans. Dix ans plus tard, je replonge. L'impression de ne pas avoir avancé d'un pouce. Ça me dépanne.

C'est un article du *New York Times* qui m'a poussé à m'y mettre. Le journal publiait des documents confidentiels de l'Agence de protection de l'environnement (EPA). Ça disait qu'il y avait soixante et onze mille forages d'exploitation de gaz de schiste dans le bassin de la Monongahela, lesquels rejetaient de grandes quantités d'eaux usées dans la rivière. Ces eaux usées sont radioactives à des taux qui peuvent atteindre mille fois les limites autorisées. La Monongahela alimente près d'un million de personnes en eau du robinet.

J'ai pensé à DuPont. À mon père. À l'énergie libre. *FreePow*. Je crois que ça vaut le coup d'y croire et de tenter quelque chose.

Je ne me suis pas réinscrit à la fac. Hamsa ne pige pas. Elle a posé plus de questions que maman. « Qu'est-ce que tu fous, Dip ? » Elle est convaincue que je couve une dépression. Je ne lui ai pas parlé de la Pieuvre, de Barbara, de Sanz, des couloirs de la mort. Est-ce que nous ne sommes pas tous dans les couloirs de la mort ?

Dictaphone : « Et qui en détient les clés ? Qui nous surveille ? Qui sont nos gardiens ? »

Peut-être que ma sœur a raison et que je couve une dépression.

J'espère en finir avant Noël.

Je jette un œil par la fenêtre mais je ne vois rien, seulement la pluie qui ruisselle sur la vitre. C'est l'automne et il pleut sur Fairmont. Dallas est loin. Loin, le Texas. Je me souviens de la douceur de l'air. J'ai bien vu un écureuil dans l'oasis, je le jure.

III

Qui se souviendra de la fée Barbara ?

9 février 2015

Il faisait beau, ciel clair et dégagé, une belle journée d'été qui commence. Dommage pour vous, les minions. Ça va faire mal. Ce ciel bleu c'est la jungle et le jungler s'avance en douce, là-haut, à dix mille mètres au-dessus de vos têtes. L'oiseau de fer. C'est un ADC, c'est un assassin, c'est un tank, c'est un mage, c'est tout ça à la fois, c'est un putain d'Over Powered. Trop puissant. Le champion s'appelle Enola Gay. Son arme : Little Boy. Force de destruction maximale. Ce n'est pas la foudre qui va vous tomber sur la gueule, c'est le ciel tout entier. Un sort magique équivalent à 15 000 tonnes de TNT. Mana à bloc. Il approche. Il arrive. À 8 h 15 le major Thomas Ferebee fait un clic droit, la soute s'ouvre et l'oiseau lâche sa fiente fatale. Prenez ça, bande de nains jaunes ! C'est l'Aigle, le Pygargue à tête blanche, c'est l'Amérique qui vous conchie. Un burst de folie. Oubliez vos défenses ridicules, oubliez vos armures et boucliers, y a rien à faire. On parle là d'un éclair à 4 000° C. Le rayon de la mort. On parle d'une onde de choc et de vents soufflant à 800 km/h. On parle d'un champignon qui pousse jusqu'au soleil. L'enfer ! c'est de ça qu'on parle. Éclatés, les sbires. Des centaines de milliers sur le carreau, direct. Points de vie : zéro. Nexus anéanti. La game est dead. Alors c'est qui, le maître, hein ?

Good job…

Putain, j'aurais pas aimé la jouer, cette partie. Ni dans un camp ni dans l'autre. Soit c'était la mort sur place, soit le remords et la honte pour le restant de ta vie. Tu peux retourner ça dans tous les sens, tu peux chercher tous les prétextes et les excuses pourris, au final c'est tout ce qui reste. Il paraît que je fais partie de la team des vainqueurs. La bannière étoilée flotte sur mon toit. Mon drapeau. Mon peuple. God bless America. Je crache dessus. Je n'ai rien demandé, moi, je n'ai rien décidé. Ce n'est pas moi qui tenais la manette, c'était Harry. Harry le bigleux. Pas de quoi être fier. Cette année, on va souffler les bougies : 70 ans. Parce que ça se fête ? Ils ont montré un reportage à la télé. Ils ont interviewé des survivants. Les hibakusha, on les appelle. Il y avait une petite vieille toute ridée, prénom Misaki. Elle est aveugle. Elle a raconté son histoire. Elle avait 5 ans le jour J. Ses rétines ont été brûlées par le rayonnement thermique. Elle a perdu son père et sa mère et ses deux sœurs. Elle a été sauvée par un voisin qui l'a portée sur son dos au milieu des flammes et des immeubles qui s'écroulaient. Le voisin est mort deux semaines plus tard à cause des radiations. Pendant cinquante ans, Misaki n'a rien dit. Elle l'a caché. Elle a vite compris que les survivants de la bombe étaient victimes de discrimination. Un genre de pestiférés. Elle ne s'est pas mariée et elle n'a pas eu d'enfants. Et puis un jour elle a décidé de parler. Elle a rejoint une association qui milite pour l'abolition de l'arsenal atomique. Les hibakusha se battent pour que le gouvernement japonais ratifie le traité des Nations Unies sur l'interdiction des armes nucléaires. La petite vieille disait qu'elle avait eu de la chance. Elle disait qu'elle n'éprouvait pas de haine pour ses bourreaux. Elle voulait juste qu'on n'oublie pas et que ça ne puisse plus jamais se reproduire. Elle pensait aux générations futures. Zen. La classe. Elle aurait pu être ma grand-mère. J'aurais bien aimé savoir ce qu'elle pensait de Fukushima. Je me suis dit que si un jour j'avais une fille, je l'appellerais Misaki. Mais j'en aurai pas.

À part ça, j'en ai marre de l'hiver. On se pèle.

14 février 2015

Fuck Saint Valentin !

Qu'est-ce qu'ils croient, les mecs ? Un bouquet et hop, on est prête à se faire sauter ? Oh, mon Dieu, des fleurs ! Comme c'est gentil, mon chéri, comme c'est romantique ! Attends, je vais chercher le vase et la vaseline… Mais non, mon gars, c'est pas comme ça que ça marche. Tes roses, tu peux te les carrer profond et les épines avec – comme ça tu verras l'effet que ça fait. Cette tactique, c'est bon pour les jeunots qui n'ont pas encore trempé leur biscuit. C'est bon pour les vieux maris rassis à qui on rappelle une fois l'an qu'il faut arroser bobonne – depuis combien de temps vous n'avez pas eu droit à une pipe conjugale, messieurs ? C'est pas de l'attention, c'est du marketing. Mon amour, ne confonds pas opération séduction et opération commerciale. Si tu veux m'offrir des fleurs, fais-le un autre jour, hors du calendrier promotionnel. Et, par pitié, va les cueillir toi-même dans un champ. Qui fait pousser les roses du marchand ? Ce sont des ouvrières équatoriennes qui taillent trois cents tiges par heure pour trois cents dollars par mois et qui bouffent du pesticide à longueur de journée. Tu sens ce parfum, mon chéri ? C'est le doux fumet des fongicides et des néonicotinoïdes. Ça pique le nez.

Tu vois, il y a des jours où c'est mon cœur qui se cache sous mon string.

Je ne veux pas de ça.

Mon amoureux s'appelle John. On se connaît depuis quatre ans. Il mesure 1,20 m. Il est robuste et bien taillé. Il dort sur mon balcon. Il m'offre ses fruits et ses fleurs et tout ce qu'il attend de moi c'est un peu d'eau (très peu) et quelques paroles gentilles. Il y en a qui disent que c'est un figuier de Barbarie. Des jaloux. La plupart des mecs sont mille fois plus barbares. Au moins, celui-là n'est pas collant, ni bavard. Il m'écoute quand je lui parle. Je l'aime. Je le couve du regard. Je lui envoie des baisers du bout des doigts. On évite les câlins. On s'entend bien. En vérité, c'est un figuier de Barbara. C'est elle qui me l'a présenté. Il était tout minus à l'époque, on aurait dit un cactus nain. C'est pour toi, elle a dit. Merci, frangine. Comment il s'appelle ? À toi de le baptiser, elle a dit. J'ai tout de suite pensé à John, à cause de McEnroe, à cause des raquettes et du piquant. Le genre toujours hérissé. Peut-être un peu la coiffure aussi. J'ai un faible pour les sales gosses, j'avoue. Pour les rebelles. Va pour John, elle a dit. Jusqu'à ce jour il ne m'a jamais déçue.

Qu'est-ce qu'elle fout, ma sister ? Ça fait dix jours que j'ai pas de nouvelles. Elle répond pas au téléphone ni aux mails. On devait se voir dimanche dernier et elle n'est pas venue. Elle a pas prévenu. C'est pas dans ses habitudes. C'est une fille sérieuse. Tout le contraire de moi. Le jour et la nuit, comme dit ma mère. Qui est le jour et qui est la nuit ? Facile à deviner. Je suis l'aînée, je devrais être le modèle, l'exemple à suivre : raté. Je suis passée chez elle et il n'y avait personne. En tout cas, personne qui a répondu. Je laisse filer encore un jour ou deux, après je préviens la cavalerie. T'en penses quoi, John ?... Il est d'accord. On s'entend foutrement bien.

J'ai jamais vu jouer McEnroe en direct, j'étais trop jeune. Ça vient de papa, ce trip. Il était hyperfan. Il avait enregistré ses matchs au magnétoscope et on se tapait des après-midi entiers à les regarder tous les deux. Maman s'en fichait et Barbara lisait des livres dans sa chambre. C'était juste entre papa et moi et la chienne Gumpy à nos pieds qui lâchait des pets en dormant. Il y en a que j'ai dû voir cinquante fois. Je me souviens d'une finale de Roland-Garros en 1984. John mène deux sets à zéro, il est à cinq points de la victoire, mais il se fait remonter et il perd contre Lendl Robocop. Chaque fois qu'on se repassait le match, mon père avait l'air de croire que ça allait changer et que John finirait par l'emporter. Je l'ai vu pleurer plus d'une fois. Il pouvait pas sacquer Lendl : un bourrin, il disait. Un putain de char soviétique. John avait la grâce, John était le messie avec un bandeau sur le front. Papa disait qu'il le connaissait. Il disait qu'il l'avait joué dans des tournois de jeunes, quand ils avaient 12, 13 ans, il l'avait même battu, il disait qu'en ce temps-là il était meilleur que lui, il aurait pu avoir sa carrière, il aurait pu devenir n° 1, il aurait pu s'associer à John et ils auraient fait la paire du siècle. John était aussi un grand joueur de double. Papa était un des grands espoirs du tennis américain avant son accident. Il y a une photo qui date de cette époque : on voit deux joueurs sur un court, on reconnaît mon père, de face, en train de servir, et quand il me montrait la photo, il pointait toujours le doigt sur son adversaire, de dos, et il me disait « Tu sais qui c'est, ça ? » Je le savais parce qu'il me l'avait déjà dit cent fois, mais il me le redisait quand même : « C'est Jimmy. Ce gars, là, c'est le grand Jimmy Connors. » J'ai pas de raison de ne pas le croire. Sur la photo, papa a 16 ans, c'était six mois avant qu'il passe par la fenêtre.

Quand il s'est tiré de la maison, il a emporté la photo et ses vieilles raquettes en bois. C'est moi qui ai récupéré toutes les cassettes, mais il n'y a plus de magnétoscope, on n'en trouve plus nulle part. Tout ça, c'est mort. Quand ça me prend, je cherche Flushing Meadows 1981 sur YouTube et je chiale ma race.

17 février 2015

Le réveil à 6 heures 30, c'est juste de la torture légale. Au final, dix minutes de retard au boulot. Dix minutes, quoi ! Pas quinze, pas vingt, pas trente. La Shark m'a pas loupée. Il y avait déjà une patiente dans la salle d'attente. J'ai eu envie de lui dire que les patients patientent, chacun son rôle. Pas ma faute s'il y a des gens assez maso pour venir se faire charcuter la mâchoire à 8 heures du mat. Le docteur Anastasia Sharkos s'est cru obligée de faire les gros yeux. Elle m'a prévenue : dernier avertissement. Elle m'a déjà dit ça la semaine dernière, et la semaine d'avant. Depuis que sa copine l'a plaquée, elle est à cran. C'est une salope mais elle n'est pas idiote, elle sait qu'elle trouvera pas mieux que moi. Dix heures par jour, six jours sur sept, pour vingt-deux mille dollars par an : qui en veut ? Secrétaire médicale, ça sonne pas mal, mais c'est un boulot de merde. Synonyme : esclave. C'est juste que quand t'as bossé six mois chez KFC, tu prends. Quand t'as bossé dans une conserverie ou dans une entreprise de nettoyage, tu prends. Il y a le pire et le moins pire, choisis. T'avais qu'à faire des études, comme dit ma mère. Regarde ta sœur, elle… Je sais, je sais, OK. Ma chère maman qui n'a suivi qu'un seul et unique trimestre de cours d'histoire de l'art dans une obscure université du Wyoming avant de tomber sous le charme du bel Alan Grove. Tomber sous le charme voulant dire coucher avec. Avant son vingtième anniversaire elle était déjà mariée et dans les tréfonds de son utérus poussait un petit monstre ingrat qu'elle appellerait Sylvia. Coucou, c'est moi ! Voilà où l'ont menée ses études, et c'est vrai que c'est la meilleure chose qui pouvait lui arriver. Son avocat a fait le reste. Après le divorce, elle a obtenu 8 %

sur le business de papa. Jackpot. Une rente à vie. Aujourd'hui, elle peut consacrer tout son temps à étudier l'art. Elle finira bien par apprendre que Picasso n'est pas un rappeur.

Plutôt crever que de vivre aux crochets d'un ex-mari.

Plutôt crever que de me marier.

Plutôt crever que de continuer à nourrir la bête. Mes entrailles ne donneront pas de fruits. Je passe mon tour.

18 février 2015

Cette connasse de Shark m'oblige à porter une blouse. Soi-disant que ça fait plus professionnel. Tu parles ! C'est elle qui la fournit et elle l'a prise deux tailles en dessous, histoire que ça moule bien. Je peux pas croiser les jambes, je peux pas me baisser, des fois j'ose même plus respirer tellement j'ai peur que mes nichons fassent sauter les boutons. Elle sait ce qu'elle fait, la mère maquerelle. Pas folle. Sa clientèle a presque doublé depuis que j'y bosse. Et pas que des mâles. Elle a son réseau. Ici, c'est plutôt Goudouland. Toutes les brouteuses de Dallas se retrouvent sur son fauteuil. Je veux pas savoir ce qui se passe dans ce cabinet. J'entends la fraise qui tourne derrière la porte, c'est déjà assez pénible. Je serre les dents. Chaque fois que j'enfile cette blouse, j'ai l'impression que je vais tourner une scène de porno. Est-ce que je dois sucer le bout de mon stylo, madame ? Je me demande si elle fantasme sur moi. Raison de plus pour pas me virer. Ça vaut bien mes dix petites minutes de retard.

Mon problème, c'est que j'ai passé la nuit sur la Faille de l'invocateur. Couchée à 4 heures. Deux heures de sommeil, ça tue. Je peux pas expliquer ça à ma patronne, elle comprendrait pas. Je parie qu'elle a même jamais entendu parler de la League. Si t'es pas dedans, tu peux pas comprendre. Ma sœur dit que c'est une drogue. Elle dit que je suis accro. Elle dit que c'est pas une vie et que je devrais consulter un spécialiste pour décrocher. Est-ce que tu en as parlé au docteur Mendell ? Ma petite sœur chérie qui sait tant de choses et qui se fait du souci pour sa tarée de grande sœur. Chaque famille a son boulet, non ? Mais d'abord j'ai pas les moyens de consulter un spécialiste, et ensuite et surtout j'en ai pas envie. Pose-toi la bonne question, sister : pourquoi les drogués se droguent ? Tu es le jour et je suis la nuit et en quoi ton monde est-il meilleur que le mien ? Dans mon monde, la petite Misaki aurait pu botter le cul à Enola Gay. Chacun a sa chance. Dans mon monde, les morts ressuscitent à chaque nouvelle game. Mes nuits m'appartiennent, frangine. Je suis maîtresse de mon destin. Je choisis et je décide. Je change de peau. Je change de nom. Je ne suis plus Sylvia la secrétaire médicale, je ne suis plus l'esclave du docteur Sharkos. Je suis un mage ou je suis un soigneur. Je suis fort. Je suis Quanah. Minuit sonne, je quitte ma blouse de pétasse et j'entre dans la légende !

19 février 2015

J'ai appelé ma mère pour être sûre. Elle m'a confirmé qu'elle n'avait pas vu Barbara depuis deux semaines. Elle ne lui a pas parlé non plus au téléphone. Ça l'inquiète pas, c'est déjà arrivé. J'ai aussi appelé papa en Floride, au cas où. Barbara ? il a fait. J'ai cru qu'il allait me demander : C'est qui, celle-là ? Je sais que j'ai toujours été sa préférée, mais oui, papa, tu as deux filles. Il m'a dit qu'il y avait au moins un an qu'il n'avait pas de nouvelles. Peut-être plus. Un problème ? il a fait.

Je ne sais pas. Aucun signe de vie depuis bientôt quinze jours, est-ce que c'est un problème ? J'aurais tendance à dire oui. Il y a des tas de tarés en liberté dans ce monde qui est le monde qu'elle appelle réel. Les vrais monstres, c'est là qu'ils vivent et qu'ils chassent. Des types qui glissent une dose de GHB dans ta Margarita pendant que tu vas te refaire une beauté. Des types qui t'enferment à l'arrière d'une camionnette. Des types qui te tranchent les seins avant de te violer. Des types qui s'astiquent sur ton cadavre. Dans LoL ça n'existe pas, mais ici, oui. Bref, je me suis décidée à aller voir les flics.

Commissariat de North Central, sur McCallum Boulevard. C'était moins glauque que ce que je craignais. À l'accueil il y avait un ange blond : Justin Bieber tout craché. On lui donnait 14 ans. Il souriait sans arrêt comme s'il était en train de vivre le plus beau jour de sa vie. Il y a des gamins qui rêvent de devenir policier. Peut-être qu'il était le fils du chef et que son père lui avait permis d'être là ce soir pour le récompenser de ses bonnes notes. Peut-être que c'était son cadeau d'anniversaire : une journée au poste, avec un vrai uniforme, un vrai flingue à la ceinture, des vraies menottes. Comme une gamine qui joue à la marchande dans sa chambre et qui se retrouverait d'un coup derrière la caisse d'un Walmart. Après, souvent, on déchante.

En plus d'être gracieux, le blondinet était poli. Il m'a appelée « madame » et il m'a écoutée au moins deux minutes en clignant des cils avant de m'interrompre pour me dire qu'un officier allait prendre ma déposition. J'ai senti que ça lui plaisait de prononcer le mot « déposition », moi ça m'a fait flipper. J'ai failli repartir. Je ne l'ai pas fait. J'ai pensé à ma petite sœur ligotée et bâillonnée dans le coffre d'un SUV et je suis restée. J'ai poireauté une demi-heure dans un couloir, devant une porte fermée. J'avais faim et j'avais mal au cœur en même temps. Venue directement en sortant du boulot, rien avalé depuis midi. Il y avait une vague odeur de plastique brûlé. Puis la porte s'est ouverte et un vieux bonhomme est apparu devant moi. Une sorte de nounours noir, ou plutôt gris foncé, un gros doudou très très très fatigué. Tout pendouillait chez lui : ses joues, ses lèvres, son bide. Sous les yeux c'était plus des poches qu'il avait, c'était des hamacs. Je me suis demandé s'il était proche de la retraite. Je lui souhaite. Peut-être que Justin Bieber sera dans le même état après quarante années passées au DPD.

C'était le sergent Barry Williams. Dans ma tête ça s'est transformé en Barry Bear. Ce sera son pseudo. Il m'a fait entrer et asseoir. Il y avait trois bureaux dans la pièce mais le sergent était seul à bosser à cette heure. J'ai dû donner mes nom et prénom et coordonnées et après il m'a demandé quel était l'objet de ma visite. Je lui ai expliqué pour ma sœur. Barry Bear me regardait avec ses bons gros yeux tout humides. Parfois ses paupières se baissaient puis se relevaient, lourdement, lentement, comme au ralenti. Quand j'ai eu fini, il a poussé un long soupir et il a continué à me fixer comme s'il se demandait ce qu'il allait faire de moi. Je voyais bien qu'il avait pas envie d'entendre ça et qu'il aurait préféré être peinard chez lui dans son fauteuil devant la télé avec sa femme et ses enfants et ses petits-enfants. Je m'en voulais un peu de l'embêter avec mes histoires. Puis il s'est raclé la gorge, il a ouvert une espèce de carnet qui traînait sur son bureau et il s'est mis à me poser des questions. Identité et signalement de la personne ? – Barbara Grove, 25 ans, 1,65 m environ, 55 kilos environ, cheveux châtains, yeux bleus. Un peu comme moi, je lui ai dit, mais en plus jeune et plus jolie. Et plus intelligente. (C'est la vérité, j'y peux rien.) Il m'a demandé si j'avais une photo, mais j'en avais pas sur moi. – Des signes particuliers ? Tâches de naissance, cicatrices, tatouages, piercing ? On voit qu'il connaît pas ma frangine, le piercing c'est pas son style, j'ai mis dix ans rien qu'à la convaincre de porter des boucles d'oreilles. Il m'a demandé si je lui connaissais des ennemis, quelqu'un qui aurait des raisons de lui en vouloir. – C'est la plus chouette fille du monde, pourquoi on lui en voudrait ? – Je ne sais pas. Un petit ami jaloux, peut-être ? Elle a un copain, un fiancé ? À ma connaissance elle n'en a pas, non, pas en ce moment, mais des fois je me dis qu'elle me raconte pas tout, elle a ses petits secrets. – Des problèmes de drogue ou d'alcool ? – Barbara ? Vous rigolez ! À moins que le jogging soit considéré comme une drogue ? (Barry Bear a secoué sa grosse tête ronde pour dire non.) Ça se discute, j'ai dit. Mais en vrai, c'est moi la droguée de la famille, monsieur le sergent. (Là, il a relevé son stylo et il a levé un sourcil aussi, très haut, presque au milieu du front, je sais pas comment il faisait, c'était la première fois que je voyais ça.) – Pardon ? il a fait. – Oui, paraît que je suis accro. À LoL. – À quoi ? – LoL. League of Legends. C'est légal, vous en faites pas. (Il avait son sourcil toujours levé, là-haut, peut-être qu'il pourrait plus jamais redescendre.) Puis il m'a demandé ce que faisait ma sœur dans la vie et si elle avait déjà fugué et si j'avais fait le tour des hôpitaux. Et des morgues, il a ajouté. – Des morgues ? – Désolé de vous dire ça, mais il y a de nombreux corps non identifiés qui... – Ma sœur n'est pas morte ! Je l'aurais su si elle était morte, je l'aurais ressenti par toutes les fibres de ma peau et par le flux symbiotique de mon âme ! Vous avez déjà entendu parler de la connexité subliminale, monsieur le sergent ? – Euh... non, jamais. – Notez ça sur votre carnet, et renseignez-vous. Vous comprendrez mieux. (Il a hoché la tête, plusieurs fois, après quoi il a écrit encore un truc mais c'était des pattes de mouche son écriture, et vu que je me tenais à l'envers, je pouvais pas la déchiffrer.) Qu'est-ce que vous allez faire ? j'ai demandé. Pour ma petite sœur, qu'est-ce que vous comptez faire ? (Soupir, encore. Gros gros soupir, on aurait dit un ballon crevé.) – Je ne vais pas vous mentir, mademoiselle Grove : on ne pourra pas faire grand-chose. On va diffuser son signalement aux patrouilles, au cas où. D'ailleurs, si vous aviez une photo, ça nous aiderait. On va essayer de se renseigner, à droite à gauche, mais je crains que nous n'ayons pas les moyens de faire davantage. Pour l'heure, le cas de votre sœur ne peut pas être considéré comme une priorité. Il n'y a pas de plainte contre elle, a priori elle n'a pas commis de délits, et il n'y a pas non plus vraiment de présomption de violences contre sa personne. Je regrette mais votre sœur est majeure et vaccinée, elle a parfaitement le droit de filer à l'autre bout du monde si ça lui chante. – Je la connais, elle ne serait pas partie comme ça, sans me prévenir, sans prévenir personne ! – Il faut que vous sachiez qu'il y a des milliers, des dizaines de milliers d'individus qui disparaissent ainsi dans la nature, chaque année, en Amérique. – Et ils ne réapparaissent pas ? – Pas tous, mademoiselle, a soufflé Barry Bear. Pas tous…

Son sourcil est retombé.

En sortant du commissariat, j'ai aspiré des grandes bouffées d'air frais pour me laver les sinus. Il faisait nuit. J'ai levé la tête et j'ai vu les points lumineux d'un avion qui passait dans le ciel. J'ai fermé les yeux et j'ai fait un vœu. C'était pas une étoile filante, mais c'était mieux que rien. On sait jamais, je me suis dit.

22 février 2015

Dimanche. Pas de réveil. Pas de Shark. Pas de blouse. Je comprends pourquoi on l'appelle le jour du Seigneur. Un p'tit déj sur le balcon en tête à tête avec John. Je lui ai raconté ma nuit. Elle a été chaude. Quatre parties, et la dernière a duré plus de deux heures. J'aime quand c'est serré. Mais je suis fière d'annoncer que nous avons fini par laminer ces branleurs ! Quanah a levé le poing de la victoire. Quanah a poussé son cri, la lune en est témoin. Wouh-wouh-wooooooouuuuuuuh ! Je suis sûre que Tender Wolf a fait pareil.

Tender Wolf… Loup et tendre à la fois, c'est possible ça ? En tout cas, ça me plaît bien. Je sais pas qui est ce type, mais c'est un bon, mieux vaut l'avoir avoir avec toi que contre toi. On dirait qu'il m'apprécie aussi. Depuis quelque temps, nos routes arrêtent pas de se croiser. À peine je me connecte que le loup pointe son museau. Tu me guettes, mon beau ? Qu'est-ce que t'as derrière la tête ? T'as les crocs ? OK, viens. Quanah t'accepte dans sa tribu. Profite, le samedi est la nuit du Seigneur. C'est vrai qu'on se complète à merveille, tous les deux. On fait la paire, comme dirait Kelly. La paire de quoi ? Ah ! Ah ! Dans la dernière game, j'étais censée être là en support mais c'est lui qui a sauvé mes miches deux ou trois fois. Son truc, j'ai remarqué, c'est la jungle. C'est son élément. Tout l'art de se fondre dans le décor. Silencieux, invisible. Tu crois que t'es safe et d'un coup il te tombe dessus, t'as pas le temps de piger que t'es déjà mort. Main de fer et patte de velours. Cette fois, il a choisi Hecarim comme champion. M'étonne pas. Hecarim, l'homme des Îles obscures. Un tank. C'est du lourd. Un genre de Lendl rusé et armé jusqu'aux dents. Quand le chevalier spectral sort de la Brume noire, ça fait du dégât. Pas vraiment le prince charmant, si tu vois ce que je veux dire. Tant mieux, parce que j'ai pas l'intention de jouer la pucelle qui roupille dans les bois en attendant qu'il vienne me rouler une gamelle. T'imagines l'haleine de la fille après cent ans de sommeil ? Princesse Pue-du-Bec ! Sans parler du reste – un siècle sans te laver ! Putain, ça fait pas envie.

Moi, j'ai choisi Soraka. Ma championne. L'enfant des étoiles. Je la prends souvent. Naguère, Soraka était un être céleste. Elle a sacrifié son immortalité pour rejoindre le monde de ceux qui naissent et qui meurent. Tant que le mal menacera une vie sur Valoran, je n'aurai pas de repos. Autant dire qu'y a du boulot !

24 février 2015

J'ai rêvé d'elle, c'est un signe.

J'étais à cheval, un vrai cheval mais qui avait la tête de ma chienne Gumpy. D'après *Le Dictionnaire des rêves* de Kelly, quand on rêve qu'on fait du cheval, ça signifie que nos souhaits vont se réaliser. Ils ne disent pas si ça change quelque chose que le cheval ait une tête de chien ou pas. Bref, j'étais sur le dos de ce canasson, on avançait tranquillement dans une plaine, et soudain j'ai entendu une voix. C'était pas des hurlements, c'était pas des cris de terreur ou des appels au secours, ni rien de ce genre, c'était juste quelqu'un qui m'appelait : « Sylvia ! Sylvia ! », comme pour me dire bonjour. J'ai regardé autour de moi, et tout ce que j'ai vu c'était une espèce de tour au loin. Je me suis approchée. Un vieux donjon en pierre, tout rond. Il devait faire dans les vingt mètres de hauteur et il était planté là, au milieu de nulle part. Ça faisait penser à un phare sur une île, ou bien à une fusée qu'on aurait construite il y a mille ans et qu'aurait jamais décollé. Il y avait une sorte de chapeau pointu en guise de toit, et juste en dessous, au sommet de la tour, il y avait une fenêtre. Sauf qu'elle avait ni volets ni vitres, c'était seulement un rectangle découpé dans le mur. Et c'était de là que venait la voix. Une jeune fille se penchait par cette ouverture. Je l'ai pas reconnue tout de suite parce qu'elle était blonde, avec un bandeau dans les cheveux, mais tout à coup j'ai réalisé que c'était Barbara. Sûre et certaine que c'était elle, aucun doute. Elle continuait à m'appeler par mon nom et à me faire des grands signes avec la main. Je suis descendue de cheval. Je voulais rejoindre ma sœur et j'ai cherché une porte pour entrer dans le donjon, mais toutes les portes et toutes les fenêtres étaient fermées. Toutes les ouvertures avaient été murées avec des parpaings, comme les baraques des squatteurs sur Mercury Street. D'après *Le Dictionnaire des rêves*, une porte symbolise l'âme. C'est ton âme sœur, a dit Kelly. Merci, j'avais pigé. Quand on rêve que la porte est fermée, ça annonce des peines et des tracas, ça annonce la solitude. Rien de neuf, quoi ! j'ai dit à Kelly. Dans mon rêve c'était de plus en plus angoissant, Barbara m'appelait, elle me faisait signe de monter, elle comprenait pas pourquoi j'allais pas la retrouver, mais y avait pas moyen de pénétrer dans cette tour et je voulais pas lui dire de descendre parce que j'avais peur qu'elle saute de tout là-haut et qu'elle s'écrabouille au sol. Je lui criais « Te penche pas ! Te penche pas ! » mais apparemment de son côté elle pouvait pas m'entendre.

Quand je me suis réveillée, j'étais en sueur. J'avais eu la flemme de déplier le clic-clac et je m'étais endormie comme ça, sur le canapé, la nuque tordue sur l'accoudoir. J'ai jeté un coup d'œil vers la porte-fenêtre et j'ai vu John sur le balcon, sa silhouette se découpait dans la nuit. Il me regardait à travers la vitre, il veillait sur moi. Ça m'a fait du bien. Putain, John, merci d'être là !

Je ne me suis pas rendormie.

Les flics feront rien. Le sergent me l'avait dit, mais je voulais pas vraiment y croire. Maintenant, je le crois. C'est mon rêve qui me l'a dit.

Alors, je fais quoi ? À part John, la seule sur qui je peux compter sur cette terre, c'est ma sœur. Si elle était là, elle me dirait quoi faire. Barbara sait toujours ce qu'il faut faire. Mais justement elle est pas là, c'est le problème. Elle est coincée dans ce putain de donjon et moi je sais pas, je sais pas, je sais pas.

Un cheval avec une tête de chien, j'ai peur que ce soit pas un très bon signe.

25 février 2015

Vingt et un jours. Trois semaines.

C'est la merde.

2 mars 2015

Je ne suis pas si nulle que ça. Barbara aurait pu être fière de moi. Elle aurait peut-être pas aimé que j'aille fouiller dans ses affaires, mais j'estime que j'avais pas le choix. Agis en adulte, elle me dit toujours. Ben voilà. J'ai réfléchi et j'ai agi. Jeudi dernier, j'ai réussi à m'introduire chez elle. J'avais pas le double des clés, ma mère non plus, alors j'ai été obligée d'appeler un serrurier. Il est venu, mais il voulait pas m'ouvrir. Il voulait une preuve que c'était bien mon domicile. Je lui ai dit qu'on m'avait piqué mon sac avec la clé et tous mes papiers, comment je peux le prouver ? La preuve, elle est à l'intérieur, je lui ai dit. Il voulait rien savoir. J'ai dû user de tout mon charme pour le convaincre. User de mon charme ne voulant pas dire coucher avec. J'ai pleuré des vraies larmes de jeune femme désespérée. Trop forte, la fille. J'aurais voulu que la scène soit filmée, j'aurais montré ça à John. Ça m'a rappelé une audition que j'avais passée à l'époque, quand je voulais être actrice. Bref, avec une rallonge de trente dollars, le gars a fini par craquer. Il m'a débloqué la serrure et il est reparti avec sa sacoche.

J'osais même pas rentrer. J'avais peur de voir du sang sur les murs. Des éclaboussures. J'avais peur de découvrir son corps par terre au milieu de la pièce. Mais c'était vide. L'appart aussi clean que d'habitude. Ça me faisait drôle d'être ici sans elle. Je sais où ma sœur range son sac à main, mais il n'y était pas. Je sais où elle range son cartable, mais il n'y était pas non plus. D'après moi, c'est tout ce qui manque. Sa commode était pleine, la penderie aussi. Dans la salle de bains il y avait sa brosse à dents et un soutif suspendu à la tringle du rideau à douche pour sécher. Il était complètement sec. Je me suis dit que si elle était partie en voyage, elle avait emporté le minimum du minimum. Je me suis dit qu'elle serait pas partie en voyage en laissant traîner un soutien-gorge.

Je suis retournée dans la pièce principale. J'ai regardé les étagères avec tous ses bouquins. Un jour je lui avais demandé si elle les avait vraiment tous lus et elle m'avait répondu : « Non, pas encore. Mais j'en ai lu pas mal d'autres qui ne sont pas là. » Moi, à sa place, j'aurais tenu le compte de tous les livres que j'ai lus. Au fur et à mesure j'aurais écrit leur titre dans un carnet avec un numéro à côté, et tous les cent bouquins j'aurais fait péter le champagne pour fêter ça. J'ai regardé aussi tous ses CD bien alignés dans leur petit meuble. Quasiment que des trucs de country ringards. Ma sœur a des goûts de chiottes question musique. J'ai essayé de l'éduquer mais elle veut rien savoir. C'était triste, tout ça, sans elle. Les livres et les disques, ils avaient l'air de petits chatons abandonnés, ils réclamaient après leur mère.

Je me suis assise à son bureau. À côté du clavier de l'ordinateur il y avait trois ou quatre dossiers empilés. Des chemises de couleurs différentes. J'ai ouvert celle du dessus. Je n'ai lu que les premières lignes mais déjà ça m'a pris la tête. Du charabia d'avocat. Ça devait être des cours ou quelque chose comme ça. Laisse tomber, ma petite, autant essayer de lire la Bible en braille. Il y avait aussi un post-it bleu collé sur le bord du clavier. Barbara adore les post-it. Dessus, c'était écrit :

Procès Humbert : PROC + SBOC ?

Proc et Sboc sont sur un bateau, les deux tombent à l'eau, qu'est-ce qu'il reste ? Il reste Sylvia qui boit la tasse ! Voilà ce que ça m'inspire. Putain, en quelle langue tu parles, sister ?

J'allais me relever, mais sans faire exprès j'ai bousculé la souris. L'écran s'est allumé (22 pouces, plus grand que ma télé). Il était en veille. Pas bon, je me suis dit. Pas bon. Si elle a pas éteint son ordi, c'est qu'elle comptait pas s'absenter longtemps. C'est comme le soutif dans la douche. Ça pue, cette histoire. À ce moment-là, j'ai eu un vrai gros coup de flip, mais j'ai fermé les yeux et j'ai inspiré et expiré profondément comme Kelly m'avait montré et j'ai réussi à me calmer. De voir l'écran allumé, ça m'a donné une idée. Je me suis dit que ce serait peut-être utile de jeter un œil à la messagerie de ma sœur. Seulement, je connaissais pas son mot de passe. Comment faire ? C'est là où je dis que je suis pas aussi bête qu'on croit. Je me suis souvenu d'une série télé où un type (je sais plus si c'était un flic ou un gangster) affirmait que la plupart des gens utilisaient des prénoms et des dates d'anniversaire de leur entourage pour composer leurs mots de passe parce que c'était plus facile à retenir. Comme quoi ils racontent pas que des conneries dans les films, parce que c'est comme ça que j'ai trouvé. M'a fallu plus de deux heures. J'ai testé des tas de combinaisons avec les prénoms de ma mère et de mon père et de moi et nos dates d'anniversaire, mais ça marchait pas, et puis j'ai eu un flash, j'ai repensé à mon rêve avec le cheval qui avait la tête de ma chienne, j'ai tapé le nom de GUMPY suivi de l'année où elle est morte et cette fois-ci, bingo ! Jeu, set et match ! comme dirait papa. Wouh-wouh-wooooouuuuuh ! Ça sert à ça, les rêves.

Il y avait 2 192 mails non lus. Ma petite sœur est populaire. Je suis revenue en arrière jusqu'au dernier message qu'elle avait ouvert. Il était daté du 4 février, à 11 h 48. Expéditeur : dsingh@gmail.com. Objet : *Humbert Humbert.*

Le message disait :

Chère Barbara,

As-tu eu le temps de lire mon texte ?

Si quelque chose te déplaît dans ces pages (des passages trop personnels, peut-être ?), n'hésite pas à me le dire, je le supprimerai.

Je ne l'ai pas encore transmis à Jerry, ni à personne d'autre. Je ne ferai rien tant que tu n'auras pas validé.

Je ne veux pas te presser, mais les jours passent et qui sait combien il en reste à notre ami l'écrivain ? (Pas de pathos, oui, je sais.)

Dis-moi.

À cette distance, je peux me permettre de t'embrasser.

D.

Si je me goure pas, à peu près trente minutes après avoir reçu ce message, ce jour-là, Barbara m'avait téléphoné. C'était l'heure de ma pause et je descendais du cabinet pour aller me chercher un sandwich. Elle m'appelait pour me confirmer qu'elle passerait me voir le dimanche suivant. Depuis, plus rien.

C'est qui ce « D » ? C'est qui ce Jerry ? C'est qui ce Humbert Humbert ? (Un rapport avec le « Procès Humbert » du post-it ?) Et ce texte qu'il lui demande de lire, c'est quoi ? Et Proc et Sboc, tant qu'on y est ?

Ma frangine me parle jamais de son taf. Elle doit se dire que je comprendrais pas, et elle a sûrement raison.

J'ai tapé une recherche dans la messagerie pour voir s'il y avait d'autres mails de D. Il y en avait un. Un seul. Je sais pas pourquoi, mais j'ai hésité avant de l'ouvrir. Celui-ci était daté du 9 janvier, presque un mois plus tôt. Objet : *Qui se souviendra de Gary Sanz ?* Le message disait juste :

Moi, je n'ai pas oublié.
D.

Ni bonjour, ni chère, ni je t'embrasse. Il y avait une pièce jointe. J'ai cliqué dessus. Ça m'a ouvert un document en format PDF. J'ai halluciné : quatre cent trois pages ! Bordel, c'est quoi, ce truc ? Un roman ? Une encyclopédie ?

J'ai transféré le message sur ma propre boîte. Je me suis dit que j'allais vérifier tous les mails non lus, mais j'avais pas le courage de m'y attaquer tout de suite, sur place. Cet appartement vide, ça me déprimait. J'ai éteint l'ordi et je me suis levée pour partir.

Et tu fais comment, ma petite, pour fermer à clé ? Impossible. Tant pis, laisse tomber. Si des voleurs débarquent et lui piquent ses CD craignos, ce sera toujours ça de gagné !

8 mars 2015

Une semaine de folie. Pas eu le temps de souffler deux minutes. Pas eu le temps d'ouvrir ce cahier. Chaque soir après le boulot, je me suis forcée à lire ce foutu PDF. *Qui se souviendra de Gary Sanz ?* Moi, je m'en souviendrai ! Jamais autant lu de toute ma vie. Je bouffe en lisant. Je m'endors en lisant. Je sais pas s'il y a vraiment un rapport avec la disparition de Barbara, mais j'ai rien d'autre à me mettre sous la dent. J'essaie de comprendre, et c'est pas simple. J'ai quand même bien avancé. J'ai appris des choses. Le « D », c'est un gars qui s'appelle Dipak. Dipak Singh. C'est lui qui a écrit ce truc. Apparemment, il est venu ici, à Dallas, et il est tombé raide dingue de ma sœur. Elle m'a jamais parlé de lui. J'en suis à la page 367 et il s'est encore rien passé entre eux. Pas de sexe, je veux dire. Je sais pas si ça va arriver, mais ça se traîne. Pour l'instant, ils passent surtout leur temps à se chicaner à propos de ce Gary Sanz. Un drôle de type, celui-là aussi. Il est en taule. On l'accuse d'avoir zigouillé sa femme et une vieille tante pochtronne, tout ça à cause d'une espèce de machine électrique qu'a inventée son beau-frère. Des fois, j'ai l'impression que c'est du grand délire, tout ce truc. N'empêche que ce type existe pour de vrai, j'ai vérifié.

Ça parle aussi d'une sorte de mégacomplot et d'une Pieuvre Noire. Ça, ça fout les jetons. Parce que c'est certainement vrai aussi. J'ai peut-être pas fait d'études, mais je suis pas totalement débile. Qu'il y ait une bande de salopards qui surveillent et qui contrôlent tout en secret, ça me paraît une évidence. Suffit de réfléchir un peu. Qui est encore assez naïf pour croire que le 11 septembre, c'était un coup de Ben Laden ? Ou pour gober que Lady Di, c'était un simple accident de voiture ? Avec moi, ça prend pas. Le hasard ? Il n'y a pas de hasard. Va parler du hasard à Edward Snowden, tu verras. On est pisté, on est espionné, on est manipulé jusqu'au trognon. Tu peux pas aller pisser sans qu'ils le sachent. Maintenant, ce mec, Snowden, il est obligé de se planquer pour pas se faire descendre. Juste parce qu'il a osé dire la vérité. C'est un putain de héros et il peut même pas rentrer chez lui. Voilà le genre de gars qu'on devrait élire comme président. Obama, mon cul. On pensait que ce serait mieux avec lui, mais qu'est-ce que ça a changé en fin de compte ? Comme dit Kelly : la couleur fait pas tout. Faut voir ce qu'il y a dans le portefeuille. Un Noir riche sera toujours plus proche d'un Blanc riche que d'un Noir pauvre. En attendant, Edward leur en a mis plein la gueule, ces enfoirés ont rien vu venir. Bien joué, mec !

Peut-être que c'est ce qui arrive avec Barbara. Peut-être qu'elle a découvert un truc qu'elle aurait pas dû et qu'elle est obligée de se cacher pendant quelque temps pour se faire oublier. Ça m'étonnerait pas. Elle est futée et elle lâche rien. Je lui fais confiance. Quand ce sera le bon moment, elle balancera sa bombe pour les dégommer, ces fils de pute. Je suis avec toi, frangine. Quanah est avec toi.

Je compte terminer ma lecture aujourd'hui. Je vais m'installer sur le balcon avec John. Quand j'aurai fini, il sera temps de passer un coup de fil à ce Dipak Singh. Mais d'abord je veux savoir s'il s'est tapé ma sœur ou pas.

9 mars 2015

Hier soir, j'avais un message de Tender Wolf sur ma boîte perso. Ça m'a fait bizarre. C'est la première fois qu'un joueur me contacte en privé. Sujet du message : *Ça recomanche bientôt ?*

Le gars a de l'humour, et il est pas con. C'est pas tout le monde qui sait qui est Quanah. Quanah Parker, un des plus grands chefs Comanches. Le dernier, je crois bien. Sa mère était une Blanche que les Indiens avaient enlevée à l'âge de 9 ans. Ils l'ont adoptée, et plus tard elle est devenue la femme du chef et elle lui a donné trois enfants. Elle a vécu avec eux jusqu'à ce que les Texas Rangers la récupèrent. Elle voulait pas. Elle voulait rester dans sa tribu. Elle a jamais pu se réadapter à la vie soi-disant « civilisée ». Elle a tenté de s'enfuir pour retourner auprès de sa véritable famille, son époux, ses enfants, mais on l'a pas laissée faire. Quand j'étais gamine, c'était mon rêve : je voulais vivre comme les Indiens. Je voulais monter à cheval et chasser les bisons avec un arc et des flèches. Je voulais dormir sous les étoiles. Je voulais parler aux esprits. Je voulais que la Terre soit ma mère et le Ciel, mon père. Je voulais faire partie de l'univers. Putain, j'aurais vachement aimé qu'un guerrier comanche vienne me kidnapper à la sortie de l'école ! Mais personne n'est venu. J'avais pas encore compris qu'ils étaient tous morts.

Dans son message, Tender Wolf demande si on me reverra bientôt sur la Faille de l'invocateur. Où est son Quanah ? il demande. Il dit que la game est pas pareille sans moi. Il dit qu'on fonctionne super bien, tous les deux, à l'instinct, on se comprend et on se complète. C'est vrai, peux pas dire le contraire. Il dit qu'il adore me savoir en support dans la botlane. En ce moment, le loup se sent très solitaire, est-ce qu'il peut espérer retrouver son partenaire privilégié au cours des nuits prochaines ? Est-ce qu'il peut émettre le vœu qu'on hurlera de nouveau ensemble à la lune ?

Si c'est pas une déclaration, ça ! Si c'est pas carrément une invitation ! N'importe qui d'autre, je l'aurais méchamment envoyé bouler : Hé, connard, on est sur League of Legends, là, si t'as les couilles qui débordent, c'est sur Tinder qu'il faut aller ! Ça se fait pas, en principe, ce genre de choses. C'est pas correct et c'est très mal vu.

Comme ceux qui insultent ou qui foutent la merde dans les parties, ils sont vite repérés. Joueurs toxiques. Bannis. Ouais, j'aurais pu dire au loup d'aller se faire foutre, mais, si je veux être honnête, son message m'a plutôt fait plaisir. Ma vieille, je me suis dit, avoue qu'il se passe un truc spécial avec lui. J'en ai parlé à Kelly. Elle, elle me conseille de foncer. Je sais pas. J'ai pas encore répondu.

Une question qui me titille : comment il sait que je suis une meuf ? Quanah, c'est un pseudo de mec. Je l'ai choisi aussi pour ça, et dans mes commentaires j'ai toujours fait comme si j'étais un homme. En plus, je joue en mute. Pas de micro. C'est exprès. Même sur LoL, y a tout un tas de gros cons machos qui veulent pas d'une fille dans leur équipe. Du coup, t'es obligée de gruger si tu veux pas te retrouver à jouer en boucle avec toujours le même pauvre petit groupe de nanas. Bref, je vois pas comment il a pigé que Quanah était une squaw en vérité. Est-ce que je me suis trahie ?

Ou alors, il a rien deviné du tout, c'est juste que le petit loulou est gay. Il aime les guerriers sauvages et pleins de muscles. Peut-être qu'il se fait des films, peut-être qu'il fantasme à mort et qu'il croit que je suis assis devant mon ordi torse nu et les fesses à l'air sous mon pagne – Laisse-moi empoigner ta lance, grand chef... Putain, va pas être déçu, le gars !

Il y a une troisième option possible : le loup est une louve. Elle fait comme moi, elle trompe la galerie avec un pseudo couillu. Si ça se trouve, les trois quarts des gamers sont des nanas. Un jour, on s'en apercevra. Un jour, ça va péter, les meufs vont se révolter, on arrachera nos masques et on prendra le pouvoir. On verra qui a vraiment des couilles.

Pour Tender Wolf, il n'y a qu'une manière de savoir. Mais je sais pas encore si j'ai envie de savoir.

10 mars 2015

Mauvaise nouvelle. Ou pas. Le sergent Barry Bear m'a appelée. Les flics ont trouvé la voiture de Barbara. Sa vieille caisse pourrie. Il voulait confirmation que c'était bien la sienne – marque, modèle, couleur, immatriculation : HNY 4044. J'ai confirmé. Je m'en souviens parce que c'est les initiales de Happy New Year et parce que ce sont de bons chiffres (si on les additionne ça donne 12, c'est un nombre sublime, le nombre des mois de l'année, des heures du jour et de la nuit, des signes du zodiaque, c'est le nombre du temps et de l'espace, des cycles et de l'unité), j'avais dit à ma sœur que ça lui porterait bonheur.

La bagnole était sur Houston Street, à deux cents mètres de la gare. C'est un habitant du quartier qui les a prévenus, il a remarqué que cette voiture n'avait pas bougé depuis des semaines, ça lui paraissait louche, il pensait que c'était une épave qu'on avait abandonnée là. D'après moi, ça signifie que Barbara s'est garée dans le secteur pour prendre un train à Union Station. Il doit y avoir des tas de caméras de surveillance dans la gare, il suffirait de vérifier les bandes pour voir si elle apparaît dessus. Mais Barry Bear m'a dit de pas m'emballer, que c'était pas aussi simple, pour ce genre de choses il faut un mandat et il faut une bonne raison pour l'obtenir : encore une fois, ma sœur n'est pas officiellement recherchée, elle peut prendre tous les trains qu'elle veut sans que ça regarde personne. Il m'a dit qu'il allait voir ce qu'il pouvait faire, en attendant ils avaient embarqué la caisse à la fourrière et si je voulais la récupérer il fallait que je me rende là-bas avec un double des clés. Mais primo, j'ai pas le permis. Deuxio, ça m'étonnerait qu'il existe un double. Et troisio, si une autre personne que ma sœur pose les mains sur le volant, ça risque d'annuler l'effet porte-bonheur de la plaque. Je vais pas tenter le diable. Barbara ira la rechercher elle-même quand elle sera de retour.

Quand le sergent a raccroché, j'ai dit à John que tout compte fait c'était peut-être pas une si mauvaise nouvelle. Si j'ai vu juste, ça veut dire que Barbara est vivante. Elle a quitté la ville. Elle est montée dans un train, et elle a bien dû en descendre quelque part, un endroit où elle planque sa couenne en attendant des jours meilleurs. Mets-toi à sa place : tu ferais quoi, toi, si t'avais une pieuvre géante aux fesses ?

John a pas réagi. J'ai l'impression qu'il tire un peu la gueule depuis que je lui ai parlé de Tender Wolf. Jaloux, mon Johnny ?

12 mars 2015

J'ai pleuré. J'ai pleuré, pleuré, pleuré, toute la soirée d'hier et une bonne partie de la nuit.

J'avais fini par dégoter le numéro de téléphone de Dipak Singh, là-bas dans son bled, en Virginie-Occidentale. J'ai appelé et je suis tombée sur une dame. Quand j'ai demandé à parler à Dipak, il y a eu un long silence. J'ai cru qu'on avait été coupés. Puis la dame m'a dit qu'elle ne pouvait pas me le passer. J'ai demandé s'il était là et elle a dit non. J'ai demandé si je pouvais le rappeler plus tard et elle a dit non. J'ai demandé si elle pouvait lui transmettre un message et elle a dit non. Je comprenais pas. C'était tout ce qu'elle arrivait à dire : non. Non, non, non. Elle pouvait pas prononcer un autre mot que celui-là. J'ai dit que j'étais une amie à lui, qu'il avait rencontrée à Dallas, et que je cherchais à le joindre, que c'était important, et là il y a eu un drôle de bruit dans l'appareil et j'ai réalisé que la dame s'était mise à pleurer. Elle a éclaté en sanglots, comme une petite fille, avec des hoquets et des gémissements et tout, putain ça m'a fichu un coup. J'ai senti mon cœur qui commençait à cogner fort. Qu'est-ce qui se passe ? j'ai demandé. Qu'est-ce qui se passe ? Mais elle n'arrivait pas à répondre, elle pouvait à peine reprendre sa respiration, avaler une bouffée d'air de temps en temps, pour pas s'étouffer. Elle a mis un bon moment avant de réussir à se calmer un peu et à m'expliquer.

Ce qui s'est passé, elle a dit, c'est que son fils a eu un accident.

Dipak Singh est mort.

Un soir, il a emprunté la voiture de sa sœur et il est sorti. Il a pas dit où il allait. Il faisait nuit et il tombait une espèce de neige fondue. La route était glissante. On ne sait pas exactement comment c'est arrivé, mais la voiture a dû déraper dans un virage et elle a dévalé une petite pente jusqu'à la rivière. À cet endroit, l'eau est assez profonde. Dipak s'est retrouvé bloqué, il a pas pu sortir. Il est mort noyé. C'est pas la première fois que ça arrive dans ce virage, elle a dit. C'est dangereux, on le sait. Ça fait des années que la municipalité promet d'installer une barrière de sécurité, mais elle ne l'a jamais fait. Et maintenant, c'est trop tard… Toute la nuit, elle disait, toute la nuit mon fils est resté au fond de l'eau, dans le noir. Mon petit garçon. Il était tout seul. Il était tout seul dans le froid et le noir, elle disait. C'est à ce moment-là que je me suis foutu à chialer, moi aussi. Oh, Seigneur, c'était terrible. Ç'a jailli d'un coup, et après, impossible de m'arrêter, ça coulait, ça coulait, et la maman qui répétait Mon petit garçon, mon petit garçon, comme si c'était un gamin de 4 ou 5 ans qu'elle avait perdu, et moi qui pouvais pas lui répondre autre chose que Je suis désolée, je suis désolée, tu parles d'une consolation, j'avais le cœur serré, la gorge serrée, Je suis désolée, y avait rien d'autre qui me venait. Au bout d'un moment on n'a carrément plus rien dit, on faisait que pleurer, toutes les deux, chacune de notre côté, pas moyen de stopper le flot, c'était comme cette putain de rivière, j'imagine, c'était comme un fou rire sauf que c'était des larmes et des sanglots et c'était vraiment affreux. Je voulais pas raccrocher. J'avais l'impression que je la tenais par la main et que si je la lâchais, elle serait emportée par le courant, elle coulerait et elle se noierait dans ses propres larmes. Il n'y a pas de fleuve plus puissant que le chagrin d'une mère. Il n'y a pas de fleuve plus profond que sa peine.

Je sais pas combien de temps on est restées comme ça à pleurer ensemble au téléphone. Quand finalement j'étais sur le point de la laisser, elle m'a remerciée. Elle m'a demandé mon nom. Je lui ai donné aussi mon numéro et je lui ai dit qu'elle devait pas hésiter à m'appeler si elle en avait besoin ou envie. N'importe quand, jour et nuit. Elle a dit oui. Je crois pas qu'elle le fera.

Après ce coup de fil, je me sentais vidée. Mais faut croire que je l'étais pas complètement. J'ai recommencé à pleurer. C'est fou ce qu'on peut avoir comme larmes dans le corps. Une sacrée réserve. Résultat : ce matin, j'avais les yeux rouges et les paupières gonflées comme des chambres à air. Un carnage. Je suis pas allée au boulot. La Shark a pas manqué d'appeler. Elle hurlait comme une truie qu'on égorge. Je lui ai dit que j'étais malade, que j'avais de la fièvre. C'est presque vrai. Elle écoutait pas, de toute façon. Elle continuait à me crier dans l'oreille. Plus d'excuses ! Plus d'excuses, c'est compris ?

Oui, maîtresse. Merci, maîtresse…

13 mars 2015

C'est Barbara qui m'avait conseillé d'écrire. Elle appelait ça « tenir un journal ». C'était après ma crise, la deuxième, il y a quatre ans. Elle m'avait présenté John, qui était encore un bébé, et elle m'avait offert le premier cahier. Tout neuf. Vierge. Elle disait que c'était important pour moi. Il fallait pas que je garde les choses, que je les laisse macérer et pourrir à l'intérieur. Il fallait que je les exprime. Au quotidien. Il fallait que j'évacue et que je remplisse en même temps. Déblayer et construire. Ces pages blanches, c'est ton chantier. Je suis pas comme toi, je lui avais dit, je sais pas écrire. – On ne te demande pas de faire de la littérature. Écris comme tu parles, simplement. – Pour dire quoi ? – Tout ce qui te vient. Tu notes ce que tu fais, ce que tu ressens, tout ce qui te passe par la tête. Tu peux vraiment te lâcher, parce que personne n'est censé le lire. C'est pour toi. Ce que tu mets là-dedans, ça t'appartient. Elle disait que tenir ce journal, c'était comme poser des rails. Ensuite, tu peux te retourner et voir les rails alignés derrière toi. Les grandes lignes. Ça permet d'apprécier le chemin parcouru. Ça permet de ne pas te perdre. – Et ça devrait me permettre d'éviter de redérailler, pas vrai ? J'avais presque rigolé en voyant sa tête, quand j'avais lancé cette pique. C'était pas gentil de ma part. Ma petite sœur préférée avait rougi. Elle avait baissé les yeux et haussé les épaules. Qu'est-ce qu'elle y comprend, à tout ça ? Elle, elle a toujours marché dans les clous. Elle a toujours su où elle voulait aller et comment y aller. Oui, je sais, elle ne souhaite que mon bien. Et on fait quoi si on s'aperçoit que les rails vont droit dans le mur ? j'avais demandé. Salope que je suis. Ingrate. Essaie, avait soupiré ma petite sœur chérie, ma petite sœur attentionnée. Tu veux bien essayer, Sylvia ? Ça ne te coûtera pas grand-chose. Mais comment elle pouvait savoir ce que ça me coûterait ou pas ? Je me suis demandé si l'idée venait d'elle ou du docteur Magnifique.

J'ai gardé baby John et j'ai gardé le cahier qu'elle m'avait acheté.

Des pages blanches, ça impressionne. Au début, c'était comme si je faisais mes devoirs. C'est pas pour moi, c'est pour elle que je m'y suis mise, uniquement pour elle. D'ailleurs, c'est pas venu tout de suite. Je suis restée des semaines sans ouvrir le cahier. Et puis un jour, je sais pas trop pourquoi… Je me souviens, j'ai noté la date et la première phrase que j'ai écrite, c'était : « Je tiendrai pas longtemps. »

J'ai tenu. Des fois c'est dur, mais je tiens toujours. Je sais pas si c'est grâce à John ou grâce aux cahiers. J'en ai déjà rempli plusieurs.

J'ai demandé à papa s'il avait fait ça, lui aussi, après son accident. Il m'a dit que non. Il n'a pas tenu de journal. Il m'a dit que pendant des mois, à peu près tout ce qu'il avait fait, c'était de regretter de pas y être resté. Il passait la moitié de son temps à ruminer ses regrets, et l'autre moitié il réfléchissait à comment il allait s'y prendre pour réparer ça. – Réparer ? – Oui, ma puce. En gros, je cherchais avec quelle corde j'allais me pendre… Il m'a dit que nos deux histoires étaient très différentes, son cas n'avait rien à voir avec le mien, mais on avait quand même ça en commun. Il savait ce que ça faisait, il savait ce qu'on ressentait dans ces moments-là, quand on a les deux pieds au bord du précipice et qu'on se penche pour regarder en bas. L'attirance du vide. L'attraction.

Mon père est tombé du quatrième étage. Une chute involontaire. Il aurait dû mourir. Les gens disaient qu'il avait eu une chance phénoménale. – Une chance ! Bon Dieu, j'avais les trois quarts des os en miettes ! Deux ans d'hosto. Onze opérations. Des vis et des plaques en titane partout. C'était pas Steve Austin, crois-moi, c'était plutôt l'Homme qui valait que dalle ! Son crâne et son visage avaient été épargnés. Sa jolie petite gueule de bourreau des courts. Mais il ne jouerait plus jamais au tennis. Il ne pourrait même jamais plus courir, à cause de cette patte folle, cette saloperie de guibolle que les toubibs n'avaient pas réussi à redresser complètement. Et pendant que Connors et McEnroe s'envolent, lui il se traîne en claudiquant. Un boiteux, un éclopé, un infirme, un putain d'ancien combattant de 18 ans ! Sauf qu'il n'avait fait aucune guerre, il n'avait même pas le prestige du vétéran, il n'avait pas la fierté du gars qui s'est sacrifié pour son pays. Pas de médaille. Pas de reconnaissance. Juste un ancien espoir. Juste un foutu clampin qui clopine ! Est-ce qu'on pouvait appeler ça de la chance, ma fille ? Peut-être. Il s'était inscrit à l'université. Il y avait rencontré cette jeune étudiante qui se mélangeait un peu les pinceaux entre Van Gogh et Van Halen mais qui marchait comme une reine égyptienne dans les allées du campus. L'attirance pour autre chose que le vide. L'attraction. Coup droit. Smash. Il avait découvert qu'il savait faire marcher ses méninges à défaut de ses jambes. Il était doué pour le commerce. Doué en affaires. Peut-être plus doué qu'avec une raquette. Retour gagnant. Une partie longue et serrée, mais qui l'emporte ? 14 à 12 au tie-break. Jeu, set et match. Qui soulève la coupe ? Il avait ouvert sa première boutique à tout juste 22 ans. – Et puis voilà…

Voilà quoi ?

Alors c'est ça, la vie, papa ? Une enseigne ? Quatre cent dix-huit magasins de sport sur le territoire des États-Unis. Soixante-sept au Canada. Trente-neuf en Australie. Vingt-cinq au Mexique. Une chaîne. Une marque. Un logo. Je connais les chiffres. L'avocat de la reine égyptienne les connaît aussi. Mais qui est capable de traduire les paroles du vent dans la prairie ? Qui sait interpréter le vol du faucon ? À quelle tribu j'appartiens, papa ?

Mon père a chuté de quatre étages et il est devenu riche. Philip-Joseph Deloncle a chuté de quatre mètres et il est devenu mort.

Cette vie ou une autre. Qui choisit pour nous ?

14 mars 2015

Je devrais pas être aussi triste. J'ai le sentiment d'avoir perdu un ami. Ou même un frère. Quelqu'un de très proche et de très cher. Pourtant, je connaissais pas ce garçon. Jamais vu. Ma sœur me l'a pas présenté. Elle m'en a même pas parlé. J'ai lu le texte qu'il lui a envoyé. Ç'avait l'air d'être un type bien. On voit qu'il était vraiment amoureux d'elle. C'est beau comme il l'aime. Comme il l'aimait. Et comme il parlait d'elle aussi. « Ma fée. » « La femme de ma vie. » Ça me plairait qu'un mec dise ça de moi. Et c'était pas seulement pour la fourrer dans son lit. Elle a couché qu'une fois avec et c'était du genre Tiens, tu me fais pitié, je te donne un nonos et tu retournes le ronger dans ta niche ! Pas cool, la fée. Pas très féerique. Elle jette son sort et elle se tire en tortillant des fesses. En trottinant dans son survêtement. Le gars a dû salement encaisser. Ma sœur n'est pas une allumeuse, mais soit elle se rendait pas compte, soit elle s'en foutait. Blasée. La digne fille de Cléopâtre. J'imagine bien : lui sévèrement accro et elle qui lui recommande de consulter un spécialiste pour décrocher. Chaque problème a sa solution, non ?

On ne fait pas assez attention à ceux qui nous aiment et qui nous accompagnent. Je parle pas seulement des gens. Les animaux aussi. Les plantes. Même les objets. Tout ce qu'on jette sans sourciller. J'ai bu mille fois dans ce verre, il tombe, il se casse, je balaie les morceaux et je les balance à la poubelle. C'est tout. Pas un merci, pas un au revoir, pas la moindre prière, pas un petit signe de la main. Cette paire de draps, j'ai dormi mille et une nuit dedans. J'y ai grelotté, transpiré, pleuré, pissé, pété, joui et rêvé pendant des années. Ces draps me connaissent comme personne. Ils savent tout de mon intimité la plus intime. Et maintenant qu'ils sont usés, je fais quoi ? Je m'en débarrasse. Ni fleurs ni couronnes. Direct aux ordures. Pas grave, on en rachètera une autre paire. Et comment savoir s'ils ne pleurent pas toutes leurs larmes de coton ou de soie ? Comment savoir s'ils ne hurlent pas de douleur quand toutes leurs fibres brûlent dans les flammes de l'incinérateur ?

Quand j'étais petite, j'avais un sweat-shirt. Bleu ciel. Dans le dos il portait l'inscription *G Team* et sur le devant il y avait le petit logo avec la balle de tennis. La marque de vêtements que papa avait créée. Il devait provenir du stock d'un de ses magasins. C'était un modèle tout à fait banal, le même que les milliers qu'il faisait fabriquer dans les usines en Inde ou en Chine. Papa nous en ramenait souvent, à Barbara et moi. On possédait des tas de fringues de ses collections. Mais ce sweat-là, j'y tenais vraiment. Je m'y étais attachée. J'aimais sa couleur, j'aimais son odeur, j'aimais l'avoir sur moi. Si on m'avait écoutée, je l'aurais porté tous les jours de l'année. Même quand j'ai grandi et qu'il est devenu trop petit, j'ai continué à le mettre. Il me boudinait comme la blouse de Shark, mais je m'en fichais. Pas question de m'en séparer. Je l'aimais d'amour.

Et puis un jour, je ne l'ai plus trouvé. Ma mère avait fait le tri dans nos affaires et elle s'était débarrassée de tout ce qu'elle appelait « nos guenilles ». Ç'a été un choc. Attaque surprise. Des mégadommages infligés au nexus-plexus de la petite Sylvia. Je crois que c'est à ce moment-là que j'ai éprouvé pour la première fois cette sensation de me retrouver au bord du vide. Un putain de gouffre, juste là devant, et une putain d'envie d'y plonger.

Ma mère l'avait pas jeté, elle avait donné le tas d'habits aux Petits Frères des Pauvres ou un truc comme ça. C'est pas ça qui m'a consolée. Rien ne pouvait me consoler. Papa m'a rapporté un sweat tout neuf mais j'ai même pas voulu l'essayer.

Quelques mois plus tard, on était dans un centre commercial avec ma mère et ma sœur. Et soudain, j'ai aperçu cet éclat bleu ciel au loin, à l'autre bout de l'allée. Ça m'a brûlé les yeux, ça m'a transpercé le cœur, comme l'épée de feu de Malphite. Mon sweat-shirt d'amour sur le dos d'une autre petite fille. J'étais sûre que c'était le mien, je l'ai reconnu, je l'ai senti. J'ai foncé. Personne n'a compris ce qui se passait. Je me rappelle, une gamine noire avec deux tresses dressées sur la tête comme des cornes d'escargot, elle donnait la main à sa mère. Personne n'a compris pourquoi je me suis jetée sur elle, pourquoi je lui donnais des coups en hurlant et en essayant de lui arracher ses habits. Ma mère comprenait pas, ma sœur non plus, elles avaient complètement oublié cette histoire de sweat-shirt. Mais pas moi. Ils ont dû s'y mettre à trois adultes pour me faire lâcher prise et m'emporter à l'extérieur.

Pourtant, ça me semblait pas difficile à comprendre.

Je m'en suis voulu, pour la gamine. Elle y était pour rien. Par la suite, j'ai appris que sa famille voulait porter plainte, mon père avait dû leur verser du fric pour s'arranger à l'amiable. « Elle nous aura coûté cher, ta guenille ! » a dit ma mère.

Toujours pareil : qui sait ce que ça coûte véritablement ? Qui sait le prix de ce qu'on perd ?

Ce que je veux dire, c'est que je ressens un peu la même chose pour ce gars. Dipak. Singh bleu ciel. Même si je ne le connaissais pas. Même si je ne l'ai jamais porté. J'arrête pas de penser à lui. J'arrête pas de l'imaginer coincé sur le siège de sa voiture, et l'eau qui monte, qui monte… Dans son texte, il a écrit que la mort qu'il redoutait le plus, c'était celle par asphyxie. Oh, comme je le comprends ! L'air, l'air qui manque, c'est le pire. Mais c'est souvent ce dont on a peur qui nous tue. Le docteur Magnifique m'a dit un truc comme ça, un jour.

Sing, sing, sing. Tu parles ! La fée Barbara n'a pas idée de ce qu'elle a perdu. Putain, un Indien qui voulait l'enlever à la sortie de l'école ! Comment elle a pu laisser passer ça ?

15 mars 2015

Kelly appelle. La Shark appelle. Je réponds pas. Laissez votre message. Vire-moi, si tu veux. Je m'en cogne. Je rends ma blouse, maîtresse. Je pourrai toujours retourner faire la serveuse. T'as les mains au cul, mais au moins t'as les pourboires. Inconvénients et avantages, partout pareil.

J'ai autre chose à penser.

Plein de trucs qui me grignotent le cerveau depuis deux jours, à commencer par ce plongeon dans la rivière. Je suis bien placée pour savoir qu'on tombe rarement comme ça, tout seul, dans une rivière. Je m'interroge. Question à un million de dollars. À votre avis, l'accident du jeune Dipak Singh était le fruit : A. De la malchance ; B. De la négligence de la municipalité ; C. De sa propre volonté ; D. D'une décision extérieure.

Prends ton temps. Réfléchis. Ou non. Suis ton instinct, si tu préfères. Tu as droit à… Joker !

Fais appel à un ami.

John, t'en penses quoi ?

Il en pense comme moi. Il pense meurtre. Il pense Pieuvre.

Réponse D, Regis. D comme Dipak. D comme Dead.

Vous avez des preuves ?

Non, j'ai rien. Rien du tout. Si. J'ai mon instinct. J'ai lu l'histoire. J'ai pris des notes. J'ai gambergé. J'ai toutes raisons de croire. J'ai compté : P. J. le petit génie, Michelle la belle, tatie Tacolie, J. R. l'avocat. Ça en fait déjà quatre, au moins. Cinq avec Singh. Une team complète. Et Gary qui n'attend plus que ça. Des morts, des morts, ces gens ne rigolent pas. C'est des vrais méchants.

Mais tout peut s'expliquer autrement. Votre sœur l'a expliqué autrement.

Et elle est où, ma sœur, maintenant ?

Vous avez reconnu qu'elle était plus intelligente que vous. Plus maligne.

Et Kennedy !

Kennedy ? Qu'est-ce que…

Et Lady Di ! Et Ben Laden ! Ils sont où ? Et Edward Snowden !

D'accord, je vois. C'est votre dernier mot, Sylvia ?

Peut-être que je devrais en parler au sergent Barry Bear. Peut-être que je devrais lui faire lire le document que Singh a envoyé. Mais je crois pas. Nounours est fatigué. Il est crevé. Je crois que tout ce qu'il veut, c'est qu'on lui foute la paix. Vous avez vu comme il a le teint gris ? Il a dû s'avaler tellement de poussière, le pauvre. Tellement de cendres. Les os broyés des défunts. Des urnes et des urnes et des urnes. Il a eu son compte. Tout ce qu'il demande, c'est qu'on le laisse s'éteindre tranquillement dans son coin, comme une batterie qui se décharge. L'énergie libre, il a pas envie que ça devienne le dernier de ses soucis. Sa planète est grise, il sait bien qu'elle sera plus jamais verte.

J'ai lu tous les mails que Barbara a reçus depuis sa disparition. Il y en a plusieurs de Jerry. Jerry Moncello. C'est son prof. Lui aussi s'interroge. Il ne la voit plus en cours, ni aux réunions de leur association, Innocence Project (c'est dans mes notes). Elle ne répond pas à ses messages. Que se passe-t-il ? il demande. S'il y en a un que je dois contacter, c'est lui.

Oui, c'est mon dernier mot, Regis.

16 mars 2015

Tender Wolf insiste. Gentiment. Pas lourdingue comme j'en ai connu. Ce mec est un tank délicat. J'ai pas l'habitude. Kelly a pas mal fréquenté les sites de rencontre. Elle dit qu'au bout de dix messages, si le gars t'a pas encore demandé de lui envoyer une photo de toi à poil, c'est soit un serial killer, soit le futur père de tes enfants. Et si tu veux pas d'enfants ? j'ai dit.

De toute façon, ça fait pas encore dix messages.

De toute façon, c'est pas un site de rencontre.

Je lui ai simplement répondu que j'étais pas d'humeur à buter des sbires en ce moment. Quanah a perdu un membre de sa tribu. Quanah est sur le sentier de la guerre.

Barbara dirait que c'est pas un jeu. C'est la vraie vie. Elle dirait que la réalité dépasse la légende.

Qu'est-ce que tu entends par « perdu » ? a demandé Tender Wolf.

Je veux pas dire perdu-mort. Non non non non, pas ça, pas elle, pas ma petite sœur chérie attentionnée futée, non non, je veux même pas y penser, ta gueule ! Je veux juste dire ce que je dis, perdu-perdu, perdu-plus là, perdu-t'es où ? Cache-cache. Je compte et je me retourne et je te vois pas. Mais si je cherche bien, je te trouverai.

Réponse de Tender Wolf : Je sais que c'est pas mes affaires, mais si t'as envie de me raconter…

Gentil jungler. Sort son museau du bois.

Peut-être que je devrais lui poster une photo de moi avec ma blouse de secrétaire médicale. Voici Quanah, c'est moi. Que les choses soient claires, mon loup. Tu veux toujours continuer la partie ?

18 mars 2015

Réussi à joindre Jerry Moncello hier. Je lui ai dit qui j'étais et j'ai commencé à lui expliquer la situation, mais il m'a stoppée net. Pas au téléphone ! il a dit. OK, j'ai pigé. Les oreilles. Les grandes oreilles qui traînent. Il m'a donné rendez-vous au siège de l'association.

Ça craint. J'ai compris que la game s'annonçait hardcore. Je mentirais en disant que j'avais pas un peu la trouille. Je devais le retrouver là-bas à 17 heures. J'ai gambergé un bon moment pour savoir s'il fallait que je me déguise ou pas pour sortir, genre mettre une perruque ou quelque chose comme ça. Mais j'ai pas de perruque. Finalement, je me suis décidée pour des lunettes noires. Stylées, des lunettes de star, Beyoncé a les mêmes. Je les ai piquées à ma mère, d'habitude je les mets que pour nos soirées karaoké avec Kelly. Si je la jouais bien, personne devait me reconnaître. Ça sert d'avoir pris des cours de comédie. J'ai laissé mon portable à la maison, je suis pas con, je sais qu'ils peuvent nous suivre à la trace avec la puce. Hé, les gars, faudra vous lever tôt pour choper Quanah sur son terrain !

Jerry Moncello m'attendait. Un peu vieux, le mec, mais pas mal. De beaux restes. Un FILF, comme dirait Kelly. Il y avait quelques personnes dans les locaux, il m'a entraînée dans un bureau à l'écart. Quand j'ai enlevé mes lunettes, il m'a dit que je ressemblais à ma sœur. C'est *elle* qui me ressemble, j'ai dit. C'est vrai. Puis il m'a demandé de lui raconter et je lui ai balancé tout ce que je savais. Il a pas bronché. Il m'écoutait avec attention, sourcils froncés. Il semblait beaucoup plus intéressé que le sergent. En fait, il connaissait déjà une partie de l'histoire. Il savait qui étaient Gary Sanz et Dipak Singh (je savais qu'il savait, c'était écrit dans le document). Barbara l'avait tenu au courant de certains faits, mais pas de tout. Dipak Singh est mort, je lui ai appris. Bam ! Sa tronche, au Jerry. Blanc comme un fantôme d'un coup. Je lui ai raconté la voiture, la rivière, la mère qui pleure. Il est resté un moment silencieux, puis il s'est raclé la gorge et il m'a demandé si ça m'ennuierait de lui transférer le « rapport » de Dipak. J'ai dit que non, ça ne m'ennuyait pas. Est-ce que je dois en parler aux flics ? j'ai demandé. Non, pour l'instant il préférait que je n'en parle à personne. Merde. Trop tard, j'ai pensé. J'en avais déjà parlé à John. Et j'en ai aussi un peu parlé à Tender Wolf. Je l'ai pas dit à Jerry. Je voulais pas passer pour une gourde. Qu'est-ce que je dois faire ? je lui ai demandé. D'après lui, je n'avais rien d'autre à faire que lui envoyer le texte, il s'engageait à le lire rapidement et ensuite il me recontacterait. En attendant, je devais continuer à vivre ma vie normalement. Ma vie, ma vie, tu sais pas ce que c'est, ma vie, Jerry Moon ! j'ai eu envie de lui dire. Et puis un truc m'est revenu : le dossier Humbert. Maintenant j'étais sûre qu'il y avait un lien avec l'affaire. Proc et Sboc, ça vous dit quelque chose ? j'ai demandé. Proc et Sboc ? il a répété, en me regardant comme si je débarquais de la planète NeuNeu. Je lui ai épelé : P-R-O-C et S-B-O-C. Il a réfléchi dix secondes. « Proc », ça peut signifier « procureur », il a dit. Mais « Sboc », je ne vois pas, non. Pourquoi cette question ? Je lui ai parlé du post-it sur le bureau de Barbara. Il a froncé encore plus les sourcils et il m'a demandé de lui redire exactement ce qui était écrit. Je lui ai redit et il l'a noté sur une feuille qu'il a pliée et fourrée dans sa poche. Je vais y réfléchir, il a fait. Il avait l'air un peu inquiet, je le voyais à sa tête. Est-ce que je dois m'inquiéter ? je lui ai demandé. Vous pensez qu'il est arrivé quelque chose à ma sœur ? Quelque chose de grave ? Là, il a eu un sourire, un pauvre petit sourire tiré par les cheveux. J'ai toute confiance en votre sœur, il a dit. C'est pas une réponse, ça. C'est une réponse d'avocat. Ça m'a pas rassurée. J'ai pigé que Barbara était sa chouchoute. Sa meilleure élève. Bien sûr qu'on peut lui faire confiance, tu m'apprends rien. On peut compter sur elle. Elle est solide comme un roc, ma sœur. Et elle en a dans la cervelle. Elle sait ce qu'il faut faire. Elle est toujours la meilleure élève. Les profs l'adorent. Mais putain, c'est quand même pas une vraie fée ! Elle a pas de pouvoirs magiques !

Qu'est-ce qu'il dirait s'il savait qu'elle a fait pipi au lit jusqu'à 10 ans ?

Jerry m'a tendu la main. C'était fini. Au revoir. Merci de m'avoir reçue, maître.

J'ai remis mes lunettes et je me suis dirigée vers la sortie. Vise ma croupe, ça aussi c'est du pur Beyoncé !

20 mars 2015

La Shark m'a même pas virée. Après huit jours d'absence. J'ai remis ma putain de blouse et j'ai repris ma place derrière la banque. Je vois que ça va beaucoup mieux, elle a dit. Charmante. Mielleuse. Quoi ? Qu'est-ce qui va mieux ? j'ai demandé. Eh bien, votre santé. La fièvre. C'était une méchante grippe, c'est ça ? Ouais, c'est ça. La grippe. Une très très vilaine grippe, maîtresse. Et si je pouvais te la refiler, mon cœur se remplirait de joie ! j'ai pensé. Et là, elle m'a scotchée, la Shark. Ménagez-vous, elle a dit, en me donnant deux petites tapes sur la main. Ménagez-vous, ma petite Sylvia. La santé est notre bien le plus précieux… Allô ? Allô ? Allô ? C'est quoi, cet enfumage ! Le pire, c'est qu'elle avait l'air sincère. Encore un peu et elle me prenait dans ses bras. Viens là, ma poussinette, viens faire un câlin à maman poule. Heureusement que j'avais pas mon stylo, sinon je lui aurais planté dans l'œil. Elle est repartie vers son cabinet en se dandinant, comme s'il n'y avait pas de plus grand bonheur sur terre que de fourrer des plombages dans la gueule des gens. On aurait dit qu'elle allait se mettre à chantonner. Sharkosmic sur son petit nuage…

Petit nuage, grosse averse, connasse !

Je sais ce qu'elle a. Elle a rencontré quelqu'un. Elle est de nouveau amoureuse. Tous les trois mois c'est le même cinéma. Hello, je m'appelle Carie ! Hello, moi c'est Shark la sharkasse, et je vais te faire sauter ! Ouvre la bouche, ferme les yeux, et détends-toi. Elle a un suçon grand comme une pizza dans le cou. Ça fait penser à une vache marquée au fer. Elle pourrait porter un foulard pour le cacher, mais elle veut pas. Madame est fière. Madame veut qu'on sache qu'elle est une femme séduisante, qu'on désire, qu'on aime, qu'on léchouille. Ça dure jamais. Personne peut supporter cette garce plus d'un trimestre. La roulette passe et la vache reste.

J'ai profité de sa bonne humeur pour lui annoncer que je devrais encore m'absenter le lendemain. Rendez-vous médical. Pour le suivi, j'ai dit, vérifier que cette saleté de grippe est bel et bien terminée. La santé, maîtresse, c'est notre bien le plus précieux…

Elle a même pas râlé.

21 mars 2015

Deux heures de trajet pour aller au château. Fait chier. Mais pas moyen d'y couper. Visite mensuelle au docteur Magnifique. Son vrai nom c'est Mendell (enfin, sûrement pas son vrai vrai nom…). Le maître du Wild Geese Castle[6]. Ça aussi, faudrait qu'on m'explique. La première fois que je suis venue ici, je me suis dit Cool, des oies, c'est beau des oies sauvages qui volent dans le ciel. Mais j'en ai jamais vu une seule. Pourtant, j'ai passé des heures dans le parc à guetter, le nez en l'air. Pas une. Des corbeaux, oui. Un paquet de corbeaux.

6. Wild Geese Castle : le château des oies sauvages [N.d.T.].

Des rapaces, aussi, quelquefois. C'est tout. Je suppose que ça dépend du traitement. Selon la dose qu'on nous refile, les corbeaux finissent par se changer en oies, et les rapaces en anges. Je sais que certains voyaient des chauves-souris géantes avant d'arriver ici. J'étais pas la plus atteinte.

Sûr que si j'y étais pas obligée, je reviendrais pas. Mais c'est le deal. Une fois par mois. Au début, c'était une fois par semaine, je devrais pas me plaindre. Si je saute une visite, je risque le retour à temps plein. Non merci, j'ai déjà donné. Parfois, je croise des pensionnaires qui étaient déjà là il y a quatre ans, en même temps que moi. Qui étaient déjà là dix ans, quinze ans avant moi. Ceux-là, je sais pas ce qu'ils voient dans le ciel. Ils me reconnaissent pas. Bref, je suis dehors, je suis libre, mais pas tout à fait. C'est comme une laisse autour de mon cou. J'arrive à l'oublier, jusqu'à ce que le docteur tire un petit coup dessus pour me le rappeler. Au pied, Sylvia. Contrôle. Bilan. Prescription. Je viens chercher mes croquettes. Eskalith. Pour ça aussi, j'ai fait des progrès. Je suis descendue à 900 mg. Le docteur m'avait expliqué que c'était du lithium. Comme pour les piles ? Oui. Comme pour la fusion nucléaire, aussi. Wouah, je suis une vraie bombe, alors ! je lui avais dit en rigolant. Je peux exploser ! Mais lui, il plaisantait pas avec ça. Surtout quand papa était assis dans le bureau. Boulot-boulot. Sérieux. Réputation à tenir. Docteur Alfred Mendell, diplômé de l'université de Pennsylvanie. Mon rôle consiste précisément à désamorcer la bombe, mademoiselle Grove…

Papa voulait ce qu'il y a de mieux pour moi. Plus tard, ma mère m'a appris que la « cure » coûtait 80 000 dollars. À ce prix-là, on a un vrai château, comme dans Dracula. Avec un parc de cinq hectares, superbe, entretenu par deux jardiniers colombiens, dont un qui se masturbe derrière les massifs d'hibiscus en matant les filles par la fenêtre (je le sais, je l'ai vu, je l'ai pas balancé). Vingt-cinq pensionnaires maximum, soins personnalisés, appartements privés, personnel hautement qualifié. Des limousines sur le parking. Des visiteurs qui déboulent en Rolls avec chauffeur. C'est l'institut privé du docteur Magnifique. Plus tard, j'ai su que papa était un des principaux donateurs. Ça, c'est pas ma mère qui me l'a dit, c'est Kelly.

C'est au château qu'on s'est connues, toutes les deux. Kelly ne faisait pas partie des pensionnaires, elle était infirmière (en vérité, elle était plus souvent en train de passer la serpillière que de distribuer des médocs, mais je lui fais pas remarquer pour pas la vexer). Au début, elle m'appréciait pas trop, elle pensait que je me prenais pour une petite princesse, comme beaucoup de ceux qu'étaient là. Puis un jour, je lui ai dit qu'elle avait l'air encore plus timbrée que nous, et ça l'a fait rire. On est devenues amies. Après mon départ, on ne s'est pas perdues de vue. On a commencé à sortir ensemble, en ville. C'est elle qui m'a entraînée au karaoké. Elle est trop forte, quand elle chante Kylie Minogue, on s'y croirait. C'est Kelly Mignonne ! elle dit. Elle a arrêté de travailler à l'institut quand elle a découvert un truc vraiment chelou : un soir, elle m'a envoyé la photo d'un homme sur mon portable, une vieille photo qu'elle avait trouvée sur Internet. « C'est qui, d'après toi ? » elle me demandait. « Facile, je lui ai répondu, c'est le docteur Magnifique avec une moustache. » Mais c'était pas lui. « Non, ce type s'appelle Josef Mengele. C'est un nazi. Dingue, hein ? » J'en revenais pas. Si tu lui enlevais la moustache, ce mec était le sosie craché de Mendell. « T'es sûre ? » j'ai demandé à Kelly. « Sûre de chez sûr. En plus, Mendell et Mengele, ça se ressemble. Biz-biz, moi je dis. » Bizarre, ouais. Du coup, elle a mené sa petite enquête. Comme par hasard, ce Josef Mengele était médecin, lui aussi. Pendant la guerre, il était dans un camp de concentration et il avait fait des tas d'expériences sur les Juifs, des saloperies, ce fils de pute était un tortionnaire et un assassin. On le surnommait l'Ange de la Mort. Mais après la guerre, on n'avait pas réussi à l'arrêter. Soi-disant qu'il s'était enfui en Amérique du Sud. Soi-disant qu'il était mort noyé au Brésil, des années plus tard. Soi-disant qu'il avait été enterré sous un faux nom. Mais Kelly disait que c'était du pipeau, tout ça. La vérité vraie, c'était que Mengele avait été recruté par les services secrets américains, comme des milliers d'autres scientifiques allemands. Opération Paperclip, ça s'appelle. Tous ces enfoirés de nazis, on les avait exfiltrés en douce, et tu sais où on les avait envoyés ? À Fort Bliss, au Texas ! Tu piges ? D'après elle, Mengele s'était trouvé une femme dans le coin et il avait eu un enfant. Et cet enfant, c'était qui ? Bon sang, y avait qu'à voir la photo, ça sautait aux yeux ! Ni vu ni connu, le môme avait changé son nom et il était devenu le célèbre et respectable docteur Mendell. Sûrement que là-bas, à Auschwitz, il devait y en avoir des oies sauvages !

Kelly, elle pensait à tous ces petits Juifs torturés et ça lui posait un problème de conscience. « Si je bosse pour le fils d'un nazi, est-ce que ça fait de moi une nazie ? » elle me demandait. « Tu pouvais pas savoir, je lui disais. Quand il t'a embauchée, t'étais pas au courant. » « Oui, mais maintenant, je sais ! » Elle me disait qu'elle comprenait mieux ce que c'était que ces drôles de bruits qu'elle entendait parfois, la nuit, quand elle était de garde à l'institut. Des gémissements, des cris étouffés. Le docteur Mendell-Mengele devait poursuivre en secret les expériences de son père. Peut-être qu'il utilisait de nouvelles techniques pour contrôler le psychisme des patients. Pour en faire les futurs soldats de la nouvelle armée nazie. Tu sais, toi, ce qui se passe dans les souterrains du château ? Rien à faire, elle avait pas pu continuer. Elle avait démissionné. Elle supportait pas l'idée de travailler pour un SS.

On avait hésité à dénoncer le docteur. Mais Kelly disait que le gouvernement devait déjà être au courant puisque c'était lui qui avait organisé l'opération. Ils ne voulaient certainement pas que ça se sache, ils auraient étouffé l'affaire. Tout ce qu'on risquait, c'était que ça nous retombe dessus. Alors, finalement on avait laissé tomber et Kelly s'était trouvé un nouveau job dans une autre clinique.

Mais depuis, je peux pas m'empêcher d'y penser chaque fois que je retourne voir le docteur. Je me demande si des fois je lui servirais pas de cobaye, moi aussi. Les consultations, c'est toujours la même chose : il me pèse, il prend ma tension, et il me pose un tas de questions, comment je me sens, si j'ai des angoisses, des pensées négatives, si je m'épanouis sur le plan professionnel, sur le plan sentimental, si j'ai des amis, si j'ai un petit ami (Jolie comme vous êtes, mademoiselle Grove !), si j'ai des distractions, si je continue à tenir mon journal, etc. Je dis toujours que tout va bien. Magnifique ! Il note dans mon dossier. Je ne lui ai jamais parlé de LoL. Ni de John. Ni que parfois j'ai la rage et j'ai envie d'enfoncer un stylo dans l'œil de la Shark (peut-être que ça lui rappellerait des bons souvenirs, au docteur Mengele !). Et sur le plan physique, pas de diarrhée ? Pas de maux de tête ? Non, non. Impeccable. En pleine forme. Magnifique ! il dit. Comme d'hab. N'importe quoi qu'on dise ou qu'on fasse, il commence toujours par ça : Magnifique ! C'est un genre de tic. Même quand il nous annonce après qu'il va devoir nous garder un mois de plus, ou qu'il va devoir augmenter les doses. Même, je me rappelle, quand cette bonne femme obèse s'était jetée sur un autre pensionnaire et lui avait bouffé la moitié de l'oreille. Magnifique ! avait lancé le docteur. Putain, j'aimerais vraiment qu'on m'explique qui est le plus cinglé ici !

À la fin, il s'approche de moi. Je sais ce qu'il va faire et ça me débecte. Il met sa main sur mon ventre : Et dans ce petit nid douillet, toujours pas d'oisillon ? Je déteste quand il pose ses sales pattes sur moi. Je me force à pas reculer, je me force à pas lui balancer mon poing dans la gueule. Vous savez que si la cigogne doit passer, vous devez m'en tenir immédiatement informé, mademoiselle Grove, c'est très important. Je sais, docteur, je sais. La cigogne, putain ! Il me prend pour Candy la cruche ou quoi ? Il croit que je fais pas la différence entre une bite et un sucre d'orge ? Même si ça devait arriver, jamais je lui dirais que j'attends un bébé. Kelly m'a certifié que le docteur Mengele faisait des expériences sur les fœtus.

J'ai mon ordonnance, je peux me tirer. Ouf. Ça oui, c'est magnifique. Bye-bye, les oies sauvages ! N'oubliez pas de transmettre mes amitiés à votre père, mademoiselle Grove ! Sûr, avec un don de 200 000 dollars par an, ça vaut le coup de l'avoir pour ami. Ma mère râle parce que c'est ça en moins sur son pourcentage. Est-ce que je devrais pas avertir papa qu'il finance le labo d'un SS ?

25 mars 2015

Tender Wolf est d'accord avec moi : ça sent mauvais, tout ça. Il dit qu'il voudrait pas m'effrayer encore plus mais que, d'après lui, ma sœur est mal barrée. Ce que j'appelle la Pieuvre Noire, lui il appelle ça la Veuve Noire. C'est une araignée. Venimeuse. Mortelle. Elle tisse sa toile et quand t'es pris dedans, c'est foutu. Il dit que la

Veuve Noire a étendu sa toile invisible sur toute la planète. Difficile d'y échapper, faut être très malin. Pour elle, on n'est rien. On est des insectes, on est des petits moucherons, elle nous embobine et elle nous bouffe tout crus. On ne voit jamais l'araignée, mais elle est là, elle est partout. Il dit qu'on peut même pas imaginer tout ce qu'on nous cache. Tous les coups tordus qu'ils font dans notre dos. Ton Snowden, il en sait pas la moitié, il en sait pas le quart du quart de ce qui se passe réellement. Même le président des États-Unis, c'est juste une marionnette entre les pattes de la Veuve. Tu veux un exemple ? Tu te souviens de l'affaire Lewinsky ? Monica Lewinsky, cette nana qui taillait des pipes au président Clinton. Si t'en crois les journaux, c'était juste une histoire de sexe. C'était le hasard si ces deux-là s'étaient rencontrés et hop ! un petit coup vite fait dans le Bureau ovale. Foutaises ! Tu l'as bien regardée, la Monica ? Tu crois que Clinton aurait pas pu s'offrir mieux que ça ? En réalité, c'était bien plus complexe. En réalité, c'était un coup monté. Lewinsky, c'est de quelle origine, à ton avis ? Tu trouves pas que ça sonne un peu russe sur les bords ? Eh, oui ! C'est ça, la réalité. Monica Lewinsky a été recrutée par les Russkoffs et infiltrée à la Maison-Blanche. Le but de l'opération ? Faire tomber Clinton. Parce qu'à ce moment-là, Clinton s'opposait à la création d'un immense gazoduc qui devait relier la Russie à l'Allemagne. Le Nord Stream. Clinton pensait que nos alliés européens seraient trop dépendants du gaz russe en cas de conflit. Et il avait raison. D'où l'intérêt pour les Russes de salir le président américain pour le faire destituer et le remplacer par un autre plus favorable à leur cause. C'était une histoire de fric et de pouvoir, de stratégie, pas une banale histoire de cul ! La Veuve Noire avait tissé sa toile Lewinsky autour de lui pour parvenir à ses fins, mais ça, tu peux être sûre que jamais aucun journal ne t'en parlera !

Je me souviens de cette affaire, c'est vrai. J'étais encore au collège quand ça s'est passé et on en parlait en cachette avec les copines. Ce truc du cigare enfoncé dans le vagin de la fille, ça nous faisait pouffer. Je me rappelle que cette crâneuse de Dora Mangold faisait sa maligne. Elle disait qu'un cigare, c'était rien, elle disait que c'était tout petit, un cigare. « Eh, les filles, me dites pas que vous avez jamais essayé avec un concombre ? » Bref, j'avais pas pensé aux Russes, mais maintenant que Tender Wolf me le dit… En tout cas, il a l'air super bien informé, le mec. Tu veux que je te dise mieux ? il a ajouté. Le sperme. Cette fameuse tache de sperme qu'on a retrouvé sur la robe de Monica. Du bidon, ça aussi. Une mise en scène. La Veuve a l'habitude de recruter des professionnelles, des prostituées qui sont formées spécialement pour séduire tous les chefs d'État du monde, tous les hommes politiques importants de chaque pays. Elles couchent avec eux de façon à récupérer un échantillon de leur sperme qui est ensuite congelé dans un endroit secret et qui pourra être ressorti plus tard si nécessaire. Pour faire du chantage, pour exercer une pression. C'est la banque de sperme de l'araignée. C'est ce qui s'est passé avec Clinton, et c'est ce qui s'est passé il y a quelques années avec un homme politique français qui s'est fait choper dans un hôtel de New York avec une prétendue femme de ménage. Ce type était directeur du FMI, il allait se présenter aux élections en France et il avait de grandes chances de l'emporter, mais ça allait contre les projets de la Veuve qui préférait placer un de ses poulains à la tête de l'État français, un pantin totalement inoffensif pour elle. C'est comme ça que ça marche, Quanah. C'est ça, la politique de l'ombre. C'est la politique du dark !

Putain, je savais qu'on était manipulés, mais je pensais pas que c'était à ce point. Rusé, mon loup. Affûté. M'étonne pas qu'il se débrouille si bien dans la jungle. Et comment t'es au courant de tout ça ? je lui ai demandé. Au début, il rechignait, je voyais bien qu'il voulait pas me dire. Mais petit à petit, il s'est lâché. Je peux te faire confiance ? il a fait. Juré-craché, ma parole de Comanche, je lui ai dit. Alors, il a fini par avouer. S'il est aussi bien renseigné, c'est en grande partie grâce à son oncle qui travaille pour la DIA. C'est quoi, la DIA ? Defense Intelligence Agency, il a dit. Une branche des services secrets. Ce que je te raconte doit absolument rester entre nous, il a insisté. C'est top défense. J'ai promis encore une fois. J'en parlerai pas à Kelly. J'en parlerai même pas à John. C'est une belle preuve de confiance qu'il me donne, je trouve. J'apprécie. Sans compter qu'il m'a toujours pas demandé une photo de moi à poil. Et c'est aussi ton oncle qui t'a appris que j'étais une fille ? je lui ai demandé dans la foulée. Ça l'a fait rigoler. Il m'a dit qu'il avait pas eu besoin de son tonton pour ça. Ce qui l'avait mis sur la piste, c'était que je choisissais toujours des championnes femmes, alors que la plupart des mecs prennent des champions de leur sexe. Merde, j'avais pas pensé à ça ! Quelle conne ! Et puis, il trouvait que j'avais une manière de jouer qui était typiquement féminine. C'est plus fin, c'est plus subtil (dans ma tête, je me disais que c'était plus McEnroe que Lendl. Ta faute, papa !). Et ça lui plaît beaucoup. Bref, il avait deviné et il était sûr de lui à 99 %. J'espère que tu le prends pas mal ? il a dit.

Vraiment malin, le loulou. En plus, ça prouve que lui, il est 100 % mâle, et qu'il est ni macho ni gay. Ça, au moins, c'est plutôt une bonne nouvelle.

26 mars 2015

J'ai bien réfléchi à cette histoire de Monica Lewinsky. Tout compte fait, je me demande : ce gars, Deon Zubrinsky, ce serait pas un agent russe, lui aussi ?

Et Nabokov, ça sonne quoi, hein ?

28 mars 2015

Quand je suis sortie du boulot hier soir, qui c'est qui m'attendait en bas ? Jerry Moncello. Pouvais pas le louper. Garé juste en face dans sa Tesla rouge à 120 000 dollars. Comparée à la poubelle de ma sœur, c'est la Batmobile contre la Démone Double-Zéro de Satanas et Diabolo. Avocat, ça rapporte. Barbara pourra se payer la même dans quelques années. Jerry m'a fait signe de le rejoindre. J'étais jamais montée dans un engin pareil. Ça m'a fichu un coup de vieux. Avant, les mecs que je fréquentais c'était plutôt des dingues du tuning. Rien à foutre des émissions de gaz, ils avaient des caisses avec des moteurs monstrueux, quand ils appuyaient sur le champignon, y avait des flammes qui sortaient du pot et des tigres hurlaient sous le capot à t'en décoller les tympans. Fini, ma vieille, t'as passé l'âge.

Là, quand il a démarré, ça n'a pas fait plus de bruit qu'un fauteuil roulant. Genre corbillard électrique, avec des batteries au lithium. Comme moi, doc, pas vrai ? Le lithium. Tout et tous sous calmant, pour pas que ça explose.

Jerry m'a raccompagnée. Il était pas là pour parler bagnoles. Il avait une tête des mauvais jours. Des jours carrément beurk. Mais d'abord, comment il savait que je bossais ici ? Il m'a dit qu'il s'était renseigné. Une info pas très difficile à obtenir, hélas. Pourquoi hélas ? Parce que ça veut dire que n'importe qui peut vous trouver ! il a dit. Le ton qu'il a pris, ça m'a fait froid dans le dos. Et pas que dans le dos. Vous pensez qu'on me recherche ? j'ai fait. Qui ça ? Les Russes ? Je commençais à paniquer. J'avais l'impression que ces salauds allaient débouler d'une minute à l'autre et m'embarquer dans le coffre de leur Škoda jusqu'en Sibérie. Les Russes ? Quels Russes ? a demandé Jerry. Mais Quanah avait donné sa parole : bouche cousue. J'en sais rien, j'ai fait. Je dis ça comme ça. Il a pas insisté. Pendant un moment, il a roulé en silence, comme s'il réfléchissait. Comme s'il gambergeait à la meilleure façon de m'annoncer le truc qui tue. Barbara. Barbara, j'ai pensé. Il a appris quelque chose et il ose pas me le dire tellement c'est moche. Saloperie de bagnole ! Même pas le bruit du moteur pour empêcher d'entendre mes dents grincer ! Respire, ma petite. Respire à fond. Souffle à fond. Respire. Souffle. J'avais envie de vomir. J'ai pris mon courage et j'ai fini par demander : Vous avez eu des nouvelles de ma sœur ? Il a secoué la tête. Non, il a dit. Souffle, souffle, souffle. Mais j'ai lu le rapport que vous m'avez confié, il a dit. Et si on y ajoute le décès brutal de Dipak Singh, ainsi que la disparition, pour l'instant inexpliquée, de Barbara, je ne vous cache pas que je trouve cela préoccupant. Préoccupant, il a dit. Maître Moncello était « préoccupé ». D'après mon dico personnel, je traduis : ça chie à mort dans la colle ! Votre sœur, a continué Jerry, ne m'avait pas tenu informé de la partie, disons, « conspirationniste » de l'affaire. Je n'avais pas encore lu le récit de Gary Sanz et j'ignorais que les doutes de Singh quant à sa culpabilité étaient fondés essentiellement sur cette histoire de complot autour de ce qu'ils nomment : l'énergie libre. Cela m'a surpris. Barbara, semble-t-il, ne croyait pas à cette théorie.

« Croyait » ? j'ai sursauté. Pourquoi vous dites « croyait » ? Pourquoi vous employez le passé ? Il a secoué la main, très vite, flip-flip-flip, comme une aile de moineau. Non, non, il a fait, n'allez pas imaginer… J'emploie le passé uniquement parce que je présume qu'elle a pu changer d'avis. Elle a pu découvrir des éléments qui ont modifié son jugement. Et il est fort possible qu'elle adhère elle aussi, à présent, à cette thèse. Quels éléments elle aurait découverts ? j'ai demandé. Jerry Moncello a pincé les lèvres, hoché la tête, grimacé, soupiré, on aurait dit qu'il était constipé de la bouche, putain, je sais pas si les avocats font tous ça, mais il a mis un temps fou avant de lâcher le morceau. Souvenez-vous du post-it, il a dit. *Procès Humbert : PROC + SBOC ?* Nous nous demandions quelle pouvait bien être la signification du mot SBOC. Eh bien, je pense avoir résolu cette énigme, Sylvia. J'y ai longuement réfléchi. Un code ? je me disais. Mais comment en trouver la clé, comment trouver le chiffre pour le briser ? Et puis, il m'est apparu que la solution était beaucoup plus simple que ça. Elle était évidente. La solution était là, sous nos yeux, inscrite noir sur blanc sur la toute première page du récit de Gary Sanz. Relisez-le, vous verrez ! SBOC n'est pas un code. Ce n'est pas non plus un mot, ni un nom, ni un diminutif. C'est quoi, c'est quoi, c'est quoi ? Crache-le, nom de Dieu ! C'est un acronyme, a fait Jerry. Ce sont tout bêtement les initiales de la Sun Belt Oil Company.

Putain, la descente. Raide. Un saut en élastique dans le Grand Canyon. Sans élastique. Je m'attendais pas à ça. Qu'est-ce qu'il me sort de son chapeau, Magic Jerry ? Moi, j'espérais la carte au trésor des pirates, et lui il me sort la carte de fidélité de Domino's Pizza ! Trop déçue.

Il disait plus rien. Il attendait peut-être que je le félicite ? Que j'applaudisse ? Tu peux te brosser, mon beau ! Qu'est-ce c'est, au juste, cette Machin-Chose-Compagnie ? j'ai demandé. Le professeur Moncello a débité sa leçon : la Sun Belt Oil Company est une grosse société pétrolière américaine. Spécialisée dans l'extraction, le transport et la transformation du pétrole et du gaz. Son siège est situé à Dallas, et elle a fait la fortune de son fondateur, Terry B. Owens… OK. Super. Et alors ? Quel rapport avec ma sœur ? Quel rapport avec notre sujet ? D'après la formulation du post-it, il a dit, j'en déduis que Barbara subodorait un éventuel conflit d'intérêts, voire davantage, qui aurait pu entacher le procès de Gary Sanz. Qu'est-ce que ça veut dire ? j'ai demandé. En résumé, il pourrait y avoir eu collusion entre le procureur, Kenneth Bromfield, et la compagnie pétrolière de Terry Owens. Ceci au détriment de l'accusé, et, plus généralement, de la Justice.

Collusion : entente secrète entre deux ou plusieurs personnes, visant à tromper quelqu'un. J'ai vérifié. Sur le coup, j'ai cru qu'il avait dit « collision » et je me suis pensé : Eh, Jerry ! en parlant de ça, tu ferais mieux de regarder un peu plus la route ! (Mais plus tard, je me suis rendu compte que cette voiture pouvait passer en pilotage automatique, comme les avions. Plus fort que la Batmobile !) Bref, si c'est moi qui résume, je dirais que le procès de Sanz avait été truqué : le procureur et le roi du pétrole avaient fait alliance, ces deux enfoirés s'étaient mis d'accord à l'avance pour tout foutre sur le dos de Gary et l'envoyer en taule. Qui c'est le cocu de l'histoire ? Pour l'heure, bien sûr, ce ne sont que des conjectures, a dit Jerry. Comment ? Pourquoi ? Cela reste à vérifier. Mais si c'était avéré, je vous laisse imaginer tout ce que cela implique et toutes les conséquences qui pourraient en résulter. Y compris pour votre sœur, il a ajouté.

Non, ne me laisse pas imaginer. Je ne veux pas. Je sais. Ça fait peur, ça fait très très peur.

On était presque arrivés. Jerry Moncello m'a dit qu'il avait un ami qui faisait partie de l'association. C'est un policier à la retraite. Un ancien du FBI. Il va lui demander d'enquêter pour nous. Il le fera. Il est très efficace. Il m'a dit qu'il me tiendrait au courant des résultats de ses investigations. C'est comme ça qu'il parle, Jerry. « Collusion », « investigations ». Il m'a redit de fermer ma gueule (« ne rien divulguer à personne »). Tâchons de rester discrets. Il vaut mieux ne pas trop attirer l'attention pour le moment. Il m'a déposée devant chez moi. Vous connaissez aussi mon adresse personnelle ? j'ai fait. Il a eu l'air désolé. Oui, hélas, il a soupiré.

29 mars 2015

Kelly me demande de demander à Tender Wolf le jour et l'heure de sa naissance. Le lieu, aussi. Elle veut calculer son thème astral pour voir s'il est compatible avec le mien. T'imagines, elle dit, s'il est ascendant Taureau ou Bélier, tu vois un peu la cata avec une Vierge comme toi ? Laisse tomber ! Par contre, s'il est Verseau... Ou encore mieux : Sagittaire ascendant Verseau. Là, tu peux y aller les yeux fermés !

Les yeux fermés, oui. J'ai pas du tout envie de lui demander sa date de naissance. Je connais même pas son prénom. Je sais pas à quoi il ressemble. Moi non plus, j'ai pas vu de photo. Est-ce que ça compte tant que ça ? Si ça se trouve c'est un vieux croûton de soixante balais. Borgne. Obèse. Avec un dentier. Est-ce que je sortirais avec un type qui a l'âge de mon père ou de mon grand-père ? Est-ce que j'aurais envie de coucher avec ? Est-ce qu'on est obligé de coucher ?

Ce que je sais, c'est que c'est un loup tendre. Ce que je vois, c'est qu'on forme un duo de feu. Pas une seule partie perdue depuis qu'on est ensemble. Je le protège et il me protège. Il m'a dit qu'il était prêt à se sacrifier pour moi. C'est beau. C'est presque comme s'il disait « ma fée », comme s'il disait « la femme de ma vie », non ? En tout cas, ça change de « Je vais te fourrer ma grosse queue bien profond ! » et tous ces trucs habituels. Kelly dit que pour une Vierge, il vaut mieux un Verseau avec une petite queue qu'un Taureau avec une grosse. Elle rigole. Mais pas moi. Je plaisante pas, Kelly. J'ai l'impression qu'il se passe vraiment quelque chose avec lui. Hier, il avait choisi Amumu. Je connaissais pas ce champion. Je me suis renseignée : j'ai lu qu'Amumu est une âme solitaire et mélancolique qui parcourt le monde à la recherche d'un ami. Mais il a été frappé par une malédiction, il est condamné à rester seul pour l'éternité car tout ce qu'il touche est voué à mourir, tout ce qu'il aime est destiné à disparaître. Putain, c'est triste, ça m'a foutu les larmes aux yeux. Et puis j'ai réagi. Pas question ! je me suis dit. J'ai choisi Lux. J'ai un pouvoir unique sur la lumière. Je me sers de ce don pour faire le bien. Je suis formée aux opérations secrètes. On va se battre, toi et moi. Ensemble. On va briser la malédiction. Je te promets que tu ne seras plus jamais seul, Amumu, mon ami !

Ça a marché. On a réussi. Comme je dis toujours : tant qu'il y a des points de vie, il y a de l'espoir. On a vaincu parce qu'on est restés unis, tous les deux, comme la foudre et le tonnerre, comme Burger et King. Je m'en fous s'il est vieux et moche. Je m'en fous s'il a des touffes de poils dans les oreilles. Je m'en fous s'il est Balance ou Capricorne, j'ai dit à Kelly. C'est l'âme. Nos deux âmes. C'est ça qui compte. Je subodore une collision, j'ai dit. Grave. Je le sens. Ça matche entre nous. OK, a fait Kelly, comme tu veux. N'empêche que s'il est Capricorne, t'es mal. Tu viendras pas me dire que je te l'avais pas dit.

Un Comanche et un loup. Wouh-wouh-woooouuuuh !

Après le jeu, on a tchaté un moment en off, lui et moi. Il voulait savoir s'il y avait du nouveau pour ma sœur. Je lui ai dit où on en était. Gary Sanz, Dipak, la machine de P. J., et toutes ces choses étranges qui s'étaient passées. Proc et Sboc aussi. Il m'avait accordé sa confiance et je voulais qu'il sache qu'il avait la mienne. Unis. Main dans la main, on a dit. Il en revenait pas, de ce que je lui racontais. Dément ! il a fait. Putain, c'est de la Veuve Noire en barre ! Il m'a dit qu'il avait déjà entendu parler de cette histoire d'énergie libre mais qu'il était pas un spécialiste. Il allait essayer d'en apprendre un peu plus, peut-être que son oncle pourrait lui fournir quelques infos. Il m'a dit aussi qu'il aimerait beaucoup lire le document que Dipak Singh a envoyé. Encore une preuve qu'il s'intéresse vraiment, qu'il est pas là pour mes fesses – pas seulement, en tout cas. Il s'inquiétait pour moi. Fais gaffe à toi, Quanah. Sois prudent, il m'a dit. C'est pas adorable, ça ? En le quittant, je me suis un peu lâchée : Salut, mon loup, j'ai fait. Salut, grand chef, il a répondu.

1er avril 2015

Il avance à pas de loup, mais il avance. Je le vois venir. Je laisse faire. J'aime ça. On peut dire qu'on passe déjà nos nuits ensemble. La hot team fait un carton sur LoL. C'est chaud bouillant. Les fauves sont lâchés. Impitoyables. Invincibles. J'ai atteint un niveau que j'aurais jamais pu atteindre sans lui. On joue dans la cour des grands, maintenant. Quanah est au sommet. C'est cool.

Mais ce que je préfère, c'est après. Quand on se retrouve seuls, rien que nous deux. On range les guns, on se pose, on allume une clope, on discute. Il y a la lune et les étoiles et il y a nous. Un mec qui parle le même langage que toi, c'est rare. J'ai l'impression de le connaître depuis des siècles. Lui, c'est pareil, il me l'a dit. On sait rien l'un de l'autre mais on sait tout. Connexité subliminale. On en est arrivés à un stade où on est vraiment proches. À un poil du cul, dirait Kelly. Je sens qu'on va pas pouvoir se retenir encore longtemps.

En parlant de Kelly, je me demande si elle serait pas un peu jalouse. Au début, elle me poussait à fond, et maintenant elle freine à mort. Elle me dit de me méfier. Elle trouve que c'est pas net. Un type qui demande pas ta photo, qui cherche même pas à savoir ton âge ni si t'as des mômes, elle y croit pas. Elle dit que ça sent le coup fourré. Et quand je dis coup fourré, je dis coup foireux. Mais c'est pas tout à fait vrai : mon loup sait que j'ai pas de gosses. Et il sait que j'en veux pas. Et toi, tu sais quoi ? elle dit, Kelly. Ça l'étonne que je pose pas plus de questions, moi non plus. J'ai beau lui expliquer que ce qu'on sait pas, on l'imagine, c'est encore plus excitant, elle pige pas. Kelly a pas mal morflé avec les mecs, normal qu'elle soit méfiante. Il est pas comme les autres, je lui dis. Ils sont tous pareils, elle me dit. Bon. Pas la peine de se prendre le chou pour ça. J'espère qu'elle trouvera son loup, elle aussi, elle le mérite.

Mon vrai problème, c'est pas Kelly, c'est John. Je ne veux pas lui mentir et je ne veux pas lui faire de peine. Faut que j'aie le courage de lui parler franchement. Je veux qu'il sache que, quoi qu'il arrive, je le laisserai jamais tomber. Il aura toujours une place dans mon cœur et dans ma vie. Personne le délogera de mon balcon.

3 avril 2015

Je ne prends plus les croquettes du docteur Magnifique. Ça fait deux jours. Je ne les prendrai plus. J'en ai marre. Je délaisse ma laisse.

C'est une grande décision mais je suis prête. C'est le printemps, il fait beau. Il est temps de renaître.

On verra bien.

4 avril 2015

Toujours pas de nouvelles de Barbara. Au bout de deux mois, ma mère se réveille. « Je n'arrive pas à joindre ta sœur, je voulais qu'elle m'accompagne au NorthPark Center, cette semaine. » J'ai dû inventer une excuse bidon : Barbara envoyée en mission par son asso dans un bled paumé, son portable qui déconne… Je gagne du temps. Je ne veux pas que ma mère s'en mêle. Jerry Moncello a bien dit de rester discrets, et ça c'est un mot que ma mère connaît pas. J'aurais pu aussi lui dire que Barbara déteste le NorthPark Center, elle déteste faire du shopping. Moi, j'adore. Mais ma mère me propose jamais. Depuis cette histoire avec la gamine et mon sweat bleu, elle a plus voulu remettre les pieds dans un magasin avec moi. C'était il y a plus de vingt ans. Un jour tu vas mourir, maman, et moi je serai vieille et les boutiques auront fermé. Trop tard. C'est la vie, c'est la putain de life, comme dirait Kelly.

Papa ne s'est pas manifesté depuis mon dernier coup de fil, pas besoin de lui raconter des bobards.

J'ai pas de nouvelles non plus du sergent Barry Bear. Pas de nouvelles de Jerry. Je sais pas si ça vaut mieux ou pas. J'attends. Le seul qui soit toujours connecté, c'est Tender Wolf. Depuis qu'il a lu le document de Dipak Singh, il s'inquiète à mort pour moi. Il dit que je me rends pas compte. Il dit que c'est encore plus chaud que ce qu'il pensait. C'est du sérieux, Quanah. C'est grave. Il a tâté le terrain avec son oncle, et son oncle a confirmé qu'il y avait danger. Gros danger. La question de l'énergie libre, c'est de l'ultra confidentiel et de l'ultra explosif. Dossier prioritaire de la Veuve Noire. C'est une bombe, Quanah ! D'ailleurs, son oncle était étonné qu'elle m'ait pas encore pété à la figure, et son oncle a pas l'habitude de parler pour rien dire. Moi aussi, je suis une bombe, j'avais envie de lui répondre. Demande au docteur. Mais il aurait pas compris et j'ai pas envie de lui expliquer, pas tout de suite, c'est trop tôt. Mon loup a peur. Il m'a demandé qui d'autre était au courant, qui d'autre avait lu ce document. Il dit qu'il faut le détruire. Il faut pas garder ça. Il dit que je dois absolument effacer toutes les traces et me tenir à carreau. Faire le mort. Pas un mot, pas un geste. Il veut pas que je disparaisse comme ma frangine. À partir de maintenant, je ne dois plus faire confiance à personne. Seulement à lui. Tu comprends, Quanah ? Tu comprends bien ce que je te dis ? Tu n'en parles à personne ! Il m'a proposé qu'on se rencontre, tous les trois, avec son oncle, pour voir quel serait le meilleur moyen d'assurer ma sécurité. Mon oncle est prêt à nous aider, il a dit. C'est une chance. Je t'assure que c'est ta meilleure chance de te sortir de ce merdier. Dis-moi que tu es d'accord, Quanah !

J'ai pigé sa tactique. Approche discrète vers la midlane. Il en fait un peu trop, mais c'est mignon. Mon loup est timide, il ose pas me dire qu'il a envie de me voir en live, il a trouvé ce prétexte. Je parie que si j'accepte, comme par hasard le tonton sera pas là le jour du rendez-vous. Il aura une bonne excuse, et on se retrouvera seuls tous les deux. OK, d'accord. Moi aussi, j'ai envie. Je sens les petites bulles qui montent. Ça pétille, ça chatouille. C'est bon. Y a longtemps que ça m'était pas arrivé. Mais j'ai la trouille qu'il soit déçu en me voyant. Imagine, pouf, le gars qui débande direct. Tout mou. Terminé. Adios, grand chef. Chacun sa route. C'est le risque quand on passe de la légende à la réalité. La vie est souvent plus moche de l'autre côté. Je ne veux pas que ça se finisse comme ça. Je ne veux pas que ça se finisse avant d'avoir commencé. Je ne veux pas être Barbara et lui Dipak. Je sais que je vais craquer mais j'essaie de faire durer encore un peu.

8 avril 2015

J'ai parlé à John. En douceur mais cash. Pas de triche. J'ai accroché mon cœur à ses épines. Ça fait mal, ça saigne, mais il a compris. Il comprend tout, John. C'est aussi pour ça que je l'aime. Il m'en veut pas. Ses vœux m'accompagnent. Putain, c'est un sacré poids en moins. Du coup, j'ai l'impression de flotter. Légère, légère. Je plane. Pas besoin de lithium. Je lève les yeux et je vois des oiseaux dans le ciel. C'est pas des corbeaux, pas des rapaces, c'est pas Enola Gay, c'est les oies sauvages qui s'en vont vers les pays chauds. J'ai des plumes et des ailes, comme elles. Merci, mon Johnny. Je t'envoie des baisers de tout là-haut.

9 avril 2015

Un jour, j'ai demandé à mon père ce qui s'était passé dans sa tête pendant qu'il tombait. Je devais avoir 12 ou 13 ans et ça faisait déjà un bout de temps que je me posais la question. Je lui ai demandé à quoi il avait pensé pendant les quelques secondes qu'avait duré sa chute. Est-ce qu'il était sûr qu'il allait mourir à ce moment-là ? Et qu'est-ce que ça lui avait fait de se dire ça ? Est-ce que c'est vrai qu'on aperçoit une lumière, toute blanche, aveuglante, ou est-ce que c'est tout noir au contraire ? C'était des trucs auxquels je pensais souvent quand j'étais gamine. Ça me travaillait. J'avais encore jamais osé l'interroger.

On était assis sur le canapé, tous les deux. On venait de se regarder un match, je sais plus lequel, je me rappelle juste que John avait gagné. Papa était détendu. Il est resté un long moment silencieux, j'ai cru qu'il m'avait pas entendue ou qu'il voulait pas me répondre. Il a appuyé sur la télécommande du magnétoscope pour l'arrêter. Puis il a pris ma main. Il l'a gardée dans la sienne tout le temps qu'il a parlé. Ce qui est bizarre, c'est que je me souviens de la chaleur de sa main, mais j'ai complètement oublié ce qu'il m'avait répondu.

11 avril 2015

Le grand saut.

J'ai dit oui. J'ai dit OK. J'ai dit go ! Go, go, go, fire !

Pouvais plus tenir.

Demain, j'ai rendez-vous avec Tender Wolf et son oncle. Seigneur, c'est vrai ? Oui, c'est vrai. Je m'attends à ce que le tonton fasse faux bond à la dernière minute. Oups ! Désolé… Ben voyons. Pas grave, mon loup. Tu es là, toi. Et je suis là, moi. On ira boire un verre. On ira manger un morceau. On se regardera dans les yeux. On baissera les yeux. On sera intimidés. On parlera. On bafouillera. On apprendra à mieux se connaître. On se découvrira. Et après ?

Il m'a dit que c'était l'occasion ou jamais. Peut-être une occasion unique. Demain, c'est dimanche. Il est libre, son oncle est libre, les conditions sont réunies. Il n'habite pas Dallas. J'ai appris qu'il était de Denver, Colorado. C'est pas tout près mais c'est pas le bout du monde, il a dit. Il est prêt à faire le déplacement pour moi. Il ne veut pas que j'aille le chercher à l'aéroport. Pas la peine. On doit se retrouver à l'entrée du Ronald Kirk Bridge. J'ai envie de lui montrer la rivière. Et puis les ponts, c'est romantique. Les ponts, c'est pour les amoureux.

Holà ! Pas si vite, ma petite !

Depuis que c'est décidé, je tiens plus en place. Y a le feu à ta culotte ! dirait Kelly. Elle est même pas au courant, la pauvre. C'est vache, mais j'ai promis à Tender Wolf de tenir ma langue. Je peux rien dire à Kelly. Dommage, j'aurais bien aimé qu'elle me conseille pour ma tenue. Je sais pas quoi me mettre. Je sais pas ce qu'il aime, mon loup. Je sais pas quel est son style. Comment je te reconnaîtrai ? je lui ai demandé. Tu porteras des Nike Air ? C'était une blague mais je crois pas qu'il ait capté. T'inquiète pas, il a dit, moi je te reconnaîtrai. Peut-être qu'il s'imagine que Quanah va se pointer avec des plumes sur la tête. Je ferai la danse de la pluie pour lui. Et si mon T-shirt est mouillé, tant pis tant mieux…

Putain, j'arrive pas à croire que ça va vraiment arriver. Mon Dieu, faites que ce soit la bonne, cette fois. Faites que la vie soit encore plus belle que la légende. Faites qu'il y ait l'étincelle et qu'il y ait l'incendie. Je le veux !

Je te raconterai, sister.

C'est la grande nouvelle du jour : je dois rencontrer mon loup demain, en chair et en os. Wouh-wouh-wooooouuuuuh !

J'ai hâte. J'ai peur.

IV

Qui se souviendra du chef indien ?

Le matin du 14 juin 1991, les corps sans vie de Cheryl Adams, 47 ans, et de sa mère, Carol Bliss, 68 ans, furent découverts à leur domicile, au n° 122 Vagabond Way, Altamonte Springs, Floride. La première gisait derrière la porte d'entrée : elle avait reçu trente-neuf coups de couteau. La seconde était étendue dans le salon, près de son fauteuil roulant : elle avait été poignardée à six reprises. L'homme qui fit cette macabre découverte, David Pinter, était l'amant de Wendy Adams, la fille de Cheryl Adams et petite-fille de Carol Bliss. Il venait ce matin-là récupérer des affaires pour sa maîtresse. C'est lui qui a prévenu la police.

On m'a chargé de l'enquête. Elle n'a pas été très difficile à mener.

L'arme du crime, un couteau de cuisine de 25 cm, fut retrouvée dans l'herbe, sur l'étroit passage séparant la résidence des victimes de la suivante (n° 124). En arrivant sur place, Wendy Adams nous fit part de son intuition que le meurtrier pourrait être leur voisin, un dénommé Rafael Morales, qui habitait là (n° 124) avec trois colocataires.

Morales était un garçon de 19 ans, débarqué du Honduras, séjournant illégalement aux États-Unis. Il travaillait comme plongeur dans un restaurant. Il avait l'habitude de venir de temps en temps passer un moment chez ses voisines. Interrogé le matin même, il prétendit ne pas être au courant des crimes. Pourtant, le couteau retrouvé par terre était du même modèle que ceux utilisés dans le restaurant où il travaillait. Et le chef de cet établissement confirma qu'il en manquait un dans sa cuisine.

Rafael Morales fut arrêté.

Il se disait innocent. Ils disent tous ça.

On a relevé soixante-sept empreintes de pas ensanglantées sur les lieux du drame. Soixante-quatre correspondaient aux chaussures du suspect. Dans sa chambre, on a trouvé un sac en plastique contenant des vêtements à lui : T-shirt, short, chaussettes. L'analyse a permis d'établir que tous ces habits portaient des taches de sang de Cheryl Adams et de Carol Bliss. Le même sang maculait également les semelles de ses chaussures. Par ailleurs, un expert a conclu que les empreintes digitales relevées sur le manche du couteau étaient celles du jeune homme.

Rafael Morales fut inculpé pour meurtre au premier degré et cambriolage.

Il persistait à se prétendre innocent.

Les explications qu'il nous livra étaient les suivantes : il ne travaillait pas le soir des meurtres. Il avait passé la nuit à boire avec des amis et il était rentré à cinq heures du matin. En quête d'une dernière bière, il avait frappé chez ses voisines. Il avait vu le corps de Cheryl Adams baignant dans son sang. Il l'avait retourné et avait tenté de ranimer la femme, en vain. Il s'était alors avancé jusqu'au salon où il avait vu le second corps, celui de Carol Bliss. Près d'elle se trouvait le couteau. Craignant que l'assassin soit toujours dans la maison, il avait ramassé l'arme et crié : « Il y a quelqu'un ? » Personne n'avait répondu. Il était allé jusqu'à la chambre de Wendy. Elle n'était pas là, et la pièce avait été saccagée. Morales s'était enfui de la maison. Il avait jeté le couteau dans l'herbe. Il était rentré chez lui, avait quitté ses vêtements et les avait mis dans un sac en plastique, avant de prendre une douche. Il disait n'avoir pas appelé la police car, étant en situation illégale, il avait peur qu'on l'expulse du territoire.

Pas plus que moi, pas plus que mon équipe, le jury ne fut convaincu par ces arguments. En février 1992, Rafael Morales fut condamné à la peine capitale pour le meurtre de Cheryl Adams. Il fut condamné à la même peine pour le meurtre de Carol Bliss.

Il clamait toujours son innocence.

Après cinq appels rejetés, Rafael Morales fut exécuté, par injection létale, le 9 mars 2003, à la prison d'État de Floride.

Il avait l'âge d'être mon fils.

C'était une sale histoire et elle aurait dû s'arrêter là. Mais deux ans plus tard, le shérif du comté de Seminole m'a contacté. Il venait de conduire une femme à l'hôpital. Cette dernière était visiblement en état de grande confusion, elle tenait des propos incohérents et n'arrêtait pas de répéter que sa mère et sa grand-mère étaient mortes pour elle. En apprenant que cette femme se nommait Wendy Adams, le shérif s'est souvenu de l'affaire Morales et il a pensé que cela pouvait m'intéresser.

En creusant un peu, je découvris que Wendy avait un historique de maladie mentale assez important. Elle avait été admise une trentaine de fois à l'hôpital pour des évaluations psychiatriques. Cette découverte me plongea brusquement dans le doute. Bien que l'affaire soit jugée et classée, je voulus en avoir le cœur net. Je poursuivis mes recherches.

En quelques semaines, je mis la main sur quatre personnes qui toutes témoignèrent avoir récemment entendu Wendy Adams dire qu'elle était l'auteure des crimes. Une ancienne voisine déclara que, lors d'un dîner, Wendy avait soudain craqué, elle était en pleurs et se frappait la poitrine en gémissant : « Je suis folle, je suis le mal, j'ai tué ma mère et ma grand-mère ! »

J'interrogeai Wendy. Elle nia. Tout ce qu'elle voulut bien admettre fut que dans la journée précédant les meurtres, elle avait eu une violente dispute avec sa mère. C'est pour ça qu'elle avait découché.

J'interrogeai à nouveau son ex-compagnon, David Pinter, l'homme qui avait découvert les corps. Il maintint ses déclarations, selon lesquelles Wendy et lui avaient passé toute la nuit ensemble, dans son propre appartement.

J'interrogeai la nouvelle femme de David. Celle-ci contredit ses déclarations : David lui aurait révélé que, cette fameuse nuit, Wendy l'avait réveillé en disant qu'elle avait « un mauvais pressentiment pour sa mère ». Il lui avait alors proposé de l'accompagner là-bas, mais elle avait refusé, préférant prendre un taxi. Avant de se rendormir, David l'avait vue quitter la chambre.

Je retournai interroger encore une fois Wendy. J'étais partagé : je voulais connaître la vérité, mais j'étais terrifié à l'idée de ce que cette vérité risquait de me renvoyer.

Quinze ans après les faits, vingt-huit mois après l'exécution de

Rafael Morales, Wendy Adams finit par avouer les meurtres de sa mère et de sa grand-mère. « C'est le démon qui m'a forcée à le faire ! » me dit-elle.

Dans toute ma longue carrière, j'ai procédé à l'arrestation de dizaines, de centaines de criminels. J'ai mis sous les verrous des voleurs, des assassins, des violeurs d'enfants, des braqueurs de banque, des dealers. Des individus malfaisants et dangereux. Je les ai empêchés de nuire davantage. J'étais un bon flic. Je pense avoir été utile. Je pense avoir rendu service à la communauté. Je pense avoir contribué à rendre notre monde un peu plus propre et un peu plus sûr. Un tout petit peu. Mais si l'on me demande ce que j'en retiens, en fin de compte, un seul nom me vient à l'esprit : Rafael Morales.

Mon erreur. Ma faute. Ma propre condamnation.

Ce que cette histoire m'a appris, c'est qu'un rocher n'est pas nécessairement un rocher. Un arbre n'est pas nécessairement un arbre. Un nuage n'est pas forcément un nuage, pas plus qu'une preuve n'est forcément une preuve. Le diable est tout à fait capable de prendre toutes ces apparences. Le diable est plein d'imagination et de ressources. Même la vérité peut masquer un mensonge. Même un coupable peut être innocent. Il ne peut y avoir de certitude absolue.

Je ne crois pas au diable, mais je sais qu'il existe.

Dans les procès criminels, le verdict est censé tenir compte de ce qu'on appelle le « doute raisonnable ». Or, la raison ne suffit pas. Lorsqu'il s'agit de condamner un homme ou une femme à la prison ou à la mort, il n'est pas raisonnable de se fier à sa seule raison.

Ne vous rendez jamais à l'évidence : voilà ce que j'ai appris.

Le diable a des tas de pseudonymes différents.

Je ne suis pas tombé en dépression. Je n'ai pas fait appel à un psychologue. Je n'ai pas sombré dans l'alcool. J'avais une femme et quatre enfants qui comptaient sur moi. J'ai continué à faire mon boulot. Même si Rafael Morales avait eu une tombe digne de ce nom, je ne serais pas allé la fleurir chaque semaine. Il n'y aura pas de pardon et je ne le cherche pas.

Quand est venue l'heure de ma retraite, j'ai quitté la Floride. Avec mon épouse, Elizabeth, et notre plus jeune fille, Kate, nous avons emménagé à Fort Worth, Texas, dans une petite maison que les parents de Liz lui avaient léguée. J'ai pris contact avec Innocence Project. Je connaissais cette association. J'ai demandé à intégrer la section locale. J'espérais pouvoir me rendre encore utile. Je souhaitais mettre mon expérience et mes compétences à leur service, ou plutôt au service de leurs « clients ». Je pense qu'on peut facilement comprendre mes motivations, elles sont du même ordre que celles de cette vieille Japonaise, Misaki, dont parle Sylvia Grove dans son journal. Elles tiennent en trois mots : plus jamais ça. Faire tout ce qui est en mon pouvoir pour que plus jamais personne ne soit condamné à tort dans notre pays. C'est une chose que de prouver la culpabilité d'un homme, c'en est une autre que de devoir prouver son innocence. C'est un beau projet.

Au fil des ans, j'ai effectué un certain nombre de missions pour le compte de l'association. Parfois cela a porté ses fruits, parfois non. Lorsque Jerry Moncello m'a confié le dossier Gary Sanz, je ne savais pas à quoi m'attendre. Je n'avais aucune idée de ce dans quoi j'allais me lancer. Il m'a donné à lire les documents dont il disposait, mais il ne les a pas commentés afin de ne pas m'influencer.

J'ai passé plus de dix-huit mois à enquêter, à remonter et explorer toutes les pistes, une par une. Je me suis efforcé de garder la tête froide, de rester le plus objectif possible. J'aimerais pouvoir dire que je m'en suis tenu strictement aux faits, mais ce serait faux. Les faits ne sont souvent que la partie émergée de l'iceberg, et j'ai eu quelquefois la tentation de savoir ce qu'il y avait en dessous. Comme le souligne plusieurs fois Dipak Singh dans son témoignage, il y a les faits d'une part et il y a leur interprétation d'autre part. J'ai eu la faiblesse d'essayer d'interpréter. Plonger sous la surface implique des risques : on peut manquer d'air, on peut ne jamais remonter. Ce n'est pas, hélas, le jeune Dipak qui me contredira.

Mon nom est Ross Pierce. Nous sommes le 2 novembre 2016. Et voici le résultat de mes recherches concernant le cas de Gary Sanz, condamné à mort et toujours détenu à ce jour dans l'unité Polunsky, à Livingston, Texas.

L'objectif premier de ces recherches était de tenter de déterminer le bien-fondé de cette condamnation. Mr Sanz était-il incontestablement coupable, ou sa culpabilité laissait-elle une place au doute – la moindre place au moindre doute ? Dans ce dernier cas, nous nous serions battus pour obtenir une révision du procès, un nouveau jugement qui aurait pu aboutir à sa relaxe et à sa réhabilitation. Qui lui aurait surtout permis de ne pas mourir injustement sous le rouleau compresseur judiciaire. D'autant que, comme nous le verrons, l'affaire Sanz a des ramifications qui conduisent à d'autres morts ou d'autres disparitions que l'on peut qualifier de « suspectes » ou, pour le moins, d'« énigmatiques ». À commencer par celle de Jerry Moncello lui-même. C'est à lui que j'aurais dû remettre ces notes si, par malheur, il n'était décédé dans un subit accident le mois dernier. Les circonstances de cet accident et les interrogations qu'il a suscitées sont incluses dans ce rapport.

Je précise qu'il en existe une copie. Elle est à l'abri dans le coffre d'une banque dont j'ai confié la clé à un ami. Celui-ci est chargé de la récupérer et de la diffuser si jamais il m'arrivait, à moi aussi, de disparaître brusquement et d'une manière que l'on pourrait qualifier de « douteuse ».

Ma grand-mère, qui m'a élevé, était une femme de bon sens. Elle disait toujours qu'il ne fallait pas mettre tous ses œufs dans le même panier, mais que le mieux était encore de planquer la poule.

La famille Grove a perdu beaucoup dans cette affaire. Les deux filles, les deux sœurs, propulsées, par un méchant concours de circonstances, en plein cœur de la tourmente. Dans son journal, Sylvia affirme qu'il n'y a pas de hasard. Cela reste à démontrer.

Je connaissais Barbara Grove. J'ai eu plusieurs fois l'occasion de la croiser dans les locaux de l'association, et nous avons collaboré sur un ou deux dossiers. Je garde un excellent souvenir d'elle. Une fée ? Je ne sais pas. Mais Dipak Singh tape juste quand il la décrit comme lumineuse. Brillante, même. Une tête bien faite, bien pleine, et bien sur les épaules. Elle n'avait rien d'une écervelée capable de s'évanouir dans la nature sans raison ni préavis. Sa disparition m'a remué. J'ai commencé par elle.

Toute la question est de savoir si son départ et son absence prolongée sont volontaires ou non. Pour être plus précis : a-t-elle organisé elle-même sa disparition (fuite) ou l'a-t-on fait disparaître (enlèvement) ? Se cache-t-elle, à présent, dans le souci de se protéger, ou est-elle prisonnière, séquestrée, ou pire ?

Dans les deux cas, cependant, on peut considérer qu'elle a agi sous la contrainte. Quelque chose, quelqu'un, l'a poussée à tout quitter précipitamment. Ce qui fait pencher la balance vers la thèse des « forces occultes » et du complot. Un point pour ce camp.

Sauf si la jeune femme, peut-être convaincue par le témoignage de Dipak Singh, a fini par contracter le virus de la paranoïa et s'est mis en tête des idées erronées. Un point pour l'autre camp.

Barbara Grove n'a plus donné signe de vie depuis le 4 février 2015. Ce jour-là, si l'on en croit sa sœur, elle lui a téléphoné pour lui dire qu'elle passerait la voir le dimanche suivant. J'ai rencontré le père et la mère Grove, et chacun m'a confirmé que les deux sœurs étaient proches. Elles se téléphonaient et se voyaient régulièrement. La petite sœur veillait sur la grande. Barbara ne s'est pas présentée chez Sylvia le dimanche.

Le 10 mars 2015, sa Ford a été retrouvée sur Houston Street, à quelques centaines de mètres d'Union Station. Aux dires d'un riverain, cela faisait déjà plusieurs semaines qu'elle était garée là. Je n'ai pas réussi à me procurer les bandes des caméras de surveillance de la gare (d'ailleurs, ces images ne sont pas conservées indéfiniment, je pense qu'il est trop tard et qu'elles ont été effacées). Mais je suis allé voir le sergent Barry Williams. Il était toujours en poste au commissariat de North Central. Il me rappelait un collègue avec qui j'avais longtemps fait équipe en Floride. J'apprécie ce genre de types : posé, placide, qui ne fait pas de vagues et qui fait son boulot avec ce qu'on prend pour de la lenteur mais qui est en réalité de la méticulosité, de la minutie, du discernement. Le sergent a aimablement accepté de répondre à mes questions. Il se souvenait très bien de Sylvia Grove – une personne qu'il avait jugée « farfelue ». Malgré ce jugement, il s'était plus impliqué dans les recherches que ce que Sylvia le pensait. Lui non plus n'avait pas vu les images des caméras, néanmoins il avait investigué auprès des compagnies ferroviaires et découvert que Barbara Grove avait bel et bien acheté un billet de train. Après avoir retrouvé et compulsé son carnet couvrant cette période (Barry Williams était du genre à tout noter et tout garder), il put me préciser que l'achat du billet avait été effectué le 3 février, soit la veille de la date présumée de la disparition. Mademoiselle Grove, me dit-il, a réservé une place dans le Texas Eagle de 15 heures 40, à destination de St. Louis, Missouri. Ou, du moins, quelqu'un l'a-t-il fait à son nom.

Question : pourquoi n'en avait-il pas informé Sylvia ?

Je comptais le faire, me dit-il. Mais, une chose l'autre… Il y a toujours une urgence plus urgente, vous savez ce que c'est…

Je sais.

Conclusion : le départ de Barbara était prévu et anticipé.

J'émets trois hypothèses :

A. Barbara a effectivement réservé et pris ce train, puis elle est descendue à St. Louis ou dans l'une des gares jalonnant le parcours (il y en a douze à partir de Dallas).

B. Barbara a réservé cette place mais n'est jamais montée dans le train. Ce n'était qu'une feinte pour lancer quelqu'un (qui ?) sur une fausse piste.

C. Quelqu'un (qui ?) a acheté ce billet au nom de Barbara dans l'intention de faire croire à son départ volontaire.

Il peut y avoir une quatrième possibilité (D), que je n'ai pas envisagée, mais je n'ai nullement l'intention, moi, de jouer à *Who wants to be a millionaire ?* Je n'ai pas la réponse, Regis. Et je n'ai pas de joker.

J'ai demandé aux parents Grove : aucun des deux n'a de famille ou de connaissances établies dans le Missouri. Seigneur, je ne sais même pas où se trouve le Missouri ! m'a dit Mrs Grove.

Les recherches du sergent Williams se sont arrêtées là. Il regrettait de ne pas les avoir poussées plus avant. Mais vous savez ce que c'est…

Pour ma part, j'ai tenu à faire un petit tour à l'appartement de Barbara. Je n'ai pas eu besoin de forcer la serrure. Depuis la visite de sa sœur, la porte n'avait toujours pas été verrouillée. Les lieux étaient en ordre, tels que décrits par Sylvia Grove. Il y avait un soutien-gorge suspendu dans la salle de bains. En revanche, je n'ai pas trouvé le post-it sur son bureau (la note au sujet de PROC + SBOC). Je ne peux pas croire que Sylvia l'ait inventé. Pas ça. L'avait-elle emporté ? Elle ne le mentionne pas dans son journal.

Ceci soulève d'ailleurs une autre interrogation : si la Pieuvre existe, pourquoi n'avait-elle pas fait fouiller le domicile de Barbara Grove ? Pourquoi n'avait-elle pas fait effacer toutes les traces – y compris dans sa messagerie électronique ? Avec les moyens considérables qu'on lui prête, cela ne lui aurait pas été difficile. Croyez-moi que si le FBI avait un secret à protéger, c'est la première chose qu'il ferait. Avant de faire disparaître un témoin, on essaie d'abord de faire disparaître les éléments compromettants qu'il détient. Le b.a.-ba du métier.

Si la Pieuvre existe, je ne peux pas concevoir que ce ne soit qu'un ramassis d'amateurs.

Pour l'heure, la piste Barbara Grove aboutit à cette impasse. Je n'en sais pas plus. Mais, comme je l'ai dit, c'est une jeune femme très intelligente, et opiniâtre. Je ne parlerai pas de « connexité subliminale » (quand bien même j'aurais la moindre idée de ce que c'est), mais j'ai un pressentiment et il n'est pas mauvais. Je ne peux m'empêcher de penser qu'il subsiste un espoir de la voir réapparaître un jour. D'un coup de baguette magique, qui sait ?

Le problème est tout autre pour sa sœur, Sylvia. Alias Quanah dans la légende. L'étude de son cas m'a réservé quelques surprises, mais la fin en est connue. J'y viens. Il y a beaucoup à dire sur Sylvia Grove.

J'ai hâte. J'ai peur. Ce sont les derniers mots inscrits dans son journal, à la date du 11 avril 2015.

Pour Sylvia, nous avons au moins une certitude : elle n'est pas morte. Elle est actuellement détenue dans une prison pour femmes, à Gatesville, Texas, et il y a tout lieu de croire qu'elle y restera longtemps.

Sylvia Grove a été condamnée à une peine de vingt-cinq ans de réclusion, pour meurtre.

Le crime dont elle est accusée s'est déroulé le 12 avril 2015. En résumé, le rapport du DPD dit ceci : dans la soirée du 12 avril, à vingt heures et trente-deux minutes (la montre de la victime s'est brisée à cette heure précise), un homme s'est écrasé sur le trottoir, devant l'immeuble d'habitation situé au 1027 Corinthians Boulevard, à Dallas. Il était vraisemblablement tombé d'une des fenêtres ou d'un des balcons de cet immeuble. Il était nu depuis les pieds jusqu'à la taille. Il est mort sur le coup.

Arrivés sur place, les policiers ont investi le bâtiment et sonné chez tous les résidents pour tenter de localiser l'appartement d'où avait chuté la victime. Au sixième étage, appartement 604, quelqu'un leur a répondu en hurlant à travers la porte : « C'est pas toi ! T'es mort ! Je sais que t'es mort, espèce d'enfoiré ! » L'agent Finch et l'agent Kellerman sont entrés et ont trouvé une jeune femme, totalement nue et en proie à une grande agitation – « complètement hystérique », pour reprendre les termes de l'agent Finch. C'était la seule occupante des lieux (un studio de trente-six mètres carrés). Des vêtements et sous-vêtements, féminins et masculins, étaient éparpillés sur le sol. Au pied du canapé gisait un lourd cendrier en fonte, renversé. Mégots et cendres parsemaient la moquette. Les habits masculins appartenaient à la victime, tout comme le sang et les cheveux sur le cendrier (prélevés et analysés par la suite).

Sylvia Grove n'a pas cherché à nier.

Je livre à présent les événements tels que je les ai reconstitués à partir des procès-verbaux des interrogatoires :

Le jour du meurtre, Sylvia Grove a rejoint la victime à dix-sept heures sur le Ronald Kirk Bridge où ils avaient rendez-vous. Ils ne s'étaient jamais rencontrés auparavant mais avaient débuté une relation via Internet. « Son oncle est pas venu, mais ça m'a pas étonnée », a déclaré S. G. Il semble donc que l'homme aurait dû être accompagné d'un parent, mais que ce dernier ne s'est pas présenté. « Je suis sûr qu'il existe même pas ! Ça faisait partie du piège ! C'était juste un autre putain de mensonge de la Veuve Noire ! » (Notification du DPD : à plusieurs reprises la suspecte fera mention de cette veuve de couleur dont nous n'avons pu établir ni l'identité ni le rôle exact dans cette affaire. Fait-elle référence à la veuve de la victime ?) Ensuite, mademoiselle Grove et l'homme se sont promenés un bon moment en ville, puis ils se sont arrêtés boire un verre dans le quartier de Deep Ellum. Jusque-là, tout se passait bien. « Il était charmant. Ce fils de pute avait pas encore montré ses crocs ! » Aux alentours de dix-neuf heures trente, l'homme a proposé à Sylvia Grove d'aller dîner au restaurant, mais celle-ci a préféré l'inviter chez elle. Mademoiselle Grove n'a pas caché que sa véritable intention était d'avoir un rapport sexuel avec lui. « Ce type me plaisait et je voyais bien que je lui plaisais et ça faisait des mois que j'avais pas baisé ! Alors quoi ? Vous faites comment, vous, les mecs, quand vous avez envie de tirer votre coup ? Vous tournez pas cent ans autour du pot, pas vrai ? » L'homme a accepté son invitation. Ils se sont tous deux rendus en tramway au domicile de S. G. Ainsi qu'elle le prévoyait, mademoiselle Grove ne s'est pas attelée à la préparation d'un bon repas, ses efforts étant tout entiers consacrés à achever de séduire son invité afin d'aboutir au plus vite à une relation charnelle. Elle est parvenue à ses fins. « Je vous rassure, j'ai fermé le store du balcon pour épargner ça à John. » (Notification : ceci indiquerait que la suspecte n'a peut-être pas agi seule. Un troisième individu, dénommé John, a pu prendre part au crime.

Cependant, nous n'avons relevé aucune trace de cet éventuel complice, qui a dû quitter les lieux avant notre intervention.) C'est au cours de l'acte sexuel que l'homme serait soudain devenu violent. « D'un seul coup, il a changé. C'est le vrai loup qui s'est montré ! Avec des yeux de loup ! Une gueule de loup ! Des griffes de loup ! » Il aurait alors saisi sa partenaire à la gorge et aurait commencé à serrer. La suspecte paraît certaine que cela ne faisait pas partie d'un jeu, une pratique perverse destinée à accroître son excitation. « C'est clair qu'il voulait ma peau ! J'ai pensé au jungler, j'ai pensé à tous les sbires qu'il avait butés, et je me suis dit : putain, maintenant c'est ton tour, ma vieille ! » En se débattant, elle a réussi à s'emparer d'un cendrier posé sur la table basse. Elle en a porté un coup violent à la tempe de l'homme, lequel a été assommé et s'est affaissé sur elle. La suspecte s'est dégagée et s'est relevée. À ce moment-là, elle aurait pu en profiter pour s'enfuir ou pour appeler les secours. Elle n'a pas pu dire pourquoi elle ne l'avait pas fait. Au lieu de ça, elle a assené un nouveau coup sur le crâne de l'homme. Il était inconscient mais il respirait toujours. Elle l'a ensuite traîné jusque sur le balcon, en le tirant par les pieds, puis elle l'a soulevé et fait basculer par-dessus la rambarde et elle l'a poussé dans le vide. (Notification : ces dernières tâches étant difficiles à exécuter pour une personne seule, de son gabarit, on peut supposer que le dénommé John lui a prêté main forte.) « Je suis sûre qu'il était Capricorne ! Kelly m'avait prévenue. »

Dans ce bref compte rendu, je fais exprès de mettre en avant l'incompréhension mutuelle entre les enquêteurs et leur suspecte. Ils n'étaient pas du tout sur la même longueur d'onde. Cela engendre des malentendus qui seraient cocasses s'ils n'étaient aussi dramatiques. À leur décharge, les policiers ne connaissaient pas encore la personnalité de Sylvia Grove, ils ignoraient ses antécédents, ils n'avaient pas eu accès à son journal. En somme, ils ne possédaient aucune des clés qui leur auraient permis de pénétrer son univers et de la comprendre. Pas étonnant qu'ils soulignent les propos « confus », « décousus », ou carrément « délirants » de la jeune femme. Ils ne pouvaient pas savoir.

Moi-même, il m'a fallu du temps. J'ai découvert un certain

nombre de choses sur Sylvia. Et j'ai eu la possibilité de lire ses cahiers. Les extraits que j'ai sélectionnés et retranscrits ici, en annexe, couvrent la période qui va de la disparition de Barbara jusqu'à la veille du crime (date qui marque aussi la fin du journal). Il me semble qu'en suivant cette progression, presque au jour le jour, on ne peut qu'abonder dans le sens de Sylvia Grove et de ceux qui croient en l'existence de la Pieuvre. En effet, qu'y voit-on ? On y voit cet homme, Tender Wolf, dont elle ne connaît que ce pseudo, qui l'aborde en douceur, par le biais d'un jeu en ligne (avec hameçon au bout, pourrait-on dire), puis qui se rapproche, peu à peu, qui la met en confiance, qui l'incite à se livrer, qui se range de son côté en partageant ses délires complotistes, qui apporte de l'eau à son moulin, puis qui la met en garde, qui lui conseille de détruire les documents qu'elle possède, de n'en parler à personne – sauf à lui, naturellement –, on le voit qui se pose en protecteur, en allié, unique et indispensable, en dernier recours, et qui l'attire, finalement, en jouant sur la complicité et la séduction. Mécanisme connu. Les recruteurs du djihad ne procèdent guère différemment. C'est un travail de sape, sournois, perfide, en profondeur. C'est un travail d'orfèvre. La proie a été habilement conditionnée. Pour peu qu'elle soit fragile, ça fonctionne. Le piège est prêt à se refermer. Le web : la toile. Le concepteur : la Veuve Noire. L'exécutant : le loup.

C'est ce qui ressort à la lecture du journal de Sylvia Grove.

Mais, malgré tout, une question se pose : quel crédit doit-on accorder aux écrits d'une jeune femme qui se dit amoureuse d'une plante verte ?

Ne vous rendez jamais à l'évidence.

Je ne dis pas que tout est faux. Je dis que tout est vu à travers le prisme d'un esprit très singulier. Disons : un esprit hors normes. Comme l'était, par exemple, celui de Wendy Adams.

Je remarque qu'il est beaucoup question de chutes dans cette histoire. La chute mortelle de Philip-Joseph Deloncle, qui déclenche tout ; la chute de Dipak Singh dans la rivière ; la chute d'Alan Grove dans sa jeunesse ; et la chute de cet homme du haut du balcon. J'en ajouterai une cinquième, que Mrs Grove a porté à ma connaissance. Elle a eu lieu quand Sylvia avait 13 ans. La famille passait quelques jours de vacances dans le Wyoming où résidaient les parents de Mrs Grove. Leur maison était en pleine campagne. Un matin, Sylvia était allée se promener avec la chienne, Gumpy. Elle avait ordre de la tenir en laisse car il y avait des troupeaux dans les parages et l'animal aurait pu effrayer les bœufs, au risque de se faire piétiner par eux. Sylvia était rentrée trois heures plus tard, seule, paniquée, en pleurs. La laisse vide pendait au bout de son bras. « J'ai cru qu'il y avait eu un accident avec les bêtes, comme on le redoutait, m'a dit Mrs Grove. Mais ce n'était pas ça. Sylvia nous a raconté qu'elle avait traversé un petit pont et que la chienne était tombée. Son crâne avait dû heurter un rocher, en bas, dans le ruisseau, et le courant l'avait emportée. Sylvia n'avait rien pu faire. Mon mari est retourné sur les lieux avec elle. Il a suivi le cours du ruisseau et il a pu récupérer le corps de Gumpy, à une cinquantaine de mètres en aval du pont. Nous l'avons enterrée derrière la maison de mes parents. »

Tandis que Mrs Grove me racontait cet épisode, une petite ampoule s'est éclairée tout au fond de mon cerveau. J'ai mis longtemps à remonter jusqu'à la source de cette lueur. C'était dans les cahiers de Sylvia. Plus tard, j'ai retrouvé le passage. Une simple phrase, quand elle dit s'interroger sur l'accident de Dipak Singh. Je cite : *Je suis bien placée pour savoir qu'on tombe rarement comme ça, tout seul, dans une rivière.*

Quel sens donner à cette remarque ? Est-ce que les parents de Sylvia s'étaient interrogés, eux aussi ?

« Sylvia n'a pas su nous expliquer comment la chienne avait fait pour se libérer de son collier, a ajouté Mrs Grove après un silence. Elle était inconsolable. Elle adorait Gumpy. Elle culpabilisait. Bien sûr, ça n'a pas arrangé ses problèmes… »

Ses problèmes ?

On y arrive.

Je ne vais pas prétendre analyser ce phénomène de chutes à répétition, la façon dont il a pu résonner dans l'esprit de Sylvia et, peut-être, l'« inspirer ». Je ne suis pas psychologue. Je ne suis pas psychanalyste. Je ne suis pas psychiatre. Mais d'autres le sont.

Une visite au docteur Mendell s'imposait. Le médecin avait été cité à la barre lors du procès de Sylvia Grove. Il avait confirmé le diagnostic de ses confrères qui avaient examiné la jeune femme. J'avais lu leur rapport, mais j'espérais obtenir auprès de lui des précisions, des détails qui ne figuraient pas dans le dossier et qui m'auraient permis de mieux cerner la personnalité de sa patiente.

Je tiens à dire que, par acquit de conscience, j'ai effectué quelques recherches sur les origines d'Alfred Mendell. Comme je m'en doutais, il n'a aucun lien avec le tortionnaire nazi Josef Mengele. Il est né et a grandi dans la petite ville de Lebanon, en Pennsylvanie, où ses parents exerçaient le métier d'opticiens et avaient pignon sur rue. Son papa est d'ailleurs toujours en vie, et malgré son grand âge il se porte comme un charme. Je ne suis pas allé jusqu'à exiger une analyse ADN de messieurs Mendell père et fils.

Le château, selon sa dénomination officielle, est un « établissement privé d'hospitalisation spécialisé dans le traitement des affections neuropsychiatriques ». Autrefois, on appelait ça un asile. De luxe, certes. Les patients y sont triés sur un volet autant médical que financier. En plus des revenus générés par ses activités, la clinique bénéficie des contributions de plusieurs mécènes. Je confirme qu'Alan Grove est l'un des plus généreux donateurs.

Le docteur Mendell, fondateur et directeur de l'établissement, a suivi Sylvia Grove pendant près de quatre années. La jeune femme avait été admise à l'institut en juin 2011, suite à une tentative de suicide. C'était la deuxième fois qu'elle essayait de mettre fin à ses jours. La première fois, elle n'avait que 17 ans (classique entaille des veines aux poignets ; c'est sa sœur qui l'avait trouvée, inopinément, dans la baignoire, flottant dans une eau déjà rouge de sang). Le docteur regrettait qu'elle n'ait pas été sérieusement prise en charge à ce moment-là, voire plus tôt. Le diagnostic n'avait pu être posé que tardivement alors que les symptômes étaient présents depuis sa plus tendre enfance – ainsi qu'il l'avait découvert par la suite.

Sylvia Grove, m'a-t-il expliqué, souffre de ce que l'on nomme un « trouble schizo-affectif ». Cette pathologie associe les effets du trouble bipolaire à ceux de la schizophrénie. Les sujets qui en sont atteints voient leur humeur fluctuer considérablement et dans un temps limité. Ils alternent entre des phases de dépression, plus ou moins profonde, et des phases dites de « manie », c'est-à-dire d'euphorie, d'exaltation, ou d'irritabilité excessive, en passant par des périodes où l'humeur semble normale et stable. Imaginez votre vie comme des montagnes russes, m'a-t-il dit. Brinquebalé en permanence entre sommet et abîme. Pas très confortable, n'est-ce pas ?

De quoi vous donner mal au cœur. Ou à l'âme.

J'ai demandé au docteur Mendell si ces malades pouvaient aussi développer un sentiment de paranoïa. Ce n'est pas le symptôme principal, m'a-t-il répondu, mais la schizophrénie peut entraîner, chez certains individus, différents types de délires, notamment dans le registre du mysticisme ou de la mégalomanie. Ou encore sur le thème du complot, a-t-il ajouté.

Et la violence ? Ces individus peuvent-ils devenir violents en période de crise ? Les passages à l'acte étaient heureusement assez rares, m'a dit le psychiatre. Toutefois, la violence existe, c'est indéniable. Elle est sourde, souterraine, mais susceptible de temps en temps d'éclater au grand jour. Le taux de suicide lié à cette pathologie n'est pas négligeable. Car c'est le plus souvent envers elles-mêmes que la violence se manifeste chez ces personnes. Il n'est pas totalement exclu non plus qu'elle s'exprime envers autrui. Mademoiselle Grove semble avoir, hélas, illustré ces deux cas.

Avant cette visite au docteur Mendell, j'avais déjà lu le journal de Sylvia. Ce que le médecin m'apprenait sur elle apparaissait, clairement ou en filigrane, dans ses écrits. Je ne parle pas seulement de son adhésion à de multiples théories du complot, parmi les plus fumeuses. Je parle aussi de sa façon de se dénigrer, souvent (en comparaison avec sa sœur, en particulier), ou de son emballement soudain, son excitation, son exultation, qui ensuite cédait brusquement la place à l'irritation, à l'exaspération, à une rage exacerbée, avec toujours la violence, latente, affleurant à la surface de ses mots. Pas de demi-mesure chez Sylvia Grove. Je me suis souvenu de ces passages où elle brûlait de crever les yeux à sa patronne. Je me suis souvenu de son attachement obsessionnel pour un sweat-shirt et de son agression sur la petite fille qui le portait (épisode confirmé par sa mère qui en était encore toute chamboulée !). J'imaginais la jeune femme traçant fiévreusement ces lignes sur le papier, en bouillonnant de l'intérieur. Elle était, comme elle le disait, une bombe prête à exploser à chaque instant.

Il serait sans doute simpliste de déclarer qu'elle avait transposé et canalisé cette violence dans le jeu vidéo. Mais peut-être cela lui a-t-il servi d'exutoire. League of Legends. Dans ce monde virtuel, Quanah se jetait à corps perdu dans les combats. Quanah pouvait laisser libre cours à son agressivité, à sa fureur. Quanah « butait des sbires ». Quanah détruisait ses ennemis. Quanah tuait, dévastait, scalpait. Quanah était fort et brave. Il ignorait la peur. Il était fier. Il était redoutable. Il était admiré. Il était libre. Quanah le grand chef pouvait mourir et renaître toutes les nuits. Quanah vengeait Sylvia en poussant son cri de victoire. Wouh-wouh-wooouuuh !

Me voilà pris en flagrant délit d'interprétation. Psychologie de bas étage. Le docteur Mendell aurait souri avec condescendance si je lui avais dévoilé mes pensées.

Le docteur Mendell s'en voulait. Le meurtre perpétré par sa patiente était un échec pour lui. Il n'avait pas réussi à désamorcer la bombe. En 2011, Sylvia Grove avait passé trois mois dans sa clinique. Au terme de ce séjour, il l'avait jugée apte à retourner chez elle, sous condition qu'elle poursuive le traitement chimique qu'il lui avait prescrit et qu'elle se plie à des visites de contrôle régulières. La dernière s'était déroulée quelques semaines avant le drame. Lors de cette consultation, le médecin n'avait rien détecté. Il n'avait rien vu venir. On a su, depuis, que Sylvia avait cessé de prendre ses médicaments. Quinze jours avant le meurtre (le 1er avril, et ce n'était pas un canular) elle avait délibérément interrompu son traitement. Le docteur l'a su aussi. Mais cela n'explique pas tout, m'a-t-il dit. Cela ne justifie pas son geste. J'aurais dû... J'aurais dû... Il n'a pas achevé sa phrase. Il a baissé la tête, l'a secouée en soupirant.

Je ne sais pas s'il aurait pu réellement changer quelque chose. Je ne pense pas qu'il le sache non plus. Je ne l'ai pas entendu prononcer une seule fois le mot « magnifique ».

Hormis sa sœur, ses parents, et John – son amoureux fidèle et plein de piquants –, la seule personne proche que Sylvia cite dans son journal est son amie Kelly. J'étais très curieux de la rencontrer. Mais Sylvia ne donnait pas son nom de famille. Je ne me voyais pas me farcir l'annuaire de Dallas pour y relever toutes les Kelly et les appeler une à une en espérant tomber sur la bonne. Le meilleur moyen de la trouver était donc de passer par la clinique puisqu'elle y avait été employée plusieurs années. Ils devaient en avoir gardé trace.

Le docteur Mendell ne s'en souvenait pas. Il m'a renvoyé vers la personne qui s'occupait de la gestion du personnel au sein de l'établissement. « S'il y a quelqu'un qui saura vous renseigner, c'est bien elle. »

Mrs Förster. Imposant spécimen de la race aryenne. Une tête de plus que moi et des épaules deux fois plus larges. Elle me faisait penser à ces anciennes nageuses de l'Est dopées aux stéroïdes qu'on voyait évoluer dans les bassins au cours des années 1970 et 1980. Je ne me serais pas mesuré à elle ni à la lutte ni au bras de fer. Sous cette carrure, pourtant, un caractère doux et affable. Olga Förster travaillait au château depuis son ouverture, trente ans plus tôt, et j'ai compris que, mis à part l'aspect purement médical, elle y gérait à peu près tout (ressources humaines et matérielles, comptabilité, etc.). Kelly, Kelly, Kelly… a-t-elle répété en faisant la moue. Ce prénom ne lui disait rien. Une infirmière, j'ai précisé. Ou peut-être faisait-elle partie du personnel d'entretien. Elle était là durant l'année 2011, c'est sûr. Sans doute avant. Et quelque temps après aussi. J'étais incapable de la lui décrire physiquement, Sylvia ne l'ayant pas fait dans son journal. Mrs Förster s'est donné la peine de vérifier dans ses registres. Cela lui a pris plus de trois quarts d'heure. Fiches de paie, contrats de travail, lettres de licenciement. Elle est remontée à l'an 2000, elle est allée jusqu'en 2015. Résultat : aucune employée prénommée Kelly n'en est ressortie. Il y avait deux Cathy, une Shelly et un Kyle, c'était ce qui s'en rapprochait le plus. Je suis désolée, m'a dit Mrs Förster. Elle l'était sincèrement. Je l'ai remerciée pour son aide.

J'étais perplexe. Je me suis demandé si nous n'aurions pas dû contrôler également les fiches des pensionnaires de la clinique, mais j'estimais avoir assez abusé du temps de Mrs Förster. Je suis repassé par le bureau du docteur Mendell, je voulais le saluer avant de partir. Il m'a demandé si j'avais trouvé ce que je cherchais et je lui ai répondu que non. Je lui ai fait part de mon incompréhension. Sylvia avait-elle volontairement modifié le prénom de son amie (elle qui distribuait des pseudos à tout-va) afin qu'on ne puisse pas l'identifier ? Avait-elle menti sur le fait que cette amie travaillait au château et que c'est ici qu'elle l'avait connue ? Mais dans quel but ? Pour quelles raisons ? Je me posais ces questions à voix haute et le médecin m'écoutait, debout devant la fenêtre, en se lissant doucement le menton. Je pencherais plutôt pour une pure invention, a-t-il soufflé au bout d'un moment. Je l'ai regardé sans comprendre. À mon avis, cette Kelly n'existe pas, a poursuivi le docteur Mendell. Du moins, pas dans la réalité. Pas en dehors du psychisme de Sylvia. C'est une construction de son esprit. Vous savez, ce qu'on appelle une « amie imaginaire ». Je continuais à le regarder, en silence, alors que ses paroles me pénétraient, s'enfonçaient et se répandaient en moi comme un liquide froid, une sorte de sérum qui me glaçait les veines. Je ne sais pas pourquoi j'ai été si fortement impressionné à cet instant. Il me semblait que les propos du psychiatre venaient d'ouvrir une faille, ou de la dévoiler à mes yeux, et la faille était là, juste sous mes pieds, et elle était immense, elle était sans fond, et c'était moi, cette fois, qui risquait la chute. Une amie imaginaire… Comme les enfants ? j'ai demandé. Je n'ai pas reconnu ma voix. Comme les enfants, oui, a répondu le docteur Mendell. Au vu du profil psychologique de Sylvia, ce n'est pas du tout inconcevable, a-t-il dit.

Ne vous rendez jamais à l'évidence.

Au retour de la clinique, j'étais au volant de ma voiture, il pleuvait, le paysage était gris et sans relief et le temps comme arrêté, circonscrit dans le balancement monotone des essuie-glaces. Tic, tac, tic, tac, gauche, droite, les aiguilles faisaient du sur-place, les secondes n'avançaient pas. J'aurais voulu avoir la tête vide mais je ressassais les paroles du médecin. Je refusais d'y croire tout à fait. Si Kelly n'existait pas, alors qu'est-ce qui existait ? Que restait-il de solide où poser le pied ? C'était perturbant. C'était déstabilisant. C'était un peu facile, aussi. Il n'y avait plus qu'à décréter que tout le monde était cinglé et que tout n'était que fantasmes et illusions. Juste une histoire de dingues ? comme disait Dipak Singh. Je ne peux pas envisager ça. Je suis un homme de la terre. Il me faut du réel, du tangible, du concret. Il me faut de la matière. Et la matière, dans ma profession, c'est souvent de la chair et du sang.

Je pensais à Deon Zubrinsky. Il était désormais acquis que ce n'était qu'un avatar de Gary Sanz, Barbara l'avait démontré. Mr Sanz s'amusait peut-être. Il jouait. Mais pas moi. Pas l'ancien flic que je suis, et celui que je serai probablement toujours. Quand on ramasse une junkie de 12 ans, morte, étouffée par son vomi, on n'a aucune envie de jouer. Quand on récupère le cadavre d'un nourrisson dans un four à micro-ondes, on n'a aucune envie de jouer. Quand on recueille des éclats de cervelle sur les murs de la chambre d'une grand-mère, on n'a aucune envie de jouer. Quand on envoie un innocent sur la table d'exécution, est-ce qu'on doit se persuader que ce n'est qu'un jeu ?

Je pensais à Wendy Adams et j'entendais encore sa voix lorsqu'elle m'avait dit : « C'est le démon qui m'a forcée à le faire ! »

Un démon imaginaire, bien sûr.

Dans ces conditions, comment se fier à ce que Sylvia Grove racontait dans ses cahiers ? Comment être certain que sa vision des événements n'était pas trouble, qu'elle n'était pas complètement biaisée ou carrément fausse ?

Je voulais demander au docteur pourquoi il avait baptisé son établissement The Wild Geese Castle, mais je ne l'avais pas fait.

On connaît l'assassin, mais on ne connaît pas la victime. On ne sait pas qui est mort. À cette heure, l'homme que Sylvia Grove a assommé et poussé du haut de son balcon n'a toujours pas été identifié. Il n'avait pas de bagages. Pas de sacoche. Pas de portefeuille. Aucun papier sur lui. Pas de clés. Pas de carte de crédit. Pas de téléphone mobile non plus. Quelques dollars dans la poche, rien d'autre.

Étrange. Qui se déplace ainsi à notre époque ? À moins d'être un sans-abri qui aurait tout perdu. Et encore. À moins de vouloir demeurer absolument inidentifiable, au cas où. Au cas où quoi ? Au cas où les choses tourneraient mal. Mais, même dans cette optique, cela me paraît peu probable. Cette absence totale de moyens d'identification éveille le soupçon. Un professionnel n'agirait pas de la sorte. Par « professionnel », j'entends un agent du renseignement ou un tueur à gages (puisqu'il faut envisager ces options). L'un ou l'autre se serait muni de faux papiers. Ne serait-ce que pour pouvoir faire face à un simple contrôle de routine. Non, ça ne colle pas.

Peut-être l'homme a-t-il déposé ses affaires quelque part, dans un endroit où il comptait les récupérer plus tard. Pourquoi ? Il ne portait pas d'alliance. Pas de bijoux. Seulement une montre, d'une marque courante, d'un modèle commun, sans aucune valeur marchande. Peut-être redoutait-il un traquenard. Peut-être craignait-il d'être dévalisé. Si l'on regarde les choses de son point de vue : il avait rendez-vous avec quelqu'un qu'il ne connaissait pas (appât), il se méfiait (piège). Peut-être que le loup avait peur d'être la proie.

Il n'aurait pas pu prendre l'avion sans pièce d'identité. Mais avait-il pris l'avion ? Sylvia Grove prétend que Tender Wolf prétendait arriver de Denver, Colorado. Il n'y avait qu'un seul vol ce jour-là (F9262, compagnie Frontier Airlines) en provenance de l'aéroport de Denver International et à destination de Dallas Fort Worth. On a vérifié la liste des passagers. On les a contactés, un par un : aucun ne manquait à l'appel. On a montré un portrait de la victime au personnel de bord : nul ne l'a reconnue.

Cet homme a menti, au moins sur son lieu de résidence ou sur son moyen de transport. La vérité, c'est qu'il pouvait être n'importe qui et venir de n'importe où. L'autre vérité, c'est que Sylvia peut raconter n'importe quoi. Parce que Sylvia est en couple avec un cactus. Parce que Sylvia a des amis imaginaires.

Pourtant l'homme existe. On a vu son cadavre (chair et sang, comme je disais). On peut en faire la description. Sexe : mâle ; race : noire ; âge estimé : entre 30 et 35 ans ; taille : 1,81 m ; poids : 78 kg ; cheveux : bruns et ras ; yeux : marron. Les tentatives de recoupement par ses empreintes et sa dentition n'ont rien donné.

Quand on a demandé à Sylvia Grove sous quel nom l'homme s'était présenté lors de leur rencontre, elle a répondu : Tender Wolf. Aussi fou que ça puisse paraître, pendant les quelques heures qu'ils ont passées ensemble, elle ne l'a pas appelé autrement que Wolf, et lui ne l'a pas appelée autrement que Quanah. C'est ce qu'elle affirme.

Aujourd'hui, Sylvia Grove est un numéro d'écrou derrière les barreaux de l'unité Christina Melton Crain, à Gatesville. Sa victime, elle, a été incinérée et sur sa plaque funéraire est inscrit le nom de John Doe, suivi lui aussi d'un numéro et de la mention : « Unknown – 2015 ».

John Doe est le nom générique que l'on attribue aux cadavres non identifiés sur le territoire des États-Unis. Jane Doe pour les femmes. Baby Doe pour les jeunes enfants. Il y a plus de quarante mille cadavres en attente dans les fichiers de la police. Certains depuis des décennies. C'est un chiffre qui m'a toujours stupéfié. Plus de quarante mille morts inconnus. Que personne n'a signalés. Que personne n'a réclamés. Qui, apparemment, ne manquent à personne. Cela me semble être le degré extrême de la solitude et du dénuement. Ici gisent ceux que nul ne pleure. La vaste nécropole des anonymes.

Des experts en informatique ont tenté de remonter sa piste à partir des mails échangés avec Sylvia Grove. Ils n'ont pas réussi. L'homme utilisait un serveur VPN pour masquer son adresse IP (je n'y connais pas grand-chose, mon fils m'a expliqué que c'est un système permettant de dissimuler l'origine du message). Décidément, le loup était prudent. Dans la grande forêt sombre (dans la jungle, dirait Sylvia) il rôde. Il ne laisse aucune trace. Il a le culte du secret. Était-ce l'influence de son tonton prétendument espion ? Je serais curieux de savoir comment ça se passait chez les Doe : est-ce que la famille se réunissait, le soir, au coin du feu, pour écouter l'oncle Sam lui conter les sordides arcanes de la politique nationale et internationale ? Mensonges, trafics, tromperies, cachotteries, coups fourrés, coups pendables… Encore une histoire, tonton ! Encore !

Cela me ferait presque rire tant c'est grotesque. S'il y a une chose dont je suis sûr, c'est que jamais un employé de la DIA n'irait divulguer des informations confidentielles, fût-ce à son neveu préféré. Pas même une info aussi fiable que celle révélant que Monica Lewinski était un agent russe infiltré ! (Par chance, il n'a pas eu le temps de dévoiler que Donald Trump est le fils caché de Kim Il-sung !) Il n'y a que Sylvia Grove pour gober ça. Plus c'est gros, mieux ça passe (devise du conspirationnisme ?).

Je doute qu'un membre d'une agence gouvernementale ait pu sortir de telles inepties. Je doute qu'il ait attendu d'avoir un rapport sexuel avec sa cible pour essayer de l'éliminer – si telle était sa mission. Je doute qu'il se soit montré aussi inefficace. De même pour n'importe quel assassin professionnel à la solde d'une organisation secrète.

Mais je doute aussi que Tender Wolf ne soit qu'un simple dragueur, ou une espèce de prédateur sexuel. Je doute que ce soit juste un amateur de jeu vidéo. Un geek qui serait tombé amoureux. Tombé, oui, amoureux, non. Je doute qu'il soit question d'amour là-dedans.

Je doute, je doute, je doute.

Qui est ce type ? Que voulait-il ? Liz, ma femme, pourrait

témoigner que j'ai passé des nuits à y réfléchir.

Tout est possible.

Deux ans avant ma retraite, nous avons arrêté un couple qui avait monté une arnaque baptisée « e-spirit ». Du spiritisme par Skype. Il ne s'agissait plus de faire tourner les tables, comme au bon vieux temps, mais de communiquer avec les morts via ce logiciel. Les pigeons payaient quelques centaines de dollars pour dialoguer avec leurs proches défunts. La femme les accueillait dans une pièce éclairée à la bougie, où brûlaient des bâtons d'encens, elle marmonnait des sortes de formules ésotériques, des incantations, auxquelles les esprits étaient sensibles puisqu'ils finissaient par lui dicter un numéro où les joindre dans les limbes. Son complice de mari répondait alors à l'appel. Le trucage était plutôt rudimentaire – image brouillée, voix modifiée – mais les clients y croyaient. Ils marchaient à fond. Le couple en avait arnaqué un demi-millier avant qu'on lui tombe dessus. La femme leur racontait que les âmes étaient constituées d'ondes électromagnétiques et qu'il suffisait de trouver le canal adéquat pour entrer en contact avec elles. Ou quelque chose dans ce goût-là. Avec un bon médium et une transmission satellite, c'était faisable. Connexité subliminale, peut-être…

Est-ce que Tesla aurait pensé à ça ?

Ils jouaient sur la crédulité des gens. Ils misaient sur leur souffrance, sur leur manque, sur leur désespoir, et sur leur espoir, sur leur irrépressible envie de retrouver leurs chers disparus. Douleur et foi. Terreur et foi. Paix, consolation, amour et foi. On croit à ce qu'on veut croire.

Bientôt, on en viendra à tweeter avec l'au-delà.

Tout est possible, oui.

À un certain moment, j'avoue, j'étais à deux doigts d'aller interroger un figuier de barbarie.

Je veux évoquer ici mon ami Frank Battaglia. Qu'a-t-il à voir avec cette affaire ? Rien. Il a à voir avec moi. Il a à voir avec tout ce qui concerne mon existence. Un peu comme Rafael Morales, désormais. Ils m'ont fait et m'ont défait.

« Faut pas confondre physique quantique et visite à Quantico[7]. » Adage inventé par Frank, qui voulait signifier par là que les agents du FBI n'étaient pas tous des lumières. Je l'ai entendu je ne sais combien de fois dans sa bouche. Au début il me balançait ça de sa voix graillеuse, l'œil pétillant, un sourire narquois au coin des lèvres. L'adage est resté mais, au fil du temps, l'œil ne pétillait plus et le sourire est devenu de plus en plus amer, avant de disparaître complètement.

Frankie était plus qu'un ami, c'était un frère. Nous avons passé toute notre jeunesse ensemble. Le meilleur et le pire. Nous avions le même âge, nous étions dans la même classe, nous habitions la même rue dans la même petite ville de Duke, en Géorgie. À 20 ans on a eu envie de voir du pays et ça tombait bien parce que l'armée proposait des séjours tous frais payés en Asie. On a signé. On est partis tous les deux. 1re division d'infanterie. District de Cu Chi, près de Saigon. C'était en 1967 et on était loin des plages californiennes.

Opération Cedar Falls. Recherche et destruction. On en a bien bavé. On a vécu les mêmes choses, Frank et moi, à une exception près : Frankie s'est porté volontaire pour faire partie de ce qu'on appelait « les rats des tunnels ». Les Viêt-Cong avaient creusé des centaines de kilomètres de galeries souterraines sous nos pieds, pour

7. C'est dans cette commune de Virginie que se trouve l'académie où sont formées les recrues du FBI [N.d.T.].

se planquer, pour acheminer des armes, pour nous tendre des embuscades. Les rats des tunnels étaient des gars à nous chargés d'inspecter et de nettoyer ces souterrains. Le pire boulot qui soit. Le rat avait juste un revolver, un couteau et une lampe de poche et il lui fallait s'enfoncer dans ces boyaux étroits, seul, dans l'obscurité, avec le risque que ça s'écroule, avec le risque de tomber sur une de ces saloperies de bestioles venimeuses, serpents, araignées, et le risque encore plus grand d'être attendu au prochain tournant par un soldat embusqué qui n'avait aucune chance de le manquer. Des pièges partout. C'était comme ramper dans les entrailles de la Mort en priant pour ne pas la réveiller. Il faut plus que du cran pour faire ça. Je ne sais pas ce que Frank voulait prouver, ni à qui.

J'avais toujours refusé d'être un rat.

Aujourd'hui, les tunnels de Cu Chi se visitent. C'est une destination prisée. Mon fils et ma belle-fille y sont allés. Les souterrains ont été élargis et étayés en de nombreux endroits pour que les touristes corpulents puissent y circuler. On prend des photos, on filme, on se fait des souvenirs. Mon fils m'a dit qu'on pouvait aussi simuler un échange de coups de feu avec l'ennemi. Des tirs pour rire. On paie deux dollars la cartouche.

Les miracles existent. Frankie et moi, on s'est débrouillés pour rentrer indemnes à la maison. Pendant deux mois, on a été les coqueluches de Duke. Les filles nous regardaient, les gars étaient jaloux. On en a profité. Et puis ça s'est tassé. Les gens oublient vite. Alors on a décidé d'y retourner.

Quand je l'ai annoncé à ma grand-mère, elle m'a dit que si je faisais ça je pouvais lui dire adieu car je n'aurais pas sitôt franchi la porte qu'elle monterait au grenier avec une corde et qu'elle n'en redescendrait pas. Ce sont ses mots exacts et ils m'ont choqué. Elle m'a dit qu'elle n'avait pas connu une minute de paix tout le temps que j'étais là-bas, elle passait ses jours à trembler et ses nuits à pleurer et elle n'avait pas l'intention de revivre ça. Elle m'a dit que c'était la guerre pour elle aussi et qu'elle avait passé l'âge. Elle m'a dit qu'elle s'en voudrait d'avoir gâché vingt années de son existence à élever un merdeux pour qu'il aille se faire hacher menu dans un foutu pays dont il ne comprend même pas la langue. Tenter le diable une fois, elle m'a dit, c'est peut-être de la bravoure. Le tenter deux fois, c'est de la stupidité. C'est de l'égoïsme. C'est du mépris pour ceux qui t'ont donné la vie et pour ceux qui t'ont nourri et soigné. C'est une injure envers Dieu et envers moi. Je n'attendrai pas qu'on me réexpédie tes restes dans une boîte à chaussures avant de me pendre. Et je ne répéterai pas ce que je viens de dire. Alors, réfléchis bien à ta décision, Ross Douglas Pierce !

Ma grand-mère était mon père et ma mère et mes frères et sœurs, elle était ma seule famille. Elle aurait mis sa menace à exécution, aucun doute. C'était du chantage. C'était de l'amour.

J'ai réussi à convaincre Frank. Je me suis toujours demandé ce que j'aurais fait s'il était reparti quand même. Est-ce que je l'aurais suivi ? Qui j'aurais choisi, entre ma grand-mère et lui ? Je ne sais pas. Des années plus tard, il me le reprocherait. Il me dirait qu'il n'aurait pas dû m'écouter, qu'il aurait dû y retourner et crever là-bas. Un trou à rats à Cu Chi ou un trou à rats à Duke, quelle différence ? Au moins, ç'aurait été plus rapide. Et ç'aurait été mieux pour tout le monde.

En lieu et place du Viêt Nam, on a reçu une bourse pour aller étudier à l'université. On a obtenu notre diplôme de droit, puis on s'est présentés à l'examen d'entrée au FBI. C'était notre nouveau projet. On s'y voyait déjà. Une fameuse équipe de détectives, les deux petits gars de Géorgie qui mettraient au pas les plus grands criminels d'Amérique. Pat Garrett et Eliot Ness réunis. Melvin Purvis et Dave Toschi. On en parlait, tard, la nuit, dans la chambre que nous partagions. On en rêvait. Frankie jurait qu'il se ferait tatouer *Fidelity, Bravery, Integrity*[8] autour du cou, comme un collier, à vie. C'était bien dans son style.

Est-ce que j'ai fait preuve de fidélité, de courage, d'intégrité lorsque j'ai été reçu à l'examen d'entrée et que Frank, mon ami, mon frère, a été recalé ?

Je ne voulais pas y aller sans lui. Mais c'est lui, cette fois, qui a réussi à me convaincre. Il m'y a poussé. Il m'a botté les fesses. Il m'a promis qu'il tenterait à nouveau sa chance et qu'il y arriverait,

8. Devise du FBI [N.d.T.].

qu'il me rejoindrait.

Il m'a menti. Il n'a jamais repassé l'examen. J'aurais dû savoir qu'il était trop fier pour ça. Et peut-être que je le savais, au fond. Mais on croit à ce qu'on veut croire.

Frank Battaglia est retourné chez nous. Il a commencé à travailler avec son père. Ils construisaient des charpentes. Le seul charpentier au monde titulaire d'un master de droit et criminologie. À 28 ans, il s'est marié avec Marion Caine, une fille dont j'avais été moi aussi amoureux au collège. Ils ont eu une petite fille, Ruby, et ils m'ont demandé d'en être le parrain. Trois ans plus tard, ils ont eu une seconde fille, Olivia. Puis Frank a laissé tomber les charpentes, il s'est présenté pour le poste de shérif et il a été élu haut la main. Quand je l'ai félicité, il m'a répondu : « Tous les voleurs de poules du comté doivent en chier dans leur froc, pas vrai ? » Si j'avais vraiment voulu l'entendre, j'aurais entendu (dans sa réplique, dans son ton, dans sa voix) qu'il était déjà malade. Malade dans sa tête.

À cette époque, j'avais terminé ma formation à l'académie. Les résultats de mes tests étaient bons. On m'avait envoyé à l'agence de Floride. Je retournais à Duke pendant mes congés. Pour voir ma grand-mère autant que pour voir Frank et ma filleule et toute la petite famille. Et à chaque fois, c'était comme à notre retour de guerre. Je connaissais tout le monde en ville et tout le monde me connaissait, les gens étaient au courant pour moi, ils étaient fiers. J'avais réussi. J'étais le fils prodige. Je les honorais de ma présence. Je marchais dans les rues avec une auréole au-dessus du crâne. Frank me taquinait. Il m'appelait G-Man. Il m'appelait Agent spécial. Il m'appelait Ross le Boss. Une ironie qui semblait encore bon enfant. Il me racontait ses exploits en tant que chef des forces de l'ordre du comté de Hazzard : les interpellations pour excès de vitesse, ou conduite en état d'ivresse, les disputes entre voisins, le tapage nocturne d'une bande d'ados (la racaille de Duke). « Oh ! Une grosse affaire, la semaine dernière : on a volé la caisse à outils d'Oskar Hanski – tu sais, le plombier. J'ai mis toute mon équipe sur le coup. On a découvert que ce con d'Oskar, en réalité, avait oublié sa caisse chez sa maîtresse, et cette garce refusait de la rendre tant qu'il ne demanderait pas le divorce avec sa femme, comme il lui avait promis ! Affaire bouclée en deux temps trois mouvements. Vous êtes aussi efficaces, au Bureau ? En plus, c'est moi qui ai eu la lourde tâche d'annoncer à Mrs Hanski qu'elle était cocue ! » Il riait. Son rire grinçait, mais je ne voulais toujours pas l'entendre. « La loi règne sur mon territoire ! » me disait-il en tapotant l'insigne sur sa poitrine.

Moi, je ne l'ai jamais appelé Shérif.

Quand on a commencé à me confier des enquêtes plus sérieuses, j'ai pris l'habitude de lui téléphoner. On n'est pas censé parler des affaires en cours avec une personne étrangère au service, mais ce n'était pas une personne étrangère, c'était Frank, mon meilleur ami, mon frère. Et c'était un vrai bon policier. Il aurait eu largement sa place à mes côtés. Il le savait, je le savais, il savait que je le savais. Je l'appelais parce que c'était ma manière de l'inclure, de le faire participer. Et puis parce que je voulais réellement avoir son avis. J'étais coincé dans mon enquête et j'avais besoin de ses conseils. C'est à partir de là qu'il a sorti sa maxime de derrière les fagots : « Faut pas confondre physique quantique et visite à Quantico, hein ? » Histoire de remuer un peu le couteau dans la plaie. Mais quelle plaie ? La mienne ou la sienne ?

C'est devenu une sorte de rituel. Je lui passais un coup de fil, je lui exposais les faits et les éléments que nous possédions, et il me donnait son point de vue. Qui était souvent judicieux. Qui était parfois déterminant. Je peux bien le dire aujourd'hui : un certain nombre d'affaires criminelles de l'État de Floride ont été résolues grâce à l'aide officieuse de Frank Battaglia, shérif du comté de Hazzard, en Géorgie.

Mais c'est à moi que tout le mérite revenait. C'est sur moi que ressurgissaient l'estime, l'honneur, le prestige, le succès. Ma carrière progressait tandis que dans le même temps les choses ne faisaient qu'empirer pour Frank. Je ne parle pas de son métier, je parle de sa vie. Je parle de ses pensées, de son âme. Je parle du tunnel étroit et noir dans lequel il s'enfonçait.

Il allait mal. J'ai fini par ne plus pouvoir me boucher les oreilles et les yeux. À chacune de mes visites, je ressentais le malaise un peu plus fortement. Son humeur était de plus en plus sombre. Son ironie de plus en plus amère. Ses rires de plus en plus grinçants, et rares. En discutant avec son premier adjoint, Elias, que je connaissais depuis l'enfance, j'ai appris que le comportement de Frank était devenu totalement imprévisible. Il était incontrôlable, et violent. De plus en plus violent. Lors d'une intervention pour une bagarre d'ivrognes, Frankie s'en était pris à un des types et s'était acharné sur lui à coups de poing. « Il l'a démoli, m'a dit Elias. On s'y est mis à trois pour le maîtriser, sinon il l'aurait tué ! Bon sang, je sais pas ce qu'il lui arrive, je le reconnais pas ! » Elias avait l'œil humide en me racontant ça. Avant d'être son chef, Frank était d'abord son ami, à lui aussi.

J'ai tenté (timidement, c'est vrai) d'aborder le sujet avec Frank. Mais il se fermait. Ce n'était pas le genre à s'étaler sur un divan.

C'est grâce à Elizabeth, finalement, que j'ai pris conscience de l'ampleur des dégâts. Six mois après ma discussion avec Elias, je suis retourné à Duke avec Liz et Terrence, notre fils aîné. Une semaine de vacances. C'était l'été. Liz était enceinte de notre deuxième enfant. Frankie et Marion nous avaient invités pour un barbecue. Nous étions dans leur jardin. Je ne sais plus pour quelle raison, mais Frank s'était absenté un moment. Les enfants jouaient dans leur coin. Je sirotais une bière, assis dans un fauteuil en toile. Marion et Liz bavardaient un peu plus loin. Je n'entendais pas ce qu'elles se disaient. Et soudain j'ai vu Marion tomber dans les bras de Liz. Liz l'a enlacée. Marion était blottie contre elle et ses épaules tressautaient, comme si elle était secouée par des sanglots. Je me suis levé, mais Elizabeth m'a fait un signe discret pour me dire de ne pas m'approcher. Elles sont restées comme ça quelques instants. Puis Frank est revenu. Marion s'est détachée de Liz. Elle a passé rapidement la main sur ses yeux. Ils étaient rouges. Je l'ai vu. Frank l'a vu. Il n'a rien dit. « La fumée du barbecue… » a soufflé Marion en guise d'excuse. Puis elle s'est dirigée vers la table en tapant dans ses mains pour rameuter les enfants.

Ce jour-là, Frank a été le Frank d'avant. Celui que je connaissais. Celui que j'aimais. Il a fait le clown pour amuser les gamins. Ç'a été une très belle journée.

Le soir, dans notre chambre, j'ai interrogé Elizabeth pour savoir ce qui s'était passé avec Marion. Ma femme m'a regardé droit dans les yeux. Puis elle a craché : « Ce salaud la bat ! »

Comme je l'ai dit, Liz était enceinte. Les deux femmes avaient commencé à parler de grossesse. Liz avait demandé à Marion s'ils comptaient avoir un troisième enfant. Marion avait dit non. Elle avait dit qu'elle ne savait même pas si elle serait toujours avec Frank à la fin de l'année. Puis elle avait craqué, balançant d'une traite tout ce qu'elle avait sur le cœur. Son dégoût, sa peur. La vie avec Frank était devenue un calvaire. Il n'était jamais là. Il disparaissait pendant des jours et des nuits. Quand il rentrait, c'était encore pire. Il était irascible. Il se mettait à hurler pour un rien. Il était méchant avec les filles. Il était injuste. Avec elle, il était odieux. Il l'insultait. Et un jour, il l'avait frappée. Et un autre jour. Et encore un autre. Marion avait honte en confiant ça à Liz. Elle avait honte pour elle, honte pour lui.

« Il faut faire quelque chose », m'a dit Elizabeth.

J'étais sidéré. Il fut un temps où Frank Battaglia aurait cassé les dents à n'importe quel type qui aurait levé la main sur une femme. Dans le cadre de ses fonctions, il devait certainement lui arriver encore d'intervenir pour arrêter des salauds qui battaient leur épouse. Pas lui, je me disais. Pas lui. Je ne parvenais pas à croire qu'on était en train de parler de Frank.

Il fallait faire quelque chose, oui.

Mais je ne savais pas quoi.

Et je n'ai rien pu faire.

La nuit même où j'ai appris ça, Frank a disparu. Marion nous a dit qu'ils ne s'étaient pas disputés. Frank avait passé toute la soirée assis sur les marches de la véranda, seul, sans décrocher un mot. Il n'avait pas dîné avec elle. Vers minuit, Marion était allée se coucher. Elle n'avait pas réussi à s'endormir. Une heure plus tard, elle avait entendu la porte de la maison s'ouvrir. Elle s'était relevée. Frank n'était plus là. Sa voiture n'était plus là.

Le lendemain, il ne s'est pas présenté à son bureau. Elias n'avait pas de nouvelles. On a décidé d'attendre un peu avant de lancer une alerte. Pendant deux jours j'ai sillonné la ville. J'ai fait tous les bars de Duke et des environs. Personne ne l'avait vu. Le troisième jour, Elias a reçu un coup de fil du shérif du comté de Forsyth, à quarante-cinq kilomètres au nord-ouest de Duke. Des randonneurs leur avaient signalé un véhicule stationné dans un chemin forestier. La portière du conducteur était ouverte, la clé était sur le contact. Ils ont relevé le numéro de la plaque d'immatriculation : a priori, la voiture appartenait à Frank Battaglia.

Nous nous sommes rendus sur place, Elias et moi. C'était bien la voiture de Frank. Garée sur un sentier perdu au milieu de nulle part. Dieu seul savait ce qu'il était venu faire ici. Les recherches ont débuté. Le shérif de Forsyth nous a appris que nous étions dans la réserve de Sawnee Mountain. Une zone fortement boisée. Trois cent soixante hectares de no man's land. Il aurait fallu au minimum deux cents hommes pour quadriller efficacement le terrain. Nous étions huit. Plus un chien qui appartenait au cousin du shérif, réquisitionné pour l'occasion.

La battue a duré six jours. Elle aurait pu durer six mois, ou six ans. Ça m'a ramené des années en arrière : la jungle géorgienne remplaçant la jungle vietnamienne. Et l'ennemi toujours invisible, et toujours la trouille au ventre. Je m'étais juré que je ne repartirais pas sans Frank. J'avais appelé l'agence, en Floride, pour les prévenir que je prolongeais mon séjour. Elizabeth tenait compagnie à Marion et aux filles, nous ne voulions pas les laisser seules.

C'est le chien qui l'a trouvé. L'animal s'est mis à aboyer devant l'entrée d'une ancienne mine d'or désaffectée. Le secteur regorgeait de ces mines laissées à l'abandon depuis plus d'un siècle. Le shérif refusait d'envoyer un de ses hommes là-dedans. Trop dangereux. Il voulait faire appel à une équipe spécialisée. Je lui ai dit que ce n'était pas la peine. J'estimais que c'était à moi de le faire. Je sais que Frank l'aurait fait pour moi.

J'y suis allé. Je me suis enfoncé dans la galerie. J'ai parcouru peut-être une centaine de mètres, parfois à quatre pattes, parfois en rampant, avant de tomber sur Frank. Il était assis, les genoux pliés, adossé à la paroi. Il n'a pas eu l'air surpris de me voir, ni content. Il ne s'est même pas tourné vers moi. Il lui manquait la moitié de la figure.

Certains ont voulu croire à un meurtre. À une vengeance. Mais nous, nous savions. Si c'était un acte de vengeance, il avait été commis par lui-même, contre lui-même. L'enquête l'a confirmé, ainsi que l'autopsie : mon ami Frank Battaglia s'était suicidé avec son arme de service. Il est mort au fond d'un boyau humide et sombre, comme un rat.

Cette vie ou une autre.

Ma grand-mère est décédée trois ans plus tard. J'ai vendu la maison. Je ne suis plus retourné à Duke. J'avais des nouvelles de Marion et des filles. Elles s'en sont plutôt bien sorties. Ma filleule, Ruby, enseigne à présent la biologie dans un collège. Sa sœur, Olivia, a pris une autre voie. Elle a réussi là où son père avait échoué : elle a intégré le FBI et travaille à l'agence d'Atlanta.

Il ne se passe pas un jour sans que je pense à lui.

Dans telle ou telle situation, je me demande ce qu'il aurait fait à ma place. Pour certaines enquêtes, j'essaie d'imaginer ce qu'il m'aurait conseillé. Frank aimait bien les maximes. Une autre, qu'il me sortait souvent, était celle-ci : « Quelquefois, il vaut mieux faire un pas de côté pour continuer à avancer. » Contourner l'écueil. Aborder les choses autrement. Essayer de voir la forêt cachée derrière l'arbre. Voilà ce que ça veut dire.

Cette fois encore, j'ai appliqué son conseil.

Mon arbre à moi, c'était les sœurs Grove. Jusque-là, je m'étais concentré sur elles et ça ne m'avait pas beaucoup fait avancer. Ça m'avait même fait reculer par rapport à la problématique initiale : la culpabilité de Gary Sanz. C'est là-dessus que Jerry Moncello m'avait demandé de travailler. Soit Sanz était un assassin, soit il était lui aussi une victime de cette entité invisible et omnipotente qu'on appelait la Pieuvre.

Je devais revenir en arrière et reconsidérer chaque élément, chaque point d'entrée de cette affaire, sans me laisser bercer ni berner. Sans me laisser distraire par des artifices. Je devais, par exemple, me demander sur quoi était fondée l'affirmation de l'existence d'un complot et, par conséquent, de la Pieuvre. Qu'est-ce qui pouvait laisser penser ça ?

À l'origine étaient les cahiers de Philip-Joseph Deloncle. Autant je peux certifier que le journal de Sylvia Grove existe – quelle que soit la valeur qu'on lui accorde – parce que je l'ai tenu personnellement en main, je l'ai lu, autant celui de Phily-Jo peut être sujet à caution. Si l'on y réfléchit bien, qui l'a vu ? Philip-Joseph : mort. Michelle Sanz : morte. Edwin Zimmer : mort. Seul Gary Sanz lui-même peut témoigner de la réalité de ces cahiers. Or, nous savons que Gary Sanz est un affabulateur. Ou, pour le dire de façon moins péjorative, c'est une sorte de romancier. Nous savons qu'il a inventé de toutes pièces le personnage de Deon Zubrinsky. Je ne vais pas reprendre ici les arguments développés par Barbara Grove pour le prouver. Je ne vais pas citer à nouveau tous les passages qu'elle a relevés et marqués avec ses fameux post-it. Elle avait raison. Si on relit le récit de Sanz dans cette perspective, de nombreux indices ressortent. Des phrases à double sens (double Sanz ?), autant dire à double tranchant. Des allusions. Pour la bonne bouche, j'aimerais ajouter cet exemple à ceux donnés par Barbara : p. 164, Gary s'apprête à fouiller les latrines de la tante pour trouver la machine de son beau-frère, et il imagine une trappe menant à la *fosse septique.* Ce à quoi Zubrinsky (donc Gary Sanz lui-même) réplique : *Très fausse, et très sceptique.* Et quelques lignes plus loin, il ose parodier un serment devant le juge : *Mais la vérité, toujours. Rien que la vérité. Toute la vérité.* Et cette fois Zubrinsky lui jette : *C'est ça, faites le malin !*

Si ce n'est pas du sarcasme, si ce n'est pas de la provocation, ça !

Ces commentaires n'ont rien d'innocent.

Je n'ai pas lu Nabokov, mais j'ai lu quelques-uns des contes policiers d'Edgar Poe, cet auteur si cher à Gary. N'est-ce pas dans *La lettre volée* que Poe nous apprend que le meilleur moyen de cacher une chose est de ne pas la cacher ? Elle est là, sous nos yeux, tellement visible qu'on ne la voit pas.

Ne vous rendez jamais à l'évidence.

Il est fort possible que les cahiers de Phily-Jo ne soient qu'une autre invention de Gary Sanz.

Quoi encore ?

Puisque nous en sommes aux inventions, parlons de la *FreePow.* Cet appareil qui est le cœur du réacteur. Qui est le mobile désigné du complot et des crimes. Qu'en est-il ?

Malin, Sanz prend les devants. Dans son récit (roman ?), il prévient sa femme Michelle que personne ne voudra croire à cette machine. Ceci, après avoir mis le lecteur dans sa poche, après l'avoir mis dans le secret et l'avoir fait entrer dans le cercle des initiés. Car le lecteur l'accompagnait, il était présent lorsque Sanz a découvert l'appareil dans les toilettes de la tante. Et le lecteur a ainsi l'illusion de l'avoir vu aussi (je l'ai eue, moi, cette illusion). Mais en vérité, le seul à l'avoir vu, une fois de plus, c'est Gary Sanz. Cela s'appelle : un tour de passe-passe.

Pourquoi personne ne voudrait y croire ? Peut-être parce que ce n'est littéralement pas croyable. Une machine révolutionnaire, fantastique. Fantastique au sens premier du terme ? C'est-à-dire créée par l'imagination. Comme un animal fantastique. Comme une licorne ou un dragon. Une si prodigieuse machine dissimulée dans les cabinets d'une ferme paumée aux confins du Texas ? C'est James Bond chez les Ploucs. C'est Sherlock visitant la Petite Maison dans la prairie. C'est une farce, non ? Ça y ressemble, en tout cas.

Chaque fois que l'on a interrogé des experts (Dipak Singh l'a fait) à propos de l'énergie libre, ils ont émis d'importantes réserves sur le sujet. Du coup, ces scientifiques ont été présentés comme des jaloux, des ignares, des corrompus, ils ont été accusés d'être les instruments des forces occultes. Mais qu'est-ce qui vient étayer ces accusations ? Pourquoi ces savants ne seraient-ils pas sérieux, honnêtes, compétents ? Plus compétents, au moins, que Sanz et Singh qui n'y connaissent absolument rien en physique. Quelle légitimité ces deux-là ont-ils pour juger de l'avis des spécialistes ?

Il est fort possible que Philip-Joseph Deloncle n'ait été qu'un imposteur, comme l'affirmait le docteur Adam Riesling. Faux universitaire, faux diplômé, faux génie, vrai mythomane.

Il est fort possible que, dans toute cette histoire, le seul véritable inventeur soit Gary Sanz lui-même.

Et voilà que la thèse conspirationniste vacille sur ses fondations... Voilà que la Pieuvre rétracte ses tentacules...

Barbara Grove était une lectrice avisée et une future avocate perspicace. En s'appuyant sur les rapports de police, elle a parfaitement démontré et démonté le déroulement des meurtres de Jane Garett et de Michelle Sanz. Tout concorde. Tout converge vers un unique coupable. C'est l'hypothèse la plus plausible et la plus vraisemblable, alors pourquoi la contester ?

Parce que : « Ne vous rendez jamais à l'évidence. »

Je l'ai assez répété. C'est vrai. Et je ne me renie pas. Je rétorque juste ceci : quelle est l'évidence ici ? Après avoir lu les témoignages de Sanz et de Dipak Singh, tout le monde se dit : il y a complot. L'évidence, c'est ça. Moi, le premier, c'est ce que j'ai pensé.

Gary, tout d'abord, ne croyait pas à la théorie conspirationniste exposée par son beau-frère. Il avait même tendance à la tourner en ridicule. Puis, apparemment, il s'est laissé convaincre. Dipak aussi se montrait très sceptique, au départ, avant d'y adhérer. Ce sont, l'un et l'autre, des convertis. Leur raisonnement n'en apparaît que plus solide, leur croyance plus authentique, plus infaillible. Chacun sait que les convertis font les meilleurs prosélytes. Mais, en y regardant de plus près, et d'un œil objectif, qu'ont-ils dans leurs dossiers ? Pas grand-chose. Rien.

Gary se souvient, des années plus tard, d'un inconnu venu assister à sa lecture dans une librairie (cet homme qu'il surnomme le n° 7). Parce qu'il ignore son identité, il insinue qu'il aurait pu s'agir d'un espion surveillant Philip-Joseph. Quelle curieuse déduction ! Faut-il voir en chaque amateur de poésie un éventuel agent des services secrets ? Ou faut-il plutôt voir une manœuvre de Sanz pour nous influencer et nous attirer dans son camp ? Et il a si bien préparé le terrain qu'on s'y laisse prendre ! Cela s'appelle de la manipulation.

Des espions, Dipak Singh en voit partout. Dans les bus, dans les bars, dans sa cabane. Si vous portez des moustaches et des baskets du modèle Nike Air, c'est forcément que vous l'avez pris en filature. Ça fait combien de suspects potentiels, ça ? Si vous buvez un verre au comptoir et que vous cherchez la bagarre, c'est que vous en avez après son dictaphone. Que de risques, que de grabuge pour lui subtiliser son petit appareil ! Mais a-t-il sérieusement vérifié qu'on ne l'avait pas retrouvé dans un coin du bar ? Est-il certain qu'un client ne l'avait pas embarqué en le voyant traîner par terre ? Non, inutile. La première pensée, et la plus logique pour Dipak Singh, c'est l'intervention du FBI, de la CIA ou du KGB !

Et cette savoureuse séquence de l'ornithologue qu'il découvre dans sa piaule en rentrant. Quelle excuse lui donne ce type ? « Je cherche le Grand Géocoucou. » Magnifique ! comme dirait (peut-être) le docteur Mendell. Ça me paraissait tellement gros que j'ai décidé de creuser cette piste. À la bibliothèque municipale, j'ai consulté les archives de la presse et j'ai déniché deux articles datant de cette période et faisant référence à cet oiseau. Le premier était un simple entrefilet dans le *Dallas Morning News*, rapportant le témoignage de deux personnes ayant aperçu le Grand Géocoucou (« Bip Bip », disait le journal) sur les berges de la rivière Trinity. Le second était un reportage plus important dans les pages du *Texas Monthly* qui évoquait les problèmes écologiques poussant cette espèce (*Geococcyx californianus*, disait le magazine) à se rapprocher des villes pour trouver sa nourriture. A priori, ce n'était donc pas un gag. Cet ornithologue était certainement ce qu'il prétendait être et Dipak Singh n'était pas obligé de s'enfuir à toute allure comme un Vil Coyote. Cela s'appelle : de la paranoïa.

Le point commun entre tous ces espions : leur manque de discrétion !

Mais si je dois livrer le fond de ma pensée, je dirai que Singh était sans doute plus sincère que Sanz. Singh était sous la coupe psychique de Sanz. Et il n'en était pas totalement inconscient. Pour preuve, p. 333, je colle mon propre post-it et je relève ses paroles : *Ce style, ces figures et fioritures esthétiques, ça ne me ressemble pas. C'est à ça aussi que je m'aperçois que Gary Sanz a planté profondément sa griffe en moi. Soit. Je l'admets et je l'assume.*

Un coup par-ci, un coup par-là, et voici maintenant que le temple de la Conspiration se fissure de toutes parts… L'évidence ne nous semble plus aussi évidente…

Et Tesla dans tout ça ?

Bonne question.

On a dit que ses travaux sur l'énergie avaient abouti, vers la fin de sa vie, à une nouvelle invention extraordinaire : une arme redoutable, une arme dissuasive, utilisant un accélérateur de particules, et d'une si grande puissance qu'elle pouvait détruire une flotte d'avions ennemis à des centaines de kilomètres à la ronde. On l'appelait le « rayon de la mort ». On a dit qu'un mois avant sa mort, Tesla annonçait que son invention était au point et prête à être fabriquée. On a dit que le jour même de sa mort, une équipe du FBI a débarqué dans sa chambre, au trente-troisième étage de l'hôtel New Yorker, et récupéré deux camions entiers de documents appartenant au savant. Les célèbres dossiers disparus de Nikola Tesla.

Je me suis renseigné. J'ai contacté Josh Harding, haut responsable du Bureau à Washington, et qui se trouve être un gars de ma promo, un ami digne de confiance. Il a éclaté de rire quand je lui ai posé la question. « Encore ce vieux mythe ! » Il était étonné que je puisse y accorder le moindre crédit. Le FBI ne détient aucun dossier de Tesla et n'en a jamais détenu, m'a-t-il expliqué. C'est le Département de la Justice, par l'intermédiaire du Alien Property Custodian

Office (APCO) qui a saisi un certain nombre de documents, en effet, et les a classifiés. Par précaution. Pour éviter que des recherches sur un sujet aussi sensible ne tombent entre les mains d'une puissance étrangère, et notamment entre celles de Sava Kosanović, le neveu de Tesla, haut diplomate serbe et communiste notoire.

L'APCO a ensuite confié ces documents à Mr John G. Trump, ingénieur électricien au MIT, afin qu'il puisse les déchiffrer pour eux. Cet éminent physicien était l'oncle de Donald Trump, celui-là même qui pourrait devenir notre nouveau président dans moins d'une semaine (que Dieu nous en préserve !). Après consultation, John G. Trump a conclu que les dossiers de Tesla ne contenaient que des notes philosophiques et spéculatives, aucun principe ni aucune méthode concrète qui pourraient servir à la réalisation effective de son invention, rien qui puisse même confirmer la réalité de ce projet.

On a dit, bien entendu, qu'il avait menti. On a dit que l'arme imaginée par Tesla était parfaitement réalisable, et que John G. Trump en avait remis secrètement les plans à son milliardaire de neveu. Tremblez, Mexicains ! Tremblez, terriens ! Imaginez que Donald Trump devienne président des États-Unis et qu'il ait à sa disposition un « rayon de la mort »…

En matière de complot, où est la limite ?

Si le FBI est soupçonné, alors je dois l'être aussi. Car j'ai été membre du Bureau durant quatre décennies. C'est ma seconde famille et j'en suis solidaire. Fidélité, Courage, Intégrité. Si l'on doute de ces mots, de cette profession de foi, alors il faut mettre également en doute tout ce que je dis. Et tout ce que je suis.

Tout n'est pas clair, je le reconnais. Des zones d'ombre subsistent. Mais sont-elles essentielles à la compréhension globale de l'histoire ? Ne sont-elles pas plutôt comme ces arbres, dressés ici et là, qui nous empêchent d'apercevoir la forêt ? La vie est pleine de mystère. L'être humain est plein de mystère. Le chaos règne, et d'après les lois – jusqu'ici toujours en vigueur – de la thermodynamique, le chaos ne peut pas être transformé en système organisé.

Autre adage que Frank aurait pu inventer : Si les eaux sont assez troubles, on peut y noyer un poisson.

J'ai retenu la leçon.

La somme de différentes parties ne constitue pas obligatoirement un tout. Qu'est-ce qui relie ces parties entre elles ? C'est la signification qu'on leur donne. C'est l'interprétation. C'est parfois simplement le talent du conteur.

Je ne sais pas, pour l'instant, qui est le loup – Tender Wolf – et quel est son rôle. Dois-je pour cela en déduire qu'il est un suppôt de la Pieuvre ?

L'accident de Dipak vous paraît suspect ? Demandez-vous pourquoi. Sa maman elle-même nous a rapporté que la chaussée était verglacée, que ce virage était connu pour être dangereux, que plusieurs accidents y avaient déjà eu lieu, alors pourquoi douter ? Parce que Dipak, à la suite de Gary, a implanté la graine du soupçon dans notre esprit. Par ses insinuations. Par ses accusations. Par son espionnite aiguë. Par empathie nous le suivons aveuglément sur ce chemin, aussi tortueux, aussi glissant soit-il. Trop tard pour freiner. Nous sommes sur la banquette arrière et nous plongeons avec lui. Dipak victime, Dipak martyr, c'est plus gratifiant que Dipak simple accidenté de la route. Et sûrement a-t-on besoin d'une explication à ces drames qui sont incompréhensibles et injustes à nos yeux. Pour nous être tolérable, il faut que cela ait un sens. Il faut qu'il y ait un mobile. On a besoin qu'un coupable soit désigné. On a besoin d'un bouc émissaire. Ça ne peut pas être une coïncidence, non. Pas le hasard. Pas la malchance. Cela ne peut être que l'intervention d'une puissance supérieure dont les voies sont impénétrables. C'est Dieu. C'est Satan. C'est la Veuve Noire. C'est l'abominable Pieuvre. C'est forcément l'un d'eux, ou alors on n'y comprend plus rien !

Mais y a-t-il quelque chose à comprendre ?

La foudre tombe sur ma maison : pourquoi ma maison ?

Mon enfant se noie dans la rivière : pourquoi mon enfant ?

Le cancer emporte mon père : pourquoi Edwin Zimmer ?

Si crimes il y a là, alors ils sont en dehors de toute juridiction humaine.

Autre exemple, moins spectaculaire : *Procès Humbert : PROC + SBOC ?* Même si je n'ai pas retrouvé le mot que Sylvia Grove dit avoir vu sur le bureau de sa sœur, je veux bien admettre qu'il existe. Jerry Moncello pensait que cela pouvait indiquer une connivence entre le procureur qui a instruit le procès de Gary Sanz et la Sun Belt Oil Company de Terry Owens. Je me suis rendu compte que Barbara avait mené sa petite enquête. J'ai suivi ses traces. Et j'ai découvert ce qu'elle avait probablement découvert avant moi : c'est vrai. Il y avait bien, en effet, un lien entre le procureur Kenneth Bromfield et la compagnie pétrolière. Quel lien ? L'argent. La SBOC a participé au financement de la campagne électorale du procureur. Un don de 160 000 dollars en sa faveur.

J'entends déjà les cris de triomphe des partisans de la thèse complotiste : On vous l'avait bien dit ! On vous l'avait bien dit ! Pour ma part, je dis seulement : Et alors ? Ce financement n'est pas occulte. Il est de notoriété publique. Il est autorisé. C'est une pratique courante : pour toutes les campagnes, à tous les niveaux, les candidats reçoivent des dons de mécènes et de supporters. Cela n'implique pas qu'il y ait une entente secrète, inconditionnelle, entre les deux parties. Cela n'engendre pas automatiquement soumission et collusion. Qu'est-ce que l'énorme firme pétrolière peut avoir à faire du petit bonhomme Gary Sanz ? Je suis prêt à parier que Terry

Owens n'a même jamais entendu son nom. Quel serait son intérêt à le voir condamner ? Pour dire les choses crûment : qu'est-ce qu'il en a à foutre de Gary Sanz ?

Barbara Grove et Jerry Moncello accordaient trop d'importance à ce détail. Je ne les accuse pas, je crains qu'ils aient été leurrés. C'est l'un des principes du conspirationnisme : on s'empare d'un fragment au départ insignifiant, on le grossit, on le brandit et on n'hésite pas à le tordre, à le retailler, à en redécouper les contours afin de pouvoir l'insérer à tout prix dans le puzzle. Malgré leur intégrité, malgré leurs capacités de réflexion, Barbara et Jerry ont pu s'y laisser prendre. Comme Dipak Singh avant eux. Comme à peu près tout le monde.

Une autre compagnie du même type a acheté le terrain de Jane Garett après son décès. Cela est vrai également. Pardon, mais je me répète : Et alors ? Qu'est-ce que ça prouve ? C'est le propre de toute société pétrolière que de prospecter, d'acquérir des terres et de les exploiter pour en tirer profit. Les quelques hectares de Jane Garett comme des centaines de milliers d'autres. C'est leur raison d'être. Si l'on suspecte cette compagnie d'avoir perpétré ou commandité le meurtre de tatie Tacolie pour parvenir à ses fins, alors on se doit de suspecter Michelle Sanz, on se doit de suspecter ses parents, Donald et Daisy Deloncle, puisqu'ils étaient les premiers bénéficiaires de la vente du terrain. Ira-t-on jusque-là ? Je repose la question : Où commence le complot et où s'arrête-t-il ?

Jerry Moncello s'est tué le 30 septembre dernier au volant de sa voiture de marque Tesla. C'est la fin parfaite. Si j'étais l'auteur, c'est celle que je garderais pour parachever mon œuvre. De Tesla à Tesla. De la poussière à la poussière. Du vide au vide. La grande roue de l'énergie libre. Une boucle, un circuit électrique fermé – et jonché de cadavres. Il n'y a pas de fumée sans feu, n'est-ce pas ? Ironie, tragédie, symbole. De là découle, limpide, la morale de la fable. C'est beau. C'est édifiant. Mais comment atteindre une telle perfection ? Deux solutions s'offrent à nous :

Nous pouvons prêter l'oreille à ceux qui insinueront que n'importe quel hacker digne de ce nom est capable de prendre le contrôle de ce genre de véhicule dont le tableau de bord n'est qu'informatique et électronique. Il peut commander la voiture à distance. Il peut bloquer l'accélérateur, il peut bloquer le volant, il peut l'envoyer s'écraser contre le rail de sécurité. Un hacker qui serait mal intentionné. Qui serait, mettons, au service de « qui vous savez ».

Ou alors nous pouvons tout bêtement penser qu'il faisait nuit, que le conducteur était pressé de rentrer chez lui, qu'il roulait à 165 km/h sur cette autoroute, qu'il était fatigué, qu'il sortait d'un long et copieux dîner au cours duquel il avait bu plusieurs verres d'un petit vin de Californie, comme l'atteste les 1,8 g/l d'alcool décelés dans son sang, et que rien ne laissait prévoir que le trente-six tonnes qu'il était en train de doubler allait brusquement faire un écart sur sa voie et l'obliger à un coup de volant réflexe, l'entraînant sur une trajectoire funeste qu'aucun système de pilotage informatisé, le plus perfectionné fût-il, n'était à même de redresser à cette vitesse.

Litige. Comme dans le cas de Dipak, on peut voter pour l'accident ou voter pour le crime.

Je prends mes responsabilités. Mon opinion n'engage que moi. Toutefois, elle est basée sur des recherches approfondies et rigoureuses, sur des faits et sur l'analyse objective de ces faits, sur une réflexion impartiale. Maître Moncello n'est plus là pour recevoir mes conclusions, mais au cas où se tiendrait un nouveau procès de Gary Sanz, je pourrais les présenter devant le juge. Les voici :

À la question : Au terme de vos investigations, avez-vous découvert une preuve de l'existence d'une machine à énergie libre telle que décrite par Philip-Joseph Deloncle ? Je réponds : Non.

À la question : Avez-vous découvert une preuve de l'existence d'une organisation occulte qui aurait pu tenter de s'accaparer ou de faire disparaître une telle machine ? Je réponds : Non.

À la question : Avez-vous découvert une preuve de l'existence d'une conspiration destinée à dissimuler l'existence d'une telle machine et d'une telle organisation ? Je réponds : Non.

À la question : Le coupable des meurtres de Michelle Sanz et de Jane Garett se trouve-t-il dans cette salle ? Je réponds : Oui, je le crois.

À la question : Pouvez-vous le désigner ? Je tends le bras vers l'homme assis sur le banc des accusés. Et j'ajoute : Relisez les premières pages de son ouvrage (p. 20 précisément), où il écrit : *Quand l'histoire est belle, quand elle nous conforte dans nos attentes, dans nos espoirs et nos rêves, on est tout prêt à s'en laisser conter.*

Je ne me fie pas seulement à ma raison, mesdames et messieurs les jurés. Je n'ai pas toutes les réponses, mais qui les a ?

Je ne sais pas si la littérature et la vie peuvent se confondre, comme l'affirme Gary Sanz. Je ne sais pas si la réalité et la légende peuvent se recouper, comme le souhaitait Sylvia-Quanah. Je ne sais pas si cow-boys et Indiens peuvent se donner la main, comme Dipak Singh le désirait. Je ne sais pas si la poésie nous sauvera ou nous tuera.

Pendant que mon ami Frank Battaglia rampait comme un rat dans les obscurs souterrains de Cu Chi, la plupart des jeunes Américains de son âge se rassemblaient dans les parcs et sur les pelouses et ils chantaient : *The answer, my friend, is blowing in the wind. The answer is blowing in the wind…* Et leurs voix étaient si pures.

C'est votre dernier mot, Mr Pierce ?

Presque.

Je me souviens de ma visite à Alan Grove. Il m'a paru très atteint par le sort de sa fille Sylvia qui croupissait en prison. En revanche, la disparition de sa fille cadette, Barbara, ne semblait pas l'inquiéter outre mesure. Sylvia confesse dans son journal qu'elle a toujours eu la préférence de son papa, c'est exact. Néanmoins, j'ai eu l'impression qu'il y avait autre chose. Mr Grove est à la tête d'une immense fortune, et je me suis dit que si Barbara se tenait cachée quelque part, son père pourrait aisément subvenir à ses besoins, en toute discrétion. Aussi longtemps qu'il le faudrait. C'est une idée qui m'a traversé l'esprit et que je glisse comme ça, en passant.

C'est mon dernier mot, Votre Honneur.

V

Qui se souviendra de nous ?

Si mon enfant tu sors ce soir
Prends ton manteau dans le couloir
Et prends mon amour pour escorte
Car il se peut que cette porte
Derrière laquelle ton pas décroît
Ne soit pas celle que tu crois

Anonyme – XXIᵉ siècle de notre ère

Les primevères resplendissent, dis-je. D'un jaune lumineux, jaune de la jeunesse et de la joie. Chaque jour, en fin d'après-midi, elles s'ouvrent et rayonnent comme autant de soleils miniatures. La nuit, elles sont le reflet des étoiles. De là-haut on les voit briller. Au matin, leur vie est accomplie, elles se referment pour toujours. D'autres leur succèdent, leurs sœurs, leurs semblables, et la splendeur perdure. Cela tient du prodige, dis-je.

Au cours de mes sorties, j'ai aussi été éblouie par la beauté des aubépines. Quelle blancheur, Seigneur ! Quelle pureté ! On croirait de l'écume, du coton, du givre. D'énormes flocons ayant survécu à la hausse du mercure. Ou bien des bouts de nuage accrochés aux buissons. Je te les montre, là, là, là, ici, et tu souris. Toutes ces fleurs chères à mon cœur. Les fleurs de mai.

— Mayflower… L'allusion est transparente.

Il n'y a pas que les fleurs. Il y a les oiseaux. Pour que le tableau soit complet il faut lever les yeux. Il faut silence et patience, et chance – ça compte. J'ai vu des parulines multicolores, et des orioles orange à croquer. Des bruants ventrus comme de vieux notaires. Et dans le fouillis de vert cette pastille rouge pastèque qui est, je crois, ce qu'on appelle le tangara vermillon. Je zoome. Je les capture dans ma boîte numérique, puis je compare les images avec celles de mon encyclopédie (*National Geographic Field Guide to the Birds of North America*). Et devine quoi ? Je suis à peu près certaine d'avoir saisi un couple de Grands Géocoucous en pleine parade nuptiale. C'est drôle, non ?

— C'était il y a longtemps.

Peut-être.

Un hiver, dis-je, j'ai assisté à un spectacle extraordinaire : un immense rassemblement d'oies des neiges sur un lac. Elles faisaient une pause dans leur longue migration. Je t'assure, il y avait plus d'un million d'individus. Il paraît que c'est assez courant par ici. Mais des aigles les guettaient. Ils n'étaient pas plus de quatre ou cinq. Ils les ont attaquées. Panique générale. On ne se rend pas compte du bruit que ça fait, un million d'oiseaux qui décollent en même temps, qui crient, qui se bousculent, affolés, et s'enfuient à tire-d'aile. Tu vois, il suffit de quelques rapaces pour imposer leur loi et mettre en péril tout un peuple d'oies.

— Des oies blanches, innocentes, décimées par des prédateurs… Tu as décidé de t'exprimer par paraboles ?

Je m'exprime de manière à être comprise. J'utiliserai tous les outils à ma disposition. Tout à l'heure, je serai sans doute plus didactique.

Je raconte à l'enfant. Je lui montre les photos des fleurs, des oiseaux. Je lui apprends.

— Quel enfant ?

Celui qui dort, en ce moment même, ici, dans la chambre. Notre enfant. Notre tout-petit.

— Est-ce un enfant… euh… imaginaire ?

Si tu avais changé ses couches, tu ne poserais pas la question.

— Mais nous avions décidé… Nous étions d'accord pour…

Je sais. Ce n'est pas un monde pour les enfants. Mais il est arrivé. Il est là, maintenant.

— Tu aurais dû…

Quoi ?

— Non… Rien. Comment s'appelle-t-il ?

Je lui ai donné ton prénom. Je ne le citerai pas. On comprendra que je préfère garder le plus strict anonymat. Prudence, prudence.

— Et moi ?

Toi ?

— Est-ce que je suis imaginaire ?

Tu ne l'as pas toujours été, en tout cas. D'où l'enfant qui porte ton nom. Je ne me prends pas encore pour l'Immaculée Conception.

— Notre enfant ne sera donc pas le Sauveur.

Sera-t-il au moins sauvé ?

— C'est bien pour ça qu'on s'était dit…

Chut ! Pas de reproches, s'il te plaît. Il est venu, il est là, et il va vivre. C'est ainsi. Et si j'avais besoin d'une motivation supplémentaire pour me battre, elle est toute trouvée.

— Comprends mon inquiétude. Mon angoisse. Je ne peux rien faire pour t'aider. Je suis totalement impuissant.

Je sens ta présence, ça m'aide beaucoup. Pour le reste, je ferai pour deux.

— Et que feras-tu ?

Je vais informer. Expliquer. Démontrer.

— Tu l'as déjà fait.

Je le referai, dis-je. Je tâcherai d'être plus pédagogue. Et plus persuasive.

— Crois-tu que ça suffira ? Je te trouve bien optimiste.

Il y a des signes encourageants. Quelques-uns. Il y a des frémissements. Ça réagit. Les jeunes, surtout. Ils sont prêts à écouter, et prêts à faire entendre leurs voix. Pendant des semaines ils sont sortis dans la rue pour manifester.

— Et puis ils sont rentrés chez eux. Terminé. Ce ne sont pas les jeunes qui gouvernent, ils n'ont pas le pouvoir.

Ils ont la jeunesse. Ils ont la colère. Ils ont un avenir à défendre. Peut-être que tout ce qui leur manque, c'est un guide.

— Toi ? Ils se lèveront et te suivront, et d'un pas décidé vous irez tous ensemble chasser les marchands du Temple ? Qui aurait parié que le prophète était une femme, et même pas vierge !

Je parlais plutôt d'un guide pratique. Une espèce de notice explicative.

— La vie mode d'emploi.

Ne te moque pas. Tu sais ce que je vois dans mon pire cauchemar ? Je vois des gens assis, par terre, dans un paysage désertique. Hommes, femmes, enfants, ils sont des centaines de milliers, serrés les uns contre les autres…

— Comme un troupeau d'oies des neiges.

On dirait un camp de réfugiés. Ils sont assis sur ce sol aride et ils restent là, sans bouger, sans parler. Qu'est-ce qu'ils attendent ? Rien. C'est ça. Ils n'attendent plus rien. Je ne vois que leurs yeux, ils sont ouverts, ils sont noirs, des yeux sombres au fond d'orbites creuses. Toutes les bouches sont muselées par des masques chirurgicaux.

— Arrête, tu me fais peur. J'aime mieux quand tu me parles de fleurs et d'oiseaux.

Oui. Le printemps est de retour. C'est merveilleux, mais c'est aussi le danger. Cela nous donne l'illusion que rien ne change, que le cycle est immuable et éternel. Que ce n'est pas si grave. Et cela peut nous inciter à rester passifs.

— Tu sais ce que tu vas leur dire ?

J'ai préparé quelques petites choses, oui.

— Un discours ?

Un exposé, disons. J'ai gardé des articles, recueillis dans la presse ou ailleurs, que j'ai nommés « pièces à conviction ». J'y ajouterai des commentaires plus personnels.

— Tu ne crains pas de les ennuyer ? Rappelle-toi qu'ils sont plus habitués aux SMS. Aux tweets. Deux cent quatre-vingts caractères maximum.

C'est l'occasion de commencer à modifier leurs habitudes. Ils en sont capables, j'ai confiance. D'autant que cette partie ne représente que la conclusion de l'œuvre. Je tiens pour acquis qu'ils auront lu au préalable les quelque cinq cents pages des quatre parties précédentes, que je me suis donné du mal à rassembler.

— Ce n'est plus de l'optimisme, c'est de l'utopie !

C'est exactement ce qu'il nous faut : une bonne vieille utopie à laquelle se raccrocher. Je vais tester ça sur toi, tu me diras ce que tu en penses.

— Un cobaye ?

Un collaborateur.

— OK. Et déjà, avant que tu commences, puis-je te suggérer de mettre en exergue quelques vers que je trouve de circonstance ?

De qui sont-ils ?

— Je l'ignore.

Un autre anonyme, alors. On dira que c'est un poète inconnu. Peut-être un poète imaginaire.

— Si tu veux. Au point où on en est…

Très bien, dis-je. Allons-y.

PIÈCE À CONVICTION N° 1

« La manipulation consciente et intelligente des habitudes et des opinions des masses est un élément important de la société démocratique. Ceux qui manipulent ce mécanisme occulte de la société constituent un gouvernement invisible qui est le véritable pouvoir de notre pays. »

EDWARD L. BERNAYS, *Propagande*, 1928.

Mr Pierce a raison : il ne faut pas se rendre à l'évidence.

Mr Pierce a tort : on ne croit pas à ce que l'on veut croire. On croit à ce que l'on nous a préparés, habitués, éduqués, façonnés, poussés à croire.

Si je voulais être une bonne mère (et j'y tiens !), que servirais-je demain matin à mon cher enfant pour son petit déjeuner ? Je lui donnerais ce qu'il y a de meilleur pour lui : une copieuse assiette d'œufs brouillés et de bacon. Le traditionnel breakfast que les mamans américaines préparent pour leurs rejetons. Hautement recommandé pour leur croissance et leur santé. C'est l'évidence.

Mais traditionnel depuis quand ? Depuis des siècles ? Depuis toujours ? Non. Depuis qu'un groupe agroalimentaire, la Beech-Nut Packing Company, s'est retrouvé avec des tonnes de bacon à fourguer et s'est adressé à un homme du nom d'Edward Bernays pour chercher le moyen d'en augmenter les ventes.

Et recommandé par qui ? Par quelques nutritionnistes auprès desquels Bernays a eu l'ingéniosité de réaliser une pseudo-étude, légèrement biaisée, qu'il s'est empressé de faire publier dans les journaux et d'envoyer à des milliers de médecins de famille, dans tout le pays, lesquels ont à leur tour passé le mot à leurs nombreux patients. Ce n'est pas de la publicité, c'est de la science. C'est prouvé et approuvé par des experts. C'est l'autorité qui parle. Et ainsi, en quelques mois, les habitudes alimentaires ont changé. Ainsi les tranches de lard se sont mises à frire, dès potron-minet, dans toutes les poêles des États-Unis, engraissant les marchands de porc d'abord, Edward Bernays ensuite, et nos chers bambins pour finir.

Notons : dans ce court extrait qui constitue la première pièce à conviction, je relève les termes « manipulation », « mécanisme occulte », « gouvernement invisible », « véritable pouvoir ».

— Tout y est.

Je te laisse juge. Pour ma part, lorsque j'aurai la satisfaction d'avoir accompli mon devoir, ayant nourri sainement mon futur obèse, je pourrai m'octroyer une petite pause pour fumer ma première cigarette de la journée.

— Parce que tu t'es mise à fumer ?

Bien sûr ! Qu'est-ce que tu crois ? Je suis une femme libérée, j'ai brisé les chaînes du patriarcat ! Dieu merci, nous ne sommes plus en ces temps reculés où fumer en public était tabou pour les femmes. Edward Bernays nous a permis d'évoluer.

— Encore lui ?

Toujours lui. Figure-toi qu'en 1929, Bernays fut engagé par l'American Tobacco Company afin de résoudre un de leurs problèmes : cette convention sociale qui empêchait les femmes de fumer faisait perdre aux marchands de tabac un énorme marché potentiel (la moitié de la population). Comment y remédier ? Eddy a une idée de génie. Mise en scène : lors de la grande parade de Pâques, à New York, il paie un groupe de suffragettes pour qu'elles cachent un paquet de cigarettes sous leurs jupes et le sortent, toutes ensemble, ostensiblement, au milieu de la foule et au moment opportun. Les photographes, prévenus, seront là pour immortaliser ce geste ô combien symbolique. Car, attention, ce ne sont pas des cigarettes que ces jeunes femmes enflamment, ce sont les « torches de la liberté » (expression que Bernays leur a dictée au préalable). Dès le lendemain, l'image et le slogan font la une des quotidiens. C'est gagné. Le magicien a transformé une vulgaire opération commerciale en acte de rébellion, en acte de libération féministe.

— Quel coup fumant !

Je vois que tu n'as pas perdu ton humour, ça me rassure. Et tu as raison : à partir de là, on verra les femmes fumer sur les écrans de cinéma, dans les pages des magazines, dans la rue, partout. Madame, si vous êtes une femme libre et indépendante, n'ayez plus peur d'affirmer vos goûts et vos choix ! La dame aux Camel, c'est moi ! Levez le poing et brandissez bien haut votre paquet de Lucky Strike ! Regardez fièrement l'objectif et ne dites plus « cheese », dites

« Chesterfield » ! Et voilà pourquoi, mon cher, je revendique moi aussi le droit de crever d'un cancer du poumon au même titre que n'importe quel mâle.

— Très habile, ce Bernays.

Peu connu du grand public, mais un des hommes les plus influents du XXe siècle. De ceux qui font bouger les choses, comme tu as pu t'en rendre compte à travers ces deux exemples très concrets. On connaît mieux son oncle, Sigmund Freud, dont les travaux sur l'inconscient l'ont fortement inspiré. Edward Bernays, dis-je, a compris comment…

[*Arrive l'homme à tête d'écureuil. C'est le plus gentil des quatre. Le plus compréhensif. Le moins brutal. Il a de petits yeux noirs et ronds. Il porte un prénom étranger imprononçable, c'est pourquoi tout le monde le surnomme Skip. Mais elle n'ose pas. Parfois elle dit Monsieur, mais le plus souvent elle ne dit rien, elle ne l'appelle pas. Il fait quelques pas autour d'elle, les mains dans le dos, et lui demande si elle a passé une bonne journée. Elle réfléchit. Elle ne sait pas trop quoi répondre. Il s'agit de ne pas faire d'erreur. Elle dit qu'elle ne l'a pas vu passer (la journée). Elle dit que le temps file trop vite. C'est le genre de choses qu'on dit, non ? Il a l'air satisfait de cette réponse. Il acquiesce de la tête, ses lèvres s'écartent et dévoilent ses longues et larges incisives. Il dit que c'est bien vrai. Elle ne peut pas s'empêcher de regarder ses dents. En repartant, il dit que le temps passe tellement vite que ça va bientôt être l'heure.*]

Edward Bernays, dis-je, a compris comment mener les foules. Comment les faire aller là où il veut, ou, plus exactement, là où ses clients (ceux qui le rémunèrent grassement à cette fin) le souhaitent. Dès 1917, c'est lui qui parvient à retourner l'opinion publique américaine pour lui faire accepter l'entrée en guerre des États-Unis. En 1924, il est payé pour faire élire Coolidge à la présidence. En 1932, il fait voter pour Hoover. Entre-temps, il publie un essai, sobrement intitulé *Propagande*, dans lequel il explique les principes et mécanismes qu'il a mis au point et qui permettent, au fond, de tout vendre au plus grand nombre : du parfum, du savon, des cigarettes, des voitures, des présidents, la guerre, la paix, le bonheur, la démocratie, la tyrannie – absolument tout. L'un de ses plus fervents lecteurs s'appelle Joseph Goebbels, qui saura remarquablement mettre en pratique ses théories afin d'éduquer le peuple allemand.

Cependant, Edward Bernays a aussi très vite et très bien compris que « propagande » était un vilain mot. Il lui substitue donc les termes plus policés de « relations publiques » et invente dans la foulée le métier qui va avec : « conseiller en relations publiques ».

Grand promoteur de la démocratie, le conseiller Bernays n'aura de cesse, tout au long de sa prolifique carrière, d'y associer les valeurs et vertus du capitalisme, auxquelles il réussit à faire adhérer pleinement les Américains en même temps qu'il leur inculque la haine du communisme. Ce que je considère comme sa plus belle œuvre, son apothéose, a lieu en 1954, lorsqu'il parvient, par ses précieux « conseils », à faire renverser le président élu du Guatemala, Jacobo Árbenz Guzmán, et ceci pour le compte de la United Fruit Company (UFCo). Coup d'état, coup d'éclat ! J'aimerais te le raconter dans le détail, mais cela prendrait trop de temps, je t'en donne simplement les grandes lignes :

La United Fruit Company, quelquefois surnommée la Pieuvre (!), est une très grosse entreprise américaine qui s'est implantée au Guatemala et qui, en un demi-siècle, a fait main basse sur toutes les richesses et toutes les infrastructures de ce pays, le réduisant finalement à une république bananière qu'elle exploite à son seul profit. Mais la vache à lait se rebiffe avec l'arrivée au pouvoir d'Arbenz, lequel remet en cause les privilèges des uns et l'asservissement des autres. Branle-bas de combat chez la UFCo ! On en appelle au Département d'État américain, on en appelle à la CIA (dont Allen Dunes, le directeur, est actionnaire de la compagnie...) sous le fallacieux prétexte de l'allégeance du nouveau président guatémaltèque aux Soviétiques. Gare à l'invasion rouge ! Et on en appelle, bien sûr, au génial conseiller en relations publiques, Edward Bernays, pour faire passer le message et la pilule. Une opération de très grande envergure se met alors en place, orchestrée de main de maître. C'est la totale : leurres, mensonges, connivences entre politiques, industriels et médias – des collusions en chaîne ! Et menaces, intimidations, disparitions, emprisonnements, assassinats par dizaines. Car, non, tout ne se termine pas par des chansons, mais par des morts. Point d'orgue : en juin 1954, Washington donne son feu vert et le colonel Castillo Armas, militaire exilé, à la solde des USA, chasse le président Arbenz et s'empare du pouvoir. Hourra ! Les gentils ont gagné. Bananes à volonté !

La campagne de Bernays est d'une telle efficacité que la CIA s'en servira de modèle, plus tard, contre Cuba et le Viêt Nam.

Propagande, dis-je. L'arme sûrement la plus dévastatrice de tous les temps. Elle sera perfectionnée et développée à une échelle que tu ne soupçonnes même pas. Bernays ne sera pas le seul à l'utiliser, mais il aura été le précurseur, le plus important des pionniers dans ce domaine. Edward Bernays est celui qui a porté le premier coup et ouvert la plaie, toujours pas refermée aujourd'hui, toujours béante et purulente. À sa suite, les bactéries s'y engouffrent. Et la gangrène s'installe.

— Paraboles et métaphores…

Pour mieux décrire la réalité, mon cher.

PIÈCE À CONVICTION N° 2

La Haye, le 23 mars 2020

Professeur Guus Berkhout, président de CLINTEL

Vos Excellences,

Le monde traverse une grave crise sanitaire. Aujourd'hui les peuples du monde font face à une urgence réelle en raison de la pandémie de Covid-19. Ils ont besoin d'une vision inspirante qui les engage vers un avenir d'espérance. En particulier, il est aujourd'hui parfaitement inapproprié que le Green New Deal focalisé sur le climat, et ses coûts qui se comptent en milliers de milliards de dollars, soit toujours au programme de dirigeants tels qu'António Guterres pour les Nations Unies et Frans Timmermans pour l'Union européenne.

Vos Excellences, en comparaison du Covid-19 le changement climatique est un non-problème, fondé sur les seuls modèles informatiques et sur des projections très futuristes. Or, dans l'urgence sanitaire où nous sommes, l'attention que vous devez porter au besoin des peuples concerne le présent ! Nous vous conjurons de ne pas persister dans votre ambition d'émissions zéro alors que le monde est confronté à une grave crise globale. Il y a une urgence, mais elle n'est pas climatique.

L'OBJECTIF « ZÉRO ÉMISSIONS » EST INACCESSIBLE ET NON SOUHAITABLE

Les 150 dernières années ont montré qu'une énergie abordable et fiable est décisive pour la santé publique, l'assainissement, l'éducation et la prospérité. Les 150 dernières années ont aussi montré que davantage de CO_2 *est bénéfique pour la nature, cela verdit la Terre et augmente le rendement des cultures. Pourquoi les dirigeants mondiaux ignorent-ils ces faits concrets ? Pourquoi leur tournent-ils le dos avec leur Green New Deal et abaissent-ils notre qualité de vie en imposant aux citoyens des technologies énergétiques à basse émission à la fois douteuses et coûteuses ? (…) Il faut que vous sachiez que, dans la crise actuelle, la politique hasardeuse de réduction du* CO_2 *est profondément contre-productive.*

Et voilà à quoi on aboutit.

Ceci est une lettre ouverte de la fondation Clintel (Climate intelligence) adressée aux dirigeants mondiaux. Le principal combat de cette fondation est le déni du réchauffement climatique. Son président, Guus Berkhout, est un ingénieur néerlandais qui a débuté sa carrière chez Shell (tiens, tiens…) avant de créer Delphi Consortium, dont l'objectif principal était de trouver de nouvelles façons d'extraire pétrole et gaz (tiens, tiens, tiens…). Clintel se targue de regrouper des centaines de scientifiques de plusieurs pays. Ce n'est pas faux. La plupart sont des ingénieurs. La plupart œuvrent dans des domaines qui n'ont aucun rapport avec le climat. Beaucoup sont des retraités. Beaucoup, à l'image de leur président, ont des liens étroits avec l'industrie du pétrole, du gaz ou du nucléaire. Beaucoup sont affiliés à des mouvements de la droite radicale. Et tous sont d'accord sur le fait que, comme tu peux le lire dans la lettre, « davantage de CO_2 est bénéfique pour la nature ».

Un homme tel que Willie Soon ne ferait pas tache au sein de cette fondation. Ce physicien de renom qui clame haut et fort que le changement climatique n'est pas dû aux émissions de dioxyde de carbone mais à l'activité du soleil. En publiant ses nombreuses études, Mr Soon a juste omis de signaler qu'il avait reçu pas moins de 1,3 millions de dollars de la part de l'American Petroleum Institute, de la Texaco Foundation, de l'ExxonMobil Foundation ou encore des frères Koch, dont nous aurons sûrement à reparler plus tard. Les articles du physicien étaient relus par les conseillers de ces lobbies, lesquels leur délivraient ou non un bon de sortie selon qu'ils étaient ou non en accord avec leurs intérêts. Ce sont ces articles que Soon a défendus lors d'une audition devant le Congrès des

États-Unis et sur lesquels se sont appuyés plusieurs membres de cette institution pour s'opposer à la lutte contre le dérèglement climatique. Et Soon est ce genre d'experts dont parlait, par exemple, le sénateur républicain James Inhofe lorsqu'il affirmait : « Ce sont des scientifiques qui ne peuvent pas être contestés. »

N'en déplaise à Mr Pierce, c'est du PROC + SBOC à grande échelle. Et Mr Pierce a tort : PROC + SBOC, ce n'est pas un détail. Ce n'est pas bénin. C'est un symptôme. C'est cette entaille au contrat, social et moral, qui va devenir la grande plaie dont je te parlais, le creuset putride et fertile où vont germer les racines du mal. La justice assujettie au pouvoir. La vérité subordonnée à l'argent. Le bien commun annihilé par les intérêts privés. C'est l'infection qui commence. C'est morbide. Mais ceci est malheureusement typique.

— Typique de quoi ?

De la stratégie élaborée depuis des décennies par les industriels négationnistes de tout poil – et de toutes plumes et de tout goudron.

— Raconte.

[*« C'est l'heure ! » dit l'homme en passant sa tête d'écureuil par la porte entrouverte. Il est revenu. Il ne s'est pas annoncé, il n'a pas frappé. « À table ! » dit-il. Elle se lève aussitôt. La patience n'est pas leur fort. L'homme l'accompagne jusqu'au réfectoire. Un mousqueton est accroché à l'un des passants de son pantalon. Une bonne douzaine de clés y sont suspendues, qui cliquettent à chacun de ses pas. Il la laisse à l'entrée de la salle. Elle prend un plateau et va s'asseoir. Nombreux sont ceux qui se plaignent de la nourriture, mais pas elle. Elle mange ce qu'il y a. Elle n'écoute pas les conversations aux autres tables. Elle ne parle à personne. Dans un angle, en hauteur, un téléviseur fonctionne vingt-quatre heures sur vingt-quatre. Diffuse et rediffuse. Le son est coupé. Les images montrent un couple et leurs trois enfants au cours d'un siècle passé. C'était le temps des pionniers. Ils habitent une petite maison en bois que le père a construite lui-même au milieu d'une prairie verdoyante. Le père a souvent une hache à la main et quelquefois un fusil. Il porte toujours des bretelles. Il travaille dur pour nourrir sa famille. La vie est rude mais ils s'aiment et se soutiennent et ne perdent ni courage ni espoir. Ils ont des valeurs. Sont-ce les colons de La Réunion ? Non. Ce sont des Américains. Eux n'ont pas échoué.*

Ce sont de bons Américains qui ont bâti l'Amérique. Parfois ils rient.

Quand elle a terminé son repas, elle rapporte le plateau et quitte la salle. Elle descend au sous-sol, longe un couloir et entre dans la pièce du fond : la buanderie. Elle éclaire. Néons. Les murs n'ont pas été peints, on voit les blocs de parpaings bruts et les coulures de béton. Il y a trois machines à laver alignées, dont l'une est en train de tourner. Il y a de larges étagères remplies de produits d'entretien. Sur un tabouret est posée une grande bassine en plastique où s'entassent des draps sales. Elle déplace la bassine et s'assied sur le tabouret, contre la machine qui tourne. Elle en sent les vibrations le long de sa cuisse.]

Où en étais-je ?

— Les magouilles des industriels.

Plus que des magouilles, c'est du crime organisé. Mais je dois revenir un peu en arrière pour bien expliquer. Et tu vas voir que les cigarettiers sont encore les premiers concernés. On a compris qu'avec leur mentor, Edward Bernays, ils étaient prêts à toutes les entourloupes pour écouler leur produit. Or, en 1953, un énorme pavé tombe dans leur mare : des chercheurs ont apporté la preuve que fumer provoque le cancer. Et l'information, cette fois, est relayée dans la presse à grand tirage. Plus qu'un pavé, c'est une bombe. Aussitôt, un véritable conseil de guerre est convoqué.

— Par les services de santé de l'État ?

Non, nigaud ! Ce serait trop beau. C'est le conseil des marchands de tabac. Le 15 décembre 1953, les directeurs des plus grandes firmes de ce secteur se réunissent autour d'une table au Plaza Hotel de New York. American Tobacco, Benson & Hedges, Philip Morris, U.S. Tobacco, R. J. Reynolds, Brown & Williamson. Ils sont tous là et ils ont rendez-vous avec un homme du nom de John Hill, qui est… qui est… ?

— Je ne sais pas. Un médecin ? Un scientifique ?

Perdu ! Mr Hill est le PDG de Hill & Knowlton, l'une des plus importantes sociétés de… relations publiques.

— Un émule de Bernays.

Oui. Tous ces industriels, habituellement concurrents, se serrent les coudes et se mettent d'accord pour défendre leur fructueux commerce. Ce qui va se décider ici, ce jour-là, n'est autre que la plus formidable campagne guerrière jamais imaginée. C'est leur Manhattan Project à eux. C'est la plus grande arme de destruction massive que l'homme a créée.

— Tu n'exagères pas un peu ?

Selon les estimations de l'Organisation mondiale de la santé (OMS), la cigarette a tué environ cent millions de personnes au cours du XXe siècle. Qui dit mieux – ou pire ?

— OK, je me rends.

La seule chose qui pourrait la surpasser, en nombre de victimes, c'est une catastrophe écologique majeure entraînant la disparition de notre planète et de ses habitants.

— Du genre réchauffement climatique ?

Du genre, oui, comme tu dis. Réchauffement dont les négateurs, nous le verrons, usent des mêmes procédés que leurs prédécesseurs pour les méfaits de la cigarette. Voici comment ça marche :

Le mot d'ordre qui conclut cette réunion de décembre 1953 est énoncé par John Hill en personne : « Le doute scientifique doit perdurer. »

Les marchands de tabac vont s'y employer. La machine est lancée, ils la pousseront à plein régime. En 1998, une décision de justice a obligé ces grosses compagnies à rendre publiques leurs archives. Ce sont ce qu'on nomme les « Tobacco documents ». Des millions de pages – rapports et comptes rendus confidentiels, notes, mémos, messages internes – dévoilant au grand jour avec quel cynisme, quelle minutie, quel acharnement ils ont concocté leur plan mortel et répandu leur poison. Ces documents prouvent qu'ils savaient depuis longtemps que la cigarette tuait, mais que leur seul et unique souci était : comment le dissimuler au public ?

Durant plus d'un demi-siècle, les industriels du tabac vont s'ingénier à produire de l'ignorance. À maintenir le doute. À pervertir la science, en la détournant, en la retournant. À ralentir par tous les moyens l'avancée de la vérité et les mesures de santé et de salubrité publiques qui devraient en découler : taxes, réglementations, interdictions pures et simples… Ils vont combattre le mal (pour eux) par le mal (pour tous).

L'un de leurs stratagèmes les plus efficaces consiste à créer leur propre pôle scientifique : le Conseil de l'industrie du tabac pour la recherche, qui deviendra plus tard le Conseil pour la recherche sur le tabac (on supprime « industrie », c'est sale, c'est équivoque). Ils ouvrent alors les vannes et débloquent des centaines de millions de dollars pour financer des études, non pas dans le but de contrer frontalement la science indépendante en tentant de démontrer que la cigarette est inoffensive, mais, bien plus subtil, en parasitant le débat, en le biaisant, en le déplaçant, en le submergeant dans une masse informe et complexe. Exemple : lancer des études sur la génétique destinées à montrer que le développement du cancer du poumon est plus sûrement dû à des prédispositions héréditaires qu'à l'inhalation de la fumée. Exactement le même genre de détournement que réalise Willie Soon avec ses articles sur le changement climatique. Ils cherchent ainsi à créer la controverse là où il n'y a au départ qu'un large consensus.

Mr Pierce a raison : si les eaux sont assez troubles, on peut y noyer un poisson.

Pour ce faire, ils mentent, ils trompent, ils flouent, ils désinforment, et tout ceci en s'assurant le concours de scientifiques de très grande renommée (certains sont ou seront des prix Nobel) qui trouvent là une manne providentielle pour financer leurs travaux. Il a été démontré que les marchands de tabac avaient des vigies dans le monde entier, chargées de repérer les savants effectuant des recherches potentiellement utiles à leur cause, et de les approcher, de les recruter, et ainsi constituer une écurie de prestige on ne peut plus respectable : une caution. Sans compter que ces scientifiques de haut rang entretiennent de vastes réseaux et qu'ils ont leurs entrées dans les institutions décisionnaires.

Mr Pierce a tort : l'argent engendre automatiquement soumission et collusion.

Comme la nicotine s'infiltre insidieusement dans l'organisme des fumeurs et les rend dépendants, les industriels se sont infiltrés en profondeur dans les organismes de la science, de la médecine, de l'éducation, des médias, ils ont pénétré les instances gouvernementales, et même les organisations mondiales telles que l'ONU ou l'OMS. La ruse associée à la force brute. En ordre de marche leurs bataillons de scientifiques, de journalistes, de politiques et, bien sûr, de conseillers en relations publiques et de penseurs, qui pensent pour eux, qui pensent comme eux, à l'abri de leurs think tanks – n'oublions jamais que dans think tank, il y a « tank ». En parallèle, ils mènent de vastes et agressives campagnes de dénigrement et de décrédibilisation contre les chercheurs qui n'abondent pas dans leur sens. Et le public, dans ce concert dissonant, dans ce brouhaha savamment entretenu, ne sait plus qui écouter.

— Que croire ? Qui croire ?

Et que faire ?

Le public, malgré tout, a quand même plaisir à entendre que la drogue qu'ils s'injectent quotidiennement dans le corps n'a pas plus de chances de le tuer qu'une mauvaise chute dans l'escalier. L'homme aime qu'on le berce, même si c'est d'illusions. L'homme aime s'endormir paisiblement et faire de beaux rêves, même s'il risque de ne plus se réveiller.

Il est primordial de comprendre le fonctionnement de ce système et de ne pas refuser de croire à son efficacité. Oui, pendant des décennies on s'est fait avoir. Tous ou presque tous. Pendant des décennies, les marchands de tabac, sciemment, nous ont empoisonné le corps et l'esprit. Et ça a marché au-delà de leurs espérances. Ce que je te raconte là a été analysé, décortiqué, prouvé. Cela a fait l'objet de plusieurs ouvrages. Je ne fais que les synthétiser. Si tu prends le temps de les lire, tu verras que ces techniques de propagande et de pression qu'ils ont développées ont été reprises par tous les industriels et tous les mouvements qui cherchent à défendre des causes indéfendables, dans quelque domaine que ce soit : les pesticides, les OGM, le nucléaire, les combustibles fossiles, l'armement…

Souviens-toi de Colin Powell, en 2003, à la tribune de l'ONU, agitant sa petite fiole censée contenir la preuve que l'Irak utilisait des armes chimiques, et justifiant ainsi une guerre impérative impérieuse impériale contre cet État. Monumental canular ! L'un des plus retentissants de l'administration Bush et de son équipe de choc, qui comprenait, outre le sieur Powell, des personnalités telles que Dick Cheney, Condoleezza Rice, Donald Rumsfeld. Tu as gardé en mémoire, j'espère, les liens historiques qui unissaient ce cher président Bush aux grosses compagnies productrices d'hydrocarbures. Il en va de même pour sa garde rapprochée, dont tous les membres sont liés, d'une manière ou d'une autre, à d'importantes firmes œuvrant pour la plupart dans l'industrie pétrolière.

[*La machine à laver s'arrête avec un claquement sec et au même instant s'ouvre la porte de la buanderie. « Qu'est-ce que vous faites là ? » demande l'homme. C'en est un autre, c'est l'homme à tête de chien. Il a des oreilles pointues, il a le bout de la truffe rose. Il ne parle pas, il jappe. Il n'est pas foncièrement méchant mais quand il veut en imposer il aboie. « Rien », dit-elle. Elle ne fait rien. Elle dit qu'elle aime bien venir ici. Elle dit qu'elle aime l'odeur de la poudre à lessive. C'est vrai. Elle apprécie aussi l'atmosphère un peu moite, vaporeuse, qui règne dans le local. Il la regarde d'un air soupçonneux. Elle pourrait presque l'entendre grogner. Là, là, bon chien, tout doux. Elle se rappelle son nom, à celui-ci, parce qu'il porte le même que ce personnage dans le film, il s'appelle Gump, Horace Gump, évidemment tout le monde l'appelle Forrest. Elle, si elle osait, elle l'appellerait Gumpy, mais elle ne se le permet pas. « Vous êtes seule ? » il demande. Elle regarde autour d'elle pour vérifier et elle répond que oui. Elle dit qu'elle ne voit personne d'autre. Il lui demande à qui elle parle, alors. Il dit qu'il l'a entendue parler. « À qui ? » il demande. Elle ne peut pas nier. Elle dit qu'elle ne parle pas, elle récite. « Réciter quoi ? » il demande. « De la poésie », dit-elle. Elle dit qu'elle aime se réciter de la poésie à voix haute dans cette bonne odeur de poudre à lessive. Il hoche imperceptiblement la tête, plusieurs fois, sans la quitter des yeux. On dirait bien que sa truffe frémit. « Allez-y, dit-il, récitez-moi un poème. » C'est un piège. Il a l'air content de lui. Bon chien, ça. « Un joli poème », dit-il. Une diode verte clignote sur la machine à laver. Elle s'éclaircit la gorge. Puis elle se lève du tabouret et récite d'une traite un court poème – cinq vers – dans une langue étrangère. Elle se retient d'extrême justesse de ponctuer sa récitation par une révérence. Elle reste debout et attend. « C'est de l'italien ? » il demande. Elle dit que non, c'est du français. « Vous parlez le français ? » il demande. Elle dit qu'elle le parle un peu. Il demande où elle a appris. Elle dit qu'elle ne sait pas, elle ne s'en souvient plus. « C'était il y a longtemps », dit-elle. Il dit que lui ne parle pas cette langue et qu'il n'a rien compris. « Qu'est-ce que ça raconte ? » il demande. Elle dit que c'est un adieu. Elle dit que c'est le titre du poème :* L'Adieu. *Elle dit que c'est un joli poème. Triste, mais beau. Elle dit que c'est un de ses préférés. Il la regarde encore un moment. Ses yeux brillent. Va-t-il se mettre à pleurer ? Va-t-il aboyer fort ? Va-t-il la mordre ? Elle se dit que Gumpy est un nom qui lui irait parfaitement bien. « Vous ne pouvez pas rester ici », dit-il.*

La nuit est tombée. Elle le suit. Il l'escorte jusqu'à sa chambre. Bon chien. Elle se retient de le flatter. Elle se retient de lui gratter le crâne, entre les deux oreilles, même s'il adore ça. Une fois seule, elle éteint le plafonnier. À la clarté de la lune, elle se déshabille et enfile une chemise de nuit.]

— Je te trouve toujours aussi belle.

Bush et sa clique, dis-je. Pataugeant à cœur joie dans les marécages pétrolifères. Voilà où nous en sommes.

— Tu n'es pas objective. Tu ne mentionnes que des républicains. Voudrais-tu nous faire croire que les démocrates sont irréprochables ?

À côté du Grand Satan, les petits démons ont l'air de saints.

— Pourtant, j'ai ouï dire qu'un certain président démocrate avait introduit un cigare dans… euh…

Je vois, je vois. Tu n'as pas autre chose à m'opposer que cette distrayante péripétie ? Un cigare, mon Dieu ! C'est bien la preuve que les marchands de tabac sont dans tous les mauvais coups !

— Tu esquives le sujet.

Ce n'est pas le sujet ! Rien de mieux qu'une affaire scabreuse de ce genre pour, précisément, nous détourner du sujet !

— Cela a failli lui coûter son poste.

Cela a failli marcher, oui.

— Insinuerais-tu que ça faisait partie de la conspiration ?

Je n'insinue rien, je dis. Mais je dois t'avouer quelque chose : je suis mal à l'aise avec cette idée de conspiration. De complot. J'ai l'impression que cela participe également de la stratégie.

— Tu penses que l'idée même de complot est un élément du complot ?

Ne complique pas davantage les choses. Je veux juste préciser que je ne crois pas à la Pieuvre. Je ne crois pas qu'il y ait une seule entité à la manœuvre. Un cerveau unique derrière tout ça. Les forces en question sont multiples et elles ne sont pas vraiment occultes, pas plus que ne sont secrètes leurs intentions. Tout est visible pour qui veut et qui sait voir. Les coupables ont des objectifs bien définis, qui convergent et peuvent se résumer en un mot : profits. Et ces coupables sont connus. Ils ont des noms. Ils ont des sigles.

— Le diable a des tas de pseudonymes différents, disait Mr Pierce.

J'en ai déjà cité quelques-uns. J'en citerai d'autres.

— C'est une accusation grave, tu sais.

Je sais. Et je maintiens. Je les accuse de tous les maux de la Terre, au sens littéral. Ce sont des assassins. Ils ont tué. Ils tuent. Ils tueront.

PIÈCE À CONVICTION N° 3

Elizabeth Pierce, son épouse,
Terrence, Rodney, Rebecca, Kate, ses enfants,
Nicholas, Dennis, Meredith, ses petits-enfants,
toute sa famille,

ont l'immense douleur de vous faire part du décès de

Ross Douglas Pierce

survenu le 11 décembre 2018.

Mrs Elizabeth Pierce : 1600 West Magnolia Avenue -
Fort Worth

Apparemment, sa mort n'a pas été jugée assez « douteuse » pour qu'on ordonne un semblant d'enquête, ni même une autopsie. Et l'ami de Mr Pierce n'a pas jugé utile de récupérer la copie de son rapport pour la diffuser. Ces notes doivent toujours être en train de moisir dans le coffre d'une banque. J'ignore qui est cet ami. Est-ce un ami de la même bande que ceux qui ont dîné avec Mr Pierce la veille de son décès ? Ceux qui lui ont offert cette rare bouteille de cognac dont il venait de déguster un verre lorsqu'il s'est effondré… D'anciens collègues du FBI, d'après ce que j'ai compris. Fidélité, Bravoure, Intégrité : des mots forts. Un serment qui nous lie à la vie à la mort. La devise était inscrite en lettres de feu sur le ruban entourant la somptueuse couronne que l'agence a fait livrer pour l'enterrement.

Il existe une large gamme de poisons pouvant provoquer un arrêt cardiaque. Des substances quasiment indécelables. Mais pourquoi parler de ça ? Mr Pierce était un homme d'un certain âge et il était exténué, rien d'étonnant à ce que son cœur ait lâché.

— Tu n'insinues toujours pas, là ?

Sa femme, Elizabeth, sa veuve désormais, a dit qu'il avait passé ses derniers mois à se démener pour essayer de trouver des renseignements sur un certain John Doe. Elle a dit que c'était devenu une obsession pour lui.

— Est-ce bien le John Doe auquel je pense ? « Notre » John Doe ?

Elle a dit qu'il en avait perdu le sommeil. Elle a dit qu'il avait trop tiré sur la corde et que la corde a fini par rompre.

— Ce qui est curieux, c'est que les conclusions de Pierce ne représentaient pas une menace pour la Pieuvre. Au contraire. Puisque, selon lui, il n'y avait ni complot ni Pieuvre.

Personne, dis-je, ne peut s'approcher du soleil impunément. Pas même ses adorateurs.

— Et en clair, ça donne quoi ?

Mr Pierce savait trop de choses, même s'il les a mal interprétées. De plus, il continuait à chercher, à fouiner. Il aurait pu finir par trouver. Il aurait pu changer d'avis et revenir sur ses conclusions. C'est arrivé à d'autres. En clair : ils ne prennent aucun risque. Mieux vaut prévenir que guérir. Le sort de Mr Pierce était scellé d'avance. Tu remarqueras que dès qu'un nom s'extrait du lot, il rejoint la liste.

— C'est pourquoi tu ne révéleras pas le tien.

Oui.

— La liste est longue.

Oui.

— Et j'en faisais partie, n'est-ce pas ?

Oui. Tu commences à comprendre.

— Trop tard. Bien trop tard.

Je suis désolée.

[*Elle se glisse entre les draps. C'est un lit à une place, avec des montants arrondis en métal laqué blanc.*]

Chante, s'il te plaît.

— Que je chante ? Que je chante quoi ?

Chante-moi cette berceuse que j'aime tant. *La claire fontaine**.

— Seigneur ! C'était il y a longtemps.

Je t'en prie.

— Très bien. Je vais faire de mon mieux.

[*Elle remonte les genoux vers sa poitrine. Se pelotonne. Elle ferme les yeux.*]

— *À la claire fontaine, m'en allant promener**…

Et la liste n'est pas close, dis-je.

PIÈCE À CONVICTION N° 4

HOUSTON, Texas – Le Texas a exécuté mercredi un homme condamné à mort en l'an 2000. C'est un retour aux exécutions après cinq mois d'arrêt à cause du coronavirus.

Gary Sanz, 60 ans, a reçu une injection létale dans le pénitencier de Huntsville, au nord de Houston. Son décès a été prononcé à 6 h 24, heure locale, a indiqué le porte-parole du département de Justice pénale du Texas, Jason Clark.

L'homme avait été condamné à la peine capitale pour le meurtre de sa tante par alliance. Lors d'un premier procès, il avait également été reconnu coupable du meurtre de sa femme et écopé d'une peine de prison à perpétuité.

Gary Sanz a toujours nié les faits.

Après vingt ans dans le couloir de la mort, le condamné, selon les autorités pénitentiaires, a abandonné ses derniers recours et exprimé la volonté de mourir.

Il s'agit de la onzième exécution cette année aux États-Unis et de la sixième au Texas.

— C’est tout ?

C’est tout. Une simple dépêche de l’Associated Press.

— C’est triste.

Oui.

— J’aurais aimé connaître ses dernières paroles.

Les Beatles.

— Pardon ?

Il n’a pas parlé, il a fredonné. Leur chanson fétiche : *Michelle, ma belle…* Cela a beaucoup surpris le personnel de la prison. On peut dire que Gary Sanz est mort une rime à la bouche – et sa bien-aimée à l’esprit.

— Comment tu sais ça ?

Je le sais. C’est mon job.

— Ton job ?

La prosopopée.

— Je ne comprends pas.

Faire parler les morts, dis-je. Ou, parfois, les faire chanter.

— Hmm. Je ne comprends pas mieux. Et pour tout dire, je te trouve un peu étrange, ce matin.

Étrange ? Tu as dit « étrange » ou tu as dit « bizarre » ?

— Tu es sûre que ça va ?

[*Elle s’est assise au bord du lit, face à la fenêtre. Elle regarde le ciel bleu, bleu, bleu.*]

Laisse-moi me préparer. Je te retrouve dans trois quarts d’heure au jardin d’hiver.

[*Elle se lève, pieds nus. Le carrelage est déjà tiède. Elle fait sa toilette. Elle tend l’oreille. Si l’enfant ne pleure pas, c’est qu’il doit dormir encore. Il dort, il dort beaucoup, il est très sage. Elle brosse ses cheveux.*

Elle s'habille. Elle passe une robe bleue comme le ciel. Elle va déjeuner au réfectoire.

Le breakfast, c'est important. Du chocolat en poudre dilué dans de l'eau chaude. Elle préférait le lait crémeux. Des biscottes. Du pain de la veille, grillé. Elle préférait les œufs et le bacon. Elle ne se plaint pas. Elle mange. L'homme à tête de chien n'a pas terminé son service. Il boit son café, debout, et l'observe par-dessus son mug. Elle lui adresse un sourire timide, humble. Ils aiment ça, l'humilité.

Elle lève la tête vers la télé. Diffuse et rediffuse. Cette fois, c'est un autre genre de pionniers. Des cow-boys modernes. Une famille désunie. Le héros porte un Stetson sur le crâne et un costume trois pièces. Il sourit. Sa hache et son fusil sont cachés dans son cœur. Eux aussi ont bâti l'Amérique. Ils ont de la valeur, beaucoup. Il y a des gratte-ciel à tous les coins de rue, dont les milliers de fenêtres miroitent au soleil.

Elle débarrasse son plateau puis se dirige vers ce qui est pompeusement baptisé « jardin d'hiver ». C'est une véranda. Y sont entreposés des plantes grasses et des cactées. Quelques beaux spécimens : un cactus cierge, un agave bleu (ou agave à tequila), une euphorbe dite « épine du Christ », et puis un figuier de barbarie auquel elle adresse, au passage, sans s'arrêter, un discret clin d'œil ainsi qu'un baiser qu'elle souffle sur le bout de ses doigts.

Personne ne vient jamais ici, hormis un employé qui a l'âge d'un lycéen et qui est chargé, de temps en temps, de donner à boire aux plantes. Elle s'assied sur une chaise pliante, contre la verrière. Le soleil cogne à la vitre. Il fait chaud, chaque jour, chaque mois, chaque année plus chaud.]

– Je m'inquiète pour toi.

Je sais.

— Après Gary Sanz, qui reste-t-il ? Tu es la dernière.

C'est pourquoi je dois faire passer le message.

— Plus j'y pense, plus son exécution me révolte. Cet homme a été sacrifié.

Ils ont tous été sacrifiés, dis-je. Mais ce n'est pas le plus important.

— Comment peux-tu dire ça ?

[*Elle ferme les paupières et présente son visage au soleil. Elle laisse la chaleur l'engourdir.*]

Nous avons dérivé. Nous nous sommes égarés. On s'est laissé entraîner et on s'est éloignés, encore une fois, du véritable sujet. On l'a perdu de vue.

— Je ne te suis pas.

Poudre aux yeux, tout ça ! Les amours de Gary et Michelle, les états d'âme de Dipak et Barbara, les errements de Sylvia et de Ross Pierce, permets-moi de te dire que ce n'est pas le problème ! Nabokov, pareil ! Les jeux littéraires et les jeux de miroir, Poe et la poésie, idem ! N'as-tu pas le sentiment que les trois quarts de ce que nous avons lu n'étaient là que pour nous distraire ? Même, aussi terribles soient-elles, les morts de Michelle Sanz et de sa tante, et la culpabilité ou non de Gary, là n'est pas le principal sujet. Ce n'en sont que des corollaires.

— Quel est le principal sujet, alors ?

Tu vois, même toi tu ne sais plus. Preuve que la poudre a été d'une redoutable efficacité.

— Éclaire-moi.

L'énergie ! Le vrai sujet, c'est ça.

— L'énergie…

Oui. Le choix de notre énergie. Et sa production, sa distribution, sa maîtrise. C'est le cœur du problème. De cela dépend la survie de notre planète et de notre espèce. De cela dépend le bien-être de notre enfant. Son avenir – ou son anéantissement.

— À peu de choses près, ce sont les mots de Philip-Joseph Deloncle.

Absolument. Il avait posé la problématique dont nous n'aurions pas dû nous écarter. Le vrai sujet est le monopole des ressources énergétiques, leur appropriation et leur exploitation par un petit nombre, au détriment de la majorité, et la mise en œuvre des moyens pour perpétuer ce monopole et le système qui y préside.

— On dirait du Karl Marx.

C'est exactement ça, le sujet ! L'oppression systémique du Grand Capital.

— Vieille lune.

Qu'il serait temps de décrocher pour l'envoyer bouler dans un autre univers !

— Une chose, tout de même, que j'ai du mal à comprendre…

Quoi ?

— Pourquoi t'être donné autant de peine pour réunir près de cinq cents pages de « témoignages », si c'est pour nous révéler finalement qu'il ne s'agit que de poudre aux yeux ?

Pour démontrer, une nouvelle fois, que ça marche. Un auteur, un bon auteur, à l'instar d'un bon conseiller en relations publiques, est parfaitement capable d'amuser la galerie et de détourner ainsi notre attention. Comme le suggérait Barbara Grove : on est baladés. Il faut distraire la foule. Toutes ces plaisantes petites histoires qu'on nous a contées, ce sont ces fameux arbres, plantés ici et là, qui nous empêchent de voir quoi ?

— La forêt.

Non ! Qui nous empêche de voir *qu'il n'y a plus* de forêt. Disparue, la forêt ! Ratiboisée !

— L'auteur ferait donc aussi partie de la conspiration ?

À son insu, je pense. L'auteur a bon fond. L'auteur n'est pas moins naïf, pas moins crédule que le lecteur. Il n'est pas moins perdu que lui. Au bénéfice du doute, je l'exonère de cette responsabilité.

— Ça me fait penser à la réflexion de Dipak Singh.

Laquelle ?

— La vraie question est peut-être : qui manipule l'auteur ?

Il est une autre question, dis-je, qui précède celle-ci.

— Laquelle ?

Qui est l'auteur ?

[*Elle rouvre les yeux. Elle promène son regard sur le jardin pompeusement baptisé « parc ». La pelouse vire au jaune paille. Elle aperçoit, au pied du perron, deux hommes qui se croisent. Chien et loup. Chien s'en va, loup arrive. Changement de quart. Ils échangent quelques mots. Puis l'homme à tête de chien s'éloigne. Il a le dos voûté. L'homme à tête de loup gravit les marches vers l'entrée du bâtiment. Il trébuche et manque s'étaler. Elle s'esclaffe, se couvre la bouche avec la main pour ne pas qu'il l'entende – même à cette distance, même derrière une vitre, on ne sait jamais. Celui-là est le pire de tous, de loin. Le plus cruel. Il ne l'aime pas. Depuis le premier jour il l'a prise en grippe. Elle évite son regard, ses yeux jaunes, rouges, parfois incandescents. C'est tout juste si elle ose lui adresser la parole. Personne n'a jamais aussi bien porté son nom : il s'appelle Wolf. Elle a entendu quelqu'un l'appeler ainsi. Virgil Wolf. Il n'y a rien de tendre en lui.*]

Je cite, dis-je : « La nature est le corps non organique de l'homme. »

— Gandhi ? Rousseau ? Thoreau ?

Marx.

— Oh, bon sang ! Encore le Baron rouge ! Tu n'arriveras pas à nous faire croire que le vieux barbu était écologiste !

Certes non. Il n'empêche que déjà, dans les *Manuscrits de 1844*, il fait le lien entre l'exploitation des êtres humains et l'exploitation outrancière, sans vergogne, de la nature. Et il nous fait comprendre que s'il y a deux voies possibles, le capitalisme prendra toujours celle qui est la plus lucrative, sans aucun égard pour d'autres formes de bénéfices. Une branche de production qui n'a pas d'intérêt social mais qui est rémunératrice, il la développera. Une branche qui a une réelle nécessité sociale mais qui ne rapporte pas assez d'argent, il la délaissera.

— Marx était marxiste, je te l'accorde. Où ça nous mène ?

À l'énergie libre.

— C'est donc ça. Retour à la case départ. Tesla, le grand courant cosmique, Phily-Jo et sa machine… Tu es persuadée que ça existe, hein ?

[*Elle lève les yeux vers ce ciel toujours bleu, bleu, infiniment bleu. Pas un souffle. Mais il faut bien qu'il y ait quelque chose.*]

Jusqu'au début du XXe siècle, dis-je, les plus grands savants admettaient l'existence de ce que l'on peut nommer « l'éther ». C'est-à-dire une espèce de substance, mystérieuse, très subtile, qui emplissait tout l'espace.

— D'où le fameux « vide plein ».

Si l'on veut, oui. C'était considéré comme notre milieu, dans lequel baignait toute chose, de la plus grande à la plus petite. Faute d'un autre point de repère, d'un autre référent, nous ne pouvions pas le percevoir, tout comme les poissons ne peuvent percevoir l'eau dans laquelle ils évoluent. Nous étions des poissons dans l'éther. Depuis Aristote jusqu'à Descartes, Newton, Hooke, Huygens,

Fresnel, Hertz, Lorentz, Maxwell : tous y croyaient. Cela permettait de comprendre la propagation de la lumière et la transmission des forces électriques, magnétiques, gravitationnelles. C'était le liant et le lien entre tout, et, pour certains, la confirmation d'une intervention divine dans l'ordonnancement de l'univers.

— Le produit miracle !

En quelque sorte.

— Mais ?

Mais vint alors un jeune employé de l'Office des brevets, à Berne. Un certain Albert Einstein. Le rabat-joie… Nous sommes en 1905 et le petit Suisse, fraîchement naturalisé, publie sa théorie de la relativité restreinte, dans laquelle il n'est plus besoin d'éther. $E = mc^2$, point barre. Pas de place pour l'éther dans l'équation.

— Balayé, l'éther. Relégué dans la lointaine constellation du Placard.

Pendant quelque temps, oui. C'est le règne d'Albert 1er. Mais au sein du royaume quelques voix dissidentes continuent de résonner. C'est la voix de Hendrik Lorentz, prix Nobel 1902, l'homme qui a laissé son nom aux « transformations de Lorentz » qui sont à la base même de la théorie d'Einstein. C'est la voix de Philipp Lenard, prix Nobel 1905. Ce sera celle, plus tard, de Louis De Broglie, prix Nobel 1929, ou encore celle de Paul Dirac, prix Nobel 1933. Ces messieurs ne sont pas tout à fait des amateurs, tu vois. Ils savent de quoi ils parlent, ils ont des arguments susceptibles de défriser un peu les moustaches du roi Albert. Et que disent leurs voix ? Elles demandent au souverain de reconsidérer sa position sur l'éther, de ne pas le bannir de manière aussi péremptoire et irrévocable. Parce que, sans cette notion, certains effets demeurent inexplicables. Sans cet élément, il y a des choses qui « ne collent pas ». Et peu à peu la couronne vacille sur le crâne d'Einstein. Il réfute encore, mais il fléchit. En 1915, il pose les équations de la relativité générale. En 1917, il est contraint d'y ajouter un paramètre, la constante cosmologique, pour que tienne son modèle d'un univers statique et éternel. C'est ce qu'il qualifiera plus tard de, je cite : « La plus grande bêtise de ma vie. » Car l'univers, comme cela sera bientôt prouvé, n'est pas statique. L'univers est en expansion. L'infini est de plus en plus infini.

[*Elle se tourne vers le figuier de barbarie. Un sourire doux, très doux, se dessine sur ses lèvres. Dans la touffeur de la pièce, une goutte de sueur est en train de se former sur le haut de son front, à la racine de ses cheveux. Il est neuf heures trente du matin.*]

Beau joueur, le roi s'incline. L'anathème est levé. En 1920, Einstein décrète, je cite à nouveau : « Selon la théorie de la relativité générale, un espace sans éther est impensable. »

— Cultivons l'éther.

Ce n'est pas exactement l'éther d'antan. Mais cela reste cependant ce que De Broglie et Dirac imaginaient comme un « immense réservoir d'énergie sous-jacente », de nature toujours inconnue, aux propriétés toujours mystérieuses et déconcertantes. On parle désormais de vide quantique, qui est en réalité rempli d'une énergie uniformément répartie dans tout l'univers et engendrant de nombreux effets. On parle d'énergie du vide, ou énergie du point zéro, ou énergie noire, ou énergie fantôme : une énergie fluctuante, d'autant plus grande que le volume considéré est petit, qui pourrait expliquer l'accélération de l'expansion de l'univers et tenir le rôle de cette constante cosmologique dont Einstein avait besoin pour sa théorie.

— Et nous revoilà avec l'énergie libre de Philip-Joseph Deloncle…

Ou quelque chose qui y ressemble, en tout cas. Son existence est maintenant avérée, les physiciens contemporains ne la remettent plus en cause. Partant de ce constat, pourquoi ne pas imaginer qu'il soit possible de la capter, de la canaliser et de l'utiliser ? Peut-être pas précisément avec cette *FreePow* (quel nom ridicule, c'est vrai !), mais avec une machine du même type. Philip-Joseph, Gary Sanz, Dipak Singh ont déjà évoqué les centaines de chercheurs qui travaillaient là-dessus. Je pourrais en mentionner des centaines d'autres.

— Des inventeurs et des inventions très controversés !

La controverse est l'une des armes de nos adversaires. Entretenir l'ignorance, le doute, la confusion : c'est leur credo, on l'a vu. Dois-je reprendre toute la démonstration ?

— Il y a malgré tout des lois. Les lois fondamentales de la physique, de la thermodynamique.

Les lois évoluent avec le temps et les connaissances. Et, tout comme les faits, elles sont sujettes à différentes interprétations possibles. Objection rejetée ! Alors, pour répondre à ta question : oui. Oui, parmi tous ces chercheurs, je veux croire qu'il y en a qui ont pu découvrir une nouvelle source d'énergie et une nouvelle façon de l'exploiter. Je vais même te dire mieux : j'ai retrouvé la trace du fils d'un de ces inventeurs et j'ai échangé des courriers avec lui.

— Pas très prudent de ta part, ça.

Ce n'était pas sous mon nom et c'était en poste restante.

— Et qu'est-ce qu'il te disait, dans ses lettres ?

Il me disait non. Non, non, non, non, non.

— Non, quoi ?

Le père de cet homme avait construit un appareil qui fonctionnait à l'énergie de l'espace, ou quelle que soit l'appellation qu'on lui donne. Cet homme a vu l'appareil à l'œuvre. Ça marchait ! L'appareil a été détruit mais il en avait conservé les plans, avec tous les documents que son père avait laissés. J'ai essayé de le persuader de les rendre publics, mais il n'a jamais voulu. Non, non et non ! Sais-tu pourquoi ?

— Il avait peur, je suppose.

Exact. Il crevait de trouille ! Il se terrait dans son ranch et n'en parlait à personne. J'ai mis beaucoup de temps à gagner sa confiance, à simplement lui faire avouer qu'il avait toujours ces plans en sa possession. Il pensait que c'était un piège tendu par l'ennemi, il pensait que j'en étais. Je comprends sa terreur : cet homme a vu la maison de ses parents incendiée, il a vu son père et sa mère se faire tirer dessus. Il ne veut pas infliger ça à ses propres enfants. Sur son lit de mort, son père lui a fait jurer qu'il se débarrasserait de tous les documents. L'homme n'a pu s'y résoudre, mais il se garde bien de les exposer.

— Il pourrait les publier anonymement, sur le web.

Risque encore trop élevé. Il connaît la puissance de ses adversaires, ils seraient capables de remonter jusqu'à lui. Il craint des représailles. Il a reçu des menaces très précises. À la fin, il m'a demandé de ne plus le contacter, cela les mettait en danger, lui et sa famille. Bien sûr, j'ai respecté son vœu. Cet homme n'est pas le seul, je suis certaine qu'il y en a d'autres dans la même situation.

— A-t-il cité nommément ceux qui le terrorisent ? A-t-il pu te dire qui ils sont ?

Était-ce vraiment nécessaire ?

— Je sais que tu as ton idée, mais j'aimerais connaître la sienne. Deux avis valent mieux qu'un.

Non, il ne les a pas nommés. Et contrairement à toi, je n'ai pas éprouvé le besoin de lui demander qui pourrait avoir intérêt à ce qu'on ne développe pas une énergie illimitée et accessible à tous – quasi gratuite !

— Ce n'est pas que…

Je sais. Ne t'excuse pas. Donne-moi ta main.

— Une main imaginaire ?

Ce sont les plus fermes, dis-je. Les plus fidèles. Celles qui ne nous lâchent pas. Viens, sortons. Allons prendre un peu l'air.

PIÈCE À CONVICTION N° 5

Compagnies	Production (en millions de barils/jour)	Chiffre d'affaires (en milliards de dollars US)
Royal Dutch Shell	3,9	459
ExxonMobil	5,3	407
BP	4,1	378
Total	2,7	227
Chevron	2,3	221
SBOC	1,6	179

À quelques millions et milliards près, dis-je. Tu m'excuseras de n'avoir pas toujours pu me procurer les chiffres les plus récents. Je n'ai pas mentionné les bénéfices nets, ils se comptent en milliards aussi. Certaines sociétés, saoudiennes, chinoises, russes, iraniennes, brassent des volumes encore plus conséquents.

J'ajoute que les États-Unis sont le plus gros producteur mondial de gaz naturel, avec 830 milliards de mètres cubes par an. Suivis par la Russie, avec 670 milliards de mètres cubes.

J'ajoute qu'il y a une dizaine d'années, on comptait déjà 493 000 forages d'exploitation de gaz de schiste dans notre beau pays. Dont 93 000 au Texas. Afin de pouvoir puiser librement dans nos réserves, une loi a été promulguée dans la majorité des États, interdisant aux propriétaires de refuser un forage sur leurs terres.

J'ajoute que sur les dix plus grosses entreprises du monde, huit font commerce de pétrole, de gaz, d'énergie en général, ou d'automobiles pour l'une d'entre elles.

J'ajoute qu'en 2015 a été signé l'accord de Paris sur le climat, dont l'article 2 prescrivait un désinvestissement des énergies fossiles. Mais entre 2016 et 2018, soit quelques mois plus tard, les trente plus grandes banques mondiales ont injecté près de 1 900 milliards de dollars dans ces mêmes énergies fossiles. Chaque année, environ 700 milliards de subventions continuent d'aller au charbon, au gaz et au pétrole. Curieuse manière de désinvestir… Cela doit être ce qu'on appelle « l'auto-régulation par le marché ».

Quelle conclusion en tires-tu, toi ?

— Eh bien… Peut-être… Qu'il ne faut pas se rendre à l'évidence ?

Pfff. Petit malin !

[L'air du dehors lui tombe sur les épaules comme un châle, comme une cape, comme une chape, et instantanément l'enveloppe. Elle plisse les yeux sous l'éclat du soleil réverbéré par les dalles en granit du perron. L'élan coupé. Elle descend lentement l'escalier. Une marche, une marche, une marche. Il lui reste une trentaine de minutes. Entre onze heures et dix-huit heures les sorties ne sont plus autorisées. La seule présence dans le parc est celle de la femme au chignon. Celle-ci se tient debout au pied d'un tilleul, profitant de son ombre. Elle a le dos tourné. Elle fume. La fumée monte en une seule volute, épaisse, ondulante, comme le bon génie quand il sort de la lampe. Elle marche vers elle, vers la femme au chignon. Elle la connaît. Elle n'est pas méchante. Elle s'arrête à deux mètres de distance et attend qu'elle se retourne, mais elle ne se retourne pas, alors elle l'interpelle : « Mademoiselle ! » Ça sonne comme oiseau, comme ailes, c'est beau. La femme au chignon se tourne vers elle et ainsi, hop ! son chignon disparaît. Ses lèvres sont peintes de couleur prune. Elle a une poitrine op op op opulente qui tire sur sa blouse, le tissu, tendu, semble prêt à craquer. Sur son sein gauche est épinglé un badge, sur le badge est gravé, en lettres argentées sur fond noir : Kelly. « Oui ? » dit-elle. Elle aspire une bouffée puis la recrache sur le côté, en un jet dru, lèvres tordues. « Vous voulez quelque chose ? » elle demande. Est-ce qu'elle veut quelque chose ? Oui. Elle veut, elle voudrait dire à la femme au chignon que la cigarette est mauvaise pour sa santé. Elle voudrait lui dire que la fumée qu'elle inhale contient plus de quatre mille substances toxiques, dont des métaux lourds, des produits radioactifs, des pesticides, une soixantaine au moins répertoriées comme cancérigènes, mais elle ne le dit pas. « Vous êtes riche », dit-elle. Elle tend le doigt vers le sol en émettant un rire léger, gracieux. « Vous marchez sur l'or », dit-elle. La femme maintenant sans chignon regarde à ses pieds. Le feuillage du tilleul tamise les rayons du soleil, il pleut des gouttes dorées, le parterre en est parsemé. Elle marmonne « J'aimerais bien, être riche… ». Elle se tourne à nouveau pour écraser le bout de sa Dunhill contre l'écorce de l'arbre et ainsi son chignon, hop ! réapparaît. Puis elle refait volte face et hop ! plus de chignon. C'est magique. Elle tient le mégot éteint entre son pouce et son index. Il y a une trace de couleur prune autour du filtre. « Ne restez pas trop au soleil ! » dit

la femme sans chignon en s'éloignant vers le bâtiment (et hop ! revoilà le chignon, qui s'éloigne avec elle). Elle a des fesses rondes en caoutchouc qui rebondissent à chacun de ses pas sous la blouse trop serrée et trop courte.]

Tout ça finira entre les pinces du crabe, dis-je.

[*Elle soupire. Elle marche à son tour sur les pièces d'or jusqu'au pied du tilleul. Elle enlace le fût de l'arbre et le serre fort, la joue plaquée contre l'écorce. Elle murmure « Pardon, pardon, pardon… »*]

Il va mourir.

— Qui ?

Lui.

[*« … pardon, pardon… »*]

La pieuvre n'existe pas, dis-je. Mais les tentacules sont nombreuses.

— Je ne…

J'ajoute !

— Quoi ?

J'ajoute que la plus forte opposition aux actions visant à réduire le changement climatique a été clairement identifiée dans trente-trois sociétés. Six sont dans le secteur de l'industrie automobile, toutes les autres sont dans le secteur de l'énergie.

J'ajoute que les grandes compagnies pétrolières dépensent en moyenne chaque année 200 millions de dollars en lobbying pour contrer toutes les initiatives de lutte contre le réchauffement.

J'ajoute qu'une étude a démontré qu'une grande partie des scientifiques américains avait subi des pressions, notamment de la part de la Maison-Blanche, pour les obliger à remettre en cause ce réchauffement. L'Association américaine pour la promotion de la science (AAAS) a signalé l'existence d'attaques personnelles, de harcèlement, de menaces de mort contre les climatologues. Mais le plus gros de ce travail de sape est effectué par ces maudits think tanks.

— Think et Tank, Yin et Yang, Big et Bang, Singh et Sanz…

Heritage Foundation, Cato Institute, Marshall Institute, Heartland Institute, Competitive Enterprise Institute… Tu voulais des noms ? En voilà ! Je ne dis pas qu'ils se sont concertés, je dis simplement qu'ils ont des ramifications sur tout le territoire, sur toute la planète, et qu'ils sont la plupart du temps liés, financièrement, idéologiquement, politiquement, les uns aux autres. Leur pouvoir de nuisance est incommensurable. Attardons-nous un instant sur le Heartland Institute, par exemple.

— Pas au hasard, j'imagine.

Certainement pas. Il est parfaitement représentatif. Fondé pendant les années Reagan par un homme d'affaires libertarien, cet institut préconise une libéralisation totale du marché, la privatisation des services publics, des ressources et des biens communs – y compris l'école et l'éducation –, la réduction des taxes et des impôts, la suppression des aides sociales, il prétend défendre les « droits des fumeurs », les « droits des buveurs d'alcool », les « droits des détenteurs d'armes à feu »...

— Un cow-boy avec sa Marlboro à la bouche, son verre de whisky dans une main et son Colt dans l'autre : c'est la figure mythique de l'Amérique, qu'il défend.

Version J. R. Ewing, alors. Avec quelques millions de pétrodollars dans sa sacoche ! Les représentants du Heartland Institute, c'est plutôt dans cette catégorie qu'on les trouve. Après avoir fait leurs armes sous l'égide de Philip Morris pour nier les risques du tabac, ils se sont investis dans une nouvelle cause : la lutte contre la lutte contre le réchauffement du climat. Ceci, en employant les bonnes vieilles méthodes qui ont fait leurs preuves : pression, désinformation, détournement de la science. Ils organisent des conventions et des conférences, nationales et internationales, menées par des scientifiques qu'ils rémunèrent pour appuyer leurs opinions et rédiger des rapports favorables à leurs thèses, qu'ils transmettent ensuite aux décideurs et qu'ils répandent à grande échelle sur leurs plateformes numériques. Ils sont allés jusqu'à éditer un livre, intitulé *Pourquoi des scientifiques ne sont pas d'accord avec le réchauffement climatique*, qu'ils ont envoyé, accompagné d'un DVD, à des centaines de milliers de professeurs des écoles, afin que ces derniers puissent enseigner la « bonne science » à leurs élèves. En réponse au Groupe d'Experts Intergouvernemental sur l'Évolution du Climat (GIEC), ils ont créé un Groupe d'Experts Non

Gouvernemental sur l'Évolution du Climat, dont ils publient les travaux et qui sont, ô surprise, en total désaccord avec ceux du GIEC. Car, sache-le, soit le réchauffement climatique n'est qu'une légende, soit ce réchauffement n'est pas dû aux activités humaines – et surtout pas à celles qui concernent les combustibles fossiles –, soit, encore mieux, ce réchauffement est bénéfique pour notre planète.

— Heureusement qu'ils sont là pour nous éclairer !

En effet. Et dans ce même but altruiste et éducatif, ils n'ont pas hésité à lancer une campagne d'affichage publicitaire dans laquelle ils montraient le portrait du terroriste Unabomber et lui faisaient dire : « Je crois toujours au réchauffement planétaire, et vous ? » Ils voulaient faire pareil avec la photo du meurtrier Charles Manson, avec celle de Fidel Castro, celle de Ben Laden. Parce que, se justifiaient-ils, « les principaux défenseurs de la thèse du réchauffement climatique ne sont pas des scientifiques, mais des assassins, des tyrans et des fous » !

— Entre Charles Manson et Fidel Castro, je ne sais lequel est le plus abject…

C'est sûr que le cœur du Heartland Institute bat davantage pour le Tea Party, auquel il s'est intégré en 2008. Il n'a pas non plus ménagé ses efforts pour soutenir Donald Trump, ou encore Scott Pruitt…

— Qui ?

Scott Pruitt. Un second rôle, mais personnage intéressant. Une petite ventouse sur l'un des tentacules…

— Parle-nous de cette ventouse.

Avec plaisir. Avec dégoût. Scott Pruitt était gouverneur général de l'Oklahoma, un État dont la moitié des revenus provient de l'industrie des hydrocarbures. Et une bonne part (315 000 dollars) des revenus personnels de Pruitt provenait de la même source. C'est d'ailleurs son ami Harold Hamm, PDG de Continental Resources, une compagnie pétrolière, qui a financé sa dernière campagne électorale.

— PROC + SBOC, le retour.

Tu ne crois pas si bien dire ! Pas ingrat pour un sou (ni pour plusieurs), le gouverneur Pruitt s'est battu comme un lion pour mettre fin aux mesures protectionnistes environnementales qui gênaient ses contributeurs. Ainsi apposait-il sa signature sur les courriers écrits directement par les avocats de la firme. Il a également et systématiquement poursuivi en justice l'Agence de protection de l'environnement des États-Unis (EPA) afin de bloquer toutes les lois qu'elle tentait d'imposer. C'est sans doute pour cette raison que Donald Trump, une fois élu, a jugé qu'il était plus simple de nommer Scott Pruitt lui-même à la tête de… l'Agence de protection de l'environnement.

— Non !

Si. On n'est jamais si bien servi que par soi-même. Mais rassure-toi, Pruitt ne s'est pas trop éloigné de son ami Harold Hamm, qui, lui, est devenu conseiller du président pour les questions d'énergie.

— Ah ! Un choix judicieux !

Ensemble, les deux compères ont enfin pu abroger toutes ces réglementations environnementales qui sont tellement inutiles et nuisibles. Ils ont même réussi à démanteler le Clean Power Plan, qui était la principale mesure pour réduire les émissions de gaz à effet de serre.

— Au moins, ce ne sont pas des fainéants de fonctionnaires payés à rien foutre !

Tu as raison, il vaut mieux essayer d'en rire. Nos larmes sont corrosives. Nos larmes sont des pluies acides, elles tracent de profonds sillons dans la suie qui recouvre nos visages, comme jadis les peintures de guerre sur la peau des Indiens d'Amérique.

— C'était il y a longtemps.

C'était hier.

— Nous sommes les Indiens d'aujourd'hui.

Voués à perdre notre terre. À être parqués dans des réserves. Ou à disparaître.

— Ce qu'il nous faudrait, c'est un nouveau Nouveau Monde.

Il suffirait que le nôtre soit débarrassé de « qui vous savez ».

— Le Heartland Institute.

Et les autres. Tous ces groupes avec leurs multiples connexions, leurs réseaux, qui forment un organigramme géant, un arbre généalogique immense qui a remplacé toute la forêt. Laisse-moi à présent te parler de ceux qui sont derrière.

— Ceux qui poussent au cul ?

Ceux qui financent. Pour que le Heartland batte, il faut irriguer ses artères.

— La sève.

Le sang. Le sang, c'est de l'argent.

— Le nerf de la guerre.

Qui débourse ?

— Oui, qui ?

En fouillant dans leurs poubelles, on peut faire d'intéressantes et peu ragoûtantes découvertes.

— Qui ? Qui ? Qui ?

Eh bien, sans trop de surprise, on y trouve toujours les fidèles marchands de tabac : Philip Morris, R. J. Reynolds…

— Ça sent la fumée.

Mais aussi des entreprises comme Walmart, Pfizer, Bayer, Microsoft…

— Ça sent le soufre.

Mais aussi des fondations politiques conservatrices : la Castle Rock Foundation, la Sarah Scaife Foundation, la Charles G. Koch Foundation…

— Ça sent la bouse.

Mais aussi, on s'en serait douté, quelques compagnies telles que General Motors et ExxonMobil.

— Ça sent le gaz d'échappement.

Encore une fois, ne me fais pas dire ce que je n'ai pas dit : il n'y a pas eu concertation de leur part. C'est juste que leurs intérêts convergent. Et maintenant arrêtons-nous, si tu veux bien, sur la fondation Koch et sa maison mère, Koch Industries.

— Toujours pas par hasard.

Toujours pas. Koch Industries exhale à elle seule toutes les senteurs que tu viens d'évoquer.

— Un bouquet de pestilences.

Le père fondateur, Fred C. Koch, a fait fortune dans le raffinage du pétrole. Quand ses fils, Charles et David Koch, ont pris la relève, ils se sont diversifiés dans des secteurs tels que la chimie, le gaz naturel, l'énergie, le plastique, les engrais…

— Des bienfaiteurs de l'humanité.

Et de la Nature. Pendant le mandat de Bill Clinton, Koch a été inculpé de plus de trois cents actes de pollution.

— D'où l'envoi de Monica Lewinsky pour se venger ?

D'où, plus sûrement, une importante donation au fonds pour l'élection de George W. Bush à la présidence.

— Si grand était leur désespoir…

Entre 2009 et 2016, les frères Koch ont dépensé près de 900 millions de dollars pour financer des groupes d'action et de pression libertariens et conservateurs. En 2013, plus de la moitié des membres du Sénat et de la Chambre des représentants des États-Unis avait reçu de l'argent de leur part. Après l'élection de Trump, les trois quarts des nommés aux postes à haute responsabilité au sein de la Maison-Blanche avaient des liens professionnels avec le réseau Koch. Qu'on ne vienne pas me raconter que ça n'a aucun impact sur la politique du pays !

— Pétrole, pétrole…

Depuis cent cinquante ans, c'est ce qui façonne le monde. L'histoire, la géographie, la politique, l'économie, les conflits, les guerres, les victoires, les défaites, les tensions, les décisions, les trahisons, les actions : tout découle de là. Tout ce que les hommes ont fait et vécu sur cette terre depuis plus d'un siècle. Nous étions des poissons dans l'éther, nous sommes des poissons dans le pétrole.

[*Elle passe machinalement une main dans son cou : il est trempé. Son front et ses tempes ruissellent. Elle se rappelle le ciel d'été, le ciel d'étain, les journées d'août où l'air pesait comme un édredon. Lourd, lourd. Il y avait des nuages. Dans sa tête elle disait Crève ! Crève ! Cinq pennies pour le tambour. On attendait le coup de tonnerre pour courir se mettre à l'abri. Les cris étaient joyeux. C'était il y a longtemps. Elle doit tenir. Elle veut finir avant que sa bouche soit sèche. Le peu de salive qui lui reste, il faut qu'il serve à ça.*]

— Si ce que tu dis est vrai…

Parce que tu en doutes ?

— Même le diable a droit à un avocat.

En parlant de diable… Tu me reprochais tantôt d'être partiale. De pointer du doigt les républicains en épargnant les démocrates. Ces derniers sont loin d'être des anges, mais les faits sont là. Ils sont objectifs. Ils sont têtus. Toutes les entreprises, tous les groupes, toutes les personnalités que j'ai cités sont proches de la droite. Et même, de la droite de la droite. Il y a un marqueur qui ne trompe pas : un sondage a révélé que 80 % des démocrates reconnaissent l'origine anthropique du dérèglement climatique. Combien sont-ils, d'après toi, dans les rangs des républicains ?

— Combien ?

10 %. À peine. 10 % des personnes se réclamant du parti républicain admettent que les activités humaines modifient le climat.

— Les sondages, tu sais…

Une étude universitaire a analysé la littérature dite « écologiquement sceptique » publiée aux États-Unis. Il en ressort que plus de 90 % de cette littérature est affiliée à des organisations conservatrices.

— Les études, tu sais…

Arrête. Je suis sérieuse. Pourquoi en est-il ainsi ? C'est logique. Quelle est la philosophie, si je puis employer ce mot, qui sous-tend ces actions ? Toujours la même. C'est la vieille et implacable doctrine du libéralisme. De l'ultralibéralisme. La parole des apôtres de la Société du Mont-Pèlerin. Liberté ! Liberté ! Liberté ! Mais quelle liberté ? La liberté de quelques-uns au prix de l'esclavage de tous ! Pas d'intervention de l'État, c'est-à-dire de ce que nous avons en commun, de ce que nous formons en commun. Pas d'ingérence dans nos affaires. Qu'on nous laisse faire. Qu'on nous laisse entreprendre. Qu'on nous laisse exploiter. Qu'on nous laisse soumettre à (notre) volonté. Qu'on nous laisse creuser en paix tous les puits, toutes les tombes que l'on veut, dans tous les champs ! Pas plus que les autres, les préoccupations sur l'environnement ne doivent conduire à des taxes, à des lois, à des réglementations gouvernementales. Aucune régulation ne sera tolérée. Et cette pensée se nourrit et s'accompagne, bien entendu, d'un anticommunisme primaire, fondamental, viscéral, aveugle. Pour le père

Koch, Eisenhower était un agent soviétique ! Pour ses deux fils, Obama n'est rien d'autre que le bâtard de Che Guevara et d'Angela Davis !

— Ces types sont juste cinglés.

Détrompe-toi, ils savent très bien ce qu'ils font. Les Koch possèdent six mille kilomètres d'oléoducs, tu crois qu'ils sont impatients de voir une énergie libre se déverser directement du ciel ?

En 1992, à Rio, s'est tenu le premier Sommet de la Terre. Cela suivait de près la chute du Mur. Toutes les organisations qui menaient un combat acharné contre le socialisme se sont tournées vers un nouvel ennemi, vers un nouveau danger : l'écologie. Elles ont remplacé la « peur rouge » par la « menace verte ». Et la lutte demeure, aussi âpre et sans répit. Sais-tu comment ils surnomment les militants écologistes ? Des « pastèques » ! Verts dehors, rouges dedans… Et quel est le meilleur moyen de trancher des pastèques ?

— À la machette.

Ou à la « manchette », si tu veux bien me pardonner ce mauvais jeu de mots.

— Tu seras pardonnée si tu le justifies.

Je fais allusion aux manchettes des journaux. Car la presse, les médias en général, ont encore une fois une grande part de responsabilité dans ce désastre. Des chercheurs ont examiné cent mille (100 000) articles publiés dans la presse anglophone entre les années 2000 et 2016. Résultat ? Il apparaît que la couverture médiatique des climatosceptiques a été nettement plus importante que celle des défenseurs du climat. 49 % de visibilité en plus, en faveur du scepticisme environnemental.

— Victoire écrasante.

Y compris dans des titres aussi emblématiques que le *New York Times*, le *Guardian*, le *Wall Street Journal*.

— Broyées, les pastèques. Passées à la moulinette.

Comment veux-tu… Co… Comment veux…

[*Vertige. Ça tangue. Les pièces d'or tourbillonnent sur le sol – une pluie de météores il y a des millions d'années – et des soleils noirs implosent dans ses pupilles. Des astres. Désastre, elle disait. Elle flanche contre le tronc de l'arbre. Ses genoux lâchent et elle s'affaisse, s'effondre sur elle-même telles les tours jumelles, dans la corolle bouffante de sa robe bleue, sa joue râpant l'écorce.*]

PIÈCE À CONVICTION N° 6

« Aujourd'hui, les États-Unis entament le processus de retrait de l'accord de Paris. Conformément aux termes de l'accord, les États-Unis ont soumis une notification formelle de leur retrait aux Nations Unies. Le retrait sera effectif un an après la notification. »

[Elle est couchée sur le dos dans sa chambre qui n'est pas sa chambre. Elle fronce les narines. L'odorat est le premier sens qu'elle recouvre. Avant même de reprendre ses esprits, elle sait. Ses paupières papillonnent (Papillon : insecte pollinisateur, de l'ordre des lépidoptères, aujourd'hui disparu – quelques spécimens sont préservés au Musée du Monde Vivant [MMV], ouverture tous les lundis de 6h à 6h45) puis s'ouvrent. Le plafond est vert amande. L'air climatisé lui procure un léger frisson. Elle est nue sous le drap. Elle baisse les yeux vers le pied du lit et découvre le dessous d'une paire de baskets aux semelles épaisses (Nike Air, taille 46 ou 47), dressées à la verticale. Les pieds qui portent ces chaussures sont croisés, talons posés sur le montant en fer. Son regard remonte le long des jambes du pantalon, puis panse, torse, groin. Elle savait, elle a confirmation. C'est l'homme à tête de porc. Il est affalé dans le fauteuil articulé. Il mâche un chewing-gum. Il la fixe. Il a, comme toujours, son casque sur les oreilles. Il aime la musique ancienne. Il se considère comme un initié et emploie des termes comme « swing », « be-bop », « west coast ». Il est fier et raconte à qui veut l'entendre que sa mère lui a donné le prénom d'un célèbre jazzman, mais lequel ? Était-ce Bud Powell ? Était-ce Charlie Parker ? Thelonious Monk ? Elle ne se rappelle jamais. Elle ne connaît pas ces musiciens. Elle pense qu'il ment. Elle pense que sa maman était une truie.

Tout à coup, il replie ses jambes et se redresse. Il est debout. Il est grand gros gras. Il s'approche du lit. Elle déteste se trouver seule avec lui. Tous les prétextes sont bons pour la frôler, pour se frotter. Elle se demande si c'est lui qui a enlevé sa robe. À cette pensée, un nouveau frisson la parcourt. L'homme s'arrête contre le sommier. Il ôte le casque de ses oreilles et le suspend autour de son cou comme un stéthoscope.

Il s'incline légèrement au-dessus d'elle. Il sent fort. Il cale son chewing-gum entre sa gencive et sa joue. « Il était onze heures passées de six minutes, dit-il. Vous étiez à l'extérieur. Vous avez enfreint le règlement. » Il la regarde. Qu'a-t-elle à répondre ? Elle ne dit rien. Elle remonte le drap jusque sous son menton. Elle a l'impression qu'il peut voir à travers. Il affiche un demi-demi-demi-sourire. Il demande : « Vous attendiez de la visite, peut-être ? » Elle serre les lèvres et remue doucement la tête pour dire non. « Vous n'avez pas de visite aujourd'hui », dit-il. Il le lui dit tous les jours. Il le lui dit à chaque fois qu'il la croise. « Pas de visite aujourd'hui. » Elle n'a jamais de visite. Elle n'en aura jamais. Elle sait qu'il le sait. Il n'a pas éteint sa musique, par les écouteurs s'échappe une sorte de chuchotis métallique, une bande de fréquence tout en dents de scie – crête et pic et creux et criiiic – comme un électrocardiogramme volatil, qui pourrait aussi bien être un signal en provenance d'une lointaine galaxie. Elle l'a déjà entendu se vanter que son arrière-arrière-grand-père jouait de la contrebasse dans l'orchestre de ce célèbre musicien qui se prénommait Charlie ou Thelonious ou Bud, mais elle pense que tout ce que savait faire son aïeul c'était couiner et grogner en se roulant dans la fange au fond de la cour d'une ferme du Minnesota. Le blues du goret, tu connais ? Swing, swing, sweet verrat. (Elle est méchante, c'est une méchante fille, parfois.) « Heureusement que je vous avais à l'œil », dit-il. Il attend mais elle n'a rien à répondre à ça. Elle ne peut pas lui dire merci, c'est au-dessus de ses forces. Il renifle un coup. Il recommence à mâcher. Il remet son casque sur les oreilles et fait demi-tour. Elle ne regarde pas. Elle entend les pas s'éloigner (semelles sur coussins d'air). Elle entend la porte. Elle n'entend plus rien. Reste une fragrance nauséabonde mais l'air climatisé finira par la chasser.]

Il est parti ?

— Oui. Mais tu n'es pas obligée de parler. Tu devrais te reposer encore un peu.

Non. On arrive au bout. C'est la dernière pièce à conviction. C'est l'ultime version du rayon de la mort.

— Quoi ?

Le président Trump n'a nul besoin du rayon de la mort de Tesla. Il a le sien propre. Encore plus redoutable, encore plus meurtrier.

J'appuie sur le bouton, le tweet part, et la planète disparaîtra. Fabuleux ! Voilà, c'est fait : en juin 2017, le président annonçait le retrait officiel des États-Unis de l'accord de Paris sur le climat.

— Jour de deuil.

Jour de gloire, jour de fête pour certains. Je connais des villas, des châteaux, des manoirs, des ranches, des yachts, des sièges sociaux, des open-spaces perchés au sommet des gratte-ciel où les bouchons sautent, où le champagne gicle comme l'or noir sous les derricks. Le fier pavillon est hissé sur tous les tankers qui sillonnent les mers du globe. Les fossiles ont gagné ! Ils ont réussi. Qu'on les surnomme Clexit ou encore Carbon Club, à eux seuls ils ont vaincu 195 pays et 7,5 milliards d'individus. Pour la première fois, toutes les nations de notre planète s'étaient réunies et mobilisées pour une cause commune. Elles avaient fait corps. Un seul monde, un seul esprit, une seule voix. Un seul peuple : celui des hommes. Dorénavant, ce sera toutes les nations… moins une. La nôtre. La plus forte, la plus puissante.

— L'Amérique d'abord !

Slogan que n'aurait pas renié Edward Bernays. Sonne, sonne le clairon de la propagande. Garde à vous. Main sur le cœur. Mais il n'y a pas de cœur, il n'y a qu'un portefeuille dans la poche intérieure. Et la vérité crue, c'est : Nous d'abord ! Le « nous » étant un tout petit petit…

— … petit petit petit…

… petit petit bout de l'Amérique. Une infime portion de la population. C'est à eux et à eux seuls que ça profite. C'est l'heure de leur triomphe. Le couronnement de tant d'années d'effort. Tant de manigances. Tant de coups donnés. Tant de mensonges, de menaces, tant d'argent dépensé.

En 2019, le retrait de l'accord de Paris est notifié par le secrétaire d'État des États-Unis, Mike Pompeo. Mais, tiens, voyons un peu : qui est donc ce Mike Pompeo ?

— Un honnête homme.

Cela va sans dire. Anciennement président de la société Sentry International, un équipementier de champs d'exploitation de pétrole.

— Un homme d'affaires.

Proche du Tea Party, il se présente ensuite à la Chambre des représentants dans le district de Wichita, Kansas, ville où se trouve le siège social de Koch Industry. Ce sont les frères Koch qui financent ses campagnes, en échange de quoi il présente à la Chambre des projets de loi qui leur sont favorables.

— Un homme de principes.

Que pense Mike Pompeo du changement climatique ? Que c'est une bonne chose. Il pense que cela ouvre, je cite : « de nouvelles opportunités pour le commerce ».

— Un homme de raison.

Avant de le nommer au poste de secrétaire d'État, le président Trump le nomme d'abord à la tête de la CIA. Mike Pompeo exprime alors la volonté de rendre cette agence, je cite : « plus agressive, brutale, impitoyable, implacable... »

— Un homme à poigne.

Il est parfait. Il n'y a pas à dire, comme en leur temps Reagan et Bush, le président Trump sait s'entourer. Placer la bonne personne au bon endroit. Nous en avons eu un aperçu avec la nomination de Scott Pruitt à l'Agence de protection de l'environnement. Mais son administration tout entière est un modèle du genre. Mike Pompeo a succédé à Rex Tillerson. Qui est Rex Tillerson ?

— Et c'est reparti !

Texan pur jus, il a fait ses études dans cette charmante bourgade de Huntsville, où sont exécutés les condamnés à mort.

— Prison City.

Ça marque son homme. Après quoi – je vais à l'essentiel – Mr Tillerson a fait toute sa carrière chez ExxonMobil, dont il est devenu PDG en 2006. Il est également membre de l'American Petroleum Institute. À ton avis, que pense T. Rex du changement climatique ?

— Je devine.

Tu devines. Bien. Au suivant, alors !

— On va tous se les taper ?

Ce serait instructif, mais non. Je vais en terminer avec celui-ci, un autre Mike : Mike Pence. Colistier de Donald Trump et vice-président des États-Unis. Qui est Mike Pence ?

— Je crains le pire.

Le pire est au sommet de la hiérarchie. Pence n'est que second (combien de Pence pour un Dollar ?). Conservateur bon teint, il est considéré comme un modéré. Quasi un sage…

— Tout est relatif, il paraît.

C'est vrai. La preuve, ce fervent chrétien a lui aussi des atomes crochus avec le Tea Party. Gouverneur de l'Indiana, il est depuis longtemps dans le circuit. On ne la lui fera pas, à lui ! Il y a des années déjà, en homme avisé, il s'opposait à la réglementation sur le tabac, affirmant, je cite : « Malgré l'hystérie de la classe politique et des médias, le tabagisme ne tue pas. »

— Tiens, fume, c'est du Pence !

Tu ne vas peut-être pas me croire, mais ce monsieur entretient également de très cordiales relations avec les frères Koch. De Koch Industry.

— Le monde est petit…

… petit petit petit…

— Laisse-moi quand même poser la question : Que pense Mike Pence du changement climatique ?

La réponse est très simple. Je cite : « Le changement climatique est un mythe. »

— Comme le cancer.

Cela a le mérite d'être clair.

— Aussi clair que de l'eau de boudin.

[*Qui dit boudin, dit cochon. Ça lui apprendra : il faut bien choisir ses mots. La porte s'ouvre à la volée et l'homme à tête de porc fait sa réapparition. Il porte une carafe et un verre. « On m'a demandé de vous apporter ça, dit-il. Vous devez vous réhydrater. » Il pose les récipients sur le chevet, puis remonte le coussin dans son dos – en profite pour effleurer sa nuque. Il remplit le verre et le lui tend. D'une main elle maintient le drap plaqué contre sa poitrine, de l'autre elle boit, à petites gorgées. Il reste là et surveille. « Encore », dit-il. Elle s'exécute. Ça passe mal, sa gorge est nouée, l'eau est tiède, le goût presque sucré. Elle pense qu'il existe toute une gamme de poisons. Elle pense que le poisson s'est noyé. Elle termine le verre et le lui rend. Il le repose sur le chevet. Elle s'enfonce à nouveau sous le drap. Elle se mord la langue, inspire profondément, elle puise tout son courage. Il s'apprête à repartir. Elle hésite encore. Il a gardé son casque sur les oreilles, va-t-il l'entendre ? Au moment où il se retourne, elle dit « Attendez ! » Il se fige. Elle voit son dos large et puissant, son cou large et court. Il l'a entendue. Il n'y a peut-être pas de musique dans sa machine. Il se tourne lentement vers elle et la regarde. Puis il saisit un des écouteurs et le décale derrière l'oreille pour dégager celle-ci. C'est l'oreille qu'il lui prête. « Quoi ? » dit-il. Elle inspire encore une fois puis elle se lance et demande si on pourrait lui rendre son appareil photo. Sa voix est flu flu fluette. Pendant quelques secondes il ne réagit pas, puis il demande pour quoi faire. Elle veut dire « pour me prendre » mais sa langue fourche et elle répond « pour me pendre ». C'est une erreur. Elle s'en rend compte et une bouffée de chaleur la traverse. Un incendie. Maintenant oui elle a soif. Maintenant elle voudrait boire. Elle pense aux ruisseaux aux torrents aux rivières sous les ponts. Elle se reprend et dit « Je n'ai aucune photo de moi ». Il la fixe en silence, son expression ne change pas, toujours son demi-demi-demi-sourire aux lèvres, comme s'il attendait qu'elle développe sa pensée, amusé, curieux de voir comment elle va s'en dépatouiller. Elle dit « J'ai peur de ne plus me rappeler à quoi je ressemble ». Il cligne une fois des paupières, c'est tout. Elle dit « J'ai peur de m'oublier ». Il hausse ses épaules larges et puissantes. « Et alors ? » dit-il. Il remet son écouteur sur l'oreille. D'une voix un peu plus forte, il dit « De toute façon, personne ne se souviendra de vous. » Il fait demi-tour. Elle entend les pas qui s'éloignent. Elle entend la porte. Elle n'entend plus rien. Elle reste un long moment à fixer le plafond vert amande.*]

J'ai menti, dis-je.

— Tu as menti ?

Ce n'était pas pour moi. C'était pour l'enfant.

— Quel enfant ?

Celui qui dort, en ce moment même, ici, dans la chambre. Notre enfant. Notre tout-petit.

— Ah, oui. Notre enfant…

Je voulais le prendre en photo. Pour te le montrer. Je voulais te prouver.

— Me prouver quoi ?

Comment peut-on savoir avec certitude ? dis-je.

— Mais savoir quoi, bon sang ?

Comment peut-on être sûr que l'on vit cette vie et pas une autre ?

[*Il est possible qu'une tache apparaisse au plafond. Il est possible qu'elle soit en train de se dessiner devant ses yeux, de s'étendre, ou qu'elle ait toujours été là et qu'elle ne l'ait pas remarquée. Une tache sombre, comme une trace d'humidité. Comme naguère dans sa chambre qui était sa chambre, dans sa maison qui était sa maison. Il est possible que cette tache représente – oh, vaguement, très vaguement, grossièrement, avec beaucoup d'imagination – les contours de la carte de l'Amérique.*]

— Eh bien… Peut-être que l'on ne peut jamais savoir. Peut-être qu'il vaut mieux ne pas savoir.

[*À l'allure à laquelle elle s'étale, il est possible que la tache noire ait recouvert entièrement le vert du plafond avant la fin de la journée.*]

Dès les premiers mois de son mandat, dis-je, le président Trump a relancé la construction de deux oléoducs géants, le Keystone XL et le Dakota Access. Il a autorisé les entreprises de charbonnage à déverser leurs déchets dans les rivières. Il les a autorisées à exploiter les parcs naturels et il a annulé l'obligation de déclarer les émissions de méthane.

— Chut. Écoute… *À la claire fontaine, m'en allant promener**…

Il a renégocié l'accord de libre échange nord-américain afin d'y introduire des dispositions visant à protéger l'industrie automobile.

— … *J'ai trouvé l'eau si belle que je m'y suis baigné**…

Il a fait annuler les mesures de sécurité réglementant les opérations de forage en mer, et tenter de faire changer la méthodologie des rapports sur la pollution atmosphérique ou l'évolution des températures.

— … *Il y a longtemps que je t'aime, jamais je ne t'oublierai**…

Il a demandé qu'on mette fin à la protection de la forêt de Tongass, la plus grande forêt tempérée du monde, en vue de l'ouvrir à des projets d'exploitation forestière et minière.

— … *Sous les feuilles d'un chêne, je me suis fait sécher**…

Il a autorisé un programme de forage de pétrole et de gaz dans la zone naturelle protégée de l'Alaska.

— ... *Sur la plus haute branche un rossignol chantait**...

[*Rossignol : petit passereau renommé pour son chant crépusculaire, aujourd'hui disparu – voir index du MMV.*]

En quelques années à peine, il a soutenu des dizaines et des dizaines d'actions et de mesures destinées à démanteler le droit environnemental et énergétique.

— ... *Il y a longtemps que je t'aime, jamais je ne t'oublierai**...

Tu ne dois pas oublier. Si je venais à disparaître, ce serait à toi de prendre la parole.

— Une parole imaginaire ?

C'est celle qui restera.

— Qu'entends-tu par « disparaître » ?

Rejoindre la liste.

— Ne dis pas des choses comme ça.

On m'y inscrira certainement sous le nom de Jane Doe.

[*D'un mouvement brusque elle repousse le drap et s'extrait du lit. Elle marche, nue, vers la fenêtre. Nue, nue, nue, ma belle, pas « new » !*]

— Où vas-tu ? Que fais-tu ?

Je veux lui dire adieu.

— À qui ?

À lui.

[*Elle relève le store, puis elle débloque la fermeture et fait coulisser la baie vitrée sur son rail métallique. C'est la porte d'un four qu'elle ouvre.*]

— Ne dis pas des choses comme ça ! Il ne va pas mourir ! Pas tout de suite. Et toi non plus !

[*Elle prend appui sur le fauteuil et se hisse sur le rebord de la fenêtre. C'est une corniche de trente centimètres de large, recouverte de petites plaques en terre cuite, qui fait le tour du bâtiment. Les plaques sont chaudes. Elle y prend place, accroupie, comme une gargouille de chair pâle. Elle jette un œil sur le perron, deux étages plus bas. Vide. Le parc est désert. Elle pose les yeux sur la ramure du tilleul, sur sa chevelure ébouriffée – des feuilles vert pâle. Elle lui fait signe.*]

Est-ce que nous ne sommes pas tous dans les couloirs de la mort ? disait Dipak Singh. N'est-ce pas ce qu'il disait ?

— Qui sont nos gardiens ? il disait.
Ce sont eux. Il faut leur reprendre les clés. Il faut ouvrir nos cellules et nous échapper.
— Seuls les esclaves désirent la liberté, disait Phily-Jo.
C'est eux ou nous, il disait.
— Jamais plus ! Jamais plus ! disait le corbeau.
C'est mon dernier mot.
— Un jeu cruel et macabre, disait Barbara Grove.
Sing, sing, sing ! disait la fée.
— C'est la fin parfaite, disait Ross Pierce.
Je suis fort, disait le chef indien.
— Wouh-wouh-wooooouuuuh !
Je suis libre, il disait.
— Libres !
Libres enfin. Libres pour de vrai. C'est le véritable sujet.
[*Elle ne pourra pas tenir longtemps. Les rayons sont pareils à des aiguilles de feu. La terre cuite lui brûle la plante des pieds.*]
— Attends, attends…
Quoi ?
— Et si tu te trompes ? Si c'est faux ? Si ce n'est qu'une légende ? Tu es bien consciente que si l'énergie libre n'existe pas ou s'il s'avère impossible de l'utiliser, il serait… il serait criminel de le laisser croire ? Tu seras jugée là-dessus.
Ils m'ont déjà jugée.
— Que diras-tu à tous ceux – et ils ne manqueront pas – qui te reprocheront de faire le jeu des complotistes ? Ceux qui t'accuseront de faire exactement la même chose que la coalition de salopards que tu prétends dénoncer !
Quelle chose ?
— Mentir, dénigrer la science, falsifier la réalité, maintenir le doute. Que leur diras-tu, à ceux-là ?
[« *Qu'est-ce qui se passe ici ?* » *demande l'homme. C'est lui. C'est le pire de tous. Il est entré, comme toujours, sournois, sans faire de bruit. Pattes de velours. Ainsi marchait-il jadis dans la neige pour surprendre sa proie. (Neige : eau congelée qui tombe des nuages en flocons blancs, aujourd'hui disparue – un flacon de 200 mg est conservé*

au MMV.) Il voit le lit défait. Il voit la fenêtre ouverte. Il la voit, nue, perchée sur la corniche. Ses lèvres s'étirent et dévoilent ses crocs immaculés.]

Je leur dirai que notre enfant avait besoin d'air, dis-je.

— Notre enfant ?

[*« Pardon ? Vous me parlez ? » il demande. Non. Elle ne lui parle pas. Pas à lui. Elle a reconnu sa voix. Elle ne veut pas se retourner. Elle ne veut pas croiser ses yeux jaunes, rouges, parfois in incan incandescents. Il est cruel. Il ne l'aime pas. Il se dirige d'abord vers le lit et remet le drap en ordre, il borde avec soin le matelas vide. Puis il s'approche de la fenêtre.*]

Je leur dirai qu'il avait besoin d'air pour vivre, dis-je.

[*« Entre onze heures et dix-huit heures, dit-il, les ouvertures du bâtiment doivent demeurer hermétiquement closes. Vous le savez. Vous enfreignez le règlement. » Il dit ceci comme il dirait qu'il a merveilleusement bien dormi la nuit dernière. C'est vrai qu'il a l'air calme et reposé et satisfait. Elle ne répond pas. Elle tend le bras devant elle et caresse doucement l'horizon. C'est un mirage mais c'est tellement beau.*]

Et d'espoir. Je leur dirai qu'il avait aussi besoin d'espoir, dis-je.

— Ah, oui. Notre enfant…

[*« De plus, vous vous mettez en danger, dit-il. Imaginez que vous perdiez l'équilibre… » Il est derrière elle, tout près. Elle perçoit son souffle sur sa peau, contre ses reins. « Qu'arrive-t-il lorsqu'on est déséquilibré ? » il demande. Elle ne se retourne pas. Elle laisse sa main flotter dans l'éther. Ses doigts ondulent délicatement comme des algues (elle n'a pas le droit de dire comme des tentacules). Puis elle sent sa main à lui, chaude aussi, qui se pose à plat dans son dos. « Vous le savez, ce qui arrive, dit-il. On tombe ! »*]

De l'air et de l'espoir, dis-je. Est-ce trop demander ?

[« Combien y a-t-il de chutes dans cette histoire ? » – Zubrinsky, *op. cit.*]

REMERCIEMENTS

Pour l'écriture de ce texte, l'auteur a bénéficié du soutien de l'Imec – Institut Mémoires de l'édition contemporaine – et de l'Académie de Normandie, dans le cadre d'une résidence à l'abbaye d'Ardenne.
Il a également bénéficié d'une bourse d'écriture du CNL.

TABLE

MARCUS MALTE

Le Garçon

Roman

Il n'a pas de nom. Il ne parle pas. Le garçon est un être quasi sauvage, né dans une contrée aride du sud de la France. Du monde, il ne connaît que sa mère et les alentours de leur cabane. Nous sommes en 1908 quand il se met en chemin – d'instinct.

Alors commence la rencontre avec les hommes : les habitants d'un hameau perdu, Brabek l'ogre des Carpates, philosophe et lutteur de foire, l'amour combien charnel avec Emma, mélomane lumineuse, à la fois sœur, amante, mère. « C'est un temps où le garçon commence à entrevoir de quoi pourrait bien être, hélas, constituée l'existence : nombre de ravages et quelques ravissements. » Puis la guerre, l'effroyable carnage, paroxysme de la folie des hommes et de ce que l'on nomme la civilisation.

Itinéraire d'une âme neuve qui s'éveille à la conscience au gré du hasard et de quelques nécessités, ponctué des petits et grands soubresauts de l'Histoire, Le Garçon est à sa façon singulière, radicale, drôle, grave, l'immense roman de l'épreuve du monde.

« Ce roman est une météorite tombée dans les plates-bandes du monde littéraire. »

Mona Ozouf, Présidente du jury du Prix Femina

PRIX FEMINA 2016

MARCUS MALTE

La Part des chiens

Roman

Zodiak a remué ciel et terre. 927 jours que Sonia a disparu. 927 jours qu'il la recherche. Zodiak, oracle mutique d'un cirque ambulant, a les constellations tatouées sur le corps, et un trou à la place du cœur depuis que sa funambule est partie. Le voilà débarqué dans une ville-cauchemar flanqué de Roman, son butor, à écumer les bars et les bouges désaffectés. À côtoyer les marginaux des bas-fonds, tandis que les chiens de garde veillent depuis les hauteurs sur les jeux macabres des nantis salement retranchés dans leurs villas…

Road-trip aux portes de l'enfer, *La Part des chiens* est un roman noir à couper le souffle. Une traversée des ténèbres en quête d'absolu.

« Marcus Malte a l'art de vous faire passer, l'espace d'un mot, de la fange au plus haut du ciel. »

Télérama

MARCUS MALTE

Aires

Roman

Ils sont sur l'autoroute, chacun perdu dans ses pensées. La vie défile, scandée par les infos, les faits divers, les slogans, toutes ces histoires qu'on se raconte – la vie d'aujourd'hui, souvent cruelle, parfois drôle, avec ses faux gagnants et ses vrais loosers. Frédéric, lanceur d'alerte devenu conducteur de poids lourds, Catherine, qui voudrait gérer sa vie comme une multinationale du CAC 40, l'écrivain sans lecteurs en partance pour « Ailleurs », ou encore Sylvain, débiteur en route pour Disneyland avec son fils... Leurs destins vont immanquablement finir par se croiser.

Un roman caustique qui dénonce dans un style percutant toutes les dérives de notre société, ses inepties, ses travers, ses banqueroutes. Et qui vise juste – une colère salutaire, comme un direct au cœur.

« Un humour noir ravageur, une écriture brûlante où la vie libère ses arômes tragicomiques. »

Lire

LA COUVERTURE DE
Qui se souviendra de Phily-Jo ?
A ÉTÉ CRÉÉE PAR DAVID PEARSON
ET IMPRIMÉE SUR OLIN ROUGH
EXTRA BLANC PAR L'IMPRIMERIE
FLOCH À MAYENNE.

LA COMPOSITION,
EN GARAMOND ET MRS EAVES,
ET LA FABRICATION DE CE LIVRE
ONT ÉTÉ ASSURÉES PAR LES
ATELIERS GRAPHIQUES
DE L'ARDOISIÈRE
À BÈGLES.

IL A ÉTÉ REPRODUIT SUR LAC 2000
ET ACHEVÉ D'IMPRIMER EN FRANCE
PAR L'IMPRIMERIE FLOCH À MAYENNE
LE DIX-HUIT MAI DEUX MILLE VINGT-DEUX
POUR LE COMPTE DES ÉDITIONS ZULMA,
À VEULES-LES-ROSES.

979-10-387-0103-8
N° D'ÉDITION : 0103
DÉPÔT LÉGAL : AOÛT 2022

NUMÉRO
D'IMPRIMEUR
100526

IMPRIMÉ EN FRANCE